读古人书　友天下士

百余年前，崇文书局于武昌正觉寺开馆刻书，成晚清四大书局之一。所刻经籍，镌工精雅，数量众多，流布甚广，影响巨大。为赓续前贤，昌明国学，弘扬文化，本社现致力于传统典籍的出版。既专事文献整理，效力学术，亦重文化普及，面向大众。或经学，或史论，或诸子，或诗词，各成系列，统一标识，名之为"崇文馆"。

崇文馆

中国古典诗词校注评丛书

庾信诗全集 【汇校汇注汇评】

陈志平 编著

中国古典文学名著典藏文库编撰委员会

顾　　问　冯其庸　霍松林　袁世硕　冯天瑜
编　　委　（以姓氏笔画为序）
　　　　　　左东岭　叶君远　朱万曙　阮　忠
　　　　　　孙之梅　杨合鸣　李　浩　汪春泓
　　　　　　张庆善　张新科　张　毅　陈大康
　　　　　　陈文新*　陈　洪　赵伯陶　胡晓明
　　　　　　郭英德　唐翼明　韩经太　廖可斌
　　　　　　戴建业

（注：标*为常务编委）

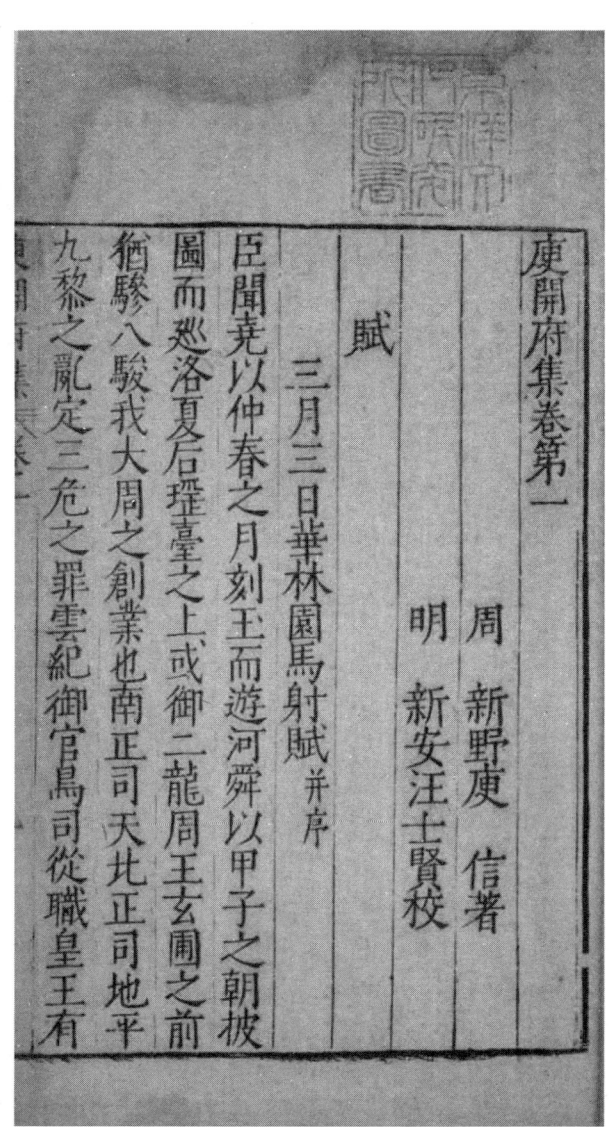

明汪士贤刊《庾开府集》十二卷书影

庾開府集卷之五

　　　　　　　　　　開新野庾信子山著
　　　　　　　　　　明關滄張燮紹和纂

詩

和張侍中述懷

鬱鬱乃懷客世季誠屯剝奔河絕地維折柱傾
天角成基海水飛如雨天星落貢鉺遂移山藏
舟終矣輕生民忽已魚君子徒為鶴疇昔逢知
已生平衔恩涯故組竟無聞程嬰空寂寞永嘉

詩

奉和泛江 藝文作王臺卿以下五言

春江下白帝畫舸向黃牛錦纜回沙磧蘭橈避荻洲溼花隨水泛空巢逐樹流建平艁栿下荊門戰艦浮岸社多喬木一作舉樹山城足迴樓日落江風靜龍吟迥上游

奉和山池

樂宮多暇豫望苑暫迴輿鳴笳陵絕浪飛蓋歷通渠桂亭花未落桐門葉牛疎荷風驚浴鳥橋

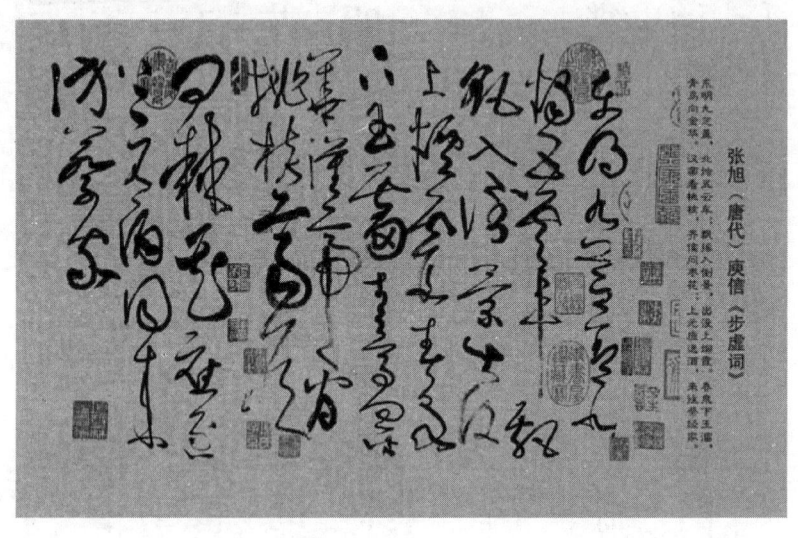

唐张旭书庾信《步虚词·东明九芝盖》诗

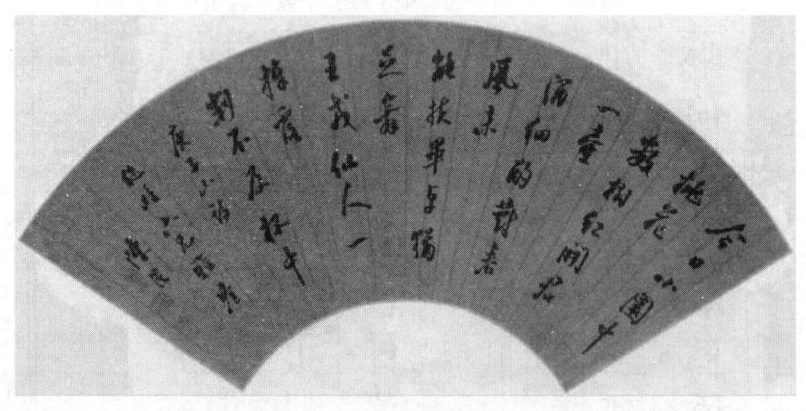

清陈澧书庾信《答王司空饷酒》诗扇面

前　言

一

庾信(513—581)，字子山，小字兰成，祖籍南阳郡新野县(治所在今河南省新野县)。[①] 永嘉之乱，八世祖庾滔随晋室渡江，遂世居江陵(治所在今湖北省荆州市)。[②] 庾信出身于书香门第，父亲庾肩吾是当时著名诗人和书法家，累官太子中庶子、度支尚书，颇受梁简文帝萧纲和梁元帝萧绎的器重。庾信少时即负才名，博览群书，尤善《春秋左氏传》。年十五，为梁昭明太子萧统东宫侍读。中大通三年(531)，萧统卒，萧纲立为太子，庾肩吾为东宫通事舍人，随后出为安西湘东王录事参军，庾信亦之荆州，为萧绎湘东王国常侍。梁武帝大同初，转安南府参军。不久，回建康，时父肩吾为太子中庶子。庾信父子在东宫，出入禁闼，恩礼莫与比隆。徐摛、徐陵父子亦在东宫，俱为东宫抄撰学士。并以才学著称，为文绮艳，世号为"徐庾体"。此时庾信仕途顺利，累迁尚书度支郎中、通直正员郎，出为郢州别驾，还为自己赢得了善战的声名。[③] 大同十一年

[①] 庾信《哀江南赋》："禀嵩、华之玉石，润河、洛之波澜；居负洛而重世，邑临河而晏安。"清倪璠注："言庾氏本鄢陵人，再世之后，分徙新野，故又为南阳新野人也。"北周宇文逌《庾信集序》亦云"皇晋之代，太尉阐其宗谱"，以庾信与庾亮(颍川鄢陵即今河南鄢陵人)同族。

[②] 庾信出生在建康或广陵。

[③] 北周宇文逌《庾信集序》："仍为郢州别驾。刺史之半，骥足斯展。于时江路有贼，梁先主使信与湘东王论中流水战事，丑徒闻其名德，遂即散奔，深为梁主所赏。盖'善战者不阵'，此之谓乎？"

1

(545)七月,梁遣庾信和散骑常侍徐君房聘东魏。此次出使,庾信文章辞令甚为东魏称许。返梁后,为东宫学士,领建康令。太清二年(548)冬十月,北方叛将侯景自横江渡采石,直逼梁京师建邺,人情大骇。太子萧纲命庾信率兵三千驻守于朱雀航北。侯景军至,信命撤航,"始除一舸,见景军皆着铁面,退隐于门。信方食甘蔗,有飞箭中门柱,信手甘蔗,应弦而落,遂弃军走"。① 梁武帝之侄临贺王萧正德附贼,闭航渡景,侯景军队遂围台城。太清三年(549)三月,侯景攻破建邺,纵兵大掠,士人、百姓死伤无数,梁武帝萧衍亦饿死。萧纲即位,是为简文帝。侯景之乱中,庾信父亲肩吾逃往江陵,投奔湘东王萧绎。庾信丧失了二男一女,自己亦逃离京师,在江夏(今湖北省武昌区)藏身。一路历经险阻,梁简文帝大宝二年(551)至江陵。庾氏有故宅在江陵城北三里宋玉旧宅上,庾信居之。萧绎任信为御史中丞。庾信与父肩吾团聚不久,父即去世。梁元帝承圣元年(551),侯景之乱平定,萧绎于江陵称帝。庾信转右卫将军,袭父爵武康县侯。梁元帝承圣三年(554)四月,梁元帝遣散骑常侍庾信聘西魏。九月,西魏遣大军攻江陵。十一月,灭梁。庾信至西魏长安时,正值魏军攻江陵,故拘而不遣。

梁亡,庾信遂仕西魏,"赐职如旧"。拜使持节、抚军将军、右金紫光禄大夫、大都督,寻进车骑大将军、仪同三司。太平元年(556)十二月,魏恭帝诏禅位于周。太平二年(557),宇文觉即位,是为周闵帝。庾信受封临清县子,邑五百户,除司水下大夫。出为弘农郡守,迁骠骑大将军、开府仪同三司、司宪中大夫,晋爵义城县侯。俄又拜洛州刺史。② 信为政简静,吏人安之。周武帝建德中,南方陈

---

① 《资治通鉴》卷一六一《梁纪十七》。

② 庾信此节仕历时间不详,参鲁同群《庾信入北仕历及其主要作品的写作年代》,《文史》第十九辑;亦参曹道衡、沈玉成《南北朝文学史》第二十二章《庾信》,人民文学出版社1998年版。具体仕历可参看附录"庾信简谱"。

朝与北周通好,南北流寓之士,各许还其旧国。陈乃请王褒及庾信等十数人。周武帝唯放王克、殷不害等,信及褒并惜而不遣。寻又徵为司宗中大夫。庾信在北方,生活上还算优裕,"明帝、武帝并雅好文学,信特蒙恩礼。至于赵、滕诸王,周旋款至,有若布衣之交。群公碑志,多相托焉。唯王褒颇与信埒,自余文人,莫有逮者"。尤其是赵王宇文护、滕闻王宇文逌等,不仅时时馈赠庾信丝布、米肉、马匹等生活物资,在文学上亦模仿庾信。但庾信在精神上却异常苦闷,"常作乡关之思"。① 周静帝大象元年(579),以疾致仕。隋文帝开皇元年(581),庾信卒,享年六十九岁。

二

庾信的一生,以554年梁亡入北为界,可分为前后两期。

前期的庾信,是不谙世事的贵族公子、"宫体诗"的代表作家,他常出入以皇帝、太子、诸侯王为中心的文学沙龙。南朝"宫体"诗歌的内容多是风花雪月、醇酒美人、歌声舞影、闺房器物,风格轻靡绮艳。庾信此时的诗歌也大体不脱此藩篱。然今存诗作中,庾信入北之前的作品很少。② 清代倪璠给庾信集作注,指出《庾子山集》中前期作品有赋七、诗九、铭六,计二十首。日本学者清水凯夫考证其前期诗歌五十七首、赋七篇、铭五篇,合计六十九首。③ 这些作品多为奉和咏物之作,如《奉和山池》《和咏舞》《奉和同泰寺浮图》《和回文》《奉和初秋》《七夕》《望月》《舟中望月》《山斋》《斗鸡》《春

---

① 《北史》卷八三《文苑传·庾信》。
② 北周滕闻王宇文逌《庾信集序》称庾信在建康的作品,"值太清罹乱,百不一存",而在江陵的作品,"即重遭军火,一字无遗"。考虑到此序写于庾信晚年,想必此时经多方搜集,在南方作品仍不多见。
③ 《六朝文学论文集·庾信文学》,清水凯夫著,韩基国译,重庆出版社1989年版。

日》《镜》《梅花》《咏羽扇》《咏雁》等,内容比较空乏,但在声律和写作技巧上却相当有成就。在写作技巧上,庾信诗歌善于抓住所咏事物精细之处,如"荷风惊浴鸟,桥影聚行鱼"(《奉和山池》)"石影横临水,山云半绕峰"(《山斋》)"山明疑有雪,岸白不关沙"(《舟中望月》),体物入微,描摹细致。而如《赋得荷》之类的五言四句短诗,声律近乎近体绝句。"在完备诗的外形格律这一点上,庾信的贡献很大,可以说他是唐诗的先驱。"[1]庾信在江陵时期,曾创作《燕歌行》,[2]诗描写了边地苍莽的风光以及激烈的战争造成夫妻分离的痛苦,并与在春光明媚的日子饮酒修道、追求长生不老的快乐生活形成对比,表达了强烈的反战情绪。此诗上承曹丕、陆机,下启高适,故清代刘熙载《艺概·诗概》说:"庾子山《燕歌行》开唐初七古。"

庾信后期留滞北方,"位望通显",且受到周王室的礼遇,其与王公贵族交往,创作有一些绮艳的宫体诗,如《和赵王看伎》《奉和赵王美人春日》等,内容风格与前期的同类作品并无二致。[3] 但这些诗"是从强制顺应北朝要像梁朝时那样生活的姿态中产生的",产生于帝王的游宴、诸侯王的文学沙龙中。[4] 对于庾信来说,滞北是痛苦的,出仕是一种耻辱,"故人傥相访,知余已执珪"(《对宴齐使》),"忘情遂食薇"(《拟咏怀》第二十一首),自己其实是"交让未

---

[1] 《六朝文学论文集·庾信文学》,清水凯夫著,韩基国译,重庆出版社1989年版。

[2] 《北史》卷八三《文苑传·王褒》:"褒曾作《燕歌》,妙尽塞北寒苦之状,元帝及诸文士并和之,而竞为凄切之辞,至此(指江陵陷落)方验焉。"庾信《燕歌行》盖和王褒而作。

[3] 《周书》卷一三《文闵明武宣诸子·赵僭王招》:"赵僭王招,字豆卢突。幼聪颖,博涉群书,好属文。学庾信体,词多轻艳。"

[4] 《周书》卷四一《王褒传》:"世宗即位,笃好文学。时褒与庾信才名最高,特加亲待。帝每游宴,命褒等赋诗谈论,常在左右。"

全死,梧桐唯半生"(《慨然成咏》)。后期的庾信,"是为了净化内心的烦闷和得到心理上的平衡而创作作品的","就是说,表现失去了自我存在意义的诗人的痛苦心灵和渴望恢复自我的情念是北迁后庾信文学作品的主体"。[1] 其诗歌内容大体可分为三类,一是仕宦北朝的悲哀,二是"乡关之思",三是志向归隐。

对于仕宦北朝,庾信认为是"倡家遭强娉,质子值仍留"(《拟咏怀二十七首》之三)、"楚材称晋用,秦臣即赵冠"(《拟咏怀二十七首》之四)。出仕是一种错误,但自己又无力反抗,"空营卫青冢,徒听田横歌"(《拟咏怀二十七首》之八),"唯彼穷途恸,知余行路难"(《拟咏怀二十七首》之四)。自己是"昏昏如坐雾,漫漫疑行海",唯有屈辱地在悲哀中活着,"在死犹可忍,为辱岂不宽"。无法摆脱当下仕宦北朝的负罪感,庾信在诗歌中反复咀嚼自己的痛苦,深刻地反省自己。"寻思万户侯,中夜忽然愁。琴声遍屋里,书卷满床头。虽言梦蝴蝶,定自非庄周。残月如初月,新秋似旧秋。露泣连珠下,萤飘碎火流。乐天乃知命,何时能不忧。"此是《拟咏怀》的第十八首,诗首言自己不能为梁建功立业,备感苦恼。次言自己亦曾梦到蝴蝶,却不能如庄周般乐天知命。最后言功业无成,光华已晚,思之可忧。然诗中所谓的建功立业封万户侯的功业,是指侯景之乱中未能守住朱雀航,还是梁亡后未能为梁复仇,抑或二者都有,未可知也。庾信如此苛责否定自己,是想从精神的重压下解放出来变得轻松,"终归是一种解消于极度悲哀中的自我安慰的表现"。[2]

庾信入北诗歌的另一个重要主题就是"乡关之思",其包含亡

---

[1] 《六朝文学论文集·庾信文学》,清水凯夫著,韩基国译,重庆出版社1989年版。

[2] 《六朝文学论文集·庾信文学》,清水凯夫著,韩基国译,重庆出版社1989年版。

国之痛和羁旅之愁两个方面。如"置兵须近水,移营喜灶多。长坂初垂翼,鸿沟遂倒戈。"(《拟咏怀二十七首》之八)"天亡遭愤战,日蹙值愁兵。直虹朝映垒,长星夜落营。楚歌饶恨曲,南风多死声。"(《拟咏怀二十七首》之十一)"梯冲已鹤列,冀马忽云屯。武安檐瓦振,昆阳猛兽奔。流星夕照境,烽火夜烧原。古狱饶冤气,空亭多枉魂。"(《拟咏怀二十七首》之十二)"横流遭屯慝,上墋结重氛。哭市闻妖兽,颓山起怪云。绿林多散卒,清波有败军。"(《拟咏怀二十七首》之十三)俱是写江陵败亡沦陷的惨状。而羁旅之愁,庾信写得尤为真挚动人。如《拟咏怀二十七首》之七:"榆关断音信,汉使绝经过。胡笳落泪曲,羌笛断肠歌。纤腰减束素,别泪损横波。恨心终不歇,红颜无复多。枯木期填海,青山望断河。"胡笳羌笛,异域之音,羁旅之人听来腰围日减,别泪频添。年华消逝,回乡无望,却又不能心甘。全诗感情深挚凝重,妙用典故,前四句充满了北国凄凉的悲怆情调,后四句以思妇自喻抒写乡关之思,时露柔美之色,将诗人羁留他方,而家乡消息全无的孤独、悲伤之情渲染得淋漓尽致。同时,南方的故人来访、来信甚至是类似故乡的景物,都能引起作者无限的愁思。"树似新亭岸,沙如龙尾弯。犹言今暝浦,应有落帆还。"(《望渭水》)在长安渭水眺望,看到的却俨然是故都建业之景。日暮水边,犹有归船,而自己却只能滞留北方,怎能不惆怅万分?

想回南方,南方梁灭陈立,亦非故国;出仕北国,北方由西魏而北周,由北周而隋,国凡三变。为了逃避出仕的耻辱,庾信在诗歌如《卧疾穷愁》《归田》《和裴仪同秋日》《和张侍中述怀》《伤王司徒褒》《野步》《寒园即目》《幽居值春望野》中多次自述隐居的志向,表明仕宦非自己本意,以减轻内心的痛苦。如《奉和永丰殿下言志十首》之十:"披林求木实,拂雪就园蔬。浊醪非鹤髓,兰肴异蟹蝑。野情风月旷,山心人事疏。徒知守瓴甋,空欲报璠玙。"诗歌前六句自述隐居的志向,希望在山野清风明月中远离"人事"。庾信的这种隐居,是从归梁而不得,想要逃避仕宦北朝的现实愿望中产生的,如"大夫伤鲁道,君子念殷墟。程卿既开国,安平遂徙居。讵能从小隐,终然游太初"。①(《奉和永丰殿下言志十首》之三)诗既伤故国,又以出仕为隐,自我安慰。庾信隐居是为了摆脱仕宦北朝的忧愁苦闷,然终其后半生,却始终出仕北朝,并未归隐。其在退隐仕宦之间踌躇烦闷,诉诸笔端,形而为诗。

可以说,入北后庾信的诗歌是一个痛苦的灵魂的呻吟。"庾信文学作品的本质仍然是歌咏失去了生存意义的人的痛苦心情和希望自我解救的情念。具体表现在以感伤和自重的态度自述个人的悲伤苦闷和记述隐居的志向。"②在六朝文学普遍缺乏真挚的自我关怀情形下,庾信诗文充分表达了自我,达到了当时文学的最高成就。杜甫说"庾信平生最萧瑟,暮年诗赋动江关"(《咏怀古迹》其一),清王夫之《古诗评选》说:"六代有心有血者,惟子山而已。"信然!

庾信是整个北朝时代成就最高、影响最大的作家。他最早将南方文学的文采和北方文学的气骨融合统一,其作品"穷南北之胜"(清倪璠《庾子山集注》题辞)的风格、气韵,为唐代文学提供了优秀的典范。初唐四杰、王维、李白、杜甫、高适等都曾受到庾信的影响。正如清冯班《钝吟杂录》所说:"庾子山诗,太白得其清新,老杜却得到他纵横处。"

同时,庾信诗歌在形式和炼字琢句方面,也为后世诗歌的发展做出了重要贡献。明许学夷《诗源辨体》卷一〇"陈"以为:"庾七言

---

① 清倪璠注:"言不能隐于陵薮,在此朝市,终当遂其初志也。"小隐,指隐居山林。晋王康琚《反招隐》诗:"小隐隐陵薮,大隐隐朝市。"
② 《六朝文学论文集·庾信文学》,清水凯夫著,韩基国译,重庆出版社1989年版。

八句有《乌夜啼》,于律渐近;(上源于梁简文七言八句,下流至隋炀帝七言八句。)七言四句有《代人伤往》《夜望单飞雁》,语仍绮艳,而声调亦杂。(上源于梁简文七言四句,下流至江总七言四句。)"清吴乔《围炉诗话》以为:"五排,即五古之流弊也。至庾子山,其体已成,五律从此而出。"清毛先舒《诗辩坻》称:"庾子山撰著,大篇为古诗之砥柱,短句乃近体之先鞭,盱衡昔今,其才少俪。"清沈德潜《说诗晬语》称:"五言律,阴铿、何逊、庾信、徐陵已开其体;唐初人研揣声音,稳顺体势,其制乃备。"在炼字琢句方面,如《咏梅花》中"枝高出手寒"一句,清贺贻孙《诗筏》以为:"庾子山但云'枝高出手寒',杜子美但云'幸不折来伤岁暮,若为看去乱乡愁'而已,全不黏住梅花,然非梅花莫敢当也。"清沈德潜《说诗晬语》则说:"咏梅诗应以庾子山之'枝高出手寒'、苏东坡之'竹外一枝斜更好'为上。"清邓廷桢《双砚斋词话》也认为:"评梅花诗者,以庾子山之'枝高出手寒',苏子瞻之'竹外一枝斜更好',林君复之'疏影横斜水清浅,暗香浮动月黄昏'为千古绝调。"至于庾信诗中其他名句如"生民忽已鱼,君子徒为鹤""木皮三寸厚,泾泥五斗浊""燕燥还为石,龙残更是泥""汉猎熊攀槛,秦田雉失群""学异南宫敬,贫同北郭骚""香炉犹是柏,尘尾更成松""处下惟名蕙,能言本姓蘧""覆局能悬记,看碑解暗疏""交让未全死,梧桐惟半生""络纬无机织,流萤带火寒""蒲低犹抱节,竹短未空心""枫子留为式,桐孙待作琴""梅林能止渴,复姓可防兵""夏簟三舌响,春钟九乳鸣""成丹须竹节,刻髓用芦刀""美酒能参圣,雕文本入微""被垅文瓜熟,交塍香稻低""门嫌磁石碍,马畏铁菱伤""赤蛇悬弩影,流星抱剑文""佛影胡人记,经文汉语翻""建始移交让,徽音种合昏""竹泪垂秋笋,莲衣落夏藑""燕送归菱井,蜂衔上蜜房""自怜循短绠,方欲问长沮"等,为历代诗家赞赏。

三

庾信生前，其作品就曾三次结集。北周文帝之子滕闻王宇文逌《庾信集序》言及庾信创作之集散，有云："昔在扬都，有集十四卷，值太清罹乱，百不一存。及到江陵，又有三卷，即重遭军火，一字无遗。今之所撰，止入魏以来，爰泊皇代。凡所著述，合二十卷，分成两帙，附之后尔。"可知，庾信作品在梁时曾经两次结集，均毁于战乱。宇文逌所编《庾信集》，只收入北以来至周宣帝大成元年（579）作品，时庾信六十七岁，尚存于世。

《北史·文苑传·庾信》载"有文集二十卷"，此当是宇文逌所编者。《隋书·经籍志》著录："后周开府仪同《庾信集》二十一卷。并录。"清倪璠《庾子山集注·题辞》以为："逌之所撰，自魏及周，著述裁二十卷。其南朝旧作，盖阙如也。及隋文帝平陈，所得逸文，增多一卷，故《隋书·经籍志》称集二十一卷。其所撝拾者，大抵扬都十四卷之遗也。"今人穆克宏《魏晋南北朝文学史料述略》则以为所多出一卷是目录。《日本国见在书目》《旧唐书·经籍志》《新唐书·艺文志》《宋史·艺文志》《郡斋读书记》《直斋书录解题》均著录《庾信集》二十卷。《遂初堂书目》录有《庾信集》，但未著卷数。《通志》录有"开府仪同庾信《集》二十一卷，又《略集》三卷"，今人胡旭《先唐别集叙录》以为"此言'略集'，当为宇文逌所云之'又有三卷，即重遭军火，一字无遗'者"。[①]

宇文逌所编二十卷《庾信集》，已散佚。清倪璠以为散佚时间在赵宋以前："世之所谓《庾开府集》，本宋太宗诸臣所辑，分类鸠聚，后人抄撰成书，故其中多不诠次。"（《庾子山集注·题辞》）而今

[①] 《先唐别集叙录》，胡旭著，中国社会科学出版社2011年版，第625页。

人许逸民则认为：“从元代以后，二十卷本《庾信集》实际上已经散佚，明清书目中关于二十卷本的记述大抵袭取旧说而已。不过庾信的诗作，从南宋以降，代有传抄和刊刻。今天我们尚能看到的《庾集》早期刊本，就是在宋抄（刊）诗集本的基础上，经明人抄撮《艺文类聚》《初学记》《文苑英华》而成编的。”①胡旭亦认为"二十卷本《庾信集》大约佚于元末明初。故明以降诸本，皆系整理而成②。"元人倪瓒《清閟阁全集》卷一〇《与彝斋学士先生》有云：“闻执事新收得《庾子山诗集》，在州郭时，欲藉以示仆，不时也。"可见元代尚有《庾信诗集》流传。而从笔者整理的情况看，庾信诗集中大部分篇目可以在今存唐宋类书中找到，但也有少部分不见于唐宋类书，③说明明人在辑录时另有资料来源，故许逸民推测是以"宋抄（刊）诗集本"为基础，不无道理。明人辑录的庾信集，分诗集和诗文合集两类。诗集主要有两种，一是正德十六年（1521）朱承爵存余堂重刊《庾开府诗集》四卷，《传是楼书目》《铁琴铜剑楼书目》《皕宋楼藏书志》均著录此本。二是明嘉靖朱曰藩刻《庾开府诗集》六卷，《八千卷楼书目》《善本书室藏书志》著录此本。明刊庾信诗文合集，主要有三种，一是万历间屠隆评《庾子山集》十六卷，收入《徐庾集》，后明阎光世又收入《文选遗集》，《四部丛刊》亦收入。二是天启元年（1621）张燮辑《七十二家集·庾开府集》，后张溥以此为基础，辑录《汉魏六朝百三家集·庾开府集》。三是天启六年（1626）汪士贤校刊《汉魏六朝名家集·庾开府集》十二卷。

最早给庾信集作注的，是隋代人魏澹。《隋书》卷五八《魏澹传》："废太子勇深礼遇之，屡加优锡，令注《庾信集》，复撰《笑苑》

---

① 《庾子山集注·点校说明》，中华书局1980年版，第5页。
② 《先唐别集叙录》，胡旭著，中国社会科学出版社2011年版，第626页。
③ 如《送卫王南征》《徐报使来止得一相见》《奉梨》《示封中录二首》等大约十来首诗歌在今存唐宋类书中就无著录。

《词林集》,世称其博物。"今魏澹所注《庾信集》不存。《新唐书·艺文志》著录有张庭芳注庾信《哀江南赋》,《宋史·艺文志》亦著录王道珪注《哀江南赋》,今均不存。清初胡渭为《庾信集》作注而未成,康熙年间,吴兆宜采辑其说,复与昆山徐树榖补缀而成《庾子山集注》十卷,入《四库全书》。同时,倪璠也撰《庾子山集注》十六卷,版本源自明屠隆评本,注释考订较吴兆宜注为详,并附有《庾集总释》《庾子山年谱》等。《四库全书》《四部备要》均收录此书。此书有当代许逸民点校本,篇末附有新辑录佚文十余条。[①] 新中国成立后,庾信诗文选集有谭正璧、纪馥华《庾信诗赋选》,古典文学出版社1958年版;舒宝章选注《庾信选集》,中州书画1983年版;许逸民《庾信诗文选译》,巴蜀书社1991年版;杨明、杨焄《谢朓庾信及其他诗人诗文选评》,上海古籍出版社2002年版;杜晓勤《谢朓庾信诗选》,中华书局2005年版。目前还没有庾信诗文全集的现代整理本。

此次对庾信诗歌包括其乐府、五言、七言以及郊庙歌辞进行全面整理,内容包括撰写题要、校注、汇评等几部分,遵循本丛书编纂体例,力图为读者提供一个可读、可信的现代整理本。需要说明的是:

1. 本书所收作品依逯钦立《先秦汉魏晋南北朝诗·庾信诗》编次,不分卷,仅分乐府、五言诗、七言诗、郊庙歌辞。个别作者有疑之作则移入附录"疑诗"中,予以说明,且不作校注。判断作品作者,除有特别证据外,一般以最全最早著录的典籍署名为依据,即以本书所依底本为据。

2. 明清所见《庾信集》,并非源自六朝、隋唐流传有绪之旧本,而是在宋抄(刊)诗集基础上自总集、类书中辑录编成者。今宋抄

[①] 1980年中华书局版。

(刊)诗集无存,而明清辑录范围,不出《玉台新咏》《艺文类聚》《初学记》《文苑英华》《乐府诗集》等数种常见之总集和类书。今其书俱存,故本书不取《庾信集》某本为底本,而是溯其渊源,分别以诸篇所从出之总集、类书的善本为底本。郊庙歌辞则主要以《隋书·音乐志》为底本。个别总集、类书不见存录者,则以张溥《汉魏六朝百三家·庾子山集》(文渊阁《四库全书》本)为底本。这样做既可以提供现存庾信作品较早的文本状态,也可避免明人辑录新增的讹误,减少校记数量。若某篇见于两种以上典籍,则取其最完整者,若两种或数种著录均完整者,则取时代最早者。凡所据底本及校本,均于篇末以小字标示之,首见者即是底本。兹罗列所用底本(亦作校本)如下:

《玉台新咏》,陈徐陵编,清乾隆三十九年刊本。穆克宏点校,中华书局1985年版。

《艺文类聚》,唐欧阳询撰,南宋绍兴刻本。汪绍楹校,上海古籍出版社1982年新版。

《初学记》,唐徐坚等著,清古香斋刻本。许逸民点校,中华书局2004年第2版。

《文苑英华》,宋李昉等编。宋配明本。中华书局1966年影印本。
《乐府诗集》,宋郭茂倩编,宋刻本。中华书局1979年点校本。
《隋书》,唐魏徵等撰。中华书局1973年点校本。
《汉魏六朝百三家·庾子山集》,明张溥编。文渊阁《四库全书》本。

3.本书所用校本。宋以前文献凡存录者均用作校本。宋以后文献,则仅取张溥《汉魏六朝百三家·庾子山集》(文渊阁《四库全书》本),简称"张本";清吴兆宜《庾子山集注》(文渊阁《四库全书》本),简称"吴本";清倪璠《庾子山集注》(中华书局点校本,底本为康熙二十六年刊本),简称"倪本"。

4.本书各本对勘时,凡有价值之异文均一一出校;他本明显讹误,或常见异体字、古今字及个别虚字,则不出校记,免增冗赘。校勘一般不改底本之文字,凡可确知为底本之讹字、衍字,用圆括号()标示,订补文字则用方括号〔〕标示,皆出校说明。一般异体字均径改为通行正体字,不出校记。而避讳字一般仅出注说明,不改字。

5.本书的注释,以简明扼要为原则。为避免注释符号烦琐,均两句一解释。清吴兆宜、倪璠旧注,尤其是倪璠注多有揭示诗歌主旨、串解全句者,则尽量采入。对于时贤研究成果,亦间有采入,然限于体例,不一一指明。

6.附录含逸诗、疑诗、传记资料、庾信简谱、历代主要评论、研究论著论文索引、主要参考书目等。

最后,还想要说明的是,本书是我和熊清元教授合作的成果,我撰写了初稿,熊清元教授修改、补正。

2015年10月7日

目　录

乐　府 …………………………………………… 1
昭君怨 …………………………………………… 3
昭君怨 …………………………………………… 4
出自蓟北门行 …………………………………… 5
结客少年场行 …………………………………… 7
道士步虚词十首 ………………………………… 9
乌夜啼 …………………………………………… 23
怨歌行 …………………………………………… 24
舞媚娘 …………………………………………… 25
乌夜啼 …………………………………………… 26
燕歌行 …………………………………………… 28
杨柳歌 …………………………………………… 32

五言诗 …………………………………………… 37
奉和泛江 ………………………………………… 39
奉和山池 ………………………………………… 40
陪驾幸终南山和宇文内史 ……………………… 41
和宇文内史春日游山 …………………………… 43
游山 ……………………………………………… 44
和宇文京兆游田 ………………………………… 45

奉报寄洛州 ……	46
穷秋寄隐士 ……	49
上益州上柱国赵王诗二首 ……	50
谨赠司寇淮南公 ……	53
正旦上司宪府 ……	56
任洛州酬薛文学见赠别 ……	59
酬祖正员 ……	61
将命至邺 ……	63
入彭城馆 ……	65
同州还 ……	66
从驾观讲武 ……	68
奉报赵王出师在道赐 ……	70
和赵王从军 ……	72
侍从徐国公殿下军行 ……	73
同卢记室从军 ……	75
伏闻游猎 ……	76
见征客始还遇猎 ……	77
奉和阐弘二教应诏 ……	79
至老子庙应诏 ……	80
奉和赵王游仙 ……	82
奉和同泰寺浮图 ……	84
奉和法筵应诏 ……	86
和周赵王游云居 ……	88
和何仪同讲竟述怀 ……	89
奉和赵王隐士 ……	91
拟咏怀诗二十七首 ……	93

和张侍中述怀	125
奉和示内人	131
奉和赵王美人春日	132
奉和赵王春日	133
梦入堂内	134
奉和咏舞	134
夜听捣衣	136
预麟趾殿校书和刘仪同	139
和宇文内史入重阳阁	142
在司水看治渭桥	144
北园新斋成应教	145
同会河阳公新造暗山池聊得寓目	147
登州中新阁	148
岁晚出横门	149
北园射堂新成	150
七夕	152
园庭	152
归田	154
寒园即目	155
幽居值春	156
卧疾穷愁	157
山斋	158
望野	159
蒙赐酒	160
奉报赵王赐酒	161
有喜致醉	162

喜晴应诏敕自疏韵 ……………………………	164
同颜大夫初晴 …………………………………	166
奉和赵王喜雨 …………………………………	167
和李司录喜雨 …………………………………	169
郊行值雪 ………………………………………	171
奉和赵王西京路春旦 …………………………	172
夏日应令 ………………………………………	174
苦热 ……………………………………………	175
和裴仪同秋日 …………………………………	177
咏园花 …………………………………………	178
西门豹庙 ………………………………………	179
和王少保遥伤周处士 …………………………	181
伤王司徒褒 ……………………………………	183
仰和何仆射还宅怀故 …………………………	189
送灵法师葬 ……………………………………	191
晚宴昆明池 ……………………………………	192
对宴齐使 ………………………………………	193
聘齐秋晚馆中（丞）〔饮〕酒 ………………	194
奉和初浚池成清晨临泛 ………………………	195
和灵法师游昆明池二首 ………………………	196
见游春人 ………………………………………	197
别周弘正 ………………………………………	198
别张洗马枢 ……………………………………	199
别庾七入蜀 ……………………………………	200
将命使北始渡瓜步江 …………………………	201
反命河朔始入武州 ……………………………	202

冬狩行四韵连句应诏	203
和王内史从驾狩	204
入道士馆	205
奉和永丰殿下言志十首	206
率尔成咏	216
慨然成咏	217
奉和赐曹美人	218
看伎	219
奉答赐酒	221
奉答赐酒鹅	222
正旦蒙赵王赉酒	223
卫王赠桑落酒奉答	224
就蒲州使君乞酒	225
中山公许乞酒一车未送	226
答王司空饷酒	227
舟中望月	229
望月	230
对雨	231
喜晴	231
咏春近余雪应诏	232
和初秋	233
晚秋	234
和颖川公秋夜	235
侠客行	236
咏画屏风诗二十四首	236
咏镜	251

5

咏梅花	252
咏树	253
斗鸡	254
应令	255
咏杏花	255
集周公处连句	256
寄徐陵	257
寄王琳	257
奉和赵王	258
和刘仪同臻	259
和庾四	260
和保法师	260
和侃法师	261
和侃法师	262
送周尚书弘正二首	263
重别周尚书	264
赠别	264
徐报使来止得一相见	265
行途赋得四更应诏	266
贾客词	266
奉和平邺应诏	267
送卫王南征	267
仙山诗二首	268
山斋	269
野步	270
山中	270

闺怨	271
看妓诗	271
看舞	272
听歌	273
暮秋野兴赋得倾壶酒	274
对酒	274
春日极饮	275
春望	276
新月	276
秋日	277
望渭水	277
尘镜	278
和淮南公听琴闻弦断	279
弄琴诗二首	279
咏羽扇	280
题结线袋子	281
赋得鸾台	281
赋得集池雁	282
咏雁	283
咏槟榔	283
赋得荷	284
移树	285
奉梨	286
伤往诗二首	286
春日离合诗二首	287
和回文	288

问疾封中录 …………………………… 289
　　示封中录二首 ………………………… 290

七言诗 …………………………………… 291
　　秋夜望单飞雁 ………………………… 293
　　代人伤往二首 ………………………… 293

郊庙歌辞 ………………………………… 295
　周祀员丘歌 ……………………………… 297
　　昭夏降神 ……………………………… 297
　　皇夏皇帝入门 ………………………… 299
　　昭夏俎入 ……………………………… 300
　　昭夏奠玉帛 …………………………… 301
　　皇夏皇帝升坛 ………………………… 302
　　云门舞初献,作《云门》之舞 ………… 302
　　云门舞初献配帝,作《云门》之舞 …… 303
　　登歌初献及献配帝毕 ………………… 304
　　皇夏饮福酒 …………………………… 305
　　雍乐撤奠 ……………………………… 305
　　皇夏就望燎位 ………………………… 306
　　皇夏还便座 …………………………… 307
　周祀方泽歌 ……………………………… 308
　　昭夏降神 ……………………………… 308
　　昭夏奠玉帛 …………………………… 309
　　登歌初献 ……………………………… 309

皇夏望坎位 …………………………………… 310
周祀五帝歌十二首 …………………………… 311
　　皇夏奠玉帛 …………………………………… 311
　　皇夏初献 ……………………………………… 312
　　云门舞初献青帝 ……………………………… 313
　　配帝舞初献配帝 ……………………………… 314
　　云门舞初献赤帝 ……………………………… 315
　　配帝舞献配帝 ………………………………… 316
　　云门舞初献黄帝 ……………………………… 317
　　配帝舞初献配帝 ……………………………… 318
　　云门舞初献白帝 ……………………………… 319
　　配帝舞初献配帝 ……………………………… 320
　　云门舞初献黑帝 ……………………………… 321
　　配帝舞初献配帝 ……………………………… 322
周宗庙歌十二首 ……………………………… 323
　　皇夏皇帝入庙门 ……………………………… 323
　　昭夏降神 ……………………………………… 324
　　皇夏俎入，皇帝升阶 ………………………… 326
　　皇夏皇帝献皇高祖 …………………………… 326
　　皇夏献皇曾祖德皇帝 ………………………… 327
　　皇夏献皇祖太祖文皇帝 ……………………… 328
　　皇夏献文宣帝太后 …………………………… 329
　　皇夏献闵皇帝 ………………………………… 331
　　皇夏献明皇帝 ………………………………… 332
　　皇夏献高祖武皇帝 …………………………… 334
　　皇夏皇帝还东壁，饮福酒 …………………… 335

皇夏还便坐 ················· 336
　　周大祫歌二首 ················ 337
　　　昭夏降神 ················· 337
　　　登歌奠玉帛 ················ 338

燕射歌辞 ··················· 339
　　周五声调曲二十四首 ············· 341
　　　宫调曲五首 ················ 342
　　　变宫调二首 ················ 348
　　　商调曲四首 ················ 350
　　　角调曲二首 ················ 355
　　　徵调曲六首 ················ 358
　　　羽调曲五首 ················ 364

附　录 ···················· 371
　　逸诗 ···················· 373
　　疑诗 ···················· 374
　　　对酒歌 ·················· 374
　　　和赵王途中五韵 ·············· 374
　　　经陈思王墓 ················ 375
　　　赠周处士 ················· 376
　　　寻周处士弘让 ··············· 376
　　　别王都官 ················· 377
　　传记资料 ·················· 378
　　　《周书》卷四一《庾信传》 ········· 378

《北史》卷八三《文苑传庾信传》 …… 388
《周书》卷一三《文闵明武宣诸子赵王招传》 …… 389
《北史》卷七〇《杜杲传》 …… 389
唐张鷟《朝野佥载》卷六 …… 389
《南史》卷五一《梁宗室长沙王韶传》 …… 390
唐段成式《酉阳杂俎》 …… 390
唐余知古《渚宫旧事》 …… 391
《资治通鉴》卷一六一《梁纪十七》 …… 391
《太平广记》卷一〇二《赵文信》 …… 392
庾信简谱 …… 393
历代重要评论 …… 407
研究论著论文索引 …… 436
主要参考文献 …… 467

乐 府

昭君怨①

　　拭啼辞戚里,回顾望昭阳。②镜失菱花影,钗除却月梁。③围腰无一尺,垂泪有千行。④衫身承马汗,红袖拂秋霜。⑤别曲真多恨,哀弦须更张。⑥(《文苑英华》卷二〇四、《乐府诗集》卷二九、张本、吴本、倪本。)

【题解】
　　诗首写昭君辞出帝京,次以"镜失""钗除"、腰减、"垂泪"写其悲伤。"衫身承马汗,红袖拂秋霜",写昭君入胡地生活,于不协调中透出浓浓的忧伤。全诗哀婉动人。

【注释】
　　①昭君怨:《乐府诗集》卷二九、张本、吴本、倪本题作"王昭君"。乐府旧题,属"琴曲歌辞",敷衍汉元帝时宫人王昭君出塞事。《乐府解题》曰:"王嫱,字昭君。《琴操》载:昭君,齐国王穰女。端正闲丽,未尝窥门户。穰以其有异于人,求之者皆不与。年十七,献之元帝。元帝以地远不之幸,以备后宫。积五六年,帝每游后宫,常怨不出。后单于遣使朝贡,帝宴之,尽召后宫。昭君盛饰而至,帝问欲以一女赐单于,能者往。昭君乃越席请行。时单于使在旁,惊恨不及。昭君至匈奴,单于大悦,以为汉与我厚,纵酒作乐。遣使报汉,白璧一只,骢马十匹,胡地珍宝之物。昭君恨帝始不见遇,乃作怨思之歌。单于死,子世达立,昭君谓之曰:'为胡者妻母,为秦者更娶。'世达曰:'欲作胡礼。'昭君乃吞药而死。按《汉书·匈奴传》曰:'竟宁中,呼韩邪来朝,汉归王昭君,号宁胡阏氏。呼韩邪死,子雕陶莫皋立,为复株累若鞮单于,复妻昭君。'不言饮药而死。"
　　②戚里:帝王外戚聚居的地方。此借指帝京。〇昭阳:汉宫殿名。《三辅黄图·未央宫》:"武帝时,后宫八区,有昭阳……等殿。"此代指后妃所住

3

的宫殿。

③菱花：镜名。古称六角形或背面刻有菱花的铜镜为菱花镜。《赵飞燕外传》："飞燕始加大号婕妤，奏上三十六物以贺，有七尺菱花镜一奁。"○却月：钗名。元龙辅《女红余志·钗帔》："燕昭王赐旋娟以金梁却月之钗，玉角红轮之帔。"庾信《镜赋》："镜台银带，本出魏宫。能横却月，巧挂回风。"

④围腰：腰围。

⑤衫身：张本、吴本、倪本作"绿衫"，倪本小注："一作'衫身'。"

⑥哀弦：悲凉的弦乐声。○更张：重新张设。《汉书·董仲舒传》："窃譬之琴瑟不调，甚者必解而更张之，乃可鼓也。"张，吴本、倪本作"长"。

昭君怨①

敛眉光禄塞，遥望夫人城。②片片红妆落，双双泪眼生。③冰河牵马度，雪路抱鞍行。④胡风入骨冷，夜月照心明。⑤方调琴上曲，变作胡笳声。⑥（《文苑英华》卷二〇四、《乐府诗集》卷二九、张本、吴本、倪本。）

【题解】

本诗与前诗为同题作品，设想昭君出塞所遇所感，凄婉动人。"胡风入骨冷，夜月照心明"，明陆时雍以为"夜月"当作"汉月"，似有道理，"胡""汉"互文对照，别有情怀。

【注释】

①昭君怨：《乐府诗集》卷二九题作"明君词"，张本、吴本、倪本题作《昭君辞》应诏"。

②光禄塞：塞垣名。是东起自五原郡北面的阴山后面，西北伸延至庐朐的防御性长城。西汉太初三年（前102）光禄勋徐自为建。在今内蒙古

包头市西北。○遥:张本、吴本、倪本作"还"。○夫人城:即范夫人城,位于今蒙古国达兰扎兰加德城西北。《汉书·匈奴传上》:"乘胜追北,至范夫人城。"颜师古注引应劭曰:"本汉将筑此城。将亡,其妻率余众完保之,因以为名也。"王先谦《补注》引沈钦韩曰:"《一统志》:赵信城、范夫人城并在喀尔喀界内。"

③妆:《乐府诗集》、张本、吴本、倪本作"颜"。

④度:《乐府诗集》、张本、吴本、倪本作"渡"。

⑤入:《乐府诗集》小注:"一作'作'。"

⑥作:《乐府诗集》、张本、吴本、倪本作"入"。张本、倪本小注:"一作'作'。"○胡笳:我国古代管乐器,汉时流行于塞北和西域一带。传说由张骞从西域传入,其音悲凉。

【汇评】

明陆时雍《古诗镜》卷二八:"夜月照心明",当是"汉月照心明"。又"镜失菱花影,钗除却月梁",难道昭君此时遂废妆耶?或胡饰兜鍪,无所用故时物耶?此语何容轻下!

《采菽堂古诗选》:写得荒寒,固非咏古。

出自蓟北门行①

蓟门还北望,役役尽伤情。②关山连汉月,陇水向秦城。③笳寒芦叶脆,弓冻纻弦鸣。④梅林能止渴,复姓可防兵。⑤将军连转战,都护夜巡营。⑥燕山犹有石,须勒几人名。⑦(《乐府诗集》卷六一、张本、吴本、倪本。又,《艺文类聚》卷四一引情、鸣、兵、名四韵。)

【题解】

此诗发挥《出自蓟北门行》旧题之意,亦融入了庾信自己留居北方的生活体验,同时讽刺了统治者的穷兵黩武。

【注释】

①出自蓟北门行:属乐府旧题"杂曲歌辞"。《乐府诗集》卷六一于南朝宋鲍照《出自蓟北门行》题下曰:"魏曹植《艳歌行》曰:'出自蓟北门,遥望胡地桑。枝枝自相值,叶叶自相当。'《乐府解题》曰:'《出自蓟北门行》,其致与《从军行》同,而兼言燕蓟风物,及突骑勇悍之状。若鲍照云《羽檄起边亭》,备叙征战苦辛之意。'《通典》曰:'燕本秦上谷郡,蓟即渔阳郡,皆在辽西。'《汉书》曰:'蓟,故燕国也。'"

②蓟门:即蓟丘。古地名。在今北京市西德胜门外西北隅。○役役:劳苦不息貌。《庄子·齐物论》:"终身役役,而不见其成功。"役役,《艺文类聚》卷四一作"徭役"。

③关山:关隘山岭。《木兰诗》:"万里赴戎机,关山度若飞。"○陇水:河流名。源出陇山(在今陕西省陇县至甘肃省平凉市一带),因名。北朝民歌云:"陇头流水,鸣声幽咽。遥望秦川,肝肠断绝。"○秦城:秦时所筑之城,亦特称长城。

④筊:即"葭",芦苇。○弓冻:与上文"筊寒",俱形容北地之苦寒。○纻弦:麻作的弓弦。《越绝书》卷八:"句践欲伐吴,种麻以为弓弦。"纻,苎麻。

⑤"梅林"句:南朝宋刘义庆《世说新语·假谲》:"魏武行役失汲道,军皆渴,乃令曰:'前有大梅林,饶子,甘酸可以解渴。'士卒闻之,口皆出水,乘此得及前源。"○"复姓"句:未详。清吴兆宜注:"〔姓〕疑作'阵'。……按《魏志·任峻传》:太祖使峻典兵器粮运,贼数寇抄绝粮道,乃使千乘为一部,十道方行,为复阵以营卫之。"又,清倪璠注:"复姓,按代北之人随后魏迁河南者,献帝为之定姓,为复姓,或二字,或三字,或四字,其音多似西域羌书三合四合,皆指一字之义。又按:《隋书·经籍志》兵法有《黄帝复姓符》二卷。时后周赐姓如普屯、纥干、尔绵、贺兰、步六孤、普六茹之属,盖当时武将皆用复姓为之也。"

⑥连转战:张本、吴本、倪本作"朝挑战"。○都护:官名。汉宣帝置西域都护,总监西域诸国,并护南北道,为西域地区最高长官。其后废置不常。护,倪本作"尉"。

⑦"燕山"二句：意谓燕然山石头还有，但不知要刻上多少人的名字才够。作者语含讽刺，谴责将军们的穷兵黩武。《后汉书·窦宪传》载：车骑将军窦宪与北单于战于稽落山，大破之，虏众崩溃，单于遁走，追击诸部。斩名王以下万三千级，获生口马牛羊橐驼百余万头。北匈奴八十一部率众二十余万人降。宪遂登燕然山，去塞三千余里，刻石勒功，纪汉威德，令班固作铭而还。诏拜宪大将军，封武阳侯，食邑二万户。燕山，即燕然山，今蒙古境内杭爱山。后世多借指边塞。勒，刻。

结客少年场行①

结客少年场，春风路满香。②歌撩李都尉，果掷潘河阳。③隔花遥劝酒，就水更移床。④今年喜夫婿，新拜羽林郎。⑤定知刘碧玉，偷嫁汝南王。⑥（《文苑英华》卷一九五、《乐府诗集》卷六六、张本、吴本、倪本。）

【题解】

本诗主要写交结任侠之客游玩之乐。

【注释】

①结客少年场行：乐府旧题，属"杂曲歌辞"。《乐府诗集》卷六六南朝宋鲍照《结客少年场行》题下曰："《后汉书》曰：'祭遵尝为部吏所侵，结客杀人。'曹植《结客篇》曰：'结客少年场，报怨洛北邙。'《乐府解题》曰：'《结客少年场行》，言轻生重义，慷慨以立功名也。'《广题》曰：'汉长安少年杀吏，受财报仇，相与探丸为弹，探得赤丸斫武吏，探得黑丸杀文吏。尹赏为长安令，尽捕之。长安中为之歌曰："何处求子死，桓东少年场。生时谅不谨，枯骨复何葬。"按，结客少年场，言少年时结任侠之客，为游乐之场，终而无成，故作此曲也。'"结客，结交宾客。常指结交豪侠之士。少年场，年轻人聚会的场所。

7

②路满:《乐府诗集》、张本、吴本、倪本作"满路"。

③撩:《文苑英华》、倪本小注:"一作'嫌'。"○李都尉:指西汉李延年。《史记·乐书》:"至今上即位,作十九章,令侍中李延年次序其声,拜为协律都尉。"同书卷四九《外戚传》:"李夫人蚤卒,其兄李延年以音幸,号协律。协律者,故倡也。"○"果掷"句:潘河阳,指西晋潘岳。因其曾为河阳令,故称。《世说新语·容止》刘孝标注引《语林》曰:"安仁至美,每行,老妪以果掷之,满车。张孟阳至丑,每行,小儿以瓦石投之,亦满车。"

④隔:《文苑英华》、倪本小注:"一作'折'。"《乐府诗集》作"折",小注:"一作'隔'。"○更:《文苑英华》、倪本小注:"一作'便'。"○床:古代坐具。

⑤羽林郎:禁军官名。《汉书·宣帝纪》"佽飞射士、羽林孤儿"颜师古注:"应劭曰:'天有羽林大将军之星。林,喻若林木之盛。羽,羽翼鸷击之意。故以名武官焉。'如淳曰:'《百官表》:取从军死事者之子养羽林,官教以五兵,号曰羽林孤儿,少壮令从军。《汉仪注》:羽林从官七百人。"《后汉书·百官志》:"羽林郎,比三百石。"本注曰:"无员。掌宿卫侍从。常选汉阳、陇西、安定、北地、上郡、西河凡六郡良家补。"

⑥"定知"二句:南朝梁萧绎《采莲曲》:"碧玉小家女,来嫁汝南王。"碧玉,《乐府诗集》卷四五《碧玉歌》下云:"《乐苑》曰:'《碧玉歌》者,宋汝南王所作也。碧玉,汝南王妾名。以宠爱之甚,所以歌之。'"其歌二云:"碧玉小家女,不敢贵德攀。感郎意气重,遂得结金兰。"汝南王,《乐府诗集》卷四五引《乐苑》以为是南朝刘宋汝南王,然史籍无载刘宋封汝南王者。又据《太平广记·甄异录》:"金吾司马义妾碧玉,善弦歌。义以太元中病笃,谓碧玉曰:'吾死,汝不得别嫁,当杀汝。'曰:'谨奉命。'……碧玉色甚不美,本以声见取。"司马义当作司马乂,然据《晋书》卷五九,封汝南王者为司马亮,司马乂封长沙王。

【汇评】

《采菽堂古诗选》:"隔花"二句隽。

道士步虚词十首①

1. 浑成空教立,元始正图开。②赤玉灵文下,朱陵真气来。③中天九龙馆,倒景八风台。④云度弦歌响,星移宫殿回。⑤青衣上少室,童子向蓬莱。⑥逍遥闻四会,倏忽度三灾。⑦(《文苑英华》卷一九三、《乐府诗集》卷七八、张本、吴本、倪本。)

【题解】

旧乐府《步虚词》本是道士在醮坛上讽诵的词章。此十首《步虚》,想象逍遥快乐的求仙、修炼、欢会图景,寄托了作者对神仙世界的向往和对修道生活的追求。

【注释】

①步虚词:乐府杂曲歌名。《乐府解题》曰:"《步虚词》,道家曲也,备言众仙缥缈轻举之美。"

②浑成:天然生成。《老子》曰:"有物混成,先天地生。"○空教:指道教。道教以老子为始祖,而老子贵虚无为,故称。○元始:起始,始祖。○图:《乐府诗集》作"涂"。《文苑英华》小注:"一作'涂'。"今按:涂,同"途"。

③赤玉灵文:指刻在赤玉上的道家经文。《太平御览》卷六七六引《灵书紫文经》曰:"灵书紫文上经,刻以紫玉为简,青金为文。"○朱陵:即朱陵洞天。道家所称三十六洞天之一,在今湖南省衡山县。多借指神仙居所。○真气:神仙气象。

④中天:指上界神仙世界。○九龙馆:《文选》卷三张平子《东京赋》:"九龙之内,寔曰嘉德。"薛综注:"九龙,本周时殿名也。门上有三铜柱,柱有三龙相虬绕,故曰'九龙'。"此指仙宫。○倒景:即"倒影",指天的最高处。于其处下视日月,日月之光由下上照,其影皆倒,故称。○八风台:汉

时台名。《汉书·郊祀志》："〔王〕莽篡位二年，兴神仙事，以方士苏乐言，起八风台于宫中。"此指仙台。

⑤弦歌：指音乐。《周礼·春官·小师》："小师掌教鼓鼗、柷、敔、埙、箫、管、弦、歌。"郑玄注："弦，谓琴瑟也。歌，依咏诗也。"○宫殿：《乐府诗集》作"空殿"。

⑥青衣：指穿青衣或黑衣的人。此指神仙婢女或侍童。○少室：山名。在今河南省郑州登封市。《文选》卷一六潘安仁《怀旧赋》："前瞻太室，傍眺嵩丘。"李善注："《山海经》曰：太室之山。郭璞曰：即中岳嵩高山也，今在阳城县西。《汉书》曰：太室，嵩高也。戴延之《西征记》曰：嵩高，中岳也。东谓太室，西谓少室，总名嵩也。"《太平御览》卷三九引戴延之《西征记》曰："少室山中多神药，汉武帝筑登仙台，在其峰。"○蓬莱：即蓬莱山。古代传说中的神山名。后世亦指仙境。《史记·封禅书》："自威、宣、燕昭使人入海求蓬莱、方丈、瀛洲，此三神山者，其傅在勃海中。"

⑦四会：《文选》卷一九宋玉《高唐赋》："纤条悲鸣，声似竽籁，清浊相和，五变四会。"李善注："四会，四悬俱会也。又云：与四夷之乐声相会也。"○倏忽：顷刻。指极短的时间。○度：度厄，禳除灾难。○三灾：《云笈七签·日月星辰部·北极七元紫庭秘诀》："脱免三灾，技散九横。"《楼炭经》："天地有三灾变，一者火灾变，二者水灾变，三者风灾变。"

2. 东明九芝盖，北烛五云车。①飘遥入倒景，出没上烟霞。春泉下玉霤，青鸟向金华。②汉帝看桃核，齐侯问枣花。③上元应送酒，来在蔡经家。④（《艺文类聚》卷七八、《初学记》二三、《文苑英华》一九三、《乐府诗集》卷七八、张本、吴本、倪本。）

【注释】

①东明：东明公。《真诰》卷一五《阐幽微》："夏启为东明公，领斗君师。"○九芝盖：指形如灵芝的车盖或伞盖。《文选》卷二张平子《西京赋》：

"骊驾四鹿,芝盖九葩。"薛综注:"以芝为盖,盖有九葩之采也。"九芝,指有九茎的芝草。○北烛:指北烛仙人。《汉武帝内传》:"阿母昔出配北烛仙人,近又召还,使领命禄,真灵官也。"烛,《文苑英华》小注云:"一作'属'。"《乐府诗集》作"属",小注:"一作'烛'。"○五云车:仙人乘坐的五彩云车。

②玉霤:屋檐下接水槽的美称。霤,《乐府诗集》、吴本、倪本作"溜",《乐府诗集》、倪本小注:"一作'霤'。"○"青鸟"句:《艺文类聚》卷九一引汉班固《汉故事》曰:"七月七日,上于承华殿斋,正中,忽有一青鸟从西方来,集殿前。上问东方朔,朔曰:'此西王母欲来也。'有顷,王母至,有两青鸟如乌,侠侍王母旁。"青鸟,神话传说中为西王母取食传信的神鸟。《山海经·西山经》:"又西二百二十里,曰三危之山,三青鸟居之。"郭璞注:"三青鸟主为西王母取食者,别自栖息于此山也。"金华,汉宫殿名。《汉书·翼奉传》:"其时未有甘泉、建章及上林中诸离宫馆也。未央宫又无高门、武台、麒麟、凤皇、白虎、玉堂、金华之殿,独有前殿、曲台、渐台、宣室、温室、承明耳。"

③"汉帝"句:《汉武帝内传》:"〔西王母〕又命侍女更索桃果,须臾,以玉盘盛仙桃七颗,大如鸭卵,形圆青色,以呈王母。母以四颗与帝,三颗自食。桃味甘美,口有盈味。帝食辄收其核,王母问帝,帝曰:'欲种之。'母曰:'此桃三千年一生实,中夏地薄,种之不生。'帝乃止。"○"齐侯"句:《晏子春秋》卷八:"景公谓晏子曰:'东海之中,有水而赤,其中有枣,华而不实,何也?'晏子对曰:'昔者秦缪公,乘龙舟而理天下,以黄布裹烝枣,至东海而捐其布,彼黄布,故水赤;烝枣,故华而不实。'公曰:'吾详问子,何为对?'晏子对曰:'婴闻之,详问者亦详对之也。'"

④"上元"二句:张本小注:"石刻云:应逐上元酒,同来访蔡家。"上元,即"上元夫人",古代神话传说中的仙女名。《汉武帝内传》:"上元夫人又遣一侍女答问云……帝因问王母:'不审上元何真也?'王母曰:'是三天上元之官,统领十万玉女名箓者也。'"蔡经,《神仙传》:"初〔王〕远欲东入括苍山,过吴,住胥门蔡经家。蔡经者,小民耳,而骨相当仙。远知之,故住其家。"后麻姑亦降蔡经家,"远谓经家人曰:'吾欲赐汝辈美酒,此酒方出天厨,其味醇醲,非俗人所宜饮,饮之或能烂肠,今当以水和之,汝辈勿怪也。'

乃以斗水,合升酒搅之,以赐经家人,人饮一升许,皆醉。"在,《初学记》作"往"。《文苑英华》、《乐府诗集》、张本、吴本、倪本作"向",《文苑英华》、倪本小注:"一作'在'。"

【汇评】

《古诗评选》:使事有风华。

3. 归心游太极,回向入无名。①五香芬紫府,千灯照赤城。②凤林采桐实,春山种玉荣。③夏簧三舌响,春钟九乳鸣。④绛河应远别,黄鹄来相迎。⑤（《艺文类聚》卷七八、《文苑英华》一九三、《乐府诗集》卷七八、张本、吴本、倪本。）

【注释】

①太极:指天宫,仙界。〇回向:谓回转自己的功德,趋向众生和天地。〇无名:道家指天地未形成时的状态。《老子》:"无名,天地始。"

②五香:泛指各种香气。〇紫府:指神仙所居。晋葛洪《抱朴子·祛惑》:"及至天上,先过紫府,金床玉几,晃晃昱昱,真贵处也。"〇赤城:传说中的仙境。《太平御览》卷五七二引《太元真经·茅盈内记》曰:"秦始皇三十年九月庚子,盈曾祖于华山之中,乘云驾龙,白日升天。是时,其邑谣歌曰:'神仙得者茅初成,驾龙上升泰清,时下玄洲戏赤城,继世而往在我盈,帝若学之腊嘉平。'"同书卷六六〇引《天洞真经》曰:"赤城朱窗,上清绝境,乃帝一内宅,三真宝堂。"又,卷六七四引《登真隐诀》曰:"赤城,太元真人所居。"

③"凤林"句:庾信《夜听捣衣》:"鸣石出华阴,虚桐采凤林。"《庄子·秋水》:"夫鹓雏发于南海,而飞于北海,非梧桐不止,非练实不食,非醴泉不饮。"《艺文类聚》卷九〇引《庄子》曰:"老子叹曰:吾闻南方有鸟,其名为凤,所居积石千里,天为生食,其树名琼枝,高百仞,以璆琳琅玕为实。天又为生离珠,一人三头,递卧递起,以伺琅玕,凤鸟之文,戴圣婴仁,右智左贤。"

桐,《文苑英华》、《乐府诗集》、张本、吴本、倪本作"珠"。○"春山"句:春,《文苑英华》作"春",小注:"一作'龙'。"张本、吴本、倪本作"龙",倪本小注:"一作'春'。"倪璠注:"一作'春山'者,《穆天子传》曰'春山之泽'是也。云种玉者,《搜神记》称阳翁伯无终山种玉于玉田,得白璧五双,以聘徐氏。"玉荣,《山海经·西山经》:"黄帝乃取峚山之玉荣,而投之钟山之阳。"郭璞注:"谓玉华也。"

④"夏簧"句:《文苑英华》《乐府诗集》作"夏笛三山响",《文苑英华》小注:"一作'夏簧三舌响'。"倪本小注:"一作'夏笛三山响'。"张本:"一作'夏笛三'。"《神仙传》:"王遥者,字伯辽,鄱阳人也。……所行道非所曾经,又常有两炬火导前。约行三十里许,登小山,入石室,室中有二人。遥既至,取弟子所担箧发之,中有五舌竹簧三枚。遥自鼓一枚,以二枚与室中二人,并坐鼓之。"舌,指管乐器的簧。○九乳:指钟上九点凸出如乳头状的装饰物。《太平御览》卷五七五引《乐什图征》:"君子铄金为钟,四时九乳,是以撞钟以知君,钟调则君道得。"宋均注曰:'九乳法九州岛。'"

⑤"绛河"句:《汉武帝内传》:"上元夫人又遣一侍女答问云:'阿环再拜,上问起居,远隔绛河,扰以官事,遂替颜色。近五千年,仰恋光润,情系无违。'"绛河,即天河。○黄鹄:即黄鹤。

【汇评】

《采菽堂古诗选》:"夏簧"二句,典雅工巧。

4. 凝真天地表,绝相寂寥前。①有象犹虚豁,忘形本自然。②开经壬子世,值道甲申年。③回云随舞曲,流水逐歌弦。④石髓香如饭,芝房脆似莲。⑤停鸾宴瑶水,归路上鸣天。⑥(《文苑英华》一九三、《乐府诗集》卷七八、张本、吴本、倪本。)

【注释】

①真:道家指物之本原、本性。《老子》:"窈兮冥兮,其中有精,其精甚

真。"○相:《文苑英华》小注:"一作'想'。"《乐府诗集》、张本、吴本、倪本作"想"。张本、倪本小注:"一作'相'。"○寂寥:《老子》:"有物混成,先天地生,寂兮寥兮,独立而不改。"王弼注:"寂寥,无形体也。"刘向《九叹·惜贤》:"声嗷嗷以寂寥兮,顾仆夫之憔悴。"王逸注:"寂寥,空无人民之貌也。"

②虚豁:虚空。○自然:天然,非人为状态。《老子》:"人法地,地法天,天法道,道法自然。"

③"开经"句:清倪璠注:"《汉书·艺文志》曰:《古五子》十八篇。自甲子至壬子,说《易》阴阳。"世,《文苑英华》、倪本小注:"一作'岁'。"《乐府诗集》作"岁"。○"值道"句:《云笈七签·三洞经教部·经释》:"《符在本经》:晋兴宁三年乙丑岁七月一日,桐柏真人授道士许远游,言至甲申、乙亥、壬辰、癸巳岁,九月一日、七月一日、四月八日,当有道士着七色法衣,手持九曲策杖,或在灵坛之所,或在人间告乞,或咏经诗,或作狂歌。子若见之,勤请其道,必授子《神虎上符》。此南岳真人,太上常使其时下在人间,察视学者之心也。"

④"回云"二句:清倪璠注:"《列子》曰:'秦青抚节而歌,响遏行云。'《韩诗外传》曰:'伯牙鼓琴,钟子期曰:汤汤乎志在流水。'言'回云''流水'皆成自然之音节也。"

⑤"石髓"句:《列仙传》:"邛疏者,周封史也。能行炁炼形,煮石髓而服之,谓之石钟乳。"《神仙传》:"后〔王〕烈独之太行山中,忽闻山东崩圮,殷殷如雷声。烈不知何等,往视之,乃见山破石裂数百丈,两畔皆是青石,石中有一穴口,经阔尺许,中有青泥流出如髓。烈取泥试丸之,须臾成石,如投热蜡之状,随手坚凝。气如粳米饭,嚼之亦然。"○"芝房"句:清倪璠注:"《汉武纪》曰:'甘泉宫内产芝,九茎连叶,作《芝房歌》。'按莲亦有房,故芝似之。《鲁灵光殿赋》云:'绿房紫菂。'谓莲房也。《抱朴子》曰:'木渠芝寄生大木上,如莲花九茎一丛。其味甘而辛,服之白日升天也。"似,《文苑英华》、吴本作"以",《乐府诗集》、张本、倪本作"似"。今按:以,通"似"。《集韵·止韵》:"侣,或作似,亦省。"芝房,指成丛的灵芝。

⑥"停鸾"句:《穆天子传》卷三:"乙丑,天子觞西王母于瑶池之上。"鸾,鸾鸟,西王母信使。瑶水,即瑶池。南朝齐王融《曲水诗序》:"穆满八骏,如

舞瑶水之阴。"○鸣:张本、吴本、倪本作"鸿"。

5. 洞灵尊上德,虞石会明真。^①要妙思玄绝,虚无养谷神。^②丹丘乘翠凤,玄圃驭斑麟。^③移梨付苑吏,种杏乞山人。^④自此逢何世,从今复几春。海无三尺水,山成数寸尘。^⑤(《艺文类聚》卷七八、《文苑英华》一九三、《乐府诗集》卷七八、张本、吴本、倪本。)

【注释】

①洞灵:犹洞仙。指道教中仙人,因仙人好居山洞,故云。○上德:至德。《老子》:"上德不德,是以有德;下德不失德,是以无德。"《韩非子·解老》:"德盛之谓上德。"○虞石:虞舜时夔"击石拊石,百兽率舞"。唐薛曜《舞马篇》:"我皇盛德苞六宇,俗泰时和虞石拊。"此指音乐。○明真:即明真台。传说中仙境。《云笈七签·纪传部·清灵真人裴君传》:"五年之中,五帝日君遂与裴君骖乘飞龙之车,东到日窟之天、东蒙长丘、大桑之宫、八极之城,登明真之台,坐希琳之殿。"

②要妙:精深微妙。《老子》:"不贵其师,不爱其资,虽智大迷,是谓要妙。"○玄绝:绝,《文苑英华》小注:"一作'纪'。"《乐府诗集》作"纪",小注:"一作'绝'。"张本、吴本、倪本作"牝",倪本小注:"作'绝'、作'纪'者非。"今按:作"玄牝"似是。道家指孳生万物的本源,即大道。《老子》:"玄牝之门,是谓天地之根。"○"虚无"句:《老子》:"谷神不死,是谓玄牝。"河上公注:"人能养神则不死,神谓五藏之神也。"宋司马光《道德真经论》:"中虚故曰谷,不测故曰神,天地有穷而道无穷,故曰不死。"

③丹丘:传说中神仙所居之地。《楚辞·远游》:"仍羽人于丹丘兮,留不死之旧乡。"王逸注:"丹丘昼夜常明也。"○玄圃:亦作"悬圃"。传说中昆仑山顶的神仙居处。○驭:张本、吴本、倪本作"御"。○斑麟:即麒麟。麟,《文苑英华》小注:"一作'骥'。"

④"移梨"句:《神仙传》:"介象者,字符则,会稽人也。……吴王征至武

昌,甚尊敬之,称为'介君'……后告言病,帝遣左右姬侍,以美梨一奁赐象。象食之,须臾便死,帝埋葬之。以日中时死,晡时已至建业,所赐梨付苑吏种之。吏后以表闻,先主即发棺视之,唯一符耳。"梨,张本作"藜"。○"种杏"句:《神仙传》:董奉者,字君异,三国吴时候官人。"奉居山不种田,日为人治病,亦不取钱。重病愈者,使栽杏五株,轻者一株。如此数年,计得十万余株,郁然成林。乃使山中百禽群兽,游戏其下。卒不生草,常如芸治也。后杏子大熟,于林中作一草仓,示时人曰:'欲买杏者,不须报奉,但将谷一器置仓中,即自往取一器杏去。'常有人置谷来少,而取杏去多者,林中群虎出吼逐之,大怖,急挚杏走,路傍倾覆,至家量杏,一如谷多少。或有人偷杏者,虎逐之到家,啮至死。家人知其偷杏,乃送还奉,叩头谢过,乃却使活。奉每年货杏得谷,旋以赈救贫乏,供给行旅不逮者,岁二万余斛。"

⑤"海无"二句:即沧海桑田之意。《神仙传》:"王远,字方平,东海人也。……麻姑自说云:'接侍以来,已见东海三为桑田。向到蓬莱,又水浅于往日会时略半耳,岂将复为陵陆乎?'远叹曰:'圣人皆言海中行复扬尘也。'"

【汇评】

《采菽堂古诗选》:末四句清隽。

6. 无名万物始,有道百灵初。①寂绝乘丹气,玄冥上玉虚。②三元随建节,八景逐回舆。③赤凤来衔玺,青鸟入献书。④坏机仍成机,枯鱼还作鱼。⑤栖心浴日馆,行乐止云墟。⑥(《乐府诗集》卷七八、张本、吴本、倪本。)

【注释】

①"无名"句:《老子》:"无名,天地始;有名,万物母。"○百灵:各种神灵。

②丹气:彩霞。《文选》卷四左太冲《蜀都赋》:"干青霄而秀出,舒丹气

而为霞。"李善注:"《河图》曰:昆仑山有五色水,赤水之气,上蒸为霞而赫然也。"○玄冥:深远幽寂貌。冥,张本、吴本、倪本作"明"。○玉虚:指神仙居所。

③"三元"二句:指以三元为使者,一路阅尽各种风景。三元,道教称天、地、水为"三元"。此指天官、地官、水官三神。建节,执持符节。古代使臣受命,必建节以为凭信。"八景"句,《真诰·甄命授》:"仙道有八景之舆,以游行上清。"八景,道教语,谓八采之景色。南朝梁陶弘景《真诰·运象》:"控飙扇太虚,八景飞高清。"

④"赤凤"二句:清倪璠注:"赤凤衔玺,疑即《竹书纪年》西伯、吕尚时,所谓'赤雀衔书'是也。后凤凰衔书,游于文王之都矣。《后汉书·王景传》注云:'送葬造宅之法,若黄帝、青乌之书也。'"赤凤,《太平御览》卷二四引《尚书中候》:"周文王为西伯,季秋之月甲子,赤雀衔丹书入丰鄗,止于昌户。乃拜,稽首受取。曰:'姬昌,苍帝子;亡殷者,纣也。'"玺,印信。

⑤"坏机"二句:清倪璠注:"《周易》郑注曰:'机,弩牙也。'《十洲记》:'凤麟洲,仙家煮凤喙及麟角,合煎为膏,名之为续弦胶,或名连金泥。此胶能续弓弦及刀剑断折之金,更以胶连续之,使力士挈之,他处乃断,所续之际终无断也。武帝天汉二年,王使至,献此胶四两,武帝以付外库。武帝幸华林园,射虎而弩弦断,使者时从驾,上胶一分,使口濡以续弩弦。帝惊曰:"异物也。"乃使武士数人共对挈引之,终日不脱,如未续时也。'按:机为弩牙。弦断胶续,是仙家之术坏机成机也。《神仙传》曰:'葛玄见买鱼者在水边。玄谓鱼主曰:"欲烦此鱼至河伯处,可乎?"鱼人曰:"鱼已死矣,何能为?"玄曰:"无苦也。"乃以鱼与玄。玄以丹书纸置鱼腹,掷鱼水中。俄顷,鱼跃上,吐墨书青色如大叶而飞去。'"

⑥浴日馆:太阳出没之所。《淮南子·天文》:"日出于旸谷,浴于咸池。"○止云墟:未详。今按:日馆、云墟盖均指神仙之居。

7. 道生乃太一,守静即玄根。①中和练九气,甲子谢三元。②居心受善水,教学重香园。③凫留报关吏,鹤去画城门。④

更以欣无迹,还来寄绝言。⑤(《乐府诗集》卷七八、张本、吴本、倪本。)

【注释】

①太一:亦作"太乙"。道家所称宇宙万物的本原、本体。《庄子·天下》:"建之以常无有,主之以太一。"成玄英疏:"太者广大之名,一以不二为称。言大道旷荡,无不制围,括囊万有,通而为一,故谓之太一也。"《吕氏春秋·大乐》:"道也者,至精也,不可为形,不可为名,强为之〔名〕,谓之太一。"一,张本、吴本、倪本作"乙"。〇"守静"句:《老子》:"致虚极,守静笃。万物并作,吾以观其复。夫物云云,各归其根。归根曰静,静曰复命,复命曰常,知常曰明。"玄根,道家所称的道的根本。《老子》:"玄牝之门,是谓天地根。"

②中和:指元气。《太平经·和三气兴帝王法》:"元气有三名,太阳、太阴、中和。"〇练:张本、吴本、倪本作"炼"。〇九气:九种气。《太平经·九天消先王灾法》:"'凡天理九人而阴阳得,何乎哉?''夫人者,乃理万物之长也。其无形委气之神人,职在理元气;大神人,职在理天;真人,职在理地;仙人,职在理四时;大道人,职在理五行;圣人,职在理阴阳;贤人,职在理文书,皆授语;凡民,职在理草木五谷;奴婢,职在理财货。'""此九人,上极无形,下极奴婢,各调一气,而九气阴阳调。夫人,天且使其和调气,必先食气,故上士将欲入道,先不食有形而食气,是且与元气合。"〇"甲子"句:疑指道教的一种修炼方式,在甲子日向三元忏悔。道教称天、地、水为"三元",也称所奉的天官、地官、水官三神。《云笈七签·斋戒部》载有三元斋,"首谢违犯科戒","学士已身悔罪"。

③善水:《老子》:"上善若水。水善利万物,又不争。处众人之所恶,故几于道。居善地,心善渊,与善人,言善信,政善治,事善能,动善时。夫唯不争,故无尤。"〇"教学"句:待考。

④"凫留"句:《后汉书·方术传》:"王乔者,河东人也。显宗世,为叶令。乔有神术,每月朔望,常自县诣台朝。帝怪其来数,而不见车骑,密令太史伺望之。言其临至,辄有双凫从东南飞来。于是候凫至,举罗张之,但得一只舃焉。乃诏上方诊视,则四年中所赐尚书官属履也。"〇"鹤去"句:

《神仙传》:"苏仙公者,桂阳人也,汉文帝时得道。……自后有白鹤来止郡城东北楼上,人或挟弹弹之,鹤以爪攫楼板,似漆书云:'城郭是,人民非,三百甲子一来归,吾是苏君弹何为?'至今修道之人,每至甲子日,焚香礼于仙公之故第也。"

⑤"更以"二句:清倪璠注:"言王乔、丁令威仙去,还使凫、鹤来寄言也。"绝言,离别之言。

8.北阁临玄水,南宫坐绛云。①龙泥印玉策,天火炼真文。②上元风雨散,中天歌吹分。③灵驾千寻上,空香万里闻。④
(《艺文类聚》卷七八、《初学记》二三、《乐府诗集》卷七八、张本、吴本、倪本。)

【注释】

①阁:《乐府诗集》、张本、吴本、倪本作"阙",《乐府诗集》、倪本小注:"一作'阁'。"○玄水:指北方之水。○坐:《乐府诗集》、张本、倪本作"生",《乐府诗集》、倪本小注:"一作'坐'。"○绛云:红云。清倪璠注:"按:北方玄武,主黑色,故云玄水。南方朱火,故曰绛云,绛亦赤色也。"

②龙泥:未详。盖指龙形的印泥图案。○玉策:古代玉简制的册书。○"天火"句:《云笈七签·三洞经教部·本文》:"《本相经》曰:吾昔赤明元年,与高上大圣玉帝于此土中炼其真文,以火莹发字形。尔时真文火漏余处,气生化为七宝林,是以枝叶成紫书,金地银镂玉文其中,及诸龙禽猛兽一切神虫,常食林露,真气入身,命皆得长寿,三千万劫。"天,《乐府诗集》、张本、吴本、倪本作"大",《乐府诗集》、倪本小注:"一作'天'。"真文,指道教的经文、符箓等。

③上元:上元夫人,神仙名。《汉武内传》:"帝因问王母:'不审上元何真也?'王母曰:'是三天上元之官,统领十万玉女名箓者也。'"○中天:高空。《列子·周穆王》:"王执化人之祛,腾而上者,中天乃止。暨及化人之宫。化人之宫构以金银,络以珠玉;出云雨之上,而不知下之据,望之若屯

云焉。耳目所观听,鼻口所纳尝,皆非人间之有。王实以为清都、紫微、钧天、广乐,帝之所居。"

④"灵驾"二句:《汉武内传》载:汉武帝见西王母、上元夫人,"至明旦,王母与上元夫人同乘而去,人马龙虎,导从音乐如初,而时云彩郁勃,尽为香气,极望西南,良久乃绝"。灵驾,神仙的车驾。灵,《初学记》作"虚"。千寻,形容极高。寻,古以八尺为寻。

【汇评】

《古诗评选》:生色。

9. 地镜阶基远,天窗影迹深。① 碧玉成双树,空青为迥林。② 鹊巢堪炼石,蜂房得煮金。③ 汉武多骄慢,淮南不小心。④ 蓬瀛入海底,何处可追寻。⑤(《艺文类聚》卷七八、《乐府诗集》卷七八、张本、吴本、倪本。)

【注释】

①地镜:传说中的大镜,可照见地下之宝。此盖指地下神仙世界。镜,吴本作"境"。○阶基:指台阶。○天窗:高窗。此盖指天上神仙世界。

②"碧玉"句:《汉武故事》:"上于是于宫外起神明殿九间……前庭植玉树。植玉树之法,茸珊瑚为枝,以碧玉为叶,花子或青或赤,悉以珠玉为之。"○"空青"句:《云笈七签·三洞经教部·经释》:"释《三十九章经》:玉清天中有树似松,名曰空青之林。得食其华者身为金光。"一说空青即孔雀石之一种,可作绘画颜料,亦可入药。迥,《乐府诗集》、张本、吴本、倪本作"一",《乐府诗集》、张本小注:"一作'迥'。"

③"鹊巢"二句:未详。鹊,《乐府诗集》、张本、吴本、倪本作"鹄"。蜂房,即蜂巢。

④"汉武"句:《汉武帝内传》:王母曰:"刘彻好道,适来视之,见彻了了,似可成进。然形漫神秽,脑血淫漏,五脏不淳,关胃彭孛,骨无津液,脉浮反

升,肉多精少,瞳子不夷,三尸绞乱,玄白失时。虽当语之以至道,殆恐非仙才也。"汉武,指汉武帝刘彻。○"淮南"句:《神仙传》:"安未得上天,遇诸仙伯,安少习尊贵,稀为卑下之礼,坐起不恭,语声高亮,或误称'寡人'。于是仙伯主者奏安云不敬,应斥遣去。八公为之谢过,乃见赦,谪守都厕三年,后为散仙人,不得处职,但得不死而已。"淮南,指西汉淮南王刘安。

⑤"蓬瀛"句:《史记·封禅书》:"自威、宣、燕昭使人入海求蓬莱、方丈、瀛洲。此三神山者,其傅在勃海中,去人不远;患且至,则船风引而去。盖尝有至者,诸仙人及不死之药皆在焉。其物禽兽尽白,而黄金银为宫阙。未至,望之如云;及到,三神山反居水下。临之,风辄引去,终莫能至云。"蓬瀛,即蓬莱和瀛洲,均神山名。《乐府诗集》、张本、吴本、倪本作"蓬莱"。

【汇评】

《采菽堂古诗选》:古异。

《诗比兴笺》:《哀江南赋》云:"中宗之夷凶靖乱,大雪冤耻。沈猜则方逞其欲,藏疾则自矜于己。天下之事没焉,诸侯之心摇矣。"即"汉武多骄慢,淮南不小心"之谓也。

10. 麟洲一海阔,玄圃半天高。①浮丘迎子晋,若士避卢遨。②经餐林虑李,旧食绥山桃。③成丹须竹节,刻髓用芦刀。④无妨隐士去,即是贤人逃。(《艺文类聚》卷七八、《乐府诗集》卷七八、张本、吴本、倪本。)

【注释】

①麟洲:指凤麟洲,传说为神仙所居之地。《海内十洲记》:"凤麟洲在西海之中央,地方一千五百里。洲四面有弱水绕之,鸿毛不浮,不可越也。洲上多凤麟,数万各为群。又有山川池泽,及神药百种,亦多仙家。"○玄圃:即"悬圃",传说中昆仑山顶的神仙居处。

②"浮丘"句:《神仙传》:"王子乔者,周灵王太子晋也。好吹笙作凤凰

鸣。游伊洛之间,道士浮丘公,接以上嵩山。"○"若士"句:《淮南子·道应》:"卢敖游乎北海,经乎太阴,入乎玄阙,至于蒙谷之上。见一士焉,深目而玄鬓,泪注而鸢肩,丰上而杀下。轩轩然方迎风而舞。顾见卢敖,慢然下其臂,遯逃乎碑。卢敖就而视之,方倦龟壳而食蛤梨。卢敖与之语曰:'唯敖为背群离党,穷观于六合之外者,非敖而已乎?敖幼而好游,至长不渝。周行四极,唯北阴之未窥。今卒睹夫子于是,子殆可与敖为友乎?'若士者齰然而笑曰:'嘻!子,中州之民,宁肯而远至此,此犹光乎日月而载列星,阴阳之所行,四时之所生,其比夫不名之地,犹窔奥也。若我南游乎冈𡒄之野,北息乎沉墨之乡,西穷窅冥之党,东关鸿蒙之光,此其下无地而上无天,听焉无闻,视焉无瞩。此其外犹有汰沃之汜。其余一举而千万里,吾犹未能之在。今子游始于此,乃语穷观,岂不亦远哉!然子处矣!吾与汗漫期于九垓之外,吾不可以久驻。'若士举臂而竦身,遂入云中。卢敖仰而视之,弗见,乃止驾,柸治,悖若有丧也。曰:'吾比夫子,犹黄鹄与壤虫也。终日行,不离咫尺,而自以为远。岂不悲哉!'故庄子曰:'小年不及大年,小知不及大知,朝菌不知晦朔,蟪蛄不知春秋。'此言明之有所不见也。"遨,《乐府诗集》、张本、吴本、倪本作"敖"。

③"经餐"句:不详。林虑,山名。《太平御览》卷五四引《隋图经》曰:"隆虑山,一名林虑,盖隋县西二十里。山有三峰:南第一峰名仙人楼,高五十丈,下有黄花谷,北岩出瀑布,水注成池。黄花谷西北有洞穴,去地十余仞,下有小山孤竦,谓之玉女台,高九百丈。其山北一峰名举峰,其北有偏桥,即抱犊山也。南接太行,北连恒岳。"○"旧食"句:《搜神记》卷一:"前周葛由,蜀羌人也。周成王时,好刻木作羊卖之。一旦,乘木羊入蜀中。蜀中王侯贵人追之,上绥山。绥山多桃,在峨嵋山西南,高无极也。随之者不复还,皆得仙道。故里谚曰:'得绥山一桃,虽不能仙,亦足以豪。'山下立祠数十处。"

④"成丹"句:指竹中有节,可以盛丹。庾信《至老子庙诗》:"盛丹须竹节,量药用刀圭。"○"刻髓"句:未详。唐段成式《酉阳杂俎》卷一八:"祁连山上有仙树实,行旅得之,止饥渴。一名四味木,其实如枣。以竹刀剖则甘,铁刀剖则苦,木刀剖则酸,芦刀剖则辛。"

【汇评】

清宋长白《柳亭诗话》:庾开府《步虚词》十首,脱胎于郭弘农《游仙诗》。

乌夜啼①

桂树悬知远,风竿讵肯低。②独来明月夜,孤情犹未栖。③虎贲谁见惜,御史讵相携。④虽言入弦管,终是曲中啼。⑤(《艺文类聚》卷四二、《文苑英华》二〇六、《乐府诗集》卷四七、张本、吴本、倪本。)

【题解】

《乌夜啼》虽是乐府旧题,本诗却别出心裁,围绕有关"乌"的典故着笔,结句"虽言入弦管,终是曲中啼"更是直点本题,虽游戏之作而构思巧妙。

【注释】

①乌夜啼:乐府旧题,属"清商曲辞"。《乐府诗集》卷四七《乌夜啼八曲》题下云:"《唐书·乐志》曰:'《乌夜啼》者,宋临川王义庆所作也。元嘉十七年,徙彭城王义康于豫章。义庆时为江州,至镇,相见而哭。文帝闻而怪之,征还庆大惧,伎妾夜闻乌夜啼声,扣斋阁云:"明日应有赦。"其年更为南兖州刺史,因此作歌。故其和云:"夜夜望郎来,笼窗窗不开。"今所传歌辞,似非义庆本旨。'《教坊记》曰:'《乌夜啼》者,元嘉二十八年,彭城王义康有罪放逐,行次浔阳;江州刺史衡阳王义季,留连饮宴,历旬不去。帝闻而怒,皆因之。会稽公主,姊也,尝与帝宴洽,中席起拜。帝未达其旨,躬止之。主流涕曰:"车子岁暮,恐不为阶下所容!"车子,义康小字也。帝指蒋山曰:"必无此,不尔,便负初宁陵。"武帝葬于蒋山,故指先帝陵为誓。因封余酒寄义康,且曰:"昨与会稽姊饮,乐,忆弟,故附所饮酒往。"遂宥之。使未达浔阳,衡阳家人扣二王所囚院曰:"昨夜乌夜啼,官当有赦。"少顷使至,二王得释,故有此曲。'按史书称临川王义康为江州,而云衡阳王义季,传之误也。《古今乐录》:'《乌夜啼》,旧舞十六人。'"

②悬知:料知。○风竿:相风旗之竿。《初学记》卷一引郭缘生《述征记》曰:"长安南有灵台,高十仞,上有铜浑天仪;又有相风铜乌,或云遇千里风乃动。"○讵肯:岂肯。

③"独来"二句:曹操《短歌行》:"月明星稀,乌鹊南飞。绕树三匝,何枝可依?"来,《文苑英华》《乐府诗集》、张本、吴本、倪本作"怜"。情,《文苑英华》《乐府诗集》、张本、吴本、倪本作"飞"。

④"虎贲"句:《太平御览》卷七三六引《风俗通论》曰:"案《明帝起居注》,东巡太山,到荥阳,有乌飞鸣乘车上,虎贲王吉射之,中。而祝曰:'乌鸣哑哑,引弓射,洞右掖。陛下寿万岁,臣为二千石。'明帝赐钱二百万。"虎贲,官名。掌侍卫国君及保卫王宫。○"御史"句:《汉书·朱博传》:"是时,御史府吏舍百余区井水皆竭;又其府中列柏树,常有野乌数千栖宿其上,晨去暮来,号曰'朝夕乌',乌去不来者数月,长老异之。"御史,官名。汉时司纠弹。

⑤言:《文苑英华》作"然",小注:"一作'言'。"

怨歌行①

家住金陵县前,嫁得长干少年。②回头望乡泪落,不知何处天边。胡尘几日应尽,汉月何时更圆。③为君能歌此曲,不觉心随断弦。(《乐府诗集》卷四二、张本、吴本、倪本。)

【题解】
《怨歌行》属乐府旧题,盖有怨而作歌。全诗以女子口吻,自述因战乱而远离家乡和丈夫的哀怨。暗喻诗人自己的身世之悲,抒发乡关之思。

【注释】
①怨歌行:乐府旧题,属"相和歌辞"。清倪璠注:"《怨歌行》者,自喻。信本吴人,羁旅长安,同于女子伤嫁,如乌孙马上之曲、明妃出塞之词也。"

②金陵：今江苏省南京市。为三国吴、东晋、宋、齐、梁、陈国都。○县：古称天子所居之地。○长干：古金陵的里巷名。故址在今江苏省南京市南。《文选》卷五左太冲《吴都赋》："长干延属，飞甍舛互。"刘渊林注："建业南五里，有山岗，其间平地，吏民杂居。东长干中有大长干、小长干，皆相连，大长干在越城东，小长干在越城西，地有长短，故号大小相干。"刘逵注："江东谓山冈间为'干'。建邺之南有山，其间平地，吏民居之，故号为'干'。中有大长干、小长干，皆相属。"张本、吴本、倪本作"长安"。清倪璠注："时梁都建业，即金陵之地，长安西魏所都，言己聘魏不归也。"

③胡尘：胡人兵马扬起的沙尘。此指边地战争。○汉月：汉地之月。此句语带双关，暗喻夫妻在汉地团圆。

【汇评】

《古诗评选》："汉月"句悲甚，尤不如"不知何处天边"之惨也，泪尽血尽，唯有荒荒泯泯之魂，随晓风残月而已。六代文士有心有血者，惟子山而已。以入乐府，传之管弦，安得不留万年之恨！

《古诗赏析》：此自道其来南留北之悲，特托之远嫁者耳。前四，点清自南来北，不得还乡之痛。五六，顶上申明其故，仍不作绝望语。后二，方以听歌心断作收。六言肇自汉、魏，未及选登，存此以备一体。

《采菽堂古诗选》：直道所感，悲怆情真。托辞夫妇，不得非之。

舞媚娘①

朝来户前照镜，含笑盈盈自看。②眉心浓黛直点，额角轻黄细安。③祇疑落花谩去，复道春风不还。④少年唯有欢乐，饮酒那得留残。⑤（《乐府诗集》卷七三、张本、吴本、倪本。）

【题解】

诗写舞女对镜自怜之态，感叹青春短暂，亦宣扬及时行乐。

【注释】

①舞媚娘:乐府旧题,属"杂曲歌辞"。《乐府诗集》卷七三陈后主《舞媚娘三首》题下云:"《乐苑》曰:'《舞媚娘》《大舞媚娘》,并羽调曲也。《唐书》曰:"高宗永徽末,天下歌《舞媚娘》。未几,立武氏为皇后。"按陈后主已有此歌,则永徽所歌,盖旧曲云。'"

②盈盈:仪态美好貌。《古诗十九首·青青河畔草》:"盈盈楼上女,皎皎当窗牖。"

③黛:青黑色的颜料,古代妇女常用以画眉。东汉刘熙《释名·释首饰》曰:"黛,代也。灭眉毛去之,以此画代其处也。"○轻黄:指额黄。六朝妇女额间的涂饰物。

④"衹疑"二句:谓舞女恐青春如落花凋谢,如春风一去不返。谩,张本、吴本作"漫"。

⑤那得:怎得、怎能。○残:倪本小注:"一作'钱'。"

乌夜啼

促柱繁弦非《子夜》,歌声舞态异《前溪》。①御史府中何处宿,洛阳城头那得栖。②弹琴蜀郡卓家女,织锦秦川窦氏妻。③讵不自惊长泪落,到道啼乌恒夜啼。④(《艺文类聚》卷四二、《文苑英华》卷二〇六、《乐府诗集》卷四七、张本、吴本、倪本。)

【题解】

诗首言《乌夜啼》不同于《子夜》《前溪》,次写乌鸦的无处栖宿,再写卓文君、苏蕙的哀怨别夫,最后点明《乌夜啼》不同于《子夜》《前溪》之处在于悲哀感伤之情。全诗因题命意,在结构上颇有跳荡之趣。

【注释】

①促柱:转动弦柱让弦紧绷,使音调升高。○繁弦:繁杂的弦乐声。

○《子夜》:乐府《吴声歌曲》名。《宋书·乐志一》:"《子夜哥》者,有女子名子夜,造此声。晋孝武太元中,琅邪王轲之家有鬼哥《子夜》。殷允为豫章时,豫章侨人庾僧度家亦有鬼哥《子夜》。殷允为豫章,亦是太元中,则子夜是此时以前人也。"○《前溪》:古乐府吴声舞曲。《宋书·乐志一》:"《前溪哥》者,晋车骑将军沈充所制。"

②"御史"句:《汉书·朱异传》载:汉成帝时,御史府中列柏树,常有野乌数千栖宿其上,晨去暮来,号曰"朝夕乌",乌去不来者数月,长老异之。御史府,官名。汉时专司纠弹。○"洛阳"句:《后汉书·五行志》载:汉桓帝初,京都有童谣曰:"城上乌,尾毕逋,公为吏,子为徒。"

③"弹琴"句:《史记·司马相如传》载:西汉蜀郡临邛富人卓王孙有女文君新寡,好音,相如以琴心挑之。文君夜私奔相如,相如乃与驰归成都。又晋人葛洪《西京杂记》载:"司马相如将聘茂陵人女为妾,卓文君作《白头吟》以自绝,相如乃止。"○"织锦"句:《晋书·列女传·窦滔妻苏氏》:东晋窦滔妻苏氏,始平人,名蕙,字若兰,善属文。滔在苻坚时为秦州刺史,被徙流沙,苏氏思之,织锦为回文旋图诗以赠滔。词甚凄惋。秦川窦,《文苑英华》作"城头刘",小注:"一作'秦川窦'。"秦川,古地区名。泛指今陕西省、甘肃省的秦岭以北平原地带,因春秋、战国时属秦国而得名。今按:据《晋书·窦滔妻苏氏》,窦滔为秦州刺史,非秦川。疑"川"当作"州"。

④讵:副词。表示反诘。岂,难道。○泪落:《文苑英华》作"渡洛",小注:"一作'泪落'。"倪本小注:"一作'渡洛'。"○道:《文苑英华》作"处",小注:"一作'头',又作'道'。"《乐府诗集》、张本、吴本、倪本作"头"。倪本小注:"一作'处',又作'道'。"○恒夜:《文苑英华》作"何处",小注:"一作'恒夜'。"倪本小注:"一作'何处'。"

【汇评】

《艺概·诗概》:庾子山《燕歌行》开唐初七古,《乌夜啼》开唐七律,其他体为唐五绝、五律、五排所本者,尤不可胜举。

《采菽堂古诗选》:辞旨凄亮。

燕歌行[1]

代北云气昼昏昏,千里飞蓬无复根。[2]塞雁嗈嗈渡辽水,桑叶纷纷落蓟门。[3]晋阳山头无箭竹,疏勒城中乏水源。[4]属国征戍久离居,阳关音信绝能疏。[5]愿得鲁连飞一箭,持寄思归燕将书。[6]度辽本自有将军,(塞)〔寒〕风萧萧生水纹。[7]妾惊甘泉足烽火,君讶渔阳少阵云。[8]自从将军出细柳,荡子空床难独守。[9]盘龙明镜饷秦嘉,辟恶生香寄(塞)〔韩〕寿。[10]春分燕来能几日,二月蚕眠不复久。[11]洛阳游丝百丈连,黄河春冰千片穿。[12]桃花颜色好如马,榆荚新开巧似钱。[13]蒲桃一杯千日醉,无事九转学神仙。[14]定取金丹作几服,能令华表得千年。[15](《文苑英华》卷一九六、《乐府诗集》卷三二、张本、吴本、倪本。又,《艺文类聚》卷四二引根、门、源、居、疏、书、军、滨、云、柳、守、寿、连、穿、钱、仙、年十七韵。)

【题解】

此诗先写边地苍莽的风光,描述激烈的战争造成夫妻分离的痛苦,最后写在春光明媚的日子里,应该饮酒修道,追求长生不朽。表达了强烈的反战情绪。

【注释】

①燕歌行:乐府旧题,属"相和歌辞"。《乐府诗集》卷三二魏文帝《燕歌行七解》题下云:"晋乐奏魏文帝《秋风》《别日》二曲,言时序迁换,行役不归,妇人怨旷无所诉也。"《北史·文苑传·王褒》:"褒曾作《燕歌》,妙尽塞北寒苦之状,元帝及诸文士并和之,而竞为凄切之辞,至此(今按:指江陵陷落)方验焉。"庾信《燕歌行》盖和王褒而作。

②代北:古地区名。泛指汉、晋代郡北部或以北地区。即今山西省北

部及河北省西北部一带。代,《艺文类聚》作"岱"。

③塞:《艺文类聚》《乐府诗集》、张本、吴本、倪本作"寒"。○噰(yōng)噰:鸟类和鸣声。《文苑英华》小注:"一作'丁丁',又作'一一'。"《艺文类聚》作"一一",《乐府诗集》作"丁丁",小注:"一作'噰噰'。"○辽水:即今辽河,由北向南纵贯辽宁省中部。○蓟门:即蓟丘,在今北京市德胜门西北。

④"晋阳"句:《战国策·赵策》载:知伯阴结韩、魏将以伐赵,赵襄子定居晋阳,召张孟谈曰:"吾城郭之完,府库足用,仓廪实矣,无矢奈何?"张孟谈曰:"臣闻董子之治晋阳也,公宫之垣皆以狄蒿苫楚廧之,其高至丈余,君发而用之。"于是发而试之,其坚则箘簬之劲不能过也。知伯、韩、魏三国之兵攻晋阳城,三月不能拔。晋阳,战国时属赵国,故址在今山西省太原市晋源区一带。箭竹,竹的一种。坚劲,可制箭。○"疏勒"句:《后汉书·耿恭传》载:耿恭据疏勒城,匈奴来攻,断绝城下涧水。恭于城中穿井十五丈不得水,乃整衣服向井再拜,为吏士祷。有顷,水泉奔出,匈奴遂引兵去。

⑤属国:附属国。《史记·卫将军骠骑列传》:"乃分徙降者边五郡故塞外,而皆在河南,因其故俗,为属国。"○阳关:古关名。在今甘肃省敦煌市西南古董滩附近,因位于玉门关以南,故称。

⑥"愿得"二句:《史记·鲁仲连传》载:鲁仲连为战国时齐人,奇伟俶傥,好持高节。燕将攻下齐聊城,齐田单反攻聊城岁余,不能下。鲁仲连乃修书系箭上以射城中,遗燕将。燕将得书后自杀,遂拔聊城。

⑦"度辽"句:古有度辽将军之职,为三品杂号将军。西汉昭帝元凤三年任命中郎将范明友为度辽将军,因渡辽水而得名。东汉明帝永平八年复置,后渐成定制,曾是维护北部边防和处理北方民族政务的重要官员。度,《乐府诗集》、张本、吴本、倪本作"渡"。今按:渡、度通。自,吴本作"是"。○寒:《文苑英华》作"塞",《艺文类聚》《乐府诗集》、张本、吴本、倪本作"寒"。今按:作"寒"是,据改。萧萧:象声词。常形容风声。○纹:《艺文类聚》作"滨"。

⑧"妾惊"二句:谓边境战事起。《汉书·匈奴传》:"及孝文时,匈奴侵

暴北边,候骑至雍甘泉,京师大骇,发三将军屯细柳、棘门、霸上以备之,数月乃罢。"又,"胡骑入代句注边,烽火通于甘泉、长安。"武帝时,"其冬,匈奴数千人盗边,渔阳尤甚。汉使将军韩安国屯渔阳备胡。其明年秋,匈奴二万骑入汉,杀辽西太守,略二千余人。又败渔阳太守军千余人,围将军安国。"甘泉,宫名。故址在今陕西省淳化西北甘泉山。本秦宫。汉武帝时扩建为朝诸侯王、飨国宾及避暑之所。足,《艺文类聚》作"旦"。渔阳,地名。郡名,秦汉时治所在渔阳(今北京市密云县西南)。少,《艺文类聚》作"多",《文苑英华》、张本、吴本、倪本小注:"一作'多'。"

⑨"自从"句:《史记·绛侯世家》载:汉文帝时,周亚夫为将军,屯军细柳(在今陕西省咸阳市西南)。帝自劳军,至细柳营,因无军令而不得入。于是使使者持节诏将军,亚夫传令开壁门。既入,帝按辔徐行。至营,亚夫以军礼见,成礼而去。帝曰:"此真将军矣!曩者霸上、棘门军,若儿戏耳!"○"荡子"句:《文选》卷二九《古诗·青青河畔草》:"荡子行不归,空床难独守。"李善注:"《列子》曰:有人去乡土游于四方而不归者,世谓之为狂荡之人也。"荡子,指辞家远出、羁旅忘返的男子。难独,《艺文类聚》作"定难"。

⑩盘龙明镜:装饰有盘曲龙纹的镜子。○饷:赐自。此指来自秦嘉的赠予。○秦嘉:字士会,东汉陇西(治今甘肃临洮)人。为上郡掾,其妻徐淑寝疾还家,不获面别,赠诗三章,有"宝钗好耀首,明鉴可鉴形"之句,妻亦答诗。见《玉台新咏》卷一。又,秦嘉《重报妻书》云:"间得此镜,既明且好,形观文彩,世所希有,意甚爱之,故以相与。"妻徐淑《又报嘉书》:"今君征未还,镜将何施?明镜鉴形,当待君至。"○"辟恶"句:《晋书·贾充传》载:韩寿,字德真,西晋南阳堵阳人,美姿貌,善容止。韩寿与贾充女有私。时西域贡奇香,一着人,经月不脱,武帝以赐充,充女盗以予寿。充僚属闻其芬馥,称于充,充知与寿私,秘之,以女妻寿。辟恶,祛除恶气。生香,散发香气。韩,《文苑英华》作"塞",《艺文类聚》《乐府诗集》、张本、吴本、倪本作"韩"。今按:作"韩"是,据改。

⑪春分燕来:《左传·昭公十七年》:郯子曰:"玄鸟氏,司分者也。"杜预注:"玄鸟,燕也,以春分来,秋分去。"○蚕眠:蚕在生长过程中要数次蜕皮,

每次蜕皮前不动不食,有如休眠,故称。○不复久:张本小注:"《玉台》作'不能食'。"

⑫游丝:空中飘荡的蛛丝。○穿:破碎。

⑬"桃花"句:古有桃花马,故称。《尔雅·释畜》:"黄白杂毛,駂。"郭璞注:"今之桃花马。"好如,《艺文类聚》作"如好",《文苑英华》、张本、倪本小注:"一作'如好'。"○"榆荚"句:榆树的果实初春时先于叶而生,连缀成串,形似铜钱,俗呼榆钱。汉代曾铸榆荚钱。巧似,《艺文类聚》作"似细",《文苑英华》、倪本小注:"一作'似细'。"

⑭蒲桃:指葡萄酒。○九转:九转仙丹。即经过九次提炼的丹药,道教认为服之可成仙。晋葛洪《抱朴子·金丹》:"九转之丹服之,三日得仙。"转,量词。道家炼丹的次数叫转。

⑮金丹:古代道教方士炼金石为丹药,认为服之可长生不老。晋葛洪《抱朴子·金丹》:"夫金丹之为物,烧之愈久,变化愈妙;黄金入火,百炼不消,埋之,毕天不朽。服此二物,炼人身体,故能令人不老不死。"○华表:古代立在桥梁、宫殿、城垣或陵墓等前兼作装饰用的巨大柱子。一般为石或木造。《搜神记》卷一八:"世传燕昭王墓前华表木,已经千年。"

【汇评】

《古诗评选》:句句叙事,句句用兴用比,比中生兴,兴外得比,宛转相生,逢原皆给,故人患无心耳。苟有血性、有真情如子山者,当无忧其不淋漓酣畅也。子山自歌行好手,其情事亦与歌行相中,凌云之笔,惟此当之,非五言之谓也。杜以庾为师,却不得之于歌行,而仅得其五言,大是不知去取,《哀王孙》《哀江头》、七歌诸篇何尝有此气韵?○"春分燕来能几日,二月蚕眠不复久",自是千古风流语,元来又是叙事妙绝。

清冯班《钝吟杂录》:"古人七言歌行……梁元帝作《燕歌行》,一时文士争和。郑渔仲《通志·艺文志》有《燕歌行集》,今其书不存。庾信集有一篇可见,北人卢思道有《从军行》,皆唐人歌行之权舆也。"

《采菽堂古诗选》:巧琢隽句,生致嫣然。

杨柳歌①

　　河边杨柳百丈枝,别有长条踠地垂。②河水冲激根株危,倏忽河中风浪吹。③可怜巢里凤凰儿,无故当年生别离。④流槎一去上天池,织女支机当见随。⑤谁言从来荫数国,直用东南一小枝。⑥昔日公子出南皮,何处相寻玄武陂。⑦骏马翩翩西北驰,左右弯弧仰月支。⑧连钱障泥渡水骑,白玉手板落盘螭。⑨君言丈夫无意气,试问燕山那得碑。⑩凤凰新管萧史吹,朱鸟春窗玉女窥。⑪衔云酒杯赤玛瑙,照日食螺紫琉璃。⑫百年霜露奄离披,一旦功名不可为。⑬定是怀王作计误,无事翻覆用张仪。⑭不如饮酒高阳池,日暮归时倒接䍦。⑮武昌城下谁见移,官渡营前那可知。⑯独忆飞絮鹅毛下,非复青丝马尾垂。⑰欲与梅花留一曲,共将长笛管中吹。⑱(张本、吴本、倪本。又,《文苑英华》三三七引枝、垂、危、吹、儿、离、池、随、枝、驰、支、陂、吹、窥、璃、知、披、为、仪、移、知、垂、吹二十三韵。)

【题解】

　　诗从现实河边杨柳写起,以想象中的杨柳作结,中间穿插公子出游,感叹时光易逝,功业难成,主张及时饮酒行乐。全诗跳荡生姿,前后感情变化难以捉摸。故《文苑英华》所录与张本、吴本、倪本在诗句顺序上颇有不同。

【注释】

　　①杨柳歌:古乐府有《小折杨柳》,《乐府诗集》收有《折杨柳》《折杨柳行》《月节折杨柳歌》,然无《杨柳歌》。《文苑英华》收此诗入"歌行"。张本、吴本、倪本、明冯惟讷《古诗纪》卷一二四均入"乐府"。
　　②踠地:弯曲斜垂着地貌。踠,《文苑英华》作"窃"。吴本、倪本小注:

"一作'宛'。"

③危:《文苑英华》作"色",小注:"疑作'危'。"○倏忽:急速貌。

④"可怜"二句:汉刘向《九叹·怨思》:"哀枯杨之冤雏。"王逸注:"又悲哀飞鸟生雏,其身烦冤而不得出,在于枯杨之树,居危殆也。"生,《文苑英华》作"老"。

⑤"流槎"二句:南朝梁宗懔《荆楚岁时记》载,汉代张骞奉命寻找河源,乘槎经月至天河,在月中见一女织,又见一丈夫牵牛饮河,织女取支机石与骞。槎,木筏。天池,天河。支机,即支机石,用以支撑织布机的石头。当,张本、倪本小注:"一作'将'。"《文苑英华》作"应"。

⑥"谁言"二句:清倪璠注:"《论衡》曰:'日旦出扶桑,暮入细柳。扶桑,东方之地;细柳,西方之地。'此歌杨柳,以日有细柳之称,故云'荫数国'者,谓日也。《齐王宪碑》云'若木一枝,旁荫数国',若木亦日也。《庐江焦仲卿诗》云'自挂东南枝',此杨柳歌,亦离别之语,怨辞也。"

⑦"昔日"二句:此用魏文帝曹丕与友朋出游的典故。曹丕《与吴质书》:"每念昔日南皮之游,诚不可忘。"其又有《于玄武陂作诗》,中有"柳垂重荫绿,向我池边生"句。南皮,县名,时属渤海郡,治所在今河北省南皮县东北。玄武陂,即玄武池,在邺县(今河南省临漳县)西南。

⑧"骏马"二句:魏曹植《白马篇》:"白马饰金羁,连翩西北驰。"又云:"控弦破左的,右发摧月支。"月支,箭靶名。

⑨"连钱"句:《世说新语·术解》:"王武子善解马性。尝乘一马,着连钱障泥,前有水,终日不肯渡。王云:'此必是惜障泥。'使人解去,便径渡。"王武子即晋王济。连钱障泥,障泥上饰花纹如相连的铜钱。障泥,即马鞯。因垫在马鞍下,垂于马背两旁以挡尘土,故称。○"白玉"句:《太平御览》卷六九二引《郡国志》曰:"晋明为太子时,尝戏殿前,以玉手板弄铜蟠螭口,手倾溜入螭服中,不能出。人后见一白鼠,出入螭口。"手板,即笏。古时大臣朝见时,用以指画或记事的狭长板子,多以玉或象牙制作而成。螭,传说中无角的龙。此指铜盘上的龙形装饰。

⑩"君言"句:《古诗》:"男儿重意气,何用钱刀为?"意,《文苑英华》作"志"。○"试问"句:《后汉书·窦宪传》载:窦融与北单于战于稽落山,大破

之,遂登燕然山,刻石勒功,纪汉威德,令班固作铭。试,《文苑英华》作"为"。燕山,即燕然山,今蒙古境内杭爱山。碑,《文苑英华》作"知"。

⑪"凤凰"句:汉刘向《列仙传》载:相传春秋秦穆公时人萧史善吹箫,穆公以女弄玉妻之。萧史日教弄玉吹箫作凤鸣,后凤凰来集其屋。穆公筑凤台,使萧史夫妇居其上,居数年,随凤凰飞去。新管萧史,《文苑英华》作"新箫管史"。○"朱鸟"句:王延寿《鲁灵光殿赋》:"神仙岳岳于栋间,玉女窥窗而下视。"

⑫"衔云"句:红玛瑙雕成的衔云状酒杯。清倪璠注:"今云衔云酒杯者,若汉承露盘矣。"玛瑙,《文苑英华》作"码磁"。○"照日"句:镶嵌紫色琉璃闪耀光芒的螺酒杯。照日,与日光相辉映。食螺,盖指螺杯。《王子年拾遗记》曰:"汉武帝思怀李夫人,侍者觉帝容惭怨,乃进洪梁之酒,酌以文螺之卮。卮出波祇之国。"知螺可用作酒卮也。庾信《园庭》诗:"香螺酌美酒,枯蚌藉兰殽。"或指螺状的紫色琉璃杯。

⑬"百年"句:《楚辞·九辨》:"白露既下百草兮,奄离披此梧楸。"奄,忽然。离披,离散貌。

⑭"定是"二句:《史记·张仪传》载:张仪,战国时魏人。相秦,秦欲伐齐,齐楚从亲,于是张仪往相楚。楚怀王闻张仪来,虚上舍而自馆之。仪说楚王绝约于齐,秦将献楚商於之地六百里。楚王大说而许之。乃以相印授张仪,厚赂之,并闭关绝约于齐,使一将军随张仪入秦受地。张仪至秦,佯堕车,不朝三月。朝,谓楚使者曰:"臣有奉邑六里,原以献大王左右。"楚使者还报楚王,楚王大怒,发兵而攻秦。大败,于是楚割两城以与秦和。秦要楚欲得黔中地,欲以武关外易之。楚王曰:"不原易地,原得张仪而献黔中地。"张仪遂使楚,因权臣靳尚而使郑袖在怀王面前为自己解脱。怀王赦张仪。后怀王不识秦诡计,使秦,竟客死于秦。误,《文苑英华》作"嫭"。

⑮"不如"二句:《晋书·山简传》:西晋山简镇襄阳,优游卒岁,唯酒是耽。荆土豪族习氏有佳园池,简每出嬉游,多至池上,置酒辄醉,名之曰"高阳池"。时有童儿歌曰:"山公出何许,往至高阳池。日夕倒载归,酩酊无所知。时时能骑马,倒着白接䍦。举鞭问葛强,何如并州儿?"高阳池,在今湖北省襄阳市。本是汉侍中习郁于襄阳岘山养鱼之所,山简镇襄阳,名之曰

高阳池,取郦食其高阳酒徒之意。《史记·郦生传》载:郦生食其者,陈留高阳(在今河南杞县西南)人。沛公刘邦引兵过陈留,郦食其求见。使者辞说刘邦无暇见儒人。郦生瞋目案剑叱使者曰:"走!复入言沛公,吾高阳酒徒也,非儒人也。"接䍦,古代男子戴的一种帽子。

⑯"武昌"句:《艺文类聚》卷八九引《晋中兴书》曰:"陶侃明识过人,武昌道种柳,人有窃之,植于其家,侃见而识之,问何以盗官柳种,于时以为神。"武昌,即今湖北省鄂州市。城下,《文苑英华》作"南城"。见,《文苑英华》作"可"。○"官渡"句:魏文帝曹丕《柳赋》序:"昔建安五年,上与袁绍战于官渡时,余始植斯柳,自彼迄今,十有五载矣,感物伤怀,乃作斯赋。"可知,吴本小注:"一作'得知'。"可,张本、倪本小注:"一作'得'。"《文苑英华》作"得"。

⑰"独忆"句:宋吴可《藏海诗话》引作"空余白雪鹅毛"。独,《文苑英华》作"尚"。飞絮鹅毛下,形容飘飞的柳絮如鹅毛般落下。《世说新语·言语》载:东晋谢安寒雪日内集,"与儿女讲论文义。俄而雪骤,公欣然曰:'白雪纷纷何所似?'兄子胡儿曰:'撒盐空中差可拟。'兄女曰:'未若柳絮因风起。'"飞,《文苑英华》作"落"。下,《文苑英华》作"色"。○"非复"句:清倪璠注:"《罗敷行》曰:'青丝系马尾。'言杨花吹落,柳叶凋残,其色不复青也。鹅毛、马尾,取其相似也。"

⑱"欲与"二句:清倪璠注:"笛中有《落梅花曲》。鲍照《乐府》有《梅花落》。崔豹《古今注》称李延年有《折杨柳》《黄华子》等八曲。言曲有《杨柳》之名,欲与笛里《梅花》共吹之也。"欲,《文苑英华》作"各"。将,《文苑英华》作"在"。

【汇评】

唐崔涂《读庾信集》:四朝十帝尽风流,建业长安两醉游。唯有一篇《杨柳曲》,江南江北为君愁。

明杨慎《升庵诗话》"唐卢中读庾信集":"四朝十帝尽风流,建业长安两醉游。惟有一篇《杨柳曲》,江南江北为君愁。"庾信字子山,本梁之臣,后入东魏,又西魏,历后周,凡四朝十帝。其《杨柳曲》云:"君言丈夫无意气,试问燕山那得碑?"盖欲自比班固从窦宪。又云:"定是怀王作计误,无事翻覆用张仪。"盖指朱异酿成侯景之乱也。后之议者,悲其失节而愍其非当事权,此诗云"为君愁"是也。

《古诗评选》:七言长篇此为最初元声矣。○一面叙事,一面点染生色,自有次第,而非史传、笺注、论说之次第。逶迤淋漓,合成一色。虽尽力抉出示人,而浅人终不测其所谓,正令读者犹恨其少,若白乐天一流人,才发端三四句,人即见其多。迨后信笔狂披,直如野巫请神,哝哝数百句犹自以为不足而云。略请一圣,千圣降临,然后知六代之所谓纵横者,异唐人之纵横远矣。○齐梁以降,士习浮淫,诗之可传者既不多得。近者,竟陵一选,充取其狎媟猥鄙之作,而齐、梁、陈、隋几疑无诗。若子山此上三篇,(笔者按:指《怨歌行》《燕歌行》《杨柳行》)真性情,真风雅,为一代大文笔者,反断然削去。古人心血,为后世无知无行者掩抑至此!虽非壮夫,能不为之按剑哉!钟以宣城门下蚁附之末品,背公死党,既专心竭力与千古忠孝人为仇雠。谭则浪子游客,炙手权门,又不知性情为何物,其视此种诗如芒刺在眼。猰貐所噬,穷奇所食,固亡足怪。而生心害政,乃以堕天下之廉耻。坐五十年来文人才士于烟花市井之中,卖国事雠,恬不知忌。呜呼,有心有血者,何忍复食其余邪?

《采菽堂古诗选》:篇中并是故梁之思。伤己奉使,而襄汉不全。徒非张仪,楚地顿失。心事乖左,功名已虚。生别旧君,寄怀巢凤,见吞大国,托感南枝。而比绪不清,文旨杂出,稍令难解。以避猜嫌,亦是烦冤郁纡,言不差池也。揆情原心,为之于邑。○"公子"指元帝自石头西地至襄汉,而不得勒燕然之碑也。"凤凰"四句,稍写即位盛丽,而离披随之,不如酩酊无知为愈,盖山公固亦处乱世者。"武昌"二句,影切杨柳,山河变移,独留哀曲耳。

五言诗

奉和泛江①

　　春江下白帝，画舸向黄牛。②锦缆回沙碛，兰桡避荻洲。③湿花随水泛，空巢逐树流。建平船柹下，荆门战舰浮。④岸〔杜〕〔社〕多群树，山城是迥楼。⑤日落江风静，龙吟回上游。⑥（《初学记》卷六、《文苑英华》卷一六二、张本、吴本、倪本。又，《艺文类聚》卷八署作王台卿，引牛、洲、流、楼四韵。）

【题解】

　　此诗是应和他人《泛江》诗。写在长江上泛舟的所见所感，中间穿插"建平船柹下，荆门战舰浮"，似有盼战舰顺江而下，一统天下的愿望。

【注释】

　　①奉和：应和他人之诗。

　　②白帝：即白帝城。故址在今重庆市奉节县东瞿塘峡口。北魏郦道元《水经注·江水一》："江水又东径鱼复县故城南，故鱼国也……公孙述名之为白帝，取其王色。"〇画舸：画船，精美的船。〇黄牛：黄牛峡，在长江上，因山石如黄牛得名。《水经注·江水二》："行者谣曰：'朝发黄牛，暮宿黄牛。'"

　　③锦缆：锦制的缆绳。〇沙碛：沙滩，沙洲。〇兰桡：小舟的美称。〇荻洲：长满芦荻的沙洲。

　　④"建平"二句：《晋书·王濬传》："〔晋〕武帝谋伐吴，诏濬修舟舰。……濬造船于蜀，其木柹蔽江而下。吴建平太守吾彦取流柹以呈孙皓曰：'晋必有攻吴之计，宜增建平兵。建平不下，终不敢渡。'皓不从。"建平，郡名，属荆州，治所在今湖北省秭归县南。船柹（fèi），制船削下的小木片。柹，古同"柿"，削下的木片。

　　⑤社：《初学记》作"杜"，《文苑英华》《艺文类聚》、张本、吴本、倪本作

"社"。今按:作"社"是,据改。古代封土为社,栽种树木,为祀社神之所在。○群树:《艺文类聚》、张本、吴本、倪本作"乔木"。张本小注:"一作'群树'。"○是迥楼:《文苑英华》、张本、倪本作"足回楼"。吴本作"足迥楼"。迥楼,高楼。

⑥龙吟:形容箫笛类管乐器声音响亮。○回:《文苑英华》《艺文类聚》、倪本作"迥"。

【汇评】

《采菽堂古诗选》:亦应破江陵之后作,此诗固因还庾。○感伤深远,离黍之怨,使人难窥。○咏"空巢逐树流"句,便觉都邑丘墟,鸟雀皆尽,空庐荡没,林木漂流,此景惨目。

奉和山池①

乐(官)〔宫〕多暇豫,望苑暂回舆。②鸣笳陵绝限,飞盖历通渠。③桂亭花未落,桐门叶半疏。荷风惊浴鸟,桥影聚行鱼。日落含山气,云归带雨余。(《艺文类聚》卷九、《文苑英华》卷一六五、张本、吴本、倪本。)

【题解】

此是太子萧纲《山池诗》的和诗,为游赏池苑之作。前半写出行,后半写山池间秋景。

【注释】

①奉和山池:《艺文类聚》卷九引梁简文帝《山池》诗曰:"日暮芙蓉水,聊登鸣鹤舟。飞舻饰羽眊,长幔覆缇绸。停舆依柳息,住盖影空留。古树横临沼,新藤上挂楼。鱼游向暗集,戏鸟逗楂流。"

②乐宫:宫阙名。汉时长安有长乐宫。宫,《艺文类聚》《文苑英华》作

"官"。张本、吴本、倪本作"宫"。今按:作"宫"是,据改。○暇豫:闲暇。○望苑:即博望苑,故址在今陕西省西安市。汉武帝为戾太子所建,供其交接宾客。○回舆:回车。

③鸣笳:魏文帝《与吴质书》:"从者鸣笳以启路。"笳,古管乐器。○限:张本、吴本、倪本作"浪"。○飞盖:驱车。盖,车盖。《文选》卷二○曹子建《公宴诗》:"清夜游西园,飞盖相追随。"○通渠:通畅的河渠。

【汇评】

《古诗镜》卷二八:"日落含山气,云归带雨余",下句更觉饶韵。

《古诗评选》:在句巧丽,在章犹自浑成。

《采菽堂古诗选》:"桥影"句,有生致。

陪驾幸终南山和宇文内史①

玉山乘四载,瑶池宴八龙。②鼋桥浮少海,鹄盖上中峰。③飞狐横塞路,白马当河冲。④水奠三川(后)〔石〕,山封五树松。⑤长虹双瀑布,圆阙两芙蓉。⑥戍楼鸣夕鼓,山寺响晨钟。⑦新蒲节转促,短笋箨犹重。⑧树宿含樱鸟,花留酿蜜蜂。⑨迎风下列缺,酾酒召昌容。⑩且欣陪北上,方欲待东封。⑪(《艺文类聚》卷七、《文苑英华》卷一五九、张本、吴本、倪本。)

【题解】

此为和宇文昶《陪驾幸终南山》之作。首写皇帝的车驾入终南山,次写山中所见,最后表达陪驾的欣喜,并期待陪驾封禅,暗寓宇内澄清,天下太平之意。

【注释】

①终南山:一名中南山,言在天之中,居都之南,是今秦岭西自陕西省

武功县境、东至蓝田县境的总称。主峰在西安长安区，素有"仙都""洞天之冠"的美称，为道教发祥地之一。○宇文内史：指宇文昶。昶，本姓李，小名那，赐姓宇文氏。曾官内史大夫和内史中大夫。昶当宇文泰时，诏册文笔，皆出其手。《周书》卷三八、《北史》卷四〇有传。徐陵《与李那书》云："常在公筵，敬析名作，获殷公所借《陪驾终南》《入重阳阁诗》及《荆州大乘寺》《宜阳石像碑》四首，铿锵并奏，能惊赵鞅之魂，辉焕相华，时瞬安丰之眼。"《初学记》卷五周宇文昶《陪驾幸终南山诗》："尧盖临河颍，汉跸践华嵩。日旗回北凤，星旆转南鸿。青云过宣曲，先驱背射熊。金桴拂泉底，玉管吹云中。古辙称难极，新途或易穷。烟生山欲尽，潭净水恒空。交松上连雾，修竹下来风。仙才道无别，灵气法能同。东枣羞朝座，西桃献夜宫。诏令王子晋，出对浮邱公。"

②玉山：仙山。《山海经·西山经》："又西三百五十里，曰玉山，是西王母所居也。"郭璞注："此山多玉石，因以名云。《穆天子传》谓之群玉之山。"○四载：四匹马拉的车。○瑶池：传说中西王母所居住的地方，位于昆仑山上。《穆天子传》卷三："天子觞西王母于瑶池之上。"○八龙：即八骏。相传为周穆王的八匹名马。八，《文苑英华》作"行"，小注："《类聚》作'八'。"龙，《仪礼·觐礼》："天子乘龙，载大旆。"郑玄注："马八尺以上为龙。"

③鼋桥：《竹书纪年》卷下："穆王三十七年，伐楚，大起九师，东至于九江，叱鼋鼍以为梁。"后借指帝王的行驾。○少海：即渤海。《淮南子·坠形》："东方曰大渚，曰少海。"○鹄盖：形如飞鹄张翼的车盖。○中峰：指终南山。

④飞狐：要塞名。在今河北省涞源县北蔚县南，为古代河北平原与北方边郡间的交通咽喉。《汉书·郦食其传》："愿足下急复进兵……距飞狐之口，守白马之津，以示诸侯形制之势。"○白马：古津渡名。在今河南省滑县北。○河冲：河上要道。

⑤三川：三条河流的合称。一般指泾、渭、洛。○石：《艺文类聚》作"后"，《文苑英华》、张本、吴本、倪本作"石"。今按：作"石"是，据改。○五树松：《史记·秦始皇本纪》载：秦始皇二十八年封禅泰山，风雨暴至，休于树下，因封此树为"五大夫"。后世人不明"五大夫"为秦官，而附会为五株松树。

⑥"长虹"句:指天上长虹与山上瀑布遥相辉映。○圆阙:古代宫殿前的高建筑物。通常左右各一。样式为下是高台,台上起楼观,上圆下方,势如芙蓉。

⑦戍楼:边防驻军的瞭望楼。

⑧箨(tuò):笋壳。

⑨含樱鸟:清倪璠注:"樱桃一名含桃。"似不确。又,清高士奇《续编珠》卷二:"庾信诗'树宿含樱鸟,花留酿蜜蜂',谓莺也。"今按:或指叼着樱桃的小鸟。

⑩"迎风"句:盖指仙人昌容乘风驭电来赴酒宴。列缺,指天空中闪电所现的空隙。酾酒,斟酒。酾,《文苑英华》、张本、吴本、倪本作"洒"。昌容,仙人名。《太平广记》卷五九引《女仙传》:"昌容者,商王女也,修道于常山,食蓬蔂根二百余年,颜如二十许。能致紫草,鬻与染工,得钱以与贫病者,往来城市,世世见之。远近之人,奉事者千余家,竟不知其所修之道。常行日中,不见其影。或云:'昌容能炼形者也。'忽冲天而去。"

⑪"且欣"句:《文苑英华》作"欣陪北山上",《文苑英华》、倪本小注:"《类聚》作'且欣陪此上'。"倪本"北"下小注:"一作'此'。"○东封:指帝王行封禅事,昭告天下太平。《史记·司马相如列传》载:西汉司马相如遗书中有《封禅文》,请武帝东幸封泰山,禅梁父,以彰功业。相如卒后八年,武帝东至泰山行封禅事。封,《文苑英华》作"风"。

【汇评】

《古诗镜》卷二八:"长虹双瀑布,圆阙两芙蓉",语极琢炼。

《采菽堂古诗选》:工称,亦复嫣秀。

和宇文内史春日游山①

游客值春辉,金鞍上翠微。②风逆花迎面,山深云湿衣。雁持一足倚,猿将两臂飞。戍楼侵岭路,山村落猎围。③道士封君达,仙人丁令威。④煮丹于此地,居然未肯归。⑤(《文苑英华》卷一六〇、张本、吴本、倪本。)

【题解】

此是奉和宇文昶的游山之作。诗以乘马登山开篇,移步换景,写出了山中的鲜明独特的景物。最后以仙人炼丹不归作结,表达自己的留恋不舍之情。

【注释】

①宇文内史:即宇文昶。见前《陪驾幸终南山和宇文内史》注①。

②翠微:青翠掩映的山峰幽深处。泛指青山。

③"山村"句:意谓山村在打猎形成的包围圈内。

④封君达:东汉方士。《后汉书·方术传·甘始传》唐李贤注引《汉武帝内传》:"封君达,陇西人。初服黄连五十余年,入鸟举山,服水银百余年,还乡里,如二十者。常乘青牛,故号'青牛道士'。……二百余岁乃入玄丘山去。"○丁令威:《搜神后记》卷一:"丁令威,本辽东人,学道于灵虚山,后化鹤归辽,集城门华表柱。"

⑤煮丹:炼丹。

【汇评】

《古诗镜》卷二八:"山深云湿衣","湿"字最有生趣。

《采菽堂古诗选》:雁猿当是即目,语甚新奇。

游　山①

聊登玄圃殿,更上增城山。②不知高几里,低头看世间。唱歌云欲聚,弹琴鹤欲舞。③涧底百重花,山根一片雨。④婉婉藤倒垂,亭亭松直竖。⑤(《文苑英华》卷一五九、张本、吴本、倪本。)

【题解】

诗写游山所见,在构思上别出心裁,写从山顶往下俯视,由高到低,由远及近,凸显了山之高、景之美。

【注释】

①游山:张本、倪本题下小注:"一作'游仙'。"

②玄圃:亦作"悬圃"。传说中昆仑山顶的神仙居处。○增城山:神话传说中地名。《淮南子·坠形》:"掘昆仑虚以下地,中有增城九重,其高万一千里百一十四步二尺六寸。"增,吴本作"层"。

③"唱歌"句:《列子·汤问》:秦青"抚节悲歌,声振林木,响遏行云"。○"弹琴"句:《韩非子·十过》:晋平公请鼓琴,师旷援琴而鼓。"一奏之,有玄鹤二八道南方来,集于郎门之垝;再奏之,而列;三奏之,延颈而鸣,舒翼而舞,音中宫商之声,声闻于天。"

④山根:山脚。

⑤婉婉:屈伸貌。○亭亭:直立貌。

【汇评】

宋胡仔《渔隐丛话》前集卷二:《潘子真诗话》云:"山谷言:庾子山'洞底百重花,山根一片雨',有以尽登高临远之趣。"

《古诗镜》卷二八:"洞底百重花,山根一片雨",宋人绝爱此语,此非庾诗至佳处,不若王维"山中一夜雨,树杪百重泉"其韵为胜。

《采菽堂古诗选》:高旷之境,楚楚异人。

和宇文京兆游田①

小苑禁门开,长杨猎客来。②悬知画眉罢,走马向章台。③涧寒泉反缩,山晴云倒回。熊饥自舐掌,雁惊独衔枚。④美酒余杭醉,芙蓉即奉杯。⑤(张本、吴本、倪本。)

【题解】

此和宇文神举《游田》诗,先写出猎,中间写游猎所见,最后写归来。诗按时间顺序写来,而"画眉"和"芙蓉"又前后呼应。

【注释】

①宇文京兆:即宇文神举。雅好篇什。建德元年(571),迁京兆尹。三年,出为熊州刺史。《周书》卷四〇、《北史》卷五七有传。京兆,官名。京都地区的行政长官。○游田:即游猎。

②禁门:宫门。○长杨:即长杨宫。故址在今陕西省周至县东南。汉扬雄《长杨赋》:"振师五柞,习马长杨。"

③"悬知"二句:《汉书·张敞传》:"敞无威仪,时罢朝会,过走马章台街,使御吏驱,自以便面拊马。又为妇画眉,长安中传张京兆眉怃。有司以奏敞。上问之,对曰:'臣闻闺房之内,夫妇之私,有过于画眉者。'"悬知,料想,预知。章台,汉代长安街名。

④舐(shì):舔。○衔枚:即衔芦,雁口含芦草,用以自卫。晋崔豹《古今注·鸟兽》:"雁自河北渡江南,瘠瘦能高飞,不畏缯缴。江南沃饶,每至还河北,体肥不能高飞,恐为虞人所获,尝衔芦长数寸,以防缯缴焉。"

⑤"美酒"句:《神仙传》载:仙人王远降蔡经家,以美酒赐经家人,人饮一升许,皆醉。良久酒尽,"远遣左右曰:'不足复还取也。'以千钱与余杭姥,乞酤酒。"余杭,即杭州。醉,张本小注:"一作'至'。"○芙蓉:《西京杂记》:"文君姣好,眉色如望远山,脸际常若芙蓉。"后因以喻指美女。

【汇评】

《采菽堂古诗选》:"洞寒"二句,苍异。

奉报寄洛州①

舟师会孟津,甲子阵东邻。②雷辕惊战鼓,剑室动金神。③幕府风云气,军门关塞人。④长旂析鸟羽,合甲抱犀鳞。⑤星芒一丈焰,月晕七重轮。⑥黎阳水稍渌,官渡柳应春。⑦无庸奉天睠,驱传牧南秦。⑧繁词劳简牍,杂俗弊风尘。⑨上洛逢都尉,商山见逸民。⑩留滞终南下,唯当一史臣。⑪(《文苑英华》卷二四〇、张本、吴本、倪本。)

【题解】

此盖以诗报告任洛州刺史的情况。洛州本北齐地,因北周灭北齐,庾信得以为此州刺史。故诗先铺写北周灭北齐事,凸显北周声威,中以"繁词劳简牍,杂俗弊风尘"写自己洛州刺史工作的繁重,故在仕隐之间徘徊不定,结尾表达自己"当一史臣"的愿望。

【注释】

①奉报寄洛州:《北史·周本纪》:北周武帝建德六年(577),二月,平齐。《周书·庾信传》:"拜洛州刺史。"清倪璠注:"本传信拜洛州刺史。按《周本纪》:'建德六年,平齐。'子山为洛州刺州时也。"洛州,治所在上洛县,即今陕西省商洛市。

②"舟师"二句:指平北齐的军队聚集。舟师,水师。孟津,古黄河津渡名。在今河南省孟津县东北、孟州市西南。相传周武王在此盟会诸侯并渡河,故一名盟津。此代指渡口。甲子,甲,天干的首位;子,地支的首位。古代以天干和地支递次相配,如甲子、乙丑、丙寅之类,统称甲子。从甲子起至癸亥止,共六十,故又称为六十甲子。古人用以纪日或纪年。周武王甲子之日克殷。东邻,指北齐。清倪璠注:"按北齐本东魏所禅,后周本西魏所禅,以西邻喻周,而谓东邻为齐,比殷纣矣。"

③雷辕:《淮南子·原道》:"令雨师洒道,使风伯扫尘;电以为鞭策,雷以为车轮。"此指隆隆作响的战车。○剑室:藏剑之室。《西京杂记》载:高祖斩白蛇剑,"剑在室中,光景犹照于外"。○金神:秋之神。古以五行之金配秋,故称秋为金秋。秋气为肃杀之气,因而天子于秋天"乃命将帅,选士厉兵,简练桀俊,专任有功,以征不义,诘诛暴慢,以明好恶,巡彼远方"。参《吕氏春秋·孟秋》。

47

④幕府：本指将帅在外的营帐。后泛指军政大吏的府署。〇风云气：战争之气。〇军门：军营的门。〇关塞人：指战士。

⑤长旍(jīng)：指旗帜。〇析鸟羽：古代用来装饰旌旗、旄节等的繐状羽毛。《周礼·春官·司常》："全羽为旞，析羽为旌。"郑玄注："全羽、析羽，皆五采，系之于旞旌之上。"〇合甲：用两层犀、兕之皮制成的坚固铠甲。〇犀鳞：犀牛皮。

⑥"星芒"二句：暗指战事起，大军围困齐城。《晋书·天文志》："一曰彗星，所谓扫星。本类星，末类彗，小者数寸，长或竟天。见则兵起、大水。主扫除，除旧布新。"《史记·天官书》："平城之围，月晕参、毕七重。"唐代司马贞《索隐》："《天文志》：'其占者毕、昴间天街也。街北，胡也。街南，中国也。昴为匈奴，参为赵，毕为边兵。是岁，高祖自将兵击匈奴，至平城，为冒顿所围，七日乃解。'则天象有若符契。七重者，主七日也。"

⑦"黎阳"二句：暗示齐平，战事平息。清倪璠注："官渡，袁、曹争战之地。黎阳、官渡，本魏地，后魏都洛，自分东、西，东魏都邺，后禅于齐，西魏都长安，后禅于周。时周武帝亲征齐国，已平，洛属于周，故子山得莅此地。"黎阳，古津渡名。在今河南省浚县东南。《晋书·载记·慕容德》载：东晋安帝隆安二年(398)，慕容德自邺徙滑台，从此济。旦，魏师至而冰泮，若有神焉。官渡，古津渡名。今河南省中牟县东北。东汉献帝建安五年(200)，曹操军与袁绍军在此展开战略决战，曹军击溃了袁军主力。

⑧"无庸"二句：言自己为洛州刺史。无庸，无用的谦词。天睠，指帝王对臣下的恩宠。驱传，驾御驿车。牧，出任州郡长官。南秦，清吴兆宜注："徐文炳曰：《魏·地形志》洛州上洛郡上洛县注：前汉属恒农，后汉属京兆，晋属有丹水、南秦水、四皓祠。又《隋书》豫州河南郡阌乡县注：有秦山。盖洛地旧有南秦之称，故云。"

⑨简牍：指文书。

⑩上洛：县名。治所在今陕西省商县。〇都尉：官名。职在典兵。庾信《谨赠司寇淮南公诗》："南部治都尉，军谋假建威。"似洛州刺史还负责军事工作。〇"商山"句：《史记·留侯世家》《汉书·张良传》等载：秦末东园公、绮里季、夏黄公、甪里先生，避秦乱，隐商山，年皆八十有余，须眉皓白，时称

商山四皓。高祖召,不应。后高祖欲废太子,吕后用留侯计,迎四皓,辅太子,遂使高祖辍废太子之议。商山,山名,位于陕西省商洛市丹凤县商镇南。

⑪"留滞"二句:清倪璠注:"司马迁《自序》云:'天子始建汉家之封,而太史公留滞周南。'《括地志》云:'终南山,一名周南山。'徐广曰:'挚虞曰:"古之周南,今之洛阳。"'《索隐》曰:'张晏云:"自陕已东,皆周南地也。"'言今当平齐,正功臣建封之日,已为洛州刺史,留滞周南,当一史臣也。按:终南一名周南。此洛阳周南无兼称,终南疑误也。"

【汇评】

《采菽堂古诗选》:谬其词,使若不得躬逢其盛者然。然味"上洛"二句,怀抱可见。

穷秋寄隐士①

王倪逢啮缺,桀溺遇长沮。②藜床负日卧,麦陇带经锄。③自然曲木几,无名科斗书。④聚花聊饲雀,穿池试养鱼。小村治涩路,低田补坏渠。⑤秋水牵沙落,寒藤抱树疏。⑥空枉平原骑,来过仲蔚庐。⑦(《艺文类聚》卷三六、《文苑英华》卷二三二、张本、吴本、倪本。)

【题解】

此诗盖为报谢北周赵王宇文招到访而作。诗中化用了一系列前代隐士的典故,并撷取典型的隐士日常生活杂事和乡村景物,表现居于其间的隐士即作者自己志趣的恬淡。

【注释】

①奉报穷秋寄隐士:《文苑英华》、张本、吴本、倪本题作"奉报穷秋寄隐士"。张本题下小注:"《诗汇》作王褒诗,非。"倪本题下小注:"以诗末二句

解之,当是报赵王也。"

②"王倪"句:王倪、啮缺俱为传说中尧时贤人、隐士,王倪为啮缺之师。《庄子·应帝王》:"啮缺问于王倪,四问而四不知。啮缺因跃而大喜,行以告蒲衣子。"○"桀溺"句:桀溺、长沮,《论语·微子》中记载孔子遇到的两位隐者。遇,《文苑英华》、张本、吴本作"偶",倪本作"耦"。

③"藜床"句:《世说新语·排调》:"郝隆七月七日出日中仰卧。人问其故,答曰:'我晒书。'"床,古代坐具。负日,晒太阳。○"麦陇"句:《汉书·倪宽传》:"时行赁作,带经而锄,休息辄读诵,其精如此。"又,《三国志·魏书·常林传》裴松之注引《魏略》:"性好学,汉末为诸生,带经耕锄。其妻常自馈饷之,林虽在田野,其相敬如宾。"

④几:古人坐时倚靠的小桌。○科斗书:古文字体的一种。笔画多头大尾小,形如蝌蚪,故称。

⑤村:《文苑英华》卷二三二作"径"。

⑥牵:《采菽堂古诗选》:"'牵'疑是'刊'。"

⑦平原骑:《史记·平原君传》:"平原君赵胜者,赵之诸公子也。诸子中胜最贤,喜宾客,宾客盖至者数千人。"《史记·范雎传》载:秦昭王佯为好书遗平原君曰:"寡人闻君之高义,愿与君为布衣之友,君幸过寡人,寡人愿与君为十日之饮。"○仲蔚:即张仲蔚,隐士。晋皇甫谧《高士传》曰:"张仲蔚者,平陵人也,与同郡魏景卿俱修《道德》,隐身不仕。明天官博物,善属文,好诗赋。常居穷素,所处蓬蒿没人。闭门养性,不治荣名。时人莫识,惟刘龚知之。"

【汇评】

《采菽堂古诗选》:语语新隽。

上益州上柱国赵王诗二首①

1. 铜梁影棠树,石镜写綦帷。②两江如渍锦,双峰似画眉。③穿荷低晚盖,衰柳挂残丝。风流盛儒雅,泉涌富文词。④无因同子(淑)〔叔〕,暂得侍临淄。⑤（张本、吴本、倪本。）

【题解】

此二首,前诗由蜀地风光写到赵王的儒雅文才,借邯郸淳与曹植交往的典故委婉表达不能陪侍其侧的遗憾;后诗写年终岁暮,自己的生活困苦,暗含望赵王怜悯帮助之意。

【注释】

①益州上柱国赵王:即宇文招,字豆卢突。幼聪颖,博涉群书,好属文。学庾信体,词多轻艳。武成初,进封赵国公。保定中,拜为柱国,出为益州总管。建德三年,晋爵为王。五年,进位上柱国。《周书》卷一三、《北史》卷五八有传。益州,古州名,其范围包括今四川省、重庆市全境和陕西省南部及云南省西北部。治所在成都。上柱国,官名。北魏、北周时,凡军功卓著者,官封上柱国,位极尊宠。

②"铜梁"二句:清倪璠注:"《蜀都赋》注曰:'铜梁山在巴东。'铜梁影棠树者,言赵王出镇益州巴蜀,铜梁是其听政之所,若召伯《甘棠》矣。《蜀王本纪》曰:'武都丈夫化为女子,蜀王纳以为妃。无几物故,葬于成都。郭中以石镜一枚,表其墓。'搴帷,贾琮事。按下文,此'帷'疑谓妇人之饰。时纥豆陵氏偕行,与墓志'山名石镜,即对妆台'同。"铜梁,山名。在今重庆市合川区南。山有石梁横亘,色如铜。棠树,即甘棠。后世多以"甘棠"称颂循吏的美政和遗爱。《诗经·召南·甘棠》:"蔽芾甘棠,勿翦勿伐,召伯所茇。"《史记·燕召公世家》:"周武王之灭纣,封召公于北燕……召公巡行乡邑,有棠树,决狱政事其下,自侯伯至庶人各得其所,无失职者。召公卒,而民人思召公之政,怀棠树不敢伐,哥咏之,作《甘棠》之诗。"写,依形摹画。搴帷,指高级地方官履任。《后汉书·贾琮传》:"以琮为冀州刺史。旧典,传车骖驾,垂赤帷裳,迎于州界。及琮之部,升车言曰:'刺史当远视广听,纠察美恶,何有反垂帷裳以自掩塞乎?'乃命御者搴之。百城闻风,自然竦震。"

③两江:指成都之郫江、流江。○"双峰"句:《益州记》载:峨眉山,"秋日清澄,望见两山相崎,如蛾眉焉"。

④"泉涌"句:《文选》卷五六曹子建《王仲宣诔》:"文若春华,思若涌泉。"

⑤"无因"二句:清倪璠注:"子山以赵王之才,比于陈思矣。"《三国志》卷二一裴松之注引《魏略》:邯郸淳,字子叔。博学有才章。太祖曹操素闻其名,召与相见,甚敬异之。会临菑侯曹植亦求淳,太祖遣淳诣植。植得淳甚喜,与之谈古论今。而于时世子未立。太祖俄有意于植,而淳屡称植才。叔,张本、倪本作"淑",吴本作"叔"。今按:作"叔"是,据改。

【汇评】

《采菽堂古诗选》:棠树、褰帷,寻常事,映带境地便新。"两江"二句亦隽。

2. 寂寞岁阴穷,苍茫云貌同。①鹤毛飘乱雪,车毂转飞蓬。②雁归知向暖,鸟巢解背风。③寒沙两岸白,猎火一山红。愿想悬鹑弊,时嗟陋巷空。④(张本、吴本、倪本。)

【注释】

①岁阴:犹言岁暮。

②"鹤毛"句:形容雪大,如同鹤毛飘下。○车毂(gǔ):车轮。

③"鸟巢"句:《淮南子·缪称》:"鹊巢知风之所起。"

④悬鹑:喻衣服破烂不堪,如同鹌鹑毛斑尾秃。《荀子·大略》:"子夏贫,衣若悬鹑。"○陋巷空:形容生活困苦。《论语·雍也》:"贤哉,回也!一箪食,一瓢饮,在陋巷,人不堪其忧,回也不改其乐。"

【汇评】

《采菽堂古诗选》:一首颂赵,二首自述,章法合。"雁归"云云,得比兴之旨。

谨赠司寇淮南公[①]

危邦久乱德,天策始乘机。[②]九河闻誓众,千里见连旗。[③]虢亡垂棘返,齐平宝鼎归。[④]久弊风尘俗,殊劳关塞衣。[⑤]绊骥还千里,垂鹏更九飞。[⑥]犹怜马齿进,应念节旄稀。[⑦]回轩入故里,园柳始依依。[⑧]旧竹侵行径,新桐益几围。[⑨]寒谷梨应重,秋林栗更肥。[⑩]美酒还参圣,雕文本入微。[⑪]促歌迎赵瑟,《游弦》召《楚妃》。[⑫]小人司刺举,明扬实滥推。[⑬]南部治都尉,军谋假建威。[⑭]商山隐士石,丹水凤凰矶。[⑮]野亭长被马,山城早掩扉。[⑯]传呼拥绛节,交戟映彤闱。[⑰]遂令忘楚操,何但食周薇。[⑱]三十六水变,四十九条非。[⑲]丹灶风烟歇,年龄蒲柳衰。[⑳]同僚敢不尽,畴日惧难追。[㉑](《文苑英华》卷二四七、张本、吴本、倪本。又,《周书》卷三八《元伟传》引归韵。)

【题解】

司寇淮南公元伟出使北齐,被扣,齐灭,才得以返回北周。而庾信本南朝梁人,出使北周被扣,并出仕。二人遭遇相同,选择和结局不同。庾信本就敏感,加之元伟和其还曾是同僚,对于元伟的坚持气节回归,他既高兴,又自羞,同时更激起自己故国之思。故此诗感情复杂,欲说还休,耐人寻味。

【注释】

①司寇淮南公:指魏宗室元伟。《周书·元伟传》:"元伟,字猷道,河南洛阳人也。魏昭成之后。……六官建,拜师氏下大夫,爵随例降,改封淮南县公。……建德二年,复为司宗,转司会中大夫,兼民部中大夫,迁小司寇。四年,以伟为使主,报聘于齐。是秋,高祖亲戎东讨,伟遂为齐人所执。六

年,齐平,伟方见释。……初自邺还也,庾信赠其诗曰:'虢亡垂棘反,齐平宝鼎归。'其为辞人所重如此。"

②"危邦"二句:指北周灭北齐事。清倪璠注:"危邦乱德,言齐国久危乱也。天策乘机,谓高祖亲戎东讨也。"

③九河:传为禹时黄河的九条支流。泛指黄河。

④"虢(guó)亡"二句:指元伟在北齐平定后返回北周。"虢亡"句,《左传·僖公二年》:晋荀息请以屈产之乘与垂棘之璧,假道于虞以伐虢。晋献公曰:"是吾宝也。"荀息对曰:"若得道于虞,犹外府也。"意谓这些宝物正是暂时寄存于虞国,灭掉虢、虞后仍归自己所有。垂棘,本春秋晋地名,以产美玉著称。后借指美玉。虢,春秋时姬姓小国,公元前655年,晋国假虞灭虢。宝鼎,国之重器。垂棘、宝鼎,此处用以喻指元伟。

⑤风尘:比喻战乱。

⑥"绊骥"句:拴缚马足的骐骥又能奔驰千里。《淮南子·俶真》:"是犹两绊骐骥而求其致千里也。"绊,指拴缚马足。○"垂鹏"句:翅膀低垂的大鹏重新飞上高天。九飞,高飞九天。

⑦"犹怜"二句:清倪璠注:"言齐平见释,高祖以其久被幽縶,加授开府也。"马齿进,指年龄老大。马齿,马的牙齿随年龄而添换,看马齿可知马的年龄。借指人的年龄。节旄稀,指坚持使节的身份,不屈服于敌国。清倪璠注:"言于此时不降齐国,若苏武矣。"《汉书·苏武传》载:苏武出使匈奴,被扣十九年,徙于北海上无人处,苏武"杖汉节牧羊,卧起操持,节旄尽落"。节旄,旌节上所缀的牦牛尾饰物。

⑧依依:轻柔披拂貌。《诗经·小雅·采薇》:"昔我往矣,杨柳依依。"

⑨行:《文苑英华》小注:"一作'何'。"

⑩"寒谷"句:盖用"大谷之梨"典。《文选》卷一六潘安仁《闲居赋》:"张公大谷之梨。"李善注:"《广志》曰:洛阳北芒山有张公夏梨,甚甘,海内唯有一树。"大谷,在今河南省洛阳市南。○"秋林"句:《西京杂记》:"上林苑有侯栗、瑰栗、魁栗、榛栗、峄阳栗。"

⑪"美酒"句:谓饮酒。《三国志·魏志·徐邈传》:"平日醉客谓酒清者为圣人,浊者为贤人。"○"雕文"句:谓作文。清倪璠注:"雕文,即扬子《法

言》所谓'雕虫篆刻'者也,扬子晚而谈玄,是入微矣。"

⑫"促歌"二句:谓听乐。赵瑟,西汉杨恽《与孙会宗书》:"妇,赵女也,雅善鼓瑟。"《游弦》《楚妃》,皆曲名。楚妃,即《楚妃叹》,乐府吟叹曲之一。三国魏嵇康《琴赋》:"《飞龙》《鹿鸣》《鹍鸡》《游弦》,更唱迭奏,声若自然。……《王昭》《楚妃》,千里别鹤,犹有一切,承间簉乏,亦有可观者焉。"

⑬小人:庾信谦称。○司刺举:指出为洛州刺史。刺举,刺奸恶,举有功,指刺史之职责。《艺文类聚》卷五三引梁任孝恭《为李庆州孟坚使与覃无名书》曰:"足下刺举一隅,同奉家国。"明扬:举用,选拔。扬,张本、倪本小注:"一作'时'。"○滥推:谦谓滥竽充数。推,张本、吴本、倪本作"吹"。

⑭南部:庾信《奉报寄洛州诗》称"洛州"为"南秦",此当是同义。○军谋:军事谋略。○假:倚靠。○建威:后汉以来有建威将军名号。

⑮"商山"二句:清倪璠注:"谓洛州治也。"商山,位于今陕西省商洛市丹凤县商镇南。汉时有四皓隐居于此。石,吴本作"宅"。张本小注:"一作'宅'。"丹水,桑钦《水经》:"丹水出京兆上洛县西北冢领山。东南过其县南。又东南过商县南,又东南至于丹水县,入于均。"

⑯"野亭"二句:清倪璠注:"言疆场时有警也。"

⑰"传呼"二句:"言为洛州刺史辱此高位也。"传呼,传唤。绛节,古代使者持拿的红色符节,以为凭证。交戟,卫士执戟相交守卫。彤闱,朱漆宫门。借指宫廷。

⑱"遂令"二句:清倪璠注:"伤己屈节仕周,深愧伟之使齐全节也。"楚操,《左传·成公九年》载,楚钟仪被晋所俘。晋侯命仪奏琴,仪操南音。晋大臣范文子说,钟仪"乐操土风,不忘旧也"。食周薇,谓自己未能坚守气节,本梁人,反而出仕北齐。《史记·伯夷传》载,周武王灭商,伯夷叔齐耻食周粟,隐于首阳山,采薇而食,终饿死。

⑲"三十六"二句:清倪璠注:"《抱朴子》曰:'道家有《三十六水经》。'《神仙传》云:'八公诣淮南王安,授《丹经》及《三十六水方》。'《洞仙传》曰:'扈谦,魏郡人,有诗云:"手摇四十九,灵光在上照。"'按:此谓养生无术,故下文言丹灶歇而年龄衰也。又一解:袁宏《后汉纪》曰:'催、汜绕营叫呼。李药欲令车驾御船过砥柱,出盟津。杨彪曰:"臣弘农人也,自此以东有三

十六滩,非万乘所当登。"刘艾亦曰:"臣前为陕县,知其危险。'"《庄子》曰:'蘧伯玉行年五十,而知四十九年之非。'按:词连上文,信治洛州,危险如三十六滩之变,立身有四十九条之非也。"

⑳"丹灶"二句:清倪璠注:"言己于今老矣,无能为也。"丹灶,即炼丹炉。蒲柳,即水杨。一种入秋就凋零的树木。多喻人体质衰弱,未老先衰。南朝宋刘义庆《世说新语·言语》:"蒲柳之姿,望秋而落;松柏之质,经霜弥茂。"

㉑同僚:同朝或同官署做官的人。清倪璠注:"《周书·元伟传》云:'世宗初,受诏于麟趾殿刊正经籍。'按武成二年,子山亦为麟趾学士。天和初,为司空中大夫。知与伟同官也。"○畴日:往日,从前。

【汇评】

《采菽堂古诗选》:警切淋漓,回换曲折,不没怀来,使心迹并见,故佳。"三十六水"二句,语不入诗,宜删去。

正旦上司宪府[①]

诘旦启门阑,繁辞拥笔端。[②]苍鹰下狱吏,獬豸饰刑冠。[③]司朝引玉节,盟载捧珠盘。[④]穷纪星移次,归余律未殚。[⑤]雪高三尺厚,冰深一寸寒。[⑥]短笋犹埋竹,香心未起兰。[⑦]孟门久失路,扶摇忽上抟。[⑧]栖乌迁得府,弃马复归栏。[⑨]荣华名义重,虚薄报恩难。枚乘迁起疾,贡禹遂弹冠。[⑩]方随莲叶剑,未用竹根丹。[⑪]一知玄象法,谁思垂钓竿。[⑫](《文苑英华》卷六九九宇文逌《庾信集序》引、张本、吴本、倪本。又,《艺文类聚》卷五四引端、官、盘、抟、栏、难、冠、丹、竿九韵。)

【题解】

此为正月初一作,作者时为司宪中大夫。诗中一方面表达了愿意自己恪尽职守,严于执法的来报答北周朝廷恩义的决心,另一方又为自己不能隐退、出仕北周而感到惭愧。

【注释】

①正旦:正月初一。○司宪府:时庾信为司宪中大夫。宇文逌《庾信集序》:"入为司宪中大夫,帅掌三赦之法,助宣五禁之书,秋府得人,于斯为盛。尝且上府赋诗曰云云。其王事之中,优游如此。"司宪中大夫,官名。北周依《周礼》置六官,其秋官府依《周礼》士师一官,改称司宪,有中大夫二人。府,《艺文类聚》脱。

②诘旦:清晨。○门阑:门框或门栅栏。阑,《艺文类聚》作"栏"。○拥:张本、吴本、倪本作"涌"。

③苍鹰:喻执法严厉的官员。《史记·酷吏列传》载:郅都为中尉,"独先严酷,致行法不避贵戚,列侯宗室见都侧目而视,号曰'苍鹰'"。○獬(xiè)豸(zhì):传说中的异兽。一角,能辨曲直,见人相斗,则以角触邪恶无理者,故古代御史大夫等执法官戴獬豸冠。○冠:《艺文类聚》、张本、吴本、倪本作"官"。

④玉节:玉制的符节。古代天子、王侯的使者持以为凭。○盟载:盟书。○珠盘:古代诸侯盟誓时用的器具。《周礼·天官·玉府》:"合诸侯则供珠盘玉敦。"

⑤"穷纪"二句:清倪璠注:"言月纪已穷,而冬律未尽也。""穷纪"句,指农历十二月。《礼记·月令》:"〔季冬之月〕,日穷于次,月穷于纪,星回于天,数将几终,岁且更始。"郑玄注:"言日月星辰运行于此月,皆周匝于故处也。次,舍也。纪,会也。"归余,谓积月之余日以置闰月。《南齐书·礼志》:"闰是年之归余。"律,时令,节气。

⑥寸:张本、吴本、倪本作"长"。

⑦"香心"句:谓兰花尚未开。起,张本、吴本、倪本作"启"。

⑧孟门:古山名。以险阻著称。在今陕西省宜川东北、山西省吉县西,绵亘黄河两岸,又称龙门上口。北魏郦道元《水经注·河水四》:"孟门,即龙门之上口也。实谓黄河之巨陌,兼孟津之名矣。"《文选》卷四六王元长《三月三日曲水诗序》:"秉灵图而非泰,涉孟门其何险!"又,同书卷五五刘

57

孝标《广绝交论》:"世路险巇,一至于此!太行孟门,岂云崭绝。"○"扶摇"句:谓忽然飞腾。《庄子·逍遥游》:"鹏之徙于南冥也,水击三千里,抟扶摇而上者九万里。"扶摇,盘旋而上的暴风。抟(tuán),鸟类向高空飞翔。

⑨栖乌:即朝夕乌。《汉书·朱博传》载:时御史府中列柏树,常有野乌数千栖宿其上,晨去暮来,号曰"朝夕乌"。○迁:《艺文类聚》、张本、吴本、倪本作"还"。○"弃马"句:盖谓再出仕为司宪中大夫之官。《后汉书·桓荣传》附桓典传:典拜侍御史。"是时,宦官秉权,典执政无所回避。常乘骢马,京师畏惮,为之语曰:'行行且止,避骢马御史。'"

⑩"枚乘"句:《汉书·枚乘传》载:乘字叔,西汉临沂淮阴人。善辞赋。景帝时为吴王刘濞郎中。濞欲谋反,上书谏,不纳,遂去吴至梁,为梁孝王客。吴楚七国反时,再致书劝刘濞罢兵,以此知名。后景帝召为弘农都尉,以病去官。"武帝自为太子闻乘名,及即位,乘年老,乃以安车蒲轮征乘,道死。"迁,《文苑英华》小注:"疑。"《艺文类聚》、张本、吴本、倪本作"长"。起疾,病中起用,以表对其人的重视。○"贡禹"句:《汉书·贡禹传》载:贡禹,字少翁。以明经洁行著闻。"世称'王阳在位,贡公弹冠',言其取舍同也。"弹冠,弹去冠上的灰尘,准备出仕做官。

⑪随:《艺文类聚》作"乘",张本、吴本、倪本作"垂"。○竹根丹:《神仙传》载:沈文泰曾令李文渊以竹根汁煮丹。

⑫"一知"二句:清倪璠注:"言己本不欲仕,又未能隐;为司宪,惟知悬其刑书,在异国而不能遂其思归之情也。"玄象法,《周礼·秋官司寇》:大司寇,"正月之吉,始和,布刑于邦国、都鄙乃县刑象之法于象魏,使万民观刑象"。玄,《艺文类聚》、张本、吴本、倪本作"悬"。今按:玄,可通"悬"。垂钓竿,即隐居。《诗经·卫风·竹竿》:"籊籊竹竿,以钓于淇。岂不尔思,远莫致之。"毛诗序曰:"《竹竿》:卫女思归也。适异国而不见答,思而能以礼者也。"

【汇评】

《采菽堂古诗选》:得一命如惊,写宪府,觉洞心骇目。总能直述真情,不同泛作。○仕宦者言思钓竿,每觉有远怀。此翻言不思钓竿,更饶异趣。与"何但食周薇"句参看,怀来自见。

任洛州酬薛文学见赠别①

子居河之曲,英彦本连踪。②盐形或变虎,鼎气乍成龙。③若人承载德,宫墙定数重。五衢开辩路,四照起文烽。④曰余滥推毂,民愿始天从。⑤上洛分都尉,弘农开附庸。⑥羊肠建九阪,熊耳对双峰。⑦白石仙人芋,青林隐士松。⑧北梁送孙楚,西堤别葛龚。⑨故人倘书札,黎阳土足封。⑩(张本、吴本、倪本。)

【题解】
此是作者在洛州刺史任酬答薛文学《赠别》之作。诗歌前半部分写薛文学显赫的家世和出众的才华;后半部分写自己在洛州生活,出仕而思归隐之矛盾心情。

【注释】
①任洛州:即出任洛州刺史。庾信任洛州刺史,盖在建德五年(576)。薛文学,薛姓的文学官。文学,官名。汉代以来州郡及王国多置。

②河之曲:即河曲。春秋时晋地。今山西省永济市西蒲州到芮城县西风陵渡一带。黄河自北向南流,至此折向东流成一曲,故名。○英彦:才智卓越之士。

③"盐形"句:此盖言薛文学先世武功。《左传·僖公三十年》:"冬,王使周公阅来聘,飨有昌歜、白、黑、形盐。辞曰:'国君,文足昭也,武可畏也,则有备物之飨以象其德。荐五味,羞嘉谷,盐虎形,以献其功。吾何以堪之?'"杜预注:"盐虎形,以象武也。"○"鼎气"句:此盖言薛文学先世与皇族关系密切。《史记·封禅书》载:传说黄帝铸鼎于荆山下,鼎成,有龙下迎,黄帝乘之升天,群臣后宫从上者七十余人。

④"若人"四句:清倪璠注:"言薛文学承祖父之世德,更有异才也。"若

人,这个人。指薛文学。"宫墙"句,形容薛文学文采繁富。《论语·子张》:"子贡曰:'譬之宫墙,赐之墙也及肩,窥见室家之好。夫子之墙数仞,不得其门而入,不见宗庙之美,百官之富。得其门者或寡矣。夫子之云,不亦宜乎!'"五衢,通五方的大路。《山海经·中山经》:少室之山,"百草木成囷。其上有木焉,其名曰帝休,叶状如杨,其枝五衢,黄华黑实,服者不怒"。晋郭璞注:"言树枝交错,相重五出,有若衢路也。"四照,光芒照耀四方。《山海经·南山经》:招摇之山,"有木焉,其状如谷而黑理,其华四照,其名曰迷谷,佩之不迷"。郭璞注:"言有光炎,若木華赤,其光照下地也。"烽,吴本作"峰",倪本作"锋"。

⑤曰:句首语气词。吴本小注:"一作'日',非。"○滥:谦词。○推毂:古代帝王任命将帅时,亲自推车前进,以示隆重。此指出为洛州刺史。○"民愿"句:《尚书·周书·泰誓》:"民之所欲,天必从之。"

⑥上洛:县名。治所在今陕西省商县。汉时上洛县属于弘农郡。《汉书·地理志》:"弘农郡,武帝元鼎四年置。县十一:……上雒,《禹贡》雒水出冢领山,东北至巩入河……熊耳、获舆山在东北。"今按:上雒,同上洛。○都尉:武官名。○弘农:郡名。治所在今天河南省灵宝市东北。○附庸:附属。

⑦羊肠:坂名。○熊耳:盖指今陕西省商州熊耳山,两峰直竖如熊耳,故名。

⑧"白石"句:《神仙传》:"焦先者,字孝然,河东人也,年一百七十岁。常食白石,以分与人,熟煮如芋食之。"○"青林"句:清倪璠注:"《晋书》曰:高士戴安道修道成功,有真气结成五色云,浮于松上,故号隐士之松耳。"

⑨孙楚:字子荆,晋太原中都人。楚少时欲隐居,后为石苞镇东参军,迁著作佐郎。苞为骠骑,复参军事。后为扶风王骏征西参军,转梁令,迁卫军司马。惠帝初为冯翊太守,卒。《晋书》卷五六有传。楚有《答弘农故吏民》诗。○葛龚:字符甫,梁国宁陵人。以善文记知名。性慷慨壮烈,勇力过人。曾为荡阴令、临汾令,皆有政绩。著文、赋、碑、诔、书记,凡十二篇。《后汉书》卷八七有传。

⑩"黎阳"句:后汉邓训字平叔。建初六年,迁护乌桓校尉,黎阳故人多

携将老幼,乐随训徙边。《太平御览》卷七四引《东观汉记》曰:"邓训将黎阳宫兵屯渔阳,迁护乌丸校尉。黎阳宫故吏皆恋慕,知训好以青泥封书,从黎阳步推鹿车载青泥至上谷遗训。其得人心如此。"黎阳,县名,治所在今河南省浚县东。

【汇评】

《升庵集》卷五七"羊肠熊耳":庾开府诗"羊肠连九坂,熊耳对双峰",鲍照诗"二崤虎口,九折羊肠",可谓工矣。比之杜工部"高凤聚萤,骥子莺歌"之句,则杜觉偏枯矣。

酬祖正员①

我皇临九有,声教洎无堤。②兴文盛礼乐,偃武息民黎。③承乏驱骐马,旌旄事鼓鞞。④古碑文字尽,荒城年代迷。被陇文瓜熟,交塍香穗低。⑤投琼实有慰,报李更无蹊。⑥(《艺文类聚》卷五三、《文苑英华》卷二九六、张本、吴本、倪本。)

【题解】

此为庾信出使东魏酬答对方接待官员祖孝隐而作。诗分两部分,上部分首四句写萧梁声威,后二句写自己的使节身份;下部分前四句写沿途所见,后二句写双方使者酬答致意,点明题旨。全诗结构对称,庄重典雅,表现了大国声威和使臣风度。

【注释】

①酬祖正员:《文苑英华》、张本、吴本、倪本题作"将命至邺酬祖正员"。清倪璠注:"酬祖孝隐也。"祖正员,指正员郎祖孝隐。正员,即正员郎,亦即散骑常侍。唐杜佑《通典》卷二二有云:"历代所称正员郎者,即散骑侍郎耳,谓非员外通直者,故谓之正员郎。"祖孝隐,《北齐书·祖珽传》附弟孝隐

传:"斑弟孝隐,有文学,早知名。词章虽不逮兄,亦机警有辩,兼解音律。魏末为散骑常侍、迎梁使。时徐君房、庾信来聘,名誉甚高,魏朝闻而重之,接对者多取一时之秀,卢元景之徒并降阶摄职,更递司宾。孝隐处其中,物议称美。"曹道衡、沈玉成《中古文学史料丛考》卷五"庾信《将命至邺酬祖正员》"条:"《北齐书》但言孝隐为散骑常侍,未及为正员郎事。按:《魏书·文苑·邢昕传》:'时萧衍使兼散骑常侍刘孝仪等来朝贡,诏昕兼正员郎迎于境上。'盖迎梁使时,常使兼正员郎之职,疑孝隐当时亦兼正员郎之官号,故庾信以祖正员称之。"今按:梁武帝大同十一年(545)七月,梁遣散骑常侍徐君房、通直常侍庾信聘魏。此次出使,庾信作《将命使北始渡瓜步江》《入彭城馆》《将命至邺》《将命至邺酬祖正员》《西门豹庙》等诗。

②我皇:指梁武帝。○九有:即九州。○声教:声威教化。○洎(jì):到。○无堤:《汉书·东方朔传》:"夫一日之乐不足以危无堤之舆。"颜师古注引苏林曰:"堤,限也。"又引张晏曰:"无堤之舆,谓天子富贵无堤限也。"

③兴文:提倡文治。○偃武:停息武备。《尚书·武成》:"乃偃武修文。"○民黎:百姓。民,《文苑英华》、张本、吴本、倪本作"氓"。今按:民、氓,古通。

④承乏:出任官职的谦词。此指为外交使节。○马:《文苑英华》、张本、吴本、倪本作"骥"。《文苑英华》小注:"《类聚》作'马'。《诗》:'我马维骐。'"○"旌旃"句:倪本小注:"一作'旌旃事鼓鼙'。"旃,《文苑英华》、张本、吴本、倪本作"旗"。《文苑英华》小注:"《类聚》作'旃'。"○鼓鼙:古代军中常用大鼓和小鼓。借指率众出行。《文苑英华》、张本、吴本、倪本作"琬珪"。琬珪,亦作"琬圭"。上端呈圆形的圭。《周礼·春官·宗伯》:"琬圭,以治德,以结好。"《周礼·考工记·玉人》:"琬圭九寸而缫以象德。"郑玄注:"琬,犹圜也,王使之瑞节也。诸侯有德,王命赐之,使者执琬圭以致命焉。"

⑤陇:田垄。○塍(chéng):田埂。

⑥"投琼"二句:盖化用《诗经·卫风·木瓜》:"投我以木李,报之以琼玖",及俗谚"桃李不言,下自成蹊"(见《史记·李将军传》)。意谓投琼应当报李,然自己却报答无门。琼,美玉。慰,《艺文类聚》卷五三作"意"。蹊,

小路。

【汇评】

《采菽堂古诗选》:"交媵"句,何其秀蔚!末押"蹊"字亦新。

将命至邺①

大国修聘礼,亲邻自此敦。②张旜事原隰,负扆报成言。③西过犯风露,北指度轘辕。④交欢值公子,展礼觐王孙。⑤何以誉嘉树,徒欣赋采蘩。⑥四牢盈折俎,三献满罍樽。⑦人臣无境外,何由欣此言。⑧风俗既险阻,山河不复论。⑨无因旅南馆,空欲祭西门。⑩眷然惟此别,风期幸共存。⑪(《艺文类聚》卷五三、《初学记》二○、《文苑英华》卷二九六、张本、吴本、倪本。)

【题解】

此诗亦出使东魏时作。诗首先表明使者身份,而出使的目的在于"亲邻和",故中间写东魏的热情款待,结尾写诗人对此的感激之情。

【注释】

①将命至邺:《周书·庾信传》:庾信在梁,"累迁尚书度支郎中、通直正员郎。出为郢州别驾。寻兼通直散骑常侍,聘于东魏。文章辞令,盛为邺下所称。还为东宫学士,领建康令"。邺,古地名,在今河北省临漳县西。时为东魏都城。

②"大国"句:《梁书·武帝纪》:大同十一年,"夏四月,魏遣使来聘"。大国,谓东魏。聘礼,聘问之礼。○敦:和睦。

③张旜(zhān):古时使者出聘,张挂赤色曲柄的大旗。此代指出使。旜,《文苑英华》、倪本作"旃"。旜,同"旃",旌旗。○原隰(xí):原野。○负扆(yǐ):背靠屏风。古代天子负扆听政。此借指梁朝皇帝。《文苑英华》作

"宾序",小注:"《类聚》作'负扆'。"倪本小注:"一作'宾序'。"○成言:订约。

④轘(huán)辕:山名。在今河南省登封市西北三十里,又跨巩义市西南。因山路险隘,有十二曲,盘旋往还得名。

⑤"交欢"句:《左传·襄公二十九年》载:"吴公子札来聘,见叔孙穆子,说之。……聘于齐,说晏平仲。……聘于郑,见子产,如旧相识,与之缟带,子产献纻衣焉。……适卫,说蘧瑗、史狗、史鰌,公子荆、公叔发、公子朝。……适晋,说赵文子、韩宣子、魏献子。"○"展礼"句:《国语·楚语》:"王孙圉聘于晋,定公飨之,赵简子鸣玉以相。"展礼,行礼。礼觌(dí),《文苑英华》作"觌遇"。觌,见。

⑥誉嘉树:《左传·昭公二年》:晋韩宣子聘鲁,"既享,宴于季氏,有嘉树焉,宣子誉之。"嘉树,美树。○赋采蘩:《左传·昭公元年》载:赵孟、叔孙豹、曹大夫入于郑,郑伯兼享之。……赵孟为赋《采蘩》。采蘩,《诗经·召南》篇名。

⑦"四牢"句:《左传·昭公二十一年》:"夏,晋士鞅来聘,叔孙为政。季孙欲恶诸晋,使有司以齐鲍国归费之礼为士鞅。士鞅怒,曰:'鲍国之位下,其国小,而使鞅从其牢礼,是卑敝邑也。将复诸寡君。'鲁人恐,加四牢焉,为十一牢。"又,同书宣公十六年:"王享有体荐,宴有折俎。"杜预注:"体解节折,升之于俎,物皆可食,所以示慈惠也。"牢,牢礼。以牛、羊、猪三牲宴饮宾客之礼。三牲牛、羊、豕具为一牢。折俎(zǔ),古代宴会时,杀牲肢解而后置于俎上。俎,盛牺牲的礼器。○"三献"句:《仪礼·聘礼》:"乃至于祢,筵几于室,荐脯醢。觞酒陈。席于阼,荐脯醢,三献。一人举爵,献从者,行酬,乃出。上介至,亦如之。"三献,三次献酒,以示尊敬。满,《文苑英华》作"尽",小注:"《类聚》作'满'。"罍(léi)樽,饰有云雷状花纹的酒樽。

⑧"人臣"句:《礼记·郊特牲》:"为人臣者,无外交,不敢贰君也。"意谓为人臣者不得私自拜见他国之君。○由:《初学记》《文苑英华》作"日"。倪本小注:"一作'日'。"

⑨险:《初学记》《文苑英华》、张本、吴本、倪本作"殊"。

⑩旅南馆:《文选》卷四二魏文帝《与朝歌令吴质书》:"驰骋北场,旅食南馆。"李善注:"《仪礼》曰:尊士旅食于门。郑玄注曰:旅,众也。士众,谓

未得正禄,所谓庶人在官者。"南馆,南边的客舍。泛指接待宾客的处所。〇祭西门:意谓受到东魏的礼遇。《史记·田敬仲完世家》载:齐威王二十四年,威王与魏王论宝,威王说:"吾吏有黔夫者,使守徐州,则燕人祭北门,赵人祭西门,徙而从者七千余家。"

⑪眷然:依依不舍貌。〇夙期:谓旧谊。夙,《文苑英华》作"风"。

【汇评】

《采菽堂古诗选》:味"人臣"二句,魏人必有见诱之言。通篇并得体。

入彭城馆①

襄君前建国,项氏昔棱威。②鹍飞伤楚战,《鸡鸣》悲汉围。③年代殊氓俗,风云更盛衰。④水流浮磬动,山喧双翟飞。⑤夏余花欲尽,秋近燕将稀。槐庭垂绿穗,莲浦落红衣。徒知日云暮,不见舞雩归。⑥(《文苑英华》卷二九七、张本、吴本、倪本。又,《艺文类聚》卷二七引威、围、衰、飞、稀、衣六韵。)

【题解】

大同十一年夏末,庾信途经彭城,入住客舍时作此诗。彭城历史悠久,时光流逝,风景依然,然风俗已变,物是人非,诗人无限感慨。

【注释】

①入彭城馆:《中国史研究》1996年第3期王友敏《南北朝交聘礼仪考》有云:"庾信有《入彭城馆》诗,应是他于大同十一年秋副徐君房聘东魏时途经彭城时所作。'彭城馆',当是旅次憩息的驿馆。"彭城,即今江苏省徐州市。馆,客舍。

②"襄君"句:清倪璠注:"襄君,宋襄公也。彭城为春秋时宋、楚之接境,故《北征记》云:'彭城有宋桓魋石椁。'《地理志》云:'彭城在傅阳县。'

65

《左传·襄公十年》云:'晋灭之,以与宋国者也。'"○"项氏"句:项氏,指秦末项羽。项羽曾都彭城。棱威,威势。此用作动词。《艺文类聚》作"威稜"。

③"鶂(yì)飞"句:《汉书·五行志》:"釐公十六年'正月,六鶂退蜚,过宋都'。……象宋襄公区霿自用,不容臣下,逆司马子鱼之谏,而与强楚争盟,后六年为楚所执,应六鶂之数云。"鶂,水鸟名,形似鸬鹚,善高飞。楚战,即公元前638年,宋、楚两国为争夺中原霸权,在泓水边发生战争,宋国大败。○"《鸡鸣》"句:指楚汉垓下之战。《史记·项羽本纪》:"项王军壁垓下,兵少食尽,汉军及诸侯兵围之数重。夜闻汉军四面皆楚歌。"应劭注:"楚歌者,谓《鸡鸣歌》也。"

④年:张本、倪本小注:"一作'世'。"○云:《艺文类聚》作"雪"。

⑤浮磬:水边一种能制磬的石头。《尚书·禹贡》:"泗滨浮磬。"孔颖达疏:"石在水旁,水中见石,似若水中浮然,此石可以为磬,故谓之浮磬也。"○"山喧"句:《艺文类聚》作"山深喧狄飞"。翟(dí),长尾野鸡。

⑥"徒知"二句:意谓黄昏时,不见像曾点那样在舞雩台上吹吹风的人归来。舞雩(yú),春秋时鲁国祭天求雨的地方。雩是古代为求雨而举行的祭祀,伴以音乐和舞蹈,故称"舞雩"。此指游玩舞雩的人。《论语·先进》:"莫春者,春服既成,冠者五六人,童子六七人,浴乎沂,风乎舞雩,咏而归。"

【汇评】

《采菽堂古诗选》:凭吊作,景物萧疏。

同州还①

赤岸绕新村,青城临绮门。②范雎新入相,穰侯始出藩。③上林催猎响,河桥争渡喧。④窜雉飞横间,藏乌入断原。⑤将军高宴晚,来过青竹园。⑥(《文苑英华》卷二八九、张本、吴本、倪本。)

【题解】

此为诗人随从北周皇帝行幸同州还长安后所作。诗歌含义颇为隐晦。清倪璠以为"范雎入相,穰侯出蕃"指隋王杨坚为大后丞,赵王招等并遣还藩国,则全诗似有政治寓意,写出了政治形势的险恶。

【注释】

①同州还:清倪璠以为周宣帝大象二年(580)三月事。《周书·宣帝纪》载:大象二年(580)三月,帝行幸同州。庾信盖亦同行。还长安后作此诗。曹道衡、刘跃进《南北朝文学编年史》"563年"认为:"周武帝至同州,事见《周书·武帝纪》。庾信《同州还》一诗,倪璠《庾开府集注》据《周书·宣帝纪》以为周宣帝大象二年三月事。然大象二年即庾信死前一年,年已六十八,恐难随行。以诗二论,似途中景色,信曾亲历。今按:本年九月,武帝幸同州,信亦不难同行。诗中'范雎新入相,穰侯始出蕃'句,检《周书·武帝纪》,是年正月,'太保、梁国公侯莫陈崇赐死'。四月'以柱国、郑国公达奚武为太保,大将军韩果为柱国'。诗句恐即指此。诗疑作于此年。"同州,治所在今陕西省渭南市大荔县。

②赤岸:水名,即赤岸泽。《周书·宣帝纪》:"行幸同州。增候正,前驱戒道,为三百六十重,自应门至于赤岸泽,数十里间,幡旗相蔽,鼓乐俱作。"○"青城"句:汉长安城东南门,民见门色青,曰青城门,或曰青绮门,亦曰青门。

③"范雎"二句:《史记·穰侯传》及卷七九《范雎传》载:战国时穰侯魏冉,秦昭王母宣太后弟,封于穰,复益封陶,相秦昭王。范雎,魏人,字叔。雎游说秦昭王,上书言穰侯擅权于诸侯,秦王乃拜范雎为相。收穰侯之印,使归陶。清倪璠题下注:"按:元年,隋王杨坚为大后丞,赵王招等并之国,故云'范雎入相,穰侯出蕃'。"

④上林:古宫苑名。《初学记》卷二四引卫宏《汉旧仪》曰:"上林苑中广长三百里,置令丞左右中部尉,百五十亭苑。苑中养百兽,当祠祀供客用鹿麛。天子秋冬射猎苑中,取禽兽无数。"故址在今陕西省西安市西及周至、户县界。○河桥:古代桥名。《史记·秦本纪》:昭襄王五十年:"初作河桥。"唐张守节《正义》:"此桥在同州临晋县东,渡河至蒲州,今蒲津桥也。"

故址在今陕西省大荔县东大庆关与山西省永济市西蒲州镇之间黄河上。

⑤涧:《文苑英华》作"间",张本、吴本、倪本作"涧"。今按:间、涧,可通。○乌:张本、吴本、倪本作"狐"。

⑥青竹园:盖指庾信所居地。其园中有青竹,故称。

【汇评】

《采菽堂古诗选》:即事警切。

从驾观讲武①

校战出长杨,兵栏入斗场。②置阵横云起,开营雁翼张。③门嫌磁石碣,马畏铁菱伤。④龙渊出牛斗,繁弱骇天狼。⑤落星奔骥騄,浮云上骈骊。⑥急风吹战鼓,高尘拥具装。⑦骇猿时落木,惊鸿屡断行。⑧树寒条更直,山枯菊转芳。⑨豹略推全胜,龙图揖所长。⑩小臣欣寓目,还知奉会昌。⑪(《文苑英华》卷二九九、张本、吴本、倪本。又,《艺文类聚》卷五九引场、张、骊、装、行五韵。)

【题解】

此诗为作者随皇帝检阅军事演习而作,故全诗着力营造紧张的气氛,凸显讲武场中阵营的整齐、武备的精良。

【注释】

①讲武:讲习武事。《周书》《北史》多次记载讲武事。如,《周书·武帝纪》:保定二年(562)十月戊午,讲武于少陵原。《周书·宣帝纪》:宣政元年(578)十一月己亥,讲武于道会苑,帝亲擐甲胄。《北史·周本纪》:天和三年(568)冬十月丁亥,周武帝亲率六军,讲武于城南。京邑观者,舆马弥漫数十里,诸蕃使咸在焉。

②校战:阅兵校武。○长杨:秦汉宫名。为天子行幸、游猎之所。故址

在今陕西省周至县东南。〇兵栏:放置兵器的栏架。〇斗场:校武场。

③横云:军阵中一种蜿蜒曲折的横队。〇雁翼:指雁翼营,即营帐如雁翼横形展开。

④"门嫌"句:《三辅黄图·秦宫》:秦阿房宫,"以木兰为梁,以磁石为门。"原注:"磁石门,乃阿房宫北阙门也。门在阿房前,悉以磁石为之,故专其目,令四夷朝者,有隐甲怀刃,入门而胁止,以示神。亦曰却胡门。"〇铁菱:亦称"铁菱角"。菱角状的尖锐铁器。战时置于路上或水中,用以刺伤敌方人马。

⑤"龙渊"句:龙渊,宝剑名。牛斗,指牛宿和斗宿。《晋书·张华传》载:吴灭晋兴之际,牛斗间常有紫气。雷焕告诉尚书张华,说是宝剑之气上冲于天,在豫东丰城。张华派雷为丰城令,得两剑,一名龙泉,一名太阿,两人各持其一。张华被诛后,失所持剑。后雷焕子持剑过延平津,剑入水,但见两龙各长数丈,光彩照人。出,张本、吴本、倪本作"触"。〇"繁弱"句:繁弱,古良弓名。天狼,星名。古以为主战争侵掠。

⑥落星:流星。形容马奔驰之疾。〇骥騄:良马。〇骍骊:骏马名。

⑦具装:用文贝装饰的头盔和戎装。具,张本、吴本、倪本作"贝"。

⑧"骇猿"句:《搜神记》载:楚王游于苑,见白猿,王令善射者养由基射之,由基抚弓,猿即抱木而号。〇"惊鸿"句:《战国策·楚策四》载:更嬴与魏王处京台之下,有雁从东方来,更嬴引弓虚发而下之。

⑨芳:倪本小注:"一作'香'。"

⑩豹略:即"豹韬",旧传周吕望撰兵书六卷,分文韬、武韬、龙韬、虎韬、豹韬、犬韬。此指兵法韬略。〇龙图:图,倪本作"韬",小注:"一作'图'。"《文苑英华》小注:"一作'韬'。"今按:颇疑作"韬"为是。龙韬,即六韬之一。

⑪小臣:庾信自谦。〇会昌:谓会聚而兴盛隆昌。《文选》卷四左太冲《三都赋·蜀都赋》:"远则岷山之精,上为井络。天帝运期而会昌,景福肸飨而兴作。"刘逵注:"《河图括地象》曰:岷山之地,上为井络。帝以会昌,神以建福。上为天井。昌,庆也。言天帝于此会庆建福也。"清倪璠以为此诗作于保定二年(562),并云:"时将发师至蜀,从驾讲武,故云。"

【汇评】

《采菽堂古诗选》：华壮琢句，亦有作意。"树寒条更直"，北地景物良然。南人见之，其以为异。不意子山当时便已入咏。

奉报赵王出师在道赐①

上将出东平，先定下江兵。②弯弧伏石动，振鼓沸沙鸣。③横海将军号，长风骏马名。④雨歇残虹断，云偏一雁征。暗岩朝石湿，空山夜火明。低桥涧底渡，狭路花中行。锦车同建节，鱼轩异伯荣。⑤军中女子气，塞外夫人城。⑥小人乖摄养，歧路阻逢迎。⑦几月芝田熟，何年金灶成。⑧哀笳关塞曲，嘶马别离声。⑨王子身为宝，深思不倚衡。⑩（《文苑英华》卷二九九、张本、吴本、倪本。）

【题解】

此乃对北周赵王宇文招赐诗的答诗。"弯弧伏石动，振鼓沸沙鸣"写赵王的威武气概，中间写景则凸显了行军的艰辛，最后表达了未能随军的遗憾和对赵王的关切。

【注释】

①赵王：指宇文招。招，字豆卢突，北周宗室。周明帝武成初，进封赵国公。建德三年（574），进爵为王。后为杨坚所杀。谥僭。招博涉群书，好属文，学庾信体。著有文集十卷。《周书》卷一三、《北史》卷五八有传。○出师：清倪璠题下注："报赵王招也。《周书·赵王招传》云：'保定中，拜为柱国，出为益州总管。'按上篇《讲武》诗'还知奉会昌'，下篇《奉和赵王送峡中军》，知是为益州总管时，不然本传赵王之出师也多矣。"今按：倪璠注似不确。保定中，宇文招是赵国公，尚未封王。

②东平:汉有东平国,治所在无盐县,即今山东省东平县东南。今按:时北齐改泰山郡置东平郡,治所在博平县,即今山东泰安市东南。据此,则此时写在北周伐齐之前。《周书》本传:"〔建德〕四年,除雍州牧。大军东讨,招为后三军总管。五年,又从高祖东伐,率步骑一万出华谷,攻齐汾州。及并州平,进位上柱国。"○下江兵:新莽末年以张霸、羊牧、王匡等为首的绿林农民起义军的一支。后泛指反抗朝廷的军队。

③"弯弧"句:《韩诗外传》载:"楚熊渠子夜行,见寝石以为伏虎,弯弓而射之,没金饮羽,下视知其为石。"弧,张本、吴本、倪本作"弓"。张本"弓"上小注:"一作'弧'。"○沸沙:南朝宋刘敬叔《异苑》:"凉州西有沙山。俗云:昔有覆师于此者,积尸数万。从是有大风吹沙覆其上,遂成山阜,因名沙山。时闻有鼓角声。"隋薛道衡《渡北河诗》:"连旌映潊浦,叠鼓沸沙洲。"

④横海:杂号将军。东汉、三国、北齐均有设置。

⑤"锦车"二句:言夫人纥豆陵氏同行。锦车,以锦为饰的车子。建节,执持符节。古代使臣受命,必建节以为凭信。《汉书·西域传·乌孙国》:"初,楚主侍者冯嫽能史书,习事,尝持汉书为公主使,行赏赐于城郭诸国,敬信之,号曰冯夫人。为乌孙右大将妻,右大将与乌就屠相爱,都护郑吉使冯夫人说乌就屠,以汉兵方出,必见灭,不如降。乌就屠恐,曰:'愿得小号。'宣帝征冯夫人,自问状。遣谒者竺次、期门甘延寿为副,送冯夫人。冯夫人锦车持节,诏乌就屠诣长罗侯赤谷城,立元贵靡为大昆弥,乌就屠为小昆弥,皆赐印绶。"鱼轩,古代贵族妇女所乘的车。伯荣,汉安帝乳母王圣之女。出入宫掖,传通奸赂,负宠骄蹇。《后汉书·陈宠传》附子忠传:"时帝数遣黄门常侍及中使伯荣往来甘陵,而伯荣负宠骄蹇,所经郡国莫不迎为礼谒。"张本、吴本、倪本作"泊营"。

⑥"军中"句:《汉书·李广传》附李陵传:天汉二年,陵攻匈奴,连战,"陵曰:'吾士气少衰而鼓不起者,何也?军中岂有女子乎?'始军出时,关东群盗妻子徙边者随军为卒妻妇,大匿车中。陵搜得,皆剑斩之。"此处反用此典。○"塞外"句:指范夫人城。《汉书·匈奴传》:贰师将军与匈奴战,"虏兵坏散,死伤者数百人。汉军乘胜追北,至范夫人城。"颜师古注引应劭曰:"本汉将筑此城。将亡,其妻率余众完保之,因以为名也。"故址位于今

蒙古国达兰扎兰加德城西北。
⑦小人:庾信谦称。○乖摄养:指身体有病。摄养,调养,养生。
⑧芝田:传说中仙人种灵芝的地方。○金灶:炼丹用的灶。
⑨"哀笳"二句:汉李陵《答苏武书》:"胡笳互动,牧马悲鸣。"
⑩王子:指赵王宇文招。○不倚衡:不跨在车前横木上,谓置于危险境地。《史记·袁盎晁错列传》:"盎曰:'臣闻千金之子坐不垂堂,百金之子不骑衡。'"骑,倚也,"骑衡"后作"倚衡"。

【汇评】

《采菽堂古诗选》:先序出师之盛,因携宫眷。中段写景令幽胜,庶相称也。自叙语得体。结见相爱忠厚之思。

和赵王从军①

楼船聊习战,白羽试挥军。②山城对却月,岸陈抵平云。③赤蛇悬弩影,流星抱剑文。④胡笳遥警夜,塞马暗嘶群。⑤客行明月峡,猿声不可闻。⑥(《文苑英华》卷二九九、张本、吴本、倪本。)

【题解】

此和诗,写月夜行军。有题作"和赵王送峡中军",从结句"客行明月峡,猿声不可闻"看,确是送军入蜀。

【注释】

①和赵王从军:张本、吴本、倪本题作"和赵王送峡中军",倪本小注:"一作'和赵王送从军'。"
②楼船:大船。古代多用作战船。亦代指水军。○白羽:白色羽毛扇。东汉以下,常用之为指挥军事战斗之标志。参周一良《魏晋南北朝史札记·〈晋书〉札记》"白羽扇"条。○挥(huī):指挥。

③却月:半月。○陈:张本、吴本、倪本作"阵"。今按:陈,通"阵"。
④"赤蛇"句:此暗用"杯弓蛇影"之典。○"流星"句:晋崔豹《古今注》载吴孙权有宝剑六,其一曰流星。
⑤"胡笳"二句:盖写行军戒备之状。胡笳,古代北方民族的管乐器,汉魏鼓吹乐中常用之。此指军乐。
⑥明月峡:位于今四川省广元市西陵峡东段。○"猿声"句:《水经注》卷三四《江水》:"巴东三峡巫峡长,猿鸣三声泪沾裳。"不可闻,即猿声凄惨,让人不忍心听。

侍从徐国公殿下军行①

八风占阵气,六甲候兵韬。②置府仍张幕,麾军即秉旄。③长旗临广武,烽火照成皋。④巡寒重挟纩,酌水胜单醪。⑤阵后云逾直,兵深星转高。⑥电焰驱龙马,山精镂宝刀。⑦塞迥翻榆叶,关寒落雁毛。⑧既得从神武,何须念久劳。⑨(张本、吴本、倪本。)

【题解】

此是作者随徐国公若干凤行军时所作。全诗用典较多,同时穿插景物描写以渲染战地氛围,凸显了庾信此类诗歌的基本特色。

【注释】

①徐国公:指北周若干惠之子若干凤。凤字达摩,保定四年(564),封徐国公,建德二年(573),拜柱国。《周书》一七、《北史》六五有传。564年,宇文护伐齐,若干凤或从军,诗作于此时。
②"八风"句:古有以八方之风而占吉凶之术。《后汉书·郎顗传》:"父宗,字仲绥,学《京氏易》,善风角、星算、六日七分。"李贤注:"风角谓候四方四隅之风,以占吉凶也。"○"六甲"句:古以三奇六仪占卜吉凶的"遁甲"

方术。

③"置府"句：谓建立幕府。张，倪本作"开"。○秉旄：持握旌旗。借指掌握军队指挥权。

④"长旗"二句：广武，故城在今河南省荥阳市东北。成皋，又名虎牢，汉置县。治所在今河南省荥阳市西。公元前205年至公元前203年，西楚霸王项羽和汉王刘邦在广武、成皋展开的一场决定汉楚兴亡的持久争夺战。旗，吴本、倪本作"旂"。照，倪本作"对"。

⑤"巡寒"句：《左传·宣公十二年》：楚伐萧，"申公巫臣曰：'师人多寒。'王巡三军，拊而勉之，三军之士皆如挟纩。"纩（kuàng），棉絮。○"酌水"句：《吕氏春秋·察微》"凡战必悉熟配备"汉高诱注："古之良将，人遗之单醪，输之于川，与士卒从下流饮之，示不自独享其味也。"单醪（láo），犹言樽酒。单，通"箪"。

⑥"兵深"句：古人认为天上星宿移动变化往往暗示人间的战争等人事。如《史记·天官书》："天一、枪、棓、矛、盾动摇，角大，兵起。""附耳入毕中，兵起。"

⑦"电焰"句：形容骏马奔驰如电。○"山精"句：《吴越春秋·阖闾内传》："干将作剑，采五山之铁精，六合之金英。"

⑧"塞迥"句：古有榆塞，传秦蒙恬在此"累石为城，树榆为塞"（《汉书·韩安国传》），故称。迥，远。○"关寒"句：关，指雁门关。《山海经·海内西经》："雁门山，雁出其间。在高柳北。"今按：雁门关故址在今山西省忻州市代县县城北雁门山中。

⑨"既得"二句：王粲《从军诗》："从军有苦乐，但问所从谁。所从神且武，焉得久劳师。"李善注："班固《汉书高祖纪述》曰：寔天生德。聪明神武。"神武，《周易·系辞上》："古之聪明睿知，神武而不杀者夫。"此谓神武之人，即徐国公若干凤。

【汇评】

《采菽堂古诗选》：语健！

同卢记室从军①

《河图》论阵气，《金匮》辨星文。②地中闻鼓角，天上下将军。③函犀恒七属，络铁本千群。④飞梯聊度绛，合弩暂凌汾。⑤寇阵先中断，妖营即两分。⑥连烽对岭度，嘶马隔河闻。⑦箭飞如疾雨，城崩似坏云。英王于此战，何用武安君。⑧（《文苑英华》卷一九九、《乐府诗集》卷三二、张本、吴本、倪本。）

【题解】

诗写北周灭齐之战，表现了战争的惨烈，赞美了北周齐王宇文宪的战功。

【注释】

①同卢记室从军：《文苑英华》《乐府诗集》均题作《从军行》，属乐府诗歌。《四库全书总目提要·乐府诗集》："明梅鼎祚《古乐苑》曰：郭氏意务博揽，间有诗题，混列乐府。如《采桑》则刘邈《万山见采桑人》，《从军行》则王粲《从军诗》、梁元帝《同王僧辨从军》、江淹《拟李都尉从军》、张正见《星名从军诗》、庾信《同卢记室从军》之类。"又，清倪璠注："《隋书》列传云：'卢恺，字长仁，涿郡范阳人也。恺性孝友，神情爽悟，略涉书记，颇解属文。周齐王宪引为记室。其后袭爵容城伯。从宪伐齐，说伯杜镇下之。'是其事也。又按《齐王宪传》，宪伐齐在天和六年，此云同卢记室从军，知伐齐之役，子山同卢恺并从齐王军行也。"则此诗作于天和六年（571）。记室，官名，掌章表书记文檄等。

②"《河图》"句：谓以八卦为型排兵布阵，如诸葛亮《八阵图》等。《河图》，儒家关于《周易》卦形来源的传说。《周易·系辞上》："河出图，洛出书，圣人则之。"河，黄河。据汉儒孔安国、刘歆等解说：伏羲时有龙马出于黄河，马背有旋毛如星点，称作龙图。○"《金匮》"句：谓兵书中按星宿以测

用兵吉凶之法。《金匮》,传姜太公有兵书《太公金匮》。

③"地中"句:形容战事危急。《后汉书·公孙瓒传》:袁绍攻瓒,瓒与子续书:"袁氏之攻,状若鬼神,梯冲舞吾楼上,鼓角鸣于地中,日穷月急,不遑启处。"闻,《乐府诗集》、张本、吴本、倪本作"鸣"。○"天上"句:谓将军用兵机密,出其不意。《汉书·周勃传》附子周亚夫传:亚夫东击吴楚,赵涉遮说亚夫:"兵事上神密,将军何不从此右去,走蓝田,出武关,抵雒阳,间不过差一二日,直入武库,击鸣鼓。诸侯闻之,以为将军从天而下也。"

④"函犀"句:谓用七节犀牛皮片连缀而成的铠甲。《周礼·考工记·函人》:"函人为甲,犀甲七属。"络铁:披挂铁甲。此指披甲的骑兵和战马。络,《乐府诗集》、张本作"浴"。

⑤"飞梯"句:飞梯,古代攻城用的长梯。绛,绛县,西魏恭帝时置,治所在今山西绛县西南。清倪璠注:"按,绛本春秋时晋地……时周、齐接界,并置郡县,故伐齐之师飞梯度绛矣。"○"合弩"句:清倪璠注:"《隋志》:'文成郡,东魏置南汾州,后周改为汾州,后齐为西汾州。后周平齐,置总管府。'按汾亦春秋晋地,……时齐未平,西汾尚属于齐,故云合弩凌汾也。"汾,汾州,北周治所在丁阳县,即今山西省吉县。

⑥寇阵、妖营:清倪璠注:"谓齐国营阵也。"

⑦岭:指绛山。○河:指汾河。

⑧英王:谓齐王宇文宪。○武安君:古代能安邦胜敌者多号"武安",如战国时秦国白起、赵国李牧。此盖指秦国大将白起,《史记·白起传》言其"能抚养军士,战必克,得百姓安集,故号武安"。

【汇评】

《采菽堂古诗选》:饶有杰句。

伏闻游猎①

虞旗喜旦晴,猎马向山横。②石关鱼贯上,山梁雁翅行。③

雪平寻兔迹,林丛听雉声。④马嘶山谷响,弓寒桑柘鸣。⑤闻弦鸟自落,望火兽空惊。无风树即正,不冻水还平。谁知茂陵下,愿入睢阳城。⑥(张本、吴本、倪本。)

【题解】

此诗为出游打猎而作。全诗无游猎的喜乐之气,反而写"马嘶""弓寒""鸟落""兽惊",物处于惊慌不安中,皆因作者心境使然。庾信本南方梁人,不惯骑射,身处异国,此更加重了隔离感,故诗歌结尾隐隐表达了归梁的愿望。

【注释】

①游猎:出游打猎。

②虞旗:古掌山泽苑囿之官在汇集所获猎物时用的旗帜。此指管理山泽苑囿的官吏。旗,吴本、倪本作"旂"。

③鱼贯:游鱼一个挨一个地先后接续。喻依次前行。○雁翅:如大雁翅膀左右并列。

④雉:野鸡。

⑤桑柘(zhè):桑木与柘木,皆做弓良材。

⑥"谁知"二句:清倪璠注:"言己欲拟相如病免仍归梁也。"茂陵,西汉五陵之一,是西汉武帝刘彻的陵墓,所在地原属汉代槐里县茂乡,故称茂陵。《史记·司马相如传》载:西汉司马相如病免,家居茂陵。睢阳城,在今河南省商丘市。《史记·梁孝王世家》载:西汉梁孝王刘武曾广治睢阳城,招延四方豪杰。司马相如亦曾客游睢阳。

【汇评】

《采菽堂古诗选》:结四句用意深。无风不冻之时,盖亦鲜矣!能无土思。

见征客始还遇猎①

贰师新受诏,长平正凯归。②犹言乘战马,未得解戎衣。

上林遇逐猎,宜春暂合围。③汉帝熊犹愤,秦王雉更飞。④故人迎借问,念旧始依依。河边一片石,不复肯支机。⑤(张本、吴本、倪本。)

【题解】

诗写一群战士从战场归来途中,遇到打猎队伍,战士们还没来得及脱下戎衣,又加入到打猎的队伍中了,但其心中,却又思恋家中的妻子。诗取材独特,构思巧妙,表达蕴藉委婉。

【注释】

①征客:指从征之人。即战士。

②贰师:指贰师将军。《史记·大宛传》:"拜李广利为贰师将军,发属国六千骑,及郡国恶少年数万人,以往伐宛。期至贰师城取善马,故号'贰师将军'。"○长平:指长平侯。《史记·卫将军传》:元朔二年,"匈奴入杀辽西太守,虏略渔阳二千余人,败韩将军军。汉令将军李息击之,出代;令车骑将军青出云中以西至高阙。遂略河南地,至于陇西,捕首虏数千,畜数十万,走白羊、楼烦王。遂以河南地为朔方郡。以三千八百户封青为长平侯。"

③上林:古宫苑名。秦旧苑,至汉武帝时重新扩建。故址在今陕西省西安市西及周至、户县界。《初学记》卷二四引卫宏《汉旧仪》曰:"上林苑中广长三百里,置令丞左右中部尉,百五十亭苑。苑中养百兽,当祠祀供客用鹿麂。天子秋冬射猎苑中,取禽兽无数。"○宜春:汉宫殿名。在今陕西省西安市雁塔区。《史记·司马相如传》:"〔相如〕常从上至长杨猎,是时天子方好自击熊彘,驰逐野兽,相如上疏谏之。……上善之。还过宜春宫,相如奏赋以哀二世行失也。"

④"汉帝"句:《汉书·外戚传·孝元冯昭仪》载:汉元帝建昭中,上幸虎圈斗兽,熊佚出圈,攀槛欲上殿。左右皆惊走,冯婕妤直前当熊而立,左右格杀熊。○"秦王"句:《史记·秦本纪》:秦文公十九年,"得陈宝。"张守节《正义》:"《晋太康地志》曰:'秦文公时,陈仓人猎得兽,若彘,不知名,牵以

献之。'逢二童子,童子曰:"此名为媦,常在地中,食死人脑。"即欲杀之,拍捶其首。媦亦语曰:"二童子名陈宝,得雄者王,得雌者霸。"陈仓人乃逐二童子,化为雉,雌上陈仓北阪,为石,秦祠之。'《搜神记》云其雄者飞至南阳,其后光武起于南阳,皆如其言也。"

⑤ "河边"句:清倪璠注:"言得见故人,述其思妇之情也。"《太平御览》卷八引南朝宋刘义庆《集林》曰:"昔有一人寻河源,见妇人浣纱,以问之,曰:'此天河也。'乃与一石而归。问严君平,云:'此支机石也。'"支机石,支撑织布机的石头。

【汇评】

《采菽堂古诗选》:讯江陵之耗,如从天上来。石"不支机",微切崩摧之感。○"犹言"二句,还师景象肖。

奉和阐弘二教应诏①

五明教已设,三元法复开。② 鱼山将鹤岭,清梵两边来。③ 香烟聚为塔,花雨积成台。④ 空心论佛性,贞气辨仙才。⑤ 露盘高掌滴,风乌平翅回。⑥ 无劳问待诏,自识昆明灰。⑦(张本、吴本、倪本。又,《艺文类聚》卷七六题作"咏阐弘二教诗",引开、来、台、才四韵。)

【题解】

此是应皇帝之命所作和诗。诗采用了平行写法,即上句写佛,下句写道,或上句写道,下句写佛,不偏不倚,凸显了释"空"道"真"的特点。

【注释】

① 阐弘:阐扬光大。○二教:指佛教和道教。
② 五明:梵语意译。佛教所说的古印度五种学问,即声明、工巧明、医方明、因明、内明。此代指佛教。○三元:道教称天、地、水为"三元",又谓

玉清天有三元宫,为元始天尊居处。此代指道教。

③"鱼山"二句:清倪璠注:"鱼山谓释,鹤岭谓道,言此二教清梵从两处来也。"鱼山,《法苑珠林》卷四九载:曹植尝游鱼山,忽闻空中梵天之响,乃摹其声节,写为梵呗,撰文制音,梵声自此显于世。山,《艺文类聚》作"出"。将,与,共。鹤岭,岭名。在今江西省南昌市西山。传仙人王子乔控鹤从此经过。清,指道教。梵,指佛教。

④"香烟"二句:清倪璠注:"言香烟上浮自聚为塔,花雨所落自积成台,不假人力也。"为,《艺文类聚》作"成"。成,《艺文类聚》卷作"为"。

⑤空心:谓清净无染的禅心。佛教有所谓"四大皆空"之说。○贞气:即"真气",元气。道教谓真气为"性命双修"所得之气。贞,《艺文类聚》卷作"真"。

⑥露盘:即承露盘。《汉书·郊祀志上》:"〔汉武帝〕其后又作柏梁、铜柱、承露仙人掌之属矣。"颜师古注:"《三辅故事》云:建章宫承露盘高二十丈,大七围,以铜为之,上有仙人掌承露,和玉屑饮之。"后三国魏明帝亦于芳林园置承露盘。○风乌:即相风乌。古代观测风向的仪器,高台上立铜制乌鸟,遇风乃动。

⑦"无劳"二句:南朝梁慧皎《高僧传·译经上·竺法兰》载,汉武帝曾凿昆明池,得黑土。因问东方朔,朔曰:"西域胡人知之。"乃问胡人,胡人曰:"烧劫之余灰也。"此处反用此典。烧劫,指世界毁灭时的大火灾。问,张本小注:"一作'访'。"待诏,汉代徵士未有正官者,均待诏公车,其特异者待诏金马门,备顾问。东方朔就待诏金马门,故称其为"待诏"。

【汇评】

《采菽堂古诗选》:"香烟"二句警。"凤乌"句活。结忽尔造感,不自知也。

至老子庙应诏①

虚无推驭辩,寥廓本乘蜺。②三门临苦县,九井对灵溪,③

成丹须竹节,量药用刀圭。④石似临邛芋,芝如封禅泥。⑤氄毛新鹄小,盘根古树低。⑥野戍孤烟起,春山百鸟啼。路有三千别,途经七圣迷。⑦唯当别关吏,直向流沙西。⑧(《文苑英华》卷一七〇、张本、吴本、倪本。又,《艺文类聚》卷三八题作"至《老子》庙诗",引溪、圭、西三韵。)

【题解】

此为庾信至老子庙应皇帝诏令而作。诗先写了老子庙的地理位置,接着写了周围的风景,营造出迷离奇幻的氛围,最后以老子出关的传说表达景仰之情。

【注释】

①老子庙:《艺文类聚》卷六四引《赖乡记》曰:"老子祠在赖乡曲仁里,谯城西出五十里,老子平生时,教化学仙故处也,汉桓帝修建屋宇,为老子庙。"

②辩:张本、吴本、倪本作"辨"。○寥廓:空旷深远。指天空。○乘蜺:《淮南子·原道》:"昔者冯夷、大丙之御也,乘云车,入云蜺。"高诱注:"以云蜺为马游行也。"蜺,虹。

③三门:指老子庙门。○苦县:在今河南省鹿邑县,老子生地。○九井:《太平御览》卷一八九引《濑乡记》:"老子庙中有九井,汲一井,余井水并动。"

④"成丹"句:盖指竹中有节,可以盛丹。庾信《道士步虚词》:"成丹须竹节,刻髓用芦刀。"成,《艺文类聚》、张本、倪本作"盛"。今按:成,通"盛",以器受物。○"量药"句:刀圭,中药的量器名。《抱朴子·金丹》:"九丹者,长生之要……第二之丹名曰神丹……服之三刀圭,三尸九虫皆即消坏,百病皆愈也。第三之丹名曰神丹,服一刀圭,百日仙也。"

⑤"石似"二句:神仙以饵石餐芝为修炼之法。"石似"句,言石软如临邛所产的芋头。《抱朴子·杂应》载有引石散,"以方寸匕投一斗白石子中,以水合煮之,亦立熟如芋子,可食以当谷也"。临邛芋,指蜀中所产的芋头。

《史记·货殖列传》载,蜀中汶山之下沃野,下有蹲鸱,至死不饥。蹲鸱即芋头。临邛,郡名,治所在今四川省邛崃市。"芝如"句,言灵芝颜色如封印玺泥之色。封禅,古代帝王祭天地的大典。在泰山上筑土为坛,报天之功,称封;在泰山下的梁父山上辟场祭地,报地之德,称禅。封禅时以金泥、石泥或紫泥作封印玺之泥。

⑥毻(tuò)毛:毛羽脱落换生新毛。○低:吴本作"底"。

⑦"路有"句:清倪璠注:"此云老子西游,在中国三千里之外也。"○"途经"句:《庄子·徐无鬼》:"黄帝将见大隗乎具茨之山,方明为御,昌寓骖乘,张若、谐朋前马,昆阍、滑稽后车;至于襄城之野,七圣皆迷,无所问途。"七圣,指黄帝、方明、昌寓、张若、谐朋、昆阍、滑稽七人。

⑧"唯当"二句:《神仙传》载:老子西游,遇关令尹喜,为其著书。后尹喜与老子俱之流沙,莫知所终。唯,张本小注:"一作'行'。"别,吴本作"报"。流沙,指沙漠。

【汇评】

《采菽堂古诗选》:琢句每见新异,结自寄所怀,故佳。

奉和赵王游仙①

藏山还采药,有道得从师。②京兆陈安世,成都李意(其)〔期〕。③玉(鱼)〔京〕传《相鹤》,太一授《飞龟》。④白石香(薪寺)〔新芋〕,青泥美熟芝。⑤山精逢照镜,樵客值围棋。⑥石文如碎锦,藤苗似乱丝。⑦蓬莱在何处,汉后欲遥祠。⑧(《艺文类聚》卷七八、《初学记》卷二三、《文苑英华》卷二二五、张本、吴本、倪本。)

【题解】

此诗奉和赵王宇文招的游仙诗作。所谓游仙,往往为富贵者羡慕神仙而作,表达成仙的愿望。全诗由道教神仙典故堆砌而成,并无多少寄托。

【注释】

①赵王:即宇文招。见前《奉报赵王出师在道赐》注①。○游仙诗:描写游心仙境、脱离尘俗的诗歌。

②藏山:谓隐居山中。

③"京兆"句:《神仙传》载:陈安世,京兆人,遇二仙人授仙药二丸,后得成仙。京兆,汉代京畿的行政区域,在今陕西省西安以东至华县之间。后以称京都。○"成都"句:《神仙传》载:李意期,蜀人,刘备曾问伐吴吉凶,意期不答,求纸画作兵马器仗十数万,乃一一裂坏之。意伐吴必败。成,《文苑英华》讹作"城"。期,《艺文类聚》作"其",《初学记》《文苑英华》作"期"。今按:作"期"是,据改。

④"玉京"二句:谓神仙授予仙术。玉京,道家称天帝所居之处。晋葛洪《枕中书》引《真记》曰:"元都玉京,七宝山,周回九万里,在大罗之上。"《太平御览》卷六七四引《玉京经》曰:"玄都玉京山有粕宝城,太上无极大道虚皇君之所治也,高仙之玄都焉。"此代指天仙。京,《艺文类聚》作"鱼",《初学记》《文苑英华》、张本、吴本、倪本作"京"。《文苑英华》小注:"《类集》作'鱼'。"吴本小注:"一作'经'。"倪本小注:"一作'鱼'。"今按:作"京"是,据改。《相鹤》,传仙人浮丘公有《相鹤经》,另淮南八公亦有《相鹤经》。太一,即"太乙",天仙名。一,张本、吴本、倪本作"乙"。《飞龟》,记载仙术之书篇。《抱朴子·遐问》:"《灵宝经》有《正机》《平衡》《飞龟》,授袂凡三篇,皆仙术也。"

⑤"白石"句:《仙神传》载:仙人焦先"常食白石,以分与人,熟煮如芋食之"。新芋,《艺文类聚》作"薪寺",《初学记》《文苑英华》、张本、吴本、倪本作"新芋"。今按:当以"新芋"为是,据改。○"青泥"句:《神仙传》载:王烈,字长休。"后烈独之太行山中,忽闻山东崩圮,殷殷如雷声。烈不知何等,往视之,乃见山破石裂数百丈,两畔皆是青石,石中有一穴口,经阔尺许,中有青泥流出如髓。烈取泥试丸之,须臾成石,如投热蜡之状,随手坚凝。气如粳米饭,嚼之亦然。"

⑥"山精"句:《抱朴子·登涉》载:山中精怪能假托人形,以炫惑人目,唯不能于镜中易其真形。"是以古之入山道士,皆以明镜径九寸已上,悬于

83

背后,则老魅不敢近人。或有来试人者,则当顾视镜中,其是仙人及山中好神者,顾镜中故如人形。若是鸟兽邪魅,则其形貌皆见镜中矣。又老魅若来,其去必却行,行可转镜对之,其后而视之,若是老魅者,必无踵也,其有踵者,则山神也。"○"樵客"句:南朝梁任昉《述异记》卷上:"信安郡石室山,晋时王质伐木,至,见童子数人,棋而歌,质因听之。童子以一物与质,如枣核,质含之,不觉饥。俄顷,童子谓曰:'何不去?'质起,视斧柯烂尽,既归,无复时人。"值,《初学记》《文苑英华》作"遇"。《文苑英华》小注:"《类聚》作'值'。"倪本小注:"一作'遇'。"

⑦文:《文苑英华》、张本、吴本、倪本作"纹"。今按:文、纹可通。

⑧蓬莱:古代传说中的神山名。泛指仙境。○"汉后"句:汉后,汉代皇帝,指汉武帝。《史记·封禅书》记载汉武帝多次遣人求蓬莱。

【汇评】

《古诗镜》卷二八:语无灵气。又如《步虚词》"赤玉灵文下,朱陵真气来""赤凤来衔玺,青鸟入献书""石髓香如饭,芝房脆似莲""汉帝看桃核,齐侯问枣花""龙泥印玉策,天火练真文""鹊巢堪炼石,蜂房得煮金""经飡林虑李,旧食绥山桃""成丹须竹箭,刻髓用芦刀""白石香新芋,青泥美熟芝""幔绳金麦穗,帘钩银蒜苗",皆为死语。

《古诗评选》:句句用事,巧合成片,雕琢极矣。乃自有始春清旦之气迎人以新,觉松陵、西昆皆尘土也。

《采菽堂古诗选》:搜句并不经人道。

奉和同泰寺浮图①

岩岩陵太清,照殿比东京。②长影临双阙,高层出九城。③栱积行云碍,幡摇度鸟惊。④凤飞如始泊,莲合似初生。⑤轮重对月满,铎韵拟鸾声。⑥(昼)〔画〕水流全住,图云色半轻。⑦露晚盘犹滴,珠朝火更明。⑧虽连博望苑,还接银沙城。⑨天香下桂殿,仙梵入伊笙。⑩庶闻八解乐,方遣六尘情。⑪(《艺文类聚》卷七六、《广弘明集》三〇、《文苑英华》卷二三三、张本、吴本、倪本。)

【题解】

此是奉和梁太子萧纲的《同泰寺浮图诗》之作。诗前部分写了同泰寺浮图之高,内外装饰之美。后半部分以"博望苑"暗示是与太子同游,以"八解乐","遣六尘"表达了游玩的愉快心情。

【注释】

①奉和同泰寺浮图:《广弘明集》著于梁简文帝《望同泰寺浮图诗》下,题作"奉和"。同泰寺,佛寺名。建于梁武帝普通二年(521),故址位于今南京市东北。浮图,亦作"浮屠",佛教语,即佛塔。

②"岩岩"句:谓塔之高,接近天际。岩岩,高貌。《广弘明集》作"迢迢"。陵,《文苑英华》、张本、吴本、倪本作"凌"。今按:陵、凌通。太清,谓天。太,《文苑英华》小注:"一作'泰'。"○"照殿"句:清倪璠注:"言神光照殿,比东汉明帝时也。"东京,东汉称都城洛阳为东京。传东汉明帝曾梦见神人,身有白光,大臣傅毅以为是佛。

③双阙:寺庙前两边高台上的楼观。○九城:指京都。旧时京都多设城门九座,故称。

④"栱高"二句:清倪璠注:"言栱高则行云过而或碍,幡长则飞鸟视之而惊也。"栱(gǒng),斗拱,在立柱与横梁交接处向外伸出的承重结构。幡,旗帜。

⑤"凤飞"二句:清倪璠注:"言铸凤鹭标,状如始泊;刻莲方井,形类初生时也。"凤,《文苑英华》作"花",小注:"一作'凤'。"指屋顶如凤凰状的装饰物。《汉武故事》:"鹭标作金凤皇,轩翥若飞状。"泊,《文苑英华》作"落",小注:"一作'泊'。"

⑥"轮重"二句:清倪璠注:"言塔上悬镜疑月,摇铎似鸾也。"轮,疑指相轮,佛塔顶部装饰物。铎(duó),檐铃,风铃。

⑦"画水"二句:此言佛塔中的图画。清倪璠注:"言图画行云流水之象

也。"画,《艺文类聚》作"昼",《广弘明集》三〇、《文苑英华》卷二三三、张本、吴本、倪本作"画"。今按:作"画"是,据改。住,《广弘明集》作"注"。轻,张本、倪本小注:"一作'行'。"《文苑英华》作"行",小注:"一作'轻'。"

⑧"露晚"句:指塔顶之承露盘。露晚盘,《文苑英华》作"烟露晚",小注:"一作'露晚盘'。"○"珠朝"句:盖指塔内夜明珠。

⑨"虽连"二句:清倪璠注:"'虽连博望苑'者,言简文时为太子也;'还接银沙城'者,言佛国也。是诗当在中大通年作也。"博望苑,汉宫苑名。汉武帝为戾太子刘据建,供其交接宾客。故址在今陕西省西安市。

⑩仙梵:指诵经的声音。○伊笙:谓伊洛间的笙声。《列仙传》:"王子晋好吹笙,作凤鸣,游于伊洛间。"

⑪闻:《文苑英华》作"同"。○八解:佛教语。八种解脱,即八种背弃舍除三界烦恼系缚的禅定。解,《文苑英华》作"界",小注:"一作'庶闻八解乐'。"○六尘:佛教语。即色、声、香、味、触、法。与"六根"相接,便能染污净心,导致烦恼。

【汇评】

《古诗镜》:"画水流全住,图云色半轻",此是死句;"路高山里树,云低马上人",此是拙句;《咏镜》"光如一片水,影照两边人",此是俚句。

《采菽堂古诗选》:好句凑泊,皆以有作意,故佳。○《奉和法筵》有"佛影胡人记,经文汉语翻""早雷惊蛰户,流雪长河源",及"春柳卧生根"句,并好。

奉和法筵应诏①

五城邻北极,百雉壮西昆。②钩陈横复道,闾阖抵灵轩。③千柱莲花塔,由旬紫绀园。④佛影胡人记,经文汉语翻。⑤星窥朱鸟牖,云宿凤凰门。⑥新禽解杂啭,春柳卧生根。⑦早雷惊蛰户,流雪长河源。⑧建始移交让,徽音种合昏。⑨风飞扇天辩,泉涌属丝言。⑩羁臣从散木,无以预中天。⑪□□遥可望,终类仰鹍弦。⑫(张本、吴本、倪本。)

【题解】

讲说佛法的集会称为法筵,有人为此赋诗,庾信应诏奉和。从诗中"羁臣从散木,无以预中天"看,作者并没有参加此次盛会。故诗中想象了佛塔的高峻,法会的盛况,最后表达了未能与会的遗憾。

【注释】

①法筵:佛教语。指讲经说法者的座席。此指讲说佛法的集会。《周书》卷五《武帝纪》:"建德元年(572)春正月戊午,帝幸玄都观,亲御法座讲说,公卿道俗论难,事毕还宫。"诗盖作于此年。

②五城:传昆仑玄圃有五城十二楼,为仙人之所常居。○北极:北极星。○百雉:形容城墙高峻。雉,度量单位,高一丈长三丈为一雉。○西昆:昆仑之西。清倪璠注:"佛教出于西方,古云西昆。"

③钩陈:星官名。《文选》卷一班孟坚《两都赋·西都赋》:"周以钩陈之位,卫以严更之署。"李善注:"《乐汁图》曰:'钩陈,后宫也。服虔《甘泉赋注》曰:紫宫外营。勾陈,星也,然王者亦法之。'"○复道:楼阁间有上下两重通道,称复道。○阊阖:传说中的天门。

④由旬:古印度计程单位。古有八十里、六十里、四十里等诸说。○紫绀(gàn)园:佛寺的别称。

⑤"佛影"二句:谓印度佛教经西域传入中国。佛经本为梵文,入汉后译为汉文。

⑥朱鸟牖:盖指装饰有朱雀的窗户。○凤凰门:盖指装饰有凤凰的门。

⑦啭(zhuàn):鸟鸣声。

⑧"早雷"句:《吕氏春秋·仲春纪·仲春》:"是月也,日夜分,雷乃发声,始电。蛰虫咸动,开户始出。"○长:上涨。

⑨建始:宫殿名,汉末曹操建。○交让:《文选》卷四左太冲《蜀都赋》:"交让所植,蹲鸱所伏。"刘逵注:"交让,木名也。两树对生,一树枯则一树

生,如是岁更,终不俱生俱枯也。出岷山,在安都县。"○徽音:宫殿名,在洛阳。○合昏:植物名,即合欢树。

⑩天辩:言有口辩。《史记·孟子荀卿列传》载:"驺衍之术迂大而闳辩",故齐人颂曰"谈天衍"。○丝言:《礼记·缁衣》:"王言如丝,其出如纶。"郑玄注:"言言出弥大也。"孔颖达疏:"王言初出,微细如丝,及其出行于外,言更渐大,如似纶也。"后因称帝王之言为"丝言",此作诏书的代称。

⑪羁臣:羁旅之臣。庾信从梁来北周,故自称。○散木:无用而享天年的树木。喻无用之人。《庄子·人间世》:"散木也……是不材之木也,无所可用。"○无:倪本作"何"。○中天:《列子·周穆王》载周穆王筑高台,"其高千仞,临终南之上,号曰中天之台"。此指佛塔。

⑫□□:张本小注:"阙二字。"吴本作"中天",倪本作"回翔"。○鹍(kūn)弦:用鹍鸡筋做的琵琶弦,极坚韧,余音清脆。

和周赵王游云居①

重峦千仞塔,危磴九层台。②石关还逆上,山梁乍斗回。③阶下云峰出,窗前风洞开。④隔岭钟声应,中天梵响来。⑤(于)〔平〕时欣侍从,于此共徘徊。⑥(《文苑英华》卷二三三、张本、吴本、倪本。又,《艺文类聚》卷七六引台、开、来三韵。)

【题解】

赵王宇文招有《登云居寺塔》之作,此乃和诗。全诗采用层层烘托的手法,极力描写云居寺塔之高峻。

【注释】

①和周赵王游云居:《艺文类聚》题作"登云居寺塔诗",张本、吴本、倪本题作"和从驾登云居寺塔",张本、倪本小注:"一作'和赵王游云居寺'。"云居寺,寺庙名。《续高僧传》卷八《昙延传》:"周太祖素挹道声,尤相钦

敬。……太祖以百梯太远,咨省路艰,遂于中朝西岭形胜之所,为之立寺,名曰云居。"《艺文类聚》卷七引周王褒《云居寺高顶诗》曰:"中峰云已合,绝顶日犹晴,邑居随望近,风烟对眼生。"

②磴:台阶。《艺文类聚》卷七六作"隥"。今按:隥,通"磴"。○九层台:九重高台。形容台极高。《老子》:"九层之台,起于累土。"

③石关:谓巨石夹道如关门。○还:《文苑英华》小注:"一作'常'。"张本、吴本、倪本作"恒"。○山梁:山脊。○斗回:陡绝回环。

④阶:《艺文类聚》作"跻"。《文苑英华》小注:"《类聚》作'跻'。"

⑤隔:《艺文类聚》作"躐"。○应:《文苑英华》小注:"《类聚》作'度'。"《艺文类聚》、张本、吴本、倪本作"度"。○中天:天中。○梵响:念佛诵经之声。

⑥平:《文苑英华》作"于",张本、吴本、倪本作"平"。今按:作"平"是,据改。○共:张本、吴本、倪本作"暂"。

【汇评】

《采菽堂古诗选》:写高迥句,佳。

和何仪同讲竟述怀①

无名即讲道,有动定论机。②安经让礼席,正业理儒衣。似得游焉趣,能同舍讲归。③石渠人少歇,华阴市暂稀。④秋云低晚气,短景侧余辉。⑤萤排乱草出,雁舍断芦飞。⑥别有平陵径,萧条客鬓衰。⑦饥噪空仓雀,寒惊懒妇机。⑧实欣怀謏问,逢君理入微。⑨(张本、吴本、倪本。又,《初学记》卷二一引微、衣、归、稀、辉、飞、衰、微八韵。)

【题解】

何仪同有《讲竟述怀》诗,此乃和作。"石渠人少歇,华阴市暂稀"写听讲的人群散去,在这样一个萤火虫乱飞、大雁横空的秋夜,滞留北国两鬓渐斑的作者倍感孤独,欣慰的是,还可同何仪同一述情愫。

【注释】

①何仪同:何姓仪同,其人不详。仪同,"仪同三司"的省称,官名。北周建德四年,改仪同三司为仪同大将军。○竟:完结。

②无名:道家指天地未形成时的状态。《老子》:"无名,天地始。"○"有动"句:《周易·系辞》:"几者,动之微。"机,《初学记》、吴本作"几"。

③舍讲归:《后汉书·朱祐传》载:"祐初学长安,帝(今按:指光武帝刘秀)往候之,祐不时相劳苦,而先升讲舍。后车驾幸其第,帝因笑曰:'主人得无舍我讲乎?'以有旧恩,数蒙赏赉。"

④石渠:阁名。西汉皇室藏书之处,在长安未央宫殿北。○华阴市:《后汉书·张楷传》载:楷字公超……隐居弘农山中,学者随之,所居成市,后华阴山南,遂有公超市。后以"华阴市""公超市"代指学者群集的地方。

⑤短景:指傍晚时分。

⑥"萤排"句:古人以为腐草为萤,故称。○"雁舍"句:古人认为雁为避矰弋口含芦草而飞。舍(捨),颇疑为"拾"之形讹。

⑦"别有"二句:此下为庾信自谓。平陵,西汉昭帝刘弗陵墓,在今陕西省咸阳市东北。

⑧"饥噪"句:汉苏伯玉《盘中诗》:"空仓雀,常苦饥。"○懒妇:蟋蟀的别名。《诗经·豳风·七月》:"十月蟋蟀入我床下。"

⑨"实欣"二句:意谓很高兴我虽孤陋寡闻,听了你的讲论正好可以深入理解玄妙之理。謏(xiǎo)问,孤陋寡闻。謏,吴本讹作"诹"。入微,深入到细微之处。

【汇评】

《采菽堂古诗选》:"石渠"六句胜。

奉和赵王隐士[①]

洛阳征五隐,东都别二贤。[②]云气浮函谷,星光集颍川。[③]霸陵采樵路,成都卖卜钱。[④]鹿裘披稍裂,藜床坐欲穿。[⑤]阮籍唯长啸,嵇康讶一弦。[⑥]洞险无平石,山深足细泉。短松犹百尺,少鹤已千年。[⑦]野鸟繁弦啭,山花焰火然。[⑧]洞风吹户里,石乳滴窗前。[⑨]虽无亭长识,终见野人传。[⑩](张本、吴本、倪本。又,《艺文类聚》卷三六、《文苑英华》卷二三二并引贤、川、钱、穿、弦、泉、年、然、船九韵。)

【题解】

此赵王宇文招《隐士诗》之和诗。诗上部分写隐士的生活,用典繁复;下部分则营造了隐士山中所居住的清幽环境,语言清新自然。

【注释】

①奉和赵王隐士:吴本题下小注:"原注:'王褒同赋。'"倪本题下小注:"褒集中有'和赵王隐士'。"《古诗纪》卷一二五题下小注:"王褒同赋。"今按:宇文招,建德三年(574)封王,学界考证以为王褒卒于建德四年(575),则此诗当作于建德三年。

②征:征召。○五隐:五位隐士。说法不一。清倪璠注:"袁宏《后汉纪》曰:'陈蕃荐五处士,豫章徐稺、彭城姜肱、汝南袁闳、京兆韦著、颍川李昙。诏公交车备礼,徵不至。'又按:《后汉书·逸民传》,薛方、逢萌聘而不肯至,严光、周党、王霸至而不能屈,亦'五隐'也。"○东都:指洛阳。○二贤:两位贤士。此指汉宣帝时名臣疏广与兄子受。《汉书·疏广传》载:广为太傅,受为少傅,同时以年老乞致仕,时人贤之。归日,"公卿大夫故人邑子设祖道,供张东都门外,送者车数百两,辞决而去。及道路观者皆曰:'贤

哉二大夫!'或叹息为之下泣。"

③"云气"句:清倪璠注:"《京房易飞候》云:'视四方常有火云,五色见,其下贤人隐也。'《汉书》曰:'弘农,故函谷关。上洛属弘农。'四皓隐于上洛熊耳山,故云是矣。"又,《艺文类聚》卷六引《列仙传》曰:"〔函谷〕关令尹喜,周大夫也,善内学,老子西游,先见其气,知真人当过,物色而遮之,果得老子,与俱之流沙。"函谷,关塞名,位于今河南省灵宝市北。○"星光"句:《艺文类聚》卷二一引《汉杂事》曰:"太史言,有德星见,当有英才贤德同游者。诏下诸郡县问。"颍川郡上事曰:"有陈太丘父子三人,俱共会社。"董思恭《咏星诗》:"方知颍川集,别有太邱门。"颍川,郡名,治所阳翟,即今河南省禹州市。

④"霸陵"句:据《高士传》载:汉桓帝时,处士韩康即隐于霸陵山中。诗下文"虽无亭长识",即指此人。霸陵,即灞陵,汉文帝陵名。位于今陕西省西安市东郊。路,《文苑英华》、张本、倪本小注:"一作'径'。"○"成都"句:《汉书·王贡两龚鲍传》:"蜀有严君平……君平卜筮于成都市……裁日阅数人,得百钱足自养,则闭肆下帘而授《老子》。"

⑤鹿裘:鹿皮做的大衣。常用为隐士之服。《列子·天瑞》:"孔子游于太山,见荣启期行乎郕之野,鹿裘带索,鼓琴而歌。"裘,吴本讹作"表"。○藜床:藜茎编的简陋床榻。《三国志·管宁传》裴松之注引《高士传》曰:"管宁自越海及归,常坐一木榻,积五十余年,未尝箕股,其榻上当膝处皆穿。"

⑥"阮籍"句:籍字嗣宗。三国时魏人,竹林七贤之一。《三国志》卷二一裴松之注引《魏氏春秋》曰:"籍少时尝游苏门山,苏门山有隐者,莫知名姓,有竹实数斛、臼杵而已。籍从之,与谈太古无为之道,及论五帝三王之义,苏门生萧然曾不经听。籍乃对之长啸,清韵响亮,苏门生逌尔而笑。"唯,《文苑英华》作"推",小注:"《类聚》作'唯'。"○"嵇康"句:康字叔夜,三国曹魏时人,竹林七贤之一。《神仙传》载:嵇康访隐士孙登,"叔夜善弹琴,于是登弹一弦之琴,以成音曲。叔夜乃叹息绝思也。"

⑦"短松"二句:清倪璠注:"言松之短者犹有百尺,则长者可知;鹤之少者已有千年,则老者可知。"短,《艺文类聚》、《文苑英华》作"低"。尺,《艺文

类聚》《文苑英华》小注:"一作'丈'。"

⑧繁弦:繁杂的弦乐声○哢:鸟鸣声。○然:《文苑英华》作"燃"。今按:然,"燃"的本字。

⑨石乳:指石下的水滴。

⑩"虽无"句:《高士传》载:汉桓帝时,徵隐士韩康。康自乘柴车先发。至亭,亭长不识,以为田翁而夺其牛。亭长,秦汉时在乡村每十里设一亭,置亭长,掌治安,捕盗贼,理民事,兼管停留旅客。○"终见"句:《后汉书·逸民传》:"汉阴老父者,不知何许人也。桓帝延熹中,幸竟陵,过云梦,临沔水,百姓莫不观者,有老父独耕不辍。尚书郎南阳张温异之,使问曰:'人皆来观,老父独不辍,何也?'老父笑而不对。温下道百步,自与言。老父曰:'我野人耳,不达斯语。请问天下乱而立天子邪?理而立天子邪?立天子以父天下邪?役天下以奉天子邪?昔圣王宰世,茅茨采椽,而万人以宁。今子之君,劳人自纵,逸游无忌。吾为子羞之,子何忍欲人观之乎!'温大惭。问其姓名,不告而去。"传,《艺文类聚》《文苑英华》作"船"。

【汇评】

《采菽堂古诗选》:摘其妙句,足供研练之助,以俱有作法也。

拟咏怀诗二十七首

1. 步兵未饮酒,中散未弹琴。①索索无真气,昏昏有欲心。②涸鲋常思水,惊飞每失林。③风云能变色,松竹且悲吟。④由来不得意,何必往长岑。⑤(《艺文类聚》卷二六作"咏怀诗",张本、吴本、倪本。)

【题解】

三国时魏阮籍有《咏怀诗》八十二首,阮籍《咏怀诗》,写他生当改朝换代之际的内心痛苦,庾信的拟作,抒发的是寄寓北方、怀念乡关的身世之

93

感,内心的痛苦与阮籍是相似的。故清倪璠以为:"昔阮步兵《咏怀诗》十七首,颜延年以为在晋文代虑祸而发,子山拟斯而作二十七篇,皆在周乡关之思,其辞旨与《哀江南赋》同矣。"清陈祚明《采菽堂古诗选》云:"廿七首并是孤愤之诗,于中得二句'昏昏如坐雾,漫漫疑行海',乃子山此时情境。蕴蓄于中,倾吐而出,曾不自知。语之工拙,都所不计,但取情深。"清沈德潜《古诗源》说:"无穷孤愤,倾吐而出,工拙都忘,不专拟阮。"清魏源《诗比兴笺》亦云:"《艺文类聚》但称庾信《咏怀诗》,不云'拟'也,《诗纪》强增为《拟咏怀》,亦如增文通诗为'效阮',岂知自家块垒,无俟他人酒杯乎!特情繁无序,词乱不伦,流览固等观场,诠释亦同说郢。今核以时势,别为次第,律情与事附,则志随词显。诗史之目,无俟杜陵,《哀江南赋》,与此表里。故笺中历引为征,惟彼兼述台城之祸。此专悼江陵之覆。盖绝望以后,其痛尤深。注家或牵引梁武,均无当焉。"今人余冠英《汉魏六朝诗选》以为:"这些诗并非模仿阮籍,加'拟'字是错误的。阮诗寄易代之感,庾述丧乱之哀,各有千秋,不相高下。"诗慨叹身世,感怀家国,颇有不平之气,写得悲壮苍劲,颇有特色。

【注释】

①"步兵"二句:清倪璠注:"言己处乱世,不能饮酒、弹琴,弃绝人事,而困于尘俗,深愧二公矣。"步兵,指三国魏阮籍。籍曾官步兵校尉,故人称阮步兵。《三国志》卷二一裴松之注引《魏氏春秋》曰:"籍以世多故,禄仕而已,闻步兵校尉缺,厨多美酒,营人善酿酒,求为校尉,遂纵酒昏酣,遗落世事。"中散,指三国魏嵇康。康曾拜中散大夫。善弹琴,与阮籍同为竹林七贤中人。

②索索:冷落貌。○欲:张本、吴本、倪本作"俗"。

③"涸鲋"二句:清倪璠注:"言己处丧乱之后,如失水之鱼、离群之雁也。"涸(hé)鲋(fù),喻处于困境、急待援助。《庄子·外物》:"庄周家贫,故往贷粟于监河侯。监河侯曰:'诺。我将得邑金,将贷子三百金,可乎?'庄周忿然作色曰:'周昨来,有中道而呼者。周顾视车辙中,有鲋鱼焉。周问之曰:"鲋鱼来!子何为者邪?"对曰:"我,东海之波臣也。君岂有斗升之水而活我哉?"'"鲋,鲫鱼。飞,张本、吴本、倪本小注:"一作'羽'。"○"惊飞"

句:《战国策·楚四》:"有间,雁从东方来,更嬴以虚发而下之。魏王曰:'然则射可至此乎?'更嬴曰:'此孽也。'王曰:'先生何以知之?'对曰:'其飞徐而鸣悲。飞徐者,故疮痛也;鸣悲者,久失群也。故疮未息而惊心未至也,闻弦音引而高飞,故疮陨也。'"

④"风云"二句:清倪璠注:"风云喻佐命之臣。江陵三年,即遭其变。松竹比有节之士,西魏一使,良可深悲。自喻去梁仕周,致哀失节也。"风云变色,谓朝代变易。此即指梁灭亡。喑(yīn),缄默不言。张本、吴本、倪本作"吟"。

⑤"由来"二句:清倪璠注:"言己身在长安,已不得意,何必长岑之远乎?"长岑,县名,属乐浪郡,治所在今朝鲜黄海南道松禾,一说南道长渊。《后汉书·崔骃传》:"及宪为车骑将军,辟骃为掾。宪府贵重,掾属三十人,皆故刺史、二千石,唯骃以处士年少,擢在其间。宪擅权骄恣,骃数谏之,及出击匈奴,道路愈多不法,骃为主簿,前后奏记数十,指切长短。宪不能容,稍疏之,因察骃高第,出为长岑长。骃自以远去,不得意,遂不之官而归。永元四年,卒于家。"

【汇评】

《采菽堂古诗选》:起四句,便是"坐雾""行海"心事。

2. 赭衣居傅岩,垂纶在渭川。乘舟能上月,飞幰欲扪天。①谁知志不就,空有直如弦。②洛阳苏季子,连衡不复连。③既无六国印,翻思二顷田。④(张本、吴本、倪本。)

【注释】

①"赭衣"四句:清倪璠注:"言己本有兴梁之大志也。""按:傅岩、渭川,言元帝见用也。上月、扪天,言其志大也。""赭衣"句,谓傅说。傅说被刑,筑于傅岩。后辅佐商王武丁。赭(zhě)衣,囚服。"垂纶"句,谓吕尚。吕尚钓于渭川,后辅佐周文王、周武王。"乘舟"句:《竹书纪年》载:伊挚将受商

汤聘请前夕,"梦乘船过日月之旁"。幰(xiǎn),指有帘幔的车子。

②直如弦:东汉应劭《风俗通》有云:"顺帝之末,京师谣曰:'直如弦,死道边;曲如钩,反封侯。'"

③"洛阳"四句:清倪璠注:"言己聘于西魏,本欲事秦,属大军南讨,是连衡不连也。"苏季子,即战国纵横家苏秦。《史记·苏秦传》载:苏秦,东周雒阳人。始以连横之策说秦,不成。不复,倪本作"遂不"。

④"既无"二句:清倪璠注:"言己既不能连衡事秦,又不能合纵攻秦,身为羁旅,翻欲归家。引秦事所以比魏、周也。"《史记·苏秦传》载:苏秦连横不成,回家妻、嫂均不以礼待之。后以合纵游说六国,佩六国相印。过洛阳,"苏秦之昆弟妻嫂侧目不敢仰视,俯伏侍取食。苏秦笑谓其嫂曰:'何前倨而后恭也?'嫂委蛇蒲服,以面掩地而谢曰:'见季子位高金多也。'苏秦喟然叹曰:'此一人之身,富贵则亲戚畏惧之,贫贱则轻易之,况众人乎!且使我有洛阳负郭田二顷,吾岂能佩六国相印乎!'"

【汇评】

《采菽堂古诗选》:事切。

3. 俎豆非所习,帷幄复无谋。① 不言班定远,应为万里侯。② 燕客思辽水,秦人望陇头。③ 倡家遭强娉,质子值仍留。④ 自怜才智尽,空伤年鬓秋。⑤(张本、吴本、倪本。)

【注释】

①"俎豆"二句:谓自己既不习祭祀礼仪之事,又无军事谋略。俎(zǔ)豆,俎和豆。古代祭祀、宴飨时盛食物用的两种礼器。《论语·卫灵公》:"俎豆之事则尝闻之矣,军旅之事未之学也。"帷幄,军帐。

②"不言"二句:清倪璠注:"伤己本无谋矣,而出使不归,玉门生入不可得矣。"班定远,指东汉班超。《后汉书·班超传》载:班超字仲升,扶风平陵人。相者以为其"当封侯万里之外"。后投笔从戎,使西域,通三十六国,封

定远侯。

③燕客:盖指战国时刺客荆轲。荆轲入秦刺杀秦王,燕太子丹及宾客送至易水,荆轲为歌:"风萧萧兮易水寒,壮士一去兮不复返。"○辽水:即今辽河。战国时属燕地。此代指易水。○陇头:即陇山,在今陕西省陇县至甘肃省平凉市一带,战国时属秦地。北朝民歌云:"陇头流水,鸣声幽噎。遥望秦川,肝肠断绝。"

④"倡家"二句:清倪璠注:"言倡家作妓,本不欲嫁;质子思归,本不欲留。以喻己本不欲仕,而魏、周逼之,若强聘留质矣。"娉,倪本作"聘"。质子,古代派往别国作抵押的人质。

⑤"自怜"二句:清倪璠注:"子山以元帝承圣元年甲戌聘魏,时年四十有二,遂老于北地矣。"

【汇评】

《采菽堂古诗选》:知为周臣本非其志。"倡家"二句切。

4. 楚材称晋用,秦臣即赵冠。① 离宫延子产,羁旅接陈完。② 寓卫非所寓,安齐独未安。③ 雪泣悲去鲁,凄然忆相韩。④ 唯彼穷途恸,知余行路难。⑤(张本、吴本、倪本。)

【注释】

①"楚材"句:《左传·襄公二十六年》:"虽楚有材,晋实用之。"杜预注:"言楚亡臣多在晋。"○赵冠:即武冠,相传战国时赵惠文王所制,故又名赵惠文冠。《后汉书·舆服志下》:"武冠……谓之'赵惠文冠'。胡广说曰:'赵武灵王效胡服,以金珰饰首,前插貂尾,为贵职。秦灭赵,以其君冠赐近臣。'"

②"离宫"句:即子产坏垣事。《左传·襄公三十一年》载:鲁襄公薨,"子产相郑伯以如晋,晋侯以我丧故,未之见也。子产使尽坏其馆之垣而纳车马焉。"晋士文伯责备子产,子产严辞以对,"文伯复命,赵文子曰:'信!

我实不德,而以隶人之垣以赢诸侯,是吾罪也。'使士文伯谢不敏焉。晋侯见郑伯,有加礼,厚其宴好而归之。乃筑诸侯之馆。"离宫,行宫,驿馆。子产,复姓公孙,名侨,字子产。春秋时郑国的政治家,在郑国为相数十年,在政治上颇多建树。〇"羁旅"句:《左传·庄公二十二年》载:春,陈人杀其大子御寇,陈公子完与颛孙奔齐。齐侯使完为卿,完辞曰"羁旅之臣",而不受。

③"寓卫"二句:清倪璠注:"言己留魏非所乐也。""寓卫"句,《诗经·邶风》有《式微》篇,小序:"《式微》,黎侯寓于卫,其臣劝以归也。"郑玄笺:"寓,寄也。黎侯为狄人所逐,弃其国而寄于卫,卫处之以二邑,因安之。可以归而不归,故其臣劝之。"卫,吴本讹作"位"。"安齐"句,《左传·僖公二十三年》载:晋公子重耳出奔,"及齐,齐桓公妻之,有马二十乘,公子安之。从者以为不可。"

④"雪泣"二句:清倪璠注:"去鲁,喻己去江陵父母之邦也。留侯五世相韩,庾氏亦父子仕梁,深念旧恩矣。"雪泣,揩拭眼泪。去鲁,谓孔子离开故乡鲁国。《韩诗外传》:"孔子去鲁,迟迟乎其行也。"忆相韩,指汉张良事。良家五世相韩,故张良感念旧恩,秦灭韩,良曾以家财求刺客刺杀秦始皇,为韩复仇。事见《史记·留侯世家》。

⑤"唯彼"二句:清倪璠注:"言已至此,惟有穷途之恸而已。"穷途恸,《三国志》卷二一裴松之注引《魏氏春秋》云:"〔阮籍〕时率意独驾,不由径路,车迹所穷,辄恸哭而反。"恸(tòng),吴本作"恨"。

【汇评】

《采菽堂古诗选》:直述酸楚。

《诗比兴笺》:《周书》本传:梁元帝承制,除信御史中丞。及即位,遣聘于西魏。值魏军南伐,遂留长安。此三章自叙羁臣本末也。信本文士,不习将略,始退朱雀之营,坐守台城之困,故言帷幄无谋,本无封侯之志。父肩吾,梁散骑常侍中书令,故有屡世相韩之思。《哀江南赋序》云:"本不达于戎行,复无情于禄仕。生世等于龙门,辞亲同于河洛。昔三世而无惭,今七叶而始落。"又序云:"钟仪君子,入就南冠之囚;季孙行人,留守西河之馆。"

5. 惟忠且惟孝,为子复为臣。一朝人事尽,身名不足亲。①吴起尝辞魏,韩非遂入秦。②壮情已消歇,雄图不复申。③移住华阴下,终为关外人。④(张本、吴本、倪本。)

【注释】

①"惟忠"四句:清倪璠注:"言庾氏世德,忠孝累传,己为庾氏之子,复为梁朝之臣,今人事既尽,身存名灭,为可伤也。"

②"吴起"二句:清倪璠注:"言己去梁即魏,犹吴起辞魏、韩非入秦也。"吴起,战国初期兵家代表人物。卫国人,历仕鲁、魏、楚三国。《史记·吴起传》载:起在魏,魏相公叔欲害吴起,"吴起惧得罪,遂去,即之楚"。尝,曾经。吴本作"常"。韩非,战国时韩国贵族子弟,喜刑名法术之学。人传其书至秦,秦王欲得之与同游。后由李斯推荐,韩非入秦。《史记》卷六三有传。

③"壮情"二句:清倪璠注:"言不能为国报雠也。"

④"移住"二句:清倪璠注:"子山辞楚入秦,翻惭关内矣。"华阴,华山以北地区。此指长安。关外人,函谷关以外之人。此指异国之人。此有心怀故国之意。《汉书·武帝纪》:"〔元鼎〕三年冬,徙函谷关于新安。"颜师古注引应劭曰:"时楼船将军杨仆数有大功,耻为关外民,上书乞徙东关,以家财给其用度。武帝意亦好广阔,于是徙关于新安,去弘农三百里。"

【汇评】

《采菽堂古诗选》:结二句真情悲切。

《诗比兴笺》:《哀江南赋序》云:"年始二毛,即逢丧乱。藐是流离,至于暮齿。燕歌远别,楚老相逢。畏南山之雨,忽践秦庭;让东海之滨,遂食周粟。下亭漂泊,皋桥羁旅。楚歌非取乐之方,鲁酒无忘忧之用。"

6. 畴昔国士遇,生平知己恩。直言殊可吐,宁知炭欲吞。①一顾重尺璧,千金轻一言。②悲伤刘孺子,凄怆史皇孙。③

无因同武骑,归守灞陵园。④(《艺文类聚》卷二六、张本、吴本、倪本。)

【注释】

①"畴昔"四句:清倪璠注:"言梁朝以国士遇我,有知己之感,不能报也。"《史记·刺客传》载:春秋战国时晋国人豫让是晋卿智伯家臣。赵、韩、魏共灭智氏。豫让以漆涂身,吞炭使哑,多次谋刺赵襄子。后为赵襄子所捕。赵襄子责备豫让,豫让说:"臣事范、中行氏,范、中行氏皆众人遇我,我故众人报之。至于智伯,国士遇我,我故国士报之。"临死时,求得赵襄子衣服,拔剑击斩其衣,以示为主复仇,然后自杀。殊,张本、吴本、倪本作"珠"。今按:疑作"珠"为是。《后汉书·翟酺传》:"孔子曰:'吐珠于泽,谁能不含。'"欲,张本作"可"。张本小注:"一作'欲'。"倪本小注:"一作'可'。"

②"一顾"句:谓知遇之恩重于尺璧、千金。一顾,《战国策·燕二》载:有人卖骏马而无人知,"伯乐乃还而视之,去而顾之,一旦而马价十倍"。尺璧,直径一尺的珍贵璧玉。"千金"句:《史记·季布传》载:季布楚人,为气任侠,有名于楚。楚人谚曰:"得黄金百,不如得季布一诺。"

③"悲伤"二句:清倪璠注:"言江陵之败,梁祚日微,帝子被戮也。'悲伤刘孺子'者,伤敬帝也。《南史·敬帝纪》云:'帝逊位于陈,陈受命,奉帝为江阴王,薨于外邸。'是也。'凄怆史皇孙'者,伤建业、江陵前后二败,简文元帝诸子遇害者多也。"刘孺子,西汉刘婴,汉宣帝的玄孙。元始五年(5),王莽毒死汉平帝,次年从立时年二岁的刘婴为皇太子,史称"孺子"。后废为定安公。至此,西汉帝国灭亡。事见《汉书·外戚传·孝平王皇后》。史皇孙,西汉刘进,汉武帝刘彻之孙,戾太子刘据之子,因母为史良娣故号史皇孙,巫蛊之祸时遇害。事见《汉书·武五子传·戾太子据》。

④"无因"二句:清倪璠注:"言己本梁朝文学之臣,不能如司马相如归守原陵也。"《汉书·司马相如传》载:西汉司马相如曾为武骑常侍,后退为孝文园令,即掌管汉文帝陵墓灞陵的小官。

【汇评】

《古诗赏析》:此感不能报梁也。前四,从曾受梁恩,不虞国变领起。

"一顾"二句,承"直言"句,实写知遇之难。"悲伤"二句,借引古事,深致国亡帝室子孙被戮之痛。后二,以自恨不能报效作收。开府《咏怀》诸诗,倾吐悲愤,佳句颇多,然皆觉平顺少古意。仅录此章,莫嫌其略。

《采菽堂古诗选》:真情。

《诗比兴笺》:"刘孺子"二句,伤江陵败陷,帝子并见伤害也。《哀江南赋》:"若江陵之中否,乃金陵之祸始。虽借人之外力,实萧墙之内起。伯兮叔兮,同见戮于犹子。荆山鹊飞而玉碎,随岸蛇生而珠死。"

7. 榆关断音信,汉使绝经过。①胡笳落泪曲,羌笛断肠歌。②纤腰减束素,别泪损横波。恨心终不歇,红颜无复多。③枯木期填海,青山望断河。④(张本、吴本、倪本。)

【注释】

①"榆关"二句:清倪璠注:"云'断音信'、'绝经过'者,喻己乡关之情若远戍也。"榆关,关塞名,即榆林塞。秦朝派蒙恬筑长城于此,"累石为城,树榆为塞"。(《汉书·韩安国传》)。故址在今内蒙古自治区准格尔旗。此泛指北方边塞。

②"胡笳"二句:汉李陵《答苏武书》:"侧耳远听,胡笳互动。牧马悲鸣,吟啸成群,边声四起,晨坐听之,不觉泪下。……异方之乐,只令人悲,增忉怛耳。"

③"纤腰"四句:清倪璠注:"自言关塞苦寒之状,若闺怨矣。"束素,一束绢帛。宋玉《登徒子好色赋》:"腰如束素。"横波,指眼。东汉傅毅《舞赋》:"目流涕而横波。"红颜,喻青春年华。

④"枯木"二句:言南归故国的愿望难以实现。填海,即精卫填海。《山海经·北山经》载:发鸠之山,"有鸟焉,其状如乌,文首、白喙、赤足,名曰精卫,其鸣自詨。是炎帝之少女名曰女娃,女娃游于东海,溺而不返,故为精卫。常衔西山之木石,以堙于东海"。断河,《水经注·河水四》:"华岳本一

山当河,河水过而曲行,河神巨灵,手荡脚蹋,开而为两。"

8. 白马向清波,乘冰始渡河。①置兵须近水,移营喜灶多。②长坂初垂翼,鸿沟遂倒戈。③的颅于此去,虞兮奈若何。④空营卫青冢,徒听田横歌。⑤(张本、吴本、倪本。)

【注释】

①"白马"二句:清倪璠注:"谓梁元帝承制江陵也。"清波,地名。《史记·黥布传》:"章邯之灭陈胜,破吕臣军,布乃引兵北击秦左右校,破之清波,引兵而东。"乘冰,《后汉书·光武帝纪》载:光武帝刘秀起兵时,"至呼沱河,无船,适遇冰合,得过。"

②"置兵"二句:清倪璠注:"时元帝承制,驰檄四方,王僧辩等讨平侯景,正中兴之极盛者也。""置兵"句,《史记·淮阴侯传》载:公元前204年,韩信攻赵,令士卒等背水而阵,使"陷之死地而后生,置之亡地而后存",终破赵。"移营"句,《后汉书·虞诩传》:羌寇武都,诩迁武都太守。"羌乃率众数千,遮诩于陈仓、崤谷,诩即停军不进,而宣言上书请兵,须到当发。羌闻之,乃分抄傍县,诩因其兵散,日夜进道,兼行百余里。令吏士各作两灶,日增倍之,羌不敢逼。或问曰:'孙膑减灶而君增之。兵法日行不过三十里,以戒不虞,而今日且二百里。何也?'诩曰:'虏众多,吾兵少。徐行则易为所及,速进则彼所不测。虏见吾灶日增,必谓郡兵来迎。众多行速,必惮追我。孙膑见弱,吾今示强,势有不同故也。'"后果破羌。

③"长坂"二句:清倪璠注:"谓元帝即位才及三年,魏军至襄阳,梁王詧率众会之,遂至于败也。时梁、魏地分南北,有若鸿沟。詧本梁朝宗室,助魏自伐,故云'倒戈'矣。""《列子》曰:'溟海者,天池也,有鸟焉,其名为鹏,翼若垂天之云,其体称焉。'喻魏兵之强也。……《诗》曰:'殷士倒戈。'以喻梁王詧萧墙之变也。"长坂,汉长安甘泉宫附近有长平坂。垂翼,《庄子·逍遥游》:"鹏之背,不知其几千里也;怒而飞,其翼若垂天之云。"鸿沟,古运河

名,在今河南省,楚汉相争时曾以为界。

④"的颅"二句:清倪璠注:"的卢,伤元帝之死也;虞兮,自伤也。"的颅,额部有白色斑点的马。《相马经》以为"奴乘客死,主乘弃市,凶马也"。颅,倪本作"卢"。"虞兮"句,《史记·项羽本纪》载:垓下之围,汉军四面皆楚歌,"项王则夜起,饮帐中。有美人名虞,常幸从;骏马名骓,常骑之。于是项王乃悲歌慷慨,自为诗曰:'力拔山兮气盖世,时不利兮骓不逝。骓不逝兮可奈何,虞兮虞兮奈若何!'"

⑤"空营"二句:清倪璠注:"言己不能如卫青之征战,起冢庐山,又不能学田横,五百人俱死海岛也。"卫青冢,汉大将军卫青的墓地,位于今陕西省兴平市。卫青字仲卿,西汉名将,曾统兵击匈奴,屡建战功。《史记》卷一一一、《汉书》卷五五有传。《汉书·卫青传》:"上乃诏青尚平阳主。与主合葬,起冢象庐山云"。田横,原为齐国贵族,后反秦自立,据齐地为王。汉高祖刘邦统一天下,田横逃往海岛,刘邦派人招抚,田横被迫乘船赴洛,在距洛阳三十里地的首阳山自杀。海岛五百部属闻田横死,亦全部自杀。《史记》卷九四、《汉书》卷三三有传。东晋干宝《搜神记》:"挽歌者,丧家之乐;执绋者,相和之声也。挽歌辞有《薤露》《蒿里》二章,汉田横门人作。横自杀,门人伤之,悲歌。言人如薤上露,易稀灭。亦谓人死精魂归于蒿里。故有二章。"

【汇评】

《采菽堂古诗选》:丧败之状,写得淋漓。此悲当时死亡将帅。

9.北临玄菟郡,南戍朱鸢城。共此无期别,俱知万里情。①昔尝游令尹,今时事客卿。不特贫谢富,安知死羡生。②怀秋独悲此,平生何谓平。(张本、吴本、倪本。)

【注释】

①"北临"四句:清倪璠注:"言己出使不归,与玄菟、朱鸢南北极远之

地,俱为无期之别也。"玄菟郡,西汉时设,大致是今朝鲜咸镜南道、咸镜北道以及中国辽宁、吉林省西部一带。此指极北之地。朱鸢城,即朱鸢县城。朱鸢县,汉属交趾郡,在今越南海兴省快州附近。此指南方之城池。

②"昔尝"四句:清倪璠注:"言昔仕元帝,尝游楚令尹之门,今在魏、周,更事秦客卿之官,非惟不慕富贵,并不乐生也。"尝,吴本作"常"。令尹,春秋战国时楚国执政官,相当于宰相。客卿,战国时秦设客卿之官。其他诸侯国人来秦国做官,其位为卿,而以客礼待之,故称。谢,谢绝,推辞。知,吴本作"见"。

【汇评】

《采菽堂古诗选》:此悲俘获友朋。

10. 悲歌度燕水,弭节出阳关。李陵后此去,荆卿不复还。①故人形影灭,音书两俱绝。遥看塞北云,悬想关山雪。②游子河梁上,应将苏武别。③(张本、吴本、倪本。)

【注释】

①"悲歌"四句:清倪璠注:"伤己持节使魏,不复归也。""悲歌"句,《史记·刺客列传》载,燕太子使荆轲刺杀秦王,"太子及宾客知其事者,皆白衣冠以送之。至易水之上,既祖,取道,高渐离击筑,荆轲和而歌,为变徵之声,士皆垂泪涕泣。又前而为歌曰:'风萧萧兮易水寒,壮士一去兮不复还!'复为羽声慷慨,士皆瞋目,发尽上指冠。""弭节"句,谓苏武持节使匈奴。后匈奴扣留苏武十九年,其间使其在北海牧羊。在苏武返汉前,李陵曾与苏武会面。燕水,倪本小注:"一作'易水',一作'燕水'。"阳关,位于今甘肃省敦煌市西南,是我国古代陆路对外交通咽喉要道。弭节,持节。李陵,字少卿,西汉名将李广之孙。天汉二年(前99)奉汉武帝之命出征匈奴,因寡不敌众兵败投降。《汉书》卷五四有传。荆卿,燕人谓荆轲为荆卿。荆轲,战国末期卫国人,著名侠客,为燕太子丹刺杀秦王,失败被杀。事迹

见《史记·刺客列传》

②"遥看"二句:清倪璠注:"言南北两隔绝也。"关山,关隘山川。关,张本小注:"一作'天'。"

③"游子"句:旧题汉李陵《与苏武》诗之三:"携手上河梁,游子暮何之?……行人难久留,各言长相思。"河梁,桥梁。苏武,字子卿,西汉武帝时奉命持节出使匈奴,被扣留,十九年方获释回汉。《汉书》卷五四有传。

【汇评】

《古诗评选》:颠倒用事以达其意,亦变体也。赖其尺幅不乱,未若"惟忠且惟孝,为子复为臣""愤愤天公晓,精神殊乏少"诸篇之莽。

《古诗源》:如闻羽声。○末路但收李陵,古人章法。

《采菽堂古诗选》:有古音。○此与同侪隔别。

11. 摇落秋为气,凄凉多怨情。啼枯湘水竹,哭坏杞梁城。①天亡遭愤战,日蹙值愁兵。②直虹朝映垒,长星夜落营。③楚歌饶恨曲,南风多死声。④眼前一杯酒,谁论身后名。⑤(张本、吴本、倪本。)

【注释】

①"摇落"四句:清倪璠注:"言江陵之败,君臣被戮,杀伤者众,有夫妻离别之苦也。""摇落"句,战国宋玉《九辩》:"悲哉秋之为气也!萧瑟兮草木摇落而变衰。""啼枯"句,晋张华《博物志》:"尧之二女,舜之二妃,曰湘夫人,帝崩,二妃啼,以涕挥竹,竹尽斑。""哭坏"句,杞梁,名殖,春秋齐大夫。齐庄公四年,齐袭莒,杞梁战死,其妻迎丧于郊,哭甚哀,城为之崩。《列女传·齐杞梁妻》:"齐杞梁殖之妻也。庄公袭莒,殖战而死。……杞梁之妻无子,内外皆无五属之亲。既无所归,乃就其夫之尸于城下而哭之,内诚动人,道路过者莫不为之挥涕,十日,而城为之崩。"

②"天亡"句:《史记·项羽本纪》载:项王突出垓下之围,"至东城,乃有

二十八骑。汉骑追者数千人。项王自度不得脱。谓其骑曰:'吾起兵至今八岁矣,身七十余战,所当者破,所击者服,未尝败北,遂霸有天下。然今卒困于此,此天之亡我,非战之罪也。今日固决死,愿为诸君快战,必三胜之,为诸君溃围,斩将,刈旗,令诸君知天亡我,非战之罪也。'"后至乌江边,"于是项王乃欲东渡乌江。乌江亭长檥船待,谓项王曰:'江东虽小,地方千里,众数十万人,亦足王也。愿大王急渡。今独臣有船,汉军至,无以渡。'项王笑曰:'天之亡我,我何渡为!'"○曰蹙(cù):《诗经·大雅·召旻》:"今也日蹙国百里。"毛传:"蹙,促也。"

③"直虹"二句:清倪璠注:"言梁元帝江陵败亡之征也。"虹,长虹。《晋书·天文志》:"凡白虹者,百殃之本,众乱所基。……昼雾白虹见,君有忧。虹头尾至地,流血之象。"垒,军壁,阵地上的防御工事。长星,古星名。类似彗星,有长形光芒。《晋书·天文志》:"蜀后主建兴十三年,诸葛亮帅大众伐魏,屯于渭南。有长星赤而芒角,自东北西南流,投亮营,三投再还,往大还小。占曰:'两军相当,有大流星来走军上及坠军中者,皆破败之征也。'九月,亮卒于军,焚营而退,群帅交怨,多相诛残。"

④"楚歌"二句:清倪璠注:"时梁元帝都江陵,本楚地,故多引楚事以为辞。"《史记·项羽本纪》:垓下之围,"夜闻汉军四面皆楚歌"。南风,南方的乐曲。《左传·襄公十八年》:"吾骤歌北风,又歌南风,南风不竞,多死声。"后以"南风不竞"喻力量衰弱,士气不振。又,《南史·梁本纪·元帝纪》载元帝萧绎于江陵败亡,在幽逼,求酒饮之,制诗四绝,有云:"南风且绝唱,西陵最可悲,今日还蒿里,终非封禅时。"

⑤"眼前"二句:清倪璠注:"此言'一杯酒''身后名'者,特言江陵君臣但适一时,不顾后虑也。如安恋荆楚,不归建业,致有此败,惜其不用周弘正、朱买臣之言也。又于谨来伐,时计用三策,以帝懦而无谋,多疑少断,知其必用下策。向使耀兵汉、沔,席卷渡江,丹阳帝居,又何患焉。呜呼!此其所以无谋也与。"一杯酒,《世说新语·任诞》:"张季鹰纵任不拘,时人号为'江东步兵'。或谓之曰:'卿乃可纵适一时,独不为身后名邪?'答曰:'使我有身后名,不如即时一杯酒!'"

【汇评】

《采菽堂古诗选》:无可如何,悲慨已极。

12. 周王逢郑忿,楚后值秦冤。①梯冲已鹤列,冀马忽云屯。②武安檐瓦振,昆阳猛兽奔。③流星夕照境,烽火夜烧原。④古狱饶冤气,空亭多枉魂。⑤天道或可问,微(子)〔兮〕不忍言。⑥(《艺文类聚》卷二六、张本、吴本、倪本。)

【注释】

①"周王"二句:清倪璠注:"周逢郑忿,谓元帝与岳阳王詧结衅也;楚值秦冤,谓西魏之来伐也。《北史·于谨传》云:'初,梁元帝于江陵嗣位,密与齐交通,将谋侵轶。其兄子岳阳王詧时为雍州刺史,以梁元帝杀其兄誉,遂结隙,据襄阳来附。乃命谨出讨。'是周逢郑忿也。元帝承圣二年《纪》曰:'先是魏使宇文仁恕来聘,帝接仁恕有阙。魏相安定公憾焉,使于谨来攻。'是楚值秦冤也。魏相安定公,周太祖宇文泰也。《左氏传》曰:'周、郑交恶。'又曰:'郑文公伐滑,王使伯服、游孙伯如郑,请滑。郑伯怨惠王之入,而与厉公爵也,又怨襄王之与卫滑也,故不听王命,而执二子。'皆周王逢郑忿之事。《史记》:'张仪见楚王曰:"王为闭关绝齐,使使者西取商于之地六百里。"绝齐。齐、秦交合,秦发兵击之,与秦战丹阳,秦大败我军,斩甲士八万,虏大将军屈匄,裨将军逢侯丑等七十余人,遂取汉中之郡。'是'楚后值秦冤'之事也。"楚后,此喻指梁元帝。后,君。秦,此喻指西魏。

②"梯冲"二句:清倪璠注:"谓西魏将于谨及梁王詧会兵来伐,军容之盛也。"梯冲,云梯与冲车,皆古代攻城之具。鹤列,如鹤般排列。形容军阵齐肃。"冀马"句,《后汉书·袁绍刘表传》赞:"鱼丽汉轴,云屯冀马。"冀马,冀州(即今河北省、山西省)北部产的良马。云屯,如云之聚集。形容盛多。

③"武安"二句:清倪璠注:"言攻城之急也。""武安"句,《史记·廉颇传》:秦伐韩,赵救之,"秦军军武安西,秦军鼓噪勒兵,武安屋瓦尽振"。武

107

安,战国赵邑,在今河北省武安市西南。"昆阳"句,《后汉书·光武纪》载:王寻、王邑攻昆阳,"驱诸猛兽虎豹犀象之属,以助威武"。昆阳,县名,治所在今河南省叶县。

④流星:《晋书·天文志》:"流星,天使也。自上而降曰流,自下而升曰飞。大者曰奔,奔亦流星也。……奔星所坠,其下有兵。"境,张本、吴本、倪本作"镜"。今按:镜,或是"境"之讹。

⑤"古狱"二句:清倪璠注:"言江陵战斗之时,杀伤者众,故多冤魂也。""古狱"句,南朝梁任昉《述异记》曰:"汉武帝幸甘泉长坂道中,有虫赤如肝,头目口齿悉具,人莫知也。时东方朔曰:'此古狱地也,积忧所致。'""空亭"句,《后汉书·独行传·王忳》载:忳除郿令,至厌亭。夜中闻有女子称冤之声。忳令其诉冤,女子乃前诉曰:"妾夫为涪令,之官过宿此亭,亭长无状,贼杀妾家十余口,埋在楼下,悉取财货。"明旦,忳为理冤,于是亭遂清安。

⑥"天道"二句:清倪璠注:"言天使梁亡,不可问也。"《史记·伯夷叔齐列传》载伯夷叔齐不食子,后饿死首阳山。太史公司马迁论曰:"或曰:'天道无亲,常与善人。'若伯夷、叔齐,可谓善人者非邪? 积仁絜行如此而饿死! 且七十子之徒,仲尼独荐颜渊为好学。然回也屡空,糟糠不厌,而卒蚤夭。天之报施善人,其何如哉? 盗跖日杀不辜,肝人之肉,暴戾恣睢,聚党数千人横行天下,竟以寿终。是遵何德哉? 此其尤大彰明较著者也。若至近世,操行不轨,专犯忌讳,而终身逸乐,富厚累世不绝。或择地而蹈之,时然后出言,行不由径,非公正不发愤,而遇祸灾者,不可胜数也。余甚惑焉,倘所谓天道,是邪非邪?"微兮,谓天道隐微。兮,《艺文类聚》作"子",张本、吴本、倪本作"兮"。今按:作"兮"是,据改。

【汇评】

《采菽堂古诗选》:使事极切。

《诗比兴笺》:述元帝与岳阳王詧构衅,致魏师来伐也。《哀江南赋》:"既而齐交北绝,秦患西起。"又云:"周逢郑怒,楚结秦冤。有南风之不竞,值西邻之责言。俄而梯冲乱舞,冀马云屯。"

13. 横流遘屯慝，上埿结重氛。①哭市闻妖兽，颓山起怪云。②绿林多散卒，清波有败军。③智士今安用，忠臣且未闻。惜无万金产，东求沧海君。④（张本、吴本、倪本。）

【注释】

①遘(gòu)：遭遇。○屯慝(tè)：阴惨之气。慝，阴气。○上埿(chěn)：混沌不清。《文选》卷四七陆士衡《汉高祖功臣颂》："芒芒宇宙，上埿下黩。"李善注："天以清为常，地以静为本。今上埿下黩，言乱常也。埿，不清澄之貌也。"○重氛：种种凶恶气象。喻指灾祸。

②"哭市"二句：清倪璠注："言江陵将陷，有妖异之征也。"原句乃"市闻妖兽哭，山起怪云颓"之错综，谓闹市中听到怪兽在哭，天上云彩形如崩塌的山。妖兽，《左传·庄公八年》载：冬十二月，齐襄公游于姑棼，见大豕，从者说是被杀的公子彭生所化。公怒曰："彭生敢见！"射之，豕人立而啼。公惧，坠于车，伤足，丧屦。不久，公孙无知叛乱，弑齐襄公。颓山，谓云如坏山。《后汉书·天文志》：王莽地皇四年，王寻营昆阳山，"莽有覆败之变见焉。昼有云气如坏山，堕军上，军人皆厌，所谓营头之星也。占曰：'营头之所堕，其下覆军，流血三千里。'"

③"绿林"二句：清倪璠注："'绿林多散卒'者，谓任约、谢答仁本侯景之党，元帝复用，至此其卒多散去也。'清波有败军'者，谓胡僧佑、朱买臣之败也。"绿林，《后汉书·刘玄传》："王莽末……新市人王匡、王凤为平理诤讼，遂推为渠帅，众数百人。于是诸亡命马武、王常、成丹等往之；共攻离乡聚，臧于绿林中，数月间至七八千人。"清波，地名。《史记·黥布传》："章邯之灭陈胜，破吕臣军，布乃引兵北击秦左右校，破之清波，引兵而东。"

④"智士"四句：清倪璠注："言江陵败后，智士忠臣无所可用，惜己无资，不能为国报雠也。""惜无"二句，用汉张良之典。《汉书·张良传》："张良字子房，其先韩人也。大父开地，相韩昭侯、宣惠王、襄哀王。父平，相釐王、悼惠王。……秦灭韩。良少，未宦事韩。韩破，良家僮三百人，弟死不葬，悉以家财求客刺秦王，为韩报仇，以五世相韩故。良尝学礼淮阳，东见

仓海君,得力士,为铁椎重百二十斤。秦皇帝东游,至博狼沙中,良与客狙击秦皇帝,误中副车。"仓海君,即沧海君。颜师古注:"盖当时贤者之号也。"

【汇评】

《采菽堂古诗选》:智士自许,伤无忠臣。

《诗比兴笺》:"绿林多散卒",谓任约、谢答仁本侯景之党,元帝收用之,至此多散去也。"清波有败军",谓胡僧祐、朱买臣之败。"惜无万金产",愧不如子房之报韩也。《哀江南赋》:"况背关而怀楚,异端委而开吴。驱绿林之散卒,拒骊山之叛徒。慨无谋于肉食,非所望于论都。"

14. 吉士长为吉,善人终日善。大道忽云乖,生民随事蹇。①有情何可豁,忘怀固难遣。麟穷季氏罝,虎振周王圈。②平生几种意,一旦冲风卷。③(张本、吴本、倪本。)

【注释】

①蹇(jiǎn):困厄。

②"麟穷"句:清倪璠注:"《左传·哀公十四年》曰:'西狩于大野,叔孙氏之车子鉏商获麟,以为不祥,以赐虞人。仲尼观之曰:"麟也。"然后取之。'当云'麟穷叔氏罝',然鲁三家,季孙为政,故可通用也。《穆天子传》曰:'七萃之士生搏虎而献天子,命为柙而畜之东虢,是曰虎牢。'"○"虎振"句:《穆天子传》卷五:"有虎在于葭中,天子将至,七萃之士曰高奔戎请生搏虎,必全之,乃生搏虎而献之天子。天子命为柙,而畜之东虢,是曰虎牢。"罝(jū),捕兽的网。周,吴本小注:"疑作'秦'。"

③"平生"二句:清倪璠注:"言己道乖事蹇,如麟在罝中,虎居圈内,平生志意,若冲风之尽卷也。"冲风,暴风。

【汇评】

《采菽堂古诗选》:"有情"二句至言。

15. 六国始咆哮,纵横未定交。欲竞连城玉,翻征缩酒茅。①折骸犹换子,登爨已悬巢。②壮冰初开地,盲风正折胶。③轻云飘马足,明月动弓弰。④楚师正围巩,秦兵未下崤。⑤始知千载内,无复有申包。⑥(张本、吴本、倪本。)

【注释】

①"六国"四句:清倪璠注:"'六国始咆哮',纵横未定交者,以喻梁元帝与岳阳王詧不能和缉也。'欲竞连城玉,翻征缩酒茅'者,时西魏方盛,比之强秦,詧与江陵方宜合纵攻秦,而反会兵来伐,责楚包茅,大宝是以西去矣。襄阳形胜,其为连城也与?"纵横,即合纵连横,战国时策士之外交策略,六国分别与秦联合为连横,六国联合为合纵。"欲竞"句,指战国时秦王欲以十五城换赵和氏璧事。见《史记·廉颇蔺相如列传》。"翻征"句,《左传·僖公四年》载:齐国入侵楚国,楚质问齐,齐管仲答曰:"尔贡包茅不入,王祭不共,无以缩酒,寡人是征。"缩酒茅,用以缩酒的茅草。缩酒,古代祭祀时用菁茅滤酒去渣。一说,束茅立之祭前,沃酒其上,酒渗下,若神饮之,故谓之缩酒。

②"折骸"二句:清倪璠注:"言江陵危急也。""折骸(hái)"句,《左传·宣公十五年》:楚攻宋,宋华元曰:"敝邑易子而食,析骸以爨。""登爨(cuàn)"句,《韩非子·十过》:智伯瑶率韩、魏攻赵晋阳,围之三年,"城中巢居而处,悬釜而炊,财食将尽,士大夫羸病"。爨,灶。

③"壮冰"二句:言秋冬季节,正是胡人南侵汉地的时节。此盖指西魏攻江陵,正在十一月间。壮冰,十一月的厚冰。盲风,八月的疾风。《礼记·月令》:"仲秋之月……盲风至……仲冬之月……冰益壮,地始坼。"折胶,《汉书·晁错传》:"欲立威者,始于折胶。"颜师古注引苏林曰:"秋气至,胶可折,弓弩可用,匈奴以为候而出军。"

④"轻云"二句:清倪璠注:"《西京杂记》称汉文帝马有'浮云'之名,故马曰'轻云',言马壮也。刘熙《释名》云:'弦月半之,名若张弓弛弦。'故弓曰'明月',言兵强也。"弓弰(shāo),弓箭。

⑤"楚师"句：此似言梁之军队在外地。时重要将领如王僧辩、王琳等不在江陵。一说"楚师"或当作"晋师"。《左传·昭公二十六年》："十一月辛酉，晋师克巩。"梁江陵败灭与春秋时巩被克，同在十一月。巩，春秋时属周邑，在今河南省巩义市东北。○"秦兵"句：此盖言西魏军队暂未攻克江陵。周襄王二十五年(前627)，晋襄公率军在晋国崤山与偷袭郑国的秦军发生战争，秦军全军覆没。一说此指梁江陵无人救援。春秋时吴破楚，楚臣申包胥求救于秦，秦军下崤山救楚。今秦军未下，喻指救兵不来。崤(xiáo)，山名，在今河南省西部。

⑥"始知"二句：清倪璠注："按江陵之师，在承圣三年甲戌冬十一月，'壮冰'以下，言自春至秋，马壮兵强，此时楚师方盛，秦兵未来，何不急征诸援以备不虞。若王僧辩、王琳、陆法和诸军，一战可胜而保守罗郭，遂为于谨所破，竟无申包胥之一人报雠复国也。"申包，即申包胥，春秋时期楚国大夫。《左传·定公四年》载：前506年，吴国攻破楚国，楚昭王出逃到随。为复国，申包胥到秦国请求帮助，秦不答应，申包胥"立，依于庭墙而哭，日夜不绝声，勺饮不入口七日。秦哀公为之赋《无衣》，九顿首而坐，秦师乃出"。明年，以秦师至，大败吴师，遂复楚国。

【汇评】

《诗比兴笺》：督与江陵俱求援于西魏，纵横之交未定，而魏听督言，已兴师来伐。信自伤奉使无状，故言方秦兵未动之先，使有如包胥能恸哭秦庭者，则可以免西师之祸也。江陵之陷，以冬十一月，故言壮冰、盲风。《哀江南赋》序："荆璧睨柱，受连城而见欺；载书横阶，捧珠盘而不定。申包胥之顿地，碎之以首；蔡威公之泪尽，继之以血。"

16. 横石三五片，长松一两栎。对君俗人眼，真兴理当无。①野老披荷叶，家童扫栗跗。②竹林千户封，甘橘万头奴。③君见愚公谷，真言此谷愚。④（张本、吴本、倪本。）

【注释】

①"对君"句:此反阮籍典故而用之。《世说新语·简傲》"嵇康与吕安善"刘孝标注引《晋百官名》:"〔阮〕籍遭丧,往吊之。籍能为青白眼,见凡俗之士,以白眼对之。"○真兴:真正的意趣。

②栗跗(fū):盖指板栗带刺的外壳。

③"竹林"句:《史记·货殖传》:"渭川千亩竹……此其人皆与千户侯等。"○"甘橘"句:《三国志·孙休传》"丹阳太守李衡"裴松之注引《襄阳记》曰:"衡每欲治家,妻辄不听,后密遣客十人于武陵龙阳汜洲上作宅,种甘橘千株。临死,敕儿曰:'汝母恶我治家,故穷如是。然吾州里有千头木奴,不责汝衣食,岁上一匹绢,亦可足用耳。'"

④愚公谷:汉刘向《说苑·政理》:"齐桓公出猎,逐鹿而走入山谷之中,见一老公而问之曰:'是为何谷?'对曰:'为愚公之谷。'桓公曰:'何故?'对曰:'以臣名之……臣故畜牸牛,生子而大,卖之而买驹。少年曰:牛不能生马!遂持驹去。傍邻闻之,以臣为愚,故名此谷为愚公之谷。'"

【汇评】

《采菽堂古诗选》:直欲以山谷终是公本意,笑人不识。

17. 日晚荒城上,苍茫余落晖。都护楼兰返,将军疏勒归。①马有风尘气,人多关塞衣。②阵云平不动,秋蓬卷欲飞。闻道楼船战,今年不解围。③(张本、吴本、倪本。)

【注释】

①"都护"句:《汉书·傅介子传》载:先是,龟兹、楼兰皆尝杀汉使者。介子与士卒俱赍金币,扬言以赐外国为名。至楼兰,设计刺杀楼兰王,"遂持王首还诣阙,公卿将军议者咸嘉其功"。上下诏封介子为义阳侯,食邑七百户。都护,官名。汉宣帝置西域都护,总监西域诸国,并护南北道,为西域地区最高长官。楼兰,古西域国名,王居扜泥城,遗址在今新疆维吾尔自

治区若羌县境,罗布泊西,处汉代通西域南道上。事见《汉书·西域传》。○"将军"句:《后汉书·耿弇传》附耿恭传载:耿恭为戊巳校尉,引兵据疏勒城,匈奴攻恭,食尽困穷,稍稍死亡,余数十人,会汉遣军迎校尉,遂相随俱归。拜为骑都尉。疏勒,古西域诸国之一。在今新疆维吾尔自治区喀什市一带。其治疏勒城,即今疏勒县。事见《后汉书·西域传》。

②关塞衣:清倪璠注:"关塞衣,谓征衣也。言见征客初归也。"

③"闻道"句:《汉书·酷吏传·杨仆》载:南越反,汉武帝拜仆为楼船将军,以功封梁侯。楼船,指楼船将军。

【汇评】

《诗比兴笺》:述魏灭梁还师也,末二语谓王琳与萧詧、陈霸先相攻也。《哀江南赋》云:"于时瓦解冰泮,风飞电散。逢赴洛之陆机,见离家之王粲。闻陇水而掩泣,向关山而长叹。"皆指梁人为魏师所虏而西者。

18. 寻思万户侯,中夜忽然愁。①琴声遍屋里,书卷满床头。虽言梦蝴蝶,定自非庄周。②残月如初月,新秋似旧秋。露泣连珠下,萤飘碎火流。乐天乃知命,何时能不忧。③（张本、吴本、倪本。）

【注释】

①"寻思"二句:清倪璠注:"言己不能为国建勋也。"中夜,半夜。

②"虽言"二句:言自己亦曾梦到蝴蝶,却不能如庄周般乐天知命、豁达超脱。庄周,战国中期道家学派代表人物,著有《庄子》。《庄子·齐物论》:"昔者庄周梦为蝴蝶,栩栩然蝴蝶也;自喻适志与,不知周也。俄然觉,则蘧蘧然周也。"

③"乐天"二句:清倪璠注:"言己功业都捐,琴书何益,光华已晚。瞬息衰秋,思之甚为可忧也。"乐天知命,谓顺从天道的安排,安守命运的分限。《周易·系辞上》:"乐天知命,故不忧。"

【汇评】

《采菽堂古诗选》:"虽言"二句言情真。虽云世事空幻,当可自遣。然实在境地,终不可遣也。

19. 愦愦天公晓,精神殊乏少。①一郡催曙鸡,数处惊眠鸟。其觉乃于于,其忧惟悄悄。②张仪称行薄,管仲称器小。③天下有情人,居然性灵夭。④(张本、吴本、倪本。)

【注释】

①愦愦:昏愦貌。晋庾翼《与兄冰书》:"天公愦愦,无皂白之徵也。"

②"其觉"句:《庄子·应帝王》:"泰氏其卧徐徐,其觉于于。"觉,睡觉。于于,安稳自得貌。○"其忧"句:《诗经·邶风·柏舟》:"忧心悄悄,愠于群小。"悄悄,忧伤貌。

③"张仪"句:张仪是战国时著名纵横家。《史记·张仪传》载:"尝从楚相饮,已而楚相亡璧,门下意张仪,曰:'仪贫无行,必此盗相君之璧。'"○"管仲"句:管仲是春秋著名的政治家,辅佐齐桓公成为"春秋五霸"之首。孔子认为管仲不知礼,器量小。《论语·八佾》称:"管仲之器小哉!"

④夭:屈抑,摧折。

【汇评】

《采菽堂古诗选》:"其觉"二句至情,与坐雾行海同旨。如此诗虽直率,何可废?

20. 在死犹可忍,为辱岂不宽。古人持此性,遂有不能安。①其面虽可热,其心长自寒。②匣中取明镜,披图自照看。幸无侵饿理,差有犯兵栏。③拥节时驱传,乘亭不据鞍。④代郡蓬初转,辽阳桑欲干。⑤秋云粉絮结,白露水银团。⑥一思探禹穴,无用鏖皋兰。⑦(张本、吴本、倪本。)

【注释】

①"在死"四句:清倪璠注:"言人死且可忍,岂不能忍辱乎?然古人有烈性者,独不安于此,故宁死不辱也。"《三国志·明帝纪》裴松之注引《魏氏春秋》曰:"帝执宣王手,目太子曰:'死乃复可忍,朕忍死待君,君其与爽辅此。'"

②"其面"二句:清倪璠注:"面可热者,自惭之辞,若两颊发赤矣。……惭己面虽可热,而心寒如水,异于热中者也。"

③"匣中"四句:清倪璠注:"言取镜照看己面,虽无饿死之法,亦有兵死之相,何竟不能一死行阵也?"图,指相面的图籍。饿理,《史记·绛侯周勃世家》载:许负曾相周亚夫,以为有纵理入口,此饿死法。后竟如其言。差有,略有。犯兵栏,言面上有暗示死于金属之器征兆的纹理。《搜神记》:"魏舒字阳元,任城樊人也。少孤。尝诣野王,主人妻夜产,俄而闻车马之声,相问曰:'男也?女也?'曰:'男。''书之,十五以兵死。'复问:'寝者为谁?'曰:'魏公。'舒后十五载,诣主人,问所生儿何在,曰:'因条桑,为斧伤而死。'舒自知当为公矣。"

④"拥节"二句:清倪璠注:"言己但有驱传之举,而无据鞍之事也。"拥节,持节。驱传,驾驭驿马。指为使臣。亭,边境岗亭。吴本小注:"疑作'高'。"

⑤代郡:边境郡名,治所屡有变迁。○"辽阳"句:汉置桑干县,为代郡治所,在今山西省宁武县。因桑干河而名,相传每年桑椹成熟时河水干涸。辽阳,县名,北魏时置,治所在今山西左权县。

⑥"秋云"二句:清倪璠注:"言衰秋之气,白云如粉,秋露垂珠,若水银团也。"

⑦"一思"二句:谓总想如司马迁漫游南方,而无力像霍去病在北方作战立功。暗含希望能南返之意。禹穴,相传为夏禹的葬地,在今浙江省绍

兴市会稽山。《史记·太史公自序》:"二十而南游江、淮,上会稽,探禹穴。"鏖(áo)皋兰,《汉书·霍去病传》:"骠骑将军率戎士逾乌盭,讨脩濮,涉狐奴……转战六日,过焉支山千有余里,合短兵,鏖皋兰下,杀折兰王,斩卢侯王。"皋兰,山名。在今甘肃省兰州市南。

【汇评】

《采菽堂古诗选》:起六句言言痛切,虽直率何可废?"幸无"二句真切,总言虽仕何为。

21. 倏忽市朝变,苍茫人事非。[①]避谗应采葛,忘情遂食薇。[②]怀愁正摇落,中心怆有违。独怜生意尽,空惊槐树衰。[③]
(张本、吴本、倪本。)

【注释】

①"倏忽"二句:清倪璠注:"言建邺、江陵之变也。"市朝,犹朝野。

②"避谗"二句:清倪璠注:"言在江陵时,使于魏,是为采葛;仕于周,是为食薇也。""夷齐并不食薇也,子山仕周为餐粟矣。"采葛,《诗经·周南》中有《采葛》篇,《毛诗序》:"采葛。惧谗也。"郑玄笺:"桓王之时,政事不明,臣无大小使出者,则为谗人所毁,故惧之。"梁亡时,庾信正出使西魏。○食薇:《史记·伯夷叔齐传》载,伯夷叔齐义不食周粟,采薇而食,遂饿死于首阳山。

③"独怜"二句:《世说新语·黜免》:"桓玄败后,殷仲文还为大司马咨议,意似二三,非复往日。大司马府厅前有一老槐,甚扶疏。殷因月朔,与众在厅,视槐良久,叹曰:'槐树婆娑,无复生意!'"清倪璠注:"子山引此作《枯树赋》,以为世异时移,忽忽不乐矣。"

【汇评】

《古诗评选》:"忘情遂食薇",初心不为,后念所掩,一往凄断。

《采菽堂古诗选》:可知仕非得已,徒不能死,无敢不仕。

22. 日色临平乐,风光满上兰。①南国美人去,东家枣树完。②抱松伤《别鹤》,向镜绝孤鸾。③不言登陇首,唯得望长安。④(张本、吴本、倪本。)

【注释】

①平乐:平乐馆,汉宫殿名,在上林苑中,即今陕西省西安市长安区西北。○上兰:即上林苑中上兰观,汉宫殿名,在今陕西省西安市长安区西北。

②"南国"二句:清倪璠注:"南国,谓楚也;美人,喻君也。时元帝都江陵,本楚地,故比之南国美人。吉妇,自喻也。东家枣完,喻已身在长安,如出妇不还矣。"南国美人,喻指梁元帝。屈原作《离骚》,其中有云:"恐美人之迟暮。"汉王逸以为"美人谓怀王",并云:"灵修、美人,以媲于君。"东家枣树,《汉书·王吉传》:"始吉少时学问,居长安。东家有大枣树垂吉庭中,吉妇取枣以啖吉。吉后知之,乃去妇。东家闻而欲伐其树,邻里共止之,因固请吉令还妇。里中为之语曰:'东家有树,王阳妇去;东家枣完,去妇复还。'其厉志如此。"

③"抱松"二句:清倪璠注:"喻已身在异域,如别鹤、孤鸾也。"抱松,《艺文类聚》卷八八引《神境记》曰:"荥阳郡南有石室,室后有孤松千丈,常有双鹤,晨必接翩,夕辄偶影,传曰:昔有夫妇二人,俱隐此室,年既数百,化成双鹤。"《别鹤》,乐府琴曲名。晋崔豹《古今注》卷中:"《别鹤操》,商陵牧子所作也。娶妻五年而无子,父兄将为之改娶。妻闻之,中夜起,倚户而悲啸。牧子闻之,怆然而悲,乃歌曰:'将乖比翼隔天端,山川悠远路漫漫,揽衣不寝食忘餐!'后人因为乐章焉。""向镜"句,南朝宋范泰《鸾鸟诗》序:"昔罽宾王结罝峻祁之山,获一鸾鸟。王甚爱之,欲其鸣而不能致也。乃饰以金樊,飨以珍羞,对之愈戚,三年不鸣。其夫人曰:'尝闻鸟见其类而后鸣,何不悬镜以映之?'王从其言。鸾睹形感契,慨然悲鸣,哀响中霄,一奋而绝。"

④"不言"二句:清倪璠注:"言登陇首得望长安,今已之乡关在于南国,不能复见也。"陇首,即陇头。北朝民歌云:"陇头流水,鸣声幽噎。遥望秦川,肝肠断绝。"又云:"陇头流水,分离四下。念我行役,飘然旷野。登高远

望,涕零双堕。"

【汇评】

《古诗评选》:《拟咏怀》二十七首,此作最为完美,余篇非无好思理,要皆汗漫不可以诗论也。○子山性正情深,在齐梁以降为经天之星,将与日月争光。以之发为长歌,雅ური至极,乃于五言一宗。余虽不敏,不能曲护贤者,而谓非破坏诗体之咎府也。子山五言有两种:早年在梁,所得仅与徐陵方驾,亦为宫体所染,其才不伸;入关以后,则杜子美所称"暮年诗赋动江关",又云"庾信文章老更成"者是已。杜以为功之首,余以为咎之魁,非相河汉,源流固不可诬也。○五言之敝始于沈约,约偶得声韵之小数,图度予雄,奉为拱璧,而牵附比偶以成偷弱、汗漫之两病,皆所不恤。简文以其偷弱者为宫体,非强砌古事,全无伦脊,则猥媟亡度之淫词而已。顾其为失,有心目者稍知非之,卑俗故也。子山则情较深,才较大,晚岁经历变故,感激发越,遂弃偷弱之习,变为汗漫之章,偶尔狂吟,抒其悲愤,初不自立一宗,以开凉法。乃无端为子美所推,题曰"清新",曰"健笔纵横",拥戴宗盟,乐相仿效。凡杜之所为,趋新而僻,尚健而野,过清而寒,务纵横而莽者,皆在此出。至于"只是走踆踆""朱门酒肉臭""老夫清晨梳白头""贤者是兄愚者弟",一切枯菅败荻之音,公然为政于骚坛,而诗亡尽矣。○"清新"已甚之敝,必伤古雅,犹其轻者也。健之为病壮于颃,作色于父,无所不至。故闻温柔之为诗教,未闻其以健也。健笔者,酷吏以之成爱书而杀人。艺苑有健讼之言,不足为人心忧乎?况乎"纵横"云者,小人之技,初非雅士之所问津。古人以如江如海之才,岂不能然?顾知其不可而自闲耳。如可穷六合、亘万汇,而一之于诗,则言天不必《易》,言王不必《书》,权衡王道不必《春秋》,旁通不必《尔雅》,断狱不必律,敷陈不必笺奏,传经不必注疏,弹劾不必章案,问罪不必符檄,称述不必记序,但一诗而已足。既已有彼数者,则又何用夫诗?又况其离经破轨,率尔之谈、调笑之说、咒咀之恶口,率以供其纵横之用哉?于是而为杜,为苏,为陆务观、辛幼安,为徐文长、袁六休,泛滥杂沓,屈诗以供其玩弄,但小有才,即堪与"四始"、"六义"之宗。其尤下者,则有杜默之古风,罗隐、杜荀鹤之近体,胡曾之小诗,举里妪野巫之言,酸鼻螫舌者,一皆诗,一皆所谓"健笔纵横"者也。○呜呼,凡今之人,其不中此毒者鲜矣！故五言之亡，倡于沈，成于庾，而剧于杜。自杜以降，澌灭尽矣。读子山《咏怀》诸篇，哀其志意，矜其诗则，固未有当也。

《采菽堂古诗选》：结与"移住华阴"二句同意，竟无所可望。悲夫！中用东家枣树，意谓北得其利，而我君臣道已绝，如邻枣则完，而妇已去。

《诗比兴笺》：笺曰："南国美人去，东家枣树完"，此谓梁亡而为陈霸先所有也。旧注谓指萧詧者，非是。詧仅封江陵三百里之地，乌能奄有南国而号为完乎？《哀江南赋》曰："梁故丰徙，楚实秦亡。不有所废，其何以昌。有妫之后，将育于姜。轮我神器，居为让王。用无赖之子弟，举江东而全弃。惜天下之一家，遭东南之反气。以鹑首而赐秦，天胡为而此醉？"

23. 斗麟能食日，战水定惊龙。①鼓鼙喧七萃，风尘乱九重。②鼎湖去无返，苍梧悲不从。③徒劳铜雀妓，遥望西陵松。④（张本、吴本、倪本。）

【注释】

①"斗麟"二句：清倪璠注："喻梁元帝与西魏两国争战也。"古人认为麒麟斗则日蚀；水中有龙，二水合，似斗，故称"惊龙"。

②鼓鼙(pí)：大鼓和小鼓。古代军中常用乐器。借指战争。○七萃：泛指天子的禁卫军或精锐的部队。○"风尘"句：清倪璠注："'风尘乱九重'者，言元帝出降，天子蒙尘也。九重，谓君也。"风尘，喻战乱。

③"鼎湖"二句：清倪璠注："言魏人戕帝时，已在长安，不能从君死也。"鼎湖，地名。传黄帝在鼎湖乘龙升天。苍梧，地名。舜南巡，崩于苍梧之野。

④"徒劳"二句：清倪璠注："言元帝葬于津阳门外，遥望如西陵墓田矣。"铜雀妓，三国魏曹操的歌舞妓。《初学记》卷九引《魏志》：魏武帝曹操临终遗令："吾婕好妓人，皆著铜雀台。月朝十五，辄向帐作乐，汝等时登铜雀台，望吾西陵墓田。"西陵，曹操陵墓。

【汇评】

《采菽堂古诗选》：真切。此身真如铜雀妓也。

《诗比兴笺》：笺曰：《哀江南赋》："冤霜夏零，愤泉秋沸。城崩杞妇之哭，竹染湘妃之泪。"又序云："中兴道销，穷于甲戌。三日哭于都亭，三年囚于别馆。傅燮之但悲身世，无处救生；袁安之每念王室，自然流涕。"

24. 无闷无不闷，有待何可待。昏昏如坐雾，漫漫疑行海。千年水未清，一代人先改。①昔说东陵侯，唯见瓜园在。②
（《艺文类聚》卷二六、张本、吴本、倪本。）

【注释】

①"无闷"六句：清倪璠注："'无闷无不闷'，言己不隐不仕也。'有待何可待'，言欲待梁兴而梁反亡也。'昏昏如坐雾'，言己之昏愦也。'漫漫疑行海'，言己无所归也。'千年水未清，一代人先改'，盖伤梁运之遂终也。""无闷"句，无一事烦闷，亦无一事不烦闷。无闷，没有烦恼苦闷。多形容隐居的心情。《周易·乾卦》："《文言》曰：……不易乎世，不成乎名，遯世无闷，不见是而无闷。乐则行之，忧则违之。""有待"句，意谓有赖于外物，外物又怎能依赖？有待，有所依赖。多谓世俗生活的不自由的。钱锺书《管锥编》第四册《全晋文》第一六一"有待"条："按'有待'词出《庄子》。……晋人每狭用，以口体所需、衣食之资为'有待'。""千年水"句，古有"黄河千年一清"之说。《左传·襄公八年》："俟河之清，人寿几何？"

②"昔说"二句：《三辅黄图·都城十二门》："长安城东出南头第一门曰霸城门……或曰青门，门外旧出佳瓜。广陵人邵平为秦东陵侯，秦破，为布衣，种瓜青门外，瓜美，故时人谓之'东陵瓜'。"说，张本、吴本、倪本作"曰"。清倪璠注："言己本梁臣，今梁亡而留于长安，若东陵故侯也。"

【汇评】

《采菽堂古诗选》：人情至此，复何以堪！此作诗之由也。"昏昏"二句承首句,"千年"四句承次句。公尚不能忘情,而久知其无益。

25. 怀抱独惛惛,平生何所论。①由来千种意,并是桃花源。②榖皮两书帙,壶卢一酒樽。自知费天下,也复何足言。③
(张本、吴本、倪本。)

【注释】

①惛(hūn)惛:糊涂貌。倪本作"昏昏"。今按:惛,用同"昏"。

②"由来"二句:清倪璠注:"言己平生怀抱,至此皆不足论,惟有避秦而已。"今按:此盖指平生的种种想法,都归于空想。桃花源,晋陶潜作《桃花源记》,谓有渔人入桃花源,见有人居其间,"土地平旷,屋舍俨然。有良田、美池、桑竹之属。阡陌交通,鸡犬相闻。其中往来种作,男女衣着悉如外人。黄发垂髫,并怡然自乐"。渔人出洞后再往寻找,迷不复得路。后以指避世隐居的地方。

③"榖皮"四句:清倪璠注:"壶卢可以盛酒也,言己既有避秦之志,惟有两帙之书、一樽之酒,不足复论天下事也。"榖皮,榖树之皮,可以为纸。帙(zhì),书衣,古代竹帛书籍的套子。此代指书籍。壶卢,即葫芦,可盛酒。费,费辞。谓言多而无用。

26. 萧条亭障远,凄怆风尘多。①关门临白狄,城影入黄河。②秋风别苏武,寒水送荆轲。③谁言气盖世,晨起帐中歌。④
(《艺文类聚》卷二六、张本、吴本、倪本。又,《文镜秘府论》引"歌"一韵。)

【注释】

①亭障:古代边塞要地设置的堡垒。○怆:张本、吴本、倪本作"惨"。○风尘:指寇警。

②"关门"二句：清倪璠注："'关门临白狄'者，言关门之外，白狄所居也。'城影入黄河'者，言地近黄河，为日景所照也。"白狄，我国古代少数民族之一。

③"秋风"二句：谓己如李陵别苏武而留北，荆轲入秦一去不返。苏武，字子卿，西汉武帝时奉命持节出使匈奴，被扣留。十九年方获释回汉。《汉书》卷五四有传。《汉书·苏武传》载：苏武返汉前，李陵曾置酒送别，"陵起舞，歌曰：'径万里兮度沙幕，为君将兮奋匈奴。路穷绝兮矢刃摧，士众灭兮名已聩。老母已死，虽欲报恩将安归！'陵泣下数行，因与武决。"荆轲，战国末期卫国人，著名刺客。《史记·刺客列传》载，燕太子使荆轲刺杀秦王，"太子及宾客知其事者，皆白衣冠以送之。至易水之上，既祖，取道，高渐离击筑，荆轲和而歌，为变徵之声，士皆垂泪涕泣。又前而为歌曰：'风萧萧兮易水寒，壮士一去兮不复还！'复为羽声慷慨，士皆瞋目，发尽上指冠。"

④"谁言"二句：清倪璠注："言己入长安之后，即景伤怀，若李陵之长绝，荆卿之不还，又伤江陵之亡同于垓下也。"《史记·项羽本纪》载：垓下之围，项羽夜闻汉军四面皆楚歌，乃大惊。"项王则夜起，饮帐中。有美人名虞，常幸从；骏马名骓，常骑之。于是项王乃悲歌慷慨，自为诗曰：'力拔山兮气盖世，时不利兮骓不逝。骓不逝兮可奈何，虞兮虞兮奈若何！'歌数阕，美人和之。项王泣数行下，左右皆泣，莫能仰视。"世，《文镜秘府论》引作"代"，当是避唐讳而改。

【汇评】

日遍照金刚《文镜秘府论·天卷》云："护腰者，腰，谓五字之中第三字也；护者，上句之腰不宜与下句之腰同声。然同去上入则不可用，平声无妨也。庾信诗曰：'谁言气盖代，晨起帐中歌。''气'是第三字，上句之腰也；'帐'亦第三字，是下句之腰：此为不调。宜护其腰，慎勿如此。"

《古诗源》："城影"句悲壮。

《采菽堂古诗选》："城影入黄河"句生动且壮。

《诗比兴笺》：笺曰：《小园赋》："关山则风月凄怆，陇水则肝肠断绝。荆轲有寒水之悲，苏武有秋风之别。"又《哀江南赋序》云："穷者欲达其言，劳者须歌其事。"

27. 被甲阳云台,重云久未开。①《鸡鸣》楚地尽,鹤唳秦军来。②罗梁犹下礌,杨排久飞灰。③出门车轴折,吾王不复回。④
(张本、吴本、倪本。)

【注释】

①"被甲"句:清倪璠注:"'被甲阳云台',谓江陵之师也。"阳云台,即阳台。战国楚宋玉《高唐赋》序:"昔者先王尝游高唐,怠而昼寝,梦见一妇人,曰:'妾巫山之女也,为高唐之客,闻君游高唐,愿荐枕席。'王因幸之。去而辞曰:'妾在巫山之阳,高丘之阻,且为朝云,暮为行雨,朝朝暮暮,阳台之下。'"高唐在楚云梦泽中,故此以"阳云台"指江陵。被,同"披"。

②"鸡鸣"二句:清倪璠注:"楚地尽,言江陵陷;秦军来,言魏师至也。"《鸡鸣》,楚歌名。传垓下之围,汉军围困项羽军队,四面楚歌,所唱即《鸡鸣》歌。鹤唳(lì),《晋书·谢玄传》载:淝水之战,前秦苻坚败,"余众弃甲宵遁,闻风声鹤唳",皆以为晋师至。

③"罗梁"二句:清倪璠注:"言魏师攻城之急也。……'罗梁犹下礌'者,言城上转石,自高而下也。……此言'久'者,谓兵弱敌强,不能固守也。"罗梁,罗列在一起的木头。礌(lèi),自高处投击敌人的木石。"杨排"句,《后汉书·杨璇传》载,灵帝时,杨璇为零陵太守,时苍梧、桂阳猾贼相聚攻郡县,"璇乃特制马车数十乘,以排囊盛石灰于车上,系布索于马尾,又为兵车,专彀弓弩,克期会战。乃令马车居前,顺风鼓灰,贼不得视,因以火烧布,布然马惊,奔突贼阵,因使后车弓弩乱发,钲鼓鸣震。"大破贼。杨,吴本、倪本作"扬"。

④"出门"二句:清倪璠注:"言元帝出降,遂见害也。……时元帝出降见执,如梁王萧誉营,甚见诘辱。督遣尚书傅准监行刑,进土囊而殒之。是去不还矣。"《史记·五宗世家》载:汉景帝之子临江王荣,"坐侵庙壖垣为宫,上徵荣。荣行,祖于江陵北门。既已上车,轴折车废。江陵父老流涕窃言曰:'吾王不反矣!'"后果自杀。

【汇评】

《诗比兴笺》:二章痛江陵倾覆也。前章结语,悲诸臣不能如卫青之立功,又不能如田横客之死难也。次章结用《汉书》临江王荣被征,上车轴折,江陵父老流涕曰:"吾王不返矣。"《哀江南赋序》:"昔孙策众才一旅,项羽人惟八千。遂乃分裂山河,宰割天下。岂有百万义师,一朝卷甲,芟夷斩伐,如草木焉?"是知并吞六合,不免轵道之灾;混一车书,无救平阳之祸。

和张侍中述怀①

阳穷乃悔吝,世季诚《屯》《剥》。②奔河绝地维,折柱倾天角。③成群海水飞,如雨天星落。④负锸遂移山,藏舟终去壑。⑤生民忽已鱼,君子徒为鹤。⑥畴昔逢知己,生平荷恩渥。⑦故组竟无闻,程婴空寂寞。⑧永嘉独流寓,中原惟鼎镬。⑨道险卧辘轳,身危累素壳。⑩漂流从木梗,风卷随秋箨。⑪张翰不归吴,陆机犹在洛。⑫汉阳钱遂尽,长安米空索。⑬时占季主龟,乍贩韩康药。⑭伏辕终入绊,垂翅犹离缴。⑮徒怀琬琰心,空守黄金诺。⑯虢郐终无寄,齐秦竟何托。⑰大夫唯闵周,君子常思亳。⑱寂寥共羁旅,萧条同负郭。⑲农谈止谷稼,野膳唯藜藿。⑳操乐楚琴悲,忘忧鲁酒薄。㉑渭滨观坐钓,谷口看秋获。㉒唯有丘明耻,无复荣期乐。㉓夷则火星流,天根秋水涸。㉔冬严日不暖,岁晚风多朔。㉕扬(桴)〔浮〕有怪云,细凌闻灾雹。㉖木皮三寸厚,泾泥五斗浊。㉗虽忻曲辕树,犹惧雕陵鹊。㉘生涯实有始,天道终虚橐。㉙且悦善人交,无疑朋友数。㉚何时得云雨,复见翔寥廓。㉛(张本、吴本、倪本。)

【题解】

诗表达对梁亡的感慨,抒发自己入北的郁闷心境,亦显露隐居之意。

【注释】

①和张侍中述怀:明谢榛《四溟诗话》引作《和张侍郎诗》。清倪璠注:"张侍中,疑即张绾也。《梁书》曰:'绾,字孝卿,缵第四弟也。承圣二年,加侍中。明年,江陵陷,朝士皆俘入关,绾以病免。后卒于江陵。'或当时有《述怀》之诗,子山和之,其旨与上《咏怀》二十七首同。"侍中,官名。侍中省长官,掌赞导左右,顾问应对,地位尊贵。

②"阳穷"二句:清倪璠注:"言梁运之将终也。"《周易·坤卦》:"上九:亢龙,有悔。……子曰:'亢龙有悔,穷之灾也。'"上九是《坤》卦第六位的阳爻。悔吝,灾祸。世季,即末世。《屯》(zhūn),《周易》卦名。《周易·屯卦》:"象曰:'屯,刚柔始交而难生。'"《剥》,《周易》卦名。象征时代动乱,遭遇艰难。

③"奔河"二句:《列子·汤问》:"共工氏与颛顼争为帝,怒而触不周之山,折天柱,绝地维。故天倾西北,日月辰星就焉;地不满东南,故百川水潦归焉。"地维、天柱,古人认为天圆地方,天有九柱支持,地由四根绳子维系。

④"成群"句:《文选》卷四八扬子云《剧秦美新》:"神歇灵绎,海水群飞。"李善注:"海水喻万民,群飞言乱。"○"如雨"句:古人认为星陨如雨是灾难之兆。《晋书·天文志》:"太康九年八月壬子,星陨如雨。《刘向传》云:'下去其上之象。'后三年,帝崩而惠帝立,天下自此乱矣。"

⑤"负锸"句:即愚公移山故事。移山,此指江山易主,梁朝灭亡。锸(chā),锹。○"藏舟"句:藏舟于深沟,最终丢失。《庄子·大宗师》:"夫藏舟于壑,藏山于泽,谓之固矣。然而夜半有力者负之而走,昧者不知也。"此喻梁朝覆灭。

⑥"生民"二句:清倪璠注:"上言梁朝太清、承圣之乱,公私涂炭也。""生民"句,《左传·昭公元年》:"微禹,吾其鱼乎!""君子"句,《艺文类聚》卷九〇引《抱朴子》:"周穆王南征,一军尽化,君子为猿为鹤,小人为虫为沙。"

⑦恩渥(wò):帝王给予的恩泽。

⑧"故组"二句:清倪璠注:"言梁朝旧臣蒙君知己之恩,无一人可图报复也。伤简文诸子及元帝子愍怀、始安也。"故组,倪本小注:"疑作'胡组'。"故,吴本小注:"疑作'胡'。"胡组,西汉人。巫蛊之祸案发后,邴吉负

责处理太子刘据案。吉怜悯婴儿刘询,便让女囚渭城胡组、淮阳郭徵卿抚养他。刘询即位后为宣帝。事详《汉书·宣帝纪》。程婴,春秋时晋国人,为晋卿赵盾及其子赵朔的友人。大夫屠岸贾灭赵盾族,朔客公孙杵臼与程婴谋,婴抱赵氏真孤匿养山中,而故意告发令诸将杀死杵臼及冒充孩儿,后景公听韩厥言,立赵氏后,诛屠岸贾,婴自杀以报杵臼。事详《史记·赵世家》。

⑨"永嘉"句:清倪璠注:"此下自序也。……'独流寓'者,谓己此时流寓长安也。"永嘉,西晋晋怀帝司马炽的年号,自公元307年至312年。永嘉五年(311),匈奴攻陷洛阳,掳走怀帝。"永嘉之乱"开启了北方五胡乱华的局面,后来晋元帝率中原汉族衣冠仕族臣民南渡,于建康建立东晋。○"中原"句:清倪璠注:"言中原百姓在水火之中也。"鼎镬(huò),鼎和镬。古代两种烹饪器。

⑩"道险"句:清倪璠注:"橮栌,井上汲水圆转木也。言人卧于橮栌之上,木转则人有坠井之患,是其至险者也。'道险卧橮栌'者,言如临深渊也。"镳轳,吴本、倪本作"橮櫨"。○"身危"句:言危如累卵。《文选》卷一○潘安仁《西征赋》:"危素卵之累壳。"素壳,指蛋。

⑪"漂流"二句:清倪璠注:"言己之漂泊无定,如木梗之在漂流,秋风之卷飞箨也。"箨,笋壳。

⑫"张翰"二句:清倪璠注:"以喻己本吴人,今留秦地矣。"张翰,字季鹰,西晋吴郡吴县(今江苏省苏州市)人。父亲是吴国大鸿胪张俨。东吴被西晋所灭,张翰被迫出仕。齐王司马冏执政,辟为大司马东曹掾,见祸乱方兴,以秋风起思吴中菰菜、莼羹、鲈鱼,辞官而归。《晋书》卷九二有传。陆机,字士衡,西晋吴郡吴县人。为孙吴丞相陆逊之孙、大司马陆抗之子。陆机年二十而吴灭,太康末,与弟陆云同入洛。《晋书》卷五四有传。

⑬"汉阳"句:《后汉书·文苑传·赵壹》载:赵壹字元叔,汉阳西县人。曾作《刺世疾邪赋》,有云:"文籍虽满腹,不如一囊钱。"○"长安"句:《汉书·东方朔传》载:东方朔曾对汉武帝问曰:"臣言可用,幸异其礼;不可用,罢之,无令但索长安米。"

⑭"时占"二句:清倪璠注:"言己在长安,特如季主卖卜、韩康市药耳,

无求见用于世也。"季主,《史记·日者列传》:"司马季主者,楚人也。卜于长安东市。"韩康,《后汉书·逸民列传》:"韩康字伯休,一名恬休,京兆霸陵人。家世著姓。常采药名山,卖于长安市,口不二价,三十余年。"

⑮"伏辕"二句:清倪璠注:"言己留于长安,犹马之羁绊,鸟之离缴也。"绊,缰绳。离,遭遇。缴(zhuó),系在箭上的生丝绳,射鸟用。此指系着丝绳的箭。

⑯"徒怀"二句:清倪璠注:"言当使魏之时,持此瑞节;本以王命出使,而魏不保其信,为徒然也。"琬琰,即琬圭和琰圭。《礼记·春官·宗伯》:"琬圭,以治德,以结好。琰圭,以易行,以除慝。"汉郑玄以为琬圭和琰圭是"王使之瑞节"。黄金诺,西汉季布为气任侠,有名于楚,有谚曰:"得黄金百,不如季布一诺。"事见《史记·季布传》。

⑰"虢郐"二句:清倪璠注:"'虢郐终无寄'者,言当使魏之后,师下江陵,帝与愍怀、始安俱戮,何所寄帑也。'齐秦竟何托'者,魏分东、西,西魏本秦地,高氏受禅;东魏是曰北齐,都于邺。秦师来征,齐兵不救,竟何所托也。""虢郐"句,《国语·郑语》载:郑桓公任周幽王的司徒,很得西周民众和周土以东百姓的心,但周王室多灾多难,郑桓公担心会落在自己身上,于是接受史伯建议,向东寄放妻儿和财货,虢国、郐国接受了,十邑都有桓公寄放东西的地方。"齐秦"句,《史记·楚世家》载:战国时楚国联合齐国,对抗秦国。秦派使者张仪游说楚王:"王为仪闭关而绝齐,今使使者从仪西取故秦所分楚商于之地方六百里。"楚王听信张仪之计,与齐绝交。但张仪拒绝交付商于六百里之地。楚怒,与秦战。秦齐合,楚大败。

⑱"大夫"二句:清倪璠注:"言江陵亡后,有《黍离》《麦秀》之感也。""大夫"句,《黍离》是《诗经》篇名,《毛诗序》曰:"《黍离》,闵宗周也。周大夫行役过故宗庙,宫室尽为禾黍,故为黍离之诗。""君子"句,《史记·宋微子世家》:"箕子朝周,过故殷虚,感宫室毁坏,生禾黍,箕子伤之,欲哭则不可,欲泣为其近妇人,乃作《麦秀之诗》以歌咏之。其诗曰:'麦秀渐渐兮,禾黍油油。彼狡僮兮,不与我好兮!'"亳(bó),古都邑名。殷汤的都城。

⑲"寂寥"二句:清倪璠注:"子山在周日久,虽位望通显,周之帝王并遇恩礼,而乡关之思弥殷,是以义共羁旅之疏,情同负郭之贫也。"负郭,谓贫

居。《史记·陈丞相世家》:"〔张〕负随〔陈〕平至其家,家乃负郭穷巷,以弊席为门。"

⑳藜藿:藜和藿。泛指粗劣的饭菜。

㉑鲁酒薄:《庄子·胠箧》:"鲁酒薄而邯郸围。"○"操乐"句:此暗用春秋时钟仪典故。《左传·成公九年》:"晋侯观于军府,见钟仪,问之曰:'南冠而絷者,谁也?'有司对曰:'郑人所献楚囚也。'"南冠,楚冠。悲,张本小注:"一作'涩'。"

㉒渭滨:渭水边。传太公望吕尚钓于渭滨,得遇周文王。事见《史记·齐太公世家》。○谷口:县名。治所在今陕西省礼泉县东北。《汉书·王贡两龚鲍传》载:"谷口郑子真不诎其志,耕于岩石之下,名震于京师。"

㉓"唯有"二句:清倪璠注:"言己惟有自耻而已,无复可乐也。"丘明耻,《论语·公冶长》:"子曰:'巧言、令色、足恭,左丘明耻之,丘亦耻之。匿怨而友其人,左丘明耻之,丘亦耻之。'"荣期乐,《列子·天瑞》:"孔子游于太山,见荣启期行乎郕之野,鹿裘带索,鼓琴而歌。孔子问曰:'先生所以乐,何也?'对曰:'吾乐甚多:天生万物,唯人为贵,而吾得为人,是一乐也;男女之别,男尊女卑,故以男为贵,吾既得为男矣,是二乐也;人生有不见日月,不免襁褓者,吾既已行年九十矣,是三乐也。贫者士之常也,死者人之终也,处常得终,当何忧哉?'"

㉔"夷则"句:《诗经·豳风·七月》:"七月流火。"夏历五月的黄昏,火星在中天,七月的黄昏,火星的位置由中天逐渐西降。故多以"流火"指农历七月暑渐退而秋将至之时。夷则,古十二乐律配十二月。《礼记·月令》:孟秋之月,"律中夷则"。火星,即心宿。○"天根"句:《国语·周语中》:"天根见而水涸。"天根,星名。即氐宿。

㉕风多朔:谓北风多。朔风即北风。

㉖"扬浮"二句:清倪璠注:"'杨浮有怪云'者,言当此秋冬杀物之候,见怪云遨翔而起也。……'细凌闻灾雹'者,亦言十二月固阴冱寒之时也。"扬浮,张本作"扬桴",吴本作"扬浮",倪本作"杨浮"。今按:当作"扬浮",据改。扬浮,翻动飘浮貌。细凌(líng),细小的冰。

㉗"木皮"二句:清倪璠注:"言己来此西北苦寒之地,加以秋冬肃杀之

129

景。且喻颜之厚矣,有如木皮,身名混浊,无分泾渭也。""木皮"句,《汉书·晁错传》载:错言守边备塞、劝农力本,当世急务二事,有曰:"夫胡貉之地,积阴之处也,木皮三寸,冰厚六尺,食肉而饮酪,其人密理,鸟兽氋毛,其性能寒。""泾泥"句,《汉书·沟洫志》:白渠成,"民得其饶,歌之曰:'泾水一石,其泥数斗。'"

㉘曲辕树:指无用之材。《庄子·人世间》载:"匠石之齐,至于曲辕,见栎社树。"匠伯以为是不材之木而不顾。而是木因"无所可用,故能若是之寿"。○雕陵鹊:谓遭遇意想不到的灾祸。《庄子·山木》:"庄周游于雕陵之樊,睹一异鹊自南方来者,翼广七尺,目大运寸,感周之颡而集于栗林。庄周曰:'此何鸟哉,翼殷不逝,目大不睹?'蹇裳躩步,执弹而留之。睹一蝉,方得美荫而忘其身;螳螂执翳而搏之,见得而忘其形;异鹊从而利之,见利而忘其真。庄周怵然曰:'噫!物固相累,二类相召也!'捐弹而反走。"

㉙"生涯"二句:清倪璠注:"言人生有始,天道不终也。"《庄子·养生主》:"吾生也有涯,而知也无涯。以有涯随无涯,殆已!""天道"句:《老子》:"天地之间,其犹橐籥。虚而不屈,动而俞出。"橐(tuó),橐籥,古代冶炼时用以鼓风吹火的装置,如今之风箱。

㉚"且悦"二句:清倪璠注:"言张侍中为善人,与己为朋友,不嫌其渎也。"朋友数,《论语·里仁》:"朋友数,斯疏矣。"数(shuò),频繁琐碎。

㉛"何时"二句:清倪璠注:"言何时梁运复兴,得遂其冲霄之志也。"寥廓,指辽阔的天空。

【汇评】

《四溟诗话》:《太玄经》《剧卦》:"海水群飞。"庾信《和张侍郎》诗:"成群海水飞。"吕温《诸葛武侯庙原先》:"四海飞水。"然庾、吕沿袭,两拙并见,不若陆云《答平原》全用无议也。

《采菽堂古诗选》:淋漓悲怆,使事奔凑,才如巨海一泻。

奉和示内人①

然香郁金屋,吹管凤凰台。②春朝迎雨去,秋夜隔河来。③听歌云即断,闻琴鹤倒回。④春窗刻凤下,寒壁画花开。⑤定取流霞气,时添承露杯。⑥(张本、吴本、倪本。)

【题解】

此和诗首四句用萧史与弄玉、牛郎与织女之典,既交代了贵族之家奢华的环境,又营造了和谐的氛围。中四句进一步写欢快的家庭生活。结句以"流霞"、"承露"希冀延寿长生,正暗示现实生活的愉悦。

【注释】

①内人:泛指妻妾。

②然:同"燃"。○郁金:植物名。块根,有香气,可用作香料。○"吹管"句:《列仙传》载:秦穆公时人萧史善吹箫,穆公女弄玉好之。公以妻焉。遂教弄玉作凤鸣。居数年,吹似凤声,凤凰来止其屋,为作凤台。

③"春朝"二句:清倪璠注:"'春朝迎雨去',即宋玉所谓'朝为行云,暮为行雨'是也。'秋夜隔河来',即《续齐谐记》'桂阳成武丁云"七月七日,织女当渡河"'是也。"

④"听歌"句:《列子·汤问》:"薛谭学讴于秦青,未穷青之技,自谓尽之,遂辞归,秦青弗止。饯于郊衢,抚节悲歌,声振林木,响遏行云。"○"闻琴"句:《韩非子·十过》载:师旷为晋平公鼓琴,"一奏之,有玄鹤二八道南方来,集于郎门之垝;再奏之,而列;三奏之,延颈而鸣,舒翼而舞,音中宫商之声,声闻于天。"

⑤"春窗"二句:谓见此歌舞,窗上刻的凤凰飞翔下来,墙壁上画的花儿纷纷开放。

⑥流霞:汉王充《论衡·道虚》:"〔项曼都〕曰:'有仙人数人,将我上天,

离月数里而止……口饥欲食,仙人辄饮我以流霞一杯,每饮一杯,数月不饥。'"○承露杯:承接露水的杯子。古时达官贵人追求长生,往往以露水吞服"仙丹",故用之。

【汇评】

《采菽堂古诗选》:"闻琴"句新警。后四句亦生动。

奉和赵王美人春日①

直将刘碧玉,来过阴丽华。②祇言满屋里,并作一园花。③新藤乱上格,春水漫吹沙。④步摇钗梁动,红纶帔角斜。⑤今年逐春处,先向石崇家。⑥(《文苑英华》卷二一三、张本、吴本、倪本。)

【题解】

此诗开篇直奔主题,以"刘碧玉""阴丽华"喻赵王美人,接着进一步以花喻美人。"步摇""红纶"写美人动作的优美、服饰的华丽。最后用石崇的典故,既是夸耀赵王的豪奢,又让人联想到石崇宁可得罪权贵也不肯奉送绿珠的典故,凸显了赵王对美人的喜爱。

【注释】

①赵王:即北周宇文招。今按:宇文招《美人春日》诗今佚。
②刘碧玉:人名。南朝宋汝南王妾。庾信《结客少年场行》:"定知刘碧玉,偷嫁汝南王。"南朝梁萧绎《采莲赋》:"碧玉小家女,来嫁汝南王。"○阴丽华:南阳郡新野县(今河南省新野县)人。光武帝刘秀皇后,以美貌著称。刘秀曾感叹道:"娶妻当得阴丽华。"生平见《后汉书·皇后纪》。
③"祇言"二句:清倪璠注:"言美人颜色如花也。"
④"新藤"二句:清倪璠注:"亦言美人与春花相若矣。"格,支架。
⑤纶帔:张本作"输被",小注:"一作'输帔'。"吴本、倪本作"轮帔"。

纶,披巾。帔(pèi),古代妇女披在肩上的衣饰。

⑥石崇:字季伦,西晋渤海南皮人。封安阳乡侯。曾官南中郎将、荆州刺史。性奢靡。后为赵王司马伦矫诏诛杀。《晋书》卷三三有传。《晋书·石崇传》载:"崇有妓曰绿珠,美而艳,善吹笛,孙秀使人求之。"崇勃然曰:"绿珠吾所爱,不可得也。"竟不与。

奉和赵王春日

城傍金谷苑,园里凤凰池。①细管调歌曲,长衫教舞儿。向人长曼脸,由来薄面皮。②梅花绝解作,树叶本能吹。③香烟龙口出,莲子帐心垂。④莫畏无春酒,须花但见随。⑤(张本、吴本、倪本。)

【题解】
诗写春日的游乐生活。

【注释】
①金谷:古地名。晋石崇在此筑金谷园。在今河南省洛阳市西北。
②曼脸:梁刘孝绰《同武陵王看妓诗》:"回羞出曼脸。"曼,细润,柔美。
③"梅花"二句:清倪璠注:"梅花、树叶谓笛、笳之类。笛中有《落梅花曲》,傅玄《笳赋》曰:'吹叶为声。'"
④"香烟"二句:清倪璠注:"'香烟龙口出'者,言香炉刻为龙形,熏香烟从口中出也。'莲子帐心垂'者,所谓'金莲帐'是也。"
⑤春酒:冬酿春熟之酒。

【汇评】
《采菽堂古诗选》:《和赵王春日》有"香烟龙口出,莲子帐心垂"句,亦佳。

梦入堂内

雕梁旧刻杏,香壁本泥椒。①幔绳金麦穗,帘钩银蒜条。②画眉千度拭,梳头百遍撩。小衫裁裹臂,缠弦掐抱腰。③日光钗焰动,窗影镜花摇。歌曲风吹韵,笙簧火炙调。④即今须戏去,谁复待明朝。(张本、吴本、倪本。)

【题解】
此诗写梦中所见堂内装饰的辉煌、女子的美丽多艺,故流连不忍离去。

【注释】
①"香壁"句:即以花椒子和泥涂壁,取温暖、芬芳、多子之义。
②"幔绳"二句:清倪璠注:"言金绳如麦穗,银钩若蒜条,象其形也。"
③"缠弦"句:盖指丝带紧扣腰间。
④"歌曲"句:《汉书·律历志》:"至治之世,天地之气合以生风;天地之风气正,十二律定。"颜师古注引孟康曰:"律得风气而成声,风和乃律调也。"○"笙簧"句:疑指用火炙烤铜簧片以定音。《钦定续文献通考·乐器·芦笙》:"长管之上冒以匏,短管之中置以簧,簧以响铜为之,恒用火炙,亦古制之遗也。"笙簧,指笙。簧,笙中之簧片。

【汇评】
《采菽堂古诗选》:"画眉"二句妖。"日光"二句活。

奉和咏舞①

洞房花烛明,燕余双舞轻。②顿履随疏节,低鬟逐上声。③

半转行初进,衫飘曲未成。④鸾回镜欲满,鹄顾市应倾。⑤已曾天上学,讵似世中生?⑥（《玉台新咏》卷八、《艺文类聚》卷四三、《初学记》卷一五、《文苑英华》卷二一三、张本、吴本、倪本。）

【题解】

此和梁简文帝萧纲《咏舞诗》。萧纲倡导"宫体诗",庾信及其父庾肩吾是其追随者,诗中赞美女子舞步轻盈中节,似从天上而来,有很浓的"宫体诗"意味。

【注释】

①奉和咏舞:《艺文类聚》《初学记》卷一五题作"咏舞诗",《文苑英华》题作"舞应令",张本、吴本、倪本题作"和咏舞"。清倪璠题下小注:"和梁简文帝也。简文有《咏舞诗》。"

②燕余:燕地。古以为燕赵多美女。汉张衡《七辩》:"淮南清歌,燕余才舞。"

③随疏:《艺文类聚》作"疏随"。○上声:古汉语四声的第二声。此泛指音律。

④半:《艺文类聚》《初学记》、张本、吴本、倪本作"步"。《文苑英华》作"伴",小注:"《类聚》作'步'。"倪本小注:"一作'伴'。"

⑤"鸾回"句:如鸾鸟那样回身而舞,影满镜中。南朝宋范泰《鸾鸟诗序》载:昔罽宾王获一鸾鸟,甚爱之,然三年不鸣,其夫人曰:"尝闻鸟见其类而后鸣,何不悬镜以映之。"王从其意,鸾睹形悲鸣,哀响中宵,一奋而绝。○"鹄顾"句:像仙鹄般顾盼生姿,市人为之倾倒。《吴越春秋·阖闾内传》载:吴王有女滕玉,自杀。阖闾痛之,葬于国西阊门。"乃舞白鹤于吴市中,令万民随而观之,还使男女与鹤俱入羡门,因发机以掩之。"鹄,《艺文类聚》《初学记》《文苑英华》、张本、吴本、倪本作"鹤"。

⑥似世:倪本小注:"一作'见地'。"似,《艺文类聚》、《初学记》、张本、吴本、倪本作"是"。《文苑英华》作"见",小注:"《类聚》作'是'。"世,《文苑英华》作"地"。

135

【汇评】

《采菽堂古诗选》:"顿履"二句,如有节奏。

夜听捣衣①

秋夜捣衣声,飞度长门城。②今夜长门月,应如昼日明。小鬟宜粟瑱,圆腰运织成。③秋砧调急节,乱杵变新声。④石燥砧逾响,桐虚杵绝鸣。⑤鸣石出华阴,虚桐采凤林。⑥北堂细腰杵,南市女郎砧。⑦击节无劳鼓,调声不用琴。⑧并结连枝缕,双穿长命针。⑨倡楼惊别怨,征客动愁心。同心竹叶椀,双去双来满。⑩裙裾不奈长,衫袖偏宜短。龙文镂剪刀,凤翼缠篸管。⑪风流响和韵,哀怨声凄断。新声绕夜风,娇转满空中。应闻长乐殿,判彻昭阳宫。⑫花鬟醉眼缬,龙子细文红。⑬湿摺通夕露,吹衣一夜风。⑭玉阶风转急,长城雪应暗。⑮新绶始欲缝,细锦行须纂。⑯声烦《广陵散》,杵急《渔阳掺》。⑰新月动金波,秋云泛滥过。⑱谁怜征戍客,今夜在交河。⑲栩阳离别赋,临江《愁思歌》。⑳复令悲此曲,红颜余几多。㉑(张本、吴本、倪本。又,《艺文类聚》卷六七引城、明、成、声、鸣、阴、林、砧、针、心十韵。)

【题解】

捣衣声,使得"倡楼惊别怨,征客动愁心",勾起闺妇对征夫无限的愁思。唐代诗人李白《子夜吴歌·秋歌》"长安一片月,万户捣衣声。秋风吹不尽,总是玉关情。何日平胡虏,良人罢远征",正是此诗的浓缩版。

【注释】

①捣衣:洗衣时用木杵在砧上捶击衣服。

②长门城:长门宫所在之城。长门,汉宫名。汉武帝陈皇后失宠贬居之所。事见《汉书·外戚传》。

③粟:粟眉,一种以黛点补眉的装饰。《东观汉记·明德马皇后传》:"眉不施黛,独左眉角小缺,补之如粟。"○瑱(tiàn):耳饰。《艺文类聚》作"缜",吴本作"填"。○圆腰:清倪璠注:"圆腰,疑'抱腹'也。《释名》云:'抱腹,上下有带,抱裹其腹上,无裆者也。'又有'帕腹','横帕其腹也'。言施小鬟,更束缚其腰,便于舂杵也。"腰,《艺文类聚》作"要"。今按:要、腰,古今字。○运:《艺文类聚》作"韵"。

④砧:捣衣石。《艺文类聚》作"碪"。今按:砧、碪同。

⑤燥:《艺文类聚》作"㦧"。今按:㦧同"燥"。

⑥"鸣石"二句:清倪璠注:"言砧石、杵桐之所出也。"华阴,华山之北,位于今陕西省渭南市华阴市南。《艺文类聚》卷七引《华山记》曰:"华山高岩四合,重岭秀起,上有石池,北有石鼓,父老相传云,尝有闻其鸣者。"○凤林:指凤凰所居之处。传说凤凰非梧桐不栖。

⑦"北堂"句:《搜神记》载:魏郡张奋卖宅与程应。"应入居,举家病疾,转卖邻人何文"。文持大刀暮入北堂中梁上。至三更,有人升堂呼曰:"细腰。"细腰应喏。何文后访知细腰是灶下杵。○"南市"句:《水经注·沔水》:"南有女郎山,山上有女郎冢,远望山坟,嵬嵬壮高,及即其所,裁有坟形。山上直路下出,不生草木,世人谓之女郎道。下有女郎庙及捣衣石,言张鲁女也。有小水北流入汉,谓之女郎水。"《山堂肆考》卷二三四"女郎砧":"襄城县有张鲁女捣衣石,庾信诗所谓'南国女郎砧'是也。"市,吴本小注:"一作'国'。"

⑧"击节"二句:清倪璠注:"言砧杵能谐音,节不须鼓琴也。"

⑨"并结"二句:清倪璠注:"言捣衣之时,见衣中缕犹并结,针尚双穿,则思妇之独守,倡楼荡子之远为征客,能无愁怨乎?盖伤别之辞也。"连枝缕,古时七夕有以彩线互缚,表示相爱的习俗。《西京杂记》卷三:"〔高祖〕七月七日临百子池,作于阗乐,乐毕,以五色缕相羁,谓为'相连爱。'"枝,《艺文类聚》作"支"。今按:支、枝同。长命针,穿长命缕的针。南朝梁宗懔《荆楚岁时记》:"〔五月五日〕以五彩丝系臂,名曰辟兵,令人不病瘟……

一名长命缕。"

⑩椀:同"碗"。

⑪"龙文"二句:清倪璠注:"言裁衣也……'龙文镂剪刀'者,言剪刀之上刻镂龙形,用为裁剪也。……'凤翼缠篸管'者,言缀以凤文也。"篸(cēn)管,洞箫。

⑫"应闻"二句:清倪璠注:"言长乐宫有长信殿,班姬失宠,闻此砧声,愈增愁怨。昭阳,赵氏姊弟所居,最为宠幸,故判彻也。"长乐殿,故址在今陕西省西安市西北郊汉长安故城东南隅。《汉书·外戚传·班婕妤》载:"赵氏姊弟骄妒,婕妤恐久见危,求共养太后长信宫,上许焉。"《三辅黄图·汉宫》:"〔长乐宫〕有长信、长秋、永寿、永宁四殿。高帝居此宫,后太后常居之。"判彻,翻飞响彻。判,通"拼"。昭阳宫,汉宫殿名。后妃所居。《三辅黄图·汉宫》:"成帝赵皇后居昭阳殿,有女弟俱为婕妤,贵倾后宫。"

⑬"花鬓"句:清倪璠注:"言泪眼如醉,当此春杵之际,或乱发下垂,与眼若相系也。"缬(xié),状醉眼发花时出现在眼前的星星点点。吴本小注:"一作'撷'。"宋吴曾《能改斋漫录》卷六"醉眼曰缬":"人皆以眼缬为出李贺'龟甲屏开醉眼缬',殊不知出庾信集'醉眼曰缬'。"○龙子:晋崔豹《古今注》:"蝘蜓,一名龙子,一曰守宫。善于树上捕蝉食之。其长细五色者,名曰蜥蜴。"晋张华《博物志》卷四:"蜥蜴或名蝘蜓。以器养之,食以朱砂,体尽赤,所食满七斤,治捣万杵,点女人支体,终身不灭。唯房室事则灭,故号守宫。"

⑭摺:同"褶"。衣服的皱痕。

⑮"玉阶"句:清倪璠注:"言妇在玉阶捣衣,寒风甚急,因思夫在长城远戍,飞雪应暗矣。盖伤征夫之苦寒矣。"

⑯纂:编织。

⑰"声烦"二句:清倪璠注:"言砧杵之声,较烦于琴,更急于鼓也。"《广陵散》,琴曲名。三国魏嵇康善弹此曲,秘不授人。《渔阳掺》,亦称《渔阳掺挝》。鼓曲名。南朝宋刘义庆《世说新语·言语》:"祢衡被魏武谪为鼓吏,正月半试鼓,衡扬枹为《渔阳掺挝》,渊渊有金石声,四座为之改容。"

⑱金波:谓月光。

⑲交河:亦名招哈河,古边戍之地。在今新疆吐鲁番市西。
⑳"栩阳"二句:《汉书·艺文志》著录:"《别栩阳赋》五篇。""《临江王及愁思节士歌诗》四篇。"栩阳,张本小注:"一作'羽觞'。"吴本作"栩杨"。
㉑"复令"二句:清倪璠注:"言彼栩阳以离别为赋、临江之愁思作歌者,复令悲此捣衣之曲,红颜无复多也。"

【汇评】

《采菽堂古诗选》:拉杳缠绵。

预麟趾殿校书和刘仪同①

止戈兴礼乐,修文盛典谟。②璧开金石篆,河浮云雾图。③芸香上延阁,碑石向鸿都。④诵书徵博士,明经拜大夫。⑤璧池寒水落,学市旧槐疏。⑥高谈变白马,雄辩塞飞狐。⑦月落将军树,风惊御史乌。⑧子云方汗简,温舒正削蒲。⑨连云虽有阁,终欲想江湖。⑩(《初学记》卷一二、《文苑英华》卷二四〇及卷三一一、张本、吴本、倪本。)

【题解】

这是作者在麟趾殿校书时和刘仪同之诗。校书是盛世之举,故诗歌开篇即云"止戈兴礼乐,修文盛典谟",中间写校书的盛况。最后却表达了自己的江湖之念,隐隐透出作者在北的落寞心境。

【注释】

①预麟趾殿校书和刘仪同:《文苑英华》卷二四〇题作"和刘仪同"。清倪璠注:"《周书·明帝纪》曰:'帝即位,集公卿以下有文学者八十余人,于麟趾刊校经史。'公之得预,盖此时也。又《北史·庾季才传》曰:'武定二年,与王褒、庾信同补麟趾学士。'刘仪同,刘臻也。"刘臻,字宣挚。梁元帝

时,迁中书舍人。江陵陷没,复归萧詧,以为中书侍郎。入周,冢宰宇文护辟为中外府记室。后封饶阳县子。隋高祖受禅,进位仪同三司。臻精于《两汉书》,时人称为"汉圣"。有集十卷行于世。《隋书》卷七六有传。今按:刘臻为仪同三司在隋初,清倪璠以为庾信麟趾殿刊校经史在周明帝时,二者时间不合。今人曹道衡、刘跃进《南北朝文学编年史》以为:"此诗当作于周明帝命学士校书时,刘仪同疑为刘璠。据《周书·刘璠传》,璠于宇文泰在日,已迁黄门侍郎、仪同三司。"又,倪璠注引《北史·庾季才传》"武定"乃"武成"之误。武定,乃东魏孝静帝年号。

②止戈:放下武器,平息战事。○典谟:本《尚书》中《尧典》《舜典》和《大禹谟》《皋陶谟》等篇的并称。泛指经书。

③"壁开"句:孔安国《尚书序》载:汉鲁恭王好宫室,坏孔子旧宅,于墙壁中得古文经,皆蝌蚪文字。"王又升孔子堂,闻金石丝竹之音,乃不坏宅,悉以书还孔氏。"壁,《文苑英华》卷三一一、吴本、倪本作"璧"。○"河浮"句:《宋书·符瑞志》:黄帝轩辕氏五十年秋七月,"天雾三日三夜,昼昏。……乃召史卜之,龟燋。史曰:'臣不能占也。其问之圣人。'帝曰:'已问天老、力牧、容成矣。'史北面再拜曰:'龟不违圣智,故燋。'雾除,游于洛水之上,见大鱼,杀五牲以醮之,天乃甚雨;七日七夜,鱼流于海,得《图》、《书》焉。《龙图》出河,《龟书》出洛,赤文篆字,以授轩辕。"

④"芸香"句:《初学记》卷一二引鱼豢《典略》曰:"芸台香辟纸鱼蠹,故藏书台称芸台。"《汉书·艺文志》"于是建藏书之策"颜师古注引如淳曰:"刘歆《七略》曰:'外则有太常、太史、博士之藏,内则有延阁、广内、秘室之府。'"芸香,香草名。花叶香气浓郁,可入药驱虫,古人用之辟书蠹。延阁,古代帝王藏书之所。○"碑石"句:《后汉书·蔡邕传》:"邕以经籍去圣久远,文字多谬,俗儒穿凿,疑误后学,熹平四年,乃与五官中郎将堂谿典,光禄大夫杨赐,谏议大夫马日磾,议郎张驯、韩说,太史令单飏等,奏求正定《六经》文字。灵帝许之,邕乃自书丹于碑,使工镌刻立于太学门外。于是后儒晚学,咸取正焉。及碑始立,其观视及摹写者,车乘日千余两,填塞街陌。"鸿都,即鸿都门学,东汉灵帝设立在洛阳鸿都门的学校。《后汉书·灵帝纪》:光和元年二月,"始置鸿都门学生"。李贤注:"鸿都,门名也,于内置

学。时其中诸生,皆敕州、郡、三公举召能为尺牍辞赋及工书鸟篆者相课试,至千人焉。"

⑤"诵书"句:《史记·儒林传》:"伏生者,济南人也。故为秦博士。孝文帝时,欲求能治尚书者,天下无有,乃闻伏生能治,欲召之。"博士,古代学官名。六国时有博士,秦因之。征,倪本作"称"。○"明经"句:《汉书·韦贤传》载其子韦玄成,"以明经擢为谏大夫"。

⑥璧池:古代学宫前半月形的水池。池,《文苑英华》卷三一一作"地"。○学市:即"槐市"。汉长安读书人聚会、贸易之市。因其地多槐而得名。市,《文苑英华》卷二四〇作"树"。疏:《文苑英华》卷二四〇及卷三一一作"枯",卷三一一小注:"《初学记》作'疏',韵不同。"倪本小注:"一作'枯'。"

⑦"高谈"句:即战国时名家公孙龙所持的"白马非马"论题。《公孙龙子·白马论》:"曰:马者,所以命形也;白者,所以命色也。命色者非名形也。故曰:'白马非马'。"变,《文苑英华》卷三一一讹作"鸾"。○"雄辩"句:《汉书·郦食其传》载:郦食其游说汉王刘邦,中有"距飞狐之口"句。飞狐,要塞名。在今河北省涞源县北蔚县南,为古代河北平原与北方边郡间的交通咽喉。

⑧将军树:《后汉书·冯异传》:"每所止舍,诸将并坐论功,异常独屏树下,军中号曰'大树将军'。"后借指大树。○御史乌:《汉书·朱博传》载:汉初御史府中列柏树,"常有野乌数千栖宿其上,晨去暮来,号曰'朝夕乌'"。

⑨子云:东汉扬雄字子云。博览群书,长于辞赋,为汉赋四大家之一。《汉书》卷八七有传。○方:《文苑英华》卷二四〇及卷三一一、张本、吴本、倪本作"犹",《文苑英华》卷三一一小注:"《初学记》作'方'。"倪本小注:"一作'方'。"○汗简:以火炙竹简,供书写所用。此指著书。○温舒:东汉路温舒字长君。"父为里监门。使温舒牧羊,温舒取泽中蒲,截以为牒,编用写书"。后举孝廉,官至临淮太守。《汉书》卷五一有传。

⑩"连云"句:意谓高阁连云。连,《文苑英华》卷三一一作"莲"。○欲:《文苑英华》卷二四〇作"叹"。○江湖:指隐士游处之所。

【汇评】

《采菽堂古诗选》:根"止戈"二字序下,结意远。

和宇文内史入重阳阁[①]

北原风雨散,南宫容卫疏。[②]待诏还金马,儒林归石渠。[③]徒悬仁寿镜,空聚茂陵书。[④]竹泪垂秋笋,莲衣落故蕖。[⑤]顾成始移庙,阳陵正(徒)〔徙〕居。[⑥]旧兰憔悴长,残花烂熳舒。别有昭阳殿,长悲故婕妤。[⑦](《文苑英华》卷三一四、张本、吴本、倪本。)

【题解】

此和诗乃悼念中毒而亡的周明帝。重阳阁为周明帝所建,今登此阁,睹物思人。但全诗多用汉代典故,诗意比较隐晦,似有所遮掩。

【注释】

①和宇文内史入重阳阁:《文苑英华》卷三一四题作"登宇文内史入重阳阁"。今按:"登宇文内史入重阳阁"不成句,从张本、吴本、倪本作今题。清倪璠题下注:"和宇文内史昶,悼周明帝也。《周书·明帝纪》云:武成二年辛酉,重阳阁成,会群公列卿大夫及突厥使者于芳林园,赐钱帛各有差。夏四月,帝因食遇毒。庚子,大惭。辛丑,崩于延寿殿。"宇文内史,指宇文昶。本姓李,赐姓宇文氏。曾官内史大夫、内史中大夫。昶当宇文泰时,诏册文笔,皆出其手。《周书》卷三八、《北史》卷四〇有传。徐陵《与李那书》云:"常在公筵,敬析名作,获殷公所借《陪驾终南》《入重阳阁诗》及《荆州大乘寺》《宜阳石像碑》四首,铿锵并奏,能惊赵鞅之魂,辉焕相华,时瞬安丰之眼。"知李昶确有《入重阳阁诗》,今佚。

②北原:北陵,即茂陵。汉武帝刘彻的陵寝。此指周明帝陵墓。○南宫:秦汉宫殿名。○容卫:仪仗、侍卫。容,吴本小注:"疑作'营'。"

③金马:金马门,汉代宫门名,学士待诏之处。○石渠:石渠阁,阁名。西汉皇室藏书之处,在长安未央宫殿北。

④仁寿镜:《初学记》卷二五引陆机《与弟云书》曰:"仁寿殿前,有大方铜镜,高五尺余,广三尺二寸。暗着庭中,向之便写人形体。"○茂陵书:《汉武帝内传》:"帝未崩时,先诏以杂书四十余卷,常所读玩者,使随身敛于棺中。至元康二年,河东功曹朱友,入上党抱犊山采药,于岩室中得所葬之书,盛以金箱,书卷后题东观臣姓名,记书日月,武帝时也。河东太守张纯以经箱奏进。帝问武帝时侍臣,有典书郎冉登,见书及箱,流涕曰:'此是孝武皇帝殡敛时物也。臣当时以著棺中,不知何缘得出耳。'宣帝大怆然惊愕,以书交付武帝庙中。其茂陵安完如故,而书箱玉杖忽出地外;又物尚鲜盛,无点污也。"今按:周明帝亦好学而善文,故庾信以汉武帝"茂陵书"拟之。《周书》卷四《明帝纪》:"帝宽明仁厚,敦睦九族,有君人之量。幼而好学,博览群书,善属文,词彩温丽。及即位,集公卿已下有文学者八十馀人于麟趾殿,刊校经史。又捃采众书,自羲、农以来,讫于魏末,叙为《世谱》,凡五百卷云。所著文章十卷。"

⑤故:张本、倪本作"夏",张本小注:"《集》作'故'。"○蕖(qú):芙蕖。即荷花。

⑥顾成:汉文帝宗庙名。《汉书·文帝纪》:四年冬,"作顾成庙"。颜师古注引应劭曰:"文帝自为庙,制度卑狭,若顾望而成,犹文王灵台不日成之,故曰顾成。"○阳陵:汉景帝陵寝名。○徙:《文苑英华》作"徙",张本、吴本、倪本作"徒"。今按:作"徙"是,据改。

⑦"别有"二句:清倪璠注:"以喻宇文内史入重阳阁,有伤悼之辞也。"昭阳殿,《三辅黄图·汉宫》:"成帝赵皇后居昭阳殿,有女弟俱为婕妤,贵倾后宫。"班婕妤,汉成帝妃子。《汉书·外戚传》载:婕妤初得宠幸,后赵飞燕姊弟从自微贱兴,失宠,稀复进见。赵氏姊弟骄妒,婕妤恐久见危,求供养太后长信宫,上许焉。成帝崩,婕妤充奉园陵,薨,因葬园中。故,张本、倪本小注:"一作'班'。"婕妤,宫中女官名。汉武帝时始置,位视上卿,秩比列侯。

【汇评】

明周婴《卮林》卷七"李那":庾信重阳阁之诗,亦殊觉甚为怆恻,盖即和此篇云。

《采菽堂古诗选》：自有所怀，无人解识。

在司水看治渭桥[①]

大夫参下位，司职渭之阳。[②]富平移锁柱，甘泉运石梁。跨虹连绝岸，浮鼋续断航。[④]春舟鹦鹉色，流水桃花香。[⑤]星精逢汉帝，钓叟值周王。[⑥]平堤石岸直，高堰柳枝长。[⑦]羡言杜元凯，河桥独举觞。[⑧]（《初学记》卷七、张本、吴本、倪本。又，《艺文类聚》卷九引阳、梁、航、香四韵。）

【题解】

诗写作者在司水下大夫任上看治修渭桥之喜悦心情。首写修桥工程巨大，次写桥成交通顺畅，便利百姓，风景优美。最后写羡慕杜预因修河桥而得皇帝赞赏。修治渭桥本司水下大夫职责，但全诗用典较多，掩盖了作者的参与感。

【注释】

①在司水看治渭桥：《艺文类聚》题作"看治渭桥"。张本、吴本、倪本作"忝在司水看治渭桥"。又，《初学记》卷七有后周王褒《和庾司水修渭桥》，当是同时作。司水，即司水下大夫。《周书·庾信传》："孝闵帝践阼，封临清县子，邑五百户，除司水下大夫。"

②"大夫"句：清倪璠注："言己为下大夫之职也。"○"司职"句：清倪璠注："言为司水，看治渭桥，在渭水之阳也。"阳，山南水北为阳。

③"富平"二句：谓从外地运来修桥的铁柱、大石。富平，富平津，古黄河津渡名。在今河南省孟县西南。晋泰始中杜预建河桥于此。锁柱，《艺文类聚》、张本、吴本、倪本作"铁锁"。张本、倪本小注："一作'锁柱'。""甘泉"句：晋张华《博物志》载：秦始皇陵在骊山之北，运取大石于渭南诸山。故歌曰："运石甘泉口，渭水为不流。千人唱，万人钩，金陵余石大如岖。"甘

泉,在今陕西省甘泉县西南,东入洛河。

④虹:言桥如虹。○"浮鼋(yuán)"句:《竹书纪年》卷下:"穆王三十七年,伐楚,大起九师,东至于九江,叱鼋鼍以为梁。"

⑤舟:《艺文类聚》、张本、吴本、倪本作"洲"。○"流水"句:仲春时,江河潮水暴涨,值桃花盛开,古谓之桃花汛。

⑥"星精"句:《搜神记》载:侍中张宽从汉武帝祀甘泉,"至渭桥,有女子浴于渭水,乳长七尺。上怪其异,遣问之。女曰:'帝后第七车者,知我所来。'时宽在第七车,对曰:'天星主祭祀者。斋戒不洁则女人见。'"○"钓叟"句:指姜尚钓于渭滨,逢周文王,因载与俱归,立为师事。见《史记·齐太公世家》。

⑦枝长:张本、吴本、倪本作"阴长"。

⑧"羡言"二句:《晋书·杜预传》:"杜预,字元凯,京兆杜陵人也。……预又以孟津渡险,有覆没之患,请建河桥于富平津。议者以为殷周所都,历圣贤而不作者,必不可立故也。预曰:'"造舟为梁",则河桥之谓也。'及桥成,帝从百僚临会,举觞属预曰:'非君,此桥不立也。'对曰:'非陛下之明,臣亦不得施其微巧。'"

【汇评】

《采菽堂古诗选》:定有佳句,不草草。

北园新斋成应教①

红粉跂鸟翼,山节拱兰枝。②画梁云气绕,雕窗玉女窥。③月悬唯反照,莲开长倒垂。④盘根细坏石,行雨暴浇池。⑤长藤连格徙,高树带巢移。⑥鸟声唯杂曲,花风直乱吹。白虎题书观,玄熊帖射皮。⑦文絃入舞曲,月扇掩歌儿。⑧玉节调笙管,金船代酒卮。⑨若论曹子建,天人本共知。⑩(《文苑英华》卷一七九、张本、吴本、倪本。)

【题解】

北园新斋成,作者应命而作诗。诗中首言新斋之高峻,中写斋阁周围幽静的环境,最后写斋阁欢乐的聚会,结句以曹子建的多才多艺赞美斋阁的主人。

【注释】

①北园新斋成应教:张本、吴本、倪本题作"北园新斋成应赵王教"。应教,应诸王之命而作诗文。

②红粉:张本、吴本作"虹粉",倪本作"虹粉"。今按:疑当作"虹栱"。如虹般高而拱曲的屋梁。栱,阁楼的栋。○跂:将飞貌。○山节:将斗拱雕成山形。节,柱上斗拱。○兰:木兰,香木名。皮似桂而香,状如楠树。

③"画梁"二句:盖言斋阁之壮丽。"雕窗"句,汉王延寿《鲁灵光殿赋》:"玉女窥窗而下视。"

④"月悬"句:言月如在斋下,光返照屋顶。此极言斋阁高峻。反,张本、吴本、倪本作"返"。今按:反、返通。○"莲开"句:言屋顶天花板画有莲花,故根在上,花在下。

⑤细:张本作"纽"。

⑥格:指花架。

⑦"白虎"句:后汉有白虎观,在未央宫中。建初四年,汉章帝曾与大臣、儒生在白虎观讲议'五经'同异。事见《后汉书》卷三《章帝纪》。○"玄熊"句:谓以黑熊皮做成的箭靶。

⑧文绞:张揖《广雅》曰:"神农氏琴,长三尺六寸六分,上有五弦,曰宫商角徵羽,文王增二弦,曰少宫少商。"绞,张本、吴本作"弦"。○月扇:即团扇。

⑨玉节:一种用以调节乐声的玉制乐器。○金船:一种金质的盛酒器。○酒卮(zhī):酒杯。

⑩"若论"二句:《三国志》卷二一引《魏略》曰:邯郸淳见曹植,"时天暑热,植因呼常从取水自澡讫,傅粉。遂科头拍袒,胡舞五椎锻,跳丸击剑,诵俳优小说数千言讫,谓淳曰:'邯郸生何如邪?'于是乃更著衣帻,整仪容,与淳评说混元造化之端,品物区别之意,然后论羲皇以来贤圣名臣烈士优劣

之差,次颂古今文章赋诔及当官政事宜所先后,又论用武行兵倚伏之势。乃命厨宰,酒炙交至,坐席默然,无与伉者。及暮,淳归,对其所知叹植之材,谓之'天人'。"曹子建,曹植字子建,曹操之子,建安文学的代表人物。此以曹植比斋阁主人。

同会河阳公新造暗山池聊得寓目①

横阶仍凿涧,对户即连峰。暗石疑藏虎,盘根似卧龙。② 沙洲聚乱荻,洞口碍横松。引泉恒数派,开岩即十重。北阁闻吹管,南邻听击钟。菊寒花正合,杯香酒绝浓。由来魏公子,今日始相逢。③(《文苑英华》卷一六五、张本、吴本、倪本。)

【题解】

此是游赏河阳公新造山池所作。诗先写山池的风光,结句以魏公子比河阳公,赞美主人的好客。

【注释】

①同会河阳公新造暗山池聊得寓目:张本、吴本、倪本题作"同会河阳公新造山池聊得寓目"。同,吴本小注:"疑作'司'。"河阳公,《周书·李弼传》:李纶,"少居显职,历吏部、内史下大夫,并获当官之誉。位至司会中大夫、开府仪同三司,封河阳郡公"。

②"暗石"二句:清倪璠注:"楚熊渠子、汉李广皆夜行射寝石,以为虎。故石疑藏虎。《抱朴子》云:'千龙之松,其状如龙。'故根似卧龙也。"

③魏公子:信陵君,战国魏安厘王异母弟,名无忌,封信陵君。礼贤下士,有食客三千人。见《史记·魏公子传》。河阳,古地名,在今河南省孟州市,战国时属于魏地。清倪璠注:"故河阳公称魏公子,比战国信陵矣。"

【汇评】

《采菽堂古诗选》:起六句有致。

登州中新阁

跨虚凌倒景,连云拒少阳。①璇极龙鳞上,雕甍鹏翅张。②千寻文杏照,十里木兰香。③开窗对高掌,平坐望河梁。④歌响开天乐,钟声彻建章。⑤赋用王延寿,书须韦仲将。⑥龙来随画壁,凤起逐吹簧。⑦石作芙蓉影,池如明镜光。花梁反披叶,莲井倒垂房。⑧徒然思燕贺,无以预鹓翔。⑨(《文苑英华》卷三一四、张本、吴本、倪本。)

【题解】

此诗写登高阁所见所感。前半部分写阁之高,后半部分写阁内的装饰,结句表达祝贺之情。

【注释】

①倒景:指天上最高处。因日月之光由下上照,于其处下视日月,其影皆倒,故称。○拒:张本作"讵"。○少阳:指东方。

②"璇极"二句:清倪璠注:"璇极,言以玉饰梁也。龙鳞,似龙之鳞。雕甍,画栋也。鹏翅,谓栋翅若飞翔者。"璇(xuán),美玉。极,屋脊的栋梁。甍(méng),屋栋。鹏,吴本小注:"疑作'鸟'。"

③寻:古代长度单位。八尺为寻。○文杏:即银杏。木质纹理坚密。○木兰:香木名。皮似桂而香。汉司马相如《长门赋》:"刻木兰以为榱兮,饰文杏以为梁。"

④"开窗"二句:"'开牕对高掌'者,言对二华之山也。……'平坐望河梁'者,言阁之高,上凌天河也。"高掌,指华山东峰仙人掌。○河梁:河桥。此指天河。

⑤开天乐:张本、吴本、倪本作"闻长乐"。今按:似以作"闻长乐"为是。

长乐,汉宫殿名,故址在今陕西省西安市西北郊。○建章:汉宫殿名,故址在今陕西西安市西北郊。

⑥王延寿:字文考,一字子山,南郡宜城(今湖北省襄阳市宜城)人,东汉辞赋家,曾作《鲁灵光殿赋》。○韦仲将:韦诞,字仲将,魏京兆(今陕西省西安市)人,三国魏书法家。诸书并善,题署尤精。

⑦"龙来"二句:清倪璠注:"言画龙疑真,刻凤俨若吹簧也。""龙来"句,疑暗用叶公好龙之典。汉刘向《新序·杂事五》:"叶公子高好龙,钩以写龙,凿以写龙,屋室雕文以写龙。于是天龙闻而下之,窥头于牖,施尾于堂。""凤起"句,《风俗通·笙》:"长四寸,十二簧,像凤之身。"

⑧"花梁"句:言屋梁交木如藻井,刻画以莲花,重下视之,若倒垂。莲井,绘有荷菱等图形的藻井。

⑨燕贺:《淮南子·说林》:"大厦成而燕雀相贺。"○鹍翔:鲲鹏展翅高飞。

【汇评】

《采菽堂古诗选》:语语弘亮。

岁晚出横门①

年华改岁阴,游客喜登临。据鞍垂玉帖,横腰带锦心。②水弱浮桥没,沙虚马迹深。③倚弓依石岸,回床向柳阴。智琼来劝酒,文君过听琴。④明朝云雨散,何处更相寻。⑤(张本、吴本、倪本。)

【题解】

横门在长安,故此诗当作于作者滞留北方之时。诗中虽有"喜登临""劝酒""听琴"等语,但这一切如同云雨,转瞬消散无踪。诗以乐写愁,伤心人别有怀抱。

【注释】

①横门:汉代长安城北西头的第一门。
②玉帖:玉帖镫,即玉饰的马镫。
③水:倪本作"冰"。
④智琼:仙女名。晋干宝《搜神记》载:魏济北郡从事掾弦超,梦有神女来从之,自称天上玉女,东郡人,姓成公,字知琼。"一旦,显然来游,驾辎𫐉车,从八婢,服绫罗绮绣之衣,姿颜容体,状若飞仙。自言年七十,视之如十五六女。车上有壶、榼、青白琉璃五具。饮啖奇异,馔具醴酒,与超共饮食。……遂为夫妇。"○文君:即卓文君,汉临邛富翁卓王孙之女。司马相如饮于卓氏,文君新寡,相如以琴曲挑之,文君遂夜奔相如。见《史记·司马相如列传》。
⑤云雨:《文选》卷一九宋玉《〈高唐赋〉序》:"昔者楚襄王与宋玉游于云梦之台,望高唐之观,其上独有云气……王问玉曰:'此何气也?'玉对曰:'所谓朝云者也。'王曰:'何谓朝云?'玉曰:'昔者先王尝游高唐,怠而昼寝,梦见一妇人曰:妾巫山之女也,为高唐之客,闻君游高唐,愿荐枕席。王因幸之。去而辞曰:妾在巫山之阳,高丘之阻,旦为朝云,暮为行雨。朝朝暮暮,阳台之下。'旦朝视之,如言故为立庙,号曰朝云。"

【汇评】

《采菽堂古诗选》:语中并有刺目景事。

北园射堂新成①

轩堂聊可习,仙的不难登。②转箭初辟竿,横弓先望堋。③惊心一雁落,连臂两猿腾。④直知王济巧,谁见魏舒能。⑤空心不死树,无叶未枯藤。择贤方至此,传卮欣得朋。⑥(《艺文类聚》卷七四、张本、吴本、倪本。)

【题解】

朋友射堂新成,庾信写此诗祝贺。"空心不死树,无叶未枯藤"似是作者自谓,此盖其晚年作品。

【注释】

①北园射堂新成:清倪璠注:"《周书·若干惠传》:'太祖尝造射堂新成,与诸将宴射。徙堂于惠宅。'"射堂,习射的场所。

②轩堂:堂,张本、吴本、倪本作"台"。今按:作"台"或是。轩台,指轩辕台。古代传说中的土台名,在今河北省怀来县乔山上。《山海经·大荒西经》:"有轩辕之台,射者不敢西向射,畏轩辕之台。"此盖泛指射箭台。○的:箭靶。

③辟竿:张本、吴本、倪本作"调筈"。○埒(péng):箭靶。

④"惊心"句:《战国策·楚策四》:"有间,雁从东方来,更羸以虚发而下之。魏王曰:'然则射可至此乎?'更羸曰:'此孽也。'王曰:'先生何以知之?'对曰:'其飞徐而鸣悲。飞徐者,故疮痛也;鸣悲者,久失群也。故疮未息而惊心未至也,闻弦音引而高飞,故疮陨也。'"○"连臂"句:《淮南子·说山》载:楚王有白猿,使养由基射之,未发而猿拥柱号。

⑤王济:字武子,西晋太原晋阳(今山西省太原市)人。性奢侈。《晋书》卷四二有传。《世说新语·汰侈》:"王君夫(今按:王恺字君夫)有牛名'八百里駮',常莹其蹄角。王武子语君夫:'我射不如卿,今指赌卿牛,以千万对之。'君夫既恃手快,且谓骏物无有杀理,便相然可,令武子先射。武子一起便破的。"○魏舒:《晋书·魏舒传》载:魏舒,字阳元,任城樊人,性好骑射。累迁后将军钟毓长史。"毓初不知其善射。舒容范闲雅,发无不中,举坐愕然。莫有敌者。毓叹而谢曰:'吾之不足以尽卿才,有如此射矣,岂一事哉!'"○见:张本、吴本、倪本作"觉"。

⑥卮:酒杯。○欣:倪本作"喜"。

【汇评】

《采菽堂古诗选》:"转箭"二句,写射生动自慨。是通集意绪,语必沉稳。

七　夕

牵牛遥映水,织女正登车。星桥通汉使,机石逐仙槎。①隔河相望近,经秋离别赊。②愁将今夕恨,复着明年花。(○《玉台新咏》卷八、宋蒲积中编《岁时杂咏》卷二五。)

【题解】

诗敷衍牛郎织女故事,写离别之情。

【注释】

①"星桥"二句:宋周密《癸辛杂识前集》引南朝梁宗懔《荆楚岁时记》:汉代张骞使大夏,寻河源,乘槎经月至天河,见一女织,又见一丈夫牵牛饮河,织女取支机石与骞。又,晋张华《博物志》载:有居于海渚者,年年八月,有浮槎来,甚大,往返不失于期,此人乃赍粮乘槎而去。至一处,有城郭,屋舍宛然,望室中,多见织妇,见一丈夫,牵牛渚次饮之。今按:作者似将此二传说混用。槎(chá),木筏。

②赊:多。

园　庭

杖乡从物外,养学事闲郊。①穷愁方汗简,无遇始观爻。②谷寒已吹律,檐空更剪茆。③樵隐恒同路,人禽或对巢。④水蒲开晚结,风竹解寒苞。⑤古槐时变火,枯枫乍落胶。⑥倒屣迎悬榻,停琴听解嘲。⑦香螺酌美酒,枯蚌藉兰肴。⑧飞鱼时触钓,翳雉屡悬庖。⑨但使相知厚,当能来结交。(张本、吴本、倪本。)

【题解】
诗从园庭的清幽写到友朋来访的欢乐,表现了隐居生活的闲适愉悦。

【注释】
①杖乡:指六十岁。《礼记·王制》:"五十杖于家,六十杖于乡,七十杖于国,八十杖于朝,九十者,天子欲有问焉,则就其室,以珍从。"○物外:谓超脱于尘世之外。○养学:指七十岁。《礼记·王制》:"七十养于学。"

②"穷愁"句:《史记·虞卿传》太史公曰:"然虞卿非穷愁,亦不能著书以自见于后世云。"汗简,汉刘向《别录》云:"杀青者,以火炙简令汗,取其青易书,复不蠹,谓之杀青,亦谓汗简。"此指著书。○"无遇"句:《史记》卷四《周本纪》:"西伯盖即位五十年。其囚羑里,盖益《易》之八卦为六十四卦。"爻(yáo),《周易》中组成卦的符号。分为阳爻和阴爻。此指爻象,即六爻相交成卦所表示的事物形象。

③"谷寒"句:汉刘向《七略·诸子略》:"邹衍在燕,有谷地美而寒,不生五谷,邹子居之,吹律而温至黍生,至今名黍谷。"黍谷在今北京市密云县。吹律,吹奏律管。律为阳声,故传说可以使地暖。○茆:同"茅"。倪本作"茅"。

④"人禽"句:谓人禽俱巢居。古有隐士巢父,巢树上。汉王符《潜夫论·交际》:"巢父木栖而自愿。"晋皇甫谧《高士传·巢父》:"巢父者,尧时隐人也,山居不营世利,年老以树为巢而寝其上,故时人号曰巢父。"

⑤苞:指包裹植物的外皮,如笋壳。

⑥"古槐"句:古人认为老槐生火。○"枯枫"句:枫树上可分泌胶状液体,称为枫脂,有香味,可入药。

⑦倒屣(xǐ):急于出迎,匆忙中将鞋穿倒。形容热情迎客。《三国志·王粲传》:"时邕才学显著,贵重朝廷,常车骑填巷,宾客盈坐。闻粲在门,倒屣迎之。粲至,年既幼弱,容状短小,一坐尽惊。邕曰:'此王公孙也,有异才,吾不如也。'"○悬榻:谓礼待贤士。《后汉书·徐稺传》:"〔陈〕蕃在郡不接宾客,唯稺来特设一榻,去则县之。"○解嘲:被人嘲笑而自作解释。《汉书·扬雄传下》:"时雄方草《太玄》,有以自守,泊如也。或嘲雄以玄尚白,而雄解之,号曰《解嘲》。"

⑧香螺:指香螺酒杯。○兰肴:散发出浓郁香气的佳肴。
⑨飞鱼:指游鱼。○翳(yì)雉(zhì):五彩羽毛的野鸡。○庖:厨房。

【汇评】

《古诗镜》:总论云:"昔庾子山曾有'人禽或对巢'之句,其奇趣同,而庾较险也。凡异想异境,其托胎处固已远矣。"○卷二八云:"樵隐恒同路,人禽或对巢",下句入神境。

《采菽堂古诗选》:味"穷愁"二句,知托兴笔墨,非其得已。○"人禽或对巢",不可一世。

归 田①

务农勤九谷,归来嘉一廛。②穿渠移水碓,烧棘起山田。③树阴逢歇马,鱼潭见洒船。④苦李无人摘,秋瓜不直钱。⑤社鸡新欲伏,原蚕始更眠。⑥今日张平子,翻为人所怜。⑦(张本、吴本、倪本。)

【题解】

诗写归田隐居的闲适生活。诗中"苦李无人摘,秋瓜不直钱。社鸡新欲伏,原蚕始更眠"数句,有浓郁的乡村生活气息。

【注释】

①归田:清倪璠注:"子山欲归田里,故作是诗。"
②一廛(chán):指一块土地。《孟子·滕文公》:"有为神农之言者许行,自楚之滕,踵门而告文公曰:'远方之人闻君行仁政,愿受一廛而为氓。'"
③水碓(duì):水舂。○棘(jí):荆棘。此泛指杂草木。
④洒:倪本作"酒"。

⑤苦李:《世说新语·雅量》载:"西晋王戎七岁,尝与诸小儿游。看道边李树多子折枝,诸儿竞走取之,唯戎不动。人问之,答曰:'树在道边而多子,此必苦李。'取之,信然。"○秋瓜:秋霜后之长成的瓜。《吴越春秋·夫差内传》:"二十三年十月,越王复伐吴。吴国困不战,士卒分散,城门不守,遂屠吴。吴王率群臣遁去,昼驰夜走,三日三夕,达于秦余杭山,胸中愁忧,目视茫茫,行步猖狂,腹馁口饥,顾得生稻而食之,伏地而饮水。……王行有顷,因得自生瓜已熟,吴王掇而食之。谓左右曰:'何冬而生瓜,近道人不食何也?'左右曰:'谓粪种之物,人不食也。'吴王曰:'何谓粪种?'左右曰:'盛夏之时,人食生瓜,起居道傍,子复生秋霜,恶之,故不食。'"

⑥伏(fù):孵卵。○眠:指蚕蜕皮前不动不食,如睡眠的状态。

⑦张平子:东汉张衡字平子。衡游京师,四十不仕。顺帝时,宦官用事,欲归田里,故著《归田赋》,云:"游都邑以永久,无明略以佐时。徒临川以羡鱼,俟河清乎未期。"又云:"超埃尘以遐逝,与世事乎长辞。"《后汉书》卷五九有传。清倪璠注:"子山本张平子之赋而作此诗焉。"

【汇评】

《采菽堂古诗选》:何语不新?一结弥苦。

寒园即目

寒园星散居,摇落小村墟。①游仙半壁画,隐士一床书。②子月泉心动,阳爻地气舒。③雪花深数尺,冰床厚尺余。④苍鹰斜望雉,白鹭下看鱼。更想东都外,群公别二疏。⑤(张本、吴本、倪本。)

【题解】

庾信有《小园赋》,所谓"寒园",当即赋中小园。冬月天寒地冻,人家稀疏,园中萧疏幽清,却是隐士理想的家园。诗寄托了诗人身在朝市、心在尘外的志趣。

【注释】

①摇落：零落。

②"游仙"二句：言居所内墙上挂满游仙题材的图画，床上堆满书籍。

③"子月"二句：子月，农历十一月。阳爻，盖指阳气。《史记·律书》："十一月也，律中黄钟。黄钟者，阳气踵黄泉而出也。其于十二爻为子。子者，滋也；滋者，言万物滋于下也。其于十母为壬癸。壬之为言任也，言阳气任养万物于下也。"后汉蔡邕《独断》："冬至，阳气始动。"

④冰床：下雪时地上所结之冰。因上面积雪，故称。

⑤"更想"二句：清倪璠注："言虽仕者，亦思乞骸骨归也。"东都，东汉时指洛阳。二疏，指汉宣帝时名臣疏广与兄子受。《汉书·疏广传》载：广为太傅，受为少傅，同时以年老乞致仕，时人贤之。归日，"公卿大夫故人邑子设祖道，供张东都门外，送者车数百两，辞决而去。及道路观者皆曰：'贤哉二大夫！'或叹息为之下泣"。

【汇评】

《古诗评选》：田园诗不为陋俭语，非但松陵让其大，抑使杜陵自视椎野矣。

《采菽堂古诗选》：起便落落。"苍鹰"二句活。

幽居值春

山人久陆沈，幽径忽春临。①决渠移水碓，开园扫竹林。②欹桥久半断，崩岸始邪侵。③短歌吹细笛，低声泛古琴。钱刀不相及，耕种且须深。④长门一纸赋，何处觅黄金？⑤（张本、吴本、倪本。）

【题解】

此写春天隐居生活的愉悦自得。首联"忽"凸显春天来临的喜悦,而结句隐隐有盼望重新出仕之意。诗人晚年过着亦官亦隐的生活,思想也摇摆不定。

【注释】

①陆沈:陆地无水而沉。喻人违世离俗,隐居于林。《庄子·则阳》:"方且与世违而心不屑与之俱,是陆沈者也。"郭象注:"人中隐者,譬无水而沈也。"

②决:谓掘堤放水。○水碓:水舂。

③攲(qī):倾斜。

④钱刀:金钱。刀,古代一种刀形钱币。《风俗通》:"钱刀,俗说利旁有刀,言治生得金者,必有刀钱之祸。"

⑤"长门"二句:《文选》卷一六司马长卿《长门赋序》:"孝武皇帝陈皇后,时得幸,颇妒。别在长门宫,愁闷悲思。闻蜀郡成都司马相如天下工为文,奉黄金百斤,为相如文君取酒,因于解悲愁之辞。而相如为文以悟主上,陈皇后复得亲幸。"

【汇评】

《采菽堂古诗选》:直述性情之语,每能作致。

卧疾穷愁

危虑风霜积,穷愁岁月侵。留蛇常疾首,映弩屡惊心。①稚川求药录,君平问卜林。②野老时相访,山僧或见寻。有菊翻无酒,无弦则有琴。③讵知长抱膝,独为《梁父吟》。④(张本、吴本、倪本。)

【题解】

"穷愁"是庾信晚年诗歌中的常见主题。此诗写幽居乡野,疾病缠身,求药问卜,故旧相访者甚多,然未知自己抱膝独吟,有诸葛亮之志。

【注释】

①"留蛇"句:贾谊《新书》载:孙叔敖儿时,出道上,见两头蛇。人言见两头蛇者必死,孙叔敖恐他人见,故杀而埋之。清倪璠注:"今云'留蛇常疾首'者,疑言留此两头之蛇,常疾恶其首也,有将死之征矣。"○"映弩"句:言自己心常惊惧。汉应劭《风俗通·怪神》载:杜宣夏至日赴饮,见酒杯中似有蛇。因得疾。后知是壁上赤弩照于杯中,影如蛇,病即愈。

②稚川:葛洪字稚川,东晋丹阳郡句容人。善著述,兼综医术。有《抱朴子》《金匮药方》《肘后要急方》等。《晋书》卷七二有传。○君平:即严君平,名遵,蜀郡成都人。汉成帝时隐居成都市井中,卜筮为业,以惠众人。事迹见《汉书》卷七二。

③"有菊"句:南朝宋檀道鸾《续晋阳秋》:"陶潜尝九月九日无酒,宅边菊丛中,摘菊盈把,坐其侧久,望见白衣至,乃王弘送酒也,即便就酌,醉而后归。"此反用此事。○"无弦"句:梁萧统《陶靖节传》:"渊明不解音律,而蓄无弦琴一张,每酒适,则抚弄以寄其意。"

④"讵知"二句:谓己抱膝独诵《梁父吟》,亦如诸葛亮有济天下之雄志,但不能实现而已。《三国志·诸葛亮传》:"亮躬耕陇亩,好为《梁父吟》。身长八尺,每自比于管仲、乐毅。"裴松之注引三国魏鱼豢《魏略》:"〔亮〕每晨夜从容,常抱膝长啸。"《梁父吟》,乐府楚调曲名。

【汇评】

《采菽堂古诗选》:率易中定有思理,若"有菊"二句,是也。

山 斋

寂寥寻静室,蒙密就山斋。①滴沥泉绕路,穹窿石卧阶。②

浅槎全不动,盘根唯半埋。③圆珠坠晚菊,细火落空槐。④直置风云惨,弥怜心事乖。⑤(《文苑英华》卷三一七、张本、吴本、倪本。)

【题解】

山斋,即山中居室。诗写其环境的清幽静谧,以衬托人的寂寥。个中"心事",作者以一个"乖"字点出,欲说还休,令人费猜。

【注释】

①蒙密:草木茂密貌。《文选》卷二〇范蔚宗《乐游应诏》:"遵渚攀蒙密,随山上岖嵚。"

②绕:《文苑英华》小注:"一作'浇'。"张本、吴本、倪本作"浇"。倪本小注:"一作'绕'。"○穹窿:高大貌。

③槎(chá):木筏。

④圆珠:谓露珠。○"细火"句:《淮南子·氾论》:"老槐生火。"

⑤直置:直接置身。亦可作"直接搁置"解。○心事乖:谓事与愿违。

【汇评】

《采菽堂古诗选》:自有生气。

望　野

试策千金马,来登五丈原。①有城仍旧县,无树即新村。②水向兰池泊,日斜细柳园。③涸渚通沙路,寒渠塞水门。但得风云赏,何须人事论。④(张本、吴本、倪本。)

【题解】

庾信的田园隐居诗歌,总缺少一种对田园的亲近感,盖源于自己对世事的不能忘怀。此诗题为"望野",即眺望野外风光,然所留心的却是诸葛亮鞠躬尽瘁病逝的"五丈原"、周亚夫军纪严明的屯兵之所"细柳园"。作者渴望风云际会,感慨生不逢时之心,明白可见。

【注释】

①五丈原:位于今陕西省宝鸡市岐山县。三国时,诸葛亮屯兵于此,与司马懿隔渭河对阵,后病逝于五丈原。

②"有城"二句:今人王仲荦《北周六典》卷三引此诗,有云:"此寥寥十字,写出关中经荒乱以后之农村复苏景象。"

③兰池:或称兰池陂。秦始皇引水所造之池,在今陕西省咸阳市东。○细柳:地名。在今陕西省咸阳市西南渭河北岸。汉周亚夫曾屯军于此。

④"但得"二句:清倪璠注:"言古佐命之臣,风云相感,为可叹赏。至于人事盛衰,不足论也。"

【汇评】

《古诗评选》:轩乎舞之之致,正在神情间!故疏而不寒,大而不荒,劲而不激。

《采菽堂古诗选》:五丈原正有无穷感慨,人事不堪论如何。

蒙赐酒

金膏下帝台,玉沥在蓬莱。①仙人一遇饮,分得两三杯。忽闻桑叶落,正值菊花开。②阮籍披衣进,王戎含笑来。③从今觅仙药,不假向瑶台。④(张本、吴本、倪本。)

【题解】

诗写得到所赐美酒的欢快心情,从"帝台"、"蓬莱"可知此酒来自宫中。

【注释】

①金膏:传说中的仙药。此指酒。○玉沥:指美酒。沥,倪本作"历"。

①蓬莱:蓬莱山。传说中的神山名。
②"忽闻"二句:古有桑落酒和菊花酒,故云。
③"阮籍"二句:《世说新语·简傲》:"〔王〕戎弱冠诣阮籍,时刘公荣在坐,阮谓王曰:'偶有二斗美酒,当与君共饮,彼公荣者无预焉。'二人交觞酬酢,公荣遂不得一杯,而言语谈戏三人无异。"阮籍字嗣宗,三国魏陈留尉氏人。仕魏,曾任散骑常侍、步兵校尉。世称阮步兵。为"竹林七贤"之一。《晋书》卷四九有传。王戎,字濬冲,琅琊临沂人。惠帝朝司徒,"竹林七贤"之一。《晋书》卷四三有传。
④瑶台:传说中的神仙居处。

【汇评】

《采菽堂古诗选》:无可为欢,正喜得酒耳。"阮籍"二句,与少陵"直从巴峡穿巫峡"句同一欣快。

奉报赵王赐酒①

梁王修竹园,冠盖风尘喧。②行人忽枉道,直进桃花源。③稚子还羞出,惊妻倒闭门。始闻传上命,定是赐中樽。④野炉然树叶,山杯捧竹根。⑤风池还更暖,寒谷遂长暄。⑥未知稻粱雁,何时报君恩。⑦(《艺文类聚》卷七二、张本、吴本、倪本。)

【题解】

此写得到赵王所赐美酒的感激心情。

【注释】

①奉报赵王赐酒:张本、吴本、倪本题作"奉报赵王惠酒"。赵王,即北周宇文招。招,字豆卢突。幼聪颖,博涉群书,好属文。学庾信体,词多轻艳。武成初,进封赵国公。保定中,拜为柱国,出为益州总管。建德三年,

晋爵为王。五年,进位上柱国。《周书》卷一三、《北史》卷五八有传。

②"梁王"句:梁王指西汉梁孝王刘武。刘武曾建东苑,也称兔园,故址在今河南省开封市东南。园林规模宏大,武在其中广纳宾客,当时名士司马相如、枚乘、邹阳等均为座上客。事见《史记·梁孝王世家》。修竹园,《太平御览》卷一五九引《图经》曰:"梁王有修竹园,园中竹木,天下之选,集诸方游士,各为赋,故馆有邹枚之号。"○冠盖:指达官贵人。

③枉道:绕道。○桃花源:晋陶渊明有《桃花源诗并记》,写世外绝境。此指避世隐居之地。

④上命:敬指赵王的命令。○中樽:即"中尊",中等的酒。亦指盛酒器。樽,吴本作"尊"。今按:尊,用同"樽"。

⑤然:同"燃",燃烧。○竹根:竹根做成酒杯。

⑥"风池"二句:清倪璠注:"喻己如'风池'、'寒谷',得此酒而温暖也。"风池,指聚风之处。寒谷,指阴冷的山谷。长,倪本作"成"。暄,温暖。

⑦稻粱雁:被人饲养的鹅。喻受到恩遇之人。○报君:张本、吴本、倪本作"能报"。

【汇评】

《采菽堂古诗选》:写得生动如许,千秋非少陵无能竞爽。

有喜致醉①

忽见庭生玉,聊欣蚌出珠。②兰芬犹载寝,蓬箭始悬弧。③既喜枚都尉,能欢陆大夫。④频朝中散客,连日步兵厨。⑤杂曲随琴用,残花听酒须。⑥脆梨裁数实,甘查唯一株。⑦兀然已复醉,摇头歌《凤雏》。⑧(张本、吴本、倪本。)

【题解】

诗写自己得子的高兴心情,饮酒弹琴,大醉狂歌。

【注释】

①有喜致醉:清倪璠注:"此子山生子之辞也,某息荀娘岂以此时举之耶? 或即嗣子名立者,所未详矣。"

②"忽见"二句:清倪璠注:"'生玉''出珠',喻得子也。"庭生玉,《世说新语·言语》载:谢安问诸子侄,"子弟亦何预人事,而正欲使其佳?"谢玄答:"譬如芝兰玉树,欲使其生于阶庭耳。"玉,玉树。吴本作"树"。出,吴本作"得"。《三国志·荀彧传》裴松之注引孔融《与康父端书》曰:"前日元将来,渊才亮茂,雅度弘毅,伟世之器也。昨日仲将又来,懿性贞实,文敏笃诚,保家之主也。不意双珠,近出老蚌,甚珍贵之。"

③"兰芬"二句:谓生男。兰芬,《左传·宣公三年》载:郑文公贱妾曰燕姞,梦天使与己兰。后文公亦与之兰而让其侍寝。生穆公,名之曰兰。载寝,《诗经·小雅·斯干》:"乃生男子,载寝之床。"蓬箭,《礼记·射义》:"故男子生,桑弧蓬矢六,以射天地四方。"悬弧,古家中生男,则于门左挂弓一张。《礼记·内则》:"子生,男子设弧于门左,女子设帨于门右。"

④枚都尉:指西汉枚乘。《汉书·枚乘传》:"汉既平七国,乘由是知名。景帝召拜乘为弘农都尉。……皋字少孺,乘在梁时,取皋母为小妻。乘之东归也,皋母不肯随乘,乘怒,分皋数千钱,留与母居。"○陆大夫:指西汉陆贾。《汉书·陆贾传》载:贾说南粤臣服于汉,"高帝大说,拜贾为太中大夫"。孝惠时,吕太后用事,贾乃病免。"有五男,乃出所使越橐中装,卖千金,分其子,子二百金,令为生产。贾常乘安车驷马,从歌鼓瑟侍者十人,宝剑直百金,谓其子曰:'与女约:过女,女给人马酒食极欲,十日而更。所死家,得宝剑车骑侍从者。'"陆,吴本作"陵",小注:"当作'陆'。"

⑤中散:指三国时魏嵇康。康曾拜中散大夫,性好酒。○步兵:指三国时魏阮籍。籍曾闻步兵校尉缺,厨多美酒,营人善酿酒,求为校尉,遂纵酒昏酣,遗落世事。二人事迹俱见《三国志》卷二一。

⑥"残花"句:谓花枝任凭行酒所需。古喝酒顺序可以"击鼓传花"决定,故称。听,听凭,任凭。

⑦裁:同"才"。○甘查:即山楂树。

⑧兀然:昏然无知貌。○《凤雏》:即《凤将雏》,古乐曲名。

【汇评】

《采菽堂古诗选》：分无可喜，得子是真喜也。不觉潦倒至是。"杂曲"二句句法，少陵取得，擅场千古，不意子山先得之。

喜晴应诏敕自疏韵

御辨诚膺录，惟皇称有建。①雷泽昔缉渔，负夏时从贩。②柏梁骖驷马，高陵驰六传。③有序属宾连，无私表中献。④河堤崩故柳，秋水高新堰。心斋（瞖）〔愍〕昏垫，乐彻怜胥怨。⑤法轮开胜辨，禅河秉高论。⑥王城水（阙）〔斗〕息，洛浦《河图》献。⑦伏泉还习坎，归风已回巽。⑧桐枝长旧围，蒲节抽新寸。山薮欣藏疾，幽栖得无闷。⑨有庆兆民同，论年天子万。⑩（《文苑英华》卷一七三、张本、吴本、倪本。）

【题解】
诗写周明帝登基，天下太平，祥瑞生，诗人亦感欢欣。

【注释】
①辨：张本、吴本、倪本作"辩"，下同。今按：辨、辩通。○膺录：即"膺箓受图"，指帝王得受图箓符命，应运而兴。○惟皇句：谓帝王建立统治天下的准则。《尚书·洪范》："五，皇极，皇建其有极。"孔颖达疏："皇，大也；极，中也。施政教，治下民，当使大得其中，无有邪僻。"惟，张本、吴本、倪本作"维"。今按：维，通"惟"。

②"雷泽"二句：《史记·五帝纪》："舜耕历山，渔雷泽，陶河滨，作什器于寿丘，就时于负夏。"雷泽，古泽名。在今河南省范县东南接山东省菏泽市界。缉，张本、吴本、倪本作"经"。负夏，古地名。在今河南省濮阳县城东南。

③"柏梁"句:汉武帝元封三年,作柏梁台,诏群臣二千石有能为七言诗者,乃得上座。梁孝王诗云:"骖驾驷马从梁来。"○"高陵"句:《史记·孝文纪》载:吕后崩,大臣谋召立代王刘恒。代王"乃命宋昌参乘,张武等六人乘传诣长安。至高陵休止,而使宋昌先驰之长安观变"。后刘恒即位为汉文帝。

④宾连:一种瑞木。《太平御览》卷八七三引孙氏《瑞应图》曰:"王者庶嫡有序,男女有别,则宾连阅生于房。"○中献:张本、吴本、倪本作"平宪"。不详。今按:疑当作"平露"。《太平御览》卷八七三引孙氏《瑞应图》曰:"平露者,如盖,生于庭,以知四方之政。王者不私人以官则生。若东方政不平则西低,北方政不平则南低,西方政不平则东低,南方政不平则北低,四方政不出,其根若丝。一曰平两。"

⑤心斋:谓摒除杂念,使心境虚静。○慭:《文苑英华》作"暋",张本、吴本、倪本作"愍"。今按:作"愍"是,据改。○昏垫:指水灾。《尚书·益稷》:"禹曰:'洪水滔天,浩浩怀山襄陵,下民昏垫。'"○乐彻:撤去音乐。○胥怨:相怨。此指百姓的怨恨。《尚书·盘庚上》:"盘庚五迁,将治亳殷,民咨胥怨。"

⑥"法轮"二句:张本、吴本、倪本作"禅河秉高论,法轮开胜辨"。法轮,佛教语。谓佛说法,圆通无碍,运转不息。禅河,亦称熙连禅河、金河、无胜河。传佛在涅槃前曾入此河沐浴。后谓修习禅定的境界。

⑦"王城"句:《国语·周语》:"灵王二十二年,谷、洛斗,将毁王宫。"韦昭注:"斗者,两水格,有似于斗。"斗,《文苑英华》作"阙",张本、吴本、倪本作"斗"。今按:作"斗"是,据改。○"洛浦"句:《周易·系辞上》:"河出图,洛出书,圣人则之。"洛,洛水。传伏羲时有龙马出于黄河,马背有旋毛如星点,伏羲取法以画八卦生蓍法。夏禹治水时有神龟出于洛水,背上有裂纹如文字,禹取法而作《尚书·洪范》"九畴"。古代认为出现"河图洛书"是帝王圣者受命之瑞。参见《尚书·顾命》及《洪范》之孔传、《汉书·五行志上》等。

⑧"伏泉"句:《周易·坎卦》:"《象》曰:水洊至,习坎。君子以常德行,习教事。"○"归风"句:《周易·巽卦》:"《象》曰:随风,巽。君子以申命

行事。"

⑨"山薮"句:《左传·宣公十五年》:"川泽纳污,山薮藏疾,瑾瑜匿瑕,国君含垢,天之道也。"○无闷:没有烦恼。《周易·乾卦》:"遯世无闷。"

⑩"有庆"句:《尚书·吕刑》:"一人有庆,兆民赖之。"兆民,百姓。○"论年"句:《诗经·大雅·江汉》:"天子万年。"

【汇评】

宋胡仔《渔隐丛话》前集卷二:《潘子真诗话》云:《喜晴应诏》全篇可为楷式,其卒章"有庆兆民同,论年天子万",不独清新,其气韵尤更深稳。

《升庵诗话》"子山诗用古韵"条:庚子山《喜晴》诗:"王城水斗息,洛浦河图献。伏泉还习坎,阴风已回巽。桐枝长旧围,蒲节抽新雨。山薮欣藏疾,幽栖得无闷。有庆兆民同,论年天子万。"巽音旋,雨音断,闷音慢,皆古韵也。

《古诗源》:"高陵"句,用《汉文本纪》乘六传至高陵事,周明帝之立,亦相似也。○谷洛水斗,见《国语》。

《采菽堂古诗选》:"巽"音"旋","雨"音"断","闷"音"慢",皆古韵也。○"秋水"句生动。"伏泉"二句雅。"桐枝"二句活。结句押"万"字,有致。

同颜大夫初晴①

夕阳含水气,反景照河堤。②湿花飞未远,阴云敛向低。③燕燥还为石,龙残更是泥。④香泉酌冷涧,小艇钓莲溪。但使心齐物,何愁物不齐。⑤(张本、吴本、倪本。又,《艺文类聚》卷二及《初学记》卷二俱引低、泥二韵。)

【题解】

傍晚时分,雨过天晴,万物平静自然的生长,一派祥和的景象,作者似乎也与万物融为一体,进入了老庄的"齐物"境界。

【注释】

①同颜大夫初晴:《艺文类聚》及《初学记》俱题作"初晴诗"。颜大夫,清倪璠注:"颜大夫,颜之仪也。"颜之仪,颜之推之弟,字升。梁江陵平,之仪随例迁长安,周明帝以为麟趾学士。武帝时封平阳县男。宣帝即位,迁同大将军、御正中大夫,晋爵为公。隋朝建,晋爵新野郡公,拜集州刺史。《北史》卷八三有传。今按:倪璠《庾子山年谱》系此诗于大象二年(580)。

②反景:夕阳反照。

③向:《艺文类聚》《初学记》作"尚"。

④"燕燥"句:北魏郦道元《水经注·湘水》:"湘水东南流迳石燕山东,其山有石,绀而状燕,因以名山。其石或大或小,若母子焉。及其雷风相薄,则石燕群飞,颉颃如真燕矣。"更,《艺文类聚》作"便"。○"龙残"句:《淮南子·坠形》:"土龙致雨。"天晴土龙即为无用之泥。

⑤齐物:战国时庄子在《齐物论》中认为宇宙间一切事物,如生死寿夭,是非得失,物我有无,都应当同等看待。

【汇评】

《采菽堂古诗选》:起四句生动有神。"燕燥"二句尖。

奉和赵王喜雨①

玄霓临日谷,封蚁对云台。②投壶欲起电,倚柱稍惊雷。③白沙如湿粉,莲花类洗杯。④惊乌洒翼度,湿雁断行来。⑤浮桥七星起,高堰六门开。⑥犹言祀蜀帝,即似望荆台。⑦畎田终上上,原野自苺苺。⑧(张本、吴本、倪本。又,《艺文类聚》卷二引台、雷、杯、来、开、苺六韵。)

【题解】

诗写雨时和雨后的景象。一二句写雨将至,三四句写电闪雷鸣,下大雨。鸟儿在雨中飞翔,地上河里涨水,原野上雨水滋润,百草丰茂,田地里谷物也长势喜人,真是一场令人欢喜之雨。

【注释】

①奉和赵王喜雨:《艺文类聚》题作"和赵王喜雨诗"。清吴兆宜题下注:"《北史·周高祖纪》:保定二年二月癸丑,以久不雨,宥罪人,京城三十里内禁酒;四月甲辰,以旱故,禁屠宰。三年五月甲午朔,以旱故,避正寝不受朝。"赵王,指宇文招。今按:宇文招封王在建德三年(574),而保定二年为公元562年,故吴兆宜注不确。

②玄霓:即虹霓,亦作"虹蜺"。《楚辞·哀时命》:"虹霓纷其朝霞兮,夕淫淫而淋雨。"今按:日出东方时,西天出现虹霓,乃下雨之先兆。霓,吴本作"蜺"。○日谷:即旸谷,日出之处。○"封蚁"句:《艺文类聚》卷二引《东观汉记》曰:"沛献王辅,善京氏易,永平五年,少雨,上御云台卦,自以《周易林》占之,其繇曰:'蚁封穴户,大雨将至。'以问辅,辅曰:《蹇》,艮下坎上,艮为山,坎为水,山出云为雨,蚁穴居,时雨将至,故以蚁为兴居。"

③"投壶"句:《太平御览》卷一三引《神异传》:"东王公与玉女投壶,误而不接,天为之笑,开口流光,今电是也。"壶,古时投壶的用具。《艺文类聚》讹作"地"。○"倚柱"句:《世说新语·雅量》载:夏侯玄尝倚柱作书,"时大雨,霹雳破所倚柱,衣服焦然,神色无变,书亦如故"。

④"白沙"二句:清倪璠注:"言雨落沙中,有如渍粉,垂于荷上,又类洗杯也。"花,吴本作"华"。今按:花、华通。洗,《艺文类聚》作"玉"。

⑤洒:散开。

⑥"浮桥"句:晋常璩《华阳国志·蜀志》:"长老传言,李冰造七桥,上应七星。"七星,指北斗星。○"高堰"句:《华阳国志·蜀志》:"武阳县郡治。有王桥、彭祖祠。蒲江大堰,灌郡下六门。"

⑦蜀帝:指蜀侯恽。《华阳国志·蜀志》载:赧王十四年,蜀侯恽祭山川,献馈于秦昭襄王。恽后母加毒以进王。王觉之,大怒,遣司马错赐恽剑,使自裁。恽惧,夫妇自杀。后王闻恽无罪冤死,使使迎丧入葬之郭内。

蜀人为怿立祠,"其神有灵,能兴云致雨,水旱祷之。"○望:本古祭名。遥祭山川、日月、星辰等。此用作动词。○荆台:即战国楚宋玉《高唐赋》中的"阳台"。《高唐赋》序:楚王游高唐,梦见一妇人荐枕席,因幸之。"去而辞曰:'妾在巫山之阳,高丘之阻,旦为朝云,暮为行雨,朝朝暮暮,阳台之下。'"

⑧"厥田"二句:清倪璠注:"言不惟田成沃壤,即荒郊之草,俱得生也。"上上,最上等。《尚书·禹贡》:"厥田惟上上。"莓莓,草盛貌。《左传·僖公二十八年》:"原田每每。"今按:每每,即"莓莓"。

【汇评】

《采菽堂古诗选》:"投壶"二句,用事生动。

和李司录喜雨①

纯阳实久亢,云汉乃昭回。②临河沉璧玉,夹道画龙媒。③离光初绕电,震气始乘雷。④海童还碣石,神女向阳台。⑤云逐鱼鳞起,渠随龙骨开。⑥崩沙杂水去,卧树拥槎来。嘉禾双合颖,熟稻再含胎。⑦属此欣膏露,逢君摘掞才。⑧愧之琼将玖,无酬美且偲。⑨(《文苑英华》卷一五三、张本、吴本、倪本。又,《艺文类聚》卷二引雷、开、来、胎四韵。)

【题解】

此和诗写久旱之时,电闪雷鸣,乌云密布,甘雨来临,喜悦之情,跃然纸上。

【注释】

①和李司录喜雨:《艺文类聚》题作"喜雨诗"。李司录,其人待考。司录,职官名。北周公府或总管府属官,职掌文职。

②"纯阳"句:意谓久旱不雨。纯阳,古以阴阳两气合成宇宙万物,火为纯阳,水为纯阴。《北堂书钞》卷一四九引蔡邕《月令章句》曰:"天有纯阳则刚。"亢,指亢阳,阳光炽烈。○"云汉"句:《诗经·大雅·云汉》:"倬彼云汉,昭回于天。"郑玄笺:"云汉,谓天河也。昭,光也。……时旱渴雨,故宣王夜仰视天河,望其候焉。"昭回,谓星辰光耀回转。

③"临河"句:沉璧玉于河,悦河神以求雨。○画龙媒:指画龙为媒,招诱真龙来降雨。

④"离光"句:《周易·说卦》:"离为火,为日,为电。"○"震气"句:《周易·说卦》:"震为雷。"

⑤"海童"句:谓雨来。海童,传说中神人。《文选》卷五左太冲《吴都赋》:"江斐于是往来,海童于是宴语。"刘逵注:"海童,海神童也。"李善注引《神异经》:"西海有神童,乘白马,出则天下大水。"碣石,山名。在今河北省昌黎县北。《尚书·禹贡》:"导岍及岐……太行、恒山,至于碣石,入于海。"○"神女"句:谓云起。神女,即巫山神女。《文选》卷一九宋玉《〈高唐赋〉序》载:楚王尝游高唐,怠而昼寝,梦见一妇人,自称巫山之女,愿荐枕席。且云:"妾在巫山之阳,高丘之阻,朝朝暮暮,阳台之下。"

⑥"云逐"句:谓云似鱼鳞。○"渠随"句:谓渠中涨水。《史记·河渠志》:"穿渠得龙骨,故名曰龙首渠。"

⑦嘉禾:生长奇异的禾穗,古以为祥瑞。禾,《艺文类聚》、倪本作"苗"。○颖:带芒的谷穗。○"熟稻"句:谓稻谷一岁成熟两次。

⑧膏露:指雨。○"逢君"句:清倪璠注:"君谓李司录也。言李君作此喜雨之诗也。"摛(chī)掞(shàn)才,谓展现突出的才能。掞,通"剡",锐利,突出。

⑨"愧之"二句:清倪璠注:"愧己和非琼玖,不足酬李君之美才也。"之,《文苑英华》小注:"疑作'乏'。"张本、吴本、倪本作"乏"。琼将玖,琼和玖,两种美玉。《诗经·卫风·木瓜》:"投我以木李,报之以琼玖。"将,连词,与。美且偲(cāi),美而有才。《诗经·齐风·卢令》:"其人美且偲。"偲,多才。吴本讹作"腮"。

【汇评】

《采菽堂古诗选》:"鱼鳞""龙骨",巧对作致。结押韵亦趣。

郊行值雪

风云俱惨惨,原野共茫茫。雪花开六出,冰珠映九光。①还如驱玉马,暂似猎银獐。②阵云全不动,寒山无物香。薛君一狐白,唐侯两骕骦。③寒关日欲暮,披雪渡河梁。④(张本、吴本、倪本。)

【题解】

诗写郊外大雪中所见所思。结句暗用西汉李陵的诗句,有游子思归之意。

【注释】

①六出:花分瓣叫出,雪花六角。《太平御览》卷一二引《韩诗外传》:"凡草木花多五出,雪花独六出。"○九光:形容多种光彩。

②玉马:《初学记》卷二引臧荣绪《晋书》曰:"新蔡王腾,发于并州,于常山之真定县,遇天大雪。平地数丈,雪融不积。腾怪而使掘之,得玉马,高尺许,上表献之。"○银獐:即白鹿。古时以为瑞物。今按:马、鹿身上着雪,故云"玉马""银獐"。

③"薛君"句:《史记·孟尝君传》载:"孟尝君有一狐白裘,直千金,天下无双。"孟尝君封于薛地,故称薛君。○"唐侯"句:《左传·定公三年》:"唐成公如楚,有两肃爽马。"肃爽,亦作"骕骦",骏马名。

④"寒关"二句:西汉李陵《与苏武诗》:"携手上河梁,游子暮何之?"渡,吴本、倪本作"上"。河梁,即桥梁。

奉和赵王西京路春旦①

直城龙首抗,横桥天汉分。②风乌疑近日,露掌定高云。③新渠还入渭,旧鼎更开汾。④汉猎熊攀槛,秦田雉失群。⑤宜年动春律,御宿敛寒氛。⑥弄玉迎萧史,东方觅细君。⑦杨柳成歌曲,蒲桃学绣文。⑧鸟鸣还独解,花开先自熏。谁知灞陵下,犹有故将军。⑨(《文苑英华》卷一五七、张本、吴本、倪本。)

【题解】

此为和宇文招之作。诗先写宇文招赴长安,再写其夫妻团聚。宇文招意气风发,夫妻和睦,而作者却滞北悲伤,故最后以汉故将军李广自比,意在引起宇文招怜悯。

【注释】

①赵王:指宇文招。○西京:指长安。○春旦:元旦。

②"直城"句:谓长安直城门对着龙首山。直城,汉京都城门名。《三辅黄图·都城十二门》:"长安城西,出第二门曰直城门。"龙首,山名。在今陕西省西安市北。汉张衡《西京赋》:"疏龙首以抗殿,状巍峨以岌嶪。"○"横桥"句:《三辅黄图·咸阳故城》:"始皇穷极奢侈,筑咸阳宫,因北陵营殿,端门四达,以则紫宫,象帝居。渭水贯都,以象天汉;横桥南渡,以法牵牛。"横桥,古桥名。在长安附近渭水上。天汉,天河。

③"风乌"句:清倪璠注:"按日有三足乌,故云'疑近日'也。"风乌,即相风乌,古代测风向的鸟状器具。○"露掌"句:谓承露盘高耸入云。《汉书·郊祀志上》:"〔汉武帝〕其后又作柏梁、铜柱、承露仙人掌之属矣。"颜师古注:"《三辅故事》云:建章宫承露盘高二十丈,大七围,以铜为之,上有仙人掌承露,和玉屑饮之。"

④"新渠"句:《汉书·武帝纪》元光六年,"春,穿漕渠通渭"。○"旧鼎"句:《汉书·武帝纪》:"元鼎元年夏五月,赦天下,大酺五日。得鼎汾水上。"

⑤"汉猎"句:《汉书·外戚传·冯昭仪》:"建昭中,上幸虎圈斗兽,后宫皆坐。熊佚出圈,攀槛欲上殿。"○"秦田"句:《艺文类聚》卷九○引《列异传》曰:秦穆公时,陈仓人掘地得物,以献穆公,道逢二童子。陈仓人逐二童子,童子化为雉,飞入乎林,陈仓人告穆公,穆公发徒大猎,果得雌。又化为石,置之汧渭之间。事亦见《史记·秦本纪》张守节《正义》引《晋太康地志》、《搜神记》。田,即田猎。

⑥"宜年"二句:清倪璠注:"宜年疑即宜春宫也。……《三辅黄图》曰:'御宿苑在长安城南御宿川中。'……时值春旦,阳气已动,故寒氛敛也。"宜,吴本小注:"疑作'祈'。律,吴本作"力"。

⑦"弄玉"句:汉刘向《列仙传》载:春秋秦穆公时萧史善吹箫,穆公以女弄玉妻之。萧史日教弄玉吹箫作凤鸣,后凤凰来集其屋。○"东方"句:《汉书·东方朔传》载:伏日,上赐群臣肉,东方朔不待诏,以剑割肉而去。上责之,朔再拜曰:"受赐不待诏,何无礼也!拔剑割肉,一何壮也!割之不多,又何廉也!归遗细君,又何仁也!"唐颜师古注:"细君,朔妻之名。一说,细,小也。朔辄自比于诸侯,谓其妻曰小君。"

⑧"杨柳"句:汉乐府有《折杨柳》。○"蒲桃"句:谓绣有葡萄纹的锦帛。

⑨"谁知"二句:庾信《哀江南赋》有云:"岂知灞陵夜猎,犹是故时将军。"故此是庾信以故将军李广自比。《史记·李将军传》载:李广因罪为庶人,家居数岁。"尝夜从一骑出,从人田间饮。还至霸陵亭,霸陵尉醉,呵止广。广骑曰:'故李将军。'尉曰:'今将军尚不得夜行,何乃故也!'止广宿亭下"。灞陵,亦作"霸陵",汉文帝陵名,位于今陕西省西安市东郊霸桥区。

【汇评】

《采菽堂古诗选》:结句意不许他人得与春事。

夏日应令[1]

朱帘卷丽日,翠幕蔽重阳。[2]五月炎气蒸,三时刻漏长。[3]麦随风里熟,梅逐雨中黄。[4]开冰带井水,和粉杂生香。[5]衫含蕉叶气,扇动竹花凉。[6]早菱生软角,初莲开细房。愿陪仙鹤举,洛浦听笙簧。[7](《初学记》卷三、《文苑英华》、张本、吴本、倪本。)

【题解】

诗写五月夏至时节,梅雨天气,气温渐高,菱角尚软,莲房犹细。诗人善于抓住夏日的季节特点进行描写。

【注释】

[1]夏日应令:《文苑英华》、张本、吴本、倪本题作"奉和夏日应令"。《文苑英华》署名庾亮。应令,谓应皇太子之命而和的诗文。今按:梁简文帝有《和湘东王首夏》诗,庾信本诗或即奉和此诗。

[2]朱:《文苑英华》作"珠"。○丽:《文苑英华》作"严"。

[3]气蒸:《文苑英华》、张本、吴本、倪本作"蒸气"。○刻漏:古计时器。

[4]"麦随"二句:清倪璠注:"二语皆为五月夏至之节也。"《礼记·月令》:孟夏之月,"农乃登麦,天子乃以彘尝麦,先荐寝庙"。又,《太平御览》卷九七〇引周处《风土记》曰:"夏至之雨名为黄梅雨。"

[5]"开冰"句:古有藏冰之井,夏日可取冰用。

[6]"衫含"句:古有蕉布,即用蕉麻纤维织成的布,故称。○"扇动"句:古有竹扇,故称。汉班固《竹扇诗》曰:"供时有度量,异好有团方。来风堪避暑,静夜致清凉。"花,《文苑英华》作"风"。

[7]"愿陪"句:《列仙传》载:周灵王太子王子乔好吹笙,作凤鸣,游伊洛间,道士浮丘公接上嵩山。二十余年后,乘白鹤驻缑氏山颠,举手谢时人

而去。

【汇评】

《采菽堂古诗选》:"开冰"句,真景。北地至今如此,未见有咏者。"早"字、"软"字、"初"字、"细"字,警切生动。

苦 热①

火井沉荧散,炎洲高焰通。②鞭石未成雨,鸣鸢不起风。③思为鸾翼扇,愿借明光宫。④临淄迎子礼,中散就安丰。⑤美酒合兰气,甘瓜开蜜筒。⑥寂寥人事屏,还得隐墙东。⑦(《文苑英华》卷二一〇、《乐府诗集》卷六五、张本、吴本、倪本。)

【题解】

《乐府诗集》题作"苦热行",《乐府解题》曰:"《苦热行》备言流金烁石、火山炎海之艰难也。"诗前半部分写苦热,后半部分写和乐仪同的友谊。最后两句写内心的寂寞。

【注释】

①苦热:《文苑英华》题下小注:"和乐仪同。"《乐府诗集》卷六五题作"苦热行",张本、吴本、倪本题作"和乐仪同苦热"。乐仪同,乐姓仪同三司。清吴兆宜注以为是北周乐运,运字承业,《周书》卷四〇、《北史》卷六二有传。清倪璠注以为是乐逊,逊字遵贤,《周书》卷四五、《北史》卷八二有传。

②"火井"二句:清倪璠注:"言炎夏热如火矣。"《文选》卷四左太冲《蜀都赋》:"火井沈荧于幽泉,高爓飞煽于天垂。"李善注:"蜀郡有火井,在临邛县西南。火井,盐井也。欲出其火,先以家火投之,须臾许,隆隆如雷声,爓出通天,光辉十里。以筒盛之,接其光而无炭也。煽,炽也。善曰:《广雅》

曰:荧,光也。"炎洲,神话传说中的炎热岛屿。

③"鞭石"二句:清倪璠注:"言久热思风雨也。"鞭石,《初学记》卷二引宋《永初山川记》曰:"宜都郡有二大石,一为阳,一为阴。鞭阴石则雨,鞭阳石则晴。"鸣鸢,《礼记·曲礼》:"前有尘埃,则载鸣鸢。"郑玄注:"鸟鸢鸣则将风。"

④鸾翼扇:谓扇如鸾翅。○"愿借"句:《汉书》卷九八《元后传》:"初,成都侯商尝病,欲避暑,从上借明光宫。"借,《乐府诗集》作"备"。明光宫,汉代宫殿名。

⑤"临淄"句:临淄指三国魏时曹植,植曾封临淄侯。子礼,邯郸淳字子礼。《三国志》卷二一裴松之注引《魏略》:"太祖遣淳诣植。植初得淳甚喜,延入坐,不先与谈。时天暑热,植因呼常从取水自澡讫,傅粉。遂科头拍袒,胡舞五椎锻,跳丸击剑,诵俳优小说数千言讫……于是乃更著衣帻,整仪容,与淳评说混元造化之端,品物区别之意,然后论羲皇以来贤圣名臣烈士优劣之差,次颂古今文章赋诔及当官政事宜所先后,又论用武行兵倚伏之势。乃命厨宰,酒炙交至,坐席默然,无与伉者。"○"中散"句:中散指三国魏时嵇康,曾拜中散大夫。安丰,指王戎,曾封安丰侯。《世说新语·简傲》:"戎弱冠诣阮籍,时刘公荣在坐,阮谓王曰:'偶有二斗美酒,当与君共饮,彼公荣者无预焉。'二人交觞酬酢,公荣遂不得一杯,而言语谈戏三人无异。"

⑥合:《文苑英华》小注:"一作'含'。"《乐府诗集》、张本、吴本、倪本作"含"。○蜜筒:亦作"蜜筩"。甜瓜的一种。

⑦隐墙东:《后汉书·逸民传》载:王君公晓阴阳,怀德秽行,侩牛自隐。时人谓之论曰:"避世墙东王君公。"

【汇评】

《采菽堂古诗选》:乃知瓜有"蜜筒"之名,其来甚早。○结句老,少陵似之。

和裴仪同秋日①

萧条依白社,寂寞似东皋。②学异南宫敬,贫同北郭骚。③蒙吏观秋水,莱妻纺落毛。④旅人嗟岁暮,田家厌作劳。⑤霜天林木燥,秋气风云高。栖遑终不定,方欲涕沾袍。(张本、吴本、倪本。)

【题解】

壮士悲秋,乃因国破家亡,岁暮漂泊,功业无成,归隐无门,栖遑不定。满腔苦闷心事,只能说与和自己遭际相类的裴仪同了。

【注释】

①裴仪同:清吴兆宜以为是北周裴文举。文举字道裕,《周书》卷三七、《北史》卷三八有传。清倪璠以为是裴政,并云:"裴仪同有《秋日》诗,大抵咏怀之作。子山和之,各述其羁旅之情也。"政字德表,《隋书》卷六六、《北史》七七卷三八有传。今按:据《北史·裴政传》:"隋开皇元年,为率更令,加上仪同三司。"而据《周书·庾信传》,信开皇元年卒,似不能与裴政有此和诗。《艺文类聚》卷二九引周王褒《别裴仪同》诗:"河桥望行旅,长亭送故人。沙飞似军幕,蓬卷若车轮。边衣苦霜雪,愁貌损风尘。行路皆兄弟,千里念相亲。"此当是同一人。仪同,"仪同三司"之省称,官名。北周建德四年,改仪同三司为仪同大将军。

②"萧条"二句:此子山自喻。白社、东皋,皆喻隐居之所。白社,地名。在今河南省洛阳市东。晋葛洪《抱朴子·杂应》:"洛阳有道士董威辇常止白社中,了不食。"东皋,水边向阳高地。三国魏阮籍《辞蒋太尉辟命奏记》:"方将耕于东皋之阳,输黍稷之税,以避当涂者之路。"

③"学异"二句:清倪璠注:"按信父肩吾奔赴江陵,未几而卒,携母入关,蒸蒸色养。自喻父死之后,学异南宫,有母在堂,贫同北郭也。"南宫敬,

即南宫敬叔,鲁国南宫氏,孟僖子之子。《左传·昭公七年》载:孟僖子临终之前,让南宫敬叔要以孔子为老师,"事之,而学礼焉"。孔子后曾带南宫敬叔问礼于老子。北郭骚,《晏子春秋》载:齐国有北郭骚,靠结捕兽网、编蒲苇、织麻鞋来奉养他的母亲,但还不足以维持生活,于是求助于晏子。

④"蒙吏"二句:清倪璠注:"喻己与其妻皆有隐居之志也……时子山老幼皆在长安矣。"蒙吏,指庄子。庄子名周,蒙人,曾为漆园吏。著《庄子》,内有《秋水》篇。莱妻,春秋楚老莱子之妻。刘向《列女传·贤明》载:莱子逃世耕于蒙山之阳,楚王遣使聘其出仕,其妻投其畚而走。老莱子亦随其妻,至于江南而止,曰:"鸟兽之毛可绩而衣,其遗粒足食也。"

⑤旅人:漂泊在外之人。

【汇评】

《采菽堂古诗选》:境事迥异。

咏园花

蹔往春园傍,聊过看果行。①枝繁类金谷,花杂映河阳。②自红无假染,真白不须妆。③燕送归菱井,蜂衔上蜜房。④非是金炉气,何关柏殿香。⑤褰衣偏定好,应持奉魏王。⑥(《艺文类聚》卷八八、张本、吴本、倪本。)

【题解】

诗前半部分写园中花的繁茂缤纷,后半部分写花的香气怡人,中间巧妙的以"燕送""蜂衔"过渡。

【注释】

①蹔:张本、吴本、倪本作"暂"。今按:蹔,同"暂"。

②金谷:古地名。在今河南省洛阳市西北。晋石崇在此筑金谷园。石

崇《金谷诗序》:"有别庐在河南县界金谷涧中,去城十里,或高或下,有清泉茂林、众果竹柏、药草之属。"○河阳:县名。治所在今河南省孟州市西。晋潘岳曾为河阳令,《白氏六帖》卷二一:"潘岳为河阳令,种桃李花,人号曰:'河阳一县花'。"庾信《春赋》:"河阳一县并是花,金谷从来满园树。"又《枯树赋》:"若非金谷满园树,即是河阳一县花。"

③"自红"二句:清倪璠注:"言花有自然之色,不须妆染也。"

④"燕送"二句:清倪璠注:"言此花燕送归巢在于梁上,蜂衔作蜜乃上窠中也。"菱井,即藻井,传统建筑中天花板上的一种装饰处理方式。

⑤"非是"二句:清倪璠注:"言花有自然香气也。"柏殿,以香柏为梁之殿。

⑥"裹(yì)衣"二句:清倪璠注:"言美人以此花香裹衣,是以魏王定好也。"裹衣,香气熏染衣服。魏王,指三国魏文帝曹丕。《王子年拾遗记》载:魏文帝有美人薛灵芸,名曰夜来,妙于针巧,裁衣制作立成。非夜来所缝制,帝不服也。宫内号曰"针神"。

【汇评】

《采菽堂古诗选》:一气八句淋漓,真得看花之趣。

西门豹庙①

君子为利博,达人树德深。蘋藻由斯荐,樵苏幸未侵。②恭闻正直祀,良识佩韦心。③容范虽年代,徽猷若可寻。④菊花随酒馥,槐影向窗临。鹤飞疑逐舞,鱼惊似听琴。⑤漳流鸣磴石,铜爵影秋林。⑥(《艺文类聚》卷三八、《文苑英华》卷三二〇、张本、吴本、倪本。)

【题解】

西门豹祠为北齐时九祠之一。诗写后人对西门豹的祭祀以及西门豹庙附近的景色,表达了对西门豹的崇敬之情。

【注释】

①西门豹庙:西门豹,战国时魏国人,魏文侯在位期间,曾担任邺令,破除"河伯娶妇"陋习,又开凿了十二条运河,引河水灌溉民田,"名闻天下,泽流后世"。事详《史记》卷一二六《滑稽列传》。后赵建武六年秋八月庚寅,造西门豹祠殿。又,豹祠是北齐时九祠之一。《隋书》卷七《礼仪志》:"〔后齐〕祈祷者有九焉……九曰豹祠。"

②"君子"四句:清倪璠注:"言西门豹决渠溉田,其利斯溥,又能断兹淫祀,是为达人。故祠祭至今不绝也。……后人念其功德,不敢樵苏于其上,故庙貌常新也。"为利博,谓给人带来广大利益。达人,通达事理之人。树德深,树立的德行影响深远。蘋藻,蘋与藻,皆水草名,古人常采作祭祀之用。此泛指祭品。樵苏,砍柴刈草。

③直:《文苑英华》卷三二○、张本、倪本作"臣"。《文苑英华》小注:"《类聚》作'直'。"张本、倪本小注:"一作'直'。"吴本作"值"。○佩韦:《韩非子·观行》:"西门豹之性急,故佩韦以自缓。"

④"容范"二句:谓音容相貌虽然随时间而消失,但美德声誉依然可以追寻。容范,容貌风范。○徽猷(yóu):美善之道。徽,美。猷,指修养、功业等。

⑤"鹤飞"二句:清倪璠注:"言庙中飞鹤似逐舞而来,游鱼若听琴而出,象生时也。""鹤飞"句,《韩非子·十过》:"平公曰:'寡人之所好者,音也,愿试听之。'师旷不得已,援琴而鼓。一奏之,有玄鹤二八,道南方来,集于郎门之垝;再奏之而列;三奏之,延颈而鸣,舒翼而舞。""鱼惊"句,《韩诗外传》:"昔者瓠巴鼓瑟,而潜鱼出听。"

⑥漳流:漳河水。《史记·河渠书》:"西门豹引漳水溉邺,以富魏之河内。"○磴(dèng)石:石台级。○铜爵:即铜雀台。汉末建安十五年冬魏武帝曹操所建。故址在今河北省临漳县西南古邺城的西北隅。清严可均《全三国文》卷一曹操《遗令》:"敛以时服,葬于邺之西冈,上与西门豹祠相近,无藏金玉珍宝。吾婢妾与伎人皆勤苦,使著铜雀台,善待之。于台堂上安六尺床,施繐帐,朝晡上酒设脯糗之属,月旦、十五日,自朝至午,辄向帐

中作伎乐。汝等时时登铜雀台,望吾西陵墓田。"爵,张本、吴本、倪本作"雀"。今按:爵,通"雀"。

【汇评】

《采菽堂古诗选》:盖危矣,废于樵苏矣!此时风景可见,下并是幸之。

和王少保遥伤周处士[1]

冥漠尔游岱,凄凉余向秦。[2]虽言异生死,同是不归人。[3]昔余仕冠盖,值子避风尘。[4]望气求真隐,伺关待逸民。[5]忽闻泉石友,芝桂不防身。[6]怅然张仲蔚,悲哉郑子真。[7]三山犹有鹤,五柳更应春。[8]遂令从渭水,投(钓)〔吊〕往江滨。[9](《文苑英华》卷三〇二、张本、吴本、倪本。又,《艺文类聚》卷三四引秦、人、真、春、滨五韵。)

【题解】

此和王褒诗。作者和王褒久留北方无法南返,而南方的好友周弘让却突然去世,南北两地,生死两隔,"虽言异生死,同是不归人",作者内心既有失掉好友的悲痛,更有自己无法南返的忧愤。

【注释】

[1]和王少保遥伤周处士:《艺文类聚》题作"伤周处士"。王少保,清吴兆宜、倪璠俱以为即王褒。褒,字子渊,祖籍琅琊临沂,梁元帝时任吏部尚书、左仆射。江陵陷后入西魏,授车骑大将军,仪同三司。北齐孝闵帝宇文觉即位,封石泉县子,邑三百户。明帝时加开府仪同三司。武帝时为太子少保,迁小司空,出为宜州刺史。建德年间去世。《周书》卷四一、《北史》卷八三有传。周处士,清倪璠注:"周处士者,梁故处士周弘让也。《南史》曰:'弘让性简素,博学多通,始仕不得志,隐于句容之茅山,频徵不出。晚仕侯

景,为中书侍郎。人问其故,对曰:"昔道正直,得以礼进退,今乾坤易位,不至将害于人,吾畏死耳。'获讥于代。承圣初,为国子祭酒,至仁威将军,城句容以居之,命曰仁威垒。'按:让既仕侯景,又仕梁元,不得复称处士,所以云者,信为金陵旧臣,让本句容处士,得称其故,子山之志也。少保,王褒也。《周书·王褒传》曰:'东宫既建,授太子少保,褒与梁处士周弘让相善,及弘让兄弘正自陈来聘,高祖许褒等通亲知音问。褒赠弘让诗,并致书,弘让亦复书焉。'周处士卒于陈。信与褒在周作诗遥伤之也。"周弘让,《南史》卷三四有传。今按:曹道衡、刘跃进《南北朝文学编年史》"573年"下认为:"周弘让卒年,《陈书》无记载,然据同书《周弘正传》,弘正卒于陈宣帝太建六年(574),年七十九;弘正弟弘直卒于太建七年(575),七十六。弘让乃弘正弟,弘直兄,年至少七十五矣。诗题称王褒为'少保',据《周书·王褒传》:'东宫既建,授太子少保。'《周书·武帝纪》,'〔建德元年〕四月……立鲁国公赟为皇太子',知此诗作于本年。盖王褒闻周弘让卒,作诗悼之,庾信见王诗而和之。王诗今佚,庾诗存本集。"

②冥漠:幽静无声。○尔:指周弘让。○游岱:指死亡。岱,岱宗,指泰山。传泰山有天帝孙,主召人魂,人死,魂归泰山。○余:指庾信。《艺文类聚》作"予"。○向秦:庾信聘西魏,身留长安,是为向秦。

③"虽言"二句:清倪璠注:"言己与周处士一死一生,同是不归之人也。"

④"昔余"二句:清倪璠注:"言己仕梁时,正弘让隐居茅山之日也。"

⑤"望气"二句:传老子西游,函谷关关令尹喜望见紫气浮关,而老子果骑青牛而来,遂留老子著书上下篇。逸民,指隐者。

⑥"忽闻"二句:清倪璠注:"伤弘让之死也。泉石,喻隐者也。……'芝桂不防身'者,言隐士死如芝草之焚、桂枝之落也。"

⑦张仲蔚:晋皇甫谧《高士传》:"张仲蔚者,平陵人也,与同郡魏景卿俱修《道德》,隐身不仕。明天官博物,善属文,好诗赋。常居穷素,所处蓬蒿没人。闭门养性,不治荣名。时人莫识,唯刘龚知之。"○郑子真:晋皇甫谧《高士传》:"郑朴,字子真,谷口人也。修道静默,世服其清高。成帝时,元舅,大将军王凤以礼聘之,遂不屈。扬雄盛称其德,曰谷口郑子真。耕于岩

石之下,名振京师。冯翊人刻石祠之,至今不绝。"

⑧三山:盖指传说中的海上蓬莱、方丈、瀛洲三神山。○五柳:东晋诗人陶潜的自号。陶潜《五柳先生传》云:"宅边有五柳树,因以为号焉。"

⑨"遂令"二句:清倪璠注:"渭水,言己在长安。江滨,言让居江表,遥伤之也。"吊,《文苑英华》《艺文类聚》作"钓",张本、吴本、倪本作"吊"。今按:庾信此暗用屈原投汨罗江后百余年,汉贾谊过湘水,投书吊屈原事。见《史记·屈原贾生列传》。故作"吊"为是,据改。

【汇评】

《采菽堂古诗选》:一起先进汪洋之泪,然后细数哭之,全是性情。一气乘流,无复构思之迹。

伤王司徒褒①

昔闻王子晋,轻举逐神仙。②谓言君积善,还得嗣前贤。③四海皆流寓,非为独播迁。④岂意中台裂,君当风烛前。⑤王君钟鼎族,江东三百年。⑥宝刀仍世载,珥戈本旧传。⑦绿绶纤槐绶,黄金(侍饰)〔饰侍〕蝉。⑧地建忠臣国,家开孝子泉。⑨自能枯木润,足得流水圆。⑩苍□承祖武,诸侯无间然。⑪青衿已对日,童子即论天。⑫(颢)〔颖〕阴珠玉丽,河阳脂粉妍。⑬名高六国共,价重十城连。⑭辩足观秋水,文堪题马鞭。⑮回鸾抱书(别)〔字〕,(字)〔别〕鹤沉琴弦。⑯拥旄裁甸服,垂帷非被边。⑰静亭空击马,闲烽直起烟。⑱不(发)〔废〕披书案,无妨坐钓船。⑲茂陵忽移病,淮阳实未痊。⑳侍医逾默默,神理遂绵绵。㉑永别张平子,长埋王仲宣。㉒柏谷移松树,阳陵买墓田。㉓陕路秋风起,寒堂已飒焉。㉔丘阳一摇落,山火即时燃。㉕昔为人所羡,今为人所怜。㉖世途(且或且)〔旦复旦〕,人情玄又玄。㉗故人伤此别,留恨满秦川。㉓定(若)〔名〕于此定,全德以斯全。㉔唯有山阳笛,凄余《思旧》篇。㉕(《文苑英华》卷三〇二、张本、吴本、倪本。)

【题解】

建德年间,王褒去世。王褒和庾信一样,本是梁人,江陵陷而入北。后南北关系改善,入北之人多南返,唯王褒和庾信因文学才华一直滞留北方。故二人遭遇相同,有同病相怜之感。诗歌回忆了王褒的家世和其才华,伤叹其因病而逝,有兔死狐悲之意。

【注释】

①王司徒褒:褒,字子渊,祖籍琅琊临沂,梁元帝时任吏部尚书、左仆射。江陵陷后入西魏,授车骑大将军,仪同三司。北齐孝闵帝宇文觉即位,封石泉县子,邑三百户。明帝时加开府仪同三司。武帝时为太子少保,迁小司空,出为宜州刺史。建德年间去世。《周书》卷四一、《北史》卷八三有传。司徒,官名。三公之一。今按:学界考证以为王褒卒于建德四年(575)。参曹道衡、刘跃进《南北朝文学编年史》"574年"下。

②"昔闻"二句:清倪璠注:"王氏本周灵王太子晋之后。"王子晋,即王子乔,周灵王之子。游于伊洛水,遇道士浮丘公,随之上嵩山修道,后成仙。

③"谓言"二句:清倪璠注:"君谓王褒也。言褒为子晋后裔,又能积善,宜得神仙度世之术也。"积善,《周易·坤卦》:"积善之家,必有馀庆;积不善之家,必有馀殃。"

④"四海"二句:清倪璠注:"《北史·庾信传》曰:'陈氏与周通好,南北流寓之士,各许还其本国,惟信及褒,并惜而不遣。'言人生如寄,四海之内,皆为流寓,何必离家始为播迁也。又按:梁已禅陈,信、褒即归,已非故国,是以羁北归南,总为流寓也。"

⑤中台裂:指大臣去世。《宋书·天文志》:"晋惠帝永康元年三月,妖星见南方,中台星坼,太白昼见。占曰:'妖星出,天下大兵将起。台星失常,三公忧。太白昼见为不臣。'是月,贾后杀太子,赵王伦寻废杀后及司空

张华,又废帝自立。"中台,星名。汉代以来,以三台当三公之位,中台比司徒或司空。裂,张本、吴本、倪本作"坼"。○风烛:风中之烛。喻生命消逝。乐府古辞《怨诗行》:"天德悠且长,人命一何促。百年未几时,奄若风吹烛。"

⑥"王君"二句:清倪璠注:"言王之先也。王氏之族,一出太原,一出琅邪。褒为琅邪临沂人,盖琅邪王氏族也。按王褒先世,见于晋、宋、齐、梁诸书。……自东晋至宋、齐、梁,王业几三百年,而王氏之族,冠盖极盛也。"王,张本、吴本、倪本作"自"。钟鼎族,指富贵家族。江东,即江南。东晋以来至宋、齐、梁皆立国于江东。东,张本小注:"《集》作'南'。"

⑦宝刀:《太平御览》卷三四五引《晋中兴书》:"初,魏徐州刺史任城吕虔有佩刀。工相之,以为必三公可服此刀,虔谓别驾王祥曰:'苟非其人,刀或为害,卿有公辅之量,故以相与。'祥始辞之,固强乃受。祥为司空,祥死之日,以刀授弟览曰:'吾儿皆凡,汝后必兴,足称此刀,故以相与。'览后奕世贤兴于江东。"王览乃王褒十一世祖。○琱(diāo)戈:刻镂精美的戈。《礼记·王制》:"诸侯,赐弓矢然后征,赐铁钺然后杀。"王褒九世祖东晋王导极有功勋,成帝时,"及石勒侵阜陵,诏加导大司马、假黄钺,出讨之"。

⑧"绿綟(lì)"句:谓佩戴丞相的印绶。王导曾为丞相。绿綟,即绿綟绶,一种黑黄而近绿色的丝带,古代丞相以上官吏用作印绶。綟,张本、吴本、倪本作"绂"。槐绶,三公的印绶。传周代宫廷外种有三棵槐树,三公朝天子时,面向三槐而立。后以三槐喻三公。○饰侍蝉:《文苑英华》作"侍饰蝉",张本、吴本、倪本作"饰侍蝉"。今按:当以"饰侍蝉"为是,据改。侍蝉,即附蝉。汉侍中、中常侍冠上金质蝉形的装饰。王褒曾祖父王俭曾为齐侍中,祖父王骞、父王规,皆为梁侍中。

⑨"地建"二句:清倪璠注:"言王氏世以忠孝相传也。"建国,指封侯建国。王褒的六代祖王昙首,为宋光禄大夫,封豫宁文侯;曾祖王俭,为齐侍中,封南昌文宪公;祖父王骞,为梁侍中、金紫光禄大夫,封南昌安侯;父王规,为梁侍中、左民尚书,封南昌章侯。孝子泉,盖指王褒十一世祖王览兄王祥卧冰事。晋干宝《搜神记》:王祥母常欲生鱼,"时天寒冰冻,祥解衣,将剖冰求之,冰忽自解,双鲤跃出"。

⑩"自能"二句：谓有很好的环境，枯木也会滋荣，流水也会生珠。指王褒有好的家族传统。枯木润，《荀子·劝学》："玉在山而草木润。"流水圆，《淮南子·坠形》："水圆折者有珠。"

⑪"苍□"二句：清倪璠注："谓褒袭南昌侯之爵，人无间言也。"苍□，张本、吴本、倪本作"以君"。无间然，谓无可挑剔。《论语·泰伯》："子曰：'禹，吾无间然矣。'"

⑫"青衿"二句：清倪璠注："言褒幼而聪敏也。"青衿，青色交领的长衫。古代学子的常服。对日，形容幼年聪慧。《后汉书·黄琬传》载：建和元年正月日食，"太后诏问所食多少。黄琼思其对而未知所况。琬年七岁，在旁，曰：'何不言日食之余，如月之初？'琼大惊，即以其言应诏，而深奇爱之。"晋明帝亦有"对日"事。《世说新语·夙惠》："晋明帝数岁，坐元帝膝上，有人从长安来……因问明帝：'汝意谓长安何如日远？'答曰：'日远。不闻人从日边来，居然可知。'元帝异之。明日，集群臣宴会，告以此意，更重问之。乃答曰：'日近。'元帝失色曰：'尔何故异昨日之言邪？'答曰：'举目见日，不见长安。'""童子"句，《列子·汤问》："孔子东游，见两小儿辩斗。问其故，一儿曰：'我以日始出时去人近，而日中时远也。'一儿以日初出远，而日中时近也。一儿曰：'日初出大如车盖，及日中，则如盘盂：此不为远者小而近者大乎？'一儿曰：'日初出沧沧凉凉，及其日中如探汤：此不为近者热而远者凉乎？'孔子不能决也。两小儿笑曰：'孰为汝多知乎？'"

⑬"颍阴"二句：清倪璠注："言褒尚公主也。褒本传云：'梁武帝喜其才艺，遂以弟鄱阳王恢之女妻之。'……褒所尚王女也，以梁武爱褒之才，妻以其弟鄱阳王女，若帝女也，故借引公主之事矣。"颍，《文苑英华》作"颢"，张本、吴本、倪本作"颖"。今按：作"颍"是，据改。《后汉书·皇后纪》：顺帝女坚，"七年，封颍阴长公主"。河阳，汉刘向《列女传》载：赵飞燕姊娣者，成阳侯赵临之女，孝成皇帝之宠姬。成帝尝微行出，过河阳主。乐作，上见飞燕而悦之。召入宫，大幸。有女弟，复召入，俱为婕妤。今按：《汉书·五行志》《汉书·戚传》俱作"阳阿"。然庾信《奉和永丰殿下言志》有云："河阳送婕妤。"徐陵《玉台新咏序》亦云："少长河阳，由来能舞。"盖庾信、徐陵俱从《列女传》作"河阳"。

⑭"名高"句：谓声名超过了战国时的纵横家苏秦。传苏秦佩六国相印，名重一时。○"价重"句：指价值连城，堪比和氏璧。战国时秦王欲以十五城易赵和氏璧。

⑮"辩足"句：辩论完全可以和庄子相媲美。《庄子》有《秋水》篇，包括七个寓意深刻的故事。○"文堪"句：《初学记》卷九引魏文帝《临涡赋序》曰："上建安十八年至谯，余兄弟从，上拜坟墓。遂乘马游观，经东园，遵涡水，高树之下驻马书鞭，为《临涡赋》。"

⑯"回鸾"句：谓王褒的书法优美。西晋索靖《草书状》："盖草书之为状也，婉若银钩，漂若惊鸾，舒翼未发，若举复安。"字，《文苑英华》作"别"，张本、吴本、倪本作"字"。今按：作"字"是，据改。○"别鹤"句：谓王褒的琴艺精深感人。后汉蔡邕《琴操》载：商陵牧子娶妻五年而无子，父兄将为之改娶。牧子闻之，怆然而悲，乃歌《别鹤》以舒其悲。别，《文苑英华》作"字"，张本、吴本、倪本作"别"。今按：作"别"是，据改。沉，张本、吴本、倪本作"绕"。

⑰"拥旄"二句：清倪璠注："'拥旄裁甸服'者……言梁地侵削，旌旄所拥，裁及甸服之地也。'垂帷非被边'者，按褒仕元帝时，为尚书左仆射，在于江陵，非边远之地。帝性猜忌，褒在左右，不足舒其所长也。"拥旄，持旄。借指统率军队。甸服，指京城附近的地方。垂帷，垂下车帷。指出为地方官员。《后汉书·贾琮传》："乃以琮为冀州刺史。旧典，传车骖驾，垂赤帷裳，迎于州界。"

⑱"静亭"二句：清倪璠注："言魏师之至也。……梁与西魏久无兵革之事，故曰'静亭''闲烽'。'静亭空系马'者，言其不备不虞也。'闲烽直起烟'者，言魏师忽至举烽相告也。"亭，古代边境岗亭。击，张本、吴本、倪本作"系"。

⑲"不废"二句：清倪璠注："言江陵亡后，褒卒仕于周也。……'不废披书案'者，言褒文士，不娴武略也。'无妨坐钓船'者，按《史记》：'吕尚以渔钓奸周西伯。'魏相安定公，周之太祖，如古西伯矣。王褒之坐钓船，庾信之餐周粟也。"废，《文苑英华》作"发"，张本、吴本、倪本作"废"。今按：作"废"是，据改。披书案，指著文。坐钓船，谓出仕。

187

⑳"茂陵"二句:清倪璠注:"言褒之疾病也。"《周书·王褒传》载:褒与梁处士汝南周弘让书:"弟昔因多疾,亟览九仙之方。""茂陵"句,《史记·司马相如传》载:"相如既病免,家居茂陵。"茂陵,汉武帝刘彻的陵墓。在今陕西省兴平市东北。移,张本、吴本、倪本作"多"。"淮阳"句,《史记·汲黯传》:"黯多病,病且满三月,上常赐告者数,终不愈。最后病,庄助为请告。"后召拜黯为淮阳太守。淮阳,汉郡国之一,都陈县(即今河南省淮阳县)。

㉑侍医:为帝王及皇室成员治病的宫廷医师。○神理:指精神、灵魂。○绵绵:微弱。

㉒张平子:东汉张衡字平子。衡,汉赋四大家之一。○王仲宣:三国魏时王粲字仲宣。粲,"建安七子"之一。清倪璠注:"言褒之文学如二公也。"

㉓柏谷:山名,在今山西省长治市东北。晋王濬葬于此。○阳陵:西汉景帝刘启的陵墓。在今陕西省咸阳市东北。《汉书·李广传》:"李蔡以丞相坐诏赐冢地阳陵,当得二十亩。"

㉔陕路:即狭路。陕,同"狭"。○飒(sà):大风吹过。

㉕丘杨:即杨树。古人墓地多种之。杨,《文苑英华》作"阳",张本、吴本、倪本作"杨"。今按:作"杨"是,据改。○山火:鬼火。○燃:张本、吴本、倪本作"然"。今按:然,同"燃"。

㉖"昔为"二句:《汉书·五行志》:汉成帝时歌谣:"桂树华不实,黄爵巢其颠。昔为人所羡,今为人所怜。"

㉗旦复旦:《文苑英华》作"且或且",张本、吴本、倪本作"旦复旦"。今按:作"旦复旦"是,据改。旧题虞舜时《卿云歌》:"卿云烂兮,糺缦缦兮。日月光华,旦复旦兮。"○玄又玄:《老子》:"玄之又玄,众妙之门。"

㉘"故人"二句:清倪璠注:"《陇头歌》有'遥望秦川,肝肠断绝'之句。庾信、王褒皆南人羁士,生离之后,继以死别,故多留恨矣。"秦川,古地区名。泛指今陕西省、甘肃省的秦岭以北平原地带。

㉙"定名"二句:清倪璠注:"'世途旦复旦',至'全德以斯全',言世代既已移易,人情总归玄虚,似此生死之际,思及平生,若使定名者,名亦于此而定矣;全德者,德且以斯而全矣。微意以为我两人于进退之间,其名辱矣,有惭德矣,是其愧心之辞也。"定名,正定名实。名,《文苑英华》作"若",张

本、吴本、倪本作"名"。今按:作"名"是,据改。全德,保全至德。《庄子·天地》:"天下之非誉,无益损焉,是谓全德之人哉!"

㉚"唯有"二句:西晋向秀经山阳旧居,听到邻人吹笛,追念亡友嵇康、吕安,因作《思旧赋》。见《思旧赋序》。又,北齐武平二年(570),梁故观宁侯萧永卒,庾信作《思旧铭》。

【汇评】

《采菽堂古诗选》:"四海"二句,为王解仕北之故,亦正以自解。此后一气盘礴,叙述酸楚,句法多为少陵取得。少陵长排固有所本也。"昔为"二句,直用却合,倍觉有神。后即有粗句,岂足伤其浩气。

仰和何仆射还宅怀故①

紫阁旦朝罢,中台文奏稀。②无复千金笑,徒劳五日归。③步檐朝未扫,兰房昼掩扉。④苔生理曲处,网积回文机。⑤故瑟余弦断,歌梁秋燕飞。⑥朝云虽可望,夜帐定难依。⑦愿凭甘露入,方假慧灯辉。⑧宁知洛城晚,还泪独沾衣。⑨(《玉台新咏》卷八、张本、吴本、倪本。)

【题解】

怀故,指怀恋亡妻。诗以步檐未扫、兰房掩扉、苔生网积凸显妻子故去后的凄凉寂寞。此本是为何仆射亡妻而发,结句由人及己,伤自己不能南归。

【注释】

①何仆射:何姓仆射,其人无考。仆射,尚书省官名。秦始置,汉以后因之,职权渐重。

②紫阁:金碧辉煌的殿阁。此指帝居。紫,吴兆宜《玉台新咏》注:"一

作'内'。"○旦：吴兆宜《玉台新咏》注："一作'早'。"○中台：即尚书省。○文：吴兆宜《玉台新咏》注："按本集作'夕'。"张本、吴本、倪本作'夕'。

③千金笑：指佳人的欢笑。○五日归：汉制，官吏五日休假一次，沐浴休息。

④步檐：《汉书》卷一三《异姓诸侯王表序》"间阎偪于戎狄"颜师古注引汉应劭曰："阎音檐，门间外旋下荫，谓之步檐也。"○兰房：犹香闺。

⑤理曲：演奏乐曲。○网：指蜘蛛网。○回文机：织璇玑图的布机。十六国时前秦苏蕙因其夫窦滔被徙流沙，而织锦为《回文旋图诗》以赠。凡八百四十字，宛转循环皆可诵读。事见《太平御览》卷八一五引王隐《晋书》。此泛指织布机。

⑥弦断：喻指妻死。○歌梁：《列子·汤问》："昔韩娥东之齐，匮粮，过雍门，鬻歌假食，既去，而余音绕梁欐，三日不绝。"

⑦朝云：战国楚宋玉《〈高唐赋〉序》：楚襄王与宋玉游云梦之台，望高唐之观。其上有云气变化无穷。玉谓此气为朝云，并说过去先王曾游高唐，梦见一妇人自称巫山之女，愿侍王枕席，王因幸之。巫山之女临去时说："妾在巫山之阳，高丘之阻，旦为朝云，暮为行雨，朝朝暮暮，阳台之下。"○夜帐：《搜神记》："汉武帝时，幸李夫人。夫人卒后，帝思念不已。方士齐人李少翁，言能致其神。乃夜施帷帐，明灯烛，而令帝居他帐，遥望之。见美女居帐中，如李夫人之状，还幄坐而步，又不得就视。"

⑧甘露：佛教谓普济四方之水。此指露水。○假：凭借。○慧灯：佛教谓智慧之灯。此指灯。

⑨"宁知"二句：清倪璠注："伤己独不能还也。本传：'拜洛州刺史。'故云洛城。"

【汇评】

《采菽堂古诗选》：言情必淋漓曲尽。

送炅法师葬①

龙泉今日掩，石洞即时封。②玉匣摧谈柄，悬河落辨锋。③香炉犹是柏，麈尾更成松。④郭门未十里，山回已数重。尚闻香阁梵，犹听竹林钟。⑤送客风尘拥，寒郊霜露浓。性灵如不灭，神理定何从。⑥（《初学记》卷一四、《文苑英华》卷三〇五、张本、吴本、倪本。）

【题解】

此是送炅法师下葬的诗歌。前半部分实写炅法师葬，后半部分虚写对炅法师的怀恋。

【注释】

①送炅(jiǒng)法师葬：《文苑英华》、倪本题作"送灵法师葬"。吴本题下小注："一作旻法师。按：《梁元帝集·庄严寺僧旻法师碑》曰：'法师本姓孙，有吴开国大皇帝其先也。'"

②龙泉：佛寺名，故址在今江西省庐山。

③玉匣：古人的葬饰。匣，吴本作"柙"。今按：匣、柙通。○谈柄：僧人讲法时所执的如意。○悬河：喻文辞滔滔不绝。○辨锋：论辩的锋芒。辨，《文苑英华》、张本、倪本作"辩"。今按：辨、辩通。

④"香炉"二句：清倪璠注："松、柏，墓上树也。……今云法师墓上柏似香炉，松如麈尾，若平生时也。"麈(zhǔ)尾，古人闲谈时执以驱虫、掸尘的一种工具。

⑤梵：诵唱佛经。

⑥"性灵"句：《隋书·经籍志》："佛经者，西域天竺之迦维卫国净饭王太子释迦牟尼所说。……其所说云，人身虽有生死之异，至于精神则恒不灭。"性灵，指精神。○神理：灵魂。

【汇评】

《采菽堂古诗选》:"麏尾"句新异。通首必以大气运之,无一语不摇曳。

晚宴昆明池①

春余足光景,赵李旧经过。②上林枣腰细,新丰酒泛多。③小船行钓(里)〔鲤〕,新盘待摘荷。④兰皋徒税驾,何处有凌波。⑤(《艺文类聚》卷九、《文苑英华》卷一六四、张本、吴本、倪本。)

【题解】

诗前半部分写晚宴昆明池的欢乐,后半部分以"小船""新盘"忽转入隐士生活,结句"何处有凌波",暗示诗人另有期待。

【注释】

①晚宴昆明池:《文苑英华》题作"和人日晚景宴昆明池",张本、吴本、倪本题作"和春日晚景宴昆明池"。昆明池,池沼名。汉武帝元狩三年(前120)于长安西南郊所凿,以习水战。北魏太武帝时曾修浚。

②春余:《文苑英华》作"余春"。张本、倪本小注:"一作'余春'。"○赵李:《文选》卷二三阮嗣宗《咏怀诗》:"平生少年时,轻薄好弦歌。西游咸阳中,赵李相经过。"李善注:"颜延年曰:赵,汉成帝赵后飞燕也;李,武帝李夫人也。并以善歌妙舞,幸于二帝也。"

③上林:古宫苑名。故址在今陕西省西安市西及周至、户县界。○枣:张本、吴本、倪本作"柳"。○新丰:县名。治所在今陕西省临潼县西北。汉高祖刘邦定都关中,其父居长安宫中,思乡心切,郁郁不乐。高祖乃依故乡丰邑街里房舍格局改筑骊邑,并迁来丰民,改称新丰。太上皇居新丰,日与故人饮酒高会,心情愉快。○泛:《文苑英华》、张本、吴本、倪本作"径"。

④小:《文苑英华》讹作"少"。○鲤:《艺文类聚》作"里",《文苑英华》、张

本、吴本、倪本作"鲤"。今按:作"鲤"是,据改。○摘:《文苑英华》作"滴"。

⑤"兰皋"二句:三国魏曹植《洛神赋》:"尔乃税驾于兰皋。"又云:"凌波微步,罗袜生尘。"兰皋,长满兰草的涯岸。税驾,停下车马。税,释放。凌波,本指在水上行走。此处指神女。

【汇评】

《采菽堂古诗选》:赵李旧过,非关时代。结句感怀,即此日风景可想矣! 意甚深。

对宴齐使①

归轩下宾馆,送盖出河堤。酒正离杯促,歌工别曲凄。②林寒木皮厚,沙迥雁飞低。③故人傥相访,知余已执珪。④(《文苑英华》卷二九六、张本、吴本、倪本。)

【题解】

北齐使者返国,送别宴会上有庾信。北齐使者顺利回国,而当年作为梁使的诗人,至今却滞留北方且在北周出仕,两相对比,诗人既难过又尴尬羞愧。

【注释】

①对宴齐使:清倪璠注:"《周书·武帝纪》曰:'天和四年(569),夏齐遣使来聘。'"曹道衡、刘跃进《南北朝文学编年史》"568年"下认为:"《对宴齐使》,倪璠系于天和四年夏,然是诗所写是秋景。据《周书·武帝纪》,本年八月齐遣使至周。疑本年秋作诗。"

②酒正:官名,即酒官。此指劝酒的官员。○歌工:乐师。

③"林寒"句:《汉书·晁错传》载:错曰:"夫胡貊之地,积阴之处也,木皮三寸,冰厚六尺,食肉而饮酪,其人密理,鸟兽毳毛,其性能寒。"○"沙迥"句:晋崔豹《古今注》:"雁,自河北渡江南,瘦瘠,能高飞,不畏矰缴。江南沃

饶,每至还河北,体肥不能高飞。"迥,偏僻。倪本作"回"。

④执珪:以手持珪。《史记·张仪传》:"越人庄舄仕楚执珪,有顷而病。楚王曰:'舄故越之鄙细人也,今仕楚执珪,贵富矣,亦思越不?'中谢对曰:'凡人之思故,在其病也。彼思越则越声,不思越则楚声。'使人往听之,犹尚越声也。"此指出仕北周。

【汇评】

《采菽堂古诗选》:当是在周伴齐使,此使必是故人。"知余已执珪",犹少卿云"吾已"云云,然越吟故不忘。

聘齐秋晚馆中(丞)〔饮〕酒①

欣兹河朔饮,对此洛阳才。②残秋欲屏扇,余菊尚浮杯。③漳流鸣二水,日色下三台。④无因侍清夜,同此月徘徊。(《文苑英华》卷二九七、张本、吴本、倪本。)

【题解】

此是诗人以北周使者的身份出使北齐,在使馆中饮酒时所作的诗歌。

【注释】

①聘齐秋晚馆中饮酒:清倪璠注:"天和四年夏,齐遣使来聘。遣子山报聘当在秋矣。"饮,《文苑英华》作"丞",张本、吴本、倪本作"饮"。今按:作"饮"是,据改。

②河朔饮:谓酣饮。《初学记》卷三引三国魏曹丕《典论》曰:"大驾都许,使光禄大夫刘松北镇袁绍军,与绍子弟日共宴饮,常以三伏之际,昼夜酣饮,极醉,至于无知。云以避一时之暑,故河朔有避暑饮。"河朔,黄河以北。○洛阳才:潘岳《西征赋》称:"贾生洛阳之才子。"又,清倪璠注:"按东魏本从洛迁都邺地,齐受魏禅,故于齐之诸臣称为洛阳才也。"

③"残秋"二句:清倪璠注:"按此二语,聘齐当在秋深矣。"屏,弃。

④漳流:指漳河。○二水:指清漳、浊漳。○三台:三国魏曹操所建铜雀台、金虎台、冰井台。后北齐文帝在旧基上加以扩建,改铜爵曰金凤,金虎曰圣应,冰井曰崇光。故址在今河北省临漳县三台村。

【汇评】

《采菽堂古诗选》:此亦似对故人,有无限心情,不堪举似。

奉和初浚池成清晨临泛①

千金高堰合,百顷浚源开。②翻逢积草浪,更识昆明灰。③虎啸风还急,鸡鸣潮即来。④时看青雀舫,遥逐(贵)〔桂〕舟回。⑤(《艺文类聚》卷九、《文苑英华》卷一六五、张本、吴本、倪本。)

【题解】

诗写园池疏浚后的美丽风光。

【注释】

①奉和初浚池成清晨临泛:《文苑英华》题作"和浚池初成清晨临泛",张本、吴本、倪本题作"奉和浚池初成清晨临泛"。浚,清理疏通。

②千金高堰:疑指千金堰。在洛阳城西三十五里。北魏杨衒之《洛阳伽蓝记·城西》:"长分桥西有千金堰,计其水利,日益千金,因以为名。"○浚:《文苑英华》作"凌"。

③草:张本、吴本、倪本作"翠"。张本、倪本小注:"一作'草'。"○昆明灰:劫火馀灰。《搜神记》卷一三载:汉武帝穿昆明池,得黑土。帝问东方朔,朔曰:"可试问西域人。"后汉明帝时问胡人,胡人曰:"烧劫之馀也。"

④"虎啸"句:《周易·乾卦》:"云从龙,风从虎。"虎,《文苑英华》、张本、吴本、倪本作"猿"。○"鸡鸣"句:《神异经》:"盖扶桑山有玉鸡,玉鸡鸣则金鸡鸣,金鸡鸣则石鸡鸣,石鸡鸣则天下之鸡悉鸣,潮水应之矣。"《太平御览》

卷九一八引《异物记》曰:"伺潮鸡,潮水上则鸣。"

⑤青雀舫:船首画有青雀之舟。泛指华贵游船。○桂舟:华美的船。《艺文类聚》《文苑英华》作"贵洲",张本、吴本、倪本作"桂舟"。舟,张本小注:"一作'洲'。"今按:作"桂舟"是,据改。

【汇评】

《采菽堂古诗选》:翠浪是沧江景色,此处翻逢,劫灰之感远矣。

和炅法师游昆明池二首①

1. 游客重相欢,连镳出上兰。②值泉倾盖饮,逢花住马看。③平湖泛玉舳,高堰歇金鞍。半道闻荷气,中流觉水寒。
(《文苑英华》卷一六四、张本、吴本、倪本。)

【题解】

诗写游长安昆明池的快乐。第一首写出游途中的情景,第二首写池中的游乐。

【注释】

①炅法师:庾信有《送炅法师葬》。清倪璠注:"上篇《送灵法师葬》当在后,此篇《和灵法师诗》当在前。知成集之日,其叙题错落,多不诠次类是矣。"○昆明池:池沼名。汉武帝元狩三年于长安西南郊所凿,以习水战。北魏太武帝时曾修浚。

②连镳(biāo):骑马同行。镳,马勒。○上兰:上兰观,汉宫殿名,在上林苑中,即今陕西省西安市长安区西北。

③倾盖:车上的伞盖靠在一起。喻关系亲密。○住:张本、吴本、倪本作"驻"。

【汇评】

《采菽堂古诗选》:驻马与歇鞍,自是二事,不犯。

2. 秋光丽晓天,鹢舸泛中川。①密菱障浴鸟,高荷没钓船。②碎珠萦断菊,残丝绕折莲。③落花催斗酒,栖乌送一弦。④（《初学记》卷七、《文苑英华》卷一六四、张本、吴本、倪本。）

【注释】

①晓：《文苑英华》、张本、吴本、倪本作"晚"。○鹢（yì）舸：船头画有鹢鸟的船。此泛指船。

②没：《文苑英华》作"投"。

③珠：《文苑英华》作"硃"。

④斗：《文苑英华》、张本、吴本作"十"。倪本小注："一作'十'。"○乌：《文苑英华》、张本、吴本、倪本作"鸟"。○一弦：一弦琴,古琴的一种。

【汇评】

《采菽堂古诗选》：定是好句。

见游春人

长安有狭斜,金穴盛豪华。①连杯劝上马,乱果掷行车。②深红莲子艳,细锦凤凰花。那能学嘿酒,无处似栾巴。③（张本、吴本、倪本。）

【题解】

诗写春日风光及游玩的快乐。

【注释】

①长安有狭斜：乐府《古辞》："长安有狭斜,狭斜不容车。"狭斜,小街曲巷。多指妓院。○金穴：《后汉书·郭皇后纪上》："〔郭〕况迁大鸿胪,帝数幸其第,会公卿诸侯亲家饮燕,赏赐金钱缣帛,丰盛莫比。京师号况家为金

穴。"此喻豪富之家。

②"乱果"句：《晋书·潘岳传》载：岳貌至美，"妇人遇之者，皆连手萦绕，投之以果，遂满车而归。"

③"那能"二句：《神仙传》载：栾巴，蜀郡人。正朝大会，巴独后到。又不饮而南噀，有司奏巴大不敬，有诏问巴，巴顿首谢曰："臣适来，本县成都市上失火，臣故噀酒为雨以灭火，非敢不敬。"即驿书问成都，成都答言："正旦失火，食时有大雨从东北来，火乃息，雨皆作酒臭。"

【汇评】

《采菽堂古诗选》：定为思救西南，不然何以及此？

别周弘正①

扶风石桥北，函谷故关前。②此中一分手，相逢知几年。黄鹄一反顾，徘徊恋怆然。③自知悲不已，徒劳减瑟弦。④（《艺文类聚》卷二、《文苑英华》卷二三〇、张本、吴本、倪本。）

【题解】

周弘正和诗人曾同在梁为官，今弘正北聘即将南返，而诗人仍滞留北地，此时分手送别，情感是复杂的，既有离别之情，更有故乡之思。

【注释】

①别周弘正：《文苑英华》题作"别周处士弘正"，"处士"下小注："一作'尚书'。"张本、吴本、倪本题作"别周尚书弘正"。张本小注："一作'别周处士弘正'。"倪本"尚书"下小注："一作'处士'，非。"又，"弘正"下小注："弘正以周武成二年至长安，保定二年还陈，故赠别云。一作'处士'，知其非者。按'处士'乃弘正之弟周弘让，非弘正也，知其误矣。"周弘正，字思行，祖籍汝南安城。起家梁太学博士。累迁国子博士，博学，善谈玄及占候。侯景之乱中，附景为太常。后投元帝，授黄门侍郎，迁左户尚书，加散骑常侍。

入陈,累迁侍中、尚书右仆射。《陈书》卷二四、《南史》卷三四有传。

②"扶风"二句:清倪璠注:"言弘正在周,将欲南还,已在长安之地别故人也。"扶风,郡名。治所槐里县,即今陕西省咸阳兴平市东南。此指长安。石桥,《文苑英华》作"天柱",小注云:"一作'石桥'。"倪本小注:"一作'天柱'。"函谷,关塞名,位于河南省灵宝市北。

③"黄鹄"二句:清倪璠注:"伤己不能归故乡也。"汉古诗《步出城东门》:"步出城东门,遥望江南路。前日风雪中,故人从此去。我欲渡河水,河水深无梁。愿为双黄鹄,高飞还故乡。"古乐府《淮南王篇》:"我欲渡河河无梁,原化双黄鹄,还故乡。还故乡,入故里,徘徊故乡,苦身不已。繁舞寄声无不泰,徘徊桑梓游天外。"鹄,《文苑英华》作"鹤"。今按:鹄,通"鹤"。一,《文苑英华》作"遂"。恋,《文苑英华》、张本、吴本、倪本作"应"。《文苑英华》、倪本"徊"下小注:"一作'恋'。"

④减瑟弦:《史记》卷一二《武帝纪》:"泰帝使素女鼓五十弦瑟,悲,帝禁不止,故破其瑟为二十五弦。"

【汇评】

《古诗评选》:闲情约辞,自极倾倒,几可与李陵《别诗》颉颃;千岁情同,则所生之文亦将同矣。此是子山集中第一首诗,绝不见纵横之色。

《采菽堂古诗选》:那得身在此中?在此中又那可别?

别张洗马枢①

别席惨无言,离悲两相顾。君登苏武桥,我见杨朱路。②关山负雪行,河水乘冰渡。③愿子着朱鸢,知余在玄菟。④(《文苑英华》卷二六六。张本、吴本、倪本。)

【题解】

张枢得以南返,诗人仍滞留北方,别宴之上,真是"离悲两相顾",依依不舍。

【注释】

①张洗马枢：即洗马张枢。洗马，官名，即太子洗马，东宫属官。为清简之职，掌文翰，多由甲族之士担任。员八人。张枢，生平无考。

②"君登"二句：清倪璠注："按张洗马当是南朝人，与子山同为羁士，周陈通好之时，南北流寓之士各许还其本国，子山留而不遣，故赠别焉。言我两人离别，君如苏武得遇南归，我若杨朱终悲岐路也。"苏武桥，旧题汉李陵《与苏武》诗之三："携手上河梁，游子暮何之？……行人难久留，各言长相思。"河梁即桥，此泛指送别之地。杨朱路，《淮南子·说林》："扬子见逵路而哭之，为其可以南，可以北。"

③"关山"二句：清倪璠注："言北地苦寒，归心之急也。"

④着：在。○朱鸢：古县名。故治在今越南河内市东南。参《晋书》卷一五《地理志》"交趾郡"。此泛指南方边远之地。○玄菟：郡名。治所辖境屡有变迁，大致相当今辽宁省东部及朝鲜咸镜道一带。此泛指北方边远之地。

【汇评】

《采菽堂古诗选》：情见乎辞。

别庾七入蜀

峻岭拂阳乌，长城连蜀都。①石铭悬剑壁，沙洲聚阵图。②山长半股断，树古半心枯。③由来兄弟别，共念一荆株。④（张本、吴本、倪本。）

【题解】

诗写蜀地风景的险峻与兄弟离别的不舍之情。

【注释】

①"峻岭"句:言山岭高峻,上接太阳。拂,触到,接近。阳乌,指太阳。古言太阳中有三足乌,故称。○"长城"句:谓城郭连绵,直到蜀中。

②"石铭"句:西晋张载随父入蜀,曾作《剑阁铭》。壁,倪本作"阁"。○"沙洲"句:三国诸葛亮曾造八阵于鱼复平沙上。

③古:倪本作"老"。

④"由来"二句:梁吴均《续齐谐记》载:田真兄弟三人,共议分财,堂前一株紫荆树,欲破为三,人各一分。尔夕,树即枯死状。真大惊,语弟曰:"树本同株,闻当分析,所以焦悴,是人不如树木也。"复解树,树应声荣茂。兄弟相感,更合财产,遂成纯孝之门。

【汇评】

《采菽堂古诗选》:三、四使事,有深旨。枯树寒灰,每以自况。知公在北,虽生如死。

将命使北始渡瓜步江①

校尉始辞国,楼船欲渡河。②辒轩临碛岸,旌节映江沱。③观涛想帷盖,争长忆干戈。④虽同燕市泣,犹听赵津歌。⑤(《艺文类聚》卷二七、张本、吴本、倪本。)

【题解】

诗写奉命出使西魏渡江的所见所感,时梁尚未灭。

【注释】

①瓜步江:地名。在今江苏省南京市六合区东南。

②校尉:汉称掌管少数民族地区事务的长官。《汉书·郑吉传》:"自张骞通西域,李广利征伐之后,初置校尉,屯田渠黎。"○楼船:楼船将军。《汉

书·酷吏传·杨仆》载:南越反,汉武帝拜仆为楼船将军,以功封梁侯。

③輴(chūn)轩:行驶在泥路上的车子。吴本小注:"拟作'輴轩'。"○碛(qì)岸:水岸。碛,沙石浅滩。○旌节:古代使者所持的节,以为凭信。○江沱(tuó):指长江。

④"观涛"句:汉枚乘《七发》写观涛之美,曰:"其始起也,洪淋淋焉,若白鹭之下翔。其少进也,浩浩澄澄,如素车白马帷盖之张。"○"争长"句:《左传·哀公十三年》:"秋七月辛丑,盟,吴、晋争先。吴人曰:'于周室,我为长。'晋人曰:'于姬姓,我为伯。'"

⑤燕市泣:《史记·刺客列传》:"荆轲既至燕,爱燕之狗屠及善击筑者高渐离。荆轲嗜酒,日与狗屠及高渐离饮于燕市,酒酣以往,高渐离击筑,荆轲和而歌于市中,相乐也,已而相泣,旁若无人者。荆轲虽游于酒人乎,然其为人沉深好书;其所游诸侯,尽与其贤豪长者相结。其之燕,燕之处士田光先生亦善待之,知其非庸人也。"○赵津歌:汉刘向《列女传》载:赵简子南击楚,津吏醉卧,不能渡。召欲杀之,津吏女娟为求情。后简子将渡,用楫少一人,娟愿备员用楫,中流,奏《河激》之歌,歌曰:"升彼阿兮西观,清水扬波兮杳冥,祷求福兮醉不醒,诛将加兮妾心惊。蛟龙助兮主将归,呼来棹兮行勿疑。"简子大悦,立为夫人。

【汇评】

《采菽堂古诗选》:公出使时情事,知己不堪。

反命河朔始入武州①

轻车飞逐李,定远未随班。②受诏祁连返,申威疏勒还。③飞蓬损腰带,秋鬓落容颜。寄言旧相识,知余生入关。④(《艺文类聚》卷二七、张本、吴本、倪本。)

【题解】

此为出使西魏返回梁地而作的诗歌,"寄言旧相识,知余生入关",颇有豪情。

【注释】

①反命:复命。○河朔:黄河以北。此指西魏。○武州:梁中大通五年(533)置,治所在下邳县,即今江苏省睢宁县西北。

②"轻车"二句:谓如西汉李蔡一样轻车出塞,却不是追随东汉班超去平定远方。轻车,《汉书·李广传》:"初,广与从弟李蔡俱为郎,事文帝。景帝时,蔡积功至二千石。武帝元朔中,为轻车将军,从大将军击右贤王,有功中率,封为乐安侯。"逐,追随。定远,《后汉书·班超传》载:东汉班超早年家贫,为官佣书,后投笔从戎,奉使西域,立功,封定远侯。

③祁连:山名。在今甘肃省酒泉市南。祁,张本作"祈",或误。《汉书·霍去病传》:"去病至祁连山。捕首虏甚多。上曰:'票骑将军涉钧耆,济居延,遂臻小月氏,攻祁连山,扬武乎鱳得,得单于单桓、酋涂王,及相国、都尉以众降下者二千五百人,可谓能舍服知成而止矣。'"颜师古注:"祁连山即天山也,匈奴呼天为祁连。"○疏勒:古西域诸国之一。在今新疆维吾尔自治区喀什市一带。其治疏勒城,即今疏勒县。《后汉书·耿弇传》附耿恭传载:耿恭为戊己校尉,引兵据疏勒城,后归,拜为骑都尉。

④生入关:《后汉书·班超传》载:超自以久在绝域,年老思土。上疏有云:"臣不敢望到酒泉郡,但愿生入玉门关。"

【汇评】

《采菽堂古诗选》:无论反命于梁,反命于周,人生至此,天道宁论?

冬狩行四韵连句应诏

三川羽檄驰,六郡良家选。①观兵细柳城,校猎长杨苑。②惊雉逐鹰飞,腾猿看箭转。鸣笳河曲还,犹忆南皮返。③(张本、吴本、倪本。)

【题解】
诗写冬日随皇帝狩猎的欢快。

【注释】
①三川：三条河流的合称，一说泾、渭、洛，一说河、洛、伊。此代指洛阳。〇羽檄：谓紧急军事文书。〇六郡良家：《后汉书·百官志》："羽林中郎将……常选汉阳、陇西、安定、北地、上郡、西河凡六郡良家补。"
②细柳城：在今陕西省咸阳市西南。汉文帝时，周亚夫在此屯军。〇长杨苑：故址在今陕西省周至县东南。为秦、汉时帝王游猎之所。
③"鸣笳"二句：《文选》卷四二魏文帝《与朝歌令吴质书》："每念昔日南皮之游，诚不可忘。……方今蕤宾纪时，景风扇物。天气和暖，众果具繁，时驾而游，北遵河曲，从者鸣笳以启路，文学托乘于后车。"鸣笳，吹奏笳笛。古贵官出行，前导鸣笳以启路。河曲，河水迂曲的地方。南皮，县名，时属渤海郡，治所在今河北省南皮县东北。

【汇评】
《采菽堂古诗选》：五、六人知为奇句，不知其是兴体也。味结句可知。

和王内史从驾狩①

冬狩出离宫，还过猎武功。②涧横偏碍马，山虚绝响弓。更嬴承落雁，韩卢斗蛰熊。③犹开三面网，谁肯一山重。④(张本、吴本、倪本。)

【题解】
此和诗写狩猎的惊险场面，至结句笔锋一转，写周文王网开三面、大地厚德载物,似是联系自己和王褒遭遇而发的感慨。

【注释】

①王内史:清倪璠注:"王内史,王褒也。《周书·王褒传》曰:'保定中,除内史中大夫。'"内史,北周仿《周礼》,春官府置内史中大夫,掌王言。凡刑罚爵赏及军国大事,皆须内史参议。

②离宫:帝王出巡在外临时居住的宫室。○武功:县名。北周建德三年(574)置,治所在今陕西省武功县西北武功镇。《周书·武帝纪》:天和元年(566),"十一月丙戌,行幸武功等新城。十二月庚申,还宫"。据此,此诗盖作于是年。

③"更嬴"句:《战国策·楚策四》载:更嬴与魏王处高台之下,仰见飞鸟。更嬴谓魏王能引弓虚发而下鸟。有间,雁从东方来,更嬴以虚发而下之。更嬴解释说:"其飞徐而鸣悲。飞徐者,故疮痛也;鸣悲者,久失群也。故疮未息,而惊心未去也,闻弦音引而高飞,故疮陨也。"○韩卢:战国时韩国出产的良犬。○蛰熊:冬眠的熊。

④开三面网:《史记·殷本纪》载:"汤出,见野张网四面,祝曰:'自天下四方,皆入吾网。'汤曰:'嘻,尽之矣!'乃去其三面,祝曰:'欲左,左;欲右,右。不用命,乃入吾网。'诸侯闻之,曰:'汤德至矣,及禽兽。'"○一山重:《礼记·中庸》:"今夫地,一撮土之多。及其广厚,载华岳而不重,振河海而不泄,万物载焉。"

【汇评】

《采菽堂古诗选》:无句不异,大抵多是寄意。

入道士馆

金华开八景,玉洞上三危。①云袍白鹤度,风管凤凰吹。②野衣缝蕙叶,山巾篸笋皮。③何必淮南馆,淹留攀桂枝。④(《文苑英华》卷二二六、张本、吴本、倪本。)

【题解】

诗描述了远离尘世的道家修行世界,其景清远,其人脱俗,故引发了作者"淹留"之意。

【注释】

①金华:传说中仙人石室。○八景:道教语,谓八采之景色。○三危:传说中西极仙山。《山海经·西山经》:"又西二百二十里,曰三危之山,三青鸟居之。"

②"云袍"句:谓道袍如白鹤般飘逸。云袍,指道袍。○"风管"句:谓乐器之音如凤凰鸣叫般高亢。风管,指管乐器。

③簪(zān):插戴。

④"何必"二句:此反汉淮南王刘安《招隐士》而用。《招隐士》有"攀援桂枝兮聊淹留"句,实则希望"王孙兮归来,山中兮不可以久留",此诗则是说山中可留。

【汇评】

《采菽堂古诗选》:正想淮南馆耳!千秋谁人识公此情?

奉和永丰殿下言志十首①

1. 立德齐今古,资仁一毁誉。②无机抱瓮汲,有道带经锄。③处下唯名惠,能言本姓蘧。④未论惊宠辱,安知系惨舒。⑤
(张本、吴本、倪本。)

【题解】

此是奉和梁故永丰侯萧㧑《言志诗》的组诗。所写内容不一,主要是对萧㧑的赞美,也表达了自己入北后希望归隐的心愿。清《采菽堂古诗选》云:"借报章而言志,淋漓沉痛,语不暇择。鹿死哀音也。呜呼!"

【注释】

①永丰殿下：即萧撝。撝，字智遐，南兰陵人。梁武帝弟安成王秀之子。在梁，封永丰县侯。侯景之乱中，为益州刺史，降西魏。后入北周。建德二年卒。《周书》卷四二、《北史》卷二九有传。

②"立德"句：谓立德之事古今是一样的。○"资仁"句：指行仁义，不计较毁誉。资仁，《礼记·表记》："率法而强之，资仁者也。"

③"无机"句：谓无机心。《庄子·天地》载：子贡南游于楚，反于晋，过汉阴，见一丈人方抱瓮而汲井水灌园，用力甚多而见功寡。子贡说："有械于此，一日浸百畦，用力甚寡而见功多，夫子不欲乎？"丈人笑说："吾闻之吾师，有机械者必有机事，有机事者必有机心。机心存于胸中，则纯白不备；纯白不备，则神生不定；神生不定者，道之所不载也。吾非不知，羞而不为也。"○"有道"句：《太平御览》卷五二〇引鱼豢《魏略》曰："常林字伯槐，河内人也。少好学，为诸生，带经锄。"

④"处下"句：谓如柳下惠般善于处于下位。汉刘向《列女传》载：柳下惠死，门下将诔之，其妻诔曰："夫子之信，诚与人无害兮。呜呼哀哉，魂神泄兮。夫子之谥，宜为惠兮。"门人从之。○"能言"句：清倪璠注："'能言本姓蘧'者，按下文'宠辱''惨舒'二语，疑指蘧伯玉也。《左传·襄公十四年》：'孙氏欲逐献公，见蘧伯玉，对曰："君制其国，臣敢奸之？虽奸之，庸知愈乎？"遂行。从近关出。'二十六年：'宁喜欲纳公，告蘧伯玉。伯玉曰："瑗不得闻君之出，敢闻其入。"遂行，从近关出。'疑此二语能言者也。言如柳下惠、蘧伯玉者，可以无惊宠辱，不系惨舒者也。"

⑤惊宠辱：《老子》："宠辱若惊，贵大患若身。何谓宠辱若惊？宠为下，得之若惊，失之若惊，是谓宠辱若惊。"○惨舒：指忧乐、宠辱等。汉张衡《西京赋》："夫人在阳时则舒，在阴时则惨，此牵乎天者也。"○清倪璠注："此章深慕避世之人身无荣辱，不可及也。"

【汇评】

《采菽堂古诗选》：三、四校少陵"不贪"二句，此为高。"能言"句以旧奉使故。

2. 王子从边服,临邛惜第如。①星桥拥冠盖,锦水照簪裾。②论文报潘岳,咏史答应璩。③帐幕参三顾,风流盛七舆。④
(张本、吴本、倪本。)

【注释】

①"王子"句:清倪璠注:"言扐在蜀也。"王子,指萧扐。边服,指边地。服,古代指王畿以外的地方。○"临邛"句:《史记·司马相如传》:"文君久之不乐,谓长卿曰:'弟俱如临邛,比昆弟假贷,犹足以为生,何至自苦如此!'"唐司马贞《索隐》:"弟,且也。如,往也。"临邛,郡名,治所在今四川省邛崃市。

②"星桥"二句:清倪璠注:"星桥、锦水,皆蜀地也。"簪裾,古代显贵者的服饰。

③潘岳:字安仁,荥阳中牟人。西晋文学家。《晋书》卷五五有传。○应璩:字休琏,汝南人。三国时曹魏文学家。《三国志》卷二一有传。

④"帐幕"句:即汉末刘备三顾茅庐请诸葛亮事。诸葛亮上后主刘禅表有云:"先帝不以臣卑鄙,猥自枉屈,三顾臣于草庐之中,谘臣以当世之事。"○七舆:即七舆大夫,春秋时主管诸侯副车的七大夫。○清倪璠注:"此章言扐从武陵王纪在蜀,领益州刺史,声名之盛也。"

3. 茫茫实宇宙,与善定冯虚。①大夫伤鲁道,君子念殷墟。②程卿既开国,安平遂徙居。③讵能从小隐,终然游太初。④
(张本、吴本、倪本。)

【注释】

①"茫茫"二句:清倪璠注:"言宇宙茫茫,天与善人之说为虚也。"与善,帮助善人。《老子》:"天道无亲,常与善人。"冯虚,凭空。冯,"凭"的古字。

②"大夫"二句:清倪璠注:"《史记》太史公曰:'余闻孔子称曰:"甚矣鲁

道之衰也!"观庆父及叔牙、闵公之际,何其乱也。'按:孔子尝为鲁司寇,故云大夫。《尚书大传》曰:'微子将朝周,过殷之故墟见麦秀之渐渐,此父母之国,志动心悲也。''大夫伤鲁道'者,喻湘东、武陵兄弟构衅,乱如叔牙、闵公之际也。'君子念殷墟'者,喻扔在蜀而蜀亡也。《周书》本传曰:'成都为尉迟迥所破,扔遂请降,许之。'"

③"程卿"二句:清倪璠注:"'程乡既开国'者,喻扔归魏仕周,封蔡阳郡公,是开国也。'安平遂徙居'者,喻扔从蜀徙魏,武陵灭而永丰封,若春秋时纪亡而季存也。"程卿,《史记·太史公自序》载:重黎氏在周,"程伯休甫其后也"。程伯休甫,即字休甫,封为程国伯。卿,倪本作"乡"。开国,指建立诸侯国。安平,本纪国酅邑,春秋时为齐国所并,改名安平。故址在今山东省淄博市东。《左传·庄公三年》载:"秋,纪季以酅入于齐,纪于是乎始判。"杜预注:"季,纪侯弟。酅,纪邑,在齐国东安平县。齐欲灭纪,故季以邑入齐为附庸,先祀不废,社稷有奉,故书字贵之。"

④"讵能"二句:清倪璠注:"言不能小隐于陵薮,在此朝市,终当遂其初志也。"小隐,指隐居山林。晋王康琚《反招隐》诗:"小隐隐陵薮,大隐隐朝市。"太初,天地未分之前的混沌元气。此指宇宙。○清倪璠注:"此章言蜀亡,扔归于魏也。"

【汇评】

《采菽堂古诗选》:触笔感臻。

4. 直城风日美,平陵云雾除。①来往金张馆,弦歌许史间。②凤台迎弄玉,河阳送婕妤。③五马遥相问,双童来夹车。④(张本、吴本、倪本。)

【注释】

①直城:汉京都城门名。《三辅黄图·都城十二门》:"长安城西,出第二门曰直城门。"○平陵:平陵,西汉昭帝刘弗陵墓。在今陕西省咸阳市

东北。

②金张：汉时金日䃅、张安世二人的并称。二氏子孙相继，七世荣显。此为显宦的代称。○许史：汉宣帝时外戚许伯和史高的并称。许伯，宣帝皇后父。史高，宣帝外家。此借指权门贵戚。

③"凤台"句：《列仙传》载：秦穆公时人萧史善吹箫，穆公女弄玉好之。公以妻焉。遂教弄玉作凤鸣。居数年，吹似凤声，凤凰来止其屋。为作凤台。○"河阳"句：清倪璠注："《列女传》曰：'赵飞燕姊娣者，成阳侯赵临之女，孝成皇帝之宠姬。成帝尝微行出，过河阳主，乐作，上见飞燕而悦之。召入宫，大幸。有女弟，复召入，俱为婕妤。'河阳，《汉书》作'阳阿'。"今按：《汉书·五行志》《汉书·外戚传》俱作"阳阿"。然庾信《伤王司徒褒》有云："河阳脂粉妍。"徐陵《玉台新咏序》亦云："少长河阳，由来能舞。"盖庾信、徐陵从《列女传》作"河阳"。

④五马：汉时太守乘坐的车用五匹马驾辕，故借指太守的车驾。○"双童"句：古乐府《相逢狭路间》："相逢狭路间，道隘不容车。如何两少年，挟毂问君家。"○清倪璠注："此章言其归魏仕周之事也。"

【汇评】

《采菽堂古诗选》：颂语，辄似未竟。

5. 托情忻六学，游目爱三余。①覆局能悬记，看碑解暗疏。②讵尝游魏冉，那时说范雎。③池水朝含墨，流萤夜聚书。④
（张本、吴本、倪本。）

【注释】

①忻：吴本作"欣"。今按：忻、欣通。○六学：指六艺或六经。○三余：指空闲时间。《三国志·王肃传》裴松之注引三国魏鱼豢《魏略》：董遇以为读书当以三余，即"冬者岁之余，夜者日之余，阴雨者时之余也"。

②"覆局"二句：谓萧㧑记忆力好，理解力强。《三国志·王粲传》："初，

粲与人共行,读道边碑,人问曰:'卿能暗诵乎?'曰:'能。'因使背而诵之,不失一字。观人围棋,局坏,粲为覆之。棋者不信,以帊盖局,使更以他局为之。用相比校,不误一道。其强记默识如此。"

③"诅尝"二句:谓萧扐口才好。《史记·穰侯传》:"穰侯魏冉者,秦昭王母宣太后弟也。……昭王三十六年,相国穰侯言客卿灶,欲伐齐取刚、寿,以广其陶邑。于是魏人范雎自谓张禄先生,讥穰侯之伐齐,乃越三晋以攻齐也,以此时奸说秦昭王。昭王于是用范雎。范雎言宣太后专制,穰侯擅权于诸侯,泾阳君、高陵君之属太侈,富于王室。于是秦昭王悟,乃免相国,令泾阳之属皆出关,就封邑。穰侯出关,辎车千乘有余。"又,《史记·范雎蔡泽列传》:"范雎者,魏人也,字叔。游说诸侯。"入秦,封应侯。后蔡泽西入秦,说范雎,范雎遂向秦昭王推荐蔡泽,"范雎免相,昭王新说蔡泽计画,遂拜为秦相,东收周室"。那,吴本作"郍"。今按:郍,同"那"。

④"池水"二句:谓萧扐善书法,勤读书。《北史·萧扐传》:"扐善草隶,书名亚王褒,算数医方,咸亦留意。所著诗赋杂文数万言,颇行于世。""池水"句,《艺文类聚》卷九引王羲之书曰:"张芝临池学书,池水尽黑。""流萤"句,《艺文类聚》卷九七引《续晋阳秋》曰:"车胤字武子,学而不倦,家贫,不常得油,夏日用练囊,盛数十萤火,以夜继日焉。"○清倪璠注:"此章言扐以文学见重于周也。"

6. 兴云榆荚晚,烧薙杏花初。①滮池侵黍稷,谷水播菑畲。②六月蝉鸣稻,千金龙骨渠。③含风摇古度,防露动林於。④
(张本、吴本、倪本。)

【注释】

①烧薙(tì):薙除田中杂草,待草干枯后,焚烧以为肥料的耕作法。○杏花初:二月杏始花。

②滮(biāo)池:古水名。在今陕西省西安市西。○侵:吴本小注:"疑

211

作'浸'。"○谷水:指山谷间的流水。○葘(zī)畬(yú):指田地。

③蝉鸣稻:《齐民要术·水稻》引晋郭义恭《广志》曰:"南方有蝉鸣稻,七月熟。"○龙骨渠:《史记·河渠志》:"穿渠得龙骨,故名曰龙首渠。"

④古度:即无花果。晋左思《吴都赋》:"木则枫柙橡樟……松梓古度。"○防露:《离骚·七谏》:"便娟之修竹,寄生于江潭,上葳蕤而防露,下泠泠而来风。"○林於:竹名。《太平御览》卷九六三引《竹谱》曰:"林於竹,叶薄而广。"

【汇评】

《古诗评选》:此不但为杜所仿,亦松陵唱和之祖也。浥其余润,遂为江西宗派。六代人亦何所不有?唐、宋以新创自雄者,皆寄他篱下。"蝉鸣""龙骨""古度""林於",清新在此,纵横在此。然与他洗却脂粉,不过风摇树、露动竹而矣,俗汉定不为之喝采矣。庚句有"生民忽已鱼,君子徒为鹤""木皮三寸厚,泾泥五斗浊""燕燥还为石,龙残更是泥""汉猎熊攀槛,秦田雉失群""学异南宫敬,贫同北郭骚""香炉犹是柏,尘尾更成松""处下惟名惠,能言本姓薳""覆局能悬记,看碑解暗疏""交让未全死,梧桐惟半生""络纬无机织,流萤带火寒""蒲低犹抱节,竹短未空心""枫子留为式,桐孙待作琴""梅林能止渴,复姓可防兵""夏簧三舌响,春钟九乳鸣""成丹须竹节,刻髓用芦刀""美酒能参圣,雕文本入微""被垅文瓜熟,交塍香稻低""门嫌磁石碍,马畏铁菱伤""赤蛇悬弩影,流星抱剑文""佛影胡人记,经文汉语翻""建始移交让,徽音种合昏""竹泪垂秋笋,莲衣落夏蕖""燕送归菱井,蜂衔上蜜房""自怜循短绠,方欲问长沮",以上诸联,皆今日诗家所惊,以为不可及而欲及之者。静言思之,是何行货!古人用巧用密,正不在此。虽然,未许竟陵一派掉"之乎者也"汉,议他短长在。

《采菽堂古诗选》:末二句使典,故稍僻。公大家,自不妨。

7. 自怜循短绠,方欲问长沮。①茂陵体犹瘠,淮阳疾未祛。②翻疑承毒水,忽似遇昌歜。③汉阳嗟欲尽,笞鬵惧忽诸。④

(张本、吴本、倪本。)

【注释】

①"自怜"二句:清倪璠注:"此下皆子山自谓也。"短绠,《淮南子·说林》:"短绠不可以汲深,器小不可以盛大,非其任也。"长沮,传说中春秋时楚国的隐士。《论语·微子》:"长沮、桀溺耦而耕。"

②"茂陵"句:《史记·司马相如传》:"相如既病免,家居茂陵。"茂陵,汉武帝刘彻的陵墓,在今陕西省兴平市东北。○"淮阳"句:《史记·汲黯传》:"黯多病,病且满三月,上常赐告者数,终不愈。最后病,庄助为请告。"后召拜黯为淮阳太守。淮阳,汉郡国之一,都陈县(即今河南省淮阳县)。

③毒水:有毒之水。《左传·襄公十四年》:晋伐秦,"秦人毒泾上流,师人多死"。○昌歜(zū):亦作"昌菹"、"昌歜",腌制的菖蒲根。《左传·僖公三十年》:"冬,王使周公阅来聘,飨有昌歜。"此指高级待遇。

④"汉阳"二句:春秋时楚国崛起,"汉阳诸姬,楚实尽之"。(《左传·僖公二十八年》)又,臧文仲听说楚灭六国与蓼国后,叹曰:"皋陶、庭坚不祀忽诸。德之不建,民之无援,哀哉!"(《左传·文公五年》)汉阳,汉水以北。忽诸,忽然断绝。此指突然而亡。○清倪璠注:"此章言己本小材,素有隐志,况复多病。'疑承毒水'者,有若江陵陷后,随例入关。'似遇昌菹'者,本以聘问来秦,备物宜飨,今久留长安。伤梁之宗室荡然欲尽,而梁国亦忽然而亡者也。"

【汇评】

《采菽堂古诗选》:真如此,沉痛言之。

8. 弱龄参顾问,畴昔滥吹嘘。①绿槐垂学市,长杨映直庐。②连盟翻灭郑,仁义反亡徐。③还思建邺水,终忆武昌鱼。④(张本、吴本、倪本。)

【注释】

①"弱龄"二句:清倪璠注:"言己少年在东宫时,得备顾问,滥竽粟食也。"弱龄,弱冠之年,青少年时期。滥吹嘘,谓滥竽充数。《韩非子·内储说上》:"齐宣王使人吹竽,必三百人。南郭处士请为王吹竽,宣王说之,廪食以数百人。宣王死,愍王立,好一一听之,处士逃。"

②"绿槐"句:《艺文类聚》卷三八引《三辅黄图》曰:汉时,长安城七里为常满仓,"仓之北,为槐市,列槐树数百行为隧,无墙屋,诸生塑望会此市,各持其郡所出货物,及经传书记,笙磬乐器,相与买卖,雍雍揖让,议论槐下。"○长杨:即长杨宫。故址在今陕西省周至县东南。○直庐:侍臣值宿之处。

③"连盟"句:清倪璠注:"言负黍之地来归,是连盟也。负黍反,郑卒以灭。喻侯景以十三州内属,梁卒以之亡也。"战国时郑康公即位之初,刚从韩国夺回的负黍又叛郑归韩。十一年(前385),韩伐郑,取阳城。二十一年(前375),韩哀侯灭郑。事详《史记·郑世家》。○"仁义"句:清倪璠注:"徐偃行仁而徐亡,以喻梁武佞佛而梁亡也。"《韩非子·五蠹》:"徐偃王处汉东,地方五百里,行仁义,割地而朝者三十有六国,荆文王恐其害己也,举兵伐徐,遂灭之。"

④"还思"二句:清倪璠注:"今子山羁旅长安,建邺、武昌,旧都旧国,皆可思也。"公元265年,吴主孙皓从建邺(即今江苏省南京市)迁都武昌(今湖北省鄂州市),百姓怨毒。有童谣曰:"宁饮建业水,不食武昌鱼。宁还建业死,不止武昌居。"见《宋书·五行志》。又按:子山曾为郢州别驾,与湘东王论水战事,深为梁主所赏。从建邺至江陵,途之所经,故武昌为可忆矣。○清倪璠注:"此章追述平生,时抄撰东宫,出入禁闼。及侯景内附,有如负黍之侵。梁武行仁,终蹈偃王之辙。而己身遭离乱,心念乡关。建邺旧宫,似渴江流之水;武昌鱼味,不啻秋风之鲈矣。"

【汇评】

《采菽堂古诗选》:有如此典切。悲痛语,千古人不解称颂,何也?杜少陵佳诗有几,便复脍炙百世。

9. 崩堤压故柳,衰社卧寒樗。①野鹤能自猎,江鸥解独渔。汉阴逢荷篠,缁林见杖拏。②阮籍长思酒,嵇康懒著书。③(张本、吴本、倪本。)

【注释】

①樗(chū):木名。即臭椿。

②"汉阴"句:《庄子·天地》载:子贡南游于楚,反于晋,过汉阴,见一丈人方将为圃畦,凿隧而入井,抱瓮而出灌,用力甚多而见功寡。子贡曰:"有械于此,一日浸百畦,用力甚寡而见功多,夫子不欲乎?"为圃者忿然作色而笑曰:"吾闻之吾师,有机械者必有机事,有机事者必有机心。机心存于胸中,则纯白不备;纯白不备,则神生不定;神生不定者,道之所不载也。吾非不知,羞而不为也。"《论语·微子》载:"子路从而后,遇丈人,以杖荷篠。……止子路宿,杀鸡为黍而食之,见其二子焉。明日,子路行以告。子曰:'隐者也。'使子路反见之。至则行矣。"今按:庾信是将此二典故合用。荷(hè),肩负,扛。篠(diào),同"蓧",古代耘田用的竹器。○"缁林"句:《庄子·渔父》载:孔子游乎缁帷之林,休坐乎杏坛之上,弦歌鼓琴。有渔父者来听,曲终而招子贡、子路二人,并说:"仁则仁矣,恐不免其身;苦心劳形以危其真。呜呼,远哉其分于道也!"子贡还,报孔子,孔子推琴而起曰:"其圣人与!"乃下求之,至于泽畔,方将杖拏而引其船,顾见孔子,还向而立。缁林,缁帷之林,树木繁茂之处。拏,通"桡",船桨。

③阮籍:字嗣宗。三国时魏人。竹林七贤之一,性好酒。《晋书》卷四九有传。○嵇康:字叔夜,三国曹魏时人。竹林七贤之一,善谈理,又能属文。《晋书》卷四九有传。

【汇评】

《古诗评选》:觅隐涩之构、苍莽之章,杜陵入蜀以后,全师此等。但用之为近体,容可耳。

《采菽堂古诗选》:名句如屑。

10. 披林求木实,拂雪就园蔬。浊醪非鹤髓,兰肴异蟹蛆。①野情风月旷,山心人事疏。徒知守瓴甓,空欲报璠玙。②（张本、吴本、倪本。）

【注释】

①浊醪(láo):浊酒。醪,倪本作"胶"。○鹤髓:鹤的髓液。喻珍稀之物。○兰肴:以兰香调味的菜肴。○蟹蛆:蛆,吴本、倪本作"胥"。张本小注:"一作'胥'。"蟹胥,即蟹酱。代指美味。

②"徒知"二句:清倪璠注:"瓴甓,喻己才如瓦砾也。璠玙,喻永丰侯才如美玉也。意指发于萧㧑,子山和之。故云报矣。"瓴(líng)甓(pì),砖块。璠(fán)玙(yú),《文选》卷二九张景阳《杂诗》有云:"瓴甒夸玙璠,鱼目笑明月。"五臣铣注:"瓴甒,瓦也。玙璠,良玉也。"李善注引《尔雅》曰:"瓴甒谓之甓。"○清倪璠注:"以上二章,言志意所欲,惟是弃绝人间,超踰世网,追踪嵇、阮,寄情风月,富贵名利,非所愿也。"

【汇评】

《采菽堂古诗选》:语语真情。

率尔成咏①

昔日谢安石,求为淮海人。②仿佛新亭岸,犹言洛水滨。③南冠今别楚,荆玉遂游秦。④倘使如杨仆,宁为关外人。⑤（张本、吴本、倪本。）

【题解】

诗写于出仕北方之后,故云"南冠今别楚,荆玉遂游秦"。诗人始终有乡关之思,然已屈节,即使南返,亦是耻辱,故心情颇为矛盾。

【注释】

①率尔成咏:清倪璠注:"亦咏怀之作也。"率尔,不加思索、随意貌。《论语·先进》:"子路率尔而对。"

②"昔日"句:谓谢安早年有隐居之志。安字安石。年四十余,始出仕。历任高官。卒赠太傅,封庐陵郡公,谥曰文靖。《晋书》卷七九有传。本传载:"寓居会稽,与王羲之及高阳许询、桑门支遁游处,出则渔弋山水,入则言咏属文,无处世意。"淮海,犹江海,引申为退隐。

③"仿佛"二句:谓庾信已在洛阳,如同谢安在新亭,被迫出仕。《晋书·谢安传》:"安始有仕进志,时年已四十余矣。征西大将军桓温请为司马,将发新亭,朝士咸送,中丞高崧戏之曰:'卿累违朝旨,高卧东山,诸人每相与言,安石不肯出,将如苍生何!苍生今亦将如卿何!'安甚有愧色。"新亭,亭名。故址在今江苏省江宁区南长江边。

④"南冠"二句:谓庾信已离梁,出仕北方。南冠,春秋时楚人之冠。《左传·成公九年》:"晋侯观于军府,见钟仪,问之曰:'南冠而絷者,谁也?'有司对曰:'郑人所献楚囚也。'"此代指南方人。荆玉,荆山之玉。即和氏璧。战国时秦王曾欲以十五城易赵和氏璧。事见《史记》卷八一《廉颇蔺相如列传》。

⑤"倘使"二句:清倪璠注:"己今日西魏之使,遂致屈节,比之杨仆,翻以入关为耻也。"杨仆,西汉酷吏、将领。《史记》卷一二二、《汉书》卷九〇有传。《汉书·武帝纪》颜师古注引应劭曰:"时楼船将军杨仆数有大功,耻为关外民,上书乞徙东关,以家财给其用度。"

【汇评】

《采菽堂古诗选》:所不能为者,楼船将军。○低徊蕴藉,以抒所感,谓少陵能胜此否。

慨然成咏①

新春光景丽,游子离别情。②交让未全死,梧桐唯半生。③

值热花无气,逢风水不平。④宝鸡虽有祀,何时能更鸣。⑤(张本、吴本、倪本。)

【题解】

此亦是出仕北方之后的感慨身世之作。诗人仕北,自觉半死半生,故春光愈丽,思乡愈切。

【注释】

①慨然成咏:清倪璠注:"亦咏怀之作也。"慨然,感慨貌。

②"新春"二句:清倪璠注:"言己羁旅长安,虽春光甚丽,惟有别离之情也。"

③"交让"二句:清倪璠注:"喻己非死非生,若枯树也。"交让,木名,即交让木。传两树对生,一树枯则一树生,如是岁更,终不俱生俱枯也。梧桐,木名。汉枚乘《七发》:"龙门之桐,高百尺而无枝。……其根半死半生。"

④"值热"二句:清倪璠注:"喻己如花之无香,又如水之不静也。"

⑤"宝鸡"二句:清倪璠注:"喻己今食周粟,如宝鸡为秦所获,虽有祭祀,不能更鸣。言何时复能得志也。"《太平广记》卷四六一引晋张华《列异传·陈仓宝鸡》:秦穆公时,陈仓人掘地得媪述,欲以献公。路遇二童,化为雉,飞入于林。"陈仓人告穆公,发徒大猎,果得其雌,又化为石,置之沂渭之间。至文公立祠,名陈宝。"事亦见《史记·秦本纪》张守节《正义》引《晋太康地志》、《搜神记》。

【汇评】

《采菽堂古诗选》:结句不知其意何属,但信具有深感。

奉和赐曹美人①

月光如粉白,秋露似珠圆。络纬无机织,流萤带火寒。②

何年迎弄玉,今朝得梦兰。③讶许能含笑,芙蓉宜熟看。④(张本、吴本、倪本。)

【题解】

此是奉和写给曹姓嫔妃的诗歌,为宫体之作。

【注释】

①美人:妃嫔的称号。

②络纬:虫名。即莎鸡,俗称络丝娘、纺织娘。夏秋夜间振羽作声,声如纺线。

③弄玉:传为秦穆公女。《列仙传》载:秦穆公时人萧史善吹箫,弄玉好之,公以妻焉,后夫妻随凤飞去。○梦兰:《左传·宣公三年》载:郑文公贱妾曰燕姞,梦天使与己兰。后文公亦与之兰而让其侍寝。遂生穆公,名之曰兰。后因称妇人怀孕为"梦兰"。

④芙蓉:谓脸颊。《西京杂记》:"文君姣好,眉色如望远山,脸际常若芙蓉。"

【汇评】

明谢榛《四溟诗话》卷四:诗中"火"言"寒"者罕见。庾子山诗:"络纬无机织,流萤带火寒。"下句甚奇,惜其对不称尔。

《古诗镜》卷二八:"络纬无机织,流萤带火寒",下句殊有神韵。

《采菽堂古诗选》:谢茂秦言古人诗有用寒火者,以为新警。今观此句,后人无如其自然者。

看 伎①

绿珠歌扇薄,飞燕舞袖长。②琴曲随流水,箫声逐凤皇。③细莒缠钟板,圆花钉鼓床。④悬知曲不误,无事顾周郎。⑤(《艺文类聚》卷四二、《初学记》卷一五、《文苑英华》卷二一三、张本、吴本、倪本。)

【题解】

看伎，即看歌姬的音乐歌舞表演。

【注释】

①看伎：《初学记》《文苑英华》、张本、吴本、倪本题作"和赵王看伎"。

②绿珠：东晋石崇妓。美而艳，善吹笛。见《晋书》卷三三《石崇传》。〇飞燕：指汉成帝赵皇后。《汉书》卷九七《外戚传·孝成赵皇后》："孝成赵皇后，本长安宫人……学歌舞，号曰飞燕。"〇袖：《初学记》《文苑英华》、张本、吴本、倪本作"衫"。

③"琴曲"句：此暗用伯牙、钟子期高山流水遇知音典故。〇"箫声"句：《风俗通》："舜作箫，其形参差，以象凤翼。"皇，《文苑英华》、张本、吴本、倪本作"凰"。今按：皇，同"凰"。

④"细茝（chǎi）"二句：茝，香草名。即白芷。《初学记》《文苑英华》、张本、吴本、倪本作"缕"。板，《初学记》《文苑英华》、张本、吴本、倪本作"格"。倪本"板"下小注："一作'细茝缠钟板'。"张本、吴本、倪本"床"下小注："一作'膺风蝉鬓乱，映日凤钗光'。"清倪璠注："格音阁，悬钟之木也。言密缉其绳，缩钟于木，令枝格不得下也。一作'缠钟板'者，义同。……圆花，鼓钉也。鼓钉圆，刻作花文，钉其上，故云。'圆花钉鼓床'大大大，言作妓用钟鼓也。"

⑤"悬知"二句：《三国志·周瑜传》："瑜少精意于音乐，虽三爵之后，其有阙误，瑜必知之，知之必顾，故时人谣曰：'曲有误，周郎顾。'"顾，《文苑英华》、张本、吴本、倪本作"畏"。张本小注："一作'顾'。"

【汇评】

宋吴曾《能改斋漫录》卷八"咏妇人多以歌舞为称"条：古今诗人咏妇人者多以歌舞为称。梁元帝《妓应令诗》云："歌声随涧响，舞影向池生。"刘孝绰《看妓诗》云："燕姬能妙舞，郑女爱清歌。"北齐萧放《冬夜对妓诗》云："歌还团扇后，舞出妓行前。"洪执恭《观妓诗》云："合舞俱回雪，分歌共落尘。"

陈阴铿《侯司空宅咏妓诗》云："莺啼歌扇后，花落舞衫前。"陈刘删亦云："山边歌落日，池上舞前溪。"庾信《和赵王看妓诗》云："绿珠歌扇薄，飞燕舞衫长。"江总《看妓诗》云："并歌时转黛，息舞暂分香。"隋卢思道《夜闻邻妓诗》云："怨歌声易断，妙舞态难逢。"陈李元操《春园听妓诗》云："红树摇歌扇，绿珠飘舞衣。"释法宣《观妓诗》云："早时歌扇薄，今日舞衫长。"刘希夷《春日闺人诗》云："池月怜歌扇，山云爱舞衣。"以歌对舞者七，以歌扇对舞衣者亦七。虽相沿以起，然详味之，自有工拙也。杜子美取以为艳曲，云"江清歌扇底，野旷舞衣前"。

明周婴《卮林》卷四：梁陈习尚妖淫，词篇多以取俪。阴铿《咏妓诗》曰："莺啼歌扇后，花落舞衫前。"徐陵《杂曲》："舞衫回袖胜春风，歌扇当膼似秋月。"庾信《看妓诗》："绿珠歌扇薄，飞燕舞衫长。"张正见《情诗》："舞衫飘冶袖，歌扇掩团纱。"纪少瑜《拟吴均体》云："却匣擎歌扇，开箱择舞衣。"隋炀帝《宴东堂》曰："清音出歌扇，浮香扬舞衣。"李孝贞《春园听妓》曰："红树摇歌扇，绿珠飘舞衣。"卢思道《后园宴》曰："媚眼临歌扇，娇香出舞衣。"盖六代绪风，唐人皆效之。然韩愈陈言务去，而《春雪诗》"已讶陵歌扇，还来伴舞腰"。玄宗发言如丝，《兴庆宫》诗"舞衣云曳影，歌扇月开轮"，亦不脱脂粉之习。佳丽之移人久矣。宋秦国公主薨，神宗赐挽词曰："帐深闲翡翠，佩冷失珠玑。明月留歌扇，残霞散舞衣。"胡元瑞《诗薮》谓有唐味，未知其拾六朝余渖也。

《采菽堂古诗选》：三、四亮，五、六新，结句摇曳。

奉答赐酒

仙童下赤城，仙酒饷王平。[①]野人相就饮，山鸟一群惊。细雪翻沙下。寒风战鼓鸣。此时逢一醉，应枯反更荣。（张本、吴本、倪本。）

【题解】

诗以仙人王远下蔡经家馈赠酒喻皇帝赐酒,结句"此时逢一醉,应枯反更荣",写得酒的欢快和对恩赐的感激之情。

【注释】

①赤城:传说中的仙境。○"仙酒"句:《神仙传》:"汉孝桓帝时,神仙王远,字方平,与麻姑降于蔡经家饮酒。'良久酒尽,方平语左右曰:"不足远取也,以千钱与余杭姥相闻,求其沽酒。"须臾信还,得一油囊酒,五斗许'。"

【汇评】

《采菽堂古诗选》:三、四写赐酒,真出不意。后半言何地何时何心觅酒,语拙意远。

奉答赐酒鹅

云光偏乱眼,风声特噤心。^①冷猿披雪啸,寒鱼抱冻沈。今朝一壶酒,实是胜千金。负恩无以谢,惟知就竹林。^②(张本、吴本、倪本。)

【题解】

庾信后期诗歌常写隐士形象以自拟。此诗写寒冷的冬天受赐鹅酒,作者一方面觉得胜于千金,情谊深厚,另一方面又不愿意放下隐士身份,故以竹林七贤饮酒避世为由,表示志不可易。此是庾信晚年诗歌中常表现的矛盾心情。

【注释】

①噤(jìn):因寒冷而打战。

②竹林:喻隐居之所。魏晋时阮籍、嵇康、山涛、向秀、籍兄子咸、王戎、刘伶相与友善,常宴集于竹林之下,时人号为"竹林七贤"。见《三国志·嵇

康传》裴松之注引晋孙盛《魏氏春秋》。

【汇评】

《采菽堂古诗选》：以上篇五、六二句演出直序,足知在北之苦。报恩乃在竹林,徐元直终不出一谋矣！○每惠酒,便作异常感,刻语在外,苦况可见。

正旦蒙赵王赉酒①

正旦辟恶酒,新年长命杯。柏叶随铭至,椒花逐颂来。②流星向椀落,浮蚁对春开。③成都已救火,蜀使何时回。④（《艺文类聚》卷七二、张本、吴本、倪本。）

【题解】

此诗是为感谢赵王宇文招正月初一赠送酒而作,结句似隐含思乡之意。

【注释】

①正旦：正月初一。○赵王：即北周宇文护。○赉(lài)：赏赐,赐予。

②"正旦"四句：旧俗,正月一日饮椒实、柏叶所浸酒,谓饮之可辟恶气、消疾疫,故名辟恶酒,亦称椒酒、柏酒。汉崔寔《四民月令·正月》"各上椒酒于其家长"原注："正日进椒柏酒。椒是'玉衡'星精,服之令人能老。柏亦是仙药。进酒次弟,当从小起——以年少者为先。"南朝梁宗懔《荆楚岁时记》："正月一日……长幼悉正衣冠,以次拜贺,进椒柏酒,饮桃汤。"

③"流星"二句：《文选》卷三五张景阳《七命》："乃有荆南乌程,豫北竹叶。浮蚁星沸,飞华萍接。"张铣注："星沸,言多乱也。"椀,"碗"的古字。浮蚁,酒面上的浮沫。此"流星""浮蚁"均指酒。

④"成都"二句：《神仙传》载：栾巴,蜀郡人。正朝大会,巴独后到。又不饮而南噀,有司奏巴大不敬,有诏问巴,巴顿首谢曰："臣适来,本县成都市上失火,臣故噀酒为雨以灭火,非敢不敬。"即驿书问成都,成都答言："正

旦失火,食时有大雨从东北来,火乃息,雨皆作酒臭。"

【汇评】

《能改斋漫录》卷六"浮蚁":周庾信《谢赐酒》诗云:"浮蚁对春开。"盖用曹子建《七启》"盛以翠尊,酌以雕觞,浮蚁鼎沸,酷烈馨香"。

《采菽堂古诗选》:五、六名句,结意不浅。

卫王赠桑落酒奉答①

愁人坐狭邪,喜得送流霞。②跂窗催酒熟,停杯待菊花。③霜风乱飘叶,寒水细澄沙。高阳今日晚,应有接䍦斜。④(张本、吴本、倪本。)

【题解】

此诗为感谢卫王宇文直赠送桑落酒而作。诗以"愁"起句,以如西晋山简醉归作结,突出得酒后的欢快。

【注释】

①卫王:卫剌王直,字豆罗突,北周文帝之子。武成初,出镇蒲州,拜大将军,进卫国公。建德三年,晋爵为王。后因谋反被杀。《周书》卷一三、《北史》卷五八有传。○桑落酒:北魏郦道元《水经注·河水四》:"〔河东郡〕民有姓刘名堕者,宿擅工酿,采挹河流,酿成芳酎,悬食同枯枝之年,排于桑落之辰,故酒得其名矣。"

②"愁人"二句:清倪璠注:"愁人,自谓也。狭邪,谓长安之地也。言己本流寓,愁坐长安狭邪之处,喜卫王送酒而至也。"狭邪,小街曲巷。《古乐府》:"长安有狭斜,狭斜不容车。"邪,吴本作"斜"。○流霞:汉王充《论衡·道虚》:"〔项曼都〕曰:'有仙人数人,将我上天,离月数里而止……口饥欲食,仙人辄饮我以流霞一杯,每饮一杯,数月不饥。'"此指美酒。

③"跂窗"二句:清倪璠注:"言得此酒,煮之,更待酌也。"跂(qǐ),靠着。

菊花,酒名。

④"高阳"二句:《世说新语·任诞》载:西晋山简为荆州刺史,时出酣饮。人为之歌曰:"山公时一醉,径造高阳池。日莫倒载归,酩酊无所知。复能乘骏马,倒着白接䍦。举手问葛强,何如并州儿?"高阳池在襄阳。强是其爱将,并州人也。高阳,即高阳池。池名,在今湖北省襄阳市,本是汉侍中习郁于襄阳岘山养鱼之所,山简镇襄阳,名之曰高阳池,取郦食其高阳酒徒之意。《史记·郦生传》载:郦生食其者,陈留高阳(在今河南杞县西南)人。沛公刘邦引兵过陈留,郦食其求见。使者辞说刘邦无暇见儒人。郦生瞋目案剑叱使者曰:"走!复入言沛公,吾高阳酒徒也,非儒人也。"接䍦,古代男子戴的一种帽子。

【汇评】

《采菽堂古诗选》:少陵何酷似也!小夫不知,谓少陵以公拟李,是不满之。悲夫!○三、四高致可画,结有者,不恒有也。

就蒲州使君乞酒①

萧瑟风声(掺)〔惨〕,苍茫雪貌愁。②鸟寒栖不定,池凝聚未流。蒲城桑叶落,灞岸菊花秋。③愿持河朔饮,分劝东陵侯。④(《艺文类聚》卷七二、张本、吴本、倪本。)

【题解】

此是向蒲州总管宇文训乞酒的诗歌,中有故国之思。

【注释】

①就蒲州使君乞酒:清倪璠注:"蒲州使君,中山公训,晋国公护世子也。《周书·武帝纪》:'天和元年二月,以开府、中山公训为蒲州总管。六年五月,为柱国。建德元年,护诛,征赴京师,见害。'此就乞酒,下篇有许乞

225

之事。"蒲州,北周明帝时改泰州置,治所在蒲坂县,即今山西省永济市蒲州镇。使君,对州郡长官的尊称。

②憯:《艺文类聚》作"掺",张本、吴本、倪本作"憯"。今按:作"憯"是,据改。

③桑叶落:暗指桑落酒。○灞岸:即灞河岸。灞河,位于今陕西省西安市东郊。○菊花秋:暗指菊花酒。

④"愿持"二句:清倪璠注:"按子山身留长安,江陵失守,随例入关者如王褒等,有数十人,愿乞此酒,分劝诸彼。自言本故梁亡国之臣,与诸南人羁士若东陵故侯矣。"河朔饮,谓酣饮。《初学记》卷三引三国魏曹丕《典论》曰:"大驾都许,使光禄大夫刘松北镇袁绍军,与绍子弟日共宴饮,常以三伏之际,昼夜酣饮,极醉,至于无知。云以避一时之暑,故河朔有避暑饮。"河朔,黄河以北。东陵侯,指汉邵平。《史记·萧相国世家》:"召平者,故秦东陵侯。秦破,为布衣,贫,种瓜于长安城东,瓜美,故世俗谓之'东陵瓜',从召平以为名也。"

【汇评】

《采菽堂古诗选》:乌寒为风,池凝为雪,分承细。自比东陵公,生平无一语不自寓不臣意。每公言于当路,其节可见。虽开府周,乌得而有之?

中山公许乞酒一车未送①

细柳望蒲台,长河始一回。②秋叶几回落,春蚁未曾开。③莹角非难驭,椎轮稍可摧。④只言千日饮,旧逐中山来。⑤(《艺文类聚》卷七二、张本、吴本、倪本。)

【题解】

中山公宇文训答应送酒而一直未送,诗以调侃的语气写道"莹角非难驭,椎轮稍可摧",希望对方早日送酒来。

【注释】

①中山公许乞酒一车未送：张本、吴本、倪本题作"蒲州刺史中山公许乞酒一车未送"。中山公，即上诗蒲州使君宇文训。乞，清倪璠注："上乞酒，'求乞'之'乞'。此乞酒，'乞'读曰'气'，与也。《后汉书·杨政传》：'诏曰：乞杨生师。'《晋书》：'谢安谓其甥羊昙曰："以墅乞汝。"'皆与也。与'求乞'之'乞'，字同而音义俱异矣。"

②"细柳"句：清倪璠注："细柳谓己在长安，蒲台谓中山公在蒲州也。言两处相望也。"细柳，地名。在今陕西省咸阳市西南渭河北岸，西汉周亚夫曾屯军于此。蒲台，疑指蒲州境内高台。

③"秋叶"二句：谓时间过了很久，酒许送未送。叶，张本、吴本、倪本作"桑"。回，张本、吴本、倪本作"过"。春蚁，指酒。蚁，即浮蚁，酒上浮沫。

④"莹角"二句：清倪璠注："莹角，谓驾车之牛也。槌轮，谓车也。以中山公许乞一车，故云。"莹角，谓牛角。此借指牛。椎(chuí)轮，原始的无辐车轮。此代指车。椎，张本、吴本、倪本作"搥"。摧，张本、吴本、倪本作"催"，疑是。

⑤"只言"二句：晋张华《博物志·杂说下》："昔刘玄石于中山酒家酤酒，酒家与千日酒，忘言其节度，归至家当醉，而家人不知，以为死也，权葬之。酒家计千日满，乃忆玄石前来酤酒，醉向醒耳。往视之，云玄石亡来三年，已葬。于是开棺，醉始醒。俗云：'玄石饮酒，一醉千日。'"

【汇评】

《采菽堂古诗选》：典雅生动之极。乞酒易作耳！切。一车何易得此？五、六妙甚，结并是哀。

答王司空饷酒①

今日小园中，桃花数树红。开君一壶酒，细酌对春风。未能扶毕卓，犹足舞王戎。②仙人一捧露，判不及杯中。③《艺文类聚》卷七二、张本、吴本、倪本。)

【题解】

诗写得到王司空所送酒的欢快心情,甚至认为连长生不老的仙露也不及美酒。

【注释】

①答王司空饷酒:倪本题下小注:"一作'答王褒饷酒'。"饷酒,送酒。今按:王司空即指王褒,其建德三年(574)由太子少保迁小司空。又,学界考证以为王褒卒于建德四年(575)。则此诗当作于建德三年。

②扶:疑作"浮"。○毕卓:字茂世,东晋新蔡铜阳人。历仕吏部郎、温峤平南长史。晋元帝太兴末年为吏部郎,好酒,因此废职。《晋书》卷四九有传。《世说新语·任诞》:"毕茂世云:'一手持蟹螯,一手持酒杯,拍浮酒池中,便足了一生。'"刘孝标注引《晋中兴书》曰:"太兴末,为吏部郎,尝饮酒废职。比舍郎酿酒熟,卓因醉,夜至其瓮间取饮之。主者谓是盗,执而缚之,知为吏部也,释之。卓遂引主人燕瓮侧,取醉而去。"○王戎:字濬冲,西晋琅玡临沂人。惠帝朝司徒,"竹林七贤"之一。《晋书》卷四三有传。《世说新语·任诞》载:王濛、谢尚同是王导掾属,王濛说:"谢尚能作异舞。"谢便起舞,神意甚暇。王导熟视,谓客曰:"使人想起王戎。"

③"仙人"句:《汉书·郊祀志上》:"〔汉武帝〕其后又作柏梁、铜柱、承露仙人掌之属矣。"颜师古注:"《三辅故事》云:建章宫承露盘高二十丈,大七围,以铜为之,上有仙人掌承露,和玉屑饮之。"○杯中:杯中物,指酒。

【汇评】

《能改斋漫录》卷七"酌酒":杜子美诗"把酒宜深酌",盖用庾信《王褒饷酒》诗云:"开君一壶酒,细酌对春风。"

《采菽堂古诗选》:金茎赐露,不望久矣。

舟中望月①

舟子夜离家,开船望月华。②山明疑有雪,岸白不关沙。③天汉看珠蚌,星桥视桂花。④灰飞重晕阙,荚落独轮斜。⑤(《初学记》卷一、《文苑英华》卷一五二、张本、吴本、倪本。)

【题解】
诗写舟子漂泊在外,通过月亮的圆缺变化,表达思乡之情。

【注释】
①舟中望月:《文苑英华》题作"舟中望月二首",包括下一首诗。
②船:《文苑英华》、张本、吴本、倪本作"舲"。今按:舲,小船。
③"山明"二句:清倪璠注:"言月之所照,则山如积雪,岸似银沙也。"
④天汉:天河。○珠蚌:《吕氏春秋·季秋纪·精通》:"月望则蚌蛤实,群阴盈;月晦则蚌蛤虚,群阴亏。"《史记·龟策列传》:"明月之珠出于江海,藏于蚌中,蚨龙伏之。"○视:倪本作"似"。○桂花:传月亮中有桂树。
⑤"灰飞"句:《初学记》卷一引《淮南子》:"昼随灰而月晕缺。"又引许慎注:"有军事相围守则月晕。以芦灰环,缺其一面,则月晕亦缺于上。"晕,月亮周围的光圈。○荚:蓂荚,古代传说中的一种瑞草。每月从初一至十五,日结一荚;从十六至月终,日落一荚。从荚数多少,可以知道是何日。晋葛洪《抱朴子·对俗》:"唐尧观蓂荚以知月。"

【汇评】
《古诗评选》:正尔不劳入情。
《采菽堂古诗选》:三、四神到之句,写月光气极活。少陵每钻仰于此。

望　月

夜光流未曙,金波影上赊。①照人非七子,含风异九华。②蕙新半璧上,桂蒲独轮斜。③乘舟聊可望,无假逐仙槎。④(《文苑英华》卷一五二、张本、吴本、倪本。)

【题解】

诗写乘舟望月所见所思。

【注释】

①金波:指月。〇上:《文苑英华》小注:"疑作'尚'。"张本、吴本、倪本作"尚"。〇赊:高。

②七子:镜名。梁简文帝《望月》诗:"形同七子镜。"〇九华:扇名。三国魏曹植《九华扇赋》:"昔吾先君常侍,得幸汉桓帝,帝赐尚方竹扇,不方不圆,其中结成文,名曰九华。"

③蕙:瑞草蕙茭。〇璧:《文苑英华》小注:"疑作'壁'。"吴本、倪本作"壁"。〇桂:月中桂树。〇蒲:张本、吴本、倪本作"满"。

④假:凭借。〇仙槎:传说往来于海上和天河之间的竹木筏。晋张华《博物志·杂说下》载:旧说天河与海通,近世有人居海渚者,年年八月有浮槎去来不失期。其人多赍粮,乘槎而去。竟至天河,见织妇和一牵牛丈夫。仙,吴本"灵"。张本、倪本小注:"一作'灵'。"

【汇评】

《采菽堂古诗选》:清迥。

对 雨

繁云犹暗岭,积雨未开庭。阶含侵角路,镬满溜疏萍。①湿杨生细椹,烂草变初萤。②徒劳看蚁封,无事祀灵星。③(《艺文类聚》卷二、张本、吴本、倪本。)

【题解】

诗写久雨不晴,积水满庭,镬中长萍,湿杨生椹,腐草变萤。在结构上,开篇"开庭"引出"阶含"四句,而"繁云"又和"灵星"首尾呼应。

【注释】

①"含阶"句:言雨水沿着台阶侵入到各个角落。角路,角落。○"镬(huò)满"句:谓镬中水满,其中浮萍都溜出。镬,无足鼎。

②椹:菌名。晋张华《博物志》卷三:"江南诸山郡中,大树断倒者,经春夏生菌,谓之椹,食之有味,而忽毒杀。"○"烂草"句:《礼记·月令》:季夏之月,"腐草为萤"。

③蚁封:《易林》:"蚁封户穴,大雨将集。"○灵星:星名。又称天田星、龙星,主农事。古代以壬辰日祀于东南,取祈年报功之义。《史记·孝武本纪》:"上乃下诏曰:'天旱,意干封乎?其令天下尊祠灵星焉。'"

【汇评】

《采菽堂古诗选》:定有佳致,总拙,不碍为大家。

喜 晴

比日思光景,今朝始暂逢。①雨住便生热,云晴即作峰。②

水白澄还浅,花红曝更浓。③已欢无石燕,弥欲弃泥龙。④(《初学记》卷二、《文苑英华》卷一五五、张本、吴本、倪本。)

【题解】

诗写久雨忽晴,诗人心情愉快,觉得水分外清浅,花儿也更加红艳。

【注释】

①比日:连日。

②峰:《文苑英华》讹作"凤"。

③曝:《文苑英华》、张本、吴本、倪本作"燥"。

④石燕:北魏郦道元《水经注·湘水》:"湘水东南流径石燕山东,其山有石,绀而状燕,因以名山。其石或大或小,若母子焉。及其雷风相薄,则石燕群飞,颉颃如真燕矣。"○泥龙:《淮南子·坠形》:"土龙致雨。"泥,《文苑英华》作"土"。

【汇评】

宋吴开《优古堂诗话》卷八"石燕泥龙":周庾信《喜晴》诗:"已欢无石燕,弥欲弃泥龙。"又《初晴诗》云:"燕燥还为石,龙残更是泥。"此意凡两用,然前一联不及后一联也。乃知杜子美"红豆啄余鹦鹉粒,碧梧栖老凤凰枝"斡旋句法所本。

《采菽堂古诗选》:拙处率处并见,其老且有致也。少陵神似之,不独仿其工,更仿其拙耳。

咏春近余雪应诏

送寒开小苑,迎春入上林。①丝条变柳色,香气动兰心。待花将对酒,留客拟弹琴。②陪游愧并作,空见奉恩深。(《文苑英华》卷一七三、张本、吴本、倪本。)

【题解】

诗是春日陪皇帝游园,应诏而作。故在"陪游"之余,表达自己"奉恩深"的感激之情。

【注释】

①上林:古宫苑名。故址在今陕西省西安市西及周至、户县界。

②客:张本、吴本、倪本作"雪"。今按:据诗题,疑作"雪"为是。

【汇评】

《采菽堂古诗选》:我自将对酒弹琴耳,以"空见"二字测之。

和初秋①

落星初伏火,秋霜正动钟。②北阁连横汉,南空映凿龙。③祥鸾栖竹实,灵蔡上芙蓉。④自有《南风》曲,还来吹九重。⑤(《初学记》卷三、《文苑英华》卷一五八、张本、吴本、倪本。)

【题解】

诗写秋天来临,物象之变化,以"祥鸾"、"灵蔡"等祥瑞出现,赞颂当今天子。

【注释】

①初秋:张本、吴本、倪本题作"奉和初秋"。清倪璠注:"和梁简文帝也。简文集中有《初秋》诗。"

②伏火:指农历六月黄昏大火星的位置在中天,大暑后逐渐向西退伏。○"秋霜"句:《山海经·中山经》:丰山,"有九钟焉,是知霜鸣。"晋郭璞注:"霜降则钟鸣,故言知也。物有自然感应而不可为也。"

③连:《文苑英华》作"更"。倪本小注:"一作'更'。"○汉:天汉,银河。○空:《文苑英华》、张本、吴本、倪本作"宫"。○映:张本、吴本、倪本作

233

"应"。○凿龙:疑指龙门山。在今河南省洛阳市南。但如指龙门山,则此诗作于北方,当不是和梁简文帝《初秋》诗。

④"祥鸾"句:传凤凰食竹食,栖梧桐。祥鸾,即凤凰。○"灵蔡"句:《史记·龟策列传》:"余至江南,观其行事,问其长老,云龟千岁乃游莲叶之上。"灵蔡,大龟。上,《文苑英华》作"止"。倪本小注:"一作'止'。"芙蓉,莲花。

⑤《南风》:古代乐曲名。相传为虞舜所作。《礼记·乐记》:"昔者舜作五弦之琴,以歌《南风》。"○九重:古称君门九重。

【汇评】

《采菽堂古诗选》:终不歌北风。

晚 秋

凄清临晚景,疏索望寒阶。湿庭凝坠露,抟风卷落槐。①日气斜还冷,云峰晚更霾。②可怜数行雁,点点远空排。(《初学记》卷三、《文苑英华》卷一五八、张本、吴本、倪本。)

【题解】

诗人将晚年悲凉落寞的心境融入秋天萧疏的景物,营造凄清疏索的意境。

【注释】

①湿庭:《文苑英华》作"庭湿"。○抟(tuán)风:旋风。
②日:《文苑英华》作"白"。○霾(mái):昏暗,模糊不清。

【汇评】

《采菽堂古诗选》:生硬而老,以无语不经结撰也。即事能结撰,定异泛作。

和颍川公秋夜[①]

沇瀿空色远,叶黄凄序变。[②]洞浦落遵鸿,长飙送巢燕。[③]千秋流夕景,百籁含宵唤。[④]峻雉聆金柝,层台切银箭。[⑤](《初学记》卷三、《文苑英华》卷一五八、张本、吴本、倪本。)

【题解】

诗写晚秋夜景。开篇以"沇瀿""凄"奠定了悲秋的基调,结句又以"金柝""银箭"暗示时光的流逝。

【注释】

①和颍川公秋夜:《初学记》卷三署上官仪作,清倪璠注:"《初学》作上官仪,非。"今从倪璠。颍川公,待考。

②沇(xuè)瀿:《楚辞·九辩》:"沇瀿兮天高而气清。"王逸注:"沇瀿,旷荡空虚也。"〇序:时序,季节。

③洞浦:洞庭湖畔。遵鸿:顺渚而飞的鸿雁。《诗经·豳风·九罭》:"鸿飞遵渚。"〇飙(biāo):指风。

④夕景:傍晚景色。〇百籁:自然界中各种声响。〇唤:《文苑英华》、张本、吴本、倪本作"啭"。啭,鸣叫声。

⑤峻雉:高城。雉,古代计算城墙面积的单位。长三丈,高一丈为一雉。〇金柝(tuò):即刁斗。古代军中夜间报更用具。〇层台:高台。层,《文苑英华》、张本、吴本作"曾"。今按:曾,通"层"。〇银箭:银饰的漏箭,古代计时用。

【汇评】

《采菽堂古诗选》:有古意。

侠客行①

侠客重连镳,金鞍被桂条。②细尘鄣路起,惊花乱眼飘。酒醺人半醉,汗湿马全骄。归鞍畏日晚,争路上河桥。(《艺文类聚》卷三三、《文苑英华》卷一九六、张本、吴本、倪本。)

【题解】
诗截取侠客骑马奔驰、醉酒上桥的画面,写狂放恣意的游侠生活。

【注释】
①侠客行:《艺文类聚》作庾信诗,无题。《文苑英华》题作"侠客行"。张本、吴本以为"咏画屏风诗二十五首"之一,吴本题下小注:"原注:第一首一作'侠客行'。"倪本题作"狭客行",题下小注:"一作画屏风诗二十五篇之首,在诗集。《文苑英华》另作《狭客行》,在乐府。今附录四卷诗末,五卷乐府之前。"今按:现诗题从《文苑英华》,置于《咏画屏风》诗前。

②侠:倪本作"狭"。○连镳(biāo):骑马同行。镳,马勒。○桂条:马名。

③河桥:桥梁。

【汇评】
《采菽堂古诗选》:所谓即事结撰,生动如许。六句少陵得之,亦定自快心。

咏画屏风诗二十四首①

1. 浮桥翠盖拥,平旦雍门开。②石崇迎客至,山涛载妓来。③水纹恒独转,风花直乱回。谁能惜红袖,宁用捧金杯。④(张本、吴本、倪本。)

【题解】

此是歌咏屏风上题画的组诗。具体篇数,有作二十四首,有作二十五首,亦有单行署它题者。内容则据屏风所画的不同,所咏不一。清陈祚明《采菽堂古诗选》认为:"诗至二十五首之多,乃能首首生新,句句有致。分其片言,盛唐所为标胜;袭其只字,少陵于以擅场。公殆御元气而行,乘性灵而运,夥颐为诗,一至此乎?世人不读公诗,竟不知六朝有如此杰构。概欲存而不论,真可怜悯。"又说:"少陵《何氏园林诗》刻意效之,能得几篇?篇中又能得几句?当日定北面奉公为蓍蔡,百世推服少陵,则公诚百世之师也。观止矣!"

【注释】

①咏画屏风诗二十四首:张本、吴本题作"咏画屏风诗二十五首",倪本题作"咏画屏风诗二十四首"。今按:第一首"侠客重连镳"已题作《侠客行》置于前,故诗题从倪本。吴本题下小注:"按《北史·文苑传》:齐后主因画屏风,敕通直郎萧放及晋陵王孝式录古贤烈士及近代轻艳诸诗,以充图画。是时子山仕于周,岂遥为之咏耶?"清倪璠注:"屏风之制,古所谓扆,皆有画饰。……子山《咏画屏风》诗二十四首,其画不一,盖杂咏之也。"

②平旦:清晨。○雍门:汉长安西城门名。

③石崇:字季伦,西晋渤海南皮人。曾官南中郎将、荆州刺史。性奢靡。曾筑金谷园。后为赵王司马伦矫诏诛杀。《晋书》卷三三有传。○山涛:字巨源,西晋河内怀人,"竹林七贤"之一。《晋书》卷四三有传。《晋书》本传载:山涛,"及居荣贵,贞慎俭约,虽爵同千乘,而无嫔媵"。今按:庾信反此典故用之。

④宁:张本、倪本小注:"一作'迎'。"

【汇评】

《采菽堂古诗选》:五、六生动。

2. 停车小苑外,下渚长桥前。涩菱迎拥楫,平荷直盖船。①残丝绕折藕,芰叶映低莲。②遥望芙蓉影,只言水底然。③(张本、吴本、倪本。)

【注释】

①涩:不光滑,粗糙。○拥楫:即抱楫,指划船之人。

②芰(jì)叶:荷叶。

③芙蓉:即荷花。○然:同"燃",燃烧。

【汇评】

《采菽堂古诗选》:三、四生动,结太尖。本谓公大家,有此不妨,不谓可学。

3. 昨夜鸟声春,惊鸣动四邻。①今朝梅树下,定有咏花人。②流星浮酒泛,粟瑱绕杯唇。③何劳一片雨,唤作阳台神。④(《艺文类聚》卷三及卷六九、张本、吴本、倪本。又,《初学记》卷三引邻、人二韵。)

【注释】

①"昨夜"二句:《艺文类聚》卷三、《初学记》题作"咏春",卷六九题作"咏屏风"。鸣,《艺文类聚》卷六九作"啼"。

②咏:《初学记》作"折"。

③"流星"句:谓酒在杯中,有浮沫如乱星。《文选》卷三五张景阳《七命》:"乃有荆南乌程,豫北竹叶。浮蚁星沸,飞华萍接。"张铣注:"星沸,言多乱也。"○粟瑱(tiàn)句:谓妇人饮酒。粟,粟眉,一种以黛点补眉的装饰。瑱,耳饰。瑱,《艺文类聚》卷六九作"钿"。杯唇,杯口。《古诗赏析》:"瑱绕杯唇,状其醉态。"

④阳台神:战国楚宋玉《高唐赋》序:"昔者先王尝游高唐,怠而昼寝,梦见一妇人,曰:'妾巫山之女也,为高唐之客,闻君游高唐,愿荐枕席。'王因幸之。去而辞曰:'妾在巫山之阳,高丘之阻,旦为朝云,暮为行雨,朝朝暮暮,阳台之下。'"

【汇评】

《古诗镜》卷二八:"昨夜鸟声春,惊鸣动四邻。今朝梅树下,定有咏花人",风韵绝世。"鸟声春","春"字下得韵甚。

《古诗赏析》:此应是题梅树下饮酒美人图也。前四,竟以鸟鸣真景落到画中梅下之人,奇极。后四,接写饮酒,而赞其美犹神女。翻用宋玉赋语,亦新。

《采菽堂古诗选》:落想新极,作憨如此。

清潘德舆《养一斋诗话》:梅诗最难工,即以千古名句论之……庾子山"定有咏花人",流动阙理精。

清王寿昌《小清华园诗谈》:炼字不如炼句,炼句不如炼意,炼意不如炼格。……何谓炼意? 如……庾子山之"今朝梅树下,定有咏花人"……之类是也。

4. 逍遥游桂苑,寂绝想桃源。①狭石分花径,长桥映水门。管声惊百鸟,人衣香一园。②定知欢未足,横琴坐树根。③(《艺文类聚》卷六九、《文苑英华》卷一五七、张本、吴本、倪本。)

【注释】

①"逍遥"二句:《艺文类聚》《文苑英华》题作"咏春"。想,张本、吴本、倪本作"到"。张本小注:"《艺文》作'想'。"桃源,即桃花源。晋陶渊明《桃花源诗并记》描述了隔绝人世的世外桃源。

②管:指管乐器。

③树:张本、吴本、倪本作"石"。

【汇评】

《古诗镜》卷二八:"人衣香一园",语轻而妖。

《采菽堂古诗选》:三、四已如画,六句尤佳。

5. 三春冠盖聚,八节管弦游。①石险松横植,岩悬涧竖流。小桥飞断岸,高花出迥楼。定须催十酒,将来宴五侯。②(张本、吴本、倪本。)

【注释】

①八节:古以立春、立夏、立秋、立冬、春分、夏至、秋分、冬至为八节。

②十酒:清酒。因十旬酿成,故称。○五侯:五位诸侯。汉成帝、汉桓帝时都有五人同时被封为侯,称为五侯。此泛指权贵豪门。

【汇评】

《古诗镜》卷二八:"石险松横植,岩悬涧竖流",直举景物,无所回避,是老笔横披,行云碍芰梁,语入画意。

《采菽堂古诗选》:"横""竖"最确,故佳。

6. 高阁千寻起,长廊四注连。①歌声上扇月,舞影入闻弦。②涧水绕窗外,山花即眼前。③但顾长欢乐,从今一百年。④(《艺文类聚》卷六九、张本、吴本、倪本。)

【注释】

①四注:屋檐四下流水。《文选》卷八司马长卿《上林赋》:"高廊四注,重坐曲阁。"注,屋檐滴水处。倪本作"柱",小注:"柱,疑作'注'。"

②"歌声"句:谓歌声高亢,上彻月亮。扇月,扇形之月。○"舞影"句:

谓和着琴声翩翩起舞。闻,张本、吴本、倪本作"琴"。今按:似以作"琴"为是。

③绕:张本、吴本、倪本作"纔"。

④顾:张本、吴本、倪本作"愿"。○一:张本、吴本、倪本作"尽"。

【汇评】

《采菽堂古诗选》:何费名句若此?

7. 日晚金槌络,朱轩流水车。①轙拂缘堤柳,甍飘夹路花。②定迎刘碧玉,将过阴丽华。③非是高阳路,莫畏接䍦斜。④
(张本、吴本、倪本。)

【注释】

①金槌络:络,张本、吴本小注:"一作'路'。"倪本作"路",小注:"一作'络'。"今按:似以作"路"为是。金槌路,即以金椎筑过的路。《日知录》卷一八《勘书》:"梁简文帝《长安道诗》:'金椎抵长乐,复道向宜春。'是用《汉书·贾山传》:'隐以金椎,树以青松,为驰道之丽至于此。'《三辅决录》:'长安十二门,三涂洞开,隐以金椎,周以林木,左出右入,为往来之径。'今误作'金槌',而又改为'椎轮'。"

②轙:车盖。○甍(méng):屋栋、屋檐。

③刘碧玉:南朝宋汝南王妾。梁元帝萧绎《采莲赋》:"碧玉小家女,来嫁汝南王。"庾信《结客少年场行》:"定知刘碧玉,偷嫁汝南王。"○阴丽华:光武帝刘秀皇后,南阳郡新野县(今河南省新野)人,以美貌著称。刘秀曾感叹道:"娶妻当得阴丽华。"生平见《后汉书·皇后纪》。

④"非是"二句:《世说新语·任诞》载:西晋山简为荆州刺史,时出酣饮。人为之歌曰:"山公时一醉,径造高阳池。日莫倒载归,酩酊无所知。复能乘骏马,倒着白接䍦。举手问葛强,何如并州儿?"高阳,即高阳池。池名,在今湖北省襄阳市,本是汉侍中习郁于襄阳岘山养鱼之所。山简镇襄

阳,名之曰高阳池,取郦食其高阳酒徒之意。《史记·郦生传》载:郦食其者,陈留高阳(在今河南杞县西南)人。沛公刘邦引兵过陈留,郦食其求见。使者辞说刘邦无暇见儒人。郦生瞋目案剑叱使者曰:"走!复入言沛公,吾高阳酒徒也,非儒人也。"接䍦,古代男子戴的一种帽子。

【汇评】

《采菽堂古诗选》:"辘柳""薲花",已是二物绾合,加"缘堤""夹路"字,弥见其工,此初盛唐写景上法也。

8. 徘徊出桂苑,徙倚就花林。①下桥先劝酒,跂石始调琴。②蒲低犹抱节,竹短未空心。③绝爱猿声近,唯怜花径深。④
(张本、吴本、倪本。)

【注释】

①徙倚:流连徘徊。
②跂(qǐ):垂足而坐。
③"蒲低"二句:谓蒲草虽嫩,却已有节;竹笋很短,尚未空心。
④绝:极。○怜:喜爱。

【汇评】

《采菽堂古诗选》:三、四雅兴如画,五、六体物深细。

9. 千寻木兰馆,百尺芙蓉堂。落日低莲井,行云碍芰梁。①流水桃花色,春洲杜若香。②就阶犹不进,催来上妓床。
(张本、吴本、倪本。)

【注释】

①莲井:即藻井,古代屋栋上交木之有藻饰者。○芰梁:画满莲花的

屋梁。

②"流水"二句:南朝陈阴铿《渡青草湖》:"沅水桃花色,湘流杜若香。""流水"句,春季河水暴涨,又值桃花盛开,古人谓之桃花汛。杜若:香草名。

【汇评】

《采菽堂古诗选》:结有致。

10. 捣衣明月下,静夜秋风飘。①锦石平砧面,莲房接杵腰。②急节迎秋韵,新声入手调。寒衣须及早,将寄霍嫖姚。③
(《艺文类聚》卷六七、《艺文类聚》卷六九、张本、吴本、倪本。)

【注释】

①本诗《艺文类聚》卷六七题作"夜听捣衣诗"。
②"莲房"句:指上下呈莲房形、中间细的棒槌。乐府西曲《青阳度》:"碧玉捣衣砧,七宝金莲杵。"庾信《听夜捣衣》:"北堂细腰杵。"
③霍嫖姚:西汉名将霍去病曾为骠姚校尉、骠骑将军,故称。

【汇评】

《采菽堂古诗选》:三、四工细,结有余韵。少陵虽百炼,仅能似之。

11. 出没看楼殿,间关望绮罗。①翔禽逐节舞,流水赴弦歌。②细管吹丛竹,新杯卷半荷。③南宫冠盖下,日暮风尘多。④
(张本、吴本、倪本。)

【注释】

①间关:辗转曲折。○绮罗:华贵的丝织品或丝绸衣服。泛指贵人。
②"翔禽"句:《列子·汤问》:"瓠巴鼓琴而鸟舞鱼跃。"○"流水"句:此

243

暗用俞伯牙、钟子期"高山流水"之典,事见《列子·汤问》。抑或用"姑舒泉"事。《搜神后记·姑舒泉》载:临城县南四十里盖山有姑舒泉,"昔有舒女,与父析薪于此泉,女因坐,牵挽不动。乃还告家。比还,惟见清泉湛然。女母曰:'吾女好音乐。'乃作弦歌,泉涌回流。有朱鲤一双。今人作乐嬉戏,泉故涌出。"

③"新杯"句:指做成半卷荷叶样的酒杯。

④南宫:秦、汉宫殿名。

【汇评】

《古诗评选》:宫体之病丽以佻。《屏风》诸篇,结体既整,且不入艳情,以此为"老成"可也。骆丞诗一从此来。

《采菽堂古诗选》:"出没""间关"字活,"赴"字老。全为少陵窃得,它家不解用。"新杯"句尤新。

12. 玉柙珠帘卷,金钩翠幔悬。①荷香熏水殿,阁影入池莲。平沙临浦口,高柳对楼前。上桥还倚望,遥看采菱船。
(张本、吴本、倪本。)

【注释】

①玉柙:亦作"玉押"。门帘的玉饰镇坠。○金钩:金属做的帐钩。

【汇评】

清吴景旭《历代诗话》卷三〇"名字互用":田子艺云:庾信诗"荷香熏水殿,阁影入池莲",荷即莲也,殿即阁也,此上下互句法。

《采菽堂古诗选》:三、四,盛唐名句。

13. 高阁千寻跨,重檐百尺齐。①云度三分近,花飞一倍低。^②吹箫近白鹤,照镜舞山鸡。^③何劳愁日暮,未有夜乌啼。
(《初学记》卷二五、张本、吴本、倪本。)

【注释】

①本诗《初学记》卷二五题作"咏屏风诗"。○尺:张本、吴本、倪本作"丈"。

②"云度"二句:云经过时离阁只有三分近,花飞时只有它一半的高度。形容阁高。

③"吹箫"句:《列仙传》载:萧史者,秦缪公时人,善吹箫,能致孔雀白鹤。近,张本、吴本、倪本作"迎"。○"照镜"句:南朝宋刘敬叔《异苑》载:"山鸡爱其毛羽,映水则舞,魏武时,南方献之,公子苍舒令以大镜其前,鸡鉴形而舞,不知止,遂乏死。"

【汇评】

《古诗评选》:"花飞一倍低",秀句止此极矣,何至云"人衣香一园",开填词活路也!"千""百""三""一"连用,正使不妨,苦欲忌此,必伤生气。益知皎然老髡之为诗害。

《采菽堂古诗选》:"跨"字"齐"字老,少陵能得之。无句不新警。结意悠然。

14. 河流值浅岸,敛辔暂经过。^①弓衣湿溅水,马足乱横波。半城斜出树,长林直枕河。今朝游侠客,不畏风尘多。
(张本、吴本、倪本。)

【注释】

①辔(pèi):马缰绳。

【汇评】

《采菽堂古诗选》:渡水景如画,佳绝。五、六又别是佳画,真费好句不惜。

15. 度桥犹徙倚,坐石未倾壶。①浅草开长埒,行营绕细厨。②沙洲两鹤迥,石路一松孤。③自可寻丹灶,何劳忆酒垆。④(张本、吴本、倪本。)

【注释】

①徙倚:流连徘徊。

②埒(liè):田间的土埂。○"行营"句:盖谓传送酒食络绎不绝。行营,指传送酒食人员。细厨,制作精细食物的厨房。可参下文第17首"行厨半路待,载妓一双回"之"行厨"。

③鹤:倪本小注:"一作'岸'。"

④丹灶:炼丹用的炉灶。○酒垆:安置酒瓮的砌台。此借指酒店。

【汇评】

《采菽堂古诗选》:语语高雅。

16. 上林春径密,浮桥柳路长。①龙媒逐细草,鹤氅映垂杨。②水似桃花色,山如甲煎香。③白石春泉上,谁能待月光。④(张本、吴本、倪本。)

【注释】

①上林:古宫苑名。故址在今陕西省西安市西及周至、户县界。

②龙媒:指骏马。《汉书·礼乐志》:"天马徕,龙之媒。"○鹤氅(chǎng):鹤羽制成的裘。此指白色的鸟羽。

③"水似"句:仲春时,江河潮水暴涨,值桃花盛开,古谓之桃花汛。○"山如"句:谓山花盛开,香气四溢。甲煎香,香料名,以甲香和沉麝诸药花物制成。

④"白石"二句:白石清泉,景色清幽,谁又能等到晚上呢? 意谓月光下

景色更美。春,张本小注:"一作'清'。"吴本小注:"一作'青'。"倪本作"清",小注:"一作'春'。"

【汇评】

《古诗评选》:多著直句,丽以神,不丽以色也。

《采菽堂古诗选》:写山有香,妙。春深叶茂,山诚自然香。

17. 白石春泉满,黄金新埒开。①戚里车先度,兰池马即来。②落花承舞席,春衫拭酒杯。行厨半路待,载妓一双回。③(张本、吴本、倪本。)

【注释】

①"黄金"句:南朝宋刘义庆《世说新语·汰侈》:"〔王〕济好马射,买地作埒,编钱匝地竟埒,时人号曰金沟。"埒(liè),界限。

②戚里:本指帝王外戚聚居的地方。此指外戚。○兰池:或称兰池陂。秦始皇引水所造之池,在今陕西省咸阳市东。

③行厨:传送酒食。此指传送酒食的人员或食物。

【汇评】

《采菽堂古诗选》:俱有作意。

18. 将军息边务,校尉罢从戎。①池台临戚里,弦管入新丰。②浮云随走马,明月逐弯弓。比来多射猎,唯有上林中。③(张本、吴本、倪本。)

【注释】

①校尉:汉称掌管少数民族地区事务的长官。

②戚里：外戚聚居的地方。○新丰：县名。治所在今陕西省临潼西北。汉高祖刘邦定都关中，太上皇居新丰，日与故人饮酒高会。

③上林：古宫苑名，汉天子射猎处。故址在今陕西省西安市西及周至、户县界。汉司马相如曾作《上林赋》。

【汇评】

《采菽堂古诗选》：最下者亦得此高亮。

19. 三危出凤翼，九坂度龙鳞。①路高山里树，云低马上人。应岩泉溜响，深谷鸟声春。②驻马来相问，应知有姓秦。③（《初学记》卷二五、张本、吴本、倪本。）

【注释】

①"三危"二句：清倪璠注："凤翼、龙鳞，言其山形之相似也。"三危，古代西部边疆山名，具体位置说法不一。九坂，《文选》卷四汉张平子《蜀都赋》："驰九折之坂。"李善注："九折坂，在汉寿严道县邛莱山。"今按：三危、九坂，此泛指险峻的高山。出，张本、吴本、倪本作"上"。

②应：张本、吴本、倪本作"悬"。

③驻：张本、吴本、倪本作"住"。○"应知"句：清吴兆宜、倪璠注均引古乐府《日出东南隅》："使君从南来，五马立踟蹰。使君遣吏往，问此谁家姝。答云秦氏女，且言名罗敷。"今按：此似暗用晋陶渊明《桃花源记》：渔夫进入桃花源，"村中闻有此人，咸来问讯。自云先世避秦时乱，率妻子邑人来此绝境，不复出焉，遂与外人间隔。"庾信误"秦朝人"为"秦姓人"。

【汇评】

《采菽堂古诗选》：三、四校太白"山从人面起"更胜。

清王寿昌《小清华园诗谈》：诗之天然成韵者，如……庾子山之"路高山里树，云低马上人"……之类是也。

20. 聊开郁金屋,暂对芙蓉池。①水光连岸动,花风合树吹。春杯犹杂泛,细果尚连枝。不畏歌声尽,先看筝柱欹。②
(张本、吴本、倪本。)

【注释】

①郁金屋:梁武帝《河中之水歌》:"卢家兰室桂为梁,中有郁金苏合香。"

②筝柱:筝上用以系弦的柱。○欹(qī):歪斜。吴本作"歌"。

【汇评】

《采菽堂古诗选》:三、四写景写其动,大佳。结语亦活,有致。

21. 洞灵开静室,云气满山斋。①古松裁数树,盘根无半埋。②爱静鱼争乐,依人鸟入怀。仲春徵隐士,蒲轮上计偕。③
(张本、吴本、倪本。)

【注释】

①洞灵:指仙家。因仙人好居山洞,故云。○静室:清静之室。道教徒修炼处。

②裁:通"才"。

③"蒲轮"句:清倪璠注:"计者,上计簿使也。偕,俱也。令所徵之人与上计者俱来也。"蒲轮,古时迎接贤士,用蒲草裹车轮以减小震动,以示礼敬。上计,地方官年终将境内户口、赋税、盗贼、狱讼等项编造计簿,奏呈朝廷,借资考绩,谓之上计。

【汇评】

《采菽堂古诗选》:"盘根无半埋",曲曲画出。五、六所谓与"不贪"、"夜识"二联争胜者。

22. 今朝好风日,园苑足芳菲。竹动蝉争散,莲摇鱼暂飞。面红新着酒,风晚细吹衣。①跂石多时望,莲船始复归。②(《艺文类聚》卷六九、张本、吴本、倪本。)

【注释】

①着酒:即中酒,喝醉酒。

②跂(qǐ):踮起脚跟。

【汇评】

《古诗镜》卷二八:"风晚细吹衣",语有风味。

《古诗评选》:取景,从人取之,自然生动。许浑唯不知此,是以费尽巧心,终得"恶诗"之誉。

《采菽堂古诗选》:三、四写景写动,尤非常生动。"飞"字骇人。五、六极老极幽,千古非少陵能学步,更无人得似之。

23. 金鞍聚碛岸,玉舳泛中流。①画鹢先防水,媒龙即负舟。②沙城疑海气,石岸似江楼。③崩槎时半没,坏舸或空浮。定是汾河上,戈船聊试游。④(张本、吴本、倪本。)

【注释】

①碛(qì):沙石浅滩。○舳:吴本、倪本作"轴"。

②鹢(yì):古代船头画的鹢鸟。《淮南子·本经》:"龙舟鹢首。"○龙:大船上的龙形装饰。

③"沙城"二句:即海市蜃楼景象。

④汾河:河流名。汉武帝《秋风辞》:"泛楼船兮济汾河。"○戈船:战船。

【汇评】

《采菽堂古诗选》:字字苍琢。

24. 竟日坐春台,芙蓉承酒杯。①水流平涧下,山花满谷开。行云数番过,白鹤一双来。水影摇丛竹,林香动落梅。直上山头路,羊肠能几回。②(张本、吴本、倪本。)

【注释】
①春台:春日登眺览胜的高台。○"芙蓉"句:谓芙蓉花为饰的酒杯。
②羊肠:喻指狭窄曲折的小路。

【汇评】
《采菽堂古诗选》:"平"字作虚字用,佳。

咏　镜①

玉匣聊开镜,轻灰暂拭尘。光如一片水,影照两边人。月生无有桂,花开不逐春。②试挂淮南竹,堪能见四邻。③(《艺文类聚》卷七〇、《初学记》卷二五、张本、吴本、倪本。)

【题解】
诗"月生无有桂,花开不逐春"表面写月、花,实际写镜,颇新颖。

【注释】
①咏镜:张本、吴本、倪本题作"镜"。
②"月生"二句:清倪璠注:"月中有桂,镜圆如月而无桂也;镜有菱花,菱开夏时,故不逐春也。"
③"试挂"句:谓挂淮南镜于竹上,可以照得很广远。《太平御览》卷七一七引《淮南子》:"高悬大镜,坐见四邻。"

【汇评】
《采菽堂古诗选》:"影照两边人",此神仙语,人不解道。

251

咏梅花①

常年腊月半,已觉梅花阑。②不信今春晚,俱来雪里看。树动悬冰落,枝高出手寒。早知觅不见,真悔着衣单。(《初学记》卷二八、《文苑英华》卷三二二、张本、吴本、倪本。)

【题解】

诗首先写平常年月梅花易败,再写今年春来晚,最后写依然没有看到梅花,一波三折,表现了对梅花的喜爱。

【注释】

①咏梅花:《文苑英华》、张本、吴本、倪本题作"梅花"。

②常:张本、吴本、倪本作"当"。○阑:衰败。

【汇评】

清贺贻孙《诗筏》:作诗必句句着题,失之远矣,子瞻所谓"赋诗必此诗,定非知诗人"。……如咏梅花诗,林逋诸人,句句从香色摹拟,犹恐未切;庾子山但云"枝高出手寒",杜子美但云"幸不折来伤岁暮,若为看去乱乡愁"而已,全不黏住梅花,然非梅花莫敢当也。

《古诗源》:古人咏梅,清高越俗,后人愈刻画,愈觉粘滞。古人取神,后人取形也。

《说诗晬语》:咏梅诗应以庾子山之"枝高出手寒"、苏东坡之"竹外一枝斜更好"为上。林和靖之"雪后园林才半树,水边篱落忽横枝"、高季迪之"流水空山见一枝",亦能象外孤寄;余皆刻画矣。杜少陵之"幸不折来伤岁暮,若为看去乱乡愁",此纯乎写情,以事外赏之可也。

《采菽堂古诗选》:旧羡"枝高出手寒"句,着篇中、集中,不足为异。

清邓廷桢《双砚斋词话》:评梅花诗者,以庾子山之"枝高出手寒"、苏子瞻之"竹外一枝斜更好"、林君复之"疏影横斜水清浅,暗香浮动月黄昏"为千古绝调。

咏　树

交柯乍百(倾)〔顷〕,擢本或千寻。①枫子留为式,桐孙待作琴。②残核移桃种,空花植枣林。③幽居对蒙密,蹊径转深沉。④(《艺文类聚》卷八八、《文苑英华》卷三二六、张本、吴本、倪本。)

【题解】

此咏各种树,如同游戏之作。然结句"幽居""蹊径"暗示隐居生活,似有深意。

【注释】

①乍:《文苑英华》作"将",小注:"一作'乍'。"○顷:《艺文类聚》作"倾",《文苑英华》、张本、吴本、倪本作"顷"。今按:作"顷"是,据改。○擢本:高耸貌。

②枫子:即"枫人",老枫树上生长的瘿瘤。因似人形,故称。晋嵇含《南方草木状·枫人》:"五岭之间多枫木,岁久则生瘤瘿,一夕遇暴雷骤雨,其树赘暗长三五尺,谓之枫人。越巫取之作术,有通神之验。"○式:通"栻"。古代占卜用具。○桐孙:桐树新生的小枝。○待:吴本小注:"一作'持'。"

③"残核"句:《汉武故事》载:西王母下会武帝,出桃七枚,母啖二,以五枚与帝,帝留核着前,母问曰:"用此何?"上曰:"此桃美,欲种之。"母笑曰:"此桃三千年一着子,非下土所植也。"○"空花"句:《晏子春秋》载:景公问晏子曰:"东海之中,有水而赤,其中有枣,华而不实,何也?"晏子对曰:"昔者秦缪公,乘龙舟而理天下,以黄布裹烝枣,至东海而捐其布,彼黄布,故水赤;烝枣,故华而不实。"

④蒙密:茂密的草木。密,《文苑英华》作"蜜"。

【汇评】

《采菽堂古诗选》:此结岂非少陵得意语。

斗　鸡[①]

开轩望平子,骤马看陈王。[②]狸膏燻斗敌,芥粉壒春场。[③]解翅莲花动,猜群锦臆张。[④](《艺文类聚》卷九一、张本、吴本、倪本。)

【题解】

诗写斗鸡,似为残篇。

【注释】

①斗鸡:以鸡相斗的游戏。今按:梁简文帝、王褒、徐陵、周弘正俱有关于斗鸡的诗篇,则似南朝梁宫廷流行斗鸡,此诗写于梁时。

②平子:指春秋时季平子。《左传·昭公二十五年》:"季、郈之鸡斗。季氏介其鸡,郈氏为之金距。平子怒,益宫于郈氏,且让之。故郈昭伯亦怨平子。"○骤马:纵马奔驰。○陈王:指三国时魏曹植。植字子建,生前曾封陈王。其《名都篇》有云:"斗鸡东郊道,走马长楸间。"另其亦有《斗鸡》诗。

③狸膏:狸的脂膏。传鸡畏狸,故斗鸡时涂狸膏于鸡首。曹植《斗鸡》诗有云:"愿蒙狸膏助,常得擅此场。"○芥粉:芥子粉。斗鸡时,可播于鸡羽毛间。《史记·鲁周公世家》"季氏芥鸡羽"裴骃《集解》引服虔曰:"捣芥子播其鸡羽,可以坌郈氏鸡目。"○壒(ài):尘土飞扬。○春场:春季为射猎而整出的郊外空地。此指斗鸡场所。

④"解翅"二句:清倪璠注:"臆,膺也。言翅若莲花,膺色如锦也。"猜,《广雅·释诂二》:"猜,惧也。"

【汇评】

《采菽堂古诗选》:画斗鸡能如此生动,定是名手。虽阙文,岂可废?

应　令

望别非新馆,开舟即旧湾。①浦喧征棹发,亭空送客还。路尘犹向水,征帆独背关。(《艺文类聚》卷二九、张本、吴本、倪本。)

【题解】

诗写江边离别情境。开篇交代送别的地点,"非新馆""即旧湾"暗示此只是无数离别中的一次。"浦喧征棹发,亭空送客还"上句写客,下句写主人,"喧""空"一动一静,形成对照。"路尘犹向水,征帆独背关",上句写主人,下句写客,"向""背"一正一反,写客已远去,主人犹面水伫立不忍离开。诗短小,却韵味悠长。

【注释】

①馆:驿馆,客舍。

咏杏花①

春色方盈野,枝枝绽翠英。②依稀暎村坞,烂熳开山(成)〔城〕。③好折待宾侣,金盘馈红琼。④(《艺文类聚》卷八七、张本、吴本、倪本。)

【题解】

诗写春日山城,杏花烂漫,主人多情好客,景美人更美。

【注释】

①咏杏花:张本、吴本、倪本题作"杏花"。

②翠:指绿叶。○英:指花朵。
③暎:吴本作"映"。今按:"映"、"暎"同。○城:《艺文类聚》作"成",张本、吴本、倪本作"城"。今按:作"城"是,据改。
④侣:张本、吴本、倪本作"客"。张本小注:"《类苑》作'旅'。"○襯:张本、吴本、倪本作"衬"。今按:襯,通"衬"。○红琼:红色的美玉。此喻指红色杏花。

集周公处连句①

市朝一朝变,兰艾本同焚。②故人相借问,平生如所闻。
(张本、吴本、倪本。)

【题解】
诗写与故人相聚,今昔沧桑之感油然而生。

【注释】
①集周公处连句:清吴兆宜注:"《北史·周闵帝纪》:魏恭帝三年十二月丁亥,魏帝诏以岐阳地封帝为周公;庚子,诏禅位于帝。"清倪璠注:"周公,陈尚书周弘正也。弘正入周,信集其处,有伤旧国之词。"今按:从诗中"故人"看,倪璠注更合理。连句,即"联句",作诗方式之一。由两人或多人各作一句或几句,相缀成篇。
②市朝:朝野。此谓梁朝。○兰艾:兰草与艾草。兰香艾臭,喻贵贱美恶。

【汇评】
《采菽堂古诗选》:"所闻"即上二句。

寄徐陵①

故人倘思我，及此平生时。②莫待山阳路，空闻吹笛悲。③
（张本、吴本、倪本。）

【题解】

徐陵本是庾信旧友，当年同在梁萧纲东宫，而今各分南北，故庾信以向秀"山阳闻笛"典故希望对方及时来访，语透哀婉凄凉。

【注释】

①徐陵：字孝穆，能文。梁武帝萧衍时，任萧纲东宫学士，为当时宫体重要作家，与庾信并称"徐庾"。入陈后历任尚书左仆射，中书监等职。至德元年去世，谥曰章。《陈书》卷二六、《南史》卷六二有传。

②平生时：指活着在世之时。

③"莫待"二句：西晋向秀经山阳旧居，听到邻人吹笛，追念亡友嵇康、吕安，因作《思旧赋》。见《思旧赋序》。

【汇评】

《古诗赏析》：诗订徐之来过也。情至之语，不用吉祥，与孝穆《别毛永嘉》作，同一悲惋。

《采菽堂古诗选》：情至无可复道。

寄王琳①

玉关道路远，金陵信使疏。独下千行泪，开君万里书。②
（《艺文类聚》卷二九、张本、吴本、倪本。）

【题解】

此是诗人给在金陵的旧友王琳的回信。久滞在北,忽得南方故人书信,怎能不感慨万千?

【注释】

①王琳:字子珩。萧绎居藩,琳姊妹并见幸,琳由此未弱冠得在左右。少好武,遂为将帅。平侯景之乱,屡立功勋。陈霸先受梁禅,琳起兵,陈宣帝太建五年(573)为吴明彻所杀。《北齐书》卷三二、《南史》卷六四有传。清倪璠注:"按王琳方志雪雠耻,故子山有是寄焉。"

②"玉关"四句:清倪璠注:"玉关,喻己身留长安,如远戍玉门也。金陵,谓建邺旧都也。元帝迁都江陵,为萧詧所败,敬帝仍都建邺,又为陈霸先所篡。王琳西攻岳阳,东拒陈武,盖梁室之忠臣,子山为之下泪矣。"玉关,即玉门关。汉武帝置,为通往西域各地的门户。故址在今甘肃省敦煌西北小方盘城。《后汉书·班超传》载:超自以久在绝域,年老思土。上疏曰:"臣不敢望到酒泉郡,但愿生入玉门关。"金陵,即今江苏省南京市,时为南朝梁都城。

【汇评】

《采菽堂古诗选》:此等方是真诗。"打起黄莺儿",岂能及也!

奉和赵王①

花径日相携,花林鸟未栖。比看中郎醉,堪闻《乌夜啼》。②(张本、吴本、倪本。)

【题解】

此和诗写园中游玩的欢乐。

【注释】

①赵王:指北周赵王宇文护。

②中郎醉:疑指后汉孔融事。孔融曾为虎贲中郎将。《后汉书·孔融传》:"及退闲职,宾客日盈其门。常叹曰:'坐上客恒满,尊中酒不空,吾无忧矣。'"○《乌夜啼》:乐府清商曲辞《西曲歌》名,传宋临川王义庆所作。又为琴曲名,即《乌夜啼引》。

和刘仪同臻①

南登广陵岸,回首落星城。②不言临旧浦,烽火照江明。（张本、吴本、倪本。）

【题解】

诗写作时间不明。从内容看,似写在梁亡后,有黍离之悲,不堪回首之意。

【注释】

①刘仪同臻:刘臻,字宣挚。梁元帝时,迁中书舍人。江陵陷没,复归萧詧,以为中书侍郎。周冢宰宇文护辟为中外府记室。后封饶阳县子。隋高祖受禅,进位仪同三司。臻精于《两汉书》,时人称为汉圣。有集十卷行于世。《隋书》卷七六有传。仪同,即"仪同三司",非三公而礼仪待遇同于三公之称。今按:鲁同群《庾信年谱》"579年"以为:"又作《和刘仪同臻》诗,诗曰:'南登广陵岸',谓梁士彦拔广陵也。"然刘臻进位仪同三历在隋高祖受禅之后,故此诗盖作于隋初。
②广陵:在今江苏省扬州市西北。○落星城:今江苏省南京市东北、长江南岸有落星山,上有落星楼。落星城当在此附近。

【汇评】

《采菽堂古诗选》:今竟如此,奈何?

和庾四[1]

离关一长望,别恨几重愁。[2]无妨对春日,怀抱只言秋。[3]
(张本、吴本、倪本。)

【题解】
此和诗直写乡关之思和愁苦之怀。

【注释】
[1]庾四:清倪璠注:"疑即庾季才,与信同八世祖滔。江陵平,随例入长安。乡关之思,相为倡和云。"
[2]离关:指离别之地。关,关隘。
[3]"无妨"二句:谓即使在春日,心中仍满是秋天那样的愁绪。言秋,言说秋天的悲愁。《楚辞·九辩》:"悲哉!秋之为气也。萧瑟兮,草木摇落而变衰。"

【汇评】
《古诗赏析》:此亦送别诗。上二,点清远别之恨。下二,即就别时在春,翻出新意,巧甚。
《采菽堂古诗选》:新曲。

和保法师[1]

秦关望楚路,灞岸想江潭。[2]几人应落泪,看君马向南。[3]
(《艺文类聚》卷二九、张本、吴本、倪本。)

【题解】

诗写故人南返,自己滞北,离别时满是悲伤之情。

【注释】

①和保法师:张本、吴本、倪本题作"和倪法师三绝",题下小注:"一作'和倪法师别诗'。"三绝包括此诗及下二诗。保法师,生平不详。法师,精通佛经并能讲解佛法的高僧。

②秦关:指函谷关。○灞岸:即灞河岸。灞河,位于今陕西省西安市东郊。今按:"秦关""灞岸"俱指长安。○江潭:长江边。今按:"楚路""江潭"俱指南方,或南京(梁旧都),或江陵(梁元帝都此)。

③落泪:吴本、倪本作"泪落"。

【汇评】

《古诗赏析》:此在北朝送师还南之作,有恨不得同还之意。上二,先就自己望乡逆起。下二,顺落彼还。妙在几人落泪,拓空一笔,更觉灵动。

《采菽堂古诗选》:曲曲制泪。

和倪法师①

客游经岁月,羁旅故情多。近学衡阳雁,秋分俱渡河。②
(《艺文类聚》卷二九,张本、吴本、倪本。)

【题解】

诗写羁旅北方的乡关之思。雁能南飞,故人能南返,自己却仍滞北,怎不伤感!

【注释】

①倪法师:盖指释法倪。法倪,姓郑氏,荥阳人。唐释道宣《续高僧传》卷一一有传。《续高僧传·倪法师》载:"属齐历不绪,周湮法教,南度江阴,

栖迟建业。"

②"近学"二句：谓滞留北方的南人纷纷南返。《周书·庾信传》："时陈氏与朝廷通好，南北流寓之士，各许还其旧国。陈氏乃请王褒及信等十数人。高祖唯放王克、殷不害等，信及褒并留而不遣。"衡阳雁，北雁南飞，至衡阳歇翅停回，栖息于回雁峰。衡阳，即今湖南省衡阳市。秋分，农历二十四节气之一。渡河，渡过黄河向南。

【汇评】

《采菽堂古诗选》：有不渡河者，何能为怀？

和侃法师

回首河堤望，眷眷嗟离绝。①谁言旧国人，到在他乡别。②
(《艺文类聚》卷二九、张本、吴本、倪本。)

【题解】

诗人与侃法师俱为离乡之人，今在他国相别，除故人离别之悲，更有故国相思之情。

【注释】

①眷眷：依恋反顾貌。《诗经·小雅·小明》："念彼共人，睠睠怀顾。"睠，同"眷"。

②"谁言"二句：清倪璠注："言与侃法师本南人，今在北方别也。旧国，谓梁也；他乡，谓长安也。"

【汇评】

《采菽堂古诗选》：情到至极，更有何语？

送周尚书弘正二首①

1. 交河望合浦,玄菟想朱鸢。②共此无期别,知应复几年。(张本、吴本、倪本。)

【题解】

诗盖写在周弘正使北南返之时。昔庾信、周弘正同在梁为官,今二人南北悬隔,分别于他国,后会无期,悲从心来。

【注释】

①周尚书弘正:周弘正,字思行,祖籍汝南安城。起家梁太学博士,累迁国子博士。博学,善谈玄及占候。侯景之乱中,附景为太常。后投元帝,授黄门侍郎,迁左户尚书,加散骑常侍。入陈,累迁侍中、尚书右仆射。《陈书》卷二四、《南史》卷三四有传。

②"交河"二句:清倪璠注:"交河与合浦,玄菟与朱鸢,皆极远之地,以喻己与弘正南北隔绝,若秦越矣。"交河,河名。在今新疆维吾尔自治区吐鲁番市西。合浦,郡名。治所在今广西壮族自治区合浦县东北。玄菟,郡名。西汉时设,大致是今朝鲜咸镜南道、咸镜北道以及中国辽宁、吉林省西部一带。后辖境屡有变化。朱鸢,县名。在今越南海兴省快州附近。此盖指南方极远之地。

2. 离期定已促,别泪转无从。惟愁郭门外,应足数株松。①(张本、吴本、倪本。)

【注释】

①"惟愁"二句:清倪璠注:"伤己将老死于长安也。"郭门外,城外。数

株松,古人有墓前种松的风俗。

【汇评】

《采菽堂古诗选》:那得首首情浓若此,不畏造化忌耶?

重别周尚书①

阳关万里道,不见一人归。②唯有河边雁,秋来南向飞。
(《文苑英华》卷二六六、张本、吴本、倪本。)

【题解】

雁尚可南向飞,而人不能南归,是人尚不如雁,乡关之思写的深沉。与其说是送人感伤,不如说是自叹自怜。

【注释】

①重别周尚书:张本、吴本、倪本题作"重别周尚书",包括本诗和"河桥两岸绝"诗。"河桥两岸绝"诗作者有疑,今移入"疑诗"部分。

②阳关:古关名。在今甘肃省敦煌市西。此泛指边关。

【汇评】

《古诗源》:从子山时势地位想之,愈见可悲。

《采菽堂古诗选》:唐人纵师其意,不若公处其时,情真语自独绝。

赠　别

藏啼留送别,拭泪强相参。①谁言畜衫袖,长代手中洺。②
(张本、吴本、倪本。)

【题解】

诗写离别时强忍哭泣、泪湿衣衫的悲伤之情。

【注释】

①参:通"掺"。牵挽,搀扶。

②畜:怀藏。○洤(hán):水与泥相掺和。清倪璠注:"音含,言湿衫袖若水和物也。"

徐报使来止得一相见①

一面还千里,相思那得论。② 更寻终不见,无异桃花源。③
(张本、吴本、倪本。)

【题解】

南北隔绝,偶有南方故人使北,止得一相见,然如渔人入桃花源,后会无期。

【注释】

①徐报使来止得一相见:倪本题作"徐报使来止得一见"。徐报使,清倪璠注:"徐陵也。"今按:或指徐陵子徐报。报,一名俭,《陈书》卷二六、《南史》卷六二有传。

②那得论:谓没法说。那得,怎得,怎能。

③桃花源:晋陶潜作《桃花源记》,谓有渔人入桃花源,见有人居其间,并怡然自乐。渔人出洞后再往寻找,迷不复得路。

【汇评】

《采菽堂古诗选》:俱欲使人恸绝。

行途赋得四更应诏①

四更天欲曙,落月垂关下。深谷暗藏人,欹松横碍马。②
(张本、吴本、倪本。)

【题解】
诗写山中早行的情景。月落欲曙,天黑难行。
【注释】
①赋得:谓用古人诗句或眼前景象、物什为题即兴作诗。
②欹(qī):倾斜。
【汇评】
《采菽堂古诗选》:奇劲森然。

贾客词①

五两开船头,长樯发新浦。②悬知岸上人,遥振江中鼓。③
(《乐府诗集》卷四八、张本、吴本、倪本。)

【题解】
诗写江中贾客生活。
【注释】
①贾客词:张本、吴本、倪本题作"和江中贾客"。
②五两:古代测风的仪器。将鸡毛五两或八两系于高竿顶上,以观测风向、风力。○长樯:代指船。樯,船上桅杆。张本、吴本、倪本作"桥"。长

桥,地名,在今江苏省宜兴市城南。○新浦:地名,在今江苏省连云港市新浦区。
③悬知:料想。

奉和平邺应诏①

天策引神兵,风飞扫邺城。② 阵云千里散,黄河一代清。③
(《艺文类聚》卷五九、张本、吴本、倪本。)

【题解】
诗赞颂北周武帝平邺的功德。

【注释】
①平邺:《周书》卷六《武帝纪》:建德六年(577),"春正月乙亥,齐主传位于其太子恒,改年承光,自号为太上皇。壬辰,帝至邺。齐主先于城外掘堑竖栅。癸巳,帝率诸军围之,齐人拒守,诸军奋击,大破之,遂平邺。"邺,北齐都城,在今河北省临漳县。
②天策:指帝王的谋略。
③阵云:厚积似战阵之云。古人以为战争之兆。《史记·天官书》:"阵云如立垣。"○"黄河"句:浑浊的黄河水变清,古人以为祥瑞之兆。三国魏李康《运命论》:"夫黄河清而圣人生。"

【汇评】
《采菽堂古诗选》:高亮。

送卫王南征①

望水初横阵,移营寇未降。风尘马足起,先暗广陵江。②

267

（张本、吴本、倪本。）

【题解】

诗写部队出征的情形。庾信本南人，今在北方见军队南征，情感是复杂的。

【注释】

①送卫王南征：清倪璠注："《周书》曰：'文帝子卫剌王直，天和中，陈湘州刺史华皎举州来附，诏直督绥德公陆通、大将军田弘、权景宣、元定等兵赴援，与陈将淳于量、吴明彻等战于沌口。'是其事也。"

②"先暗"句：清倪璠注："言伐陈从广陵渡江矣。"广陵江，指今江苏省扬州市西北之长江。

【汇评】

《采菽堂古诗选》：是颂耶？是悲耶？公如有灵，千秋定以我为知己。

仙山诗二首

1. 金灶新和药，银台旧聚神。①相看但莫怯，先师应识人。②（张本、吴本、倪本。）

【题解】

诗写山中炼丹求仙的生活。

【注释】

①金灶：道士炼丹的灶。○和药：调治丹药。○银台：传说中王母所居之处。《文选》卷一五张平子《思玄赋》："聘王母于银台兮，羞玉芝以疗饥。"旧注："银台，王母所居。"

②但：倪本作"俱"。

268

【汇评】

《采菽堂古诗选》:此亦有意。

2. 石软如香饣半,铅销似熟银。^①蓬莱暂近别,海水遂成尘。^②(张本、吴本、倪本。)

【注释】

①"石软"句:石软如饭。《神仙传》:"焦先者,字孝然,河东人也,年一百七十岁。常食白石,以分与人,熟煮如芋食之。"饣半(fàn),吴本、倪本作"饭"。今按:饣半,同"饭"。○"铅销"句:炼铅为银,道家法术之一。《抱朴子·黄白》:"成都内史吴大文,博达多知,亦自说昔事道士李根,见根煎铅锡,以少许药如大豆者投鼎中,以铁匙搅之,冷即成银。"销,吴本作"消"。

②"蓬莱"二句:晋葛洪《神仙传·麻姑》:"麻姑自说云:'接侍以来,已见东海三为桑田,向到蓬莱,水又浅于往者,会时略半也,岂将复还为陵陆乎?'方平笑曰:'圣人皆言海中复扬尘也。'"蓬莱,传说中海外三神山之一。

山　斋^①

石影横临水,山云半绕峰。遥想山中店,悬知春酒浓。^②(张本、吴本、倪本。)

【题解】

诗写山中隐居之所的风景和脱离尘世饮酒自娱的隐士生活。

【注释】

①山斋:山中居所。

②悬知:预想。○春酒:冬酿春熟之酒。
【汇评】
《采菽堂古诗选》:清迥。

野 步

值泉仍饮马,逢花即举杯。稍看城阙远,转见风云来。①
(张本、吴本、倪本。)

【题解】
野外闲步,随意饮马、举杯,表现隐居生活的闲适。
【注释】
①云:倪本作"雪"。
【汇评】
《采菽堂古诗选》:风云何处来? 平时乃不见耶?

山 中

涧暗泉偏冷,岩深桂绝香。住中能不去,非独淮南王。①
(张本、吴本、倪本。)

【题解】
诗写山中幽静之景,表达对隐士生活的向往。
【注释】
①"住中"二句:此反西汉淮南王刘安门客淮南小山《招隐士》而用。

《招隐士》云:"桂树丛生兮山之幽。"又云:"王孙兮归来!山中兮不可以久留。"而此诗写山中可留。

【汇评】

《采菽堂古诗选》:幽异。

闺 怨①

明镜圆花发,空房故怨多。②几年留织女,还应听渡河。③(张本、吴本、倪本。)

【题解】

诗以织女事写闺中女子空房独守的哀怨之情。

【注释】

①闺怨:闺中女子的哀怨之情。

②"明镜"句:圆镜以花为饰,故云。圆花发,又暗喻照镜之人正值青春。

③"几年"二句:《艺文类聚》卷四引《续齐谐记》曰:"桂阳城武丁,有仙道,谓其弟曰:'七月七日,织女当渡河,诸仙悉还宫。'弟问曰:'织女何事渡河?'答曰:'织女暂诣牵牛,世人至今云织女嫁牵牛也。'"

【汇评】

《采菽堂古诗选》:特恐不能如织女。

看妓诗①

长思浣沙石,空忆捣衣砧。②临邛若有便,为说解琴心。③

(《初学记》卷一五、《文苑英华》卷二一三、张本、吴本、倪本。)

【题解】

诗为看妓乐所感。浣纱、捣衣俱是良家女子所为,即如卓文君,亦能通过琴声了解司马相如心意,与之结为夫妻,而歌妓却不如良家女子。诗似别有深意。

【注释】

①看妓诗:《文苑英华》以为"和赵王看妓二首"之一,另一首即"绿珠歌扇薄"诗。张本、吴本、倪本题作"和赵王看妓"。

②浣沙石:《太平御览》卷四七引晋孔晔《会稽记》曰:"勾践索美女以献吴王,得诸暨罗山卖薪女西施、郑旦,先教习于土城山。山边有石,云是西施澣纱石。"沙,张本、吴本、倪本作"纱"。今按:沙、纱通。○空忆:《文苑英华》作"定忆"。张本、吴本、倪本作"空想",张本、倪本小注:"一作'定忆'。"

③"临邛"二句:《史记·司马相如传》载:"是时卓王孙有女文君新寡,好音,故相如缪与令相重,而以琴心挑之。相如之临邛,从车骑,雍容闲雅甚都;及饮卓氏,弄琴,文君窃从户窥之,心悦而好之,恐不得当也。既罢,相如乃使人重赐文君侍者通殷勤。文君夜亡奔相如,相如乃与驰归成都。"临邛,郡名,治所在今四川省邛崃市。琴心,琴声所表达的情意。便,《文苑英华》、张本、倪本小注:"一作'使'。"今按:疑作"使"为是。

【汇评】

《采菽堂古诗选》:只如此写,以我揆之,定觉有异。

看 舞

鸾回不假学,凤举自相关。①到嫌衫袖广,恒长碍举鬟。

(张本、吴本、倪本。)

【题解】

诗前二句写舞姿如"鸾回""凤举",优美动人。后二句似亦含"长袖善舞"之意。

【注释】

①鸾回:鸾鸟回旋飞翔。○凤举:凤凰向上飞。今按:"鸾回""凤举"俱喻舞姿。《初学记》卷一五引《历代舞名》:"凤翔……章斌之舞。……古之舞曲,有回鸾舞、七盘舞。"

听 歌①

协律新教罢,河阳始学归。② 但令闻一曲,余声三日飞。③
(《初学记》卷一五、张本、吴本、倪本。)

【题解】

诗以汉李延年、赵飞燕及"余音绕梁"的典故写歌声的优美动听。

【注释】

①听歌:张本、吴本、倪本题作"听歌一绝"。

②协律:指西汉李延年。《史记·乐书》:"至今上即位,作十九章,令侍中李延年次序其声,拜为协律都尉。"同书卷四九《外戚传》:"李夫人蚤卒,其兄李延年以倡幸,号协律。协律者,故倡也。"○河阳:指赵飞燕。汉刘向《列女传》载:赵飞燕姊娣者,成阳侯赵临之女,孝成皇帝之宠姬。成帝尝微行出,过河阳主。乐作,上见飞燕而悦之。召入宫,大幸。有女弟,复召入,俱为婕妤。今按:《汉书·五行志》《汉书·外戚传》俱作"阳阿"。然庾信《奉和永丰殿下言志》有云:"河阳送婕妤。"徐陵《玉台新咏序》亦云:"少长河阳,由来能舞。"盖庾信、徐陵俱从《列女传》作"河阳"。

③"但令"二句:形容歌声优美,久久不息。《列子·汤问》:"昔韩娥东

之齐,匮粮,过雍门,鬻歌假食。既去,而余音绕梁欐,三日不绝。"

【汇评】

《采菽堂古诗选》:若如公诗,其声千秋恒飞。

暮秋野兴赋得倾壶酒①

刘伶正捉酒,中散欲弹琴。②但使逢秋菊,何须就竹林。③
(张本、吴本、倪本。)

【题解】

诗写晚秋野外的随意酣饮,表现了闲适的隐居生活。

【注释】

①赋得:谓用古人诗句或眼前景象、物什为题即兴作诗。

②刘伶:字伯伦,魏晋时人,"竹林七贤"之一,性好酒。○中散:指三国魏嵇康,"竹林七贤"之一,拜中散大夫,善弹琴。

③竹林:谓隐居之地。魏晋时阮籍、嵇康、山涛、向秀、籍兄子咸、王戎、刘伶相与友善,常宴集于竹林之下,时人号为"竹林七贤"。

【汇评】

《采菽堂古诗选》:性情如公,仕隐固不相妨。

对 酒

数杯还已醉,春风不复知。①唯有龙吟笛,桓伊能独吹。②
(《文苑英华》卷一九五、张本、吴本、倪本。)

【题解】

饮酒数杯,已然酣醉不省人事。个中心事,无人诉说。酒乃避世浇愁之物,诗人内心是落寞的。

【注释】

①春风:《文苑英华》小注:"一作'风云'。"张本、吴本、倪本作"风云"。张本、倪本小注:"一作'春风'。"

②龙吟:形容箫笛类管乐声音似龙吟。○桓伊:字叔夏,小字子野。东晋名士,善吹笛。《晋书》卷八一有传。《世说新语·任诞》:"王子猷出都,尚在渚下。旧闻桓子野善吹笛,而不相识。遇桓于岸上过,王在船中,客有识之者云:'是桓子野。'王便令人与相闻,云:'闻君善吹笛,试为我一奏。'桓时已贵显,素闻王名,即便回下车,踞胡床,为作三调。弄毕,便上车去。客主不交一言。"

【汇评】

《采菽堂古诗选》:特无赏音者,如何如何?

春日极饮

槛前闻鸟啭,园里对花开。①就中言不醉,红袖捧金杯。
(张本、吴本、倪本。)

【题解】

诗写面对春日美好景色酣饮的愉快心情。

【注释】

①啭(zhuàn):鸟鸣。

春 望

春望上春台,春窗四面开。①落花何假拂,风吹会并来。
(张本、吴本、倪本。)

【题解】
诗写春日登春台所见之落花飘拂。

【注释】
①春台:春日登眺览胜之处。《老子》:"荒兮其未央,众人熙熙,如享太牢,如登春台。"

【汇评】
《采菽堂古诗选》:缥缈。

新 月

郑环唯半出,秦钩本独悬。①若交临酒影,堪言照弩弦。②
(张本、吴本、倪本。)

【题解】
诗以"郑环""秦钩""弩弦"写半圆形之新月。

【注释】
①郑环:《左传·昭公十六年》载:"宣子有环,有一在郑商。"环,圆形的璧玉。○秦钩:秦地所产的钩。钩,兵器名,似剑而曲。一说秦罗敷所持笼

钩。清倪璠注:"《秦罗敷词》曰:'桂枝为笼钩。'故曰秦钩。言新月类玦,又如钩也。《释名》曰:'弦,月半之名也。其形一旁曲,一旁直若张弓弦也。'"
②"若交"二句:此暗用"杯弓蛇影"典故。汉应劭《风俗通·怪神·世间多有见怪惊怖以自伤者》载:杜宣夏至日赴饮,"时北壁上有悬赤弩,照于杯中,其形如蛇"。杜宣酒后胸腹痛切,多方医治不愈。后知是壁上赤弩影照于杯中,病即愈。

【汇评】

《采菽堂古诗选》:拙,亦有致。

秋 日

苍茫望落景,羁旅对穷秋。①赖有南园菊,残花足解愁。
(张本、吴本、倪本。)

【题解】

秋日、羁旅,忧从中来,唯有避世赏菊可以解愁。

【注释】

①落景:夕阳。

【汇评】

《采菽堂古诗选》:此愁正不可得解。

望渭水

树似新亭岸,沙如龙尾弯。①犹言今暝浦,应有落帆还。②
(《初学记》卷六、《文苑英华》卷一六三、张本、吴本、倪本。)

【题解】

眺望长安渭水,景色俨然类似故都建业。日暮水边,犹有归船,而诗人却只能滞留北方,诗中蕴涵无限惆怅之情。

【注释】

①"树似"二句:清倪璠注:"言望长安如江南也。"新亭,亭名。故址在今江苏省江宁区南长江边。龙尾弯,地名,盖在今南京市附近。弯,《文苑英华》、张本、吴本、倪本作"湾"。

②暝浦:烟雾迷蒙的浦口。暝,倪本作"溟"。○今:《文苑英华》、张本、吴本、倪本作"吟"。

【汇评】

《采菽堂古诗选》:看朱成碧耶?公所见无非见其所见,故所言无非言其所言。

尘　镜

明镜如明月,恒常置匣中。何须照两鬓,终是一秋蓬。①
(张本、吴本、倪本。)

【题解】

诗人因为早知自己容颜衰老,不忍照镜,所以镜子已落满灰尘。

【注释】

①秋蓬:秋季干枯散乱的蓬草。

【汇评】

《采菽堂古诗选》:妙,不可思议。

和淮南公听琴闻弦断①

嗣宗看月夜,中散对行云。②一弦虽独韵,犹足动文君。③（张本、吴本、倪本。）

【题解】
诗写听琴弦断,余弦之音依然动人。

【注释】
①淮南公:指魏宗室元伟。《周书》卷三八有传。
②嗣宗:阮籍字嗣宗,三国魏陈留尉氏人。仕魏,曾任散骑常侍、步兵校尉,世称阮步兵,为"竹林七贤"之一。事迹见《三国志》卷二一。阮籍《咏怀诗》有云:"夜中不能寐,起坐弹鸣琴。薄帷鉴明月,清风吹我襟。"○中散:指三国时魏嵇康。康曾拜中散大夫,善弹琴。为"竹林七贤"之一。事迹见《三国志》卷二一。嵇康《琴赋》有云:"远而听之,若鸾凤和鸣戏云中。"
③文君:即西汉卓文君。文君新寡,司马相如以琴心挑之,后随司马相如私奔。事见《史记·司马相如传》。

弄琴诗二首

1. 雉飞催晚别,乌啼惊夜眠。①若交新曲变,惟须促一弦。②（张本、吴本、倪本。）

【题解】

诗写琴中"新曲""新声"的动听。

【注释】

①"雉飞"二句：清倪璠注："古辞有《雉朝飞》《乌夜啼》，言其以为琴曲也。"

②一弦：即一弦琴。

2. 不见《石城乐》，惟闻鸟噪林。①新声逐弦转，应得动春心。（张本、吴本、倪本。）

【注释】

①《石城乐》：古乐辞。刘宋臧质所作。石城在竟陵。质尝为竟陵郡，于城上眺瞩，见群少年歌谣通畅，因作此曲。歌云："生长石城下，开门对城楼。城中美年少，出入见依投。"○鸟：吴本、倪本作"乌"。今按：疑作"乌"是。鸟噪林，暗指乐曲《乌夜啼》。

【汇评】

《采菽堂古诗选》：此即是"促一弦"。此新声，正不关弦。

咏羽扇

摇风碎朝翩，拂汗落毛衣。①定似回谿路，将军垂翅归。②（张本、吴本、倪本。）

【题解】

诗由羽扇的羽毛联想到鸟翅，又由鸟翅联想到吃了败仗垂翅而归的将军,想象奇特。

【注释】

①翮(hé):鸟的翅膀。

②"定似"二句:《后汉书·冯异传》载:赤眉、延岑暴乱三辅,冯异讨之。先为赤眉所败,异弃马步走上回谿阪。后大破之。汉光武帝玺书劳异曰:"赤眉破平,士吏劳苦,始虽垂翅回谿,终能奋翼黾池,可谓失之东隅,收之桑榆。"回谿,在今河南省洛宁县东北。

【汇评】

《采菽堂古诗选》:少陵每饭不忘,公又何时刻暂曾忘之。

题结线袋子

交丝结龙凤,镂彩织云霞。一寸同心缕,千年长命花。①
(张本、吴本、倪本。)

【题解】

结线袋子上绣有龙凤和长生花,不仅精美,更暗含着美好的祝福。

【注释】

①同心缕:指交织在一起的丝线。○长命花:即长生花,草药名。此盖指袋子上刺有长命花花纹。

【汇评】

《采菽堂古诗选》:同心已矣,长命难期,故当敦祝。

赋得鸾台①

九成吹玉琯,百尺上瑶台。②能将秦女去,终是凤凰来。③

（张本、吴本、倪本。）

【题解】

诗写在高台作乐之美。

【注释】

①赋得：谓用古人诗句或眼前景象、物什为题即兴作诗。○鸾台：高台。

②九成：犹九重，言极高。○玉琯：玉制的古乐器。

③秦女：指秦穆公之女弄玉。汉刘向《列仙传》："萧史者，秦穆公时人也。善吹箫，能致孔雀白鹤于庭。穆公有女字弄玉，好之，公遂以女妻焉，日教弄玉作凤鸣，居数年，吹似凤声，凤凰来止其屋，公为作凤台，夫妇止其上，不下数年。一旦，皆随凤凰飞去。"○凰：倪本作"皇"。今按：皇，同"凰"。

【汇评】

《采菽堂古诗选》：凤凰不至，吾已矣夫！

赋得集池雁①

逢风时迥度，逐侣乍争飞。②犹忆方塘水，今秋已复归。③

（《艺文类聚》卷九一、张本、吴本、倪本。）

【题解】

诗前二句写雁高飞，后二句写雁复集方塘。庾信《奉报赵王赐酒》云"未知稻粱雁，何时报君恩"，《咏雁》云"稻粱俱可恋，飞去复飞还"，雁高飞忆方塘而复归，亦有恋稻粱之意，那诗人自己呢？

【注释】

①赋得：谓用古人诗句或眼前景象、物什为题即兴作诗。

②迥度:高飞。○乍:倪本作"作"。
③方塘:汉末刘桢《杂诗》:"方塘含白水,中有鳧与雁。"

【汇评】

《采菽堂古诗选》:雁何堪年年遭此横妒?

咏 雁

南思洞庭水,北想雁门关。①稻粱俱可恋,飞去复飞还。②
(《艺文类聚》卷九一、张本、吴本、倪本。)

【题解】

诗写雁飞南北,为追逐稻粱而迁徙。诗似亦暗寓了庾信自己晚年矛盾的心境。

【注释】

①洞庭:即洞庭湖。在今湖南省北部、长江南岸。○雁门关:关塞名,故址在今山西省忻州市代县北雁门山中。《山海经·海内西经》:"雁门山,雁出其间。在高柳北。"
②"飞去"句:言雁往返于南方洞庭湖与北方雁门关之间。

咏槟榔①

绿房千子熟,紫穗百花开。②莫言行万里,曾经相识来。
(《艺文类聚》卷八七、张本、吴本、倪本。)

【题解】
诗人滞留北方,忽见产于南方的熟悉的槟榔果,勾起无限乡关之思。
【注释】
①咏槟榔:张本、吴本、倪本题作"忽见槟榔"。槟榔,指槟榔树的果实,产于南方热带。
②穗:张本小注:"《集》作'穟'。"倪本小注:"一作'穟'。"今按:穟,通"穗"。
【汇评】
《采菽堂古诗选》:不必论其后二句所言之情矣! 第起二句,体物细切,亦妙。然摩挲爱玩,模写毕肖,正是不能释手之情也。

赋得荷①

秋衣行欲制,风盖渐应欹。②若有千年蔡,须巢但见随。③
(张本、吴本、倪本。)

【题解】
诗咏秋天的荷叶。
【注释】
①赋得:谓用古人诗句或眼前景象、物什为题即兴作诗。
②"秋衣"句:屈原《离骚》有云:"制芰荷以为衣兮,集芙蓉以为裳。"制,裁剪。○风盖:汉王褒《九怀·尊嘉》:"援芙蕖兮为盖。"○欹(qī):倾斜。
③蔡:大龟。《抱朴子·对俗》:"《玉策记》曰:千岁之龟,五色具焉,其额上两骨起似角,解人之言,浮于莲叶之上,或在丛蓍之下,其上时有白云、蟠蛇。"
【汇评】
明谢榛《四溟诗话》:庾信《咏荷》诗:"若有千年蔡,须巢但见随。"梁简文《纳凉》诗:"游鱼吹水沫,神蔡上荷心。""蔡"虽大龟,然字面入诗,殊欠明爽。包佶《秋日园林》诗:"鸟窥新罅栗,龟上半敧莲。"晚唐虽下六朝,由其不用"蔡"字,乃佳。

《采菽堂古诗选》:一语作两曲,惟少陵能学之。

移 树

酒泉移赤柰,河阳徙石榴。①虽言有千树,何处似封侯。②
(张本、吴本、倪本。)

【题解】

诗咏移栽树木。由"移""徙"很容易联想到作者自己的流寓经历,而结句"何处似封侯"盖寓隐居而不得之意。

【注释】

①酒泉:古郡名。治所在今甘肃省酒泉市。○赤柰:果名。俗称花红,似苹果而小。《艺文类聚》卷八六引《广志》曰:"柰有白青赤三种,张掖有白柰,酒泉有赤柰。"○河阳:县名。治所在今河南省孟州市西。晋潘岳曾为河阳令,《白氏六帖》卷二一:"潘岳为河阳令,种桃李花,人号曰:'河阳一县花。'"○石榴:树木名。潘岳有《河阳庭前安石榴赋》,序云:"安石榴者,天下之奇树,九州之名果也。"

②"虽言"二句:《史记·货殖列传》:"安邑千树枣;燕、秦千树栗;蜀、汉、江陵千树橘;淮北、常山已南,河济之间千树萩;陈、夏千亩漆;齐、鲁千亩桑麻;渭川千亩竹;及名国万家之城,带郭千亩亩钟之田,若千亩卮茜,千畦姜韭:此其人皆与千户侯等。"

奉　梨

接枝秋转脆,含情落更香。① 擎置仙人掌,应添瑞露浆。②
(张本、吴本、倪本。)

【题解】
诗咏所进奉之梨的香脆。

【注释】
①含情:待考。吴本作"含销",倪本作"含消"。今按:疑当作"含消"。含消,梨名。《初学记》卷二八引《辛氏三秦记》曰:"汉武帝园,一名樊川,一名御宿。有大梨如五升瓶,落地则破。其主取布囊承之,名曰含消梨。"
②仙人掌:即仙人承露盘。《汉书·郊祀志上》:"〔汉武帝〕其后又作柏梁、铜柱、承露仙人掌之属矣。"颜师古注:"《三辅故事》云:建章宫承露盘高二十丈,大七围,以铜为之,上有仙人掌承露,和玉屑饮之。"

伤往诗二首①

1. 见月长垂泪,看花定敛眉。从今一别后,知作几年悲。
(张本、吴本、倪本。)

【题解】
时光荏苒,物是人非,诗为悼亡之作。

【注释】
①伤往:哀悼逝者。

【汇评】

《采菽堂古诗选》：言命亦不长，则悲亦不长。见无期日，则悲又无期日。

2. 镜尘言苦厚,虫丝定几重。①还是临窗月,今秋迥照松。②（张本、吴本、倪本。）

【注释】

①言：语助词，无义。○苦：表程度之深，极、甚。○虫丝：即蜘蛛网。
②松：盖指逝者坟墓前之松。古人墓旁植松。

【汇评】

《采菽堂古诗选》：变化不测。

春日离合诗二首①

1. 秦青初变曲,未有逐琴心。②明年花树下,月月来相寻。③（张本、吴本、倪本。）

【题解】

此是离合"春""日"二字的游戏诗作。

【注释】

①离合诗：杂体诗名，是一种拆开字形合成新字的文字游戏。唐王叡《炙毂子录·序乐府》："离合诗，起汉孔融，离合其字以成文。"明吴讷《文体明辨序说》："按离合诗有四体：其一，离一字偏旁为两句，而四句凑合为一

字……其二,亦离一字偏旁为两句,而六句凑合为一字……其三,离一字偏旁于一句之首尾,而首尾相续为一字……其四,不离偏旁,但以一物二字离于一句之首尾,而首尾相属为一物。"

②"秦青"句:《列子·汤问》:"薛谭学讴于秦青,未穷青之技,自谓尽之,遂辞归。秦青弗止。饯于郊衢,抚节悲歌,声振林木,响遏行云。薛谭乃谢求反,终身不敢言归。"○琴心:《汉书》卷五七《司马相如传》:"卓王孙有女文君新寡,好音,故相如缪与令相重而以琴心挑之。"颜师古注:"寄心于琴声以挑动之也。"

③"月月"句:张本、吴本诗末小注:"'春'字。"

2. 田家足闲暇,士友暂流连。三春竹叶酒,一曲《鹍鸡》弦。①(张本、吴本、倪本。)

【注释】

①"一曲"句:《鹍鸡》,古相和歌曲名。张本、吴本诗末小注:"'日'字。"

【汇评】

《采菽堂古诗选》:离"日"字,甚巧。

和回文①

旱莲生竭镂,嫩菊养秋邻。②满池留浴鸟,分桥上戏人。
(《艺文类聚》卷五六、张本、吴本、倪本。)

【题解】

此是奉和回文游戏之作。

【注释】

①和回文:张本题作"和湘东王后园回文"。倪本题下小注:"和湘东王后园。"回文,诗体名。十六国时前秦窦滔久戍不归,其妻苏蕙思念心切,织锦为《回文旋图诗》以赠,纵横反复皆成章句。后指以一定形式排列,回环往复均可诵读之诗。湘东王,即梁元帝萧绎。绎初封湘东王。

②鑊(huò):无足鼎。

问疾封中录①

形骸违学宦,狭巷幸为闲。②虹回或有雨,云合又含寒。横湖韵鹤下,回溪峡猿还。③怀贤为荣卫,和缓惠绮纨。④(张本、吴本、倪本。)

【题解】

此是双声诗,用以慰问病中的封姓中录事参军。

【注释】

①问疾封中录:倪本题下小注:"双声。"双声诗,诗体名。即诗中一句或整首诗都采用声部相同的字,以期造成绕口令般的效果。中录,"中录事参军"的省称,官名。梁王府、军府佐吏名。

②学宦:游学和做官。

③峡:吴本作"浃"。倪本作"狭",小注:"一作'浃'。"

④荣卫:中医学名词。荣指血的循环,卫指气的周流。荣卫二气散布全身,内外相贯,运行不已,对人体起着滋养和保卫作用。○和缓:春秋时秦国良医和与缓的并称。《左传·昭公元年》:"晋侯求医于秦,秦伯使医和视之。"《左传·成公十年》:"晋侯梦大厉……公疾病,求医于秦。秦伯使医缓为之。"惠:惠赠。○绮纨:张本、吴本、倪本小注:"疑是'何丸'。"

289

示封中录二首①

1. 贵客居金谷,关扃隔藳街。②冀君见果顾,郊间光景佳。（张本、吴本、倪本。）

【题解】
此盖吃语诗,文字游戏耳。

【注释】
①示封中录二首:张本、吴本、倪本题下小注:"似吃语诗。"吃语诗,诗体名。字句如吃口令。
②客:吴本、倪本作"馆"。○金谷:古地名。在今河南省洛阳市西北。晋石崇在此筑金谷园。○关扃(jiōng):门户。○藳(gǎo)街:汉时街名,在长安城南门内,为属国使节馆舍所在地。

2. 高阶既激涧,广阁更交柯。①葛巾久乖角,菊径简经过。②（张本、吴本、倪本。）

【注释】
①交柯:交错的树枝。谓树木茂密。
②"葛巾"句:《后汉书·郭太传》载:东汉郭太,字林宗,品学为时人所重,曾途行遇雨,头巾垫其一角,人争效之,故折巾一角,称为"林宗巾"。○菊径:喻隐居之所。○简:多。

七言诗

秋夜望单飞雁

失群寒雁声可怜,夜半单飞在月边。无奈人心复有忆,今暝将渠俱不眠。①（张本、吴本、倪本。）

【题解】
诗写失群单雁的孤寂,更写滞留在北之人的孤单凄惶。

【注释】
①将:与。○渠:代词,它。此指雁。

【汇评】
《采菽堂古诗选》:楚楚清怨。

代人伤往二首①

1. 青田松上一黄鹤,相思树下两鸳鸯。②无事交渠更相失,不及从来莫作双。③（张本、吴本、倪本。）

【题解】
此二首,代人伤情。第一首诗写失掉伴侣的孤单,第二首诗今昔对比,有昔日繁华而今安在的感慨。

【注释】
①伤往:伤悼逝者。
②青田:地名。相传其地产鹤。《初学记》卷三〇引南朝宋郑缉之《永

嘉郡记》曰:"有洙沐溪,去青田九里。此中有一双白鹤,年年生子,长大便去,只惟馀父母一双在耳,精白可爱,多云神仙所养。"○相思树:晋干宝《搜神记》载:战国时宋康王舍人韩凭,娶妻何氏,美,康王夺之。凭怨,王囚之。凭乃自杀。其妻遂自投台。王怒,使里人埋之,冢相望也。宿昔之间,便有大梓木生于二冢之端,旬日而大盈抱,屈体相就,根交于下,枝错于上。又有鸳鸯,雌雄各一,恒栖树上,晨夕不去,交颈悲鸣,音声感人。宋人哀之,遂号其木曰"相思树"。

③无事:无缘无故。○交渠:犹言教它、叫它。

【汇评】

《采菽堂古诗选》:用意婉曲。

2. 杂树本唯金谷苑,诸花旧满洛阳城。①正是古来歌舞处,今日看时无地行。②(张本、吴本、倪本。)

【注释】

①"杂树"句:东晋石崇《金谷诗序》有云:"有别庐在河南县界金谷涧中,去城十里,或高或下,有清泉茂林、众果竹柏、药草之属。"金谷苑,即金谷园,石崇所筑。故址在今河南省洛阳市西北。○"诸花"句:东汉宋子侯《董娇饶》诗:"洛阳城东路,桃李生路傍。花花自相对,叶叶自相当。"

②无地行:无路可走。形容荒芜,人迹罕至。

【汇评】

《古诗评选》:率不损致。

郊庙歌辞

周祀员丘歌①

昭夏降神②

重阳禋祀,大报天。③丙午封坛,肃且圜。④孤竹之管,云和弦。⑤神光未下,风肃然。⑥王城七里,通天台。⑦紫微斜照,影徘徊。⑧连珠合璧,重光来。⑨天策暂转,钩陈开。⑩(《隋书》卷一四《音乐志》《乐府诗集》卷七、张本、吴本、倪本。)

【题解】

此是北周祭天时演唱的一组歌辞,共十二首。

【注释】

①周祀员丘歌:《隋书》卷一四《音乐志》:"闵帝受禅,居位日浅。明帝践阼,虽革魏氏之乐,而未臻雅正。天和元年,武帝初造《山云舞》,以备六代。南北郊、雩坛、太庙、禘祫,俱用六舞。南郊则《大夏》降神,《大护》献熟,次作《大武》《正德》《武德》《山云之舞》。北郊则《大护》降神,《大夏》献熟,次作《大武》《正德》《武德》《山云之舞》。雩坛以《大武》降神,《正德》献熟,次作《大夏》《大护》《武德》《山云之舞》。太庙祫禘,则《大武》降神,《山云》献熟,次作《正德》《大夏》《大护》《武德之舞》。时享太庙,以《山云》降神,《大夏》献熟,次作《武德之舞》。拜社,以《大护》降神,《大武》献熟,次作《正德之舞》。五郊朝日,以《大夏》降神,《大护》献熟。神州、夕月、籍田,以《正德》降神,《大护》献熟。建德二年十月甲辰,六代乐成,奏于崇信殿。群臣咸观。其宫悬,依梁三十六架。朝会则皇帝出入,奏《皇夏》。皇太子出入,奏《肆夏》。王公出入,奏《骜夏》。五等诸侯正日献玉帛,奏《纳夏》。宴族人,奏《族夏》。大会至尊执爵,奏登歌十八曲。食举,奏《深夏》,舞六代《大夏》《大护》《大武》《正德》《武德》《山云之舞》。于是正定雅音,为郊庙

乐。创造钟律,颇得其宜。宣帝嗣位,郊庙皆循用之,无所改作。今采其辞云。"清倪璠注:"《集》中有《贺新乐表》,是周武帝时郊庙燕射,使子山作辞也。"员丘,亦作"圜丘""圆丘",古代帝王冬至祭天的地方。后亦用以祭天地。《周礼·春官·大司乐》贾公彦疏:"土之高者曰丘,取自然之丘。圜者,象天圜也。"

②昭夏:古乐章名。《周礼·春官·钟师》:"凡乐事,以钟鼓奏九夏:《王夏》《肆夏》《昭夏》《纳夏》《章夏》《齐夏》《族夏》《裓夏》《骜夏》。"○昭夏降神:《隋书》作"降神,奏《昭夏》",张本、吴本、倪本改"降神"为题下小注。今从之。下同。

③重阳:指天。○禋(yīn)祀:指祭祀。○大报天:谓遍祭天神。《礼记·郊特牲》:"大报天而主日也。"郑玄注:"大,犹遍也。"

④丙午:清倪璠注:"丙午在南方,言其在国之阳也。郑氏之义。丙取其炳明,午取其鄂布也。"○封坛:聚土为圆坛以祭天。

⑤"孤竹"二句:《周礼·春官·大司乐》:"孤竹之管,云和之琴瑟,云门之舞,冬日至,于地上圜丘奏之。"孤竹,独生的竹。云和,山名。古取其所产之材制作琴瑟。

⑥神光:神之光彩。○未:《乐府诗集》、吴本作"来"。

⑦王城七里:《隋书·礼仪志》:"后周宪章姬周,祭祀之式,多依《仪礼》。司量掌为坛之制,圆丘三成,成崇一丈二尺,深二丈。上径六丈,十有二阶,每等十有二节。在国阳七里之郊。"

⑧紫微:即紫微垣,星官名,象征天帝。《春秋纬》:"紫微为天帝。"《晋书·天文志上》:"紫宫垣十五星,其西蕃七,东蕃八,在北斗北。一曰紫微,大帝之座也,天子之常居也,主命主度也。"

⑨连珠合璧:谓五星若珠连,日月如合璧。《后汉书·天文志》:"三皇迈化,协神醇朴,谓五星如连珠,日月若合璧。"

⑩天策:星名。即傅说星。○钩陈:星官名。《文选》卷一班孟坚《两都赋·西都赋》:"周以钩陈之位,卫以严更之署。"李善注:"《乐汁图》曰:钩陈,后宫也。服虔《甘泉赋注》曰:紫宫外营。勾陈,星也,然王者亦法之。"

【汇评】

《古诗评选》：天固不可以亵词陈对，然云"天听自我民听"，又岂可以人所厌闻之腐言假以庄敬以相诞也？从来作郊祀歌者，皆以措大语支应，即此已是不诚，唐山而后，仅见此作。天所不敢知于我民听，为惛惛矣。

《采菽堂古诗选》：周郊庙诸曲既出，庾公典采丰葩，体裁雅正，有清气以运之，殊于列朝质重之响。且又辞意稳切，间有丰神。伤此巨才，不得与相如之流振兴雅颂，中微寄慨，惋惋何如！○《圜丘方泽歌》，典雅舂容，风华掩映，可名作者。

皇夏皇帝入门[1]

旌回外壝，跸静郊门。[2]千乘按辔，万骑云屯。[3]藉茅无咎，扫地唯尊。[4]揖让展礼，衡璜节步。[5]星汉就列，风云相顾。[6]取法于天，降其永祚。[7]（《隋书》卷一四《音乐志》《乐府诗集》卷七、张本、吴本、倪本。）

【注释】

①皇夏：即"王夏"，周乐名。九夏之一，王出入时所奏。清倪璠注："《周礼》：'王出入，则奏《王夏》。'释曰：'王出入，谓王将祭祀，入庙门，升祭讫，出庙门，皆令奏《王夏》也。'按：姬周承二王之后，天子称王，故云《王夏》。秦兼称皇帝，汉魏以来因之不改。皇帝出入，得称《皇夏》矣。"

②外壝（wéi）：围绕祭坛的矮土墙。○跸（bì）：指帝王的车驾。

③云屯：如云之聚集。形容盛多。

④藉茅无咎：《周易·大过卦》："初六，藉用白茅，无咎。"即用白茅草铺垫，没有过错。

⑤衡璜：珩与璜。此指佩玉。○节步：节制约束步伐。

⑥"星汉"二句：清倪璠注："言星汉如就列位，风云流行若相顾盼也。"

299

⑦祚(zuò):福运。

昭夏俎入①

日至大礼,丰牺上辰。②牲牢修牧,茧栗毛纯。③俎豆斯立,陶匏以陈。④大报反命,居阳兆日。⑤六变鼓钟,三和琴瑟。⑥俎奇豆偶,惟诚惟质。⑦(《隋书》卷一四《音乐志》、《乐府诗集》卷七、张本、吴本、倪本。)

【注释】

①俎(zǔ):古代祭祀时陈置牺牲的礼器。

②日至:指冬至日。《周礼·春官·宗伯》:"云和之琴瑟,《云门》之舞。冬日至,於地上之圜丘奏之。"○丰牺:丰盛的祭品。○上辰:良辰,好日子。

③牲牢修牧:指祭祀用的牲畜。○茧栗:形容牛角初生形如茧似栗之状。古代祭天地,用毛色纯、角如茧栗状之牛为祭品。

④俎豆:古代祭祀用的礼器俎和豆。此泛指各种礼器。○陶匏(páo):陶制的器皿。《礼记·效特牲》:"天子适四方,先柴。郊之祭也,迎长日之至也,大报天而主日也。兆于南郊,就阳位也。扫地而祭,于其质也。器有陶、匏,以象天地之性也。"

⑤反命:复命。○兆日:谓设置祀日神坛。

⑥六变:指乐章改变六次。古代祭百神,乐章变六次祭典始成。○三和:三次调弦演奏。

⑦俎奇豆偶:《礼记·郊特牲》:"鼎俎奇而笾豆偶,阴阳之义也。"唐孔颖达《正义》:"鼎俎奇者,以其盛牲体。牲体动物,动物属阳,故其数奇。笾豆偶者,其实兼有植物。植物属阴,故其数偶。故云阴阳之义也。……鼎俎奇者,案聘礼牛一、羊二、豕三、鱼四、腊五、肠胃六、肤七、鲜鱼八、鲜腊九也,是鼎九,其数奇也。又有陪鼎膷一也,臐二也,膮三也,亦其数奇也。正

鼎九鼎,别一俎,俎亦九也。又少牢陈五鼎,羊一、豕二、肤三、鱼四、腊五,其肠胃从羊,五鼎五俎,又肵俎一,非是正俎也。特牲三鼎,牲鼎一、鱼鼎二、腊鼎三,亦有三俎,肵俎一,非正俎,不在数。是皆鼎俎奇也。有司彻陈六俎者,尸及侑俎主人、主妇各一俎,其余二俎者,司马以一俎,羞羊肉湆,其一俎司士,羞豕肉湆,此二者,益肉之俎也,此云鼎俎奇者,谓一处并陈。又笾豆偶者,案《掌客》云:上公豆四十,侯伯三十二,子男二十四。又《礼器》云:天子之豆二十有六,诸公十有六,诸侯十有二,上大夫八,下大夫六。案《礼》,'笾'与'豆'同是笾豆,偶也。"○惟诚惟质:《礼记·郊特牲》:"用犊,贵诚也。"又曰:"埽地而祭,于其质也。"

昭夏奠玉帛①

员玉已奠,苍币斯陈。②瑞形成象,璧气含春。③礼从天数,智总员神。④为祈为祀,至敬咸遵。(《隋书》卷一四《音乐志》、《乐府诗集》卷七、张本、吴本、倪本。)

【注释】

①奠:置祭品祭祀鬼神。○玉帛:古代祭祀用的圭璋和束帛。

②员:《乐府诗集》、倪本作"圆"。○苍币:苍璧缯帛。今按:疑"币"当作"璧"。苍璧,《周礼·春官·宗伯》:"以苍璧礼天。"

③"瑞形"二句:清倪璠注:"'瑞形成象'者,以圆璧为瑞玉,其形类天象也;'璧气含春'者,春为苍精,祭天用苍璧,苍是东方之色,故云含春也。"

④"礼从"二句:清倪璠注:"'礼从天数',亦谓牲币之类;'智总圆神',谓璧之圜也。《易》曰:'蓍之德,圆而神。卦之得,方以智。'"员,《乐府诗集》、张本、吴本、倪本作"圆"。

皇夏皇帝升坛

七星是仰,八陛有凭。^①就阳之位,如日之升。^②思虔肃肃,施敬绳绳。^③祝史陈信,玄象斯格。^④惟类之典,惟灵之泽。^⑤幽显对扬,人神咫尺。^⑥(《隋书》卷一四《音乐志》《乐府诗集》卷七、张本、吴本、倪本。)

【注释】

①七星:指北斗星。星,《乐府诗集》卷七、张本、吴本、倪本作"里"。张本小注:"一作'星'。"清倪璠注:"七里,即《隋志》所称'后周圆丘在国阳七里之郊'是也。"○八陛:古代天子祭祀天地的祭坛有八层台阶。清倪璠注:"七里、八陛,乃是后周圆墠,非古姬周之圆丘也。"

②"就阳"二句:清倪璠注:"就阳位也。……此言皇帝升坛,亦如日就阳位初升时也,故引《天保》之诗云'如日'矣。"《诗经·小雅·天保》:"如月之恒,如日之升。"

③肃肃:敬貌。○施:张本、吴本、倪本作"致"。○绳绳:戒慎貌。

④祝史:指司祭祀之官。○祝:张本作"祀"。○玄象:指天。○格:感通,感动。

⑤类:古代祭名。以特别事故祭告天神。《尚书·舜典》:"肆类于上帝。"孔颖达疏:"祭于上帝,祭昊天及五帝也。"○典:祭祀。○灵:神灵。○泽:恩泽,恩惠。

⑥幽显:灵界和人间。○对扬:答问。○咫尺:周制八寸为咫,十寸为尺。此形容距离很近。

云门舞 初献,作《云门》之舞^①

献以诚,郁以清。^②山罍举,沈齐倾。^③惟尚飨,洽皇情。^④降

景福,通神明。⑤(《隋书》卷一四《音乐志》《乐府诗集》卷七、张本、吴本、倪本。)

【注释】

①云门舞:周代六乐舞之一。用于祭祀天神。○初献:指开始向神献演乐舞。

②郁:郁鬯,即祭祀的香酒。用鬯酒调和郁金之汁而成。○清:指清酒。《诗经·小雅·信南山》:"祭以清酒,从以骍牡。"朱熹《集传》:"清酒,清洁之酒。"

③山罍:即山尊,刻有山云图纹的盛酒的祭器。○沈齐:指糟滓下沉的清酒。

④尚飨(xiǎng):享用祭品。

⑤景福:洪福,大福。

云门舞 初献配帝,作《云门》之舞

长丘远历,大电遥源。①弓藏高陇,鼎没寒门。②人生于祖,物本于天。③尊神配德,迄用康年。④(《隋书》卷一四《音乐志》《乐府诗集》卷七、张本、吴本、倪本。)

【注释】

①"长丘"二句:言黄帝之母附宝于祁野见大电绕北斗枢星,感而怀孕,二十四月而生黄帝。

②"弓藏"二句:言黄帝鼎湖升仙事。传黄帝铸鼎于荆山,鼎成,有龙垂胡髯下迎,黄帝小臣不得上,乃悉持龙髯,堕黄帝之弓。清倪璠注:"按此数语,皆黄帝轩辕之事。后周圜丘,配以神农,非配轩辕也。然昊天至尊,神农极远,后周远祖于周无功,徒以远祖之尊以配远尊天帝,若姬周'帝喾'

矣。且神农之事,若炎政火官诸语,偏属五方迎气,播谷耒耨之用,似杂祈谷郊坛。天帝尊至昊天,无所不该。人帝配之至尊之前,功绩所著,不宜杂引,盖以神农之世,年代绵渺,假称轩皇之事,以明天之所生,有此灵异,及没,还归于天。其立辞之慎如此,非子山误引也。"寒门,即谷口。古地名,在今陕西省礼泉县东北,传为黄帝升仙处。

③"人生"二句:《礼记·郊特牲》:"万物本乎天,人本乎祖,此所以配上帝也。"清倪璠注:"此言后周远祖本炎帝神农氏,犹万物之生原本昊天上帝,所以圜丘配之。"

④尊:《乐府诗集》卷七、张本、吴本、倪本作"奠"。○配德:谓德足配天。○迄用康年:赐予丰年。《诗经·周颂·臣工》:"明昭上帝,迄用康年。"

登歌初献及献配帝毕①

岁之祥,国之阳。②苍灵敬,翠云长。③象为饰,龙为章。④乘长日,坯蛰户。⑤列云汉,迎风雨。⑥六吕歌,云门舞。⑦省涤濯,奠牲牷。⑧郁金酒,凤凰樽。⑨回天眷,顾中原。(《隋书》卷一四《音乐志》《乐府诗集》卷七、张本、吴本、倪本。)

【注释】

①登歌:升堂奏歌。

②岁:太岁。○国之阳:谓圜丘在国都之南。清倪璠注:"'国之阳'者,言在国阳七里之郊也。"阳,谓南方。

③苍灵:谓天神。因天色苍,故云。

④章:花纹。

⑤长日:冬至日,一说指夏至。○坯:《乐府诗集》、张本、吴本、倪本作"坏"。○蛰户:蛰虫伏处的洞穴。

⑥云汉:银河。

⑦六吕:古乐有十二律,阳声阴声各六,阳为律,阴为吕。六,张本、倪本作"大"。今按:似以作"大"为是。《周礼·春官·大司乐》:"乃奏黄钟,歌大吕,舞《云门》,以祀天神。"

⑧省涤濯:《周礼·春官·小宗伯》:"大祭祀,省牲,眡涤濯。"省,查看。涤濯,洗涤。○牲牷:古代祭祀用的纯色全牲。此泛指祭品。

⑨郁金酒:即祭祀所用郁鬯。用鬯酒调和郁金之汁而成。

皇夏饮福酒

国命在礼,君命在天。陈诚惟肃,饮福惟虔。洽斯百礼,福以千年。①钩陈掩映,天驷徘徊。②彤禾饰斝,翠羽承罍。③受斯茂祉,从天之来。(《隋书》卷一四《音乐志》《乐府诗集》卷七、张本、吴本、倪本。)

【注释】

①"洽斯"二句:《诗经·周颂·丰年》:"为酒为醴,烝畀祖妣。以洽百礼,降福孔皆。"

②钩陈:星官名。《文选》卷一班孟坚《两都赋·西都赋》:"周以钩陈之位,卫以严更之署。"李善注:"《乐汁图》曰:钩陈,后宫也。服虔《甘泉赋注》曰:紫宫外营。勾陈,星也,然王者亦法之。"○天驷:房星的别名。古以为主车马。

③彤禾饰斝(jiǎ):刻画有禾稼的斝。斝,贮酒器名。○翠羽承罍:翠羽装饰的罍尊。

雍乐撤奠①

礼将毕,乐将阑。②回日辔,动天关。翠凤摇,和鸾响。③五云飞,三步上。风为驭,雷为车。无辙迹,有烟霞。畅皇情,休灵命。雨留甘,云余庆。④(《隋书》卷一四《音乐志》《乐府诗集》卷七、张本、吴本、倪本。)

【注释】

①雍乐:古天子祭祀宗庙毕,撤俎豆时所奏的乐章。

②阑:将尽,将完。

③翠凤:《文选》卷三九李斯《上秦始皇书》:"建翠凤之旗,树灵鼍(tuó)之鼓。"吕延济注:"以翠羽为凤形而饰旗也。"○和鸾:古代车上的铃铛。挂在车前横木上称"和",挂在轭首或车架上称"鸾"。鸾,《乐府诗集》作"銮"。

④雨留甘:谓甘雨,即适时好雨。○云余庆:谓庆云,即喜庆、吉祥的五色云。

皇夏就望燎位①

六典联事,九司咸则。②率由旧章,于焉允塞。③掌礼移次,燔柴在焉。④烟升玉帛,气敛牲牷。⑤休气馨香,膋芳昭晰。⑥翼翼虔心,明明上彻。⑦(《隋书》卷一四《音乐志》《乐府诗集》卷七、张本、吴本、倪本。)

【注释】

①望燎:祭祀名。望祭与燎祭。

②六典:古代六方面的治国之法。《周礼·天官·大宰》:"大宰之职,掌建邦之六典,以佐王治邦国:一曰治典,以经邦国,以治官府,以纪万民。二曰教典,以安邦国,以教官府,以扰万民。三曰礼典,以和邦国,以统百官,以谐万民。四曰政典,以平邦国,以正百官,以均万民。五曰刑典,以诘邦国,以刑百官,以纠万民。六曰事典,以富邦国,以任百官,以生万民。"

○联事:联合处理事务。○九司:九官。《汉书·刘向传》:"臣闻舜命九官,济济相让,和之至也。"颜师古注:"《尚书》:禹作司空,弃后稷,契司徒,咎繇作士,垂共工,益朕虞,伯夷秩宗,夔典乐,龙纳言,凡九官也。"清倪璠注:"此云九司,谓司空、司徒之属,所司者有九官也。"○咸则:都遵守仿效。

③率由:遵循,沿用。○允塞:充满,充实。

④掌礼移次:《周礼·天官》有掌次之官,"掌次掌王次之法,以待张事。……朝日,祀五帝,则张大次、小次,设重帟、重案"。郑玄注:"次,谓幄也。大幄,初往所止居也。小幄,既接祭退俟之处。"○燔柴:古代祭天仪式。将玉帛、牺牲等置于积柴上而焚之。

⑤"烟升"二句:清倪璠注:"按:祭祀有升烟之玉帛、牲牷,有礼神之玉帛、牲牷,此云升烟之玉帛、牲牷也。"牲牷,祭祀所用毛色纯、体完具的牺牲。

⑥休气:祥瑞之气。○膋(liáo)芳:古代祀神时焚脂肪散发的馨香。膋,脂肪。○昭晰:明晰。

⑦翼翼:恭敬谨慎貌。○上彻:上达。

皇夏还便座①

玉帛礼毕,人神事分。②严承乃眷,瞻仰回云。辇路千门,王城九轨。③式道移候,司方回指。④得一惟清,于万斯宁。⑤受兹景命,于天告成。⑥(《隋书》卷一四《音乐志》《乐府诗集》卷七、张本、吴本、倪本。)

【注释】

①座:张本、吴本、倪本作"殿"。

②人神:张本、吴本、倪本作"神人"。

③九轨:可容九辆车并列行驶的路面宽度。此泛指城中大路。

④式道:职官名。职掌在皇帝车驾前领路清道。汉时有式道左右中候三人,六百石。○司方:即指南车。

⑤得一惟清:《老子》:"昔之得一者:天得一以清,地得一以宁,神得一以灵,谷得一以盈,万物得一以生,侯王得一以为天下正。"○于万斯宁:《尚书·周官》:"庶政惟和,万国咸宁。"《周易·乾卦》象传:"首出庶物,万国咸宁。"

⑥景命:天命。

周祀方泽歌①

昭夏降神

报功阴泽,展礼玄郊。②平琮镇瑞,方鼎升庖。③调歌丝竹,缩酒江茅。④声舒钟鼓,器质陶匏。⑤列耀秀华,凝芳都荔。⑥川泽茂祉,丘陵容卫。⑦云饰山罍,兰浮汎齐。⑧日至之礼,歆兹大祭。⑨(《隋书》卷一四《音乐志》、《初学记》卷一三、《乐府诗集》卷四、张本、吴本、倪本。)

【题解】
此是北周祭祀地祇时所演唱的一组歌辞,共四首。

【注释】
①方泽:即方丘。古代夏至祭地祇的方坛。
②阴泽:即方泽。○玄郊:清倪璠注:"玄郊,谓后周方丘在国阴六里之郊也。北方黑神曰玄冥,故云玄郊。"
③琮(cóng):瑞玉。方柱形,中有圆孔。《周礼·春官·大宗伯》:"以黄琮礼地。"
④丝:《初学记》作"孤",《乐府诗集》、吴本、倪本作"孙"。○缩酒江茅:

古代祭祀时,用菁茅滤酒去渣。一说,束茅立之祭前,沃酒其上,酒渗下,若神饮之,谓之缩酒。

⑤舒:《初学记》作"扬"。

⑥耀:《乐府诗集》作"荔"。○都荔:都良、薜荔的并称。都良,又作"都梁",即泽兰;薜荔,亦香草名。都,《初学记》讹作"郁"。

⑦容卫:仪仗、侍卫。卫,《初学记》作"裔"。

⑧山罍:古代刻有山云图纹的盛酒的祭器。○汎齐:古代供祭祀用的五种酒之一。因酒色最浊,上面有浮沫,故名。汎,《初学记》作"沉"。

⑨日至:此处指夏至日。○歆:用食品祭祀神鬼。

昭夏奠玉帛

曰若厚载,钦明方泽。①敢以敬恭,陈之玉帛。德包含养,功藏灵迹。②斯箱既千,子孙则百。③(《隋书》卷一四《音乐志》《乐府诗集》卷四、张本、吴本、倪本。)

【注释】

①曰若:助词,用于句首。《尚书·尧典》:"曰若稽古帝尧。"蔡沈《集传》:"曰、粤、越通,古文作'粤'。曰若者,发语辞。"○厚载:《周易·坤卦》:"《象》曰:地势坤。君子以厚德载物。"○钦明:赞颂之词,谓敬肃明察。

②含养:包容养育。形容地德博厚。○灵迹:谓功德。

③斯箱既千:《诗经·小雅·甫田》:"乃求千斯仓,乃求万斯箱。"○子孙则百:《诗经·大雅·假乐》:"千禄百福,子孙千亿。"

登歌初献

质明孝敬,求阴顺阳。①坛有四陛,琮为八方。②牲牷荡涤,萧合馨香。和銮戾止,振鹭来翔。③威仪简简,钟鼓喤喤。④声和孤竹,韵入空桑。⑤封中云气,坎上神光。⑥下元之主,功深盖藏。⑦(《隋书》卷一四《音乐志》《乐府诗集》卷四、张本、吴本、倪本。)

【注释】

①质明:天刚亮的时候。

②为:张本、吴本、倪本作"分"。

③和銮:亦作"和鸾"。古代车上的铃铛,挂在车前横木上称"和",挂在轭首或车架上称"鸾"。此指皇帝的车驾。銮,倪本作"鸾"。○戾止:来到。○振鹭:《诗经·周颂·振鹭》:"振鹭于飞,于彼西雝。"唐孔颖达疏:"言有振振然洁白之鹭鸟往飞也……美威仪之人臣而助祭王庙亦得其宜也。"

④简简:盛大貌。○喤(huáng)喤:象声词,形容声音洪大。

⑤孤竹:独生之竹,此指以孤竹做成的乐器。○空桑:传说中山名,产琴瑟之材。此指以空桑之材做成的乐器。

⑥封:土堆。此指祭祀地祇所筑之坛。○坎:指祭祀所用之坑。

⑦下元:指地。○盖藏:掩盖,隐藏。

皇夏望坎位①

司筵撤席,掌礼移次。②回顾封坛,恭临坎位。瘞玉埋俎,藏芬敛气。③是曰就幽,成斯地意。(《隋书》卷一四《音乐志》《乐府诗集》卷四、张本、吴本、倪本。)

【注释】

①坎位:正北方之位。清倪璠注:"前祭天望燎位,谓升禋玉帛牲也;此祭地望坎位,谓瘗埋玉帛牲也。"

②司筵:《周礼·春官·司几》:"司几筵掌五几、五席之名物,辨其用与

其位。"○掌礼移次:《周礼·天官》有掌次之官,"掌次掌王次之法,以待张事。……朝日、祀五帝,则张大次、小次,设重帟、重案。"郑玄注:"次,谓幄也。大幄,初往所止居也。小幄,既接祭退俟之处。"

③瘗(yì):掩埋。○俎(zǔ):祭祀时放祭品的器皿。○藏芬敛气:清倪璠注:"按祭天有升烟之玉、帛、牲,祭地有瘗埋之玉、帛、牲,升烟取其上达于天,瘗埋取其藏敛于地,故云'藏芬敛气'也。"

周祀五帝歌十二首①

皇夏奠玉帛

嘉玉惟芳,嘉币惟量。②成形依礼,禀色随方。③神班有次,岁礼惟常。④威仪抑抑,率由旧章。⑤(《隋书》卷一四《音乐志》《乐府诗集》卷四、张本、吴本、倪本。)

【题解】
此是北周祭祀五方天帝时所演唱的一组歌辞,共十二首。

【注释】
①五帝:五方天帝。《周礼·春官·小宗伯》:"兆五帝于四郊。"郑玄注:"五帝,苍曰灵威仰,太昊食焉;赤曰赤熛怒,炎帝食焉;黄曰含枢纽,黄帝食焉;白曰白招拒,少昊食焉;黑曰汁光纪,颛顼食焉。"

②嘉玉:祭祀用的玉器。○嘉币:亦称"量币",祭祀所用的缯帛。

③"成形"二句:谓依据东西南北不同方位,用不同形状和颜色的玉帛来祭神。如青圭礼东方,赤璋礼南方,白琥礼西方,玄璜礼北方。依,张本、吴本作"惟",张本小注:"一作'依'。"

④"神班"二句:清倪璠注:"'神班其次'者,言东、南、西、北、中及天人之神各有班次也。'岁礼惟常'者,如正月南郊、五时迎气、四月雩祭、九月

大飨,每岁各有常祭也。"有,《乐府诗集》、张本、吴本、倪本作"其"。

⑤抑抑:轩昂貌。《诗经·大雅·假乐》:"威仪抑抑,德音秩秩。"○率由旧章:沿用从前的典章。

【汇评】

《采菽堂古诗选》:《五帝歌》分称典列。

皇夏初献

惟令之月,惟嘉之辰。①司坛宿设,掌史诚陈。②敢用明礼,言功上神。钩陈旦辟,阊阖朝分。③旒垂象冕,乐奏《山云》。④将回霆策,暂转天文。⑤五运周环,四时代序。⑥鳞次玉帛,循回樽俎。⑦神其降之,介福斯许。⑧(《隋书》卷一四《音乐志》《乐府诗集》卷四、张本、吴本、倪本。)

【注释】

①"惟令"二句:即令月嘉辰,指美好吉利的时间。清倪璠注:"惟令之月,如正月郊天、五时迎气、四月雩祭、九月大飨,皆为令月。惟嘉之辰,如正月上辛以下,皆为嘉辰,言其吉也。"

②"司坛"二句:清倪璠注:"言有司为墠宫,天子止宿之处已设掌史之官,于是陈其诚信也。"

③钩陈:星官名。《文选》卷一班孟坚《两都赋·西都赋》:"周以钩陈之位,卫以严更之署。"李善注:"《乐汁图》曰:钩陈,后宫也。服虔《甘泉赋注》曰:紫宫外营。勾陈,星也,然王者亦法之。"○辟:打开。○阊阖:天门。

④旒(liú):皇帝礼帽前后的玉串。○象冕:皇帝所戴的一种礼帽。○《山云》:乐曲名。

⑤霆策:疾雷闪电。○天文:指风、云。

⑥"五运"二句:清倪璠注:"五运,谓东方青木,南方赤火,中央黄土,西

方白金,北方黑水是也。四时,谓春正月郊,夏四月雩,秋九月大飨。春迎青帝于东郊,夏迎赤帝于南郊,夏季迎黄帝亦于南郊,秋迎白帝于西郊,冬迎黑帝于北郊是也。五郊本是五时,以郊黄帝在季夏,与赤帝同在夏时,故称四时也。"

⑦"鳞次"二句:清倪璠注:"鳞次玉帛者,言玉帛以次陈之,若鱼贯也。……樽俎,礼器也。"

⑧介福:大福。

云门舞初献青帝①

甲在日,鸟中星。②礼东后,奠苍灵。③树春旗,命青史。④候雁还,东风起。歌木德,舞震宫。⑤泗滨石,龙门桐。⑥孟之月,阳之天。⑦亿斯庆,兆斯年。⑧(《隋书》卷一四《音乐志》《乐府诗集》卷四、张本、吴本、倪本。)

【注释】

①云门:周六乐舞之一。用于祭祀。○青帝:神话中的五天帝之一,东方的司春之神,又称苍帝、木帝。

②甲在日:指春季。《史记·天官书》:"察日、月之行以揆岁星顺逆。曰东方木,主春,日甲乙。"○鸟中星:《尚书·尧典》:"日中,星鸟,以殷仲春。"鸟星,指南方朱鸟七宿。

③"礼东"二句:清倪璠注:"东后、苍灵,谓东方青帝也。"

④春旗:青旗。《礼记·月令》:孟春之月,"东风解冻,蛰虫始振,鱼上冰,獭祭鱼,鸿雁来。天子居青阳左个。乘鸾路,驾苍龙,载青旂,衣青衣……是月也,以立春。先立春三日,大史谒之天子曰:'某日立春,盛德在木。'天子乃齐"。○青史:史官。古代以竹简记事,故称。

⑤木德:指春天之德。○震宫:指东方。

⑥泗滨石:泗水之滨的石头,可以作磬。○龙门桐:龙门所产的梧桐,可以作琴瑟。

⑦"孟之"二句:清倪璠注:"孟之月,《月令》所云'孟春之月'也。春为阳,故云'阳之天'。南郊在正月上辛,迎春在立春之日,其雩祭、大飨虽非正月,以青帝所司在于春令,亦得歌此矣。"

⑧"亿斯"二句:《礼记·月令》:孟春之月,"命相布德和令,行庆施惠,下及兆民"。兆,指设坛祭祀。

配帝舞_{初献配帝}①

帝出于震,苍德于神。②其明在日,其位居春。③劳以定国,功以施人。④言从配祀,近取诸身。⑤(《隋书》卷一四《音乐志》《乐府诗集》卷四、张本、吴本、倪本。)

【注释】

①配帝:配祭于天帝。清倪璠注:"配帝,谓人帝也。配青帝灵威仰者有二:其为南郊之祭,配感精之帝与?则以莫那配之。其为迎春之祭及雩祭、大飨,所祀东方之青帝与?则以太皞配之。姬周感生之帝为灵威仰,祈谷郊坛配以后稷。后周感生之帝亦灵威仰,祈谷郊坛配以莫那。其五方一定之配,自古以来著德立功之人。若迎春雩祭、大飨,姬周以太皞配者,后周仍以太皞配之,无所改作。是配青帝者有二,以其俱是配青帝灵威仰之神,故同此舞辞也。"

②帝出于震:《周易·说卦》:"帝出乎震。"震,东方。○苍德于神:清倪璠注:"苍德于神者,以人帝之神德配苍帝灵蝟仰也。"苍德,指青帝之德。青帝亦称苍帝,故称。

③"其明"二句:清倪璠注:"言配青帝在于东方,司职于春也。……其位居春者,南郊在正月上辛,迎春在立春之日是也。"

④"劳以"二句:清倪璠注:"若姬周后稷、后周莫那,皆开国之君。谓其

有劳于子孙,有功于人民者也。太皞虽远,亦自古著德立功者,义兼之矣。"

⑤配祀:清倪璠注:"配祀谓南郊则为莫那,五方则为太皞,皆所以配青帝也。"○近取诸身:《周易·系辞》:"近取诸身,远取诸物。"

云门舞 初献赤帝①

招摇指午,对南宫。②日月相会,实沈中。③离光布政,动温风。④纯阳之月,乐炎精。⑤赤雀丹书,飞送迎。⑥朱弦绛鼓,馨虔诚。⑦万物含养,各长生。(《隋书》卷一四《音乐志》《乐府诗集》卷四、张本、吴本、倪本。)

【注释】

①赤帝:即"赤熛怒"。五帝之一,南方之神,司夏天。

②"招摇"二句:《淮南子·时则》:"仲夏之月,招摇指午,昏亢中,旦危中,其位南方。"招摇,即北斗第七星摇光。午,正南方。

③"日月"二句:《礼记·月令》:"孟夏,日在毕。"郑玄注:"孟夏者,日月会于实沈,而斗建巳之辰者。"实沈,星次名。大致相当于二十八宿的觜、参和毕、井的一部分,黄道十二宫的双子座。

④离光:日光。离为日,故称。《周易·说卦》:"离也者,明也,万物皆相见,南方之卦也。"又曰:"离为火,为日。"○布政:施政。○动温气:《礼记·月令》:季夏之月,"温风始至"。温风,即热风。

⑤"纯阳"二句:清倪璠注:"纯阳之月,谓夏至以前为纯阳,到夏至一阴始生。炎帝,谓赤帝之神,为火精也。……彼虽人帝,感此炎精矣。"

⑥"赤雀"二句:《史记·天官书》:"南宫朱鸟。"唐司马贞《索隐》引《文耀钩》云:"南宫赤帝,其精为朱鸟也。"又相传周文王姬昌为西伯时,有赤色鸟衔丹书止于其户,授以天命。后其子武王果灭商而建立周朝。庾信将此二典混合而用。

⑦"朱弦"句:清倪璠注:"朱、绛皆赤色,若青有青、苍二色矣。朱弦绛鼓,取其色之相似也。"

配帝舞献配帝①

以炎为政,以火为官。②位司南陆,享配离坛。③三和实俎,百味浮兰。④神其茂豫,天步艰难。⑤(《隋书》卷一四《音乐志》《乐府诗集》卷四、张本、吴本、倪本。)

【注释】

①配帝舞:清倪璠注:"配帝谓炎帝神农氏之神,五方人帝之一。《月令》云'其帝炎帝'是也。立夏之祭,配天帝赤熛怒于南郊。雩祭、大飨,皆以神农氏配之。后周之祀,与姬周同也。"

②"以炎"二句:《左传·昭公十七年》:"炎帝氏以火纪,故为火师而火名。"晋杜预注:"以火纪事名百官。"

③"位司"二句:清倪璠注:"言神农氏乘离司夏,与天帝配享也。"南陆,南方,亦指夏季。《隋书·天文志》:七曜,"日循黄道东行,一日一夜行一度,三百六十五日有奇而周天。行东陆谓之春,行南陆谓之夏,行西陆谓之秋,行北陆谓之冬"。离坛,指赤帝之坛。离,指南方,指火。

④三和:盖指祭祀所用调治好的牛、羊、豕三牲。○百味浮兰:百味,吴本小注:"疑作'百末'。"《汉书·礼乐志》:"百末旨酒布兰生。"颜师古注:"晋灼曰:'百日之末酒也,芬香布列,若兰之生也。'师古曰:'百末,百草华之末也。旨,美也。以百草华末杂酒,故香且美也。'"

⑤茂豫:昌盛安乐。○天步艰难:《诗经·小雅·白华》:"天步艰难,之子不犹。"

云门舞初献黄帝①

三光仪表正,四气风云同。②戊己行初历,黄钟始变宫。③平琮礼内镇,阴管奏司中。④斋坛芝晔晔,清野桂冯冯。⑤夕牢芬六鼎,安歌韵八风。⑥神光乃超忽,佳气恒葱葱。⑦(《隋书》卷一四《音乐志》《乐府诗集》卷四、张本、吴本、倪本。)

【注释】

①初献黄帝:清倪璠注:"黄帝,天帝含枢纽之神,在于中央,主土,其色黄。……《周礼》:'《云门》之舞,以祀天神。'黄帝居其一也。季夏之月祭之,亦于南郊。雩祭、大飨亦总祭之。"

②三光:指日、月、星。○"四气"句:清倪璠注:"'四气风云同'者,《礼记正义》曰:'夫四时、五行同是天地所生,而四时是气,五行是物。气是清虚,所以丽天;物体质碍,所以属地。四时系天,年有三百六十日,则春、夏、秋、冬各分居九十日。五行分配四时,布于三百六十日间,以木配春,以火配夏,以金配秋,以水配冬,以土则每时辄寄十八日也。虽每分寄,而位本末宜处于季夏之末、金火之间,故在此陈之也。'"

③"戊己"二句:《礼记·月令》:季夏之月,"中央土,其日戊己。其帝黄帝,其神后土。其虫倮。其音宫,律中黄钟之宫"。黄钟,中国古代乐律十二律中的第一律。宫,古代五声音阶的第一音级。

④"平琮"二句:清倪璠注:"云'内镇''司中'者,以其镇内地、司中央也。"平琮,指黄琮。《周礼·春官·大宗伯》:"以黄琮礼地。"阴管,《隋书·律历志》:"阳管为律,阴管为吕。"

⑤斋:《乐府诗集》作"齐"。今按:齐、斋,古通。○晔晔:美盛貌。○冯冯:《汉书·礼乐志》引《安世房中歌·美若》曰:"冯冯翼翼,承天之则。"颜师古注:"冯冯,盛满也。"《四库全书总目提要·庚子山集注》认为庾信以"冯冯"状"桂"是错误的,其云:"唐山夫人《安世房中歌》'桂华'二字,自属篇名,'冯冯翼翼,承天之则'二句,乃下章之首,而信《黄帝云门舞歌》乃云

317

'清野桂冯冯'。皆显然舛误。"

⑥牢：指飨礼所用牛、羊、豕等。○八风：八方之风。《淮南子·天文》："何谓八风？距日冬至四十五日，条风至；条风至四十五日，明庶风至；明庶风至四十五日，清明风至；清明风至四十五日，景风至；景风至四十五日，凉风至；凉风至四十五日，阊阖风至；阊阖风至四十五日，不周风至；不周风至四十五日，广莫风至。"又，古以八风与八音相配。

⑦超忽：遥远貌。○佳：张本、吴本、倪本作"嘉"。

配帝舞 初献配帝①

四时咸一德，五气或同论。② 犹吹凤凰管，尚对梧桐园。③ 器圜居土厚，位总配神尊。④ 始知今奏乐，还用我《云门》。⑤（《隋书》卷一四《音乐志》《乐府诗集》卷四、张本、吴本、倪本。）

【注释】

①配帝舞：清倪璠注："配帝，谓黄帝轩辕氏之神，五方人帝之一。《月令》云'其帝黄帝'，是也。季夏之祭，配天帝含枢纽于南郊。雩祭、大飨，皆以轩辕氏配之。后周之祀，与姬周同也。"

②"四时"二句：清倪璠注："'四时咸一德'者，谓土每时寄十八日，四时俱有之也。'五气或同论'者，谓中央土气，与四方之气为五也。轩辕为黄精之君，著得与天帝含枢纽同矣。"

③"犹吹"二句：清倪璠注："二语皆黄帝事也。"凤凰管，《吕氏春秋·仲夏纪·古乐》："昔黄帝令伶伦作为律。伶伦自大夏之西，乃之阮隃之阴，取竹于嶰溪之谷，以生空窍厚钧者，断两节间，其长三寸九分而吹之，以为黄钟之宫，吹曰'舍少'。次制十二筒，以之阮隃之下，听凤皇之鸣，以别十二律。其雄鸣为六，雌鸣亦六，以比黄钟之宫，适合；黄钟之宫皆可以生，故曰黄钟之宫，律吕之本。"梧桐园，汉韩婴《韩诗外传》："黄帝乃服黄衣，戴黄冕，致斋于宫，凤乃蔽日而至。黄帝降于东阶，西面再拜稽首曰：'皇天降

祉,不敢不承命。'凤乃止帝东园,集帝桐树,食帝竹实,没身不去。"

④器圜:《礼记·月令》:季夏之月,"中央土,其日戊己。其帝黄帝,其神后土。……食稷与牛,其器圜以闳"。汉郑玄注:"器圜者,象土周布于四时。"○"位总"句:清倪璠注:"'位总配神尊'者,土气四时俱有,季夏总而祀之。五方之神,中央含枢纽最尊,故配帝轩辕亦与俱尊也。"

⑤《云门》:周六乐舞之一。用于祭祀天神。相传为黄帝时乐。清倪璠注:"按黄帝乐曰《云门》,今祀黄帝用乐奏《云门舞》,是'还用我《云门》'也。'"

【汇评】

《诗比兴笺》:此子山为北周郊祀乐章也。配帝舞者,祀中央之帝,而以轩辕黄帝配之也。《云门》本黄帝之乐,今祀黄帝而用之,故曰"还用我《云门》"。子山则借以寓感。盖《隋书·乐志》言太祖平荆州,大获梁氏乐器,以属有司。周武帝始造《山云舞》,以备六代,故子山是篇云云。又《皇夏篇》云:"今为六代祀,还得九疑宾。"皆感触之言,无心流露。

云门舞初献白帝①

肃灵兑景,承配秋坛。②云高火落,露白蝉寒。③帝律登年,金精行令。④瑞兽霜辉,祥禽雪映。⑤司藏肃杀,万保咸宜。⑥厥田上上,收功在斯。⑦(《隋书》卷一四《音乐志》《乐府诗集》卷四、张本、吴本、倪本。)

【注释】

①云门舞:清倪璠注:"白帝,天帝白招拒之神,在于西方,主金,其色白。《河图》曰:'白帝白招拒。'《周礼》:'《云门》之舞,以祀天神。'白帝居其一也。立秋之日,祭之于西郊,雩祭、大飨亦皆祭之。其祭,玉用白琥,牲、币各如其色,乐用黄钟、大吕等。人帝少皞所配之帝也。"

②兑:《太平御览》卷二五引《易说》曰:"兑,西方也,主秋分。"

③火落:指大火星西行。火,指大火,星名。即心宿二。《诗经·豳风·七月》:"七月流火。"○露白蝉寒:《礼记·月令》:孟秋之月,"凉风至,白露降,寒蝉鸣。"

④登年:丰年。○金精行令:《礼记·月令》:孟秋之月,"先立秋三日,大史谒之天子曰:'某日立秋,盛德在金。'"古以金、木、水、火、土分配四时,金主管秋季。行令,应行节令。

⑤"瑞兽"二句:清倪璠注:"霜、雪皆取其白,西方秋金之气也。"辉,《乐府诗集》、张本、吴本、倪本作"耀"。祥,吴本作"翔"。

⑥司藏:古人认为万物春生夏长秋收冬藏。○肃杀:严酷萧瑟貌。《汉书·五行志》:"金,西方,万物既成,杀气之始也。"○保:张本、吴本、倪本作"宝"。

⑦厥田上上:谓最上等田地。《尚书·禹贡》:"厥田惟上上。"○收功在斯:清倪璠注:"言田功收于秋时也。"

配帝舞 初献配帝①

金行秋令,白帝朱宣。②司正五雉,歌庸九川。③执文之德,对越彼天。④介以福祉,君子万年。⑤(《隋书》卷一四《音乐志》、《乐府诗集》卷四、张本、吴本、倪本。)

【注释】

①配帝舞:清倪璠注:"配帝,谓少皞金天氏之神,五方人帝之一。《月令》云'其帝少皞'是也。立秋之祭,配天帝白招拒于西郊。雩祭、大飨,皆以金天氏配之。后周之祀,与姬周同也。"

②金行秋令:古以五行分配四时,谓秋季属金,故称。○白帝朱宣:《文选》卷三六王元长《永明十一年策秀才文》之二:"是以五正置于朱宣,下民不忒。"李善注:"《河图》曰:'大星如虹,下流华渚,女节意,感生白帝朱宣。'

宋均曰:'朱宣,少昊氏。'"

③五雉:相传少皞时掌工务的五个官名的合称。《左传·昭公十七年》:"五雉为五工正,利器用,正度量,夷民者也。"○庸:采用。○九川:疑即《九渊》。古乐歌名。《周礼·春官·大司乐》"以乐舞教国子"唐贾公彦疏:"少昊之乐曰《九渊》。"

④"执文"二句:《诗·周颂·清庙》:"济济多士,秉文之德;对越在天,骏奔走在庙。"对越,答谢颂扬。

⑤"介以"二句:《诗经·大雅·既醉》:"君子万年,介尔景福。"介,凭借,依靠。

云门舞初献黑帝①

北辰为政玄坛,北陆之祀员官。②宿设玄圭浴兰,坎德阴风御寒。③次律将回穷纪,微阳欲动细泉。④管犹调于阴竹,声未入于春弦。⑤待归馀于送历,方履庆于斯年。⑥(《隋书》卷一四《音乐志》《乐府诗集》卷四、张本、吴本、倪本。)

【注释】

①云门舞:清倪璠注:"黑帝,天帝协光纪之神,在于北方,主水,其色黑。《河图》曰:'黑帝,协光纪。'《周礼》:'《云门》之舞,以祀天神。'黑帝居其一也。立冬之日,祭之于北郊。雩祭、大飨,亦皆祭之。其祭,玉用玄璜,牲、币各如其色,乐用黄钟、大吕之等。人帝颛顼所配之帝也。"○黑帝:五天帝之一。北方之神。

②北辰:指北极星。○玄坛:清倪璠注:"玄坛为北郊之坛也。北方有黑玄二色,故曰玄坛。"○北陆:北方,亦指冬天。《隋书·天文志》:七曜,"日循黄道东行,一日一夜行一度,三百六十五日有奇而周天。行东陆谓之春,行南陆谓之夏,行西陆谓之秋,行北陆谓之冬"。○员官:清倪璠注:"云

321

'员官'者,北方水府之官也。天帝则为黑帝协光纪,若人帝黑精之君则颛顼,水官之臣则玄冥。此祀黑帝,乃天帝协光纪之神,在北方司水,若水官矣。"

③圭:张本、吴本、倪本作"璜"。今按:似以作"璜"为是。《周礼·春官·大宗伯》:"以玉作六器,以礼天地四方……以玄璜礼北方。"○坎德:指水就下的品性。《周易·说卦》:"坎为水。"

④穷纪:十二月。《礼记·月令》:季冬之月,"日穷于次,月穷于纪,星回于天,数将几终,岁且更始。"郑玄注:"言日月星辰运行于此月,皆周匝于故处也。次,舍也。纪,会也。"○动细泉:《礼记·月令》:仲冬之月,"水泉动。"

⑤阴竹:生于山北的竹。○"声未"句:清倪璠注:"北方黑帝所司者冬令,故声未入于春弦也。"

⑥归馀:谓积月之馀日以置闰月。《左传·文公元年》:"先王之正时也,履端于始,举正于中,归馀于终。"杜预注:"月有馀日,则归之于终,积而为闰,故言'归馀于终'。"

配帝舞初献配帝①

地始坼,虹始藏。②服玄玉,居玄堂。③沐蕙气,浴兰汤。匏器洁,水泉香。陟配彼,福无疆。④君欣欣,此乐康。⑤(《隋书》卷一四《音乐志》《乐府诗集》卷四、张本、吴本、倪本。)

【注释】

①配帝舞:清倪璠注:"配帝,谓颛顼高阳氏之神,五方人帝之一。《月令》云'其帝颛顼',是也。立冬之祭,配天帝汁光纪于北郊。雩祭、大飨,皆以高阳氏配之。后周之祀与姬周同也。"

②地始坼:《礼记·月令》:仲冬之月,"冰益壮,地始坼。"坼(chè),开裂。○虹始藏:《礼记·月令》:孟冬之月,"虹藏不见。"

③"服玄"二句:《礼记·月令》:仲冬之月,"天子居玄堂大庙,乘玄路,驾铁骊,载玄旗,衣黑衣,服玄玉"。

④"陟配彼"二句:清倪璠注:"涉配彼,谓配彼黑帝汁光纪之神也。福无疆,谓神降之福为无疆也。"陟,倪本作"涉"。

⑤"君欣欣"二句:清倪璠注:"言神既降福,君心亦欣欣然乐也。"

周宗庙歌十二首①

皇夏皇帝入庙门

肃肃清庙,岩岩寝门。② 欹器防满,金人戒言。③ 应(棟)〔棘〕悬鼓,崇牙树羽。④ 阶变升歌,庭纷象舞。⑤ 闲安象设,缉熙清奠。⑥ 春鲔初登,新萍先荐。⑦ 僾然入室,俨乎其位。⑧ 凄怆履之,非寒之谓。⑨(《隋书》卷一四《音乐志》《乐府诗集》卷九、张本、吴本、倪本。)

【题解】

此是北周祭祀高祖宇文韬、曾祖宇文肱、太祖宇文泰、文宣太后、闵皇帝宇文觉、明帝宇文毓、武帝宇文邕而演唱的歌辞,共十二首。

【注释】

①宗庙:清倪璠注:"宗庙,谓高祖以下四亲庙。"

②肃肃:严正貌。○清庙:即太庙。帝王的宗庙。○岩岩:高耸貌。○寝门:古礼天子五门,最内之门曰寝门。此指内室之门。

③欹(qī)器:盛水器。此器水少则倾,中则正,满则覆。人君置于座右以为戒。○金人戒言:《孔子家语·观周》:"孔子观周,遂入太祖后稷之庙,堂右阶之前,有金人焉。三缄其口而铭其背曰:古之慎言人也。"

④"应棘"二句：《诗经·周颂·有瞽》："设业设虡，崇牙树羽。应田县鼓，鞉磬柷圉。"毛传："崇牙，上饰卷然，可以县也。树羽，置羽也。应，小鞞也。田，大鼓也。县鼓，周鼓也。"郑笺："田当作'棘'。棘，小鼓，在大鼓旁，应鞞之属也。"应（yìng），古乐器名。小鼓。棘（yǐn），古代敲击用以引乐的小鼓。《隋书·音乐志》《乐府诗集》、张本、吴本作"棘"，倪本作"棘"。今按：作"棘"是，据改。崇牙，旌旗的齿状边饰。树羽，插置羽毛以为装饰。

⑤升歌：祭祀时演奏的乐歌。〇象舞：摹拟击刺动作，象征武功的一种乐舞。

⑥闲安：悠闲安乐。〇象设：设置人像。《楚辞·招魂》："象设君室，静闲安些。"缉熙：光明貌。

⑦春鲔初登：《礼记·月令》：季春之月，"荐鲔于寝庙，乃为麦祈实。"鲔（wěi），鲟鱼和鳇鱼的古称。〇萍：浮萍。《左传·隐公三年》："苟有明信，涧溪沼沚之毛，萍蘩蕴藻之菜，筐筥锜釜之器，潢污行潦之水，可荐于鬼神，可羞于王公。"〇荐：进献。

⑧"僾然"二句：《礼记·祭义》："祭之日，入室，僾然必有见乎其位，周还出户，肃然必有闻其容声，出户而听，忾然必有闻其叹息之声。"僾（ài）然，仿佛貌。其，张本、吴本作"在"。

⑨"凄怆"二句：《礼记·祭义》："霜露既降，君子履之，必有凄怆之心，非其寒之谓也。"

【汇评】

《古诗评选》：大有警心在风韵之外，非以言也。

《采菽堂古诗选》：宋庙歌分咏诸帝，并不泛。

昭夏降神①

永惟祖武，潜庆灵长。②龙图革命，凤历归昌。③功移上塝，德耀中阳。④清庙肃肃，猛簴煌煌。⑤曲高《大夏》，声和盛唐。⑥牲牷荡涤，萧合馨香。⑦和銮戾止，振鹭来翔。⑧永敷万国，是则四方。⑨(《隋书》卷一四《音乐志》《初学记》卷一三、《乐府诗集》卷九、张本、吴本、倪本。)

【注释】

①昭夏:《初学记》题作"太庙晨祼歌辞"。

②祖武:指先祖的遗迹、事业。祖,《初学记》作"神"。武,步武,足迹。○潜庆灵长:谓祖先的福泽绵长。

③"龙图"二句:意谓周文王姬昌受命王天下。《史记》卷四《周本纪》张守节《正义》引《易纬》云:"文王受命,改正朔,有王号于天下。"龙图,即河图。《尚书·顾命》:"大玉、夷玉、天球、河图,在东序。"孔传:"伏牺王天下,龙马出河,遂则其文以画八卦,谓之'河图'。"革命,谓实施变革以应天命。凤历,即岁历。《左传·昭公十七年》:"我高祖少皞挚之立也,凤鸟适至,故纪于鸟,为鸟师而鸟名,凤鸟氏,历正也。"归昌,归于周文王姬昌。

④上埁(chěn):混沌不清,纷乱貌。《文选》卷四七陆士衡《汉高祖功臣颂》:"芒芒宇宙,上埁下黩。"李善注:"天以清为常,地以静为本。今上埁下黩,言乱常也。埁,不清澄之貌也。"埁,《初学记》作"惨"。耀,《初学记》作"跃"。○中阳:村落名。《史记》卷八《高祖本纪》:"高祖,沛丰邑中阳里人。"

⑤猛簴(jù)煌煌:《文选》卷二张平子《西京赋》:"洪钟万钧,猛虡趪趪。"李善注:"猛,怒也。三十斤曰钧,县钟格曰笋,植曰虡。趪趪,张设貌,言大钟乃重三十万斤,虡力猛怒,故能胜之焉。善曰:《周礼》曰:凫氏写兽之形,大声有力者,以为钟虡。虡音巨。趪音黄。"簴,悬挂钟磬的立柱。煌煌,《初学记》作"趪趪"。

⑥曲高《大夏》:《初学记》作"曲台大厦"。《大夏》,相传为夏禹时的乐舞。○盛唐:清倪璠注:"盛唐,盖指尧盛世,其乐为《咸池》也。又,《汉书》:'孝武帝南巡狩,至盛唐,作《盛唐之歌》。'是亦'盛唐'矣。"

⑦牲牷:谓祭祀的牺牲。○荡涤:洗涤。○萧:祭祀焚烧的艾蒿。

⑧和銮:亦作"和鸾"。古代车上的铃铛。此指皇帝的车驾。銮,倪本作"鸾"。○庆止:来到。○振鹭:《诗经·周颂·振鹭》:"振鹭于飞,于彼西

雝。"唐孔颖达疏:"言有振振然洁白之鹭鸟往飞也……美威仪之人臣而助祭王庙亦得其宜也。"此喻朝中操行纯正的贤人。

⑨敷:传布,散布。○则:榜样。

皇夏俎入,皇帝升阶

年祥辩日,上协龟言。①奉酢承列,来庭骏奔。②雕禾饰斝,翠羽承樽。③敬殚如此,恭惟执燔。④(《隋书》卷一四《音乐志》《乐府诗集》卷九、张本、吴本、倪本。)

【注释】

①年祥:吉年,丰年。○辩日:辨识天象。辩,《乐府诗集》、张本、吴本、倪本作"辨"。○龟言:龟卜所得之兆。《周礼·春官·宗伯》:"若有祭事,则奉龟以往。"

②酢(zuò):报祭,谢神的祭祀。○来庭骏奔:谓诸侯与众士俱奔走而来,在庙中助祭也。

③雕禾饰斝(jiǎ):装饰有禾稼图案的酒器。斝,古代青铜酒杯。○翠羽承樽:用翠羽装饰的酒樽。

④敬殚(dān):恭敬。殚,畏惧。○执燔(fán):谓执祭肉助祭。燔,祭祀用的烤肉。

皇夏皇帝献皇高祖①

庆绪千重秀,鸿源万里长。②无时犹戢翼,有道故韬光。③盛德必有后,仁义终克昌。④明星初肇庆,大电久呈祥。⑤(《隋书》卷一四《音乐志》《乐府诗集》卷九、张本、吴本、倪本。)

【注释】

①皇帝献皇高祖:清倪璠注:"皇高祖,宇文韬也。皇帝,宣帝也。《周书》帝纪云:'普回子莫那,十世至陵,陵生系,系生韬,并以武略称。韬生肱,为皇曾祖德皇帝。宣帝,韬之玄孙。'是韬于宣帝为皇高祖也。以下所用庙乐,皆象功德而舞焉。"

②"庆绪"二句:清倪璠注:"言宇文氏本神农之后,历传至韬,世系之远也。"庆绪,对皇家宗室的敬称。

③"无时"二句:清倪璠注:"言时未至,犹敛戢其翼;世有道,故须韬晦其光也。"戢(jí)翼,敛翅止飞,喻谦卑自处。韬光,敛藏光采,喻隐藏声名才华。

④"盛德"二句:清倪璠注:"言韬有盛德,更行仁义,终当昌大其后也。"克,能够。

⑤"明星"二句:清倪璠注:"言其有灵异也。""明星"句,《宋书·符瑞志》:"帝颛顼高阳氏,母曰女枢,见瑶光之星,贯月如虹,感己于幽房之宫,生颛顼于若水。""大电"句,《宋书·符瑞志》:"黄帝轩辕氏,母曰附宝,见大电光绕北斗枢星,照郊野,感而孕。二十五月而生黄帝于寿丘。"

皇夏献皇曾祖德皇帝①

克昌光上烈,基圣穆西藩。②崇仁高涉渭,积德被居原。③帝图张往迹,王业茂前尊。④重芬德阳庙,叠庆寿陵园。⑤百灵光祖武,千年福孝孙。⑥(《隋书》卷一四《音乐志》《乐府诗集》卷九、张本、吴本、倪本。)

【注释】

①皇曾祖德皇帝:清倪璠注:"《周书》:'皇曾祖讳肱。武成初,追尊曰德皇帝。'按:太祖,肱之少子。宣帝,肱之曾孙。是肱于宣帝为皇曾祖也。"

②克昌:谓子孙昌大。○光:光大。○上烈:指前代建有勋业者。○"基圣"句:清倪璠注:"云'基圣'者,谓开基之圣。后周起于代,故云西藩。"

③"崇仁"二句:此谓西周的开国历史。《史记·周本纪》:"公刘虽在戎狄之间,复修后稷之业,务耕种,行地宜,自漆、沮度渭,取材用,行者有资,居者有畜积,民赖其庆。百姓怀之,多徙而保归焉。周道之兴自此始,故诗人歌乐思其德。……古公亶父复修后稷、公刘之业,积德行义,国人皆戴之。薰育戎狄攻之,欲得财物,予之。已复攻,欲得地与民。民皆怒,欲战。古公曰:'有民立君,将以利之。今戎狄所为攻战,以吾地与民。民之在我,与其在彼,何异。民欲以我故战,杀人父子而君之,予不忍为。'乃与私属遂去豳,度漆、沮,逾梁山,止于岐下。豳人举国扶老携弱,尽复归古公于岐下。及他旁国闻古公仁,亦多归之。于是古公乃贬戎狄之俗,而营筑城郭室屋,而邑别居之。作五官有司。民皆歌乐之,颂其德。"原,指周原,在岐山南,为周室之发祥地。

④"帝图"二句:清倪璠注:"言闵帝受禅,肱为皇祖,追尊为德皇帝也。"
⑤德阳庙:西汉景帝陵庙名。○寿陵:后汉明帝陵庙名。
⑥祖武:指先祖的事业。○孝孙:祭祖时对祖先的自称。

皇夏献皇祖太祖文皇帝①

雄图属天造,宏略遇群飞。②风云犹听命,龙跃遂乘机。③百二当天险,三分拒乐推。④函谷风尘散,河阳氛雾晞。⑤济弱沦风起,扶危颓运归。⑥地纽崩还正,天枢落更追。⑦原祠乍超忽,毕陇或绵微。⑧终封三尺剑,长卷一戎衣。⑨(《隋书》卷一四《音乐志》《乐府诗集》卷九、张本、吴本、倪本。)

【注释】

①皇祖太祖文皇帝:清倪璠注:"《周书》帝纪云:太祖文皇帝姓宇文氏,

讳泰,字黑獭,代武川人也。齐神武逼京邑,太祖奉武帝西迁,克弘农,战沙苑,有功,封安定公,位至太师。崩,年五十二。藏于成陵,谥曰文公。孝闵帝受禅,追尊为文王。庙曰太祖。武成元年,追尊为文皇帝。"

②"宏略"句:清倪璠注:"谓太祖适当魏之乱世,得展其雄才大略也。"群飞,喻动乱。

③"风云"二句:谓宇文泰也。清倪璠注:"言虽不能及身而王,至其子闵帝受禅,如跃龙乘机而飞矣。"

④"百二"二句:清倪璠注:"言天命人情皆已归往,帝犹以人臣之礼终也。"百二,喻山河险固之地。《汉书·高祖本纪》载:田肯说汉高祖,有云:"带河阻山,县隔千里,持戟百万,秦得百二焉。"颜师古注:"苏林曰:'百二,得百中之二,二万人也。秦地险固,二万人足当诸侯百万人也。'"○三分:《论语·泰伯》:"三分天下有其二,以服事殷。周之德,其可谓至德也已矣。"○乐推:乐意拥戴。此指拥立称帝。

⑤"函谷"二句:清倪璠注:"函谷,秦关名也。河阳,谓河南,汉之河南郡洛阳县也。在南曰阳。'函谷风尘散'者,谓周太祖奉武帝都长安也。'河阳氛雾晞'者,谓齐神武推清河王都邺,去洛阳也。"晞,消散。

⑥"济弱"句:清倪璠注:"言周太祖辅魏西迁,济弱扶危,遂成中兴之业。"

⑦地纽:地纪,地维。○天枢:星名。北斗第一星。今按:"地纽""天枢"均喻国家政权。

⑧原祠:即"原庙"。在正庙以外另立的宗庙。《史记·高祖本纪》:"孝惠五年,思高祖之悲乐沛,以沛宫为高祖原庙。"○超忽:遥远貌。○毕陇:指西周文王陵墓。○绵微:微弱,细微。

⑨一戎衣:《尚书·武成》:"一戎衣,天下大定。"孔传:"衣,服也;一着戎服而灭纣。"此指战袍。

皇夏献文宣帝太后①

月灵兴庆,沙祥发源。②功参禹迹,德赞尧门。③言容典礼,褕狄徽章。④仪形温德,令问昭阳。⑤日月不居,岁时晼晚。⑥瑞云缠心,閟宫惟远。⑦(《隋书》卷一四《音乐志》《乐府诗集》卷九、张本、吴本、倪本。)

【注释】

①文宣帝太后:即文宣叱奴皇后,代人也。太祖宇文泰为丞相,纳后为姬。生高祖。天和二年六月尊为皇太后。建德三年三月癸酉,崩。四月丁巳,葬永固陵。生平见《周书》卷九、《北史》卷五八。

②月灵兴庆:清倪璠注:"按月为后妃之象,故云'月灵兴庆'。"○沙祥发源:《汉书·元后传》:"元城建公曰:'昔春秋沙麓崩,晋史卜之,曰:"阴为阳雄,土火相乘,故有沙麓崩。后六百四十五年,宜有圣女兴。"其齐田乎!今王翁孺徙,正真其地,日月当之。元城郭东有五鹿之虚,即沙鹿地也。后八十年,当有贵女兴天下'云。"

③"功参"二句:清倪璠注:"'功参禹迹'者,言为文帝姬,称其妇道也。'德赞尧门'者,言为武帝母,称其德徽也。"功参禹迹,用大禹妻涂山氏典。汉刘向《列女传·启母涂山》:"启母者,涂山氏长女也。夏禹娶以为妃。既生启,辛壬癸甲,启呱呱泣,禹去而治水,惟荒度土功,三过其家,不入其门。涂山独明教训,而致其化焉。"尧门,即尧母门。汉昭帝降生地钩弋宫的门名。《汉书·外戚传上·孝武钩弋赵倢伃》:"〔昭帝〕任身十四月乃生,上曰:'闻昔尧十四月而生,今钩弋亦然。'乃命其所生门曰尧母门。"

④言容:妇言与妇容。○褕(yú)狄:古代王后的祭服。○徽章:指褒崇封赠的策命。

⑤温德、昭阳:皆汉宫殿名。○令问:美好的声名。

⑥晼(wǎn)晚:谓时间晚。

⑦"瑞云"二句:清倪璠注:"言武帝即位,则瑞应于天王之宫;太后称尊,斯祭拟于姜嫄之庙也。"瑞云,祥云。心,星名。《艺文类聚》卷一六引《尚书洪范五行传》曰:"心之大星,天皇也,其前星,太子也,后星,庶子也。"閟(bì)宫,神庙。《诗经·鲁颂·閟宫》:"閟宫有侐,实实枚枚。"毛传:"閟,

闭也。先妣姜嫄之庙在周,常闭而无事,孟仲子曰:是禖宫也。"郑玄笺:"閟,神也。姜嫄神所依,故庙曰神宫。"

皇夏献闵皇帝①

龙图基代德,天步属艰难。②讴歌还受瑞,揖让乃登坛。③升舆芒刺重,入位据关寒。④卷舒云泛滥,游扬日浸微。⑤出郑终无反,居桐竟不归。⑥祀夏今惟旧,尊灵谥更追。⑦(《隋书》卷一四《音乐志》《乐府诗集》卷九、张本、吴本、倪本。)

【注释】

①闵皇帝:北周孝闵皇帝讳觉,字陀罗尼,太祖宇文泰第三子。公元557年2月,在堂兄宇文护拥护下正式即位称天王,国号大周。后与宇文护冲突,逼退位,被杀。《周书》卷三、《北史》卷九有纪。清倪璠注:"按闵帝为宣帝世父,与明帝、武帝皆兄终弟及,其主当祔于德皇帝肵庙内,《礼》所谓祔于其祖者也。"

②"龙图"二句:清倪璠注:"言周德方盛,魏祚既衰也。"龙图,即河图。天步属艰难,《诗经·小雅·白华》:"天步艰难,之子不犹。"

③"讴歌"句:清倪璠注:"言闵帝受魏禅也。"讴歌,歌颂。《孟子·万章上》:"尧崩,三年之丧毕,舜避尧之子于南河之南,天下诸侯朝觐者,不之尧之子而之舜;讼狱者,不之尧之子而之舜;讴歌者,不讴歌尧之子而讴歌舜,故曰天也。"

④"升舆"二句:清倪璠注:"谓晋公护专政也。"芒刺,《汉书·霍光传》:"宣帝始立,谒见高庙,大将军光从骖乘,上内严惮之,若有芒刺在背。"据关寒,《汉书·邹阳传》载邹阳上吴王书,有云:"始孝文皇帝据关入立,寒心销志,不明求衣。"颜师古注:"臣瓒曰:'文帝入关而立,以天下多难,故乃寒心战栗,未明而起。'"

⑤"卷舒"二句：清倪璠注："言君弱臣强也。云喻臣，泛滥言其势盛也；日喻君，浸微言其势衰也。"游扬，同"悠扬"、"悠阳"。《文选》卷一三潘安仁《秋兴赋》："天晃朗以弥高兮，日悠阳而浸微。"李善注："悠阳，日入貌。"臣铣注："悠阳，谓日寒而微也。"

⑥"出郑"二句：清倪璠注："谓晋公护幽帝，以弑崩也。……《左氏传》曰：'天王出居于郑。'《尚书》曰：'放太甲于桐。''出郑''居桐'以喻闵帝幽于旧邸也。'无反''不归'，言其竟以弑崩也。"桐，古地名。故址在今山西省万荣县西，一说在今河北省临漳县。

⑦"祀夏"二句：清倪璠注："言武帝时始得祭祀，更上谥也。《左传·哀元年》：'伍员曰："祀夏配天，不失旧物。"'《周书》云：'武帝诛护，太师、蜀国公迥于南郊上谥曰孝闵皇帝，陵曰静陵。'"祀夏，祭祀夏的先祖。

皇夏献明皇帝①

若水逢降君，穹桑属惟政。②丕哉驭帝箓，郁矣当天命。③方定五云官，先齐八风令。④文昌气似珠，太史河如镜。⑤南宫学已开，东观书还聚。⑥文辞金石韵，毫翰风飙竖。⑦清室桂冯冯，齐房芝诩诩。⑧宁思玉管笛，空见灵衣舞。⑨（《隋书》卷一四《音乐志》《乐府诗集》卷九、张本、吴本、倪本。）

【注释】

①明皇帝：世宗明皇帝讳毓，小名统万突，太祖宇文泰长子。闵帝废，晋公宇文护迎帝即天王位，在位四年，崩。谥曰明，庙号世宗。《周书》卷四、《北史》卷九有纪。

②"若水"二句：清倪璠注："言帝为太祖庶长，立元后子闵帝为后，是若水降居之事也。闵帝为帝第三弟，嗣安定公，卒受魏禅，是'穹桑属惟政'也。"若水，古水名。即今雅砻江，其与金沙江合流后的一段，古时亦称若

水。《史记·五帝本纪》:"黄帝居轩辕之丘,而娶于西陵之女,是为嫘祖。嫘祖为黄帝正妃,生二子,其后皆有天下:其一曰玄嚣,是为青阳,青阳降居江水;其二曰昌意,降居若水。"穷桑,传说中古帝少皞氏所居处。《左传·昭公二十九年》:"少皞氏有四叔,曰重、曰该、曰修、曰熙,实能金、木及水。使重为句芒,该为蓐收,修及熙为玄冥,世不失职,遂济穷桑,此其三祀也。"惟政,《论语·为政》:"子曰:'《书》云:"孝乎惟孝,友于兄弟,施于有政。"是亦为政,奚其为为政?'"此代指兄弟。

③"丕哉"二句。清倪璠注:"言帝始受降居,终膺天命也。"丕,《逸周书·宝典》:"四曰敬,敬位丕哉!"孔晁注:"丕,大也。"帝箓,天帝的符命。

④五云官:相传黄帝受命有云瑞,故以云纪事,以云名官。春官为青云,夏官为缙云,秋官为白云,冬官为黑云,中官为黄云。○八风:八方之风。名称不一。《吕氏春秋·有始》:"何谓八风?东北曰炎风,东方曰滔风,东南曰熏风,南方曰巨风,西南曰凄风,西方曰飂风,西北曰厉风,北方曰寒风。"《淮南子·坠形》:"何谓八风?东北曰炎风,东方曰条风,东南曰景风,南方曰巨风,西南曰凉风,西方曰飂风,西北曰丽风,北方曰寒风。"《说文·风部》:"风,八风也。东方曰明庶风,东南曰清明风,南方曰景风,西南曰凉风,西方曰阊阖风,西北曰不周风,北方曰广莫风,东北曰融风。"

⑤文昌:星座名。古以象征辅弼之臣所居。《史记·天官书》:"斗魁戴匡六星,曰文昌宫。"唐司马贞《索隐》:"《文耀钩》云:'文昌宫为天府。'《孝经援神契》云:'文者精所聚,昌者扬天纪。辅拂并居,以成天象,故曰文昌宫。'"○太史:河名。《尔雅·释水》所载"九河"之一。

⑥南宫:皇室及王侯子弟的学宫。○东观:宫中藏书之所。

⑦"文辞"二句。清倪璠注:"以上言帝好文学也。"金石韵,犹言金石声。此指文章文辞优美铿锵。风飙(biāo)竖,暴风突起。此指文章气势非凡。

⑧冯冯:《汉书·礼乐志》引唐山夫人《安世房中歌·美若》曰:"冯冯翼翼,承天之则。"颜师古注:"冯冯,盛满也。"《四库全书总目提要·庾子山集注》认为庾信以"冯冯"状"桂"是误读《安世房中歌》。○齐房:斋戒的居室。○芝:灵芝。○诩诩:茂盛貌。

⑨灵衣:死者生前常穿的衣裳。

皇夏献高祖武皇帝[1]

南河吐云气，北斗降星神。[2]百灵咸仰德，千年一圣人。书成紫微动，律定凤凰驯。[3]六军命西土，甲子陈东邻。[4]戎衣此一定，万里更无尘。[5]烟云同五色，日月并重轮。[6]流沙既西静，蟠木又东臣。[7]凯乐闻《朱雁》，铙歌见《白麟》。[8]今为六代祀，还得九疑宾。[9]（《隋书》卷一四《音乐志》《乐府诗集》卷九、张本、吴本、倪本。）

【注释】

①高祖武皇帝：讳邕，太祖第四子。孝闵践阼，拜大将军，出镇同州。世宗即位，进柱国、蒲州刺史。武成元年，封鲁公，领宗师。二年，世宗崩，遗诏传位于帝。在位七年，崩。谥曰武，庙号高祖。《周书》卷五、《北史》卷一〇有纪。

②南河：星名。属井宿，共三星。〇神：《乐府诗集》、张本、吴本、倪本作"辰"。

③紫微：即紫微垣。星官名。〇"律定"句：《汉书·律历志》："黄帝使伶伦自大夏之西，昆仑之阴，取竹之解谷，生其窍厚均者，断两节间而吹之，以为黄钟之宫。制十二筒以听凤之鸣，其雄鸣为六，雌鸣亦六，比黄钟之宫，而皆可以生之，是为律本。至治之世，天地之气合以生风；天地之风气正，十二律定。"

④"六军"二句：清倪璠注："言武帝有平邺之功也。……后周本西魏所禅，都长安，故云西土。齐本东魏所禅，都邺，是为东邻。比于殷周矣。《周书》本纪云：'建德六年，平邺。'是其事也。"六军，天子所统领的军队。《周礼·夏官·序官》："凡制军，万有二千五百人为军。王六军，大国三军，次国二军，小国一军。"甲子，西周武王以甲子日入殷都朝歌。《史记·周本纪》："二月甲子昧爽，武王朝至于商郊牧野，乃誓。"

⑤"戎衣"二句:谓以武力统一天下,四海太平。戎衣,《尚书·武成》:"一戎衣,天下大定。""万里"句,三国魏陈王曹植《文帝诔》:"悬旌海表,万里无尘。"

⑥五色:五色祥云。○重轮:日、月周围形成的光圈。古代以为祥瑞之象。

⑦流沙:指西域地区。○蟠木:传说中的边远山名。一说即扶桑。

⑧凯乐:凯旋之乐。○《朱雁》:古乐府歌名。《汉书·武帝纪》:"行幸东海,获赤雁,作《朱雁之歌》。"○铙歌:军中乐歌。用于奏凯班师。○《白麟》:汉歌名。《汉书·武帝纪》:"元狩元年冬十月,行幸雍,祠五畤。获白麟,作《白麟》之歌。"

⑨六代:指黄帝、唐、虞、夏、殷、周。《晋书·乐志》:"周始二《南》,《风》兼六代。昔黄帝作《云门》,尧作《咸池》,舜作《大韶》,禹作《大夏》,殷作《大濩》,周作《大武》,所谓因前王之礼,设俯仰之容,和顺积中,英华发外。"○九疑宾:指舜。传舜葬于九嶷山。九嶷,山名。在今湖南省宁远县南。此指舜时《大韶》之乐。

皇夏皇帝还东壁,饮福酒①

礼殚裸献,乐极《休成》。②长离前掞,宗祀文明。③缩酌浮兰,澄罍合鬯。④磬折礼容,旋回灵贶。⑤受釐撤俎,饮福移樽。⑥惟光惟烈,文子文孙。⑦(《隋书》卷一四《音乐志》《乐府诗集》卷九、张本、吴本、倪本。)

【注释】

①福酒:祭祀所用的酒。

②裸(guàn)献:古代帝王、王后祭祀时,以香酒灌地、以腥熟之食献神的礼仪。亦泛指裸礼。○"乐极"句:《汉书·礼乐志》:"高祖时,叔孙通因

秦乐人制宗庙乐。……《登歌》再终,下奏《休成》之乐,美神明既飨也。"极,终。《休成》,乐曲名。

③长离前掞(yàn):《汉书·礼乐志》:"长丽前掞光耀明。"长离,亦作"长丽",即凤。喻指才德出众之人。掞,照耀。○宗祀文明:《孝经·圣治》:"宗祀文王于明堂。"

④缩酌:即"缩酒"。古代祭祀时用菁茅滤酒去渣。一说,立束茅于祭前,沃酒其上,酒渗下,若神饮之。○鬯(chàng):古代宗庙祭祀用的香酒。

⑤磬折:弯腰。示谦恭。○礼容:礼制仪容。○旋回:回环。○灵贶(kuàng):谓神灵赐福。

⑥受厘:汉制,祭天地五畤,皇帝派人祭祀或郡国祭祀后,皆以祭余之肉归致皇帝,以示受福,叫受厘。厘,祭余之肉。○饮福:祭祀完毕饮食供神的酒肉,以求神赐福。

⑦文子文孙:《尚书·立政》:"继自今,文子文孙其勿误于庶狱庶慎,惟正是乂之。"孔传:"文子文孙,文王之子孙。"

皇夏还便坐①

庭阕四始,筵终三荐。②顾步阶墀,徘徊余奠。③六龙矫首,七萃警途。④鼓移行漏,风转相乌。⑤翼翼从事,绵绵四时。⑥惟神降嘏,永言保之。⑦(《隋书》卷一四《音乐志》《乐府诗集》卷九、张本、吴本、倪本。)

【注释】

①坐:张本作"殿"。

②庭阕(què):庭中演唱的歌辞。○四始:旧说《诗经》有四始,说法不一:或指"风""小雅""大雅""颂",或指"风""小雅""大雅""颂"的首篇。○荐:奉献祭品。

③墀(chí):台阶。

④六龙:马八尺称龙,天子的车驾为六马,因以为天子车驾的代称。○矫首:昂首。○七萃:天子的禁卫军。

⑤鼓移行漏:指时间流逝。行漏,古代计时的漏壶。○相乌:即相风乌,古代观测风向、风力的仪器。

⑥翼翼:恭敬谨慎貌。○从事:参与祭祀之事。○绵绵:不断貌。○四时:谓四时之祭祀。《礼记·祭统》:"凡祭有四时:春祭曰礿,夏祭曰禘,秋祭曰尝,冬祭曰烝。"

⑦降嘏(jiǎ):降福,赐福。

周大袷歌二首①

昭夏降神②

律在夹钟,服居苍衮。③杳杳清思,绵绵长远。④就祭于合,班神于本。⑤来庭有序,助祭有章。乐舞六代,宾歌二王。⑥和铃以节,鞗革斯锵。⑦齐宫馔玉,郁鬯浮金。⑧洞庭钟鼓,龙门瑟琴。⑨其乐已变,惟神是临。(《乐府诗集》卷九、张本、吴本、倪本。)

【题解】
此是在太庙祭祀北周其他先祖的歌辞,共二首。

【注释】
①大袷(xiá):古时天子,诸侯宗庙祭礼之一。集远近祖先的神主于太祖庙合祭。《公羊传·文公二年》:"大事者何?大袷也。大袷者何?合祭也。其合祭奈何?毁庙之主,陈于大祖;未毁庙之主,皆升,合食于大祖。"何休注:"毁庙,谓亲过高祖,毁其庙,藏其主于大祖庙中。"

②降神:《乐府诗集》无此小注,张本、吴本、倪本有。今为保持前后体例统一,据补。下同。

③夹钟:古十二乐律中六阴律之一。《礼记·月令》:仲春之月,"其音角,律中夹钟。"○苍衮:青色礼服。《礼记·月令》:仲春之月,"天子居青阳大庙,乘鸾路,驾仓龙,载青旂,衣青衣。"

④杳杳:幽远貌。

⑤就祭于合:谓合祭。○班神于本:谓按顺序祭祀其所自出之先祖。

⑥乐舞六代:谓演奏六代之乐。六代,指黄帝、唐、虞、夏、殷、周。○宾歌二王:此指《诗经·周颂·振鹭》诗。《振鹭》毛序:"二王之后来助祭也。二王于周为客,故云宾也。"汉郑玄笺:"二王,夏、殷也;其后,杞、宋也。"唐孔颖达疏:"美威仪之人臣而助祭王庙亦得其宜也。"

⑦鞗(tiáo)革:马络头的下垂装饰。

⑧齐宫:即斋宫。○馔(zhuàn)玉:珍美如玉的食品。○郁罩:即"郁鬯",香酒。

⑨洞庭:湖名。即洞庭湖。《庄子·至乐》:"《咸池》《九韶》之乐,张之洞庭之野。"○龙门:山名。龙门产梧桐,可以作琴瑟。

登歌奠玉帛

神惟显思,不言而令。①玉帛之礼,敢陈庄敬。②奉如弗胜,荐如受命。③交于神明,悫于言行。④(《乐府诗集》卷九,张本、吴本、倪本。)

【注释】

①神惟显思:《诗经·周颂·敬之》:"敬之敬之,天维显思,命不易哉。"

②庄敬:庄严恭敬。

③弗胜:经受不起。

④悫(què):恭谨,朴实。

燕射歌辞

周五声调曲二十四首①

曲序曰:元正飨会大礼,②宾至食举,称觞荐玉。六律既从,八风斯畅。③以歌大业,以舞成功。(《乐府诗集》卷九、张本、吴本、倪本。)

【题解】
此是北周朝廷元旦宴饮之时所唱歌辞,共二十四首。

【注释】
①五声:指宫、商、角、徵、羽。
②曲:张本、吴本、倪本无。○元正:正月初一。○飨(xiǎng)会:宴会。
③八风:八方之风。《淮南子·天文》:"何谓八风?距日冬至四十五日,条风至;条风至四十五日,明庶风至;明庶风至四十五日,清明风至;清明风至四十五日,景风至;景风至四十五日,凉风至;凉风至四十五日,阊阖风至;阊阖风至四十五日,不周风至;不周风至四十五日,广莫风至。"又,古以八风与八音相配。《左传·隐公五年》:"夫舞所以节八音而行八风。"晋杜预注:"八音,金、石、丝、竹、匏、土、革、木也。八风,八方之风也。以八音之器播八方之风。"唐陆德明音义:"八音,金钟、石磬、丝琴瑟、竹箫管、土埙、木柷敔、匏笙、革鼓也。八方之风,谓东方谷风、东南清明风、南方凯风、西南凉风、西方阊阖风、西北不周风、北方广莫风、东北融风。"唐孔颖达疏:"服虔以为:八卦之风乾音石,其风不周;坎音革,其风广莫;艮音匏,其风融;震音竹,其风明庶;巽音木,其风清明;离音丝,其风景;坤音土,其风凉;兑音金,其风阊阖。"

【汇评】
《采菽堂古诗选》:《燕射歌》淋漓抒写,别为一格,中每有至言。当存以备省览,不作诗观。

宫调曲五首[①]

1. 气离清浊割,元开天地分。[②]三才初辨正,六位始成文。[③]继天爰立长,安民乃树君。[④]其明广如日,其泽厚如云。惟昔我文祖,拨乱拒讴歌。[⑤]三分未抚运,八百不陵河。[⑥]礼敷天下信,乐正神人和。[⑦]风尘行息警,江海欲无波。[⑧](《乐府诗集》卷一五、张本、吴本、倪本。)

【注释】

①宫调曲:清倪璠注:"宫调曲者,歌其君也。以宫为君,故以此歌周之君也。"宫调,以宫为主的调式称宫,以其他各声为主的则称调,统称"宫调"。

②"气离"二句:指天地阴阳二气。汉许慎《说文解字》:"地,元气初分,轻清阳为天,重浊阴为地。万物所陈列也。"

③三才:天、地、人。○六位:亦称"六纪",谓君、臣、父、子、夫、妇。

④"继天"句:《春秋穀梁传·宣公十五年》:"为天下主者天也,继天者君也,君之所存者命也。"○"安民"句:《左传·文公十三年》:"天生民而树之君,以利之也。"

⑤"惟昔"二句:清倪璠注:"文祖谓周太祖文皇帝也。……太祖为后周有功烈祖,故首歌之。拨乱,谓齐神武入洛,太祖奉魏帝西迁,弘农、沙苑诸战俱捷也。拒讴歌者,言太祖辞王就公,天下将归,如舜避丹朱,禹避商均也。"文祖,继业守文之祖。此指北周太祖文皇帝宇文泰。讴歌,歌颂。《孟子·万章上》:"尧崩,三年之丧毕,舜避尧之子于南河之南,天下诸侯朝觐者,不之尧之子而之舜;讼狱者,不之尧之子而之舜;讴歌者,不讴歌尧之子而讴歌舜,故曰天也。"

⑥三分:《论语·泰伯》:"三分天下有其二,以服事殷。周之德,其可谓

至德也已矣。"○抚运:顺应时运。此指称帝。○"八百"句:《史记·周本纪》载:周武王渡河,欲伐商,"诸侯不期而会盟津者八百诸侯。诸侯皆曰:'纣可伐矣。'武王曰:'女未知天命,未可也。'乃还师归。"陵河,渡过黄河。

⑦"礼敷"二句:清倪璠注:"言太祖有制礼作乐之功也。"

⑧"风尘"二句:言天下太平。

2. 我皇承下武,革命在君临。①膺图当舜玉,嗣德受尧琴。②沈首多推运,阳城有让心。③就日先知远,观渊早见深。④玄精实委御,苍正乃皆平。⑤履端朝万国,年祥庆百灵。⑥玉帛咸观礼,华戎各在庭。⑦凤响中夷则,天文正玉衡。⑧皇基自天保,万物乃由庚。⑨(《乐府诗集》卷一五、张本、吴本、倪本。)

【注释】

①"我皇"二句:清倪璠注:"谓周闵帝受命革魏,如姬周下武嗣文也。"《诗经·大雅》有《下武》诗,《毛诗序》云:"《下武》,继文也,武王有圣德,复受天命,能昭先人之功焉。"郑玄笺:"继文王之业而成之。"革命,谓实施变革以应天命。

②膺:张本、吴本、倪本作"应"。○图:指《河图》。○舜玉:《尚书大传》:"尧致舜天下,赠以昭华之玉。"○尧琴:《太平御览》卷五七七引扬雄《琴清英》曰:"昔者,神农造琴,以定神齐淫僻去邪,欲反其天真者也。舜弹五弦之琴,而天下治;尧加二弦,以合君臣之恩也。"

③"沈首"二句:清倪璠注:"以上言周受魏禅也。"沈首,低头。《尚书大传》载:舜在位第十四年,"钟石笙筦变声,乐未罢,疾风发屋,天大雷雨,帝沈首而笑曰:'明哉!非一人天下也。乃见于钟石。'"即荐禹使行天子事。阳城,地名。《史记·夏本纪》:"帝舜荐禹于天,为嗣。十七年而帝舜崩。三年丧毕,禹辞辟舜之子商均于阳城。天下诸侯皆去商均而朝禹。"

④就日:《史记·五帝本纪》:"帝尧者,放勋。其仁如天,其知如神。就

之如日,望之如云。"唐司马贞《索隐》:"如日之照临,人咸依就之,若葵藿倾心以向日也。"

⑤"玄精"二句:清倪璠注:"玄精,黑精也,谓黑帝之神协光纪也。苍正,谓后周感精之帝为苍帝灵威仰也。"

⑥履端:指帝王初即位改元。〇年祥:吉年。祥,《乐府诗集》小注:"一作'期'。"

⑦"玉帛"二句:清倪璠注:"二语言天下诸侯毕至也。"玉帛,圭璋和束帛。古代祭祀、会盟、朝聘等均用之。《左传·哀公七年》:"禹合诸侯于涂山,执玉帛者万国。"此借指执献玉帛的诸侯或外国使者。戎,指少数民族。"华戎"句,《诗经·小雅·宾之初筵》言燕射之礼,郑笺:"奏乐和,必进乐其先祖。于是又合见天下诸侯所献之礼,百礼既至。"又云:"诸侯所献之礼既陈于庭,有卿大夫,又有国君,言天下遍至,得万国之欢心。""王受神之福于尸,则王之子孙皆喜乐也。"

⑧凤响:《汉书·律历志》:"黄帝使伶伦自大夏之西,昆仑之阴,取竹之解谷,生其窍厚均者,断两节间而吹之,以为黄钟之宫。制十二筒以听凤之鸣,其雄鸣为六,雌鸣亦六,比黄钟之宫,而皆可以生之,是为律本。至治之世,天地之气合以生风;天地之风气正,十二律定。"〇夷则:十二律之一。阴律六为吕,阳律六为律。夷则为阳律的第五律。律吕相配居第九。《国语·周语下》韦昭注:"夷,平也;则,法也。言万物既成,可法则也。"〇玉衡:北斗七星中的第五星。此指北斗星。

⑨天保:《诗经·小雅》有《天保》篇,《毛诗序》云:"《天保》,下报上也。君能下下以成其政,臣能归美以报其上焉。"又有《由庚》篇,今逸。《毛诗序》:"《由庚》,万物得由其道也。"

3. 握衡平地纪,观象正天枢。①祺祥钟赤县,灵瑞炳皇都。②更受昭华玉,还披兰叶图。③金波来白兔,弱木下苍乌。④玉斗调□协,金沙富国租。⑤青丘还扰圃,丹穴更巢梧。⑥安乐

344

新咸庆,长生百福符。⑦(《乐府诗集》卷一五、张本、吴本、倪本。)

【注释】

①地纪:指大地。○天枢:星名。北斗第一星。

②祺祥:幸福吉祥。○皇都:天子之都。

③昭华玉:《尚书大传》:"尧致舜天下,赠以昭华之玉。"○兰叶图:《艺文类聚》卷一一引《河图挺佐辅》曰:"黄帝修德立义,天下大治,乃召天老而问焉:'余梦见两龙,挺白图,以授余于河之都。'天老曰:'河出龙图,雒出龟书,纪帝录,列圣人之姓号,兴谋治太平,然后凤皇处之。今凤凰以下三百六十日矣,天其受帝图乎?'黄帝乃祓斋七日,至于翠妫之川,大鲈鱼折溜而至,乃与天老迎之,五色毕具,鱼汎白图,兰叶朱文,以授黄帝,名曰录图。"

④金波:指月亮。○白兔:传月中有仙兔。○弱木:张本作"若木",吴本、倪本作"弱水"。今按:疑当作"若木"。神话中的树名,长在太阳下落的地方。《楚辞·离骚》:"折若木以拂日兮,聊逍遥以相羊。"○苍乌:指太阳中的三足乌。

⑤玉斗:即玉衡,观测天文的仪器。○□:缺字。张本、吴本、倪本作"元"。

⑥"青丘"二句:谓天下太平,各种献瑞毕至。青丘,《山海经·荒东经》:"有青丘之国,有狐,九尾。"扰,《文选》卷六左太冲《魏都赋》:"莫赤匪狐,九尾而自扰。"李善注引应劭曰:"《汉书》曰:扰,驯也。"丹穴,山名。《山海经·南山经》:"丹穴之山,其上多金玉。丹水出焉,而南流注于渤海。有鸟焉,其状如鸡,五采而文,名曰凤凰,首文曰德,翼文曰义,背文曰礼,膺文曰仁,腹文曰信。是鸟也,饮食自然,自歌自舞,见则天下安宁。"巢梧,谓凤凰巢于梧桐。

⑦咸:张本、吴本、倪本作"成"。

4. 明明九族序，穆穆四门宾。① 阴陵朝北附，蟠木引东臣。② 涧途求版筑，溪源取钓纶。③ 多士归贤戚，维城属茂亲。④ 贵位连南斗，高荣据北辰。⑤ 迎时乃推策，司职且班神。⑥ 日月之所照，霜露之所均。⑦ 永从文轨一，长无外户人。⑧（《乐府诗集》卷一五、张本、吴本、倪本。）

【注释】

①"穆穆"句：《尚书·舜典》："宾于四门，四门穆穆。"汉孔传："穆穆，美也。四门，四方之门。舜流四凶族。四方诸侯来朝者，舜宾迎之，皆有美德，无凶人。"四门，指明堂四方的门。

②"阴陵"二句：清倪璠注："《汉书·地理志》：'九江郡有阴陵县。项羽迷失道处。'九江时属南朝，言将北附也。《史记》曰：'北至于幽陵，东至于蟠木。'蟠木，东臣，以喻平齐之后东极诸国莫不来王也。"阴陵，县名。治所在今安徽省定远县西北。蟠木，传说中东方的山名。一说即扶桑。

③"涧途"二句：谓求贤。版筑，两种筑土墙的工具。《孟子·告子下》："傅说举于版筑之间。"钓纶，钓线。传姜太公在渭水之滨钓鱼，周文王遇而用之。

④多士：古指众多的贤士。○维城：连城以卫国。《诗经·大雅·板》："宗子维城。"

⑤南斗：星名。即斗宿，有星六颗。在北斗星以南，形似斗，故称。《晋书·天文志》："南斗六星，天庙也，丞相太宰之位，主褒贤进士，禀授爵禄。"○北辰：星名。《论语·为政》："子曰：'为政以德，譬如北辰，居其所而众星共之。'"《尔雅·释天》："北极谓之北辰。"

⑥"迎时"句：谓经过推算而预知未来的节气历数。推策，占卜吉凶。《史记·封禅书》："帝得宝鼎神策……于是黄帝迎日推策，后率二十岁复朔旦冬至，凡二十推，三百八十年。"○班神：按顺序祭神。

⑦"日月"二句：《礼记·中庸》："舟车所至，人力所通，天之所覆，地之所载，日月所照，霜露所坠，凡有血气者，莫不尊亲，故曰配天。"

⑧"永从"二句:清倪璠注:"此言周武帝破齐之后,欲平突厥,定江南,使天下一统。言王者以天下为一家,四海之内,皆文轨所及,故无外户之人也。"文轨一,《礼记·中庸》:"今天下车同轨,书同文,行同伦。"外户,指国境之外。

5. 郁盘舒栋宇,峥嵘俸《大壮》。①拱木诏林衡,全模徵梓匠。②千栌绮翼浮,百栱长虹抗。③北去邯郸道,南来偃师望。④龙首载文槐,云楣承武帐。⑤居者非求隘,卑宫岂难尚。⑥壮丽天下观,是以从萧相。⑦(《乐府诗集》卷一五、张本、吴本、倪本。)

【注释】

①郁盘:曲折幽深貌。○峥嵘:高大耸立貌。○《大壮》:《周易·系辞》:"上古穴居而野处,后世圣人易之以宫室,上栋下宇,以待风雨,盖取诸《大壮》。"清倪璠注:"此章言后周宫室之壮丽也,另为一篇,属宫调。"

②"拱木"二句:《文选》卷六左太冲《魏都赋》:"僝拱木于林衡,授全模于梓匠。"林衡,古代主山林之官。《周礼·地官·林衡》:"掌巡林麓之禁令,而平其守,以时计林麓而赏罚之。"

③"千栌"句:清倪璠注:"'千栌绮翼浮'者,言千柱皆刻为绮文,如鸟舒翼也。"栌,柱上方木。此指柱。○"百栱"句:谓栱弯曲如虹。栱,立柱和横梁之间成弓形的承重结构。

④邯郸:即河南省邯郸市。战国时邯郸为赵都,后曹魏、后赵、冉魏、前燕、东魏、北齐都曾都此。○偃师:即今河南省偃师市。夏、商、东周、东汉、曹魏、西晋、北魏等朝代先后在此建都。

⑤龙首:山名。在今陕西省长安县北。汉丞相萧何于此营未央宫。○文槐:房屋连绵貌。○云楣:有云状纹饰的横梁。○武帐:置有兵器的帷帐。

⑥"居者"二句:清倪璠注:"言皇居贵于壮丽,不必有心以求狭隘,大禹

卑宫不难尚也。"《论语·泰伯》:"子曰:'禹,吾无间然矣。菲饮食而致孝乎鬼神,恶衣服而致美乎黼冕,卑宫室而尽力乎沟洫。'"

⑦"壮丽"二句:《汉书·高帝纪》:"萧何治未央宫,立东阙、北阙、前殿、武库、大仓。上见其壮丽,甚怒,谓何曰:'天下匈匈,劳苦数岁,成败未可知,是何治宫室过度也!'何曰:'天下方未定,故可因以就宫室。且夫天子以四海为家,非令壮丽亡以重威,且亡令后世有以加也。'上说。"

变宫调二首①

1. 帝游光出震,君明擅在离。②岩廊惟眷顾,钦若尚无为。③龙穴非难附,鸾巢欲可窥。④具茨应不远,汾阳宁足随。⑤烝民播殖重,沟洫劬劳多。⑥桑林还注雨,积石遂开河。⑦明徵逢永命,平秩值年和。⑧更有熏风曲,方闻《晨露》歌。⑨(《乐府诗集》卷一五、张本、吴本、倪本。)

【注释】

①变宫调:以变宫为主的调式。变宫,比"宫"低半音的音级。清倪璠注:"五声以外,更加变宫、变徵为七音也。此二变者,旧乐无之,武王始加二变。周乐有七音耳。后周宪章《周礼》,五声中既有变宫变徵,子山以宫调歌其君,取宫为君之义也。时周宣帝传位于太子衍,自号天元皇帝,于事为变,即取变宫以歌其事。故首篇有'震出''明离''具茨''汾阳'之词,次篇言其作乐之盛,篇末'感物观治乱,心恒防未然。君子得其道,太平何有焉',寓勉励之意。知是时宣帝号天元皇帝,居天台,静帝衍居正阳宫,二帝并存。上正宫调歌其先祖,此变宫调二篇所以歌其生君也。"

②"帝游"句:《周易·说卦》:"帝出乎震。"○"君明"句:《周易·离卦》:"明两作离,大人以继明照于四方。"孔颖达疏:"明两作离者,离为日,日为明。今有上下二体,故云明两作离也。"谓《离》卦离下离上,为两明前后相

348

续之象。

③岩廊:高峻的廊庑。此指朝廷。○钦若:《尚书·尧典》:"钦若昊天。"谓敬顺上天。○无为:无为而治。《论语·卫灵公》:"子曰:'无为而治者,其舜也与?夫何为哉?恭己正南面而已矣。'"

④"龙穴"二句:清倪璠注:"言其攀龙附凤,有仙焉之志也。龙居穴中,故以龙穴为言。"

⑤具茨:山名,在今河南省密县。《庄子·徐无鬼》:"黄帝将见大隗乎具茨之山。"○汾阳:汾水之北。《庄子·逍遥游》:"尧治天下之民,平海内之政,往见四子藐姑射之山,汾水之阳,窅然丧其天下焉。"

⑥烝民:百姓。○殖:张本、倪本作"植"。○劬(qú)劳:劳苦。

⑦"桑林"句:殷汤祈雨事。《淮南子·主术》:"汤之时,七年旱,以身祷于桑林之际,而四海之云凑,千里之雨至。"○"积石"句:大禹治水事。《尚书·禹贡》:"导河积石,至于龙门。"积石,山名。即阿尼玛卿山,在青海省东南部,黄河绕流东南侧。

⑧明徵:明显的徵验。○永命:长命。○平秩:指辨别耕作的先后。

⑨熏风曲:《孔子家语·辩乐》:"昔者舜弹五弦之琴,造《南风》之诗,其诗曰:'南风之薰兮,可以解吾民之愠兮;南风之时兮,可以阜吾民之财兮。'"○《晨露》:商汤时乐歌名。

2. 移风广轩历,崇德盛唐年。①成文兴大雅,出豫动钧天。②黄钟六律正,阊阖八风宣。③孤竹调阳管,空桑节雅弦。④舞林鸾更下,歌山凤欲前。⑤闻音能辨俗,听曲乃思贤。⑥感物观治乱,治心防未然。⑦君子得其道,太平何有焉。⑧(《乐府诗集》卷一五、张本、吴本、倪本。)

【注释】

①"移风"二句:清倪璠注:"轩历,谓黄帝轩辕氏之长历也。唐年,谓唐

尧之盛年也。"

②大雅:《诗经》的组成部分之一。《诗大序》:"雅者,正也,言王政之所废兴也。政有小大,故有《小雅》焉,有《大雅》焉。"此谓雅正之乐。○出豫:秋日天子巡游。○钧天:即"钧天广乐",指天上的音乐。

③黄钟:古之打击乐器,多为庙堂所用。○六律:指音乐。○阊阖:阊阖风,即西风,八风之一。○八风:八方之风。《淮南子·天文》:"何谓八风?距日冬至四十五日,条风至;条风至四十五日,明庶风至;明庶风至四十五日,清明风至;清明风至四十五日,景风至;景风至四十五日,凉风至;凉风至四十五日,阊阖风至;阊阖风至四十五日,不周风至;不周风至四十五日,广莫风至。"又,古以八风与八卦、八音相配。《左传·隐公五年》:"夫舞所以节八音而行八风。"晋杜预注:"八音,金、石、丝、竹、匏、土、革、木也。八风,八方之风也。以八音之器播八方之风。"唐孔颖达疏引服虔注:"兑音金,其风阊阖。"

④孤竹:独生之竹。此指以孤竹做成的乐器。○空桑:传说中山名。产琴瑟之材。此指以空桑之材做成的乐器。

⑤"舞林"二句:清倪璠注:"言鸾凤亦解歌舞,故见舞而下,闻歌欲前也。"

⑥"闻音"句:《礼记·乐记》:"审声以知音,审音以知乐,审乐以知政,而治道备矣。"○"听曲"句:清倪璠注:"'听曲乃思贤'者,即《乐记》所谓'君子听钟声则思武臣,听磬声则思死封疆之臣,听琴瑟则思志义之臣,听笙竽则思畜聚之臣,听鼓鼙之声则思将帅之臣'是也。"

⑦"感物"句:《礼记·乐记》:"治世之音安以乐,其政和。乱世之音怨以怒,其政乖。亡国之音哀以思,其民困。声音之道,与政通矣。"○治心:张本、吴本、倪本作"心恒"。

⑧"君子"二句:清倪璠注:"言人君能得其道以治天下,则太平之理不难致也。"

商调曲四首①

1. 君以宫唱,宽大而谟明。臣以商应,闻义则可行。②有熊为政,访道于容成。③殷汤受命,委任于阿衡。④忠其敬事,有罪不逃刑。⑤诵其箴谏,言之无隐情。⑥有刚有断,四方可以宁。⑦既颂既雅,天下乃升平。⑧专精一致,金石为之开。⑨动有两心,妻子恩情乖。⑩苟利社稷,无有不尽怀。⑪昊天降佑,元首唯康哉。⑫(《乐府诗集》卷一五、张本、吴本、倪本。)

【注释】

①商调曲:清倪璠注:"商调曲者,歌其臣也。燕射宾客,有诸侯、卿大夫,皆天子之臣。以商为臣,故以商调歌其臣也。"商调,以商音为主的调式。

②"君以"四句:清倪璠注:"此下言圣君之得贤臣也。"《礼记·乐记》:"宫为君,商为臣,角为民,徵为事,羽为物,五者不乱,则无怗懘之音矣。"又,《韩诗外传》:"汤作《护》,闻其宫声使人温良而宽大,闻其商声使人方廉而好义。"谟明,谋略美善。

③"有熊"二句:谓黄帝以容成为师。有熊,黄帝的国号。容成,相传为黄帝大臣,发明历法。

④"殷汤"二句:谓商汤以伊尹为丞相。阿衡,本商代官名。伊尹曾任此职,故此指伊尹。

⑤"有罪"句:《左传·襄公三年》:"事君不辟难,有罪不逃刑。"

⑥箴谏:指规诫劝谏的言语。

⑦"有刚"二句:清倪璠注:"言人臣有刚断之才,则四方赖以宁定也。"

⑧"既颂"二句:清倪璠注:"言诵诗乃能授政,可以治平天下也。"颂、雅,即《诗经》中《颂》《雅》。

⑨"专精"二句:清倪璠注:"言能忠以事君,则精诚无不格也。"

⑩有:张本、吴本、倪本作"其"。○妻子:妻子儿女。

⑪苟利社稷:《左传·昭公四年》:"苟利社稷,死生以之。"

⑫"元首"句:《尚书·益稷》:"元首明哉,股肱良哉,庶事康哉!"元首,指天子。

【汇评】

《古诗赏析》：五声中商声属臣，故通首皆切臣说。然欲臣之尽忠，先在君之信任，又此首章之立意也。前四，以君谟明剔起臣行义，点明商字。"有熊"四句，接出君之必当信任大臣，援古为证。"忠其"四句，正叙臣之尽忠，两说事有决断，两说言无隐讳。"有刚"四句，以刚断顶上，而圆其弊于雅颂和平，推出臣能尽忠，利泽及下之效。"专精"四句，又将凡事专一则精，携疑则变，为君臣宜合，空中一拓。后四，方遥接"有刚"四句，归到臣苟尽怀，福归元首作结，首尾呼应。〇开府五调曲各为一体，宫调五言，徵调七言，羽调六言。惟此一四言，一五言，九字用韵，角调八言，十六字用韵，是其创体。即徵调七言，亦多上三下四句法，与诗句不同，因俱未选，故备志之。

2. 百川俱会，大海所以深。群材既聚，故能成邓林。① 猛虎在山，百兽莫敢侵。忠臣处国，天下无异心。② 昔我文祖，执心且危虑。驱剪豺狼，经营此天步。③ 今我受命，又无敢逸豫。惟尔弼谐，各可知（竞）〔兢〕惧。④（《乐府诗集》卷一五、张本、吴本、倪本。）

【注释】

①"百川"四句：清倪璠注："言众水会而成海，众材聚而成林，以喻贤人聚而国乃大也。"邓林，古代神话传说中的树林。

②"猛虎"四句：清倪璠注："言忠臣之能拒乱贼，犹猛虎之能驱百兽也。"

③"昔我"四句：清倪璠注："言太祖文帝事魏，克尽臣道也。……宇文泰为后周太祖，又谥曰文，故称文祖。……豺狼，喻乱贼也，谓高欢之乱，太祖奉武帝西迁，弘农、沙苑诸战克捷，魏室以安也。"

④"今我"四句：清倪璠注："我，谓后周之帝，盖设为天子之辞也。尔，

谓飨燕诸臣也。言太祖执心危虑如此。今我子孙受命以来,日以太祖之心为心,亦无敢逸豫尔,诸臣可不知兢惧乎?是为臣当以太祖事魏为法也。"弼谐,辅佐协调。兢惧,惶恐。兢,《乐府诗集》作"竞(競)",张本、吴本、倪本作"兢"。今按:作"兢"是,据改。

3. 礼乐既正,人神所以和。① 玉帛有序,志欲静干戈。② 各分符瑞,俱誓裂山河。③ 今日相乐,对酒且当歌。④ 道德以喻,听撞钟之声。⑤ 神奸不若,观铸鼎之形。⑥ 酆宫既朝,诸侯于是穆。⑦ 岐阳或狩,淮夷自此平。⑧ 若涉大川,言凭于舟楫。⑨ 如和鼎实,有寄于盐梅。⑩ 君臣一体,可以静氛埃。⑪ 得人则治,何世无奇才。⑫(《乐府诗集》卷一五、张本、吴本、倪本。)

【注释】

①人神:张本、吴本、倪本作"神人"。

②玉帛:圭璋和缣帛。古代祭祀、会盟、朝聘时所用礼品。○干戈:两种武器。此指战争。

③符瑞:清倪璠注:"按:符,若《汉书》所谓铜虎符、竹使符是也。瑞,玉瑞也,若《周礼》桓圭、信圭之属是也。"○誓裂山河:《汉书·高惠高后文功臣表》:"封爵之誓曰:'使黄河如带,泰山若厉,国以永存,爰及苗裔。'"

④"今日"二句:清倪璠注:"言与诸功臣既有山河之誓,今日燕饮须当乐也。"对酒,曹操《短歌行》:"对酒当歌,人生几何?"

⑤"道德"二句:《初学记》卷一六引《乐叶图征》曰:"君子铄金为钟,四时九乳。是以撞钟以知君,钟调则君道得。"

⑥"神奸"二句:《左传·宣公三年》:"昔夏之方有德也,远方图物,贡金九牧,铸鼎象物,百物而为之备,使民知神奸。"神奸,鬼神作怪害人之情。若,顺从。

⑦酆宫:周宫殿名。在今陕西省户县北。《左传·昭公四年》:"康有酆

宫之朝。"杜预注："酆在始平鄠县东,有灵台,康王于是朝诸侯。"○穆:顺从,臣服。

⑧岐阳:岐山之南。岐山位于今陕西省西部。《左传·昭公四年》："成有岐阳之蒐。"杜预注："周成王归自奄,大蒐于岐山之阳。岐山在扶风美阳县西北。"○"淮夷"句:《史记·周本纪》："召公为保,周公为师,东伐淮夷,残奄,迁其君薄姑。成王自奄归,在宗周,作《多方》。既绌殷命,袭淮夷,归在丰,作《周官》。兴正礼乐,度制于是改,而民和睦,颂声兴。"淮夷,古代居于淮河流域的部族。

⑨"若涉"二句:《尚书·说命》："若济巨川,用汝作舟楫。"

⑩"如和"二句:《尚书·说命》："若作和羹,尔惟盐梅。"盐梅,盐和梅子。盐味咸,梅味酸,均为调味所需。

⑪氛埃:喻战乱。

⑫"何世"句:西晋左思《咏史诗》："何世无奇才,遗之在草泽。"

【汇评】

《古诗源》:别为一体,当存以备观览。在尔时,宗庙之乐,亦用靡靡,此如蕢桴土鼓也。

4. 风力是举,而台阶序平。①重黎既登,而天地位成。②功无与让,铭太常之旌。③世不失职,受骓毛之盟。④辑瑞班瑞,穆穆于尧门。⑤惟翰惟屏,膴膴于周原。⑥功成而治定,礼乐斯存。复子而明辟,姬旦何言。⑦(《乐府诗集》卷一五、张本、吴本、倪本。)

【注释】

①风力:指黄帝三公之风后、力牧。○台阶:三台星亦名泰阶,故称台阶。古人用以象征三公。三阶平,则天下风调雨顺,国泰民安。

②重黎:重与黎,为羲和二氏之祖先。《尚书·吕刑》："乃命重黎,绝地天通,罔有降格。"孔传："重即羲,黎即和。尧命羲和世掌天地四时之官,使

人神不扰,各得其序。"孔颖达疏:"羲是重之子孙,和是黎之子孙,能不忘祖之旧业,故以重黎言之。"《国语·楚语下》:"及少皞之衰也,九黎乱德,民神杂糅,不可方物。夫人作享,家为巫史,无有要质。民匮于祀,而不知其福。烝享无度,民神同位。民渎齐盟,无有严威。神狎民则,不蠲其为。嘉生不降,无物以享。祸灾荐臻,莫尽其气。颛顼受之,乃命南正重司天以属神,命火正黎司地以属民,使复旧常,无相侵渎,是谓绝地天通。其后,三苗复九黎之德,尧复育重、黎之后,不忘旧者,使复典之。以至于夏、商,故重、黎氏世叙天地,而别其分主者也。"

③"功无"二句:《周礼·春官·巾车》:"建太常,十有二斿,以祀。"郑注:"凡有功者,铭书于王之太常。"太常,古代旌旗名。

④骍(xīng)毛:亦作"骍旄"。古代重要盟会时用作牺牲的赤色牛。《左传·襄公十年》:"瑕禽曰:'昔平王东迁,吾七姓从王,牲用备具。王赖之,而赐之骍旄之盟。'"杜预注:"骍旄,赤牛也。举骍旄者,言得重盟,不以犬鸡。"

⑤辑瑞班瑞:《尚书·舜典》:"辑五瑞,既月乃日,觐四岳群牧,班瑞于群后。"辑瑞,乃会见属下的典礼。辑,敛聚。班瑞,即将瑞玉颁还臣下。○穆穆:端庄恭敬。尧门:帝尧之门。此指天子之门。

⑥"惟翰"句:《诗经·大雅·板》:"大邦维屏,大宗维翰。"屏翰,犹言屏藩,比喻镇守一方的长官。屏,屏障。翰,主干。○"膴膴"句:《诗经·大雅·绵》:"周原膴膴,堇荼如饴。"膴(wǔ)膴,肥沃。周原,周城的原野。周,地名,在岐山南。为周室之发祥地。

⑦"复子"二句:《尚书·洛诰》:"周公拜手稽首曰:'朕复子明辟。'"孔传:"言我复还明君之政于子。子,成王,年二十,成人,故必归政而退老。"姬旦,周公姬姓,名旦。为周文王第四子,周武王之弟。武王死后,成王年幼,由其摄政当国。后还政于成王。

角调曲二首①

1. 止戈见于绝辔之野,称伐闻于丹水之征。②信义俱存,乃先忘食。③五材并用,谁能去兵。④虽圣人之大宝曰位,实天地之大德曰生。⑤泾渭同流,清浊异能。⑥琴瑟并御,雅郑殊声。⑦扰扰烝人,声教不一。⑧茫茫禹迹,车轨未并。⑨志在四海而尚恭俭,心包宇宙而无骄盈。言而无文,行之不远;⑩义而无立,勤则无成。恻隐其心,训以慈惠;流宥其过,哀矜典刑。⑪(《乐府诗集》卷一五、张本、吴本、倪本。)

【注释】

①角调曲:清倪璠注:"角、徵、羽三调曲,歌其民安物阜庶绩咸熙也。以角为民,故以角调歌其民也。"角调,以角音为主的调式。

②绝辔之野:传说中地名。《逸周书·尝麦》:"赤帝大慑,乃说于黄帝,执蚩尤,杀之于中冀,以甲兵释怒,用大正顺天思序,纪于大帝,用名之曰绝辔之野。"○丹水:传说中的水名。《淮南子·兵略》:"尧战于丹水之浦。"《帝王世纪》:"诸侯有苗氏,处南蛮而不服,尧征而克之于丹水之浦。"

③忘食:清倪璠注:"忘食,即《论语》所谓'去食。自古皆有死,民无信不立'也。"《论语·颜渊》:"子贡问政。子曰:'足食,足兵,民信之矣。'子贡曰:'必不得已而去,于斯三者何先?'曰:'去兵。'子贡曰:'必不得已而去,于斯二者何先?'曰:'去食。自古皆有死,民无信不立。'"

④"五材"二句:《左传·襄公二十七年》:"天生五材,民并用之,废一不可,谁能去兵?兵之设久矣,所以威不轨而昭文德也。"杜预注:"五材,金、木、水、火、土也。"

⑤"虽圣"二句:《周易·系辞》:"天地之大德曰生,圣人之大宝曰位。"

⑥"泾渭"二句:《诗经·邶风·谷风》:"泾以渭浊,湜湜其沚。"毛传:"泾渭相入而清浊异。"泾渭,二水名。

⑦雅郑:雅乐和郑乐。儒家以雅乐为正声,以郑乐为淫邪之音。

⑧扰扰:纷乱貌。○烝人:众人,即百姓。○声教:声威教化。

⑨"茫茫"二句:谓天下未统一。禹迹,大禹治水,足迹遍于九州。后因代指中国的疆域。

⑩"言而"二句:《左传·襄公二十五年》:"言之无文,行而不远。"

⑪流宥:《尚书·舜典》:"流宥五刑。"孔传:"宥,宽也。以流放之法宽五刑。"此处意谓宽宥。○哀矜典刑:谓以怜悯之心实施刑罚。典刑,常刑,刑罚。

2. 匡赞之士,或从渔钓;云雨之才,乍叹幽谷。①寻芳者追深径之兰,识韵者探穷山之竹。②克明其德,贡以三事;树之风声,言于九牧。③协用五纪,风若从时;农用八政,甘作其谷。④殊风共轨,见之周南;异亩同颖,闻之康叔。⑤祁寒暑雨,是无胥怨;天覆云油,滋焉渗漉。⑥幸无谢上古之淳人,庶可以封之于比屋。⑦(《乐府诗集》卷一五、张本、吴本、倪本。)

【注释】

①匡赞:匡正辅佐。○渔钓:《史记·齐太公世家》:"吕尚盖尝穷困,年老矣,以渔钓奸周西伯。"

②"寻芳"二句:清倪璠注:"言人君思得贤才,亦犹是矣。"探,张本小注:"一作'采'。"

③克明其德:谓任用贤能之士。《尚书·尧典》:"克明俊德,以亲九族。"孔传:"能明俊德之士任用之,以睦高祖玄孙之亲。"○三事:指三公。○树之风声:《左传·文公六年》:"树之风声。"晋杜预注:"因土地风俗为立声教之法。"○九牧:九州牧伯。此指地方长官。

④协用五纪:《尚书·洪范》:"协用五纪。……五纪:一曰岁,二曰月,三曰日,四曰星辰,五曰历数。"孔传曰:"协,和也。和天时,使得正,用五纪。"○风若从时:《尚书·洪范》:"曰圣,时风若。"唐孔颖达疏:"曰人君通圣,则风以时而顺之。"时,倪本作"事"。○农用八政:《尚书·洪范》:"农用八政。……八政:一曰食,二曰货,三曰祀,四曰司空,五曰司徒,六曰司寇,七曰宾,八曰师。"○甘作其谷:谓雨水有益于谷物的生长。甘,指适时

357

之雨。

⑤殊风:不同风俗。○周南:《诗经·国风》之一。颂扬周德化及南方。《后汉书》卷三〇《郎颛传》:"《周南》之德,《关雎》政本,本立道生,风行草从。"○"异亩"二句:清倪璠注:"康叔疑作唐叔。"同颖,带芒的谷穗。《尚书·归禾》序:"唐叔得禾,异亩同颖,献诸天子。王命唐叔归周公于东,作《归禾》。"

⑥祁寒:严寒。《尚书·君牙》:"夏暑雨,小民惟曰怨咨;冬祁寒,小民亦惟曰怨咨。"胥怨:指百姓对上的怨恨。○"天覆"二句:《文选》卷四八司马长卿《封禅文》:"自我天覆,云之油油。甘露时雨,厥壤可游。滋液渗漉何生不育!"李善注:"《汉书音义》曰:'油油,云行貌。'孟子曰:'天油然作云。'……《说文》曰:'渗,下漉也。'又曰:'漉,水下貌。'"

⑦谢:谦让,不如。○上古:远古。传上古民风淳朴。○淳人:质朴敦厚的人。○"封之"句:《尚书大传》:"周人可比屋而封。"比屋,指家家户户。

徵调曲六首①

1. 乾坤以含养覆载,日月以贞明照临。②达人以四海为务,明君以百姓为心。③水波澜者源必远,树扶疏者根必深。④云雨取施无不洽,廊庙求才多所在。(《乐府诗集》卷一五、张本、吴本、倪本。)

【注释】

①徵调曲:清倪璠注:"徵调曲者,歌其事也。……事胜于物而劣于民,故次民居物之前,所以徵为事之象也。"徵调,以徵音为主的调式。

②乾坤:指天地。○含养:包容养育。○覆载:《中庸》:"天之所覆,地之所载。"谓天地庇养包容万物。○贞明:《周易·系词》:"日月之道,贞明者也。"指日月固守照临之道。

③达人:通达事理的人。○"明君"句:《老子》:"圣人无心,以百姓心为心。"
④扶疏:枝叶繁茂貌。

2. 淳风布政常无欲,至道防人能变俗。①求仁义急于水火,用礼让多于菽粟。②屈轶无佞人可指,獬豸无繁刑可触。③王道荡荡用无为,天下四人谁不足。④(《乐府诗集》卷一五、张本、吴本、倪本。)

【注释】
①"淳风"二句:清倪璠注:"言淳风至道可以化民成俗也。"
②菽粟:豆和小米。此处代指粮食。
③屈轶:传说中瑞草名。太平盛世生于帝庭,佞人入朝则指之。○獬(xiè)豸(zhì):传说中的祥兽。一角,能辨曲直,见人相斗,则以角触邪恶无理者。
④王道荡荡:《尚书·洪范》:"王道荡荡,无党无偏。"○无为:《论语·卫灵公》:"子曰:'无为而治者,其舜也与?夫何为哉?恭己正南面而已矣。'"○四人:谓四民,即士、农、工、商。

3. 圣人千年始一生,黄河千年始一清。摄提以之而从纪,玉烛于是而文明。①东南可以补地阙,西北可以正天倾。②浮鼋则东海可厉,运锸则南山可平。③众仙就朝于瑶水,群帝受享于明庭。④怀和则《棘》《任》并奏,功烈则钟鼎俱铭。⑤(《乐府诗集》卷一五、张本、吴本、倪本。)

【注释】

①摄提:岁阴名。古代岁星纪年法中的十二辰之一。相当于干支纪年法中的寅年。《史记·天官书》:"以摄提格岁:岁阴左行在寅,岁星右转居丑。"○玉烛:指四时之气和畅。形容太平盛世。

②"东南"二句:《淮南子·天文》:"昔者共工与颛顼争为帝,怒而触不周之山。天柱折,地维绝。天倾西北,故日月星辰移焉;地不满东南,故水潦尘埃归焉。"

③"浮鼋(yuán)"句:《竹书纪年》曰:"周穆王三十七年,征伐大起,九师东至于九江,叱鼋鼍以为梁。"鼋,大鳖也。厉,指涉水而过。○"运锸"句:即《列子·汤问》所载"愚公移山"事。

④瑶水:即瑶池,传为西王母所居之所。○明庭:古代帝王祭祀神灵之地。

⑤《靺》(mèi)《任》:指少数民族音乐。东方曰《靺》,南方曰《任》,西方曰《株离》,北方曰《禁》。靺,同"靺"。

4. 三光以记物呈形,四时以裁成正位。①雷风大山岳之响,寒暑通阴阳之气。武功则六合攸同,文教则二仪经纬。②有道则咸浴其德,好生则各繁其类。③白日经天,中则移;明月横汉,满而亏。能亏能缺既无为,虽盈虽满则不危。④开信义以为苑囿,立道德以为城池。⑤周监二代所损益,郁郁乎文其可知。⑥庖牺之亲临佃渔,神农之躬秉耕稼。⑦汤则救旱而忧勤,禹则正冠而无暇。⑧草上之风无不偃,君子之甿知可化。⑨将欲比德于三皇,未始追踪于五霸。⑩(《乐府诗集》卷一五、张本、吴本、倪本。)

【注释】

①三光:指日、月、星。○裁成:剪裁成就。《汉书·律历志》:"立人之

道,曰仁与义。''在天成象,在地成形。'后以裁成天地之道,辅相天地之宜,以左右民。"

②六合:天地四方。○文教:指礼乐法度;文章教化。○二仪:指天地。○经纬:喻指条理、秩序。《左传·昭公二十五年》:"礼,上下之纪,天地之经纬也。"孔颖达疏:"言礼之于天地,犹织之有经纬,得经纬相错乃成文,如天地得礼始成就。"《国语·周语下》:"经之以天,纬之以地,经纬不爽,文之象也。"

③好生:爱护生灵。

④"白日"六句:清倪璠注:"言白日当中,必将西匿,明月盈满,终有亏时,则人事亦有盛衰,贵得持满之戒也。"

⑤苑囿(yòu):园林。

⑥"周监"二句:《论语·八佾》:"子曰:'周监于二代,郁郁乎文哉!吾从周。'"又,《论语·为政》:"子张问:'十世可知也?'子曰:'殷因于夏礼,所损益,可知也;周因于殷礼,所损益,可知也。其或继周者,虽百世,可知也。'"监,视。二代,指夏、商。损益,减增。郁郁,文采盛貌。

⑦"庖牺"二句:《周易·系辞》:"古者包牺氏之王天下也……作结绳而为网罟,以佃以渔,盖取诸《离》。包牺氏没,神农氏作,斫木为耜,揉木为耒,耒耨之利,以教天下,盖取诸《益》。"庖牺,古三皇之一。风姓。相传其始画八卦,又教民渔猎,取牺牲以供庖厨,因称庖牺。神农,又称神农氏、炎帝,古帝王名。始教民为耒耜,务农业。

⑧"汤则"句:《淮南子·修务》:"汤旱,以身祷于桑山之林。圣人忧民,如此其明也。"○"禹则"句:《淮南子·原道》:"禹之趋时也,履遗而弗取,冠挂而弗顾,非争其先也,而争其得时也。"

⑨"草上"句:《论语·颜渊》:季康子问政于孔子,孔子对曰:"子为政,焉用杀?子欲善而民善矣。君子之德风,小人之德草,草上之风,必偃。"甿(méng),百姓。

⑩三皇:传说中上古三帝王。说法不一,或以为伏羲、神农、黄帝,或以为伏羲、神农、女娲。○五霸:五个霸主。所指不一,多谓春秋齐桓公、晋文公、楚庄王、吴王阖闾、越王勾践。

361

5. 纤纤不绝林薄成,涓涓不止江河生。①事之毫发无谓轻,虑远防微乃不倾。②云官乃垂拱大君,凤历惟钦明元首。③类上帝而禋六宗,望山川而朝群后。④地镜则山泽俱开,《河图》则鱼龙合负。⑤我之天网莫不该,阊阖九关天门开。⑥卿相则风云玄感,匡赞则星辰下来。⑦既兴周室之三圣,乃举唐朝之八才。⑧莘臣参谋于左相,天老教政于中台。⑨其宜作则于明哲,故无崇信于奸回。⑩(《乐府诗集》卷一五、张本、吴本、倪本。)

【注释】

①林薄:交错丛生的草木。

②毫发:毛发。喻极细微。○倾:倾倒。

③云官:相传黄帝受命有云瑞,故以云纪事,以云名官。○垂拱:垂衣拱手,不亲理事务。○大君:天子。○凤历:即岁历。《左传·昭公十七年》:"我高祖少皞挚之立也,凤鸟适至,故纪于鸟,为鸟师而鸟名,凤鸟氏,历正也。"○钦明:敬肃明察。○元首:谓国君。

④"类上"二句:《尚书·舜典》:"肆类于上帝,禋于六宗,望于山川,徧于群神。"类,古代祭名。以特别事故祭告天神。六宗,六神,说法不一。群后,群神。

⑤地镜:传说中大镜,可照见地下之宝。○《河图》:《周易·系辞上》:"河出图,洛出书,圣人则之。"○鱼龙合负:清倪璠注:"按:黄帝时有卢鱼负图,至唐尧时有赤龙负图,故云鱼龙合负也。"

⑥该:包容,包括。○阊阖:天门。○九关:谓九重天门。

⑦风云玄感:喻君臣遇合。《周易·乾卦》:"云从龙,风从虎,圣人作而万物睹。"○匡赞:匡正辅佐。

⑧三圣:指周文王、武王和周公旦。○唐朝:指尧之时。尧初封于陶,又封于唐,号陶唐氏。○八才:指高阳氏、高辛氏之八才子。

⑨"莘臣"句:《史记·殷本纪》:"伊尹名阿衡。阿衡欲奸汤而无由,乃为有莘氏媵臣,负鼎俎,以滋味说汤,致于王道。"左相,古官名。○"天老"

句:清倪璠注:"言黄帝有三臣天老、力牧、容成,如天有上、中、下三台,故云'天老教政于中台'也。"

⑩"其宜"二句:清倪璠注:"言当法明哲之君子,无信奸回之小人也。""作则"句,《尚书·说命》:"知之曰明哲,明哲实作则。"孔传:"知事则为明智,明智则能制作法则。"奸回,奸恶邪僻之人。

6. 正阳和气万类繁,君王道合天地尊。①黎人耕植于义圃,君子翱翔于礼园。②落其实者思其树,饮其流者怀其源。③咎繇为谋不仁远,士会为政群盗奔。④克宽则昆虫内向,彰信则殊俗宅心。⑤浮桥有月支抱马,上苑有乌孙学琴。⑥赤玉则南海输赆,白环则西山献琛。⑦无劳凿空于大夏,不待蹶角于蹛林。⑧(《乐府诗集》卷一五、张本、吴本、倪本。)

【注释】

①"正阳"二句:清倪璠注:"此徵调曲所以歌事,言人君法天地之道,亦以长养万物为事也。"正阳,指农历四月。汉董仲舒《雨雹对》:"阳德用事,则和气皆阳,建巳之月是也,故谓之正阳之月。"

②黎人:即黎明,指百姓。

③"落其"二句:《韩诗外传》:"食其食者不毁其器,阴其树者不折其枝。"又,《淮南子·说林》:"食其食者不毁其器,食其实者不折其枝,塞其源者竭,背其本者枯。"

④"咎繇"句:《论语·颜渊》:"子夏曰:'富哉,言乎!舜有天下,选于众,举皋陶,不仁者远矣。'"咎繇,即皋陶。传说舜时的司法官。○"士会"句:《左传·宣公十六年》:"戊申,以黻冕命士会将中军,且为大傅,于是晋国之盗逃奔于秦。"士会,即范武子,亦称随武子,春秋时期晋国大夫。

⑤克宽:《尚书·仲虺之诰》:"克宽克仁,彰信兆民。"○昆虫内向:谓恩泽及于昆虫鸟兽。○殊俗:指风俗不同的远方。○宅心:归心。谓心悦诚

363

服而归附。

⑥"浮桥"句:《汉书·匈奴传》:"单于正月朝天子于甘泉宫,汉宠际殊礼……礼毕,使使者道单于先行,宿长平。上自甘泉宿池阳宫。上登长平,诏单于毋谒,其左右当户之群臣皆得列观,及诸蛮夷君长王侯数万,咸迎于渭桥下,夹道陈。上登渭桥,咸称万岁。"清倪璠注:"按:月氏,西域别国名,为单于所并,故云'月支抱马'也。"浮,倪本作"渭"。○"上苑"句:《汉书·西域传》载:"乌孙国,大昆弥治赤谷城,去长安八千九百里。"宣帝元康二年,"乌孙公主遣女来至京师学鼓琴"。

⑦输赆(jìn):贡献礼物。○琛(chēn):珍宝。

⑧"凿空"句:《史记·大宛传》:"其后岁余,〔张〕骞所遣使通大夏之属者皆颇与其人俱来,于是西北国始通于汉矣。然张骞凿空,其后使往者皆称博望侯,以为质于外国,外国由此信之。"凿空,开通道路。大夏,古国名。即古希腊巴克特里亚王国。○蹶角:额角叩地。表臣服。○蹛(dài)林:《汉书·匈奴传》:"岁正月,诸长小会单于庭,祠。五月,大会龙城,祭其先、天地、鬼神。秋,马肥,大会蹛林,课校人畜计。"唐颜师古注:"服虔曰:'蹛,音带。匈奴秋社八月中皆会祭处也。'师古曰:'蹛者,绕林木而祭也。鲜卑之俗,自古相传,秋天之祭,无林木者尚竖柳枝,众骑驰绕三周乃止。此其遗法。计者,人畜之数。'"此代指匈奴。

羽调曲五首①

1. 树君所以牧人,立法所以静乱。②首恶既其南巢,元凶于是北窜。③居休气而四塞,在光华而两旦。④是以雨施作《解》,是以风行惟《涣》。⑤周之文武洪基,光宅天下文思。⑥千载克圣咸熙,七百在我应期。⑦实昊天有成命,惟四方其训之。⑧(《乐府诗集》卷一五、张本、吴本、倪本。)

【注释】

①羽调曲:清倪璠注:"羽调曲者,歌其物也。……为物劣于事,故最处末。"羽调,以羽音为主的调式。

②"树君"句:《左传·文公十三年》:"天生民而树之君,以利之也。"

③"首恶"句:指商汤灭夏,放夏桀于南巢。南巢,古地名。在今安徽省巢县西南。○"元凶"句:谓舜流放共工于幽州。清倪璠注:"共工为四凶。元,大也。谓大凶之人也。幽州在北,故云北窜。"

④"居休气"句:《宋书·符瑞志》载:尧将禅位于舜,"二月辛丑昧明,礼备,至于日昃,荣光出河,休气四塞。"休气,祥瑞之气。○"在光华"句:传舜时《卿云歌》有云:"日月光华,旦复旦兮。"两旦,谓既夜而复明。

⑤《解》:《周易》六十四卦之一。《周易·解卦》象曰:"天地解而雷雨作,雷雨作而百果草木皆甲坼。《解》之时,大矣哉!"○《涣》:《周易》六十四卦之一。《周易·涣卦》象曰:"风行水上,涣。"

⑥光宅:广有。○文思:功业与道德。

⑦咸:都。○熙:振兴,兴起。○七百:《左传·宣公三年》:"成王定鼎于郏鄏,卜世三十,卜年七百,天所命也。"

⑧"昊天"句:《诗经·周颂·昊天有成命》:"昊天有成命,二后受之。"昊天,苍天。成命,既定的天命。○"四方"句:《诗经·周颂·烈文》:"无竞维人,四方其训之。"训,顺从,臣服。

2. 运平后亲之俗,时乱先疏之雄。①逾桂林而驱象,济弱水而承鸿。②既浮干吕之气,还吹入律之风。③钱则都内贯朽,仓则常平粟红。④火中乃寒乃暑,年和一风一雨。⑤听钟磬,念封疆。闻笙竽,思畜聚。⑥瑶琨篠簜既从,怪石铅松即序。⑦长乐善马成厩,水衡黄金为府。⑧(《乐府诗集》卷一五、张本、吴本、倪本。)

365

【注释】

①运平:天下太平。○雄:吴本讹作"碓"。

②桂林:南方郡名。治所在今广西壮族自治区桂平市西南。○弱水:传说中古水名。源出昆仑山,相传其水水弱不能载舟,故称。○鸿:鸿雁。

③干吕:古以律为阳,吕为阴,故以"干吕"为阴气调和。○入律:古以律管候气,节候至,则律管中的葭灰飞动。"入律"犹言节气已到。入,倪本作"八"。

④"钱则"二句:谓都城积钱多,经久不用,穿钱的绳子已经朽断;粮食多,常平仓中的粟米储藏过久而变为红。《汉书·食货志》:"至武帝之初七十年间,国家亡事,非遇水旱,则民人给家足,都鄙廪庾尽满,而府库余财。京师之钱累百巨万,贯朽而不可校。太仓之粟陈陈相因,充溢露积于外,腐败不可食。"常平,粮仓名。《汉书·食货志》:汉宣帝时,"寿昌遂白令边郡皆筑仓,以谷贱时增其贾而籴,以利农,谷贵时减贾而粜,名曰常平仓。民便之。"

⑤火中:《左传·昭公三年》:"火中,寒暑乃退。"谓冬十二月平旦大火星正中在南方,大寒退;季六月黄昏,大火重新正中在南方,大暑退。○"年和"句:《论衡·是应篇》:"儒者论太平瑞应……五日一风,十日一雨。"

⑥"听钟"四句:《史记·乐书》:"石声硁,硁以立别,别以致死。君子听磬声则思死封疆之臣。……竹声滥,滥以立会,会以聚众。君子听竽笙箫管之声则思畜聚之臣。……君子之听音,非听其铿鎗而已也,彼亦有所合之也。"○畜:张本作"蓄"。

⑦"瑶琨篠(xiǎo)簜(dàng)"二句:清倪璠注:"瑶、琨、篠、簜、怪石、铅、松,皆出《禹贡》。孔传曰:'瑶、琨,皆美玉。'篠,竹箭。簜,大竹。怪异好石似玉者。"

⑧长乐:汉宫殿名。其中有马厩。○水衡:古官名。水衡都尉、水衡丞的简称。掌皇家上林苑,兼管税收、铸钱。古亦有水衡钱。

3. 百川乃宗巨海,众星是仰北辰。①九州攸同禹迹,四海合德尧臣。②朝阳栖于鸣凤,灵畤牧于般麟。③云玉叶而五色,月金波而两轮。④凉风迎时北狩,小暑戒节南巡。⑤山无藏于紫玉,地不爱于黄银。⑥虽南征而北怨,实西略而东宾。⑦既永清于四海,终有庆于一人。⑧(《乐府诗集》卷一五、张本、吴本、倪本。)

【注释】

①北辰:北极星。《论语·为政》:"子曰:'为政以德,譬如北辰,居其所而众星共之。'"

②九州攸同:《尚书·禹贡》:"九州攸同,四隩既宅。"○禹迹:大禹治水,足迹遍于九州。后因代指中国的疆域。

③"朝阳"句:《诗经·大雅·卷阿》:"凤凰鸣矣,于彼高冈。梧桐生矣,于彼朝阳。"朝阳,谓山的东面。○"灵畤(zhì)"句:《史记·封禅书》:汉武帝时,"郊雍,获一角兽,若麃然。有司曰:'陛下肃祇郊祀,上帝报享,锡一角兽,盖麟云。'于是以荐五畤,畤加一牛以燎。"畤,帝王祭祀天地五帝的场所。般麟,即斑麟,彩色麒麟。

④"云玉"句:西晋崔豹《古今注》:"黄帝与蚩尤战于涿鹿之野,常有五色云气,金枝玉叶,止于帝上,有花葩之象。"○金波:指月光。○两轮:即"重轮"。日、月周围的光圈,古代以为祥瑞之象。

⑤"凉风"二句:清倪璠注:"《月令》'孟秋之月'云:'凉风至,天子迎秋于西郊。'又'仲夏'云:'小暑至。'《尚书》曰:'五月南巡狩。'按:凉风,秋时,属西方,故疑作'西狩'也;小暑,夏节,属南方,故云'南巡'。"戒节,告知节候。

⑥"山无"句:《艺文类聚》卷八三引《礼斗威仪》曰:"君乘金而王,则紫玉见于深山。"○"地不"句:谓地不爱宝,黄银现。黄银,指黄铜。

⑦"南征"二句:《尚书·仲虺之诰》:"东征,西夷怨;南征,北狄怨,曰:'奚独后予?'"略,攻打、夺取。宾,顺从、臣服。

⑧"永清"句:《尚书·泰誓》:"永清四海。"○"有庆"句:《尚书·吕刑》:

367

"一人有庆,兆民赖之,其宁惟永。"一人,指天子。庆,善。

4. 定律零陵玉管,调钟始平铜尺。①龙门之下孤桐,泗水之滨鸣石。②河灵于是让珪,山精所以奉璧。③涤九川而赋税,乘三危而纳锡。④北里之禾六穗,江淮之茅三脊。⑤可以玉检封禅,可以金绳探册。⑥终永保于鸿名,足扬光于载籍。(《乐府诗集》卷一五、张本、吴本、倪本。)

【注释】

①零陵玉管:《风俗通义·鼓》:"昔章帝时,零陵文学奚景于冷道舜祠下得笙、白玉管。知古以玉为管,后乃易之以竹耳。夫以玉作音,故神人和,凤皇义也。"零陵,郡名,治所在今广西壮族自治区全州县。○始平铜尺:《世说新语·术解》:"荀勖善解音声,时论谓之'暗解'。……阮咸妙赏,时谓'神解'。每公会作乐,而心谓之不调。既无一言直勖,意忌之,遂出阮为始平太守。后有一田父耕于野,得周时玉尺,便是天下正尺,荀试以校己所治钟鼓、金石、丝竹,皆觉短一黍,于是伏阮神识。"始平,郡名,治所在今陕西省兴平市东南。

②"龙门"句:龙门所产的梧桐,可以作琴瑟。汉枚乘《七发》:"龙门之桐,高百尺而无枝。"○"泗水"句:《尚书·禹贡》:"泗滨浮磬。"孔传:"泗水涯,水中见石,可以为磬。"

③"河灵"句:《史记·秦始皇本纪》载:三十六年,秋,使者从关东夜过华阴平舒道,有人持璧遗使者。使者奉璧具以闻。"使御府视璧,乃二十八年行渡江所沉璧也。"珪,瑞玉。常作祭祀、朝聘之用。○"山精"句:清倪璠注:"山精奉璧,若荆山出玉矣。《韩子》曰:'楚人和氏得璞玉于楚山之中。'言山川之精灵,出此珪璧宝物也。"

④"涤九"句:《尚书·禹贡》:"九川涤源,九泽既陂,四海会同。六府孔修,庶土交正,厎慎财赋,咸则三壤成赋。"孔传:"九州之川已涤除,无壅塞

也。"川,吴本作"州"。○三危:古代西部山名。《尚书·禹贡》:"三危既宅。"孔传:"三危为西裔之山也。"《孟子·万章上》:"杀三苗于三危。"○纳锡:入贡。

⑤"北里"二句:《史记·封禅书》:"古之封禅,鄗上之黍,北里之禾,所以为盛;江淮之间,一茅三脊,所以为藉也。"

⑥玉检:玉牒书的封箧。《汉书·武帝纪》"登封泰山"颜师古注引三国魏孟康曰:"王者功成治定,告成功于天……刻石纪号,有金策石函,金泥玉检之封焉。"○封禅:帝王祭天地大典。在泰山上筑土为坛,报天之功,称封;在泰山下的梁父山上辟场祭地,报地之德,称禅。○金绳:黄金或其他金属制的绳索。用以编连策书。○探册:《风俗通义·正失》"封泰山禅梁父"条:俗说岱宗上有金箧玉策,能知人年寿修短。武帝探得十八,因倒读曰八十。其后果用策耆长。"

5. 太上之有立德,其次之谓立言。①树善滋于务本,除恶穷于塞源。②冲深其智则厚,昭明其道乃尊。③仁义之财不匮,忠信之礼无繁。④动天无有不屈,唯时无幽不彻。⑤作德心逸日休,作伪心劳日拙。⑥自非刚克掩义,无所离于剿绝。⑦(《乐府诗集》卷一五、张本、吴本、倪本。)

【注释】

①"太上"二句:《左传·襄公二十四年》:鲁穆叔谓范宣子曰:"豹闻之,大上有立德,其次有立功,其次有立言,虽久不废,此之谓不朽。"

②"树善"二句:《尚书·泰誓》:"树德务滋,除恶务本。"

③冲深:幽深,深奥。○昭明:明晰。

④匮(kuì):匮乏,穷尽。

⑤届:至,到。《尚书·大禹谟》:"惟德动天,无远弗届。"孔传:"届,至也。"○幽:幽僻之所。○彻:达到。

⑥"作德"二句:《尚书·周官》:"作德,心逸日休;作伪,心劳日拙。"
⑦刚克:谓以刚强取胜。《尚书·洪范》:"三德:一曰正直,二曰刚克,三曰柔克。"孔颖达疏:"二曰刚克,言刚强而能立事。"○剿绝:灭绝。

附 录

逸 诗

两戍俱临水,双城共夹河。①

【注释】

①《文镜秘府论》西卷"文二十八种病":"第二十八,骈拇者,所谓两句中道物无差,名曰骈拇。如庾信诗曰:'两戍俱临水,双城共夹河。'此之谓也。"

醉来拓金戟。①

【注释】

①宋郭知达编《九家集注杜诗》卷一四《醉为马坠诸公携酒相看》"甫也诸侯老宾客,罢酒酣歌拓金戟"下注:"师云:'庾信诗"醉来拓金戟"。'"《集千家注杜工部诗集》卷一六"罢酒酣歌拓金戟"下注:"梦弼曰:'庾信诗"醉来拓金戟"。'"

翡翠本微物,知爱巢高堂。①

【注释】

①宋黄希原本、黄鹤补注《补注杜诗》卷一九《曲江二首》之一"江上小堂巢翡翠,苑边高塚卧麒麟"下注:"苏曰:'宋丘蒙为南阳守,政善廉爱,有翡翠巢于堂。'庾信诗:'翡翠本微物,知爱巢高堂。'"

疑　诗

对酒歌①

　　春水望桃花，春洲藉芳杜。琴随绿珠借，酒就文君取。牵牛向渭桥，日曝山头脯。山简接䍦倒，王戎如意舞。筝鸣金谷园，笛韵平阳坞。人生一百年，欢笑唯三五。何处觅钱刀，求为洛阳贾。（《文苑英华》卷一九五、《乐府诗集》卷二七、张本、吴本、倪本。）

【注释】

①对酒歌：《文苑英华》署作范荣，《乐府诗集》、张本、吴本、倪本作庾信。

和赵王途中五韵①

　　飘飘映军幕，出没望连旗。度云还翊阵，回风即送师。峡路沙如月，山峰石似眉。村桃拂红粉，岸柳被青丝。锦城遥可望，回鞍念此诗。（《艺文类聚》卷二七、张本、吴本、倪本。）

【注释】

①和赵王途中五韵：《艺文类聚》作王褒作，明冯维纳《古诗纪》卷一二五云："《艺文》云王褒作，庾集载此，疑误收也。"许逸民《庾子山集校注》校

勘记：“按《类聚》卷二十七载此，今本《王司空集》亦载此。王、庾经历交游均相类似，所作于《类聚》《英华》诸书中又连接排列，故今集辑缀时往往混淆。冯说可参。”

经陈思王墓①

公子独忧生，丘垄擅余名。樵采枯树尽，犁田荒隧平。宁追晏平乐，讵想谒承明。且余来锡命，兼言事结成。飘飖河朔远，颸（一作"飔"）飔风郊鸣。雁与云俱阵，沙将蓬共惊。枯桑落古（一作"故"）社，寒鸦归（一作"思"）孤城。陇水哀葭曲，渔阳惨鼓声。离家来远客，安得不伤情。（《文苑英华》卷三〇六、《汉魏六朝百三家集》卷九九。）

【注释】

①经陈思王墓诗：此诗《文苑英华》《汉魏六朝百三家集》俱作庾肩吾。逯钦立《先秦汉魏晋南北朝诗·梁诗》卷二三庾肩吾下和《北周诗》卷二庾信下俱收有此诗，庾信下逯按："此当是子山之作，说见肩吾此诗下。"庾肩吾下逯按："《梁书》及《南史》，肩吾终生未尝奉使河朔，自无由经陈思王墓而题诗。据《北史·庾信传》，信曾聘东魏，文章辞令为邺下所称，则此当为子山之什。庾氏父子诗每互歧，如庾肩吾《寻周处士弘让诗》，见《艺文类聚》，而《文苑英华》则作庾信，庾子山集亦载之。是其例。此篇则《文苑英华》为误。"今按：陈思王曹植墓在今山东省东阿县，确非南人使北不得见。然此诗未见载为庾信者，且南北朝时史籍脱载颇多，未必庾肩吾不曾出使北方。故诗作者当存疑。

赠周处士[①]

九丹开石室,三径没荒林。仙人翻可见,隐士更难寻。篱下黄花菊,丘中白雪琴。方欣松叶酒,自和游仙吟。(《艺文类聚》卷三六、《文苑英华》卷二三〇、张本、吴本、倪本。)

【注释】

①赠周处士:《艺文类聚》《文苑英华》署作庾肩吾,张本、吴本、倪本作庾信。

寻周处士弘让[①]

试遂赤松游,披林对一丘。梨红大谷晚,桂白小山秋。石镜菱花发,桐门琴曲愁。泉飞疑度雨,云积似重楼。王孙若不去,山中定可留。(《艺文类聚》卷三六、《文苑英华》二三〇、张本、吴本、倪本。)

【注释】

①寻周处士弘让:《艺文类聚》署作庾肩吾,《文苑英华》、张本、吴本、倪本作庾信。

别王都官①

河桥两堤绝,横歧数路分。山川遥不见,怀袖远相闻。
(《文苑英华》卷二六六、张本、吴本、倪本。)

【注释】

①别王都官:《文苑英华》署作王褒,张本、吴本、倪本以为庾信"重别周尚书二首"之一。《文苑英华》全诗作:"连翩悯流客,凄怆惜离群。东西御沟水,南北会稽云。河桥两堤绝,横歧数路分。山川遥不见,怀袖远相闻。"诗后为庾信《别周尚书弘正》诗,然有题无诗。

传记资料

说明:《周书》卷四一、《北史》卷八三俱有《庾信传》。日人森野繁夫有《梁末的庾信》《西魏时期的庾信》《北周时期的庾信》(收《中国中世纪文学研究》)、清水凯夫有《庾信小传》(收《六朝文学论文集》),国人杜青山、刘秀梅有《庾信评传》(《南都学坛》)、鲁同群有《庾信传论》等。今选入《周书》卷四一《庾信传》《北史》卷八三《庾信传》,另附录部分散见其他典籍的有关其生平的资料。

《周书》卷四一《庾信传》

庾信字子山,南阳新野人也。祖易,齐徵士。父肩吾,梁散骑常侍、中书令。

信幼而俊迈,聪敏绝伦。博览群书,尤善《春秋左氏传》。身长八尺,腰带十围,容止颓然,有过人者。起家湘东国常侍,转安南府参军。时肩吾为梁太子中庶子,掌管记。东海徐摛为左卫率。摛子陵及信,并为抄撰学士。父子在东宫,出入禁闼,恩礼莫与比隆。既有盛才,文并绮艳,故世号为徐、庾体焉。当时后进,竞相模范。每有一文,京都莫不传诵。累迁尚书度支郎中、通直正员郎。出为郢州别驾。寻兼通直散骑常侍,聘于东魏。文章辞令,盛为邺下所称。还为东宫学士,领建康令。

侯景作乱，梁简文帝命信率宫中文武千余人，营于朱雀航。及景至，信以众先退。台城陷后，信奔于江陵。梁元帝承制，除御史中丞。及即位，转右卫将军，封武康县侯，加散骑常侍，来聘于我。属大军南讨，遂留长安。江陵平，拜使持节、抚军将军、右金紫光禄大夫、大都督，寻进车骑大将军、仪同三司。

孝闵帝践阼，封临清县子，邑五百户，除司水下大夫。出为弘农郡守，迁骠骑大将军、开府仪同三司、司宪中大夫，进爵义城县侯。俄拜洛州刺史。信多识旧章，为政简静，吏民安之。时陈氏与朝廷通好，南北流寓之士，各许还其旧国。陈氏乃请王褒及信等十数人。高祖唯放王克、殷不害等，信及褒并留而不遣。寻徵为司宗中大夫。

世宗、高祖并雅好文学，信特蒙恩礼。至于赵、滕诸王，周旋款至，有若布衣之交。群公碑志，多相请托。唯王褒颇与信相埒，自馀文人，莫有逮者。

信虽位望通显，常有乡关之思。乃作《哀江南赋》以致其意云。其辞曰：

粤以戊辰之年，建亥之月，大盗移国，金陵瓦解。余乃窜身荒谷，公私涂炭。华阳奔命，有去无归，中兴道消，穷于甲戌。三日哭于都亭，三年囚于别馆。天道周星，物极不反。傅燮之但悲身世，无所求生；袁安之每念王室，自然流涕。昔桓君山之志事，杜元凯之生平，并有著书，咸能自序。潘岳之文彩，始述家风；陆机之词赋，多陈世德。信年始二毛，即逢丧乱，藐是流离，至于暮齿。《燕歌》远别，悲不自胜；楚老相逢，泣将何及。畏南山之雨，忽践秦庭；让东海之滨，遂飡周

379

粟。下亭漂泊，皋桥羁旅，楚歌非取乐之方，鲁酒无忘忧之用。追为此赋，聊以记言，不无危苦之辞，唯以悲哀为主。

日暮途远，人间何世。将军一去，大树飘零；壮士不还，寒风萧瑟。荆璧睨柱，受连城而见欺；载书横阶，捧珠盘而不定。钟仪君子，入就南冠之囚；季孙行人，留守西河之馆。申包胥之顿地，碎之以首；蔡威公之泪尽，加之以血。钓台移柳，非玉关之可望；华亭唳鹤，岂河桥之可闻。

孙策以天下为三分，众裁一旅；项羽用江东之子弟，人唯八千。遂乃分裂山河，宰割天下。岂有百万义师，一朝卷甲，芟夷斩伐，如草木焉。江、淮无涯岸之阻，亭壁无藩篱之固。头会箕敛者，合从缔交；锄櫌棘矜者，因利乘便。将非江表王气，应终三百年乎？是知并吞六合，不免轵道之灾；混一车书，无救平阳之祸。呜呼！山岳崩颓，既履危亡之运；春秋迭代，必有去故之悲。天意人事，可以凄怆伤心者矣。况复舟楫路穷，星汉非乘槎可上；风飙道阻，蓬莱无可到之期。穷者欲达其言，劳者须歌其事。陆士衡闻而抚掌，是所甘心；张平子见而陋之，固其宜矣。

我之掌庾承周，以世功而为族；经邦佐汉，用论道而当官。禀嵩、华之玉石，润河、洛之波澜。居负洛而重世，邑临河而晏安。逮永嘉之艰虞，始中原之乏主。民枕倚于墙壁，路交横于豺虎。值五马之南奔，逢三星之东聚。彼凌江而建国，此播迁于吾祖。分南阳而赐田，裂东岳而胙土。诛茅宋玉之宅，穿径临江之府。水木交运，山川崩竭。家有直道，人多全节。训子见于纯深，事君彰于义烈。新野有生祠之庙，河南有胡书之碣。况乃少微真人，天山逸民。阶庭空谷，门巷蒲轮。移谈讲树，就简书筠。降生世德，载诞贞臣。文词高于甲观,模楷盛于漳滨。嗟有道而无凤,叹非时而有麟。既奸回之贔匿,终不悦于仁人。

王子洛滨之岁,兰成射策之年,始含香于建礼,仍矫翼于崇贤。游洊雷之讲肆,齿明离之胄筵。既倾蠡而酌海,遂侧管以窥天。方塘水白,钓渚池圆。侍戎韬于武帐,听雅曲于文弦。乃解悬而通籍,遂崇文而会武。居笠毂而掌兵,出兰池而典午。论兵于江汉之君,拭圭于西河之主。

于时朝野欢娱,池台钟鼓。里为冠盖,门成邹鲁。连茂苑于海陵,跨横塘于江浦。东门则鞭石成桥,南极则铸铜为柱。树则园植万株,竹则家封千户。西赆浮玉,南琛没羽。吴歈越吟,荆艳楚舞。草木之藉春阳,鱼龙之得风雨。五十年中,江表无事。王歙为和亲之侯,班超为定远之使。马武无预于兵甲,冯唐不论于将帅。岂知山岳暗然,江湖潜沸。渔阳有间左戍卒,离石有将兵都尉。

天子方删诗书,定礼乐。设重云之讲,开士林之学。谈劫烬之灰飞,辩常星之夜落。地平鱼齿,城危兽角。卧刁斗于荥阳,绊龙媒于平乐。宰衡以干戈为儿戏,缙绅以清谈为庙略。乘渍水而胶船,驭奔驹以朽索。小人则将及水火,君子则方成猿鹤。弊箄不能救盐池之咸,阿胶不能止黄河之浊。既而鲂鱼赪尾,四郊多垒。殿狎江鸥,宫鸣野雉。湛卢去国,艅艎失水。见被发于伊川,知其时为戎矣。

彼奸逆之炽盛,久游魂而放命。大则有鲸有鲵,小则为枭为獍。负其牛羊之力,凶其水草之性。非玉烛之能调,岂璇玑之可正。值天下之无为,尚有欲于羁縻。饮其琉璃之酒,赏其虎豹之皮。见胡桐于大夏,识鸟卵于条支。豺牙密厉,虺毒潜吹。轻九鼎而欲问,闻三川而遂窥。

381

始则王子召戎，奸臣介胄。既官政而离邦，遂师言而泄漏。望廷尉之逋囚，反淮南之穷寇。飞狄泉之苍鸟，起横江之困兽。地则石鼓鸣山，天则金精动宿。北阙龙吟，东陵麟斗。尔乃桀黠构扇，凭陵畿甸。拥狼望于黄图，填卢山于赤县。青袍如草，白马如练。天子履端废朝，单于长围高宴。两观当戟，千门受箭。白虹贯日，苍鹰击殿。竟遭夏台之祸，遂视尧城之变。官守无奔问之人，干戚非平戎之战。陶侃则空装米船，顾荣则虚摇羽扇。将军死绥，路绝重围。烽随星落，书逐鸢飞。遂乃韩分赵裂，鼓卧旗折。失群班马，迷轮乱辙。猛士婴城，谋臣卷舌。昆阳之战象走林，常山之阵蛇奔穴。五郡则兄弟相悲，三州则父子离别。

护军慷慨，忠能死节。三世为将，终于此灭。济阳忠壮，身参末将。兄弟三人，义声俱唱。主辱臣死，名存身丧。狄人归元，三军凄怆。尚书多算，守备是长。云梯可拒，地道能防。有齐将之闭壁，无燕师之卧墙。大事去矣，人之云亡。申子奋发，勇气咆勃。实总元戎，身先士卒。胄落鱼门，兵填马窟。屡犯通中，频遭刮骨。功业夭枉，身名埋没。或以隼翼鷃披，虎威狐假。沾渍锋镝，脂膏原野。兵弱虏强，城孤气寡。闻鹤唳而虚惊，听胡笳而泪下。据神亭而亡戟，临横江而弃马。崩于巨鹿之沙，碎于长平之瓦。于是桂林颠覆，长洲麋鹿。溃溃沸腾，茫茫惨黩。天地离阻，人神怨酷。晋郑靡依，鲁卫不睦。竟动天关，争回地轴。探雀鷇而未饱，待熊蹯而讵熟。乃有车侧郭门，筋悬庙屋。鬼同曹社之谋，人有秦庭之哭。

余乃假刻玺于关塞，称使者之酬对。逢鄂坂之讥嫌，值耏门之征税。乘白马而不前，策青骡而转碍。吹落叶之扁舟，飘长骦于上游。彼锯牙而勾爪，又巡江而习流，排青龙之战舰，斗飞燕之船楼。张辽临于赤壁，王濬下于巴丘。乍风惊而射火，或箭重而回舟。未辨声于黄盖，已先沉于杜侯。落帆黄鹤之浦，藏船鹦鹉之洲。路已分于湘汉，星犹看于斗牛。若乃阴陵失路，钓台斜趣。望赤岸而沾衣，舣乌江而不度。雷池栅浦，鹊陵焚戍。旅舍无烟，巢禽失树。谓荆、衡之杞梓，庶江、汉之可恃。淮海维扬，三千余里。过漂渚而寄食，托芦中而度水。届于七泽，滨于十死。嗟天保之未定，见殷忧之方始。本不达于危行，又无情于禄仕。谬掌卫于中军，滥尸丞于御史。

信生世等于龙门，辞亲同于河洛。奉立身之遗训，受成书之顾托。昔三世而无惭，今七叶而始落。泣风雨于《梁山》，惟枯鱼之衔索。入敧斜之小径，掩蓬藋之荒扉。就汀洲之杜若，待芦苇之单衣。

于时西楚霸王，剑及繁阳。鏖兵金匮，校战玉堂。苍鹰赤雀，铁舳牙樯。沈白马而誓众，负黄龙而度湘。海潮迎舰，江萍送王。戎车屯于石城，戈船掩乎淮、泗。诸侯则郑伯前驱，盟主则荀罃暮至。剖巢熏穴，奔魑走魅。埋长狄于驹门，斩蚩尤于中冀。然腹为灯，饮头为器。直虹贯垒，长星属地。昔之虎踞龙盘，加以黄旗紫气，莫不随狐兔而窟穴，与风尘而殄瘁。

西瞻博望，北临玄圃。月榭风台，池平树古。倚弓于玉女窗扉，系马于凤凰楼柱。仁寿之镜徒悬，茂陵之书空聚。若夫立德立言，谟明夤亮。声超于系表，道高于河上。既不遇于浮丘，遂无言于师旷。指爱子而托人，知西陵而谁望。非无北阙之兵，犹有云台之仗。司徒之表里经纶，狐偃之惟王实勤。横琱戈而对霸主,执金鼓而问贼臣。平吴之功,壮于杜元凯;王室是赖,深于温太真。始则地名全节,终以山称枉人。南阳校书,去之已远。上蔡逐猎,知之何晚。镇北之负誉矜前,风飚懔然。水神遭箭,山灵见鞭。是以蛰熊伤马,浮蛟没船。才子并命,俱非百年。

中宗之夷凶静乱,大雪冤耻。去代邸而承基,迁唐郊而纂祀。反旧章于司隶,归余风于正始。沉猜则方逞其欲,藏疾则自矜于己。天下之事没焉,诸侯之心摇矣。既而齐交北绝,秦患西起。况背关而怀楚,异端委而开吴。驱绿林之散卒,拒骊山之叛徒。营军梁涟,搜乘巴渝。问诸淫昏之鬼,求诸厌劾之巫。荆门遭虔延之戮,夏首滥逵泉之诛。蔑因亲于教爱,忍和乐于弯弧。慨无谋于肉食,非所望于《论都》。未深思于五难,先自擅于二端。登阳城而避险,卧底柱而求安。既言多于忌刻,实志勇于刑残。但坐观于时变,本无情于急难。地为黑子,城犹弹丸。其怨则黩,其盟则寒。岂冤禽之能塞海,非愚叟之可移山。况以沴气朝浮,妖精夜殒。赤鸟则三朝夹日,苍云则七重围轸。亡吴之岁既穷,入郢之年斯尽。

周含郑怒,楚结秦冤。有南风之不竞,值西邻之责言。俄而梯冲乱舞,冀马云屯。俴秦车于畅毂,沓汉鼓于雷门。下陈仓而连弩,度临晋而横船。虽复楚有七泽,人称三户。箭不丽于六麋,雷无惊于九虎。辞洞庭兮落木,去涔阳兮极浦。炽火兮焚旗,贞风兮害蛊。乃使玉轴扬灰,龙文斫柱。下江余城,长林故营。徒思箝马之秣,未见烧牛之兵。章曼支以毂走,宫之奇以族行。河无冰而马度,关未晓而鸡鸣。忠臣解骨,君子吞声。章华望祭之所,云梦伪游之地。荒谷缱于莫敖,冶父囚乎群帅。硎阱折拉,鹰鹯批攒。冤霜夏零,愤泉秋沸。城崩杞妇之哭,竹染湘妃之泪。

水毒秦泾,山高赵陉。十里五里,长亭短亭。饥随蛰燕,暗遂流萤。秦中水黑,关上泥青。于时瓦解冰泮,风飞电散。浑然千里,淄、渑一乱。雪暗如沙,冰横似岸。逢赴洛之陆机,见离家之王粲。莫不闻陇水而掩泣,向关山而长叹。况复君在交河,妾在清波。石望夫而逾远,山望子而逾多。才人之忆代郡,公主之去清河。栩阳亭有离别之赋,临江王有愁思之歌。别有飘飘武威,羁旅金微。班超生而望反,温序死而思归。李陵之双凫永去,苏武之一雁空飞。

昔江陵之中否,乃金陵之祸始。虽借人之外力,实萧墙之内起。拨乱之主忽焉,中兴之宗不祀。伯兮叔兮,同见戮于犹子。荆山鹄飞而玉碎,随岸蛇生而珠死。鬼火乱于平林,殇魂惊于新市。梁故丰徙,楚实秦亡。不有所废,其何以昌。有妫之后,遂育于姜。输我神器,居为让王。天地之大德曰生,圣人之大宝曰位。用无赖子之孙,举江东而全弃。惜天下之一家,遭东南之反气。以鹑首而赐秦,天何为而此醉!

且夫天道回旋,民生预焉。余烈祖于西晋,始流播于东川。洎余身而七叶,又遭时而北迁。提挈老幼,关河累年。死生契阔,不可问天。况复零落将尽,灵光巍然。日穷于纪,岁将复始。逼切危虑,端忧暮齿。践长乐之神皋,望宣平之贵里。渭水贯于天门,骊山回于地市。幕府大将军之爱客,丞相平津侯之待士。见钟鼎于金、张,闻弦歌于许、史。岂知灞陵夜猎,犹是故时将军;咸阳布衣,非独思归王子。

大象初,以疾去职,卒。隋文帝深悼之,赠本官,加荆淮二州刺史。子立嗣。

史臣曰：两仪定位，日月扬晖，天文彰矣；八卦以陈，书契有作，人文详矣。若乃坟索所纪，莫得而云，《典谟》以降，遗风可述。是以曲阜多才多艺，鉴二代以正其本；阙里性与天道，修《六经》以维其末。故能范围天地，纲纪人伦。穷神知化，称首于千古；经邦纬俗，藏用于百代。至矣哉！斯固圣人之述作也。

逮乎两周道丧，七十义乖。淹中、稷下，八儒三墨，辩博之论蜂起；漆园、黍谷，名法兵农，宏放之词雾集。虽雅诰奥义，或未尽善，考其所长，盖贤达之源流也。

其后逐臣屈平，作《离骚》以叙志，宏才艳发，有恻隐之美。宋玉，南国词人，追逸辔而亚其迹。大儒荀况，赋礼智以陈其情，含章郁起，有讽论之义。贾生，洛阳才子，继清景而奋其晖。并陶铸性灵，组织风雅，词赋之作，实为其冠。

自是著述滋繁，体制匪一。孝武之后，雅尚斯文，扬葩振藻者如林，而二马、王、杨为之杰；东京之朝，兹道愈扇，咀徵含商者成市，而班、傅、张、蔡为之雄。当涂受命，尤好虫篆；金行勃兴，无替前烈。曹、王、陈、阮，负宏衍之思，挺栋干于邓林；潘、陆、张、左，擅侈丽之才，饰羽仪于凤穴。斯并高视当世，连衡孔门。虽时运推移，质文屡变，譬犹六代并凑，易俗之用无爽；九流竞逐，一致之理同归。历选前英，于兹为盛。

既而中州版荡，戎狄交侵，僭伪相属，士民涂炭，故文章黜焉。其潜思于战争之间，挥翰于锋镝之下，亦往往而间出矣。若乃鲁徽、杜广、徐光、尹弼之畴，知名于二赵；宋谚、封奕、朱彤、梁谠之属，见重于燕、秦。然皆迫于仓卒，牵于战争。章奏符檄，则粲然可观；体物缘情，则寂寥于世。非其才有优劣,时运然也。至朔漠之地,聂尔夷俗,胡义周之颂国都,足称宏丽;区区河右,而学者埒于中原,刘延明之铭酒泉,可谓清典。子曰"十室之邑,必有忠信",岂徒言哉。

洎乎有魏,定鼎沙朔,南包河、淮,西吞关、陇。当时之士,有许谦、崔宏、崔浩、高允、高闾、游雅等,先后之间,声实俱茂,词义典正,有永嘉之遗烈焉。及太和之辰,虽复崇尚文雅,方骖并路,多乖往辙,涉海登山,罕值良宝。其后袁翻才称澹雅,常景思摽沉郁,彬彬焉,盖一时之俊秀也。

周氏创业,运属陵夷。纂遗文于既丧,聘奇士如弗及。是以苏亮、苏绰、卢柔、唐瑾、元伟、李昶之徒,咸奋鳞翼,自致青紫。然绰建言务存质朴,遂糠秕魏、晋,宪章虞、夏。虽属词有师古之美,矫枉非适时之用,故莫能常行焉。

既而革车电迈,渚宫云撤。尔其荆、衡杞梓,东南竹箭,备器用于庙堂者众矣。唯王褒、庾信奇才秀出,牢笼于一代。是时,世宗雅词云委,滕、赵二王雕章间发。咸筑宫虚馆,有如布衣之交。由是朝廷之人,闾阎之士,莫不忘味于遗韵,眩精于末光。犹丘陵之仰嵩、岱,川流之宗溟渤也。

然则子山之文,发源于宋末,盛行于梁季。其体以淫放为本,其词以轻险为宗。故能夸目侈于红紫,荡心逾于郑、卫。昔杨子云有言:"诗人之赋,丽以则;词人之赋,丽以淫。"若以庾氏方之,斯又词赋之罪人也。

原夫文章之作,本乎情性。覃思则变化无方,形言则条流遂广。虽诗赋与奏议异轸,铭诔与书论殊途,而撮其指要,举其大抵,莫若以气为主,以文传意。考其殿最,定其区域,摭《六经》百氏之英华,探屈、宋、卿、云之秘奥。其调也尚远,其旨也在深,其理也贵当,其辞也欲巧。然后莹金璧,播芝兰，文质因其宜，繁约适其变，权衡轻重，斟酌古今，和而能壮，丽而能典，焕乎若五色之成章，纷乎犹八音之繁会。夫然，则魏文所谓通才足以备体矣，士衡所谓难能足以逮意矣。

《北史》卷八三《文苑传·庾信传》

庾信字子山，南阳新野人。祖易、父肩吾，并《南史》有传。

信幼而俊迈，聪敏绝伦，博览群书，尤善《春秋左氏传》。身长八尺，腰带十围，容止颓然，有过人者。父肩吾，为梁太子中庶子，掌管记。东海徐摛为右卫率。摛子陵及信并为抄撰学士。父子东宫，出入禁闼，恩礼莫与比隆。既文并绮艳，故世号为徐、庾体焉。当时后进，竞相模范，每有一文，都下莫不传诵。累迁通直散骑常侍，聘于东魏。文章辞令，盛为邺下所称。还为东宫学士，领建康令。

侯景作乱，梁简文帝命信率宫中文武千余人营于朱雀航。及景至，信以众先退。台城陷后，信奔于江陵。梁元帝承制，除御史中丞。及即位，转右卫将军，封武康县侯，加散骑侍郎，聘于西魏。属大军南讨，遂留长安。江陵平，累迁仪同三司。

周孝闵帝践阼，封临清县子，除司水下大夫。出为弘农郡守。迁骠骑大将军、开府仪同三司、司宪中大夫。进爵义城县侯。俄拜洛州刺史。信为政简静，吏人安之。时陈氏与周通好，南北流寓之士，各许还其旧国。陈氏乃请王褒及信等十数人。武帝唯放王克、殷不害等，信及褒并惜而不遣。寻徵为司宗中大夫。明帝、武帝并雅好文学，信特蒙恩礼。

至于赵、滕诸王，周旋款至，有若布衣之交。群公碑志，多相托焉。唯王褒颇与信埒，自余文人，莫有逮者。

信虽位望通显，常作乡关之思，乃作《哀江南赋》以致其意。大象初，以疾去职。隋开皇元年卒。有文集二十卷。文帝悼之，赠本官，加荆、雍二州刺史。子立嗣。

《周书》卷一三《文闵明武宣诸子·赵王招传》

赵僭王招，字豆卢突。幼聪颖，博涉群书，好属文。学庾信体，词多轻艳。

《北史》卷七〇《杜杲传》

宣帝谓杲曰："长湖公军人等虽筑馆处之，然恐不能无北风之恋。王褒、庾信之徒既羁旅关中，亦当有南枝之思耳。"

唐张鷟《朝野佥载》卷六

梁庾信从南朝初至北方，文士多轻之。信将《枯树赋》以示之，于后无敢言者。时温子升作《韩陵山寺碑》，信读而写其本。南人问信曰："北方文士何如？"信曰："唯有韩陵山一片石堪共语，薛道衡、卢思道少解把笔，自余驴鸣狗吠，聒耳而已。"

389

《南史》卷五一《梁宗室·长沙王韶传》

韶昔为幼童,庾信爱之,有断袖之欢,衣食所资,皆信所给。遇客,韶亦为信传酒。后为郢州,信西上江陵,途经江夏,韶接信甚薄,坐青油幕下,引信入宴,坐信别榻,有自矜色。信稍不堪,因酒酣,乃径上韶床,践蹋肴馔,直视韶面,谓曰:"官今日形容大异近日。"时宾客满坐,韶甚惭耻。

唐段成式《酉阳杂俎》

卷一二《语资》:庾信作诗,用《西京杂记》事,旋自追改,曰:"此吴均语,恐不足用也。"魏肇师曰:"古人托曲者多矣,然《鹦鹉赋》,祢衡、潘尼二集并载;《弈赋》,曹植、左思之言正同。古人用意,何至于此?"君房曰:"词人自是好相采取,一字不异,良是后人莫辩。"魏尉瑾曰:"《九锡》或称王粲,《六代》亦言曹植。"信曰:"我江南才士,今日亦无。举世所推如温子升,独擅邺下,常见其词笔,亦足称是远名。近得魏收数卷碑,制作富逸,特是高才也。"

卷一二《语资》:梁徐君房劝魏使瑾酒,一噞即尽,笑曰:"奇快!"瑾曰:"卿在邺饮酒,未尝倾卮。武州已来,举无遗滴。"君房曰:"我饮实少,亦是习惯。微学其进,非有由然。"庾信曰:"庶子年之高卑,酒之多少,与时升降,便不可得而度。"魏肇师曰:"徐君年随情少,酒因境多,未知方十复作,若为轻重?"

卷一八《广动植》：蒲萄，俗言蒲萄蔓好引于西南。庾信谓魏使尉瑾曰："我在邺，遂大得蒲萄，奇有滋味。"陈昭曰："作何形状？"徐君房曰："有类软枣。"信曰："君殊不体物，可得言似生荔枝。"魏肇师曰："魏武有言，末夏涉秋，尚有余暑，酒醉宿醒，掩露而食，甘而不饴，酸而不酢。道之固以流味称奇，况亲食之者。"瑾曰："此物实出于大宛，张骞所致。有黄、白、黑三种，成熟之时，子实逼侧，星编珠聚，西域多酿以为酒，每来岁贡。在汉西京，似亦不少。杜陵田五十亩，中有蒲萄百树。今在京兆，非直止禁林也。"信曰："乃园种户植，接荫连架。"昭曰："其味何如橘柚？"信曰："津液奇胜，芬芳减之。"瑾曰："金衣素裹，见苞作贡。向齿自消，良应不及。"

唐余知古《渚宫旧事》

庾信因侯景之乱，自建康遁归江陵，居宋玉旧宅。宅在城北三里。

《资治通鉴》卷一六一《梁纪十七》

〔太清二年九月〕辛亥，景至朱雀桁南，太子以临贺王正德守宣阳门，东宫学士新野庾信守朱雀门，帅宫中文武三千余人营桁北。太子命信开大桁以挫其锋，正德曰："百姓见开桁，必大惊骇。可且安物情。"太子从之。俄而景至，信帅众开桁，始除一舸。见景军皆着铁面，退隐于门。信方食甘蔗，有飞箭中门柱,信手甘蔗,应弦而落,遂弃军走。南塘游军沈子睦,临贺王正德之党也,复闭桁渡景。太子使王质将精兵三千援信,至领军府,遇贼,未陈而走。正德帅众于张侯桥迎景,马上交揖,既入宣阳门,望阙而拜,歔欷流涕,随景渡淮。景军皆着青袍,正德军并着绛袍,碧里,既与景合,悉反其袍。景乘胜至阙下,城中恼惧,羊侃诈称得射书云:"邵陵王、西昌侯援兵已至近路。"众乃少安。西丰公大春弃石头,奔京口;谢禧、元贞弃白下走;津主彭文粲等以石头城降景,景遣其仪同三司于子悦守之。

《太平广记》卷一〇二《赵文信》

唐遂州人赵文信,贞观元年暴死,三日后还苏。自说云:初死时,被人遮拥驱逐,同伴十人,相随至阎罗王所。其中有一僧,王先问云:"师在世修何功德?"师答云:"道徒自生以来,唯诵《金刚般若经》。"王闻此语,忽即惊起,合掌赞言:"善哉善哉!师审诵《般若》,当得升天,何因错来至此?"言未讫,忽有天衣来下,引师上天去。王复唤遂州人前曰:"汝在生有何功德?"其人报言:"臣一生以来,不读佛经,唯好庾信文章集。"王言:"庾信是大罪人,见此受苦,汝见庾信,颇识否?"答云:"虽读渠文章,然不识其人。"王即令引出庾信,乃见是龟身,王又令引去,少时复作人来,语云:"我为生时好作文章,妄引佛经,杂揉俗书,又诽谤佛法,谓言不及孔老之教,今受罪报龟身,苦也。"此人活已,具述其事。遂州人多好捕猎,及闻所说,共相鉴戒,永断杀业,各发诚心,受持《般若》,迄今不绝。

庾信简谱

说明:清倪璠《庾子山集注》有《庾子山年谱》,舒宝章《庾信选集》前有《庾信年谱》,钟优民《望乡诗人庾信》后附有《庾信年表》,鲁同群《庾信传论》附有《庾信年谱》,日清水凯夫《六朝文论文集》有《庾信小传》。今据此五书及曹道衡、刘跃进著《南北朝文学编年史》,参以己意,撰《庾信简谱》。

梁武帝天监十二年(513),北魏宣武帝延昌二年。庾信生,一岁。

庾信出生。信,字子山。祖籍南阳新野,南郡江陵人。出身高门,祖易,父肩吾。

沈约卒,时年七十三岁。

太子萧统十三岁。萧纲十一岁。萧绎六岁。庾肩吾二十七岁。徐摛四十三岁。徐陵七岁。刘勰四十七岁。周弘正十八岁。

天监十三年(514),北魏延昌三年。庾信二岁。

秋七月,萧绎为湘东郡王。

天监十四年(515),北魏延昌四年。庾信三岁。

正月,魏宣武帝卒,太子诩立。

萧统十五岁。正月乙己朔,冠于太极殿。

萧纲十三岁。五月,从荆州刺史调任江州刺史。

天监十五年(516),北魏孝明帝熙平元年。庾信四岁。

刘峻五十五岁,《类苑》编成。

刘勰五十岁,作《梁建安王造剡山石城寺石像碑》。

萧绎九岁,成婚。

天监十六年(517),北魏熙平二年。庾信五岁。

梁敕废境内道观,道士皆还俗。

天监十七年(518),北魏神龟元年。庾信六岁。

何逊卒。

锺嵘卒。

释僧祐卒。

北魏胡太后遣崇立寺比丘惠生与敦煌人宋云向西域求取佛经。

天监十八年(519),北魏神龟二年。庾信七岁。

江总生。

释慧皎《高僧传》约本年完成。

四月,梁武帝萧衍发弘誓心受菩萨戒。

普通元年(520),北魏正光元年。庾信八岁。

吴均卒。梁武帝诏王僧孺改定《百家谱》。

普通二年(521),北魏正光二年。庾信九岁。

刘峻卒。

北魏郦道元《水经注》成。

普通三年(522),北魏正光三年。庾信十岁。

萧绎十五岁,始著《金楼子》。

魏惠生、宋云等自西域还洛阳,得经纶一百七十部。

普通四年(523),北魏正光四年。庾信十一岁。

庾肩吾三十七岁,为晋安王萧纲常侍。

徐陵十七岁,参与晋安王萧纲宁蛮府军事。

梁阮孝绪始作《七录》。

普通五年(524),北魏正光五年。庾信十二岁。

北魏甄琛卒。琛曾撰《磔四声》,盖不满沈约"四声说"而作。

普通六年(525),北魏孝昌元年。庾信十三岁。

梁徐勉作《上修五礼表》。

普通七年(526),北魏孝昌二年。庾信十四岁。

陆倕卒。

周舍卒。

十月,湘东王萧绎由丹阳尹出为荆州刺史。

大通元年(527),北魏孝昌三年。庾信十五岁。

三月辛未,梁武帝幸同泰寺舍身,甲戌还宫,赦天下。

徐摛为萧纲宁蛮府长史。

北魏郦道元为萧宝夤所杀。

庾信为昭明太子东宫侍读。

大通二年(528),北魏武泰元年、孝庄帝永安元年。庾信十六岁。

北魏内乱。三月,胡太后杀明帝,立元钊为帝。四月,尔朱荣立元子攸为帝,沉胡太后及元钊于河。魏北海王元颢、临淮王元彧、汝南王元悦并奔梁。

中大通元年(529),北魏孝庄帝永安二年。庾信十七岁。

秋九月,武帝幸同泰寺舍身,公卿以下以钱一亿万奉赎。

中大通二年(530),北魏孝庄帝永安二年。庾信十八岁。

裴子野卒。

中大通三年(531),北魏节闵帝普泰元年。庾信十九岁。

夏四月,皇太子萧统卒,年三十一岁。

七月乙亥,晋安王萧纲立为皇太子。

徐陵二十五岁,随萧纲入东宫,充东宫学士,颇受信任。

颜之推生。

庾肩吾为东宫通事舍人,后出为安西湘东王录事参军。庾信亦随去荆州,仕为湘东国常侍。

中大通四年(532)，北魏孝武帝永熙元年。庾信二十岁。

徐陵二十六岁，是年前后出为上虞令，坐免。

中大通五年(533)，北魏孝武帝永熙二年。庾信二十一岁。

魏收作《庭竹赋》《南狩赋》。

中大通六年(534)，西魏孝武帝永熙三年，东魏孝静帝天平元年。庾信二十二岁。

秋，魏孝武帝西奔长安投宇文泰。高欢别奉清河王庶子元善见为帝，徙都于邺。魏于是分为东西二部。

闰十二月，宇文泰杀魏孝武帝。

梁太子萧纲撰《法宝联璧》成，湘东王绎为之作序。

大同元年(535)，西魏文帝大统元年，东魏天平二年。庾信二十三岁。

卢思道生。

庾信之江州，为安南将军江州刺史庐陵王萧续参军。未及年，回建康。时庾肩吾为太子中庶子，徐摛为左卫率。萧纲又开文德省置学士，以肩吾子信、徐摛子陵、吴郡张长公、北地傅弘、东海鲍至等人充其选。庾信、徐陵父子在东宫，出入禁闼，恩礼莫与比隆。"徐庾体"之号，当起于此时。

大同二年(536)，西魏大统二年，东魏天平三年。庾信二十四岁。

陶弘景卒，年八十一岁。

阮孝绪卒。

大同三年(537)，西魏大统三年、东魏天平四年。庾信二十五岁。

徐陵迁镇西湘东王中记室参军。

梁萧子显卒。

七月，梁与东魏言和，东魏遣使于梁。

大同四年(538),西魏大统四年、东魏元象元年。庾信二十六岁。

七月,刘孝仪聘于东魏。

大同五年(539),西魏大统五年,东魏兴和二年。庾信二十七岁。

庾肩吾时为太子舍人。

东魏魏收聘梁。

大同六年(540),西魏大统六年,东魏兴和二年。庾信二十八岁。

薛道衡生。

大同七年(541),西魏大统七年,东魏兴和三年。庾信二十九岁。

庾肩吾作《侍宴饯东阳太守萧子云诗》。

大同八年(542),西魏大统八年,东魏兴和四年。庾信三十岁。

庾信为郢州别驾,与湘东王论中流水战事。丑徒闻庾信名德,遂即散奔,深为梁主所赏。

大同九年(543),西魏大统九年,东魏武定元年。庾信三十一岁。

梁顾野王上《玉篇》于临贺王萧正德。

大同十年(544),西魏大统十年,东魏武定二年。庾信三十二岁。

三月,梁武帝幸南兰陵,作《还旧乡诗》。又幸京口北固楼,改名北顾楼。

七月,东魏遣使聘梁。

大同十一年(545),西魏大统十一年,东魏武定三年。庾信三十三岁。

庾肩吾作《为武陵王谢拜仪同章》。

七月,梁遣散骑常侍徐君房、通直常侍庾信聘魏。此次出使,庾信作《将命使北始渡瓜步江》《入彭城馆》《将命至邺》《将命至邺酬祖正员》《西门豹庙》等诗。其文章辞令,甚为邺下所称。

中大同元年(546),西魏大统十二年,东魏武定四年。庾信三十四岁。

三月、四月,梁武帝两次幸同泰寺讲经。

庾信仍为东宫学士,领建康令。

《敕勒歌》传唱于是时。

太清元年(547),西魏大统十三年,东魏武定五年。庾信三十五岁。

正月,东魏丞相、渤海王高欢卒,其子高澄嗣。

二月,东魏司徒侯景求以河南十三州内属。梁武帝以景为大将军,封河南王,大行台,承制如邓禹故事。

东魏杨衒之至洛阳,见其颓坏之状,因作《洛阳伽蓝记》。

太清二年(548),西魏大统十四年,东魏武定六年。庾信三十六岁。

六月,徐陵出使东魏。

八月,侯景于寿阳举兵叛梁,率军南下,"侯景之乱"爆发。

十月,侯景自横江渡采石,庾信时为东宫学士,领建康令,太子萧纲命信率宫中文武三千余人,营于朱雀航北。侯景军至,信命撤航。始除一舶,见贼军皆着铁面,遂弃军走。临贺王萧正德附贼,其部下军队复闭航渡景,景军遂围台城。侯景立临贺王正德为帝,自任为丞相。

太清三年(549),西魏大统十五年,东魏武定七年。庾信三十七岁。

三月丁卯,侯景攻陷宫城,纵兵大掠。"侯景之乱"中,庾信失二男一女。

五月丙辰,梁武帝卒,时年八十六岁。辛巳,太子纲即皇帝位。

徐摛时为太子中庶子。

东魏高澄为人所杀。

简文帝大宝元年(550),西魏大统十六年,北齐文宣帝天保元年。庾信三十八岁。

庾肩吾奔江陵,被萧绎任为江州刺史领义阳太守,封武康县侯。

五月丙辰,北齐文宣帝高洋代东魏,改元天保。

徐陵时在北齐。

大宝二年(551),西魏大统十七年,北齐天保二年。庾信三十九岁。

三月,湘东王萧绎建梁台,承制。

同月,侯景悉兵西上,攻破郢州。庾信时在往江陵途中,遇侯景袭郢之兵,乃弃舟登陆,在江夏(今湖北省武昌区,郢州治所)藏身约数月。侯景兵败还建康。秋七月,湘东王萧绎以长沙王萧韶监郢州事。庾信往见,韶接待甚薄。庾信遂由郢州至江陵,萧绎任为御史中丞。

十月,萧纲被杀。

庾肩吾卒,时年六十五岁。

徐摛卒,时年八十一岁。

梁元帝承圣元年(552),西魏废帝元年,北齐天保三年。庾信四十岁。

三月,王僧辩等平侯景。

十一月丙子,萧绎即皇帝位于江陵,是为梁元帝。

徐陵仍被拘于北齐。

庾信为右卫将军,袭武康县侯,加散骑常侍。梁元帝平侯景后,遂将京师藏书移至江陵,使庾信、王褒等校之。

承圣二年(553)，西魏废帝二年，北齐天保四年。庾信四十一岁。

徐陵仍留北齐。

王褒正月为尚书右仆射，十一月为尚书左仆射。

承圣三年(554)，西魏恭帝元年，北齐天保五年。庾信四十二岁。

三月己酉，魏侍中宇文仁恕来聘，会齐使者亦至江陵。元帝接仁恕不及齐使，又请据旧图以定疆界，辞颇不逊。西魏遂定取梁之计。

九月乙巳，魏遣柱国常山公于谨、中山公宇文护等将兵五万攻梁。十一月辛亥，江陵城陷，元帝萧绎被执，旋被杀。魏人收府库珍宝及宋浑天仪，梁铜晷表，大玉径四尺及诸法物；尽俘王公以下及选百姓男女数万口为奴婢，分赏三军，驱归长安，小弱者皆杀之，得免者三百余家，而人马所践及冻死者什二三。

江陵陷，王褒、王克、宗懔、殷不害、沈炯等亦至长安。

徐陵仍留北齐。

庾信于本年四月聘于西魏，后值西魏大军进攻江陵，遂被拘而不遣。江陵亡，入仕西魏，拜使持节、抚军将军、右金紫光禄大夫、大都督。

梁敬帝绍泰元年(555)，西魏恭帝二年，北齐天保六年。庾信四十三岁。

九月，陈霸先立梁元帝第九子方智为帝，是为敬帝。

徐陵返回江南。

庾信在长安，进车骑大将军，仪同三司。

梁敬帝太平元年(556)，西魏恭帝三年，北齐天保七年。庾信四十四岁。

徐陵使北齐。

是年末,魏恭帝诏禅位于周。

庾信在长安,或于是年迁为骠骑大将军,开府仪同三司。

太平二年(557),周孝闵帝元年,北齐天保八年。庾信四十五岁。

春正月辛丑,周宇文觉即天王位,是为孝闵帝。

十月,陈霸先称帝,是为陈武帝。

周弘正为侍中、都官尚书,衔使长安。

周孝闵帝践阼,庾信受封临清县子,王褒封石泉县子。庾信之授司水下大夫,或在是年。曾参加渭桥的修治,作《示在司水看治渭桥》诗,王褒作《和庾司水治渭桥》诗。

周明帝二年(558),陈武帝永定二年,北齐天保九年。庾信四十六岁。

正月,梁故观宁侯萧永卒。庾信作《思旧铭》以示哀悼,又作《陪驾幸终南山和宇文内史》诗。

武成元年(559),陈武帝永定三年,北齐天保十年。庾信四十七岁。

六月,陈霸先卒。

庾信在长安。

武成二年(560),陈文帝天惠元年,北齐废帝乾明元年。庾信四十八岁。

四月,周明帝卒,周武帝宇文邕继位。

周明帝曾立麟趾学,在朝有艺业者,皆可预听。庾信与王褒、萧㧑、庾季才等,同为麟趾学士。庾信作《预麟趾殿校书和刘仪同》《和宇文内史入重阳阁》《和宇文内史春日游山》。

周武帝保定元年(561),陈文帝天惠二年,北齐武成帝大宁元年。庾信四十九岁。

庾信作《为晋阳公进玉律秤尺升斗表》。

保定二年(562)，陈文帝天惠三年，齐武成帝河清元年。庾信五十岁。

庾信七月作《终南山义谷铭》。十月，作《从驾观讲武诗》。又有《上益州上柱国赵王二首》《奉报赵王出师在道赐诗》《和赵王送峡中军》《奉和赵王途中五韵》等，或作于是时。

保定三年(563)，陈天嘉四年，齐河清二年。庾信五十一岁。

庾信有《同州还》诗，或作于是时。

庾信或于是年出为弘农郡守。

保定四年(564)，陈天嘉五年，齐河清三年。庾信五十二岁。

若干凤封徐国公，从宇文护伐齐，庾信作《侍从徐国公殿下军行》诗。

保定五年(565)，陈天嘉六年，齐后主天统元年。庾信五十三岁。

四月，齐武成帝禅位于其太子高纬，纬即齐后主。

六月，周武帝下诏："江陵人（今按：指平梁元帝时在江陵所俘之人）年六十五以上为官奴婢者，已令放免。其公私奴婢有年至七十以外者，所在官司，宜赎为庶人。"

王褒为北周内史中大夫。

庾信盖由弘农任回长安。

天和元年(566)，陈天康元年，齐天统二年。庾信五十四岁。

四月，陈文帝薨，子伯宗嗣立，是为陈废帝。

周武帝御正武殿，集群臣亲讲《礼记》，其主旨在申明"为君之难，为臣不易"。冬十月，初造《山云舞》，以备六代之乐。

庾信入襄州总管府，或在此年。

庾信作《和王内史从驾狩》诗、《周陇右总管长史赠太子少保豆卢公神道碑》，又《就蒲州使君乞酒》诗、《中山公许乞酒一车未送》诗、《冬狩行四韵连句应诏》疑均作于此时。

天和二年(567),陈废帝光大元年,齐后主天统三年。庾信五十五岁。

庾信作《送卫王南征》诗。

天和三年(568),陈废帝光大二年,齐后主天统四年。庾信五十六岁。

秋,周、齐言和,周武帝派使者入齐。北齐亦派使者到长安,庾信曾奉命陪宴,作《对宴齐使》诗。

十一月,陈安成王顼废伯宗而自立。

十二月,齐武成帝卒。

庾信由襄州总管府回长安,或在此年。

庾信作《周太傅郑国公夫人郑氏墓志铭》。

天和四年(569),陈宣帝太建元年,齐后主天统五年。庾信五十七岁。

正月,陈安成王顼即皇帝位,是为宣帝。

隋炀帝杨广生。

周武帝意欲废佛。

庾信或于此年出使北齐。

庾信作《奉和阐弘二教应诏》诗,又作《象戏赋》《进象经赋表》《移齐河阳执事文》《又移齐河阳执事文》《后魏骠骑将军荆州刺史贺拔夫人元氏墓志铭》《周大都督杨林伯长孙瑕夫人罗氏墓志铭》《周柱国大将军长孙俭神道碑》。

天和五年(570),陈太建二年,齐武平元年。庾信五十八岁。

庾信作《周骠骑大将军开府侯莫陈道生墓志铭》《周大将军义兴公萧公墓志铭》。

天和六年(571),陈太建三年,齐武平二年。庾信五十九岁。

正月,诏柱国,齐国公宪率师御齐斛律明月。三月,宪自龙门渡河,斛律明月退保华谷,宪攻拔其于汾北新筑之五城。

庾信预伐齐之役，作《同卢记室从军》诗。又作《周大将军闻喜公柳遐墓志铭》《周大将军襄城公郑伟墓志铭》《周大将军赵公墓志铭》《周安昌公夫人郑氏墓志铭》。

建德元年(572)，陈太建四年，齐武平三年。庾信六十岁。

三月，北周诛大冢宰晋国公宇文护，大赦，改元。以齐国公宪为大冢宰，卫国公直为大司徒，赵国公招为大司空。

北齐魏收卒。

庾信作《奉和法筵应诏》诗及《周大将军司马裔神道碑》《周大将军琅琊定公司马裔墓志铭》《周谯国夫人步陆孤氏墓志铭》《周赵国公夫人纥豆陵氏墓志铭》等文。又，《哀江南赋》至迟作于本年。

建德二年(573)，陈太建五年，齐武平四年。庾信六十一岁。

北齐置文林馆。

十月，北周修六代乐成，周武帝御崇信殿，集百官观览。其《郊庙歌辞》为庾信作。

十二月，集群臣及沙门、道士等，周武帝升高座，辨释三教先后，以儒教为先，道教为次，佛教为后。

庾信或于此年迁骠骑大将军、开府仪同三司。

庾信作《寄王琳》《和王少保遥伤周处士》等诗，以及《为阎大将军乞致仕表》《贺新乐表》《周柱国大将军大都督同州刺史尔绵永神道碑》《周车骑大将军赠小司空宇文显和墓志铭》《周太子少保步陆逞神道碑》。《和宇文京兆游田》《别周尚书弘正》《送周尚书弘正二首》《重别周尚书二首》诗亦可能作于本年。

建德三年(574)，陈太建六年，齐武平五年。庾信六十二岁。

陈周弘正卒，时年七十九岁。

王褒由太子少保迁小司空。

五月，周武帝普灭佛道二宗。六月，下诏复道教。

庾信作《答王司空饷酒》《奉和赵王隐士》《献文宣皇太后歌辞》

等诗及《齐王进苍乌表》等文。《奉和赵王游仙》诗疑作于此时。

建德四年(575),陈太建七年,齐武平六年。庾信六十三岁。

王褒出为周宜州刺史,寻卒。时年六十四岁。

庾信作《伤王司徒褒》诗,及《周柱国大将军纥干弘神道碑》《周车骑大将军贺娄公神道碑》《周大将军崔说神道碑》《周骠骑大将军开府仪同三司冠军伯柴烈李夫人墓志铭》。寻出为洛州刺史。

庾信或于年底被任命为司宪中大夫,作《正旦上司宪府》。

建德五年(576),陈太建八年,齐隆化元年。庾信六十四岁。

十月,周武帝自将伐齐。

庾信或于是年由司宪中大夫转洛州刺史,作《任洛州酬薛文学见赠别》。

建德六年(577),陈太建九年,齐幼主承光元年。庾信六十五岁。

正月,周武帝入邺城。尉迟勤擒齐后主及太子恒于青州,齐亡。

庾信在洛州刺史任上。作《奉报寄洛州》《奉和平邺应诏》《谨赠司寇淮南公》诗,又作《贺平邺都表》《移虏留使文》。

宣政元年(578),陈太建十年。庾信六十六岁。

六月丁酉,周武帝崩。戊戌,太子即位,是为宣帝。甲子,宣帝诛齐王宪。辛巳,以赵王招为太师,陈王纯为太傅。

庾信或于是年回长安,任司宗中大夫。

庾信作《周上柱国齐王宪神道碑》。

周宣帝大象元年(579),陈太建十一年。庾信六十七岁。

正月,周宣帝立太子衍。二月,传位于皇太子,改元大象。

庾信作《贺传位于皇太子表》。冬,滕王宇文逌撰《庾子山集序》成,寄至长安。庾信作《谢滕王集序启》。

《周书》及《北史》本传均谓"大象初,以疾去职"。《谢滕王集序启》中尚未提及去职之事，子山致仕，当在是年末。

大象二年(580)，陈太建十二年。庾信六十八岁。

七月，赵王招以谋执政被诛。

十月，大丞相、随国公杨坚加大冢宰，五府总于天官。

十二月，滕王宇文逌以谋执政被杀。

颜之推作《观我生赋》。

庾信作《周大将军怀德公吴明彻墓志铭》《周兖州刺史广饶公宇文公神道碑》《周大将军上开府广饶公郑常墓志铭》。又，《同颜大夫初晴》诗抑或作于此年。

隋文帝开皇元年(581)，陈太建十三年。庾信卒，六十九岁。

二月，大丞相、随王杨坚为相国，总百揆，备九锡。甲子，杨坚称尊号，改元开皇。周亡。

庾信作《周上柱国宿国公河州都督普屯威神道碑》。是年卒，时年六十九岁。

徐陵七十五岁。颜之推五十岁。薛道衡四十二岁。杨广十三岁。

历代重要评论

北周滕王宇文逌《庾信集序》

盖闻五声调应,则宫徵成其文;八音克谐,则弦管和其韵。所以《周南》《召南》之篇,为风人之首;《小雅》《大雅》之作,实王政之由。复有《阳春白雪》之唱,郢中之曲弥高;"秋风""黄竹"之词,伊上之才尤盛。遂能弘孝敬,叙人伦,移风俗,化天下。兼夫吟咏情性,沉郁文章者,可略而言也。

开府司宗中大夫、义成公庾信字子山,南阳新野人也。若夫有周之时,掌庾原其得姓;皇晋之代,太尉阐其宗谱。焉奕氤氲,布在方策,国史家牒,世并详焉。

八世祖滔,散骑常侍、领大著作、遂昌县侯。祖易,徵士,隐遁无闷,确乎不拔,宋终齐季,早擅英声。父肩吾,散骑常侍、中令书,文宗学府,智囊义窟,鸿名重誉,独步江南。或昭或穆,七世举秀才;且珪且璋,五代有文集。贵族华望,盛矣哉!

信降山岳之灵,缊烟霞之秀,器量侔瑚琏,志性甚松筠。妙善文词,尤工诗赋,穷缘情之绮靡,尽体物之浏亮。诔夺安仁之美,碑有伯喈之情,箴似扬雄,书同阮籍。

少而聪敏,绮年而播华誉,龆岁而有俊名。孝性自然,仁心独秀,忠为令德,言及文词,穿壁未勤,映萤逾甚。若乃德、圣两《礼》,韩、鲁四《诗》,九流七略之文,万卷百家之说,名山海上,金匮玉版之书,鲁壁魏坟,缥帙缃囊之记。莫不穷其枝叶,诵其篇简。岂止仲任一见之敏,世叔五行之速。强记独绝,博物不群。

年十五,侍梁东宫讲读。虽桓驎十四之岁,答宿客之诗,鲁连十二之年,杜离坚之辨。匪或斯尚同日语哉!玉墀射策,高等甲科。公孙金马之时,仲舒鸿渐之日,未能连类,曾何足云。

解褐授安南府行参军。尺木未阶，高衢方骋。寻转尚书度支郎中。壮岁精练，必以吏能；上象列宿，非因忿气。夜不离阁，无愧于黄香；开雾睹天，有同于乐广。

仍为郢州别驾。刺史之半，骥足斯展。于时江路有贼，梁先主使信与湘东王论中流水战事，丑徒闻其名德，遂即散奔，深为梁主所赏。盖"善战者不阵"，此之谓乎？

兼通直常侍，使于魏土，接对有才辨。虽子贡之旗鼓陈说，仲山之专对智谋，无以加也。还本国，为正员郎。职位清显，以望以实。又为东宫领直，春宫兵马并受节度。龙楼兰锜，宠寄逾隆。

值侯景篡逆，攻围淮海，建康宫殿，非无流矢之兵；丹阳帝居，遂有生荆之痛。出往上流，来归全楚，于时州后即湘东王。其后封豕既诛，长蛇受戮，湘东有雪耻之功，淮海有勤王之旅，同少康之复夏，若太戊之绍殷。即于荆江，骤置文物，复为梁后主萧绎御史中丞。中兴司直，具瞻斯在，贵戚敛和，豪族屏气。

迁散骑常侍、右卫将军。丰貂右珥，戎章再徙；阮籍非好之职，郑默参乘之官；著德廊庙，切问近对。拜武康县开国侯，开国承家，信圭是执；河带山砺，贻厥于后。即以本官奉使大国。光华重出，原隰再来。

太祖夹辅魏朝，作相关右，三分有二，九合一匡。德迈晋宣，雄逾魏武；功高网地，道映在田。亦见子山，赐识如旧。属武太祖献策魏帝，命将荆、衡。寻值本朝青盖入洛，于是拾节入仕，乃沐霸恩，改授使持节、车骑大将军、仪同三司。戎号光隆，比仪台铉，高官美宦，有逾旧国。又迁骠骑大将军、开府、义城公。王沉晋代，始授此荣；黄权魏时，首膺斯命。降在季世，秩居上品，爵为五等，荣贵两朝。

出为弘农郡守。职实剖符，寄深分竹。佩犊带牛，有俟龚遂；桑枝麦穗，无谢张堪。入为司宪中大夫，帅掌三赦之法，助宣五禁之书,秋府得人,于斯为盛。尝正旦上府赋诗曰:"诘旦启门阑,繁辞涌笔端。苍鹰下狱吏,獬豸饰刑官。司朝引玉节,盟载捧珠盘。穷纪星移次,归余律未殚。雪高三尺厚,冰深一丈寒。短笋犹埋竹,香心未起兰。孟门久失路,扶摇忽上抟。栖乌迁得府,弃马复归栏。荣华名义重,虚薄报恩难。枚乘还起疾,贡禹遂弹冠。方随莲叶敛,未用竹根丹。一知玄象法,讵思垂钓竿。"其王事之中,优游如此。

出为洛州刺史,德茂褰帷,才膺刺举,吏不敢贿,人不忍欺。上洛童儿,如迎郭伋;商山故老,似值刘弘。复为司宗中大夫。总辖礼府,佐治春卿,辨九拜之仪,教六《诗》之义。

自梁朝筮仕周世,驰驱至今,岁在屠维,龙居渊献,春秋六十有七。齿虽耆旧,文更新奇,才子词人,莫不师教,王公名贵,尽为虚襟。加以冥心资敬,笃信天伦,孝实人师,刑推士则,愠喜不形于色,忠恕不离于怀,矜简俨然,师心独往,似陆机之爱弟,若韩康之养甥,环堵之间,怡怡如也。

屡聘上国,特为太祖所知,江陵名士,唯信而已。绸缪礼遇,造次推恩。明帝守文,偏加引接,武王英主,弥相委寄。密勿王事,多历岁年。自携老入关,亟移灰琯。蒸蒸色养,勤动扇席。及丁母忧,杖而后起,病不胜哀。青鸾降宿树之祥,白雉有依栏之感。晋国公庙期受托,为世贤辅,见信孝情毁至,每自悯嗟,尝语人曰:"庾信,南人羁士,至孝天然,居丧过礼,殆将灭性,寡人一见,遂不忍看。"其至德如此,被知亦如此。

昔在杨都,有集十四卷。值太清罹乱,百不一存;及到江陵,又有三卷,即重遭军火,一字无遗。今之所撰,止入魏以来,爰洎皇代。凡所著述,合二十卷,分成两帙,付之后尔。

余与子山夙期款密,情均缟纻,契比金兰。欲余制序,聊命翰札,幸无愧色,非有绚章,方当贻范搢绅,悬诸日月诸焉。

隋王通《中说·事君篇》

徐陵、庾信,古之夸人也,其文诞。

《北史》卷八三《文苑传》序

梁自大同之后,雅道沦缺,渐乖典则,争驰新巧。简文、湘东启其淫放,徐陵、庾信分路扬镳。其意浅而繁,其文匿而彩,词尚轻险,情多哀思,格以延陵之听,盖亦亡国之音也。

《北史·文苑传》史臣论

古人之所贵名不朽者,盖重言之尚存。王褒、庾信、颜之推、虞世基、柳䛒、许善心、明克让、刘臻、王贞、虞绰、王胄等,并极南士誉望,又加之以才名,其为贵显,固其宜也。自馀或位下人微,居常亦何能自达。及其灵蛇可握,天网俱顿,并编缃素,咸贯辞林。虽其位可下,其身可杀,千载之外,贵贱一焉。非此道也,孰云能致?凡百士子,可不务乎!

唐刘知己《史通·核才》

是以略观近代,有齿迹文章,而兼修史传。其为式也,罗含、谢客宛为歌颂之文,萧绎、江淹直成铭赞之序,温子昇尤工复语,卢思道雅好丽词,江总猖獗以沉迷,庾信轻薄而流宕。此其大较也。然向之数子所撰者,盖不过偏记、杂说、小卷、短书而已,犹且乖滥踳驳,一至于斯。而况责之以刊勒一家,弥纶一代,使其始末圆备,表里无咎,盖亦难矣。

唐卢藏用《右拾遗陈子昂集序》

宋齐已来,盖憔悴矣。逶迤陵颓,流靡忘返,至于徐、庾,天之将丧斯文也。

唐张说《庾信宅》

兰成追宋玉，旧宅偶词人。笔涌江山气，文骄云雨神。包胥非救楚，随会返留秦。独有东阳守，来嗟古树春。

唐杜甫《春日忆李白》

白也诗无敌，飘然思不群。清新庾开府，俊逸鲍参军。渭北春天树，江东日暮云。何时一樽酒，重与细论文。

唐杜甫《戏为六绝句》之一

庾信文章老更成，凌云健笔意纵横。今人嗤点流传赋，不觉前贤畏后生。

唐杜甫《咏怀古迹》其一

支离东北风尘际，飘泊西南天地间。三峡楼台淹日月，五溪衣服共云山。羯胡事主终无赖，词客哀时且未还。庾信平生最萧瑟，暮年诗赋动江关。

唐司空曙《金陵怀古》

辇路江枫暗，宫潮野草春。伤心庾开府，老作北朝臣。

唐李商隐《宋玉》

何事荆台百万家，唯教宋玉擅才华。楚词已不饶唐勒，风赋何曾让景差。落日渚宫供观阁，开年云梦送烟花。可怜庾信寻荒径，犹得三朝托后车。

宋姚铉《唐文粹序》

徐、庾之辈，淫靡相继，下逮隋季，咸无取焉。

宋欧阳修、宋祁《新唐书·文艺·宋之问传》
　　魏建安后迄江左，诗律屡变，至沈约、庾信，以音韵相婉附，属对精密。及之问、沈佺期，又加靡丽，回忌声病，约句准篇，如锦绣成文，学者宗之，号为"沈宋"。

宋孙复《答张洞书》
　　自西汉至李唐，其间鸿生硕儒摩肩而起，以文章垂世者众矣。然多杨墨佛老虚无报应之事，沈、谢、徐、庾妖艳邪侈之言，杂乎其中，至有盈编满集，发而视之，无一言及于教化者。此非无用瞽言徒污简册者乎？

宋秦观《淮海集》卷二二《韩愈论》
　　徐陵、庾信之诗长于藻丽。

宋刘挚《忠肃集》卷一五《庾信宅》
　　南都号多士，庾信乃辞客。承家富缣缃，摛文烂组织。应教来春坊，日坐学士席。翩翩宫体谣，江左变风格。巨盗掀台城，狂飙铄孤翮。南飞江陵宫，杖策赴王绎。经纶投中兴，感愤补天隙。大厦岂一士，终此阳九厄。陆机趋洛阳，夷吾入齐国。濯足聊委蛇，怀邦已悲恻。惜哉不遭时，澳涩无伟绩。王室与身世，沦离两何益。暮齿哀江南，聊将赋心迹。楚郡故城阴，或云此遗宅。寥寥旧山川，莽莽新黍稷。是非不可求，秋风暮烟白。

宋陈师道《后山诗话》
　　黄鲁直云："杜之诗法出审言，句法出庾信，但过之尔。"

宋刘一止《苕溪集》卷一六《上越帅书》

诗盖穷而益工,屈原忧愁幽思而作《离骚》,庾信以悲哀为主,然后知欢愉之动情者浅,而穷苦之感情深也。

宋张戒《岁寒堂诗话》卷下

《戏为六绝句》,此诗非为庾信、王、杨、卢、骆而作,乃子美自谓也。

宋葛立方《韵语阳秋》

〔东坡〕又尝论云:"谢康乐、庾兰成之诗,炉锤之功,不遗馀力,然未能窥彭泽数仞之墙者,二子有意于俗人赞毁其工拙,渊明直寄焉。持是以论渊明诗,亦可以见其陈键也。"

宋晁公武《郡斋读书志》卷一七"《庾信集》二十卷"

右周庾信子山也。南阳人。梁元帝时,为散骑常侍。聘西魏,遂留长安。孝闵时,终司宪大夫。信在梁与徐陵文并绮丽,世号"徐庾体"。集有滕王逌序。

宋胡仔《渔隐丛话》前集卷二

《潘子真诗话》云:山谷言:庾子山"涧底百重花,山根一片雨",有以尽登高临远之趣。《喜晴应诏》全篇可为楷式,其卒章"有庆兆民同,论年天子万",不独清新,其气韵尤更深稳。

宋洪迈《容斋随笔续笔》卷三"诗文当句对"

唐人诗文,或于一句中自成对偶,谓之当句对。盖起于《楚辞》"蕙烝兰藉""桂酒椒浆""桂棹兰枻""斲冰积雪",自齐梁以来,江文通、庾子山诸人亦如此。

413

宋叶适《习学记言》卷三五

〔宇文〕泰本尚古文,务救时弊。如王褒、庾信之淫靡,非所好也。特以其有江东盛名,为文士宗伯,故敬礼如不及。宰物者能因人所长,不以已好恶格之,盖难事也。

宋叶适《水心集·对读文选杜诗成四绝句》

江淹杂体意不浅,合彩和音列众珍。拣出陶潜许前辈,添来庾信是新人。

金王若虚《滹南集·文辨》

庾信《哀江南赋》堆垛故实,以寓时事,虽记闻为富,笔力亦壮,而荒芜不雅,了无足观。如"崩于巨鹿之沙,碎于长平之瓦",此何等语?至云"申包胥之顿地,碎之以首",尤不成文也。

杜诗云"庾信文章老更成,凌云健笔意纵横。今人嗤点流传赋,未觉前贤畏后生",尝读庾氏诸赋,类不足观,而《愁赋》尤狂易可怪,然子美推称如此,且讥诮嗤点者,予恐少陵之语未公,而嗤点者未为过也。

金元好问《遗山集·壬辰十二月车驾东狩后即事五首》之五

五云宫阙露盘秋,银汉无声桂树稠。复道渐看连上苑,戈船仍拟下扬州。曲中青冢传新怨,梦里华胥失旧游。去去江南庾开府,凤凰楼畔莫回头。

元方回《瀛奎律髓》卷三

律诗自徐陵、庾信以来,叠叠尚工,然犹时拗平仄。

元陆文圭《跋陈元复诗稿》

《骚》《选》而下，徐、庾不必学。

元祝尧《古赋辩体》卷六"庾子山"

子山与父肩吾及东海徐摛、摛子陵，并仕于梁、陈，出入禁闱，文并绮艳，世号"徐庾体"。盖自沈休文以平上去入为四声，至子山尤以音韵为事，后遂流于声律焉。晋宋间赋虽辞胜体卑，然犹句精字选，徐庾以后精工既不及，而卑弱则过之。就六朝之赋而言，梁陈之于晋宋，又天渊之隔矣。

明宋濂《文宪集·答董秀才论诗书》

永明而下，抑又甚焉。沈休文拘于声韵，王元长局于褊迫，江文通过于摹拟，阴子坚涉于浅易，何仲言流于琐碎。至于徐孝穆、庾子山，一以婉丽为宗，诗之变极矣。

明陶宗仪《说郛》引《竹林诗评》

庾信之作，如玉台九成，琼楼数仞，规模崇丽，气象清新，《步虚》诸什，并悬绝尘境。

明杨慎《升庵集》卷五四"庾信诗"

庾信之诗，为梁之冠绝，启唐之先鞭，史评其诗曰绮艳，杜子美称之曰清新，又曰老成。绮艳清新，人皆知之，而其老成，独子美能发其妙。余尝合而衍之曰：绮多伤质，艳多无骨，清易近薄，新易近尖。子山之诗，绮而有质，艳而有骨，清而不薄，新而不尖，所以为老成也。若元人之诗，非不绮艳，非不清新，而乏老成；宋人诗，则强作老成态度，而绮艳清新，概未之有。若子山者，可谓兼之矣。不然，则子美何以服之如此？

明杨慎《升庵集》卷五八"清新庾开府"

杜工部称庾开府曰"清新"。清者,流丽而不浊滞;新者,创见而不陈腐也。试举其略,如"文昌气似珠,太史明如镜""凯乐闻朱雁,铙歌见白麟""杨柳歌落絮,鹅毛下青丝""覆局能悬记,看碑解暗疏""池水朝含墨,流萤夜聚书""含风摇古度,防露动林於"("古度"、"林於"皆竹木名,自来无人用也),"汉阴逢荷蓧,细林见杖拏""浊醪非鹤髓,兰肴异蟹胥""汉帝看桃核,齐侯问枣花""冬严日不暖,岁晚风多朔""赋用王延寿,书须韦仲将""千柱莲花塔,由旬紫绀园""建始移交让,徽音种合欢""萤排乱草出,雁拾断芦飞""羊肠连九坂,熊耳对双峰""北梁送孙楚,西堤别葛龚""古槐时变火,枯枫乍落胶""香螺酌美酒,枯蚌籍兰肴""成丹须竹节,量药有刀圭""京兆陈安世,成都李意期""山精逢照镜,樵客值围棋""野炉然树叶,山杯捧竹根""被垄文瓜熟,交塍香穗低""学异南宫敬,贫同北郭骚""蒙吏观秋水,莱妻纺落毛""雪花开六出,冰珠映九光""阶下云峰出,窗前风洞开""涧底百重花,山根一片雨""峡路沙如月,山峰石似眉""荷风惊浴鸟,桥影聚行鱼""水影摇丛竹,林香动落梅""水似桃花色,山如甲煎香""路高山里树,云低马上人""酒正离悲促,歌工别曲凄""山明疑有雪,岸白不关沙"。《咏杏花》云:"依稀映林坞,烂漫开山城。"《寄王琳》云:"玉关道路远,金陵信使疏。独下千行泪,开君万里书。"《望渭水》云:"树似新亭岸,沙如龙尾湾。犹言吟暝浦,应有落帆还。"此二绝,即一篇《哀江南赋》也。《又别周尚书》云:"阳关万里道,不见一人归。唯有河边雁,年年南向飞。"《咏桂》云:"南中有八桂,繁华无四时。不识风霜苦,安知零落期。"唐人绝句皆仿效之。

明杨慎《升庵诗话》"唐卢中读庾信集"

"四朝十帝尽风流,建业长安两醉游。惟有一篇《杨柳曲》,江南江北为君愁。"庾信字子山,本梁之臣,后入东魏,又西魏,历后周,凡四朝十帝。其《杨柳曲》云:"君言丈夫无意气,试问燕山那得碑?"盖欲自比班固从窦宪。又云:"定是怀王作计误,无事翻覆用张仪。"盖指朱异酿成侯景之乱也。后之议者,悲其失节而憨其非当事权,此诗云"为君愁"是也。庾信不足责。若冯道身为宰相,而视改朝易姓若弈棋,王安石以为合于伊尹五就桀之意。呜呼!为此言,其心可知矣。使其老寿不死,遇靖康之乱,其有不舍残骸事兀术、斡离卜乎?而宋之大儒编之名臣之例,吾不知其何见也?

明王世贞《艺苑卮言》

庾开府事实严重,而寡深致。所赋《枯树》《哀江南》,仅如郗方回奴小有意耳,不知何以贵重若是!

明胡应麟《诗薮》卷二

庾制作虽多,神韵颇乏,卢薛篇章虽寡,而明艳可观。

世谓杜诗法庾子山。不然,庾在陈、隋淫靡间,语稍苍劲,声调故无大异。唯《述怀》一篇,类杜诸古诗耳。

明许学夷《诗源辨体》卷一〇"陈"

《北史》载:"庾信父肩吾,为梁太子中庶子,掌管记。东海徐摛,为右卫率。摛子陵(字少穆)及信(字子山)并为抄撰学士。父子在东宫,出入禁闼,恩礼莫与比隆。既文并绮艳,故世号为'徐庾体'。"愚按:五言自梁简文、庾肩吾以至陵、信诸子,声尽入律,语尽绮靡,其体皆相类,而陵、信最盛称。然析而论之,信实为工,而陵才有不逮。后陵仕陈,信事北周。

徐陵五言,如"榜人事金桨,钓女饰银钩。细萍时带楫,低荷乍入舟""落花承步履,流涧写行衣",《梅花落》云"燕拾还莲井,风吹上镜台",《咏舞》云"低鬟向绮席,举袖拂花黄。烛送窗边影,衫传箧里香",庾信如"杨柳成歌曲,蒲桃学绣文""树宿含樱鸟,花留酿蜜蜂""龙来随画壁,凤起逐吹簧""花梁反披叶,莲井倒垂房""圆珠坠晚菊,细火落空槐""密菱障浴鸟,高荷没钓船。碎珠萦断菊,残丝绕折莲",《咏王昭君》"镜失菱花影,钗除却月梁"等句,皆入律而绮靡者也。

徐庾五言,语虽绮靡,然亦间有雅正者。徐如《出自蓟北门行》及《关山月》,庾如《别周尚书》,皆有似初唐。

徐庾乐府七言,调多不纯。徐语尽绮艳,而庾则已近初唐矣。

庾信五言,句法、音调多似其父,而才力胜之,陈、隋诸子皆所不及,杜子美亦屡称焉。但以之比太白,则非其伦矣。

庾七言八句有《乌夜啼》,于律渐近;(上源于梁简文七言八句,下流至隋炀帝七言八句。)七言四句有《代人伤往》《夜望单飞雁》,语仍绮艳,而声调亦杂。(上源于梁简文七言四句,下流至江总七言四句。)

七言自梁简文而下,语多绮艳。……庾信如"盘龙明镜饷秦嘉,辟恶生香寄韩寿""桃花颜色好如马,榆荚新开巧似钱"……皆为绮艳者也。

明张燮《七十二家集·庾开府集·重纂庾开府集序》

庾子山蜚英梁世,为高髻大袖于四方。既入周,如鸡群之鹤,渚雾沉峰,时闻孤唳。并时才士,均茵凭而趋者,南惟孝穆,北则子渊,差堪颉颃,实还流亚耳。盖尝上下六朝人芉眠绮合,子山晚出,而极变以测景,探赜以启疆,陶铸往彦,集其大成,郁郁文哉,于斯观止!令狐德棻为子山作传论,横加诋诃。德棻史笔冣下,未中与庾氏作奴,所谓局促穷簷而薄建章之千门万户也。子山宠遇日隆,滕、赵诸王申布衣之雅。乃乡关之思频腾浩忱,读《哀江南赋》,有足悲者。视彼市朝晓更，顿忘身世之易位，而蹢淮邅化，登枝乍捐，相去顾不远哉？

旧刻《开府集》亥豕特甚，诸体多阙，因为参错诸选本，细校之，而补其未备，因成全豹。旧刻彭城夫人及伯母东平夫人二墓文误收，而浅人沿之，冒署子山名入选，大误观者。今为删去，赝鼎既刷，真帜乃益珍立高坛矣。

天启元年重九日霏云主人张燮书于群玉楼。

明陆时雍《古诗镜·总论》
王褒、庾信，佳句不乏，蒙气亦多，以是知此道之将终也。

明张溥《汉魏百三名家集题辞·庾开府集》
周滕王追序《庾开府集》云："子山妙擅文词，尤工诗赋，诔潘安而碑蔡邕，箴扬雄而书阮籍也。"称重至矣。庾氏家世南阳，声誉独步，子山父子出入禁闼，为梁文人。雀航之战，倒徒先奔，违才易务，任非其器。后羁长安，臣于宇文，陈帝通好请还，终留不遣。虽周宗好士，滕赵赏音，筑宫虚馆，交齐布素。而南冠、西河，旅人发叹，乡关之思，仅寄于《哀江南》一赋，其视徐孝穆得返旧都，奚啻李都尉之望苏属国哉。子山在梁，每一文出，京都传诵。初使北方，人颇轻之，读《枯树赋》始知敬重。盛名易地，橘枳改观，难为浅见寡闻者道也。史评庾诗绮艳，杜工部又称其清新老成，此六字者，诗家难兼，子山备之，玉台琼楼，未易几及。文与孝穆敌体，辞生于情，气余于彩，乃其独优。令狐撰史，诋为淫放轻险，词赋罪人。夫唐人文章，去徐庾最近，穷形写态，模范是出，而敢于毁侮，殆将讳所自来，先纵寻斧欤？

清冯班《钝吟杂录》
庾子山诗,太白得其清新,老杜却得到他纵横处。

清吴乔《围炉诗话》
五排,即五古之流弊也。至庾子山,其体已成,五律从此而出。

清顾炎武《日知录》"孔子删诗"条
六代浮华,固当芟落,使徐、庾不得为人,陈、隋不得为代,无乃太甚?岂非执理之过乎!

清王夫之《古诗评选》卷一
六代有心有血者,惟子山而已。

清王夫之《姜斋诗话》卷下
宫体盛时,即有庾子山之歌行,健笔纵横,不屑烟花簇凑。

清毛先舒《诗辩坻》
庾子山撰著,大篇为古诗之砥柱,短句乃近体之先鞭,盱衡昔今,其才少俪。

清叶燮《原诗》
六朝诸名家,各有一长,俱非全璧。鲍照、庾信之诗,杜甫以"清新""俊逸"归之,似能出乎类者;究之拘方以内,画于习气,而不能变通。然渐辟唐人之户牖,而启其手眼,不可谓庾不为之先也。
……
又如颜延之之藻缋,谢朓之高华,江淹之韶妩,庾信之清新。此数子者,各不相师,咸矫然自成一家。不肯沿袭前人以为依傍,盖自六朝而已然矣。

清代王士禛《带经堂诗话》

北周寥寥，仅得子渊、子山，二人之才，一时瑜亮，而钟仪之悲，开府为至矣。

清贺贻孙《诗筏》

杜子美以"清新""俊逸"分称庾子山、鲍明远二人，可谓定评矣。但六朝人为清新易，为俊逸难。诗家清境最难，六朝虽有清才，未免字字求新，则清新尚兼人巧。而俊逸纯是天分，清新而不俊逸者有矣，未有俊逸而不清新者也。子美虽两人并称，然大半为明远左袒耳。及取两人诗读之，明远既有逸气，又饶清骨；子山虽多清声，不乏逸响。且俊逸易涉于佻，而明远则厚；清新易涉于浮，而子山则警。明远与颜、谢同时，而能独运灵腕，尽脱颜、谢板滞之习。子山当陈、隋靡靡之日，而时有骨气，不为肤立。六朝人多不能为七言，而明远独以七言擅长。若子山五言诗，竟是唐人近体佳手矣。虽所就不同，要皆一时出类之才也。

清倪璠《庾子山集题辞》

庾子山咀嚼英华，献饫膏泽。上自天监，下迄开皇。江表一文，争相传诵；咸阳洪笔，多出其辞。诚艺苑之山岳，词林之渊府也。自滕迿撰集于新野，魏澹阐注于房陵。迿之所撰，自魏及周，著述裁二十卷。其南朝旧作，盖阙如也。及隋文帝平陈，所得逸文，增多一卷，故《隋书·经籍志》称集二十一卷。其所撷拾者，大抵扬都十四卷之遗也。澹字彦深，巨鹿下曲阳人，称为著姓，世以文学自业。专精好学，博涉经史，善属文，词采赡逸。为太子舍人，废太子勇深礼遇之，令注《庾信集》，世称其博物。隋史列传具载其事。《旧唐书·志》有集二十卷，与本传合，要称其滕王所撰也。《庾集》在于周、隋，有此二本矣。今其书并已不传。世之所谓《庾开府集》，本宋太宗诸臣所辑，分类鸠聚，后人抄撰成书，故其中多不诠次。取而注之，文集凡十有六卷，并释其序、传，撰《年谱》《世系图》二篇。有所脱漏，在于末卷《总释》。谀闻陋识，敢云燕石之瑜；摘句寻章，自哂貂尾之续。举其大略，附之篇首云尔。

子山精敏，博极群书，史传赞言："尤善《左氏》。"观其序出师之名，则灵钅夫金仆；称兆乱之子，则蜂目狼心。星纪庚辰，以志亡灭之期；纪侯鄩子，以记出奔之状。车絓覆而马旋泞，甲裳去而馀皇弃。包胥依墙于七日，辛有感祭于百年。他如走群望则实沈台骀，致大渐而黄熊赤鸟，季氏亡则鲁不昌，子雅丧而姜族弱。组织《传》文，庾为甲矣。自非横一卷于长头，数平生之极癖，何以得此！若夫《易》《礼》分王、郑之学，《尚书》别今、古之文，虽家本江南，而学遵河北。至于九流七略，海上名山，《游仙》《步虚》则朝浮紫气，《麦崖》《经藏》则夜落常星，莫不言若泉涌，思如飙发。此又玉振金声，大成之集也。《九辩》《九歌》，滥觞于战国；《二都》《二京》，浴日于汉朝。先之以贾、马、王、扬，申之以曹、王、颜、谢，文体亦数变矣。至若郦元之注《水经》、杨衒之志《伽蓝》，江表似觉逊之。夫南朝绮艳，或尚虚无之宗；北地根株，不祖浮靡之习。若子山，可谓穷南北之胜。称其文词，则安仁、伯喈，论其铨叙，则令升、承祚。而今人厌薄此体，以难于叙事，是谓笔笔对仗，守一而不变者也。子山之文，虽是骈体，间多散行。譬如钟、王楷法，虽非八体六文，而意态之间，便已横生古趣。唐之王后卢前，直如虞、褚诸家，骆宾王差与李峤等，则颜鲁公耳。至若中、晚之单薄，宋、元之鄙俚，渐类墨猪，殆又降而益下者与。

子山北地羁臣，南朝才子。若令早还梁使，依然英蔼之名，不伐江陵，永仕中兴之国，遇合乃所愿焉，文章蔑云进矣。所以屈原、宋玉,意本牢愁;苏武、李陵,情由哀怨。《哀江南》一篇,可以知其工矣。王司空《赠周汝南书》,感此别离,颜大夫著《观我生赋》,称其清致。史亦并载其文。若此赋,则又吴、蜀在前,而子山之为魏国先生也。其指南梁,则以楚事为辞;言西魏,多以秦人为喻。念护军而悲济阳,愤正德而詈申子。有尚书之多算,而事异卧墙;有司徒之勤王,而身悲逐猎。《搜神记》之"五郡兄弟",梁家实有其班;《孝子传》之"三州父子",南国适符其数。喻王琳于陶侃,安用借资;比鸦仁于顾荣,空循伪迹。毕昂牛斗,原失计于武皇;神华龙荒,慨无谋于元帝。齐、秦交患,晋、郑焉依?陈人帝而凤飞,岳阳附而天醉。石头去矣,建业何路可归?鹑首剪诸,江陵无家可寄!拟《招魂》之作,魂兮归来,状《七哀》之诗,哀可知矣。

《哀江南赋序》称:"不无危苦之词,惟以悲哀为主。"予谓子山入关而后,其文篇篇有哀,凄怨之流,不独此赋而已。若夫《枯树》衔悲,殷仲文婆娑于庭树;《邛竹》寓愤,桓宣武赠礼于楚丘。《小园》岂是乐志之篇,《伤心》非为弱子所赋。《咏怀》之二十七首,楚囚若操其琴;《连珠》之四十四章,汉将自循其发。吴明彻乃东陵之故侯,萧世怡亦思归之王子。永丰和《言志》之作,武昌思食其鱼;观宁发《思旧》之铭,山阳凄闻其笛。何仆射还宅怀故,周尚书连句重别。张侍中藏舟终去,并尔述怀;元淮南宝鼎方归,犹惭全节。曾叨右卫,犹是故时将军;已筑仁威,尚赠南朝处士。徐孝穆平生旧友,一见长辞;王子珩故国忠臣,千行下泪。凡百君子,莫不哀其遇而悯其志焉。若夫《三春》《七夕》之章,《荡子》《鸳鸯》之赋,《灯》前可出丽人,《镜》中惟有好面,此当时宫体之文,而非仕周之所为作也。

西魏所国,本是秦都。南梁之伐,衅由安定。彼既变魏作周,此乃迁南事北。终年羁旅,荣期岂谓乐兹;匿怨而臣,丘明自然耻此。而乃形诸毫翰,托拟《风》《骚》。如《拟咏怀二十七首》有云:

"惜无万金产，东求沧海君。"又云："移住华阴下，终为关外人。"其悲愤皆此类也。昔谢灵运作诗有云："韩亡子房奋，秦帝鲁连耻。"当时称其异志。是以名士少有自全，文章之祸最酷。周之世宗、高祖、滕王、赵王，才藻所擅，既已并丽渊、云；披览之余，岂其独昏菽麦。明时不讳，其在此与？原其筑宫虚馆，有足称已。

江南竞写，曾与徐陵齐名；河北程才，独有王褒并埒。然而青衿初学，同时子服之班；白首无徒，且结桓谭之好。徐既未可齐驱，王亦安能并驾？是以写片石于温子，余则无人；类一语于吴均，终须削札。专标庾氏，百世无匹者也。

乞灵假宠，无非操我戈矛；异议高谈，倏尔纵其寻斧。文中以为其文"夸诞"，令狐谓之"词赋罪人"，彼既未许肩随，而乃骋其臆说。若夫非刘勰而《文心》，非钟嵘而《诗评》，品藻之说，人称屡中，踣驳之论，予曰未可。

舆图所载，在天有星辰分野，在地有山水阴阳。《禹贡》夏书，《职方》周氏，班考地理，彪志郡国。自此南游五马，北据黄龙，地形自尔剖分，州郡率多侨置。大抵前承汉、魏，后历隋、唐，以是循求，差足仿佛。自兹而降，多不雅驯。若夫山河屡异，陵谷几迁，虽使竖亥寻山，夸父逐日，今之所游，或非古处。笨伯之谈，争相标榜，以为古人某地即今某处，验诸前典，正复不然。是犹登华岳者，望蓬瀛以为途；适于越者，指沙漠而为路，求其合也，不亦远乎？有如"禀嵩、华之玉石，润河、洛之波澜"，此时尚住鄢陵；"居负洛而重世，邑临河而宴安"，然后迁居新野。"天关地轴"，以转其神华；"沙起柱飞"，以志其迁徙。"刺梁、益则汉武求仙，郡汉中而刘封失策"，序其往古之迹也；"赵王镇蜀则延阁丛台，齐王平邺则石间玉鼓"，称其前后所历也。冯翊、凉州，俱有"伏龙"；昆仑、霍山，各分"天柱"。言鄂坂而南北异途，并遂城而燕、韩易地。命赤山之泰岱，或借天孙；比太壹于金陵，同称地肺。"玉帐明月"，倡自简文之作,而知其必在江南;"虎踞龙盘",本出张勃之书,而或者妄称《蜀志》。又如张辽赤壁,葛诞丸都,则疑似之间也。目广汉为长松,指睢阳于宋国,则今古之别也。豫章统以历陵,而称历陵之木;滹沱在于安平,而号安平之河。凡此,实费搜求,敢云翔实乎?

《礼记》生而命名,史传兼称小字。中朝名宿,荀子、阿奴;南国词人,范摅、谢客。是以昔时王子,比之今我兰成;正如此日司徒,对以当年狐偃。若使连名引古,《点鬼之簿》何为?别体称今,《小名之录》已志。他如柳名申子,青州似彼齐奴;立字荀娘,文园亦称犬子。复有氏彼邑居,尊之茅土,张封壮武,羊邑南城。征南、镇北之名,护军、尚书之号,无非因事推详,本是随文称述。赋诗虽取断章,然一句而未尽一篇之文;《春秋》谓之书策,有季年而事循元年之例。总以触物而兴,不必类集一处。有如言无钟者,非为袭莒,称袭莒者,不说无钟;师兴而雨,非是围原,三日原降,何曾遇雨?空寻无射之书,辄废请雨之录。略言其一,余足见矣。古人惟取博通,后人止尚摽窃,蛩鄙之习,罄竹难书。盖类书盛行于唐、宋,而非庾氏之所为学也。

郊、丘本殊,祫、禘自别。昊天之下又有五天,而更祀其感生之天;四庙之上特立太庙,而别立以二祧之庙。此周制也。宇文氏入关以后,尚阙乐声。平荆以还,大获梁器。太祖始行《周礼》,武帝初造《山云》,制作议于卢辩诸人,文章出于庾信之手。盖当时上遵郑氏河北之学,徐遵明之遗训也。若夫七世之说,本是王肃之改称;九庙之制,亦自刘歆之诐说。尝案古文《尚书》,如《左传》所载杜氏称《逸书》者,真古文也,余皆诸子之学。《吕氏春秋》云:"《商书》曰:'五世之庙,可以观怪;万夫之长,可以生谋。'"高诱曰:"《逸书》。喻山大水大,生大物。庙者,鬼神之所在。五世久远,故于其庙观物之怪异也。"按《逸书》如此。自汉以后,皆习今文《尚书》,孔安国所注古文,遭巫蛊不传。肃党托言出自皇甫谧家,改易此文,以资难郑。若果七世观德，咸阳市门千金其两致乎？肃之妄也。若夫三庙不毁，与四亲庙而七，惟周始有其数。汉武喜功，实为流毒博而笃矣。予师韦公、刘歆取殡葬之期以应庙数，岂云得礼？王肃本此谀言，遂谓高祖之父、高祖之祖，共七庙而九。歆惟兹一时之议，肃则乱万世之经。后周宪章，其功大矣。六卷之文，或载辩于弁首，或附议于篇末，无非本诸经疏，未敢肆其笔端者也。

魏厘之冢，旧阙残编；鲁恭之壁，间多烂简。其或字本旧遗，义存原阙，至有虚虎三书，鲁鱼一变，或音同而字异，或半类而全非。如"二王""二郤""三清""四说"，谢中郎讥佞佛佞道，本是"二何"，舍利弗为大事因缘，殷勤三请，乃有讹为"二王"之音，易以"三清"字。"胡组"而书"故组"，"任咸"而误"任延"。"广汉流渥"，岂云"广莫之都"；"枝江有碑"，不混"板楯之弩"。虽还原字，仍定正文。其或疑不能判，并皆抄内，以备异闻。若乃纰缪显然，亦必矫正，以惩其误。至于一事所出，诸书并载，或此详而彼略，或先源而后委，要欲处处见之，非关重复也。又有一姓双名，两人同地。京兆有边凤继踵，或者即是子韶；塞库本王季所因，此乡亦留箕子。今虽无考，古或有书。诸所拟词，愧云笃论。即如蔚宗作书之始，两汉自有诸家；唐皇称制以前，二晋各有数本。先后既多异同，彼此互分详略，书之不传，亦有命也。予尝于《十七史》之外，欲遍勒诸史别部。荀悦、袁宏以下，惜未尽得其本。望中郎之尽与，是所愧心；假石琼于邻人，庶几免矣。

秦儒出谷，金镜又以数亡；汉简吹灰，珠囊几经重理。考艺文于《汉志》，或有未识其名；验经籍于《隋书》，焉能尽存其本。况复东宫抄撰，麟趾校书，俊迈绝伦，群书博览。求之当世，未窥半豹之斑；岂有后人，翻识全牛之体。百川皆到，非容测蠡而知；五技易穷，不过满腹而止。诸所阙疑，自安疏陋者也。

清陈祚明《采菽堂古诗选·庾信》

北朝羁迹,实有难堪。襄汉沦亡,殊深悲悋。子山惊才盖代,身坠殊方,恨恨如忘,忽忽自失。生平歌咏,要皆激楚之音,悲凉之调。情纷纠而繁会,意杂集以无端。兼且学擅多闻,思心委折,使事则古今奔赴,述感则方比抽新。又缘为隐为彰,时不一格,屡出屡变。汇彼多方,河汉汪洋,云霞蒸荡,大气所举,浮动毫端。故间秀句以拙词,厕清声于洪响。浩浩泹泹,成其大家。不独齐梁以来,无足限其何格;即亦晋宋以上,不能定为专家者也。至其琢句之佳,又有异者。齐梁之士,多以练句为工,然率以修辞矜其藻绘,纵能作致,不过轻清。夫辞非致则不睹空灵,致不深则鲜能殊创。《玉台》以后,作者相仍,所使之事易知,所运之巧相似。亮至阴子坚而极矣,稳至张正见而工矣!惟子山耸异搜奇,迥殊常格,事必远征令切,景必刻写成奇。不独蘦尔标新,抑且无言不警。故纷纷藉藉,名句沓来。抵鹊亦用夜光,摘蝇无非金豆。更且运以杰气,敷为鸿文,如大海回澜之中,明珠、木难、珊瑚、玛瑙,与朽株、败苇、苦雾、酸风,汹涌奔腾,杂至并出,陆离光怪,不可名状。吾所以目为大家,远非矜容饰貌者所能拟似也。审其造情之本,究其琢句之长,岂特北朝一人,即亦六季鲜俪。

庾开府诗如夏云随风,飘忽万变,以高山大泽之气,蒸为奇峰;五采矞皇,不可方物。而其中细象物形,如盖如布,如马如龙,叠如鱼鳞,曳如凤尾,殊姿谲诡,尽态极妍,分其寻长肤寸,皆足爱赏怡悦。

庾开府诗是少陵前模,非能青出于蓝,直是亦趋亦步,独当以他体之优见异耳!若五言、短律、长排及之为喜,不复可过。

清沈德潜《古诗源·庾信》

陈、隋间人。但欲得名句耳。子山于琢句中,复饶清气,故能拔出于流俗中，所谓轩鹤立鸡群者耶。○子山诗固是一时作手。以造句能新，使事无迹，比何水部似又过之。武陵陈胤倩谓少陵不能青出于蓝，直是亦步亦趋，则又太甚矣。名句如《步虚词》云："汉帝看桃核，齐侯问枣花。"《山池》云："荷风惊浴鸟，桥影聚行鱼。"《和宇文内史》云："树宿含樱鸟，花留酿蜜蜂。"《军行》云："塞迥翻榆叶，关寒落雁毛。"《法筵》云："佛影胡人记，经文汉语翻。"《酬薛文学》云："羊肠连九阪，熊耳对双峰。"《和人》云："早雷惊蛰户，流雪长河源。"《园庭》云："樵隐恒同路，人禽或对巢。"《清晨临泛》云："猿啸风还急，鸡鸣潮欲来。"《冬狩》云："惊雉逐鹰飞，腾猿看箭转。"《和人》云："络纬无机织，流萤带火寒。"《咏画屏》云："石险松横植，岩悬涧竖流。爱静鱼争乐，依人鸟入怀。"《梦入堂内》云："日光钗影动，窗影镜花摇。"少陵所云"清新"者耶？

清沈德潜《说诗晬语》

五言律，阴铿、何逊、庾信、徐陵已开其体；唐初人研揣声音，稳顺体势，其制乃备。

北朝词人，时流清响。庾子山才华富有，悲感之篇，常见风骨。尔时徐、庾并名，恐孝穆华词，瞠乎其后矣。

子山诗不专造句，而造句亦工。《步虚词》云："汉帝看桃核，齐侯问枣花。"《军行》云："塞迥翻榆叶，关寒落雁毛。"《从军》云："地中鸣鼓角，天上下将军。"《法筵》云："佛影胡人记，经文汉语翻。"《酬薛文学》云："羊胁连九阪，熊耳对双峰。"少陵所云清新者耶？而武林陈允倩谓老杜不能青出於蓝，直是亦步亦趋。未免扬许失实。

清全祖望《鲒埼亭外编》卷三十三《题哀江南赋后》

甚矣，庾信之无耻也。失身宇文，而犹指鹑首赐秦为天醉，信则已先天而醉矣,何以怨天?后世有裂冠毁冕之馀,蒙面而谈,不难于斥新朝颂故国以自文者,皆本之天醉之说者也。

清袁枚《随园诗话》

杜少陵平生最爱庾子山,故诗亦往往袭其调,如"风尘三尺剑,社稷一戎衣"之类,不一而足。

清李调云《雨村诗话》

庾子山诗,对仗最工,乃六朝而后转,五古为五律之始。其造句能新,使事无迹,比何水部似又过之。

《四库全书总目提要·集部·庾开府集笺注》

周庾信撰,国朝吴兆宜注。信,《周书》有传。然考集中辛成碑文,称"开皇元年七月某日,反葬河州"。则入隋几一载矣。信为梁元帝守朱雀航,望敌先奔。厥后历仕诸朝,如更传舍,其立身本不足重。其骈偶之文,则集六朝之大成,而导四杰之先路。自古迄今,屹然为四六宗匠。初在南朝,与徐陵齐名。故李延寿《北史·文苑传序》称:"徐陵、庾信,其意浅而繁,其文匿而采。词尚轻险,情多哀思。"王通《中说》亦曰:"徐陵、庾信,古之夸人也,其文诞。"令狐德棻作《周书》,至诋其"夸目侈于红紫,荡心逾于郑卫",斥为词赋之罪人。然此自指台城应教之日,二人以宫体相高耳。至信北迁以后,阅历既久,学问弥深,所作皆华实相扶,情文兼至。抽黄对白之中,灏气舒卷,变化自如,则非陵之所能及矣。张说诗曰:"兰成追宋玉,旧宅偶词人。笔涌江山气,文骄云雨神。"其推挹甚至。杜甫诗曰:"庾信文章老更成,凌云健笔意纵横。后来嗤点流传赋,不觉前贤畏后生。"则诸家之论,甫固不以为然矣。《北史》本传称有集二十卷,与周滕王逌之序合。《隋书·经籍志》作二十一卷,皆已久佚。倪璨《清閟阁集》有《与彛斋学士书》曰:"闻执事新收得《庾子山集》,在州郭时欲借以示仆,不时也。兹专一力致左右,千万暂借一观"云云。则元末明初尚有重编之本,今亦未见此本。虽冠以滕王逌序,实由诸书抄撮而成,非其原帙也。《隋书·魏澹传》称:"废太子勇命澹注《庾信集》。"其书不传。《唐志》载张廷芳等三家尝注《哀江南赋》,《宋志》已不著录。近代胡渭始为作注,而未及成帙。兆宜采辑其说,复与昆山徐树穀等补缀成编,粗得梗概。然六朝人所见之书,今已十不存一。兆宜捃摭残文,补苴求合,势不能尽详所出。如注《哀江南赋》"经邦佐汉"一事,引《史记索隐》误本,以园公为姓"庚",以四皓为汉相,殊不免附会牵合。后钱塘倪璠别为笺注,而此本遂不甚行。然其经营创始之功,终不可没。与倪注并录存之,亦言杜诗者不尽废千家注意也。兆宜字显令,吴江人,康熙中诸生。尝注徐、庾二集,又注《玉台新咏》《才调集》《韩偓诗集》。今惟徐、庾二集刊版行世。馀惟钞本仅存云。

《四库全书总目提要·集部·庾子山集注》

　　国朝倪璠撰。璠字鲁玉,钱塘人。康熙乙酉举人。官内阁中书舍人。是编以吴兆宜所笺《庾开府集》合众手以成之,颇伤漏略。乃详考诸史,作年谱冠于集首。又旁采博蒐,重为注释。其中如《小园赋》前一段本属散文,而璠以为用古韵,未免失之穿凿。《汉书·艺文志》《别栩阳赋》五篇,自是人姓名,而信《哀江南赋》乃云"栩阳亭有离别之赋"。唐山夫人《安世房中歌》"桂华"二字,自属篇名,"冯冯翼翼,承天之则"二句,乃下章之首,而信《黄帝云门舞歌》乃云"清野桂冯冯"。皆显然舛误。璠依违其词,不加驳正,亦失之附会。然比核史传,实较吴本为详。《哀江南赋》一篇,引据时事,尤为典核。集末《彭城公夫人尔朱氏墓志铭》《伯母东平郡夫人李氏墓志铭》并考核年月,证以《文苑英华》,知为杨炯之文误入信集。辨证亦颇精审,不以稍伤芜冗为嫌也。

《四库全书总目提要·集部·后周文纪》

明梅鼎祚编。……他如《庾信集》,中《春赋》《灯赋》之类,大抵在梁旧作,其入北以后诸篇,亦皆华实相扶,风骨不乏,故杜甫有"庾信文章老更成,凌云健笔意纵横"语。岂非黜雕尚朴,导之者有渐欤?无平不陂,无往不复,六朝靡丽之风,极而将返,实至周而一小振。未可以流传之寡,而忽之也。

《四库全书简明目录·集部·庾开府集笺注》

周庾信撰,国朝吴兆宜笺注。考倪瓒集,有与齐学士借《庾子山集》书,则信集在元末尚有传本,至明遂佚。此本盖从诸书钞撮,已非其旧。胡渭欲为作注而未竟,兆宜采其遗稿,与徐树毂等补缀成书。

《四库全书简明目录·集部·庾子山集注》

国朝倪璠撰。以吴兆宜所笺庾信集,出自众手,不免漏略,乃重为补葺。并作年谱,冠于前。虽稍伤冗漫,而于史事考证较详。其辨误收杨炯文二篇,亦颇为精审。

清孙梅《四六丛话·叙赋》

古赋一变而为骈赋,江、鲍虎步于前,金声玉润,徐、庾鸿骞于后,绣错绮文,固非古音之洋洋,亦未如律体之靡靡也。

清姚莹《论诗绝句六十首》

开府衰年北入齐,伤心到处觅诗题。何须更作《江南赋》,泪落长安《乌夜啼》。

清许梿《六朝文絜》

唐令狐德棻等撰信本传，诋为"淫放""轻险"、"辞赋罪人"，何愚不自量如此，诗家如少陵且推重，况模范是出者，安得不兆首邪。

清魏源《诗比兴笺·庾信诗笺》

令狐德棻撰《周书》，称子山文"淫放""轻险"、"辞赋罪人"。第指其少年宫体，齐名孝穆者耳。使其终处清朝，致身通显，不过黼黻雍容，赓和绮艳。遇合虽极恩荣，文章安能命世？而乃荆吴倾覆，关塞流离，家国俱亡，身世如梦。冰蘖之阅既深，艳冶之情顿尽。及乎周、陈继好，南人归南，复以惜才，独留不遣。视殷、徐之还故乡，如少卿之望属国，幡然断梗，终老关西。于是湘累之吟，包胥之哭，钟仪土风，文姬悲愤，苍然万感，并入孤衷。回首前修，始若隔世。固当六季寡俦，奚惟少穆却步。斯则境地之曲成，未为塞翁之不幸者也。或谓子山终餐周粟，未效秦庭。虽符麦秀之思，究惭采薇之操。然六季云扰，多士乌栖，康乐、休文，遗讥心迹。求其廉颇将楚，思用赵人，乐毅奔郸，不忘燕国者，又几人哉？首丘之思，亦可尚已。又考滕王逌作《庾子山集序》，称昔在扬都，有集十四卷，值乱不存。及到江陵，又有三卷，重遭兵火，一字无遗。今之所撰，止入魏以来，暨皇代所著述云云。则是早岁靡靡之南音，已烬于冥冥之劫火。世厄其遇，天就其名。少陵诗云："庾信文章老更成，暮年词赋动江关。"良有以也。

清刘熙载《艺概·诗概》

庾子山《燕歌行》开唐初七古，《乌夜啼》开唐七律，其他体为唐五绝、五律、五排所本者，尤不可胜举。

唐初四子，源出子山。观少陵《戏为六绝句》专论四子，而第一首起句便云"庾信文章老更成"，有意无意之间，骊珠已得。

清胡凤丹《六朝四家全集序》

鲍、谢、庾三家之诗,虽不及陶之质,而文则过之。老杜云:"陶谢不枝梧,风雅共推激。"又云:"清新庾开府,俊逸鲍参军。"夫以老杜为历朝诗圣,尚倾倒于陶、鲍、谢、庾四子,而啧啧称道弗衰,矧其后焉者乎!又况四子,不仅以诗鸣也。即其文,亦各垂不朽。若陶若谢,虽平生作诗较多,而集中文亦并载。鲍集文与诗半,庾集则诗居其三,而文居其七。其间惟陶文以质胜,鲍、谢、庾之文皆以文胜,殆各与其诗从同焉。

清李慈铭《书凌氏廷堪校礼堂集中书唐文粹文后》

苏、曾继起,道学踵兴,人习空言,以便枵腹,伸纸纵笔,遂成文章,不必排比为功,征引为博,雌黄枚、马,毛疵庾、徐,以齐梁人为小儿,呼南北史为秽籍,谬种沿袭,大言不惭。

清张之洞《读古人文集》

诗之名家,最煊赫者,六朝之陆、陶、鲍、庾。

清王寿昌《小清华园诗谈》

古人名句,如……庾子山之"荷风惊浴鸟,桥影聚行鱼""树宿含樱鸟,花留酿蜜蜂""早雷惊蛰户,流雪长河流"……皆高华名贵,可诵可法者。

佳句自来难得有偶,如……庾子山之"人衣香一园","城影入黄河",又《梅花》之"枝高出手寒"……之类,皆系兴会所至,偶然而得。强欲偶之,虽费尽苦思,终不能敌,是盖有不可以力争者。

钱锺书《谈艺录》九〇"庾子山诗"条

今传子山集,已绝非滕王逌之旧,在南篇什,亦经蒐拾,如和梁

433

简文帝《山池》《同泰寺浮屠等诗》,开卷皆是。倪鲁玉注子山集《题词》第一即言此,何得谓早作尽付寒灰乎?见存诗中,研字练句,如沈归愚《古诗源》所举"精丽圆妥"之联,居十之七八,几乎俯拾即是。若其语洗铅华、感深冰世蘖者,数既勿多,体亦未善。窃谓子山所擅,正在早年结习咏物写景之篇,斗巧出奇,调谐对切,为五古之后劲,开五律之先路。至于慨身世而痛家国,如陈氏所称《拟咏怀》二十七首,虽有肮脏不平之气,而笔舌木强,其心可嘉,其词则何称焉。盖六代之诗,深囿于妃偶之习,事对词称,德邻义比。上为"太华三峰",下必"浔阳九派",流弊所至,意单语复。《史通·叙事篇》所讥:"编字不只,捶句皆双,一言足为二言,三句分为四句。如售铁钱,以两当一",文若笔胥然。例如:"宣尼悲获麟,西狩泣孔丘""虽好相如达,不同长卿慢""千忧集日夜,万感盈朝昏""万古陈往还,百代劳起伏""多士成大业,群贤济洪绩"。彦和《丽词》笑为"骈枝",后来诗律病其"合掌"。子山此诗,抗志希古,上拟步兵,刮除丽藻,参以散句。而结习犹存,积重难革,失所依傍,徒成支弱。如"谁知志不就,空有直如弦""愤愤天公晓,精神殊乏少""对君俗人眼,真兴理当无""谁言梦蝴蝶,定自非庄周""古人持此性,遂有不能安""由来千种意,并是桃花源""怀生独悲此,平生何谓平""洛阳苏季子,连衡遂不连""寓卫非所寓,安齐独未安""吉人长为吉,善人终日善"。(按子山颇喜为此体,几类打诨。如《伤王司徒褒》云:"定名于此定,全德所以全",《伤心赋》云:"望思无望,归来不归。从宦非宦,归田不田。")皆稚劣是底言语。与平日之精警者迥异。其中较流利如"榆关断音信"一首,而"纤腰减束素,别泪损横波。恨心终不歇,红颜无复多"等语,亦齐梁时艳情别思之常制耳。若朴直凄壮,勿事雕绘而造妙者,如:"步兵未饮酒,中散未弹琴。索索无真气,昏昏有俗心""摇落秋为气,南风多死声""阵云平不动,秋蓬卷欲飞""残月如初月,新秋似旧秋""无闷无不闷,有待何可待。昏昏如坐雾,漫漫疑行海""壮冰初开地,盲风正折胶""其面虽可热,其心长自寒。匣中取明镜,披图自照看。幸无侵饿理,差有犯兵栏"。在二十七篇中寥寥无几。外惟《寄徐陵》云:"故人倘思我,及此平生时。莫待山阳路,空闻吹笛悲",沈挚质劲,语少意永,殆集中最"老成"者矣。子山词赋,体物浏亮、缘情绮靡之作,若《春赋》《七夕赋》《灯赋》《对烛赋》《镜赋》《鸳鸯赋》,皆居南朝所为。及夫屈体魏周,赋境大变,惟《象戏》《马射》两篇,尚仍旧贯。他如《小园》《竹杖》《邛竹杖》《枯树》《伤心》诸赋,无不托物抒情,寄慨遥深,为屈子旁通之流,非复荀卿直指之遗,而穷态尽妍于《哀江南赋》。早作多事白描,晚制善运故实,明丽中出苍浑,绮缛中有流转;穷然后工,老而更成,洵非虚说。至其诗歌,则入北以来,未有新声,反失故步,大致仍归于早岁之风华靡丽,与词赋之后胜于前者,为事不同。《总目》论文而不及诗,说本不误。陈氏所引杜诗,一见《咏怀古迹》"庾信哀时更萧瑟,暮年词赋动江关",一见《戏为六绝句》"庾信文章老更成,凌云健笔意纵横。今人嗤点流传赋,不觉前贤畏后生",皆明指词赋说。若少陵评子山诗,则《春日怀李白》固云:"清新庾开府。"下语极有分寸。杨升庵英雄欺人,混为一谈,陈氏沿袭其讹,不恤造作事实,良可怪叹。《总目》谓子山北迁以后,文遂与徐孝穆异格,亦未公允。……《提要》所云,亦隅见而非圆览也。子山以工于语言,世间有"罪人"之称,地狱亦断为罪人,作龟身受苦,令狐德棻岂亦死作阎罗耶?可发一笑。

研究论著论文索引

说明：日人樋口泰裕编有《庾信研究文献目录初稿》，上起1911年，下至2001年。今参考其中文部分，另据中国知网（CNKI）补入相关资料。

著　作

1. 庾信诗赋选，谭正璧、纪馥华撰，古典文学出版社1958年版
2. 庾子山集注，清倪璠注，许逸民校点，中华书局1980年版
3. 庾信选集，舒宝章选注，中州书画1983年版
4. 徐陵庾信骈文之比较研究，江菊松著，华正书局1983年版
5. 庾信生平及其赋之研究，徐东海著，文史哲出版社1984年版
6. 鲍照和庾信，刘文忠撰，上海古籍出版社1986年版
7. 望乡诗人庾信，钟优民撰，吉林大学出版社1988年版
8. 历史的庾信与庾信的历史，张鬻、曹萌撰，辽宁教育出版社1989年版
9. 庾信诗文选译，许逸民撰，巴蜀书社1991年版
10. 肠断江南——庾信与齐梁文士现象，牛贵琥撰，山西教育出版社1994年版
11. 庾信后期文学中乡关之思研究，李国熙著，文津出版社1995年版
12. 庾信传论，鲁同群撰，天津人民出版社1997年版
13. 庾信研究，林怡撰，人民文学出版社2000年版
14. 庾信集逐字索引，刘殿爵等编，中文大学出版社2000年版
15. 谢朓庾信及其他诗人诗文选评，杨明、杨焄撰，上海古籍出版社

2002年版
16. 庾信研究,徐宝余著,学苑出版社2003年版
17. 谢朓庾信诗选,杜晓勤注,中华书局2005年版
18. 庾信研究,吉定著,上海古籍出版社2008年版

论　　文

1911年

1. 李详. 庾子山哀江南赋集注[J]. 国粹学报,1911,07

1931年

1. 陈寅恪. 庾信哀江南赋与杜甫咏怀古迹诗[J]. 清华中国文学会月刊,1931,01

1933年

1. 黄汝昌. 庾子山之生平及其著作[J]. 南风,1933,08

1934年

1. 高步瀛. 哀江南赋笺(一)[J]. 师大月刊,1934,14

1935年

1. 高步瀛. 哀江南赋笺(二)[J]. 师大月刊,1935,18

1936年

1. 高步瀛. 哀江南赋笺(三)[J]. 师大月刊,1936,26

1941年

1. 陈寅恪. 读哀江南赋[J]. 清华学报,1941,13

1946年

1. 凡石. 赋文大手笔的徐陵和庾信[J]. 上海文化,1946,11

1958年

1. 姚谷良. 庾信[C]. 中国文学史论集,1958
2. 高海夫. 对《庾信诗赋选》的选文标准和序言的几点意见[N]. 光明日报,1958,9月28日

3. 潘辰．读《庾信诗赋选》[N]．光明日报，1958，9月28日

1959年

1. 刘开扬．论庾信及其诗赋[J]．文学遗产增刊，1959

1960年

1. 周法高．颜之推《观我生赋》与庾信《哀江南赋》之比较[J]．大陆杂志，1960，20

1962年

1. 王毓撰．爱国诗人庾信[N]．河南日报，1962，2月11日

1963年

1. 杨白桦．读《哀江南赋》及其序[J]．江海学刊，1963，08

1966年

1. 张可礼．如何评价庾信及其作品中的"故国之思"[J]．文史哲，1966，02：57—66．

1980年

1. 张明非．试论庾信及其"乡关之思"[J]．文学遗产，1980，03：20—25．
2. 顾竺．论庾信和他的诗赋[J]．徐州师范学院学报，1980，04：16—22+42．

1982年

1. 葛晓音．庾信的创作艺术[J]．中州学刊，1982，04：80—83．

1983年

1. 陈洪宜．庾信出使西魏始末考[J]．南京师大学报（社会科学版），1983，02：69—70．
2. 鲁同群．《庾信入北仕历及其主要作品的写作年代》[J]．文史，第十九辑

1984年

1. 沈家庄．枯树·暮年·南枝之思——庾信《枯树赋》新探[J]．湘

潭大学社会科学学报,1984,04:99－102.

2. 李岚.庾子山家世初论[J].汉中师院学报(哲学社会科学版),1984,02:49－54.

1985 年

1. 陈光明.略论庾信的《枯树赋》[J].湘潭大学学报(语言文学),1985,S2:41－43.

2. 加藤国安.论杜甫的创作与庾信的关系[J].辽宁师范大学学报,1985,01:39－44+22.

1986 年

1. 阎采平.论庾信后期诗歌创作的特点及其发展[J].湘潭大学学报(中国古典文学论集),1986,S1:29－34.

2. 宋振华.从庾信《春赋》中的对偶谈到修辞[J].东北师大学报,1986,01:67－74+97.

3. 牛贵琥.庾信"乡关之思""位望通显"辨析[J].山西大学学报(哲学社会科学版),1986,04:62－67.

4. 李岚.庾信晚期文学探源[J].汉中师院学报(哲学社会科学版),1986,03:41－61.

5. 钟优民.庾信思想三题[J].学术月刊,1986,08:45－50.

6. 屠建业.应充分肯定庾信在中国文学史上的地位[J].黄冈师专学报,1986,01:18－24.

7. 钟优民.庾信文学思想初探[J].社会科学战线,1986,04:258－265.

8. 刘文忠.《庾信前期作品考辨》[J].文史,第二十七辑

1987 年

1. 何宜冈.也谈庾信的《拟咏怀》诗——兼与凌迅同志商榷[J].人文杂志,1987,01:112－117.

2. 李正春.论庾信的赋[J].铁道师院学报,1987,03:66－74+8.

3. 钟优民. 论庾信的文学成就[J]. 吉林大学社会科学学报,1987,03:72—77.
4. 杜青山,刘秀梅. 庾信评传[J]. 南都学坛,1987,04:70—77.
5. 张宏义. 略论庾信的《小园赋》[J]. 驻马店师专学报(社会科学版),1987,01:16—19.

1988 年

1. 周广璜. 穷缘情之绮靡——试论庾信后期诗赋的抒情特色[J]. 中州学刊,1988,05:80—82.
2. 李岚. 庾信晚期审美思想初探[J]. 北京师院学报(社会科学版),1988,01:46—52.
3. 李岚. 谁谓古今殊异代可同调——庾信与杜甫关系新探[J]. 中国人民大学学报,1988,05:54—60.
4. 刘志伟. 从庾信看北朝后期的文人"节操"问题[J]. 兰州大学学报,1988,01:62—67.
5. 李贵. 略论庾信及其诗赋评价问题[J]. 内蒙古民族师院学报(社会科学汉文版),1988,02:43—48.
6. 钟优民. 枯木期填海,青山望断河——论庾信作品和人格[J]. 文学评论,1988,01:143—151.

1989 年

1. 程新. 庾信[J]. 南都学坛,1989,02:121.
2. 吴先宁. 北方文风和庾信后期创作[J]. 厦门大学学报(哲学社会科学版),1989,01:55—60.
3. 陈宜洪. 庾信《小园赋》赏析[J]. 名作欣赏,1989,02:14—17.
4. 王立. 颜之推其人及文学观试探——兼与庾信比较[J]. 汉中师院学报(哲学社会科学版),1989,03:40—45.

1990 年

1. 祝凤梧. 庾信后期诗赋的美学特征[J]. 湖北大学学报(哲学社

会科学版),1990,06:87－92.

2. 鲁同群.庾信在北朝的真实处境及其乡关之思产生的深层原因[J].南京师大学报(社会科学版),1990,01:24－29.

3. 吴先宁.乡关之思和隐遁之念——庾信后期作品两大主题论析[J].辽宁大学学报(哲学社会科学版),1990,04:75－78.

4. 周晓琳.论庾信后期诗赋的情感模式[J].四川师范学院学报(哲学社会科学版),1990,04:54－61.

1991年

1. 吴先宁.庾信《园庭》等七诗作年考[J].文学遗产,1991,03:101－102.

2. 李小梅.庾信作品中的爱国主义思想[J].青海民族学院学报,1991,03:59－62.

3. 陈信凌.庾信后期诗赋的美学风貌[J].南昌大学学报(人文社会科学版),1991,02:52－57.

1992年

1. 王则远.荣贵一世萧瑟平生——庾信生平及思想述评[J].齐齐哈尔师范学院学报(哲学社会科学版),1992,05:73－79.

2. 黄样兴."辞赋之罪人"与"四六宗臣"——评庾信在赋体文学发展史上的地位[J].上饶师专学报,1992,01:33－37.

3. 陈泗芬.庾信两篇赋的写作时间考辨[J].湖州师专学报,1992,02:62－66＋77.

1993年

1. 王则远.庾信诗歌表现艺术新探[J].学术论坛,1993,04:47－51.

2. 王则远.情真意挚平易深切——浅谈庾信的赠别寄远诗[J].齐齐哈尔师范学院学报(哲学社会科学版),1993,04:50－52.

1994 年

1. 陈洪林．庾信诗歌原型意象探微[J]．福建体育学院学报，1994，Z1：97－99．
2. 陈信凌．庾信"乡关之思"新论——兼谈庾信的人格评价[J]．南昌大学学报（社会科学版），1994，01：113－117．
3. 吴相洲．庾信杜甫老成境界之比较[J]．内蒙古大学学报（哲学社会科学版），1994，02：58－64．
4. 刘志伟．走向文化反思的逻辑起点——从庾信看由南入北文士的文化幻灭感[J]．西北师大学报（社会科学版），1994，01：40－46．
5. 臧清．枯树意象：庾信在北朝[J]．中国文化研究，1994，02：69－75＋6．
6. 周悦．论庾信的骈文[J]．中国文学研究，1994，02：61－66．
7. 王则远．试谈庾信诗歌创作中的表象联想[J]．内蒙古师大学报（哲学社会科学版），1994，01：42－48．
8. 王则远，李实．健笔凌云意气纵横——略谈庾信的七言歌行[J]．齐齐哈尔师范学院学报（哲学社会科学版），1994，05：42－46．
9. 叶树发，杜华平．庾子山诗风格论[J]．江西社会科学，1994，11：106－110．

1995 年

1. 矢嶋美都子．关于庾信"游仙诗"中所表现的"藤"——从葛藟到紫藤[J]．北京大学学报（哲学社会科学版），1995，05：112－116．
2. 刘志伟，康元晧．"不无危苦之辞，惟以悲哀为主"——试论庾信后期的文学理论主张[J]．甘肃社会科学，1995，03：61－63＋71．
3. 刘思刚，刘长寿．庾信：南北民族文化融合中的"文化特使"[J]．四川师范学院学报（哲学社会科学版），1995，02：57－61．
4. 吉定．试析庾信秋景诗赋中的情感表现[J]．南通师专学报（社会科学版),1995,04:16－20.

5. 陈华锦.论庾信《拟咏怀》之愁[J].苏州教育学院学报,1995,04:28－30.

6. 李世琦,高建新.庾信入北朝后的生活与创作[J].语文学刊,1995,06:1－4.

1996 年

1. 杜晓勤.庾信、杜甫诗歌集大成之比较[J].陕西师范大学学报(哲学社会科学版),1996,03:37－42+175.

2. 林怡.论庾信的"和诗"[J].福建论坛(文史哲版),1996,02:14－18.

3. 樊运宽.论庾信后期骈文的特色[J].广西师范大学学报(哲学社会科学版),1996,01:47－52.

4. 张喜贵.寻找精神家园:庾信在北朝[J].固原师专学报,1996,04:11－14.

5. 赵海岭.庾信抒情赋的贡献[J].青岛大学师范学院学报,1996,03:38－42.

6. 张喜贵.庾信诗赋中悲秋心理透视[J].西北第二民族学院学报(哲学社会科学版),1996,02:37－40.

7. 林怡.从天堂到炼狱——庾信诗文及其心路历程[J].古典文学知识,1996,05:79－84.

8. 宋大声.庾信文章老更成浅评《马少波近作选》中的部分剧作[J].剧本,1996,06:53+68.

9. 一韦.一曲"悲身世""念王室"的哀歌——庾信《哀江南赋序》赏读[J].中文自修,1996,05:20－21.

10. 林怡.虚实相生诗之至也——读庾信诗《奉和山池》、《奉和示内人》[J].文史知识,1996,01:22－24.

11. 张喜贵.庾信和镜[J].文史知识,1996,05:118－119.

12. 张仲谋. 庾信与李陵[J]. 文史知识,1996,12:78-80.

1997 年

1. 陈信凌."穿过象征的森林"——置于一个特定视野下的庾信四赋[J]. 南昌大学学报(社会科学版),1997,03:76-81.

2. 张帆. 杜甫与庾信恋乡情结之比较[J]. 成都师专学报,1997,04:14-19.

3. 杨静. 庾信"凌云健笔"成因新论[J]. 广西师范大学学报(哲学社会科学版),1997,01:46-51.

4. 习毅. 庾信晚期文风之变[J]. 河北大学学报(哲学社会科学版),1997,02:12-17.

5. 靳启华. 试论庾信前后期诗歌创作的一致性[J]. 岱宗学刊,1997,01:37-40.

1998 年

1. 林怡. 论庾信对植物意象的应用——以"桂"为例[J]. 福建师范大学学报(哲学社会科学版),1998,03:61-66.

2. 张可礼.《庾信研究》评荐[J]. 福建师范大学学报(哲学社会科学版),1998,04:130-131.

3. 林怡."气势美"和"辞藻美"的统一——综论庾信作品的语言艺术[J]. 福建论坛(文史哲版),1998,04:70-71.

4. 靳启华. 诗的赋化与赋的诗化——庾信诗赋创作艺术新论[J]. 怀化师专学报,1998,03:42-45.

5. 靳启华. 含吐性灵以情为宗——庾信赋抒情性评析[J]. 泰安师专学报,1998,04:33-35.

6. 张喜贵,寇英菲. 羁旅心态与庾信后期创作之关系[J]. 无锡教育学院学报,1998,01:32-35.

7. 靳启华. 庾信诗歌前后期一致性探析[J]. 云梦学刊,1998,03:48-50+95.

8. 靳启华．也谈诗的赋化与赋的诗化——庾信诗赋创作艺术论[J]．山东教育学院学报，1998，01：31－35．

9. 陈庆元．闺中怨曲七言律祖——读庾信《乌夜啼》[J]．古典文学知识，1998，02：33－35．

10. 陈庆元．柔媚与刚健——庾信《春赋》与《三月三日华林园马射赋》比较[J]．文史知识，1998，02：39－42．

11. 朴汉济．南北朝末羁旅诗人庾信之轨迹——与颜之推的情况比较[A]．中国魏晋南北朝史学会、江苏省社会科学院、南京博物院、南京市文物局、江苏省六朝史研究会．六朝文化国际学术研讨会暨中国魏晋南北朝史学会第六届年会论文集[C]．中国魏晋南北朝史学会、江苏省社会科学院、南京博物院、南京市文物局、江苏省六朝史研究会，1998，06．

1999 年

1. 靳启华．论庾信的赋[J]．楚雄师专学报，1999，01：46－50．

2. 江振华．情文兼至俳赋典范——浅谈庾信的赋作[J]．三明职业大学学报，1999，S2：30－33．

3. 张喜贵．自我灵魂的审判——论庾信后期创作中的忏悔心态[J]．无锡教育学院学报，1999，03：14－16．

4. 任振镐．深沉凄切韵长旨远——从《哀江南赋》看庾信的创作手法[J]．烟台师范学院学报（哲学社会科学版），1999，04：30－34＋64．

2000 年

1. 牛贵琥．庾信入北的实际情况及与作品的关系[J]．文学遗产，2000，05：33－41＋142．

2. 林怡．庾信作品考辨二则[J]．文学遗产，2000，05：116－118．

3. 林怡．庾信《哀江南赋》创作时间新考[J]．中国典籍与文化，2000，04：18－21．

4. 李义活. 庾信诗之用韵研究[J]. 古籍整理研究学刊,2000,03：49-55.
5. 张喜贵. 羁旅心态与庾信后期创作之关系[J]. 云梦学刊,2000,05:61-63+105.

2001 年

1. 姜必任. 庾信对北朝文化环境的接受[J]. 文学遗产,2001,05：11-21+142.
2. 张喜贵. 庾信作品中的女性题材论略[J]. 学术交流,2001,06：131-134.
3. 曾肖. 庾信入北仕周的心态辨析——兼论其"乡关之思"的复杂性[J]. 广西师范大学学报(哲学社会科学版),2001,03:54-57.
4. 杨尚梅. 节操意识:庾信后期情性之作主题解读[J]. 三峡大学学报(人文社会科学版),2001,04:44-47.
5. 侯发迅. 阮籍《咏怀》诗与庾信《拟咏怀》诗比较[J]. 河南广播电视大学学报,2001,01:20-21+19.
6. 于浴贤. 老树新花愈显沃若——评《庾信研究》[J]. 苏州大学学报,2001,04:140-141.
7. 张喜贵. 创伤记忆与庾信后期的创作[J]. 西北第二民族学院学报(哲学社会科学版),2001,03:89-93.
8. 李文才. 庾信所撰碑铭史实考索及其意义[J]. 许昌师专学报,2001,03:52-55.
9. 贺劼. 忧从中来不可断绝——从《小园赋》看庾信的艺术成就[J]. 宿州教育学院学报,2001,03:23-25+19.
10. 吉定. 庾信诗《集周公处连句》中"周公"辨正[J]. 文献,2001,03:278-280.
11. 秦卫明. 怨复怨兮远山曲去复去兮长河湄——庾信《重别周尚书》(选一)赏析[J]. 古典文学知识,2001,04:11-12.

12. 王晓鹏.《庾子山集》版本的整理与考订[J]. 西北师大学报(社会科学版),2001,02:12-17.

2002 年

1. 吉定. 庾信诗《集周公处连句》中"周公"辨正[J]. 文学遗产,2002,02:114-115.
2. 许宛春. 庾信作品中的"树"意象[J]. 南都学坛,2002,05:117.
3. 张黎明. 庾信与贞观文人的宫廷创作[J]. 齐齐哈尔大学学报(哲学社会科学版),2002,03:43-46.
4. 张朝富. 论庾信诗文的修辞艺术[D]. 广西师范大学,2002.
5. 张黎明. 庾信仕北时期的心路历程与诗赋创作[D]. 黑龙江大学,2002.

2003 年

1. 吉定. 毛泽东与庾信的《枯树赋》[J]. 名作欣赏,2003,12:99-100.
2. 王茂福. 庾信赋倪注辨误十例[J]. 文艺研究,2003,04:159-160.
3. 杨尚梅. 庾信后期节操意识的影响因素及其评价[J]. 荆州师范学院学报,2003,04:22-23+56.
4. 吉定. 庾信的后期文学观[J]. 南通师范学院学报(哲学社会科学版),2003,04:57-60.
5. 杨尚梅. 庾信节操意识溯因[J]. 培训与研究(湖北教育学院学报),2003,01:9-12.
6. 侯云龙. 庾信行事作品系年[J]. 吉林师范大学学报(人文社会科学版),2003,06:67-70.
7. 杨尚梅."庾台寺"及庾信是否信佛考辨[J]. 湖北职业技术学院学报,2003,03:32-34.
8. 张苏榕. 从文化精神论庾信后期的愧悔心态[J]. 盐城工学院学

报(社会科学版),2003,03:33－35.

9. 牛贵琥.由乡关之思看庾信王褒的不同兼论其原因[J].民族文学研究,2003,04:107－111.

10. 赵晶.庾信赋思想内容浅论[J].北京林业管理干部学院学报,2003,01:45－48.

11. 刘勇刚.论夏完淳的《大哀赋》——以庾信的《哀江南赋》为比较对象[J].南阳师范学院学报(社会科学版),2003,11:79－82.

12. 姚圣良.试论庾信前后期对《楚辞》的不同认识和继承——兼论庾信后期文风的转变[J].通化师范学院学报,2003,03:62－66.

13. 顾农.《枯树赋》:庾信的哀叹和希冀[J].古典文学知识,2003,04:15－17.

14. 萧华荣,李尊杰.南北朝·庾信《重别周尚书》[J].中学生阅读(高中版),2003,11:42－43.

15. 李晓玲.庾信"乡关之思"析论[D].西北大学,2003.

2004 年

1. 宋健.再论南北朝文化对庾信文学影响的几个问题[J].湖北社会科学,2004,03:136－137.

2. 张黎明,李艳."求官"于北周——庾信建德间诗歌创作辨析[J].齐齐哈尔大学学报(哲学社会科学版),2004,03:57－58.

3. 矢嶋美都子.新野庾氏与颍川庾氏关系考——以对庾信《哀江南赋》之"我之掌庾承周"的考察为中心[J].长江大学学报(社会科学版),2004,02:1－6.

4. 龚贤.论庾信前期赋风[J].贵州大学学报(社会科学版),2004,01:87－89.

5. 张朝富,殷亚林.庾信诗歌词复句法探论[J].齐齐哈尔大学学报（哲学社会科学版），2004，04：6－8.

6. 阮璐．庾信的"酒诗"[J]．河池学院学报（社会科学版），2004，05：46－49.

7. 陈丽钦．试论庾信前后期诗歌内容和风格的变化[J]．戏剧文学，2004，09：75－77.

8. 张朝富．庾信诗歌"示现"修辞法及其影响略论[J]．牡丹江师范学院学报（哲学社会科学版），2004，06：8－10.

9. 杨其宗，张逸．悲怆凄凄知音哀哀——庾信《枯树赋》赏析[J]．阅读与写作，2004，03：20－21.

10. 艾群．论庾信作品的多元美学追求[D]．东北师范大学，2004.

2005 年

1. 龚贤．庾信诗创作的绘画美[J]．写作，2005，05：7－9.

2. 张黎明．庾信集版本考订[J]．北京科技大学学报（社会科学版），2005，03：95－98.

3. 冷卫国．合南北文学之两长——庾信辞赋及其辞赋观的先导意义[J]．中国海洋大学学报（社会科学版），2005，05：70－74.

4. 赵树功．《中国古籍善本书目》收王闿运注释庾信《哀江南赋》纠谬——兼论《哀江南赋》注释的基本源流[J]．南昌大学学报（人文社会科学版），2005，05：106－108.

5. 崔玲．麦积山与庾信铭文[J]．社科纵横，2005，05：164－165＋167.

6. 王志清．庾信乐府诗创作与北朝历史文化之关系[J]．大同职业技术学院学报，2005，04：34－36.

7. 牛贵琥．金初耆旧作家与庾信之比较[J]．山西大学学报（哲学社会科学版），2005，01：52－56.

8. 曹萌．历代庾信批评述论[J]．东南大学学报（哲学社会科学版），2005，02：81－89＋127.

9. 徐宝余."清新庾开府"义解——李白与庾信[A].中国李白研究会、新疆师范大学、伊犁师范学院.中国李白研究(2005年集)——中国李白研究会第十一次学术研讨会论文集[C].中国李白研究会、新疆师范大学、伊犁师范学院,2005,12.

2006年

1. 周晓英.论庾信的自卑与超越[J].涪陵师范学院学报,2006,01:71-74.
2. 罗玲云.庾信与《左传》[J].牡丹江教育学院学报,2006,02:8+11.
3. 林怡.庾信"性灵说":中国个体诗学与"文的自觉"的成熟标志——兼议"性灵说"与中国诗学的主体间性[J].苏州大学学报,2006,02:65-67.
4. 卞东波.庾信《愁赋》考论[J].中国典籍与文化,2006,02:75-79.
5. 艾初玲.怀秋独悲此,平生何谓平——略论庾信对宋玉"悲秋"情结的继承和发展[J].船山学刊,2006,03:115-117.
6. 周悦.庾信创作中的道家文化取向[J].中国文学研究,2006,04:74-75+103.
7. 刘雅娇.庾信的"善《左传》"[J].柳州师专学报,2006,04:12-15.
8. 王培军.庾信《愁赋》考[J].词学,2006,00:333-335.
9. 刘雅娇.从《竹杖赋》解读庾信入北后对仕途的看法[J].现代语文,2006,05:41-43.
10. 鲁国尧."庾信平生最萧瑟,暮年诗赋动江关"——序秋枫、潘慎《诗韵词律》[J].文化月刊(诗词版),2006,01:110-115.
11. 吉定.庾信及其文学作品研究[D].上海师范大学,2006.
12. 周晓英.论庾信的自卑心态及悲剧意识[D].西南大学,2006.

2007 年

1. 关永利. 庾信的入北经历及其边塞诗创作[J]. 井冈山学院学报,2007,02:69—73.

2. 宋健. 论庾信后期诗作的复变[J]. 重庆社会科学,2007,01:69—72.

3. 李少花. 试论宋玉感伤主义文学传统对庾信后期文学创作的影响[J]. 湖南科技学院学报,2007,01:40—43.

4. 周悦. 庾信创作中的儒家文化取向[J]. 中国文学研究,2007,01:56—59.

5. 黄蕾. 穷者欲达其言劳者须歌其事——庾信流寓创作的悲伤苦痛与自我解救[J]. 和田师范专科学校学报,2007,01:117—118.

6. 陈志平. 庾信别周弘正诗系年考误[J]. 嘉应学院学报,2007,01:67—69.

7. 吉定. 世纪回眸:庾信研究的回顾与展望(上)[J]. 南阳师范学院学报,2007,04:41—45.

8. 梁平. 从女性形象看庾信作品风格之转变[J]. 濮阳职业技术学院学报,2007,02:60—61.

9. 胡政. 论庾信与西魏北周文学的发展[J]. 黔南民族师范学院学报,2007,02:15—18.

10. 王志清. 论庾信"道士步虚词十首"的道曲渊源与文人化特点[J]. 山西师大学报(社会科学版),2007,03:54—57.

11. 吉定. 世纪回眸:庾信研究的回顾与展望(下)[J]. 南阳师范学院学报,2007,05:56—62.

12. 陈磊. 略论北朝文风对庾信诗歌创作之影响[J]. 科教文汇(上旬刊),2007,08:155—156.

13. 张喜贵. 论庾信作品对李陵的接受[J]. 吉林省教育学院学报,

2007,06:60—62.

14. 陈磊. 尘满愁绪落花路——由庾信暮年诗看仕北文人归栈心境[J]. 安徽文学(下半月),2007,08:73—74.

15. 樊昕. 庾信《步虚词》的宗教渊源及其文学特点[J]. 南京师范大学文学院学报,2007,02:14—17.

16. 李慧,刘凯. 庾信及魏晋南北朝墓志与韩愈及唐墓志之比较[J]. 西安交通大学学报(社会科学版),2007,05:91—96.

17. 张黎明. 庾信诗赋中"隐遁之念"辨析[J]. 哈尔滨工业大学学报(社会科学版),2007,04:137—140.

18. 吉定. 庾信作品中的秋意象[J]. 南通大学学报(社会科学版),2007,06:37—42.

19. 周晓英,杨雪梅. 庾信自卑心态探源[J]. 黔南民族师范学院学报,2007,05:8—12.

20. 刘凤祥. 占尽风情向小园——庾信《小园赋》鉴赏[J]. 现代语文(教学研究版),2007,12:57.

21. 殷志芳. 论庾信创作对《楚辞》的接受[D]. 陕西师范大学,2007.

22. 焦燕. 庾信诗赋意象论[D]. 陕西师范大学,2007.

23. 王维民. 庾信赋研究[D]. 首都师范大学,2007.

2008 年

1. 卢忠胜. 从《哀江南赋》看庾信的功业意识[J]. 陕西教育(高教版),2008,02:87.

2. 罗书华. 庾信颜之推散文学合论[J]. 人文杂志,2008,01:135—138.

3. 胡中山. 庾信其人及其仙道诗歌[J]. 徐州师范大学学报(哲学社会科学版),2008,06:7—11.

4. 魏宏利. 试论庾信碑志创作的艺术特色[J]. 安康学院学报,2008,06:49—52.

5. 朱晓海.庾信《杨柳歌》释论[J].古典文献研究,2008,00:152-187.

6. 蒙丽静,赵晓洁.庾信由南入北后的心态变化分析[J].山西大同大学学报(社会科学版),2008,01:23-26.

7. 张喜贵.庾信与王褒羁旅体验之比较[J].学术交流,2008,03:151-154.

8. 张赛贤."诗意栖居"与"心灵遮蔽"——庾信诗歌的写作文化分析[J].绵阳师范学院学报,2008,04:42-47.

9. 李贵银.庾信碑志文浅议[J].辽宁大学学报(哲学社会科学版),2008,05:40-45.

10. 张鹏,韩理洲.庾信作品编年二则[J].西北大学学报(哲学社会科学版),2008,05:107-109.

11. 张苏榕.论庾信与吴伟业的精神契合[J].盐城工学院学报(社会科学版),2008,03:39-42.

12. 李伟兵.庾信骈赋"使事无迹"探[J].沈阳大学学报,2008,05:81-83+87.

13. 何锡光.宇文觉非庾信《集周公处连句》诗之"周公"辨[J].作家,2008,22:139.

14. 李文海.自我存在意义的否定——浅析庾信诗文苍凉悲哀的原因[J].语文学刊,2008,22:63-64.

15. 陈丕武.庾信诗《集周公处连句》中"周公"考证补充[J].语文学刊,2008,09:44-45.

16. 张云娟.庾信文章老更成[J].作文世界(中学版),2008,07:93-96+60.

17. 吴平平.美丽与哀愁——庾信《小园赋》创作主旨考及艺术赏析[J].语文学刊,2008,20:84-85.

18. 赵琳琳.跨逾南北清新老成[D].华侨大学,2008.

19. 郑颖. 庾肩吾、庾信父子诗歌的比较研究[D]. 贵州大学,2008.
20. 阎凤伶. 庾信启文研究[D]. 辽宁师范大学,2008.

2009年

1. 吴栓虎. 略论北朝环境对庾信后期诗歌创作的影响[J]. 内蒙古大学学报(哲学社会科学版),2009,01:9—13.
2. 周晓英. 论庾信的悲剧意识[J]. 濮阳职业技术学院学报,2009,02:92—93.
3. 史云飞. 浅析庾信作品中的鹤意象[J]. 科教文汇(下旬刊),2009,05:218.
4. 贾兵. 五帝祭祀歌词考略——兼谈庾信雅乐歌词的创作才能[J]. 濮阳职业技术学院学报,2009,04:83—86.
5. 何世剑. 二十世纪以来庾信研究综论[J]. 宝鸡文理学院学报(社会科学版),2009,04:32—40.
6. 马千. 庾信《哀江南赋》的修辞特色与写作风格[J]. 工会论坛(山东省工会管理干部学院学报),2009,04:169—170.
7. 王洪军. 入北后的哀音——陆机、庾信后期赋中的乡关之思比较[J]. 哈尔滨学院学报,2009,09:100—104.
8. 陈小燕. 庾信对陶渊明的接受初探[J]. 青年文学家,2009,09:40+46.
9. 丁红旗. 长安的明月——读庾信《哀江南赋》[J]. 文史知识,2009,08:38—43.
10. 李鹏飞. "宛转相生,逢原皆给"——析庾信的《燕歌行》[J]. 文史知识,2009,08:32—37.
11. 吴凤玲. 论庾信后期创作中的"悲苦"类意象[J]. 作家,2009,24:119—120.
12. 杨泽霞. 从"庾信文章老更成"看杜甫对庾信的接受[J]. 考试周刊,2009,12:26—27.

13. 陈亦桥．历代诗话视野中的庾信诗歌接受史[D]．贵州大学,2009．

14. 朱琳．庾信铭文研究[D]．辽宁大学,2009．

15. 张赛贤．当代写作学视野下的庾信诗赋研究[D]．四川师范大学,2009．

16. 吉定．回顾与展望:庾信研究六十年[A]．南京师范大学社会发展学院、江苏省六朝史学会、南京历史学会、南京师范大学六朝历史文化研究所．建国六十年来六朝史研究的回顾与展望学术研讨会论文集[C]．南京师范大学社会发展学院、江苏省六朝史学会、南京历史学会、南京师范大学六朝历史文化研究所,2009,19．

17. 严正道．《庾子山集注》诗一首存疑[J]．沧桑,2009,04:232．

2010年

1. 何世剑．论李白对庾信诗赋的承传接受[J]．中国文化研究,2010,01:102－110．

2. 曹颂今．飘零无寄处,感荡有吾身——庾信《枯树赋》赏析[J]．名作欣赏,2010,05:29－31．

3. 张喜贵．地域文化与庾信创作之关系[J]．船山学刊,2010,01:141－144．

4. 何世剑．庾信诗文接受及其当代意义[J]．南昌大学学报(人文社会科学版),2010,02:108－113．

5. 张苏榕．从庾信仕进与归隐间的徘徊论其人格的矛盾性[J]．盐城工学院学报(社会科学版),2010,01:40－42．

6. 李长庚．谢朓与庾信对唐诗影响之比较[J]．陕西广播电视大学学报,2010,01:40－42．

7. 曹萌．庾信与"徐庾体"的关系[J]．牡丹江师范学院学报(哲学社会科学版),2010,02:23－27．

8. 严铭．略论杨慎对庾信诗风的接受[J]．成都大学学报(社会科学版),2010,03:69—70.
9. 孙明君．庾信后期政治抉择中的矛盾性[J]．北京大学学报(哲学社会科学版),2010,03:12—19.
10. 吴瑞侠．庾信诗歌作品考辨[J]．宿州学院学报,2010,04:67—70.
11. 胡政．论庾信入北后创作中的意象[J]．河北工程大学学报(社会科学版),2010,02:99—100.
12. 徐路军．试论章学诚对庾信诗的"误读"[J]．大众文艺,2010,13:98.
13. 黄莹．酒中天地宽:庾信诗中的酒意象分析[J]．名作欣赏,2010,23:16—19.
14. 孙明君．庾信《哀江南赋》中的士族特色[J]．殷都学刊,2010,03:106—110.
15. 周悦．论庾信入北儒士情愫的复归[J]．湖南师范大学社会科学学报,2010,04:111—115.
16. 何世剑．《庾信集》佚文辨正三则[J]．文学遗产,2010,05:35.
17. 周广璜."融会异同,混合古今"——庾信用典艺术发覆[J]．文史哲,2010,05:41—52.
18. 吴瑞侠．庾信诗歌佚句考辨[J]．合肥学院学报(社会科学版),2010,05:69—70+74.
19. 郭鹏．论北周赵王、滕王与庾信的文学交往对南北文风融合的表率与策动[J]．民族文学研究,2010,04:138—143.
20. 赵沛霖．庾信山水诗的世俗化及其意义和影响[J]．上海师范大学学报(哲学社会科学版),2010,05:55—64+123.
21. 吴瑞侠．庾信交游资料考辨[J]．宿州学院学报,2010,10:70—72.
22. 张喜贵．谁谓古今殊异代可同调——庾信与陆机入北体验之比较[J].学术交流,2010,11:154-158.

23. 吴怀东."异代可同调"——杜甫师承庾信诗法之一例[J].淮南师范学院学报,2010,06:18-20.

24. 程平.试论庾信后期诗赋的抒情特色[J].长城,2010,02:61-62.

25. 张宗刚.庾信文章老更成朱增泉散文解读[J].神剑,2010,02:143-159.

26. 张婷婷.杜甫的枯树诗与庾信的枯树赋[J].语文学刊,2010,11:93-94.

27. 李鹏飞."求之六朝岂易得,去矣千秋不足论"——庾信诗文的艺术创新[J].文史知识,2010,07:11-17.

28. 张珂."柳腰"与庾信[J].文史知识,2010,07:127-130.

29. 程果兰.庾信创作风格探析[J].当代小说(下),2010,06:29.

30. 武育新.酒趣·寄情——庾信与酒之关系略论[J].中学语文,2010,18:108-110.

31. 萧含.《孤鹜已远》连载凌云健笔意纵横——谢朓与庾信(一)[J].学苑教育,2010,23:64.

32. 萧含.《孤鹜已远》连载凌云健笔意纵横——谢朓与庾信(二)[J].学苑教育,2010,24:64.

33. 张晓庆.深婉至情的家书——庾信《为梁上黄侯世子与妇书》赏析[J].作家,2010,24:125-126.

34. 庾信的三春竹叶酒[J].旅游时代,2010,Z1:90.

35. 赵忠煜.萧瑟人生的凌云健笔[D].中国海洋大学,2010.

36. 李美迪.庾信后期心态与诗赋创作研究[D].青海师范大学,2010.

37. 王娟.庾信、王褒诗歌比较研究[D].黑龙江大学,2010.

38. 尹娟.徐陵庾信比较研究[D].河北师范大学,2010.

39. 刘娟. 庾信碑志文研究[D]. 扬州大学,2010.
40. 陈小燕. 唐代庾信接受研究[D]. 山东师范大学,2010.
41. 牛树林,郭敏厚. 洛州刺史庾信[N]. 商洛日报,2010-03-06003.

2011年

1. 张美丽,张德顺. 庾信杜甫之比较[J]. 湖北广播电视大学学报,2011,01:60-61.
2. 蒋旅佳. 庾信诗歌批评——杨慎建构六朝诗学的典型个案[J]. 牡丹江师范学院学报(哲学社会科学版),2011,01:18-19.
3. 何世剑. 庾信《哀江南赋》的接受表征及内蕴[J]. 河北师范大学学报(哲学社会科学版),2011,02:96-101.
4. 包秀艳. 论庾信宫体诗的语言艺术[J]. 沈阳师范大学学报(社会科学版),2011,02:69-71.
5. 尹冬民. 庾信《哀江南赋》"胡书"新证[J]. 文学遗产,2011,04:145-148.
6. 孙明君. 庾信《哀江南赋》作年辨正[J]. 古典文学知识,2011,04:138-143.
7. 吴亮花. 庾信文章老更成[J]. 大众文艺,2011,13:135.
8. 吴瑞侠. 庾信文章老更成,凌云健笔意纵横——"庾信体"辨析[J]. 黄山学院学报,2011,04:77-80.
9. 郭建勋. 论庾信辞赋[J]. 文学评论,2011,06:172-178.
10. 何水英. 从《文苑英华》对庾信诗歌的选录看宋初诗教特征[J]. 梧州学院学报,2011,04:62-67.
11. 陈亦桥. 侍臣与诗人的背离——隋及初唐对庾信的接受[J]. 贵州师范学院学报,2011,08:14-16.
12. 马玉,吴怀东. "了解之同情"——论王夫之的庾信批评[J]. 船山学刊,2011,04:29-32.
13. 张洪明,李雯静. 庾信五言诗声律考察——二项检验在汉语诗律中的案例研究[J].文学与文化,2011,04:66－76.

14. 胡政.庾信弘农郡守任期考辨[J].文艺评论,2011,12:129－132.

15. 安家琪,刘顺.庾信诗"绮丽""清""新"略论[J].湖北经济学院学报(人文社会科学版),2011,12:106－108.

16. 郝思瑾,胡政.论庾信的文学本质功能观[J].大众文艺,2011,23:186－187.

17. 萧含.《孤鹜已远》连载凌云健笔意纵横——谢朓与庾信(三)[J].学苑教育,2011,02:96.

18. 萧含.《孤鹜已远》连载凌云健笔意纵横——谢朓与庾信(四)[J].学苑教育,2011,03:96.

19. 萧含.《孤鹜已远》连载凌云健笔意纵横——谢朓与庾信(五)[J].学苑教育,2011,05:96.

20. 萧含.《孤鹜已远》连载凌云健笔意纵横——谢朓与庾信(六)[J].学苑教育,2011,08:96.

21. 萧含.《孤鹜已远》连载凌云健笔意纵横——谢朓与庾信(七)[J].学苑教育,2011,09:96.

22. 萧含.《孤鹜已远》连载凌云健笔意纵横——谢朓与庾信(八)[J].学苑教育,2011,10:96.

23. 黄震云.庾信乐府诗和汉画像石"獬豸"文图汇考[J].乐府学,2011,00:28－33.

24. 李鹏飞.惚兮恍兮,其中有象——析庾信的《杨柳歌》[J].文史知识,2011,09:49－53.

25. 宋成英,何平.庾信晚期的诗歌创作对唐诗的影响[J].现代语文(学术综合版),2011,10:25－26.

26. 胡政.近十年来庾信诗歌研究综述[J].中国诗歌研究动态,2011,02:346－365.

27. 李雯静.论庾信五言诗的一个特殊格式[J].南开语言学刊,2011,01:57-69+181-182.
28. 包秀艳.庾信文学思想研究[D].辽宁大学,2011.
29. 刘庆安.庾信入北诗歌中的流水意象[A].古代文学理论研究(第三十二辑)——中国文论的古与今[C].2011,15.

2012年

1. 辛玲,王卫振.庾信赋中联合式复音词研究[J].天中学刊,2012,01:83-86.
2. 王晓妮.庾信《拟连珠》初探[J].安康学院学报,2012,01:54-58.
3. 王庆国.魂兮归来哀江南,江南一哀成千古——浅析庾信《哀江南赋序》[J].名作欣赏,2012,11:115-117.
4. 李璐.论废名小说用典与庾信、李商隐用典的联系[J].江淮论坛,2012,02:184-188.
5. 何世剑.试论李商隐对庾信诗赋的接受[J].河北师范大学学报(哲学社会科学版),2012,03:53-58.
6. 吉定.庾信的性灵文学观[J].南通大学学报(社会科学版),2012,03:79-88.
7. 仲瑶.论杜甫对庾信诗歌"朴拙"一面的接受[J].贵州师范大学学报(社会科学版),2012,04:111-114.
8. 郑颖.庾信出使情况及相关诗歌研究[J].贵州师范学院学报,2012,05:1-4.
9. 何世剑.论杨慎对庾信诗赋的接受[J].河北学刊,2012,05:96-100.
10. 朱大银.杜甫论司马相如、阮籍及庾信[J].安康学院学报,2012,04:63-64+68.
11. 何世剑,吴艳.论黄庭坚对庾信诗赋的接受[J].南昌大学学报

（人文社会科学版），2012,06:91－97.

12. 仲瑶．论杜甫对庾信诗歌的接受与其自身诗歌理论构建之关系[J]．文艺理论研究，2012,05:43－48.

13. 郑颖．论入北南人与北朝社会的相互改造——以颜之推、庾信、王褒为例[J]．毕节学院学报，2012,09:74－77.

14. 曾智安．以数立言:庾信《周五声调曲》以文法、赋法为歌及其礼乐背景[J]．河北师范大学学报（哲学社会科学版），2012,06:90－96.

15. 仲瑶．论庾信在唐代陶渊明接受中的影响[J]．北京大学学报（哲学社会科学版），2012,06:99－104.

16. 曹惠民．庾信文章老更成——陆士清对于华文文学学科的独到贡献[J]．世界华文文学论坛，2012,04:67－71.

17. 韩红宇．庾信《拟咏怀》二十七首中边塞诗的特征[J]．长城，2012,06:114－115.

18. 王天怡．庾信诗歌研究三题[D]．首都师范大学，2012.

19. 王晓妮．庾信研究三题[D]．陕西师范大学，2012.

20. 仲瑶．从"技"到"境":唐诗对"庾信体"的接受[N]．中国社会科学报，2012－12－14B01.

2013 年

1. 章伟．庾信《周五声调曲》创作探究[J]．牡丹江师范学院学报（哲学社会科学版），2013,05:31－33.

2. 张剑舒．庾信审美回忆性作品语言的修辞艺术——以辞格运用为中心[J]．现代语文（语言研究版），2013,11:96－99.

3. 韩鹏飞．庾信对《左传》的文学接受动机探析[J]．绥化学院学报，2013,11:69－72.

4. 张喜贵．论庾信《拟咏怀》对阮籍《咏怀》的接受[J]．殷都学刊，2013,04:41－45.

5. 何世剑. 庾信诗"集周公处连句"中"周公"再辩[J]. 文学遗产,2013,05:156-157.

6. 张悦. 论庾信前期赋的趣味性[J]. 许昌学院学报,2013,01:48-50.

7. 王坤,曹旭. 南北朝诗歌用典的大师——读庾信的《拟咏怀》[J]. 古典文学知识,2013,02:40-46.

8. 刘丽. 论清初贰臣诗人诗歌中的"庾信意象"[J]. 海南师范大学学报(社会科学版),2013,03:18-21+77.

9. 贺翠翠. 浅析庾信《拟咏怀二十七首》的多元主题[J]. 赤峰学院学报(汉文哲学社会科学版),2013,07:174-177.

10. 张矢的. 隐于现实中的"小园"——兼论庾信与陶渊明作品中"园"意象之异同[J]. 吕梁学院学报,2013,03:4-7+16.

11. 汪爱武. 庾信诗文的优雅与节制[J]. 黄山学院学报,2013,04:50-53.

12. 庄芸. 庾信《哀江南赋》作于入北早年考[J]. 殷都学刊,2013,03:77-80.

13. 张喜贵,王芳. 庾信作品中的季节感与生命意识之关系[J]. 福建论坛(人文社会科学版),2013,10:126-130.

14. 赵海燕. 庾信组诗创作[J]. 神州,2013,27:2+4.

15. 叶嘉莹. 庾信讲录之《小园赋》讲录(第一讲)[J]. 文史知识,2013,01:83-88.

16. 叶嘉莹. 庾信讲录之《小园赋》讲录(第二讲)[J]. 文史知识,2013,02:51-57.

17. 叶嘉莹. 庾信《小园赋》讲录(第三讲)[J]. 文史知识,2013,03:67-71.

18. 叶嘉莹,安易. 庾信《小园赋》讲录(第四讲)[J]. 文史知识,2013,04:80-85.

19. 叶嘉莹. 庾信《小园赋》讲录(第五讲)[J]. 文史知识,2013,05：42－46.

20. 叶嘉莹. 庾信《小园赋》讲录(第六讲)[J]. 文史知识,2013,06：70－74.

21. 叶嘉莹. 庾信《小园赋》讲录(第七讲)[J]. 文史知识,2013,07：46－50.

22. 叶嘉莹,安易. 庾信《小园赋》讲录(第八讲)[J]. 文史知识,2013,08:79－83.

23. 叶嘉莹. 庾信《小园赋》讲录(第九讲)[J]. 文史知识,2013,09：63－67.

24. 叶嘉莹,安易. 庾信《哀江南赋序》讲录(第一讲)[J]. 文史知识,2013,10:59－65.

25. 叶嘉莹. 庾信《哀江南赋序》讲录(第二讲)[J]. 文史知识,2013,11:57－62.

26. 竺柏岳. 庾信文章老更成——读杜甫《戏为绝句》想到的[J]. 中华魂,2013,20:46－48.

27. 叶嘉莹,安易. 庾信《哀江南赋序》讲录(第三讲)[J]. 文史知识,2013,12:59－64.

28. 仲瑶. 庾信在唐代诗坛的接受[D]. 北京大学,2013.

29. 胡优优. 庾信对《左传》的接受研究[D]. 华中师范大学,2013.

30. 孙一新. 论庾信对初盛唐文坛的影响[D]. 东北师范大学,2013.

31. 傅晓琴. 试论杜甫诗歌对庾信诗歌语言艺术的继承与发展[D].浙江工业大学,2013.

2014 年

1. 张喜贵,翟晶晶. 论使者身份对庾信文学创作的影响[J]. 学术交流,2014,11:151－155.

2. 彭国亮．试论《周书》、《隋书》对初唐庾信接受的影响[J]．兰台世界,2014,32:155－156．

3. 徐璐．从庾信的《咏画屏风诗》看魏晋南北时期的题画诗[J]．文学教育(中),2014,01:15－16．

4. 李娜．陆机、庾信在北方的接受度比较[J]．语文教学通讯·D刊(学术刊),2014,03:76－78．

5. 黄妍,徐国荣．论《采菽堂古诗选》对庾信的推崇[J]．安徽大学学报(哲学社会科学版),2014,01:61－66．

6. 吴学仙．美丽与哀愁——庾信《小园赋》论析[J]．名作欣赏,2014,05:120－121+164．

7. 何莘茹．论庾信对北魏文化融合的作用[J]．现代语文(学术综合版),2014,02:19－21．

8. 汪习波．精义复隐赋才流:庾信《哀江南赋》中的萧纲叙述[J]．辽宁大学学报(哲学社会科学版),2014,02:128－134．

9. 杨昇．庾信园林诗文中的生态元素浅析[J]．连云港师范高等专科学校学报,2014,02:105－108．

10. 伊赛梅．六朝画论对庾信前期诗歌创作的影响[J]．漳州职业技术学院学报,2014,02:43－48．

11. 何世剑．宋诗话视野中的庾信诗赋[J]．井冈山大学学报(社会科学版),2014,04:112－117．

12. 黄惠燕,朱学斌．浅析庾信《小园赋》创作特色[J]．文学教育(中),2014,08:16－17．

13. 郝静芳．庾信骈赋中常用颜色词语义分析[J]．重庆工商大学学报(社会科学版),2014,03:129－137．

14. 张建会．庾信不是最后一任洛州刺史[J]．商洛学院学报,2014,05:22－25．

15. 周悦．从庾信骈赋看诗赋合流到赋文趋同的文体演变史意义

[J].中国文学研究,2014,04:33-37.

16. 马立军.论庾信对北朝墓志写作传统的继承[J].民族文学研究,2014,03:85-93.
17. 岳洋峰.论庾信礼学观[J].西南科技大学学报(哲学社会科学版),2014,05:20-24.
18. 吕家慧.从庾信到王绩:北朝至唐初别业诗的形成[J].人文中国学报,2014,00:227-252.
19. 叶嘉莹,安易.庾信《哀江南赋序》讲录(第四讲)[J].文史知识,2014,01:85-91.
20. 叶嘉莹.庾信《哀江南赋序》讲录(第五讲)[J].文史知识,2014,02:59-64.
21. 叶嘉莹,安易.庾信《哀江南赋序》讲录(第六讲)[J].文史知识,2014,03:70-75.
22. 叶嘉莹.庾信《哀江南赋序》讲录(第七讲)[J].文史知识,2014,04:64-68.
23. 王永莉.庾信前期赋作探析[J].语文学刊,2014,15:53-54+60.
24. 彭国亮.初唐文学思想观下的庾信接受[J].作家,2014,16:147-148.
25. 吴嘉璐.庾信前期诗歌作品研究[D].山东大学,2014.
26. 王章震.庾信的隐逸思想研究[D].西南大学,2014.

2015年

1. 李雯静.基于二项检验的庾信五言诗篇调四声研究[J].湖北理工学院学报(人文社会科学版),2015,03:57-60+77.
2. 任荣.庾信《哀江南赋》"胡书"新考[J].文学遗产,2015,04:190-191.
3. 吉定.论庾信文学作品的创新[J].南通大学学报(社会科学

版),2015,04:69—76.
4. 刘宁.新世纪庾信研究综述[J].天中学刊,2015,01:110—113.
5. 贾国庆.颜之推《观我生赋》与庾信《哀江南赋》之比较[J].六盘水师范学院学报,2015,01:9—11.
6. 张金尧,殷昭玖."庾信文章老更成"——仲呈祥文艺美学思想再探[J].民族艺术,2015,03:10—16+52.
7. 李晓蓉."由来千种意,并是桃花源"——论陶渊明对庾信诗文创作之影响[J].牡丹江大学学报,2015,05:67—68+78.
8. 韩雪松.庾信表体公文风格论略[J].兰台世界,2015,15:17—18.
9. 朱明辉,李高.简析李白对庾信诗歌的继承与发展[J].当代教育理论与实践,2015,06:179—181.
10. 温春燕,李建栋.论庾信入长安后诗风的变化[J].文艺评论,2015,06:58—65.
11. 王婷.魂兮归来哀江南——庾信《哀江南赋序》探微[J].智富时代,2015,01:189.

主要参考文献

《庾子山集注》,北周庾信撰,清倪璠注,中华书局2007年版
《汉魏古注十三经》,中华书局1998年版
《周易译注》,周振甫撰,中华书局1991年版
《毛诗注疏》,上海古籍出版社2013年版
《礼记正义》,上海古籍出版社2008年版
《大戴礼记汇校集解》,方向东撰,中华书局2008年版
《春秋左传注》,杨伯峻著,中华书局1990年第2版
《论语正义》,清刘宝楠撰,中华书局1990年版
《四书章句集注》,宋朱熹集注,中华书局1983年版
《韩诗外传》,汉韩婴撰,许维遹校释,中华书局1980年版
《尔雅校笺》,周祖谟校笺,云南人民出版社2004年版
《说文解字》,汉许慎著,中华书局1963年版
《说文解字注》,清段玉裁注,上海古籍出版社1988年第2版
《玉篇》,南朝梁顾野王撰,中华书局1987年年版
《广雅疏证》,清王引之撰,江苏省古籍出版社1984年版
《古本竹书纪年辑证》,方诗铭、王修龄撰,上海古籍出版社2005年版
《国语集解》,徐元诰撰,中华书局2002年版
《战国策》,上海古籍出版社1985年第2版
《逸周书汇校集注》,黄怀信、张懋镕、田旭东撰,上海古籍出版社2007年版
《史记》,汉司马迁著,南朝宋裴骃集解,唐司马贞索隐,唐张守节正义,中华书局1959年版

《汉书》,汉班固著,唐颜师古注,中华书局1962年版
《东观汉纪》,汉刘珍等撰,吴树平校注,中华书局2008年版
《汉纪》,汉荀悦撰;《后汉纪》,晋袁宏撰,中华书局2002年版
《越绝书》,汉袁康著,吴平辑录,上海古籍出版社1985年版
《吴越春秋辑校汇考》,汉赵晔著,周生春辑校,上海古籍出版社1997年版
《华阳国志校补图注》,晋常璩著,任乃强校注,上海古籍出版社1987年版
《帝王世纪》,晋皇甫谧撰,辽宁教育出版社1997年版
《高士传》,晋皇甫谧撰,上海古籍出版社2014年版
《三国志》,晋陈寿著,南朝宋裴松之注,中华书局1962年版
《后汉书》,南朝宋范晔著,李贤注,中华书局1965年版
《宋书》,梁沈约著,中华书局1974年版
《南齐书》,梁萧子显著,中华书局1972年版
《周书》,唐令狐德棻著,中华书局1971年版
《水经注校证》,北魏郦道元著,陈桥驿校证,中华书局2007年版
《洛阳伽蓝记校释》,北魏杨衒之撰,周祖谟校释,中华书局1963年版
《魏书》,北齐魏收著,中华书局1974年版
《晋书》,唐房玄龄著,中华书局1974年版
《梁书》,唐姚思廉著,中华书局1987年版
《梁书校注》,熊清元校注,巴蜀书社2010年版
《陈书》,唐姚思廉著,中华书局1972年版
《北齐书》,唐李百药著,中华书局1987年版
《隋书》,唐魏徵著,中华书局1982年版
《南史》,唐李延寿著,中华书局1987年版
《北史》,唐李延寿著,中华书局1987年版

《建康实录》,唐许嵩撰,中华书局1986年版
《日本国见在书目录》,日藤原佐世撰,《古逸丛书》本
《三辅黄图校释》,何清谷撰,中华书局2005年版
《六朝事迹类编》,宋张敦颐撰,中华书局2012年版
《资治通鉴》,宋司马光撰,中华书局1997年版
《郡斋读书志校证》,宋晁公武著,孙猛校证,上海古籍出版社1990年版
《直斋书录解题》,宋陈振孙著,上海古籍出版社1987年版
《钦定四库全书总目》,清永瑢等撰,中华书局1997年整理本
《读通鉴论》,清王夫之著,中华书局1975年版
《中国历史地名大辞典》,史为乐主编,中国社会科学出版社2005年版
《简明中国历史地图集》,谭其骧主编,中国地图出版社1991年版
《中国官制大辞典》,徐连达编著,上海大学出版社2010年版
《汉魏两晋南北朝佛教史》,汤用彤著,中华书局1983年版
《秦汉文学编年史》,刘跃进撰,商务印书馆2006年版
《南北朝文学编年史》,曹道衡、刘跃进撰,人民文学出版社2000年版
《中国文学家大辞典·先秦汉魏晋南北朝卷》,曹道衡,沈玉成编撰,中华书局1996年版
《萧纲萧绎年谱》,吴光兴撰,社会科学文献出版社2006年版
《东晋南北朝学术编年史》,刘汝霖撰,《民国丛书》第三编,上海书店影印版
《中古文学史料丛考》,曹道衡、沈玉成著,中华书局2003年版
《老子今注今译》,陈鼓应撰,中华书局1984年版
《庄子集释》,清郭庆藩辑,中华书局1961年版
《墨子闲诂》,清孙星衍撰,中华书局2001年版

《荀子集解》,清王先谦撰,中华书局1988年版
《商君书注译》,高亨注译,中华书局1974年版
《韩非子集解》,韩非著,王先慎集解,中华书局1998年版
《晏子春秋集释》,吴则虞著,中华书局1962年版
《吕氏春秋校释》,吕不韦编著,陈奇猷校释,上海古籍出版社2002年版
《山海经校译》,袁珂校译,上海古籍出版社1985年版
《淮南鸿烈集解》,汉刘安编著,刘文典集解,中华书局1989年版
《说苑校证》,汉刘向撰,向宗鲁校证,中华书局1987年版
《列女传》,汉刘向编著,辽宁教育出版社1998年版
《风俗通义校注》,汉应劭撰,王利器校注,中华书局2010年第2版
《列仙传校笺》,王叔岷撰,中华书局2007年版
《神仙传校释》,晋葛洪撰,胡守为校释,中华书局2010年版
《抱朴子内篇校释》,晋葛洪著,杨明照校释,中华书局1985年版
《抱朴子外篇校笺》,晋葛洪著,王明校笺,中华书局1991年版
《列子集释》,杨伯峻集释,中华书局1979年版
《搜神记》,晋干宝撰,汪绍楹校注,中华书局1979年版
《搜神后记》,晋陶潜撰,汪绍楹校注,中华书局1981年版
《世说新语笺疏》,南朝宋刘义庆著,余嘉锡笺疏,上海古籍出版社1993年版
《汉魏六朝笔记小说大观》,上海古籍出版社1999年版
《艺文类聚》,唐欧阳询撰,上海古籍出版社1999年新2版
《初学记》,唐徐坚撰,中华书局1962年版
《太平御览》,宋李昉等编,中华书局1960年版
《太平广记》,宋李昉等编,中华书局1961年新版
《文苑英华》,宋李昉编,中华书局1966年第1版
《楚辞补注》,宋洪兴祖补注,中华书局1983年版

《建安七子集》，俞绍初辑校，中华书局2005年版
《阮籍集校注》，晋阮籍撰，陈伯君校注，中华书局1987年版
《文赋集释》，晋陆机著，张少康集释，人民文学出版社2002年版
《陶渊明集》，南朝宋陶渊明撰，逯钦立校注，中华书局1979年版
《鲍参军集注》，南朝宋鲍照撰，钱仲联增补集说，上海古籍出版社1980年版
《谢宣城集校注》，南朝齐谢朓撰，曹融南校注集说，上海古籍出版社1991年版
《文选》，梁萧统编，李善注，上海古籍出版社1986年版
《文心雕龙注》，梁刘勰著，范文澜注，人民文学出版社1958年版
《玉台新咏笺注》，南朝陈徐陵编，清吴兆宜注、程琰删补，中华书局1985年版
《文馆词林校证》，唐许敬宗编，罗国威校证，中华书局2001年版
《文镜秘府论汇校汇考》，日遍照金刚撰，卢盛江校考，中华书局2006年版
《乐府诗集》，宋郭茂倩撰，上海古籍出版社1998年版
《诗话总龟》，宋阮阅撰，人民文学出版社1987年版
《韵语阳秋》，宋葛立方撰，上海古籍出版社1984年版
《升庵诗话新笺证》，明杨慎著，王大厚笺证，中华书局2009年版
《古诗镜》，明陆时雍编，文渊阁《四库全书》本，上海古籍出版社1987年影印版
《梁文纪》，明梅鼎祚编，文渊阁《四库全书》本，上海古籍出版社1987年影印版
《古诗类苑》，明张之象编，日中岛敏夫整理，上海古籍出版社2006年版
《汉魏六朝百三家集题辞》，明张溥撰，人民文学出版社1960年版
《文章辨体汇选》，明吴纳编，文渊阁《四库全书》本，上海古籍出版

社 1987 年影印版

《古乐苑》，明梅鼎祚编，文渊阁《四库全书》本，上海古籍出版社 1987 年影印版

《古诗源》，清沈德潜编，中华书局 2006 年版

《全上古三代秦汉三国六朝文》，清严可均辑，中华书局 1985 年版

《采菽堂古诗选》，清陈祚明评选，李金松点校，上海古籍出版社 2008 年版

《古诗赏析》，清张玉谷著，许逸民点校，上海古籍出版社 2000 年版

《历代诗话》，清吴景旭著，文物出版社 1992 年版

《诗比兴笺》，清魏源撰，岳麓书社 2011 年版

《古诗评选》，清王夫之撰，上海古籍出版社 2011 年版

《古诗笺》，清王士禛选，闻人倓笺，上海古籍出版社 2010 年第 2 版

《先秦汉魏晋南北朝诗》，逯钦立辑，中华书局 1983 年版

《六朝文学论文集》，日清水凯夫著，韩基国译，重庆出版社 1989 年版

《南北朝文学史》，曹道衡、沈玉成著，人民文学出版社 1998 年版

《北朝文学史》，周建江著，中国社会科学出版社 1997 年版

《汉魏六朝诗鉴赏辞典》，上海辞书出版社 1992 年版

《庾信集佚文辨正三则》，何世剑撰，《文学遗产》，2010 年第 5 期

图书在版编目（CIP）数据

庾信诗全集：汇校汇注汇评 / 陈志平编著. -- 武汉：崇文书局，2017.1（2023.3重印）
（中国古典诗词校注评丛书）
ISBN 978-7-5403-3270-9

Ⅰ. ①庾… Ⅱ. ①陈… Ⅲ. ①古典诗歌－诗集－中国－北周 Ⅳ. ① I222.739.2

中国版本图书馆CIP数据核字（2016）第266234号

庾信诗全集【汇校汇注汇评】

选题策划：王重阳
丛书统筹：郑小华
责任编辑：王重阳　郑小华
责任印刷：李佳超
出版发行　长江出版传媒　崇文书局
地　　址　武汉市雄楚大街268号C座11层
电　　话　(027)87677133　邮政编码　430070
印　　刷　中印南方印刷有限公司
开　　本　880mm×1230mm　1/32
印　　张　15.75
字　　数　420千字
版　　次　2017年1月第1版
印　　次　2023年3月第3次印刷
定　　价　46.00元

（如发现印装质量问题，影响阅读，由本社负责调换）

　　本作品之出版权（含电子版权）、发行权、改编权、翻译权等著作权以及本作品装帧设计的著作权均受我国著作权法及有关国际版权公约保护。任何非经我社许可的仿制、改编、转载、印刷、销售、传播之行为，我社将追究其法律责任。